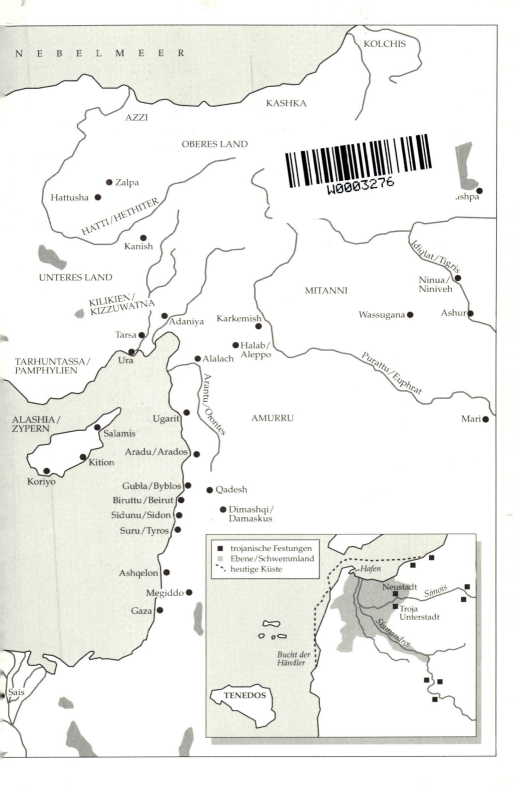

TROJA

GISBERT HAEFS
TROJA

Roman

WILHELM HEYNE VERLAG
MÜNCHEN

Umwelthinweis:
Dieses Buch wurde auf
chlor- und säurefreiem Papier gedruckt.

Copyright © 1997 by Wilhelm Heyne Verlag GmbH & Co. KG,
München
Umschlaggestaltung: Atelier Ingrid Schütz, München
Umschlagillustration: Staatliche Antikensammlungen
und Glyptothek, Heinz Juranek, München
Satz: Leingärtner, Nabburg
Druck und Bindung: Graphische Betriebe Pößneck
Printed in Germany

ISBN 3-453-12906-7

Vier Geschichten gibt es. Eine, die älteste, ist die von einer befestigten Stadt, die von tapferen Männern belagert und verteidigt wird. Die Verteidiger wissen, daß die Stadt dem Eisen und dem Feuer übergeben werden wird und daß ihr Kampf sinnlos ist; der berühmteste der Angreifer, Achilles, weiß, daß es sein Los ist, vor dem Sieg zu sterben [...]

Die zweite Geschichte, mit der ersten verbunden, ist die einer Wiederkehr. Es ist die von Odysseus, der nach zehn Jahren der Irrfahrten auf gefährlichen Meeren und des Aufenthalts auf verzauberten Inseln zu seinem Ithaka heimkehrt; die der Gottheiten des Nordens, die nach der Zerstörung der Erde diese aus dem Meer auftauchen sehen, grün und leuchtend, und auf dem Rasen die verstreuten Schachfiguren finden, mit denen sie zuvor gespielt hatten.

Die dritte Geschichte ist die einer Suche. Wir können sie auch für eine Abwandlung der zweiten halten. Jason und das Goldene Vlies; die dreißig Vögel des Persers, die Gebirge und Meere überwinden und das Antlitz ihres Gottes sehen, des Simurgh, der jeder einzelne von ihnen ist und sie alle. In der Vergangenheit waren derlei Unterfangen glückhaft. Am Schluß raubte immer jemand die verbotenen goldenen Äpfel; am Schluß hatte jemand es verdient, den Gral zu erringen. Heute ist die Suche zum Scheitern verdammt. Kapitän Ahab findet den Wal, und der Wal zerreißt ihn; die Helden von James oder Kafka dürfen nichts erwarten als die Niederlage. Wir sind so arm an Tapferkeit und Glauben, daß selbst das *happy ending* nur noch ein Erzeugnis der Industrie ist. Wir können nicht an den Himmel glauben, wohl aber an die Hölle.

Die letzte Geschichte ist die von der Opferung eines Gottes. Attis in Phrygien entmannt und tötet sich; Odin, dem Odin geopfert, Er selbst Sich selbst, hängt neun Nächte lang am Baum und wird von einer Lanze verwundet; Christus wird von den Römern gekreuzigt.

Vier Geschichten gibt es. In der Zeit, die uns bleibt, werden wir sie weiterhin erzählen und dabei verwandeln.

Jorge Luis Borges

INHALT

1. Die Irrfahrt des Atheners 9
   Brief des Korinnos (I). 36
2. Geschmeide für Helena 44
   Erzählung des Odysseus (I) 75
3. Der Schraubstock und die Kiesel 80
   Brief des Korinnos (II) 96
4. Die Gunst des Königs 105
   Erzählung des Odysseus (II). 117
5. Flüchtig gefangen. 125
   Brief des Korinnos (III). 144
6. Djosers Last und Zaqarbals List. 149
   Erzählung des Odysseus (III) 170
7. Der Weg durch den Winter 175
   Brief des Korinnos (IV). 190
8. Die Insel der Händler 193
   Erzählung des Odysseus (IV) 214
9. Heimkehr 220
   Brief des Korinnos (V) 234
10. Wonne und Gewinn 238
    Erzählung des Odysseus (V). 256
11. Schattendrachen 259
    Brief des Korinnos (VI). 284
12. Die Tugend der Achaier 289
    Erzählung des Odysseus (VI) 318

13. Friede im Krieg 322
    Brief des Korinnos (VII) 360
14. Schwarze Pfeile 368
    Erzählung des Odysseus (VII) 399
15. Pforten der Finsternis 403
    Brief des Korinnos (VIII) 419
16. Untergänge 422
    Erzählung des Odysseus (VIII) 468
17. Schlangen und Salz 474
    Brief des Korinnos (IX) 484
18. Solons Nachlaß 488
Anhang 495

1. DIE IRRFAHRT DES ATHENERS

[589 v. C.] An einem kalten klaren Frühlingsmittag brachte ihn ein Fischer zum Strand der Insel Salamis. Gemeinsam hievten sie das Gepäck aus dem Boot: drei schwere Kisten und einen Reisebeutel. Der Athener gab dem Fischer eine Drachme, zwei Drittel des vereinbarten Preises, und bat ihn, kurze Zeit bei den Kisten zu warten. Die attische Küste lag außer Sicht jenseits des Vorgebirges; Solon hatte nicht zurückgeblickt.

Er war fünfzig Jahre alt. Und er war nun frei. Für sein Volk hatte er Gedichte und Gesetze geschrieben, im Krieg gestritten und im Frieden gefochten, wie es ihm richtig und nötig erschien, ohne den Wünschen der Mächtigen zu erliegen oder dem Sehnen der Machtlosen nachzugeben: Grenzpfahl zwischen den Gruppen, gehetzter Wolf in der Mitte der Meute. Ein Jahr im höchsten Amt, dem des Archon; in diesem Jahr hatte er alle Schulden erlassen, Schuldknechtschaft kleiner Pächter und Schuldsklaverei abgeschafft, die Maße, Gewichte und Münzen neu geordnet, neue Gesetze für alle Lebensbereiche (Gerichte, Wähler, Ämter...) verfaßt, in jener achaischen Sprache, die hundert Jahre zuvor von Hesiodos und Homeros zu Klangfülle und Geschmeidigkeit gebracht worden war: Gesetze für das friedliche Zusammenleben der Stände, Abbild der Götterwelt des Hesiodos und der Heldenwelt des Homeros. Man schwor, all diese Gesetze zu befolgen, und man gab ihm Vollmacht als Schiedsmann, von allen geachtet und drei Jahre lang von allen bekämpft.

Vorbei. Er hatte alles niedergelegt, Briefe geschrieben, Antworten erhalten, seinen Besitz verkauft. Von den Feinden hatte er sich verabschiedet; die Freunde sollten ihn ungestört vermissen, was die Freundschaft mehrt und die Ferne nicht schändet.

Die drei Kisten des freien Händlers Solon enthielten Eisenbarren, Silberstangen und die seit seiner Amtszeit neu geprägten Silbermünzen, deren vorgeschriebenes Gewicht eine Verrechnung mit den Einheiten anderer Gegenden erlaubte und Athen endlich am Fernhandel teilnehmen ließ. Athen und ihn.

Auf dem Strand lagen kleine Fischerboote und ein bauchiges Frachtschiff; nicht weit davon, wie ein gestrandeter Wal, ein Kriegsruderer mit schadhaften Bronzeplatten und dichtem Bewuchs unter der Wasserlinie. Werkzeug, Bretter, Leitern, Bottiche, Schabsteine wie fortgeworfen daneben – Mittagsrast. Aus einem Kessel über dem niederbrennenden Feuer quoll der Ruch von heißem Pech.

Durch den Sand watete Solon hinauf zum Karrenweg. Jemand hatte dort einen Eimer mit Fischgekröse geleert; die Möwen zwischen den stinkenden Resten zerrten und zeterten und ließen sich nicht stören. Als er den Karrenweg erreichte, schüttelte er Sand aus den Sandalen und ging zum Ort.

Vor zehn Jahren hatte er Athens Krieg gegen Megara um Salamis angeführt. Mit jedem Schritt näherte er sich Erinnerungen und entfernte sich von der Bürde. Er atmete tief und roch und schmeckte Salz, Pech, faulen Fisch, Tauwerk und Abfälle, und in allem oder über allem die Verheißung von Weite und Freiheit.

In Salamis, Hauptstadt der Insel, schien sich nicht viel geändert zu haben. Das kaum zu einem Drittel ausgehobene Hafenbecken des Kriegs war verlandet, der in die Bucht getriebene Damm, an dem Kriegsruderer hatten anlegen können, zu albernen Inselchen verfallen. Der Ort selbst, ein Gewimmel heller Häuser, hatte wohl schon vor sechshundert Jahren so ausgesehen, als Aias von hier gen Troja zog.

Das Haus des Fernhändlers Polykles lag an der zweiten Straße, die vom Karrenweg krumm in den Ort streunte: Lehm und Pfützen. Aus einer Garküche hörte Solon tiefes Männerlachen; ein Duftschwall ließ seinen Magen knurren. Er durchquerte den mit tanzenden Steinen belegten Hof hinter der geschlämmten Mauer, zögerte kurz und ging dann ins Lager, ein Gebäude aus unbehauenen Steinen, Sparren und Schindeln. Polykles stand mit Wollmantel und gerunzelter Stirn zwischen Ballen, Kisten und Tongefäßen. Eben wischte er mit dem Ärmel Kreideschrift von einer Steintafel, die er in der Linken hielt. Als er Solons Schritte hörte, wandte er lediglich den Kopf.

»Ah, der edle Staatsmann. Da es gleich ein Mittagessen gibt, sollte mich dein Eintreffen nicht verblüffen. Eßbare Dinge ziehen Geschmeiß an – Fliegen, Sänger und Politiker.«

Solon berührte kurz die Schulter des Händlers. »Alle Ungnade der Götter mit dir, Vertreiber schadhafter Waren. Der Staatsmann ist in Athen geblieben und kann sich also nicht beleidigt fühlen; du sprichst mit dem freien Händler Solon. Aber der hat gewaltigen Hunger.«

Polykles lachte. »Gut, gut. Die anderen warten in der Schänke. Komm.« Er legte die Tafel auf einen Klotz und zog Solon am Arm mit sich.

»Langsam. Mein Reisebeutel und meine Handelsgüter...«

»Wo sind sie?«

»Bei einem Fischerkahn, am Strand. Der Fischer wartet und will heimkehren.«

Polykles hob die Hände. »O ob der rossetummelnden Hast! Geh hin, laß alles am Strand und schick ihn weg. Und dann komm zum Essen.«

Solon blieb stehen. »Alles einfach so liegenlassen?«

Polykles grinste und zog ihn weiter; vor der Schänke ließ er ihn los und sagte: »Wir sind, edler Mann, nicht in der von dir so trefflich verwalteten Stadt mit ihrem Reichtum an Dieben, Dirnen und Dunkelmännern. O nein, sondern auf einer Insel der Harmlosen, wo jeder jeden kennt und alle nur einen Fremden bestehlen würden.«

»Mich, zum Beispiel.« Solon seufzte. »Nun ja, da du es vorschlägst... Und wenn hinterher doch etwas fehlt?«

»Dann nimm es als köstliche Erfahrung; und trau nie wieder einem salaminischen Händler.«

Vier Tage brachten sie damit zu, einander kennenzulernen (beziehungsweise alte Bekanntschaft aufzufrischen), das Frachtschiff am Strand der Bucht zu beladen und auf guten Wind zu hoffen.

Polykles, der Besitzer des nicht mehr ganz neuen Schiffs, hatte die Dauer der Reise und sämtliche vorhersehbaren Kosten berechnet und verlangte von den anderen fünf Händlern je 300 Drachmen, ließ sich dann zeternd auf 250 Drachmen herunterhandeln und lächelte, als man sich geeinigt hatte.

»Sie heißt *Glauke*, nur so nebenbei«, sagte er bei der ersten Besichtigung und Beladung. Er klopfte an die Planken der Bordwand. »Sitzt sie nicht breit und behäbig hier wie eine Amme, die zahlreichen Bälgern beim Buddeln im Sand zuschaut? Eine Schwester meines Vaters ... Aus ihrem geräumigen Becken hat sie vierzehn Kinder in die Welt entlassen. Gewaltiger Stauraum. Sie hieß Glauke.«

»Wieviel sind wir? Insgesamt?« Laogoras, der seine Geburtsstadt Iolkos seit Jahren nicht mehr gesehen hatte, ging zum Bug, stellte sich auf die Zehenspitzen, packte die Oberkante der Bugverschalung und rüttelte daran.

»Laß den Kahn heil. – Wir sind sechs. Dann der Steuerherr des Schiffs; von seiner Kunst hängt unser aller Leben ab...«

»Guter Seemann?«

Polykles verdrehte die Augen. »Würde ich meinen Leib einem schlechten *kybernetes* anvertrauen? Zenon ist Halbhellene; seine Mutter war Phönikierin. Er stammt aus Kition und hat alles gelernt, was kyprische Phöniker ihm über Meer und Schiffe beibringen konnten. Sein Steuergehilfe Examios. Drei erfahrene Seeleute. Sechs Sklaven – zwei von mir, je einer von euch, außer Solon.«

»Siebzehn also. Und keine Sklavin?« sagte Solon.

Polykles kicherte. »*Eine* Sklavin und siebzehn Männer? Armes Ding. Nein. Außerdem sind wir alle mit tugendhaften Gattinnen geschlagen. Außer dir, Freund.«

Laogoras musterte den Athener von der Seite. »Keine Frau? Bin ich denn an Bord nachts sicher, oder muß ich mein Spundloch verstöpseln?«

»Sie ist gestorben. Sieben, nein, acht Jahre her. Sei unbesorgt; als Gesäß mag dein Arsch für dich taugen, als Versuchung ist er mir arg widerstehlich.«

Die *Glauke* war etwa zwanzig Schritte lang und sieben breit. Unter dem erhöhten Heck mit den beiden Seitenrudern gab es einen kleinen Verschlag, zum Schiff hin mit einem Ledervorhang zu verschließen. Diesen Raum beanspruchte Polykles für sich und sein Gepäck. Die anderen hatten sich, so gut es ging, mit Strohsäcken, Mänteln und Lederbahnen auf dem Deck einzurichten, vor und hinter dem Mast, zwischen Ladeluken, Taurollen, Werkzeug, Wasserfässern und allem übrigen festen und beweglichen Gerät. Ein kleiner eiserner Ofen, mit Nägeln und Bolzen gesichert, stand am Fuß des Masts.

Unter Deck, wo ein Mann sich nicht ganz aufrichten konnte, wurden die Vorräte und Waren gestaut und gesichert. Solons Kisten mit Eisen und Silber mußten an Bord gestemmt werden. Der andere Athener, Elphenor, hatte einer kleinen Waffenschmiede die Erzeugnisse eines Jahres abgekauft: Schwertklingen, lange Messer ohne Griff, Speerspitzen, Pfeilspitzen, alle zwischen öligen Lappen in Lederbeuteln oder in Öltuch-Bündeln.

»In Ägypten gibt es wenig Erz und reichlich Krieg«, sagte er. »Bei uns stöhnen die Schmiede über den gräßlichen Frieden, den Politiker wie Solon bewirkt haben.«

»Tröste dich.« Baiton grinste breit. »Wie alle Maßnahmen ist auch diese kurzlebig.« Der hagere graue Korinther hatte sich ebenfalls mit attischen Schmiedeerzeugnissen eingedeckt, allerdings solchen, die nicht von den Launen des Ares abhingen: Stifte, Nägel, Bohrer, Zangen, Hammerköpfe. Polykles und Laogoras ließen große Gefäße laden, die im Stauraum in Gestelle kamen; sie enthielten Öl aus Attika. In einem kretischen Hafen sollte etwa die Hälfte von ihnen gegen Wein für Ägypten getauscht werden.

Pylades schließlich, mit etwa 30 Jahren der jüngste der Händler, war vor kurzem aus Thrakien zurückgekehrt, mit kostbaren Tierfellen und Bernstein aus dem Norden. Er stammte von der Insel Melos, die sie auf dem Weg nach Kreta anlaufen würden; dort wollte er einen Teil seiner Waren gegen bestellte Opfergefäße aus den Töpfereien der Insel eintauschen: Amphoren, Vasen, Kratere mit eingebrannten Inschriften wie *Herodotos für Apollon* oder *Rho-*

dopis dankt Aphrodite. In Ägypten ansässige Hellenen zahlten viel für derlei Weihegaben; jeder Segler brachte neue Listen mit namentlichen Bestellungen zu den Töpfern.

Am Morgen des fünften Tages befand der *kybernetes* Zenon den Nordwind für ausreichend günstig. Kurz nach Sonnenaufgang schoben sie die *Glauke* ins Wasser; die Sklaven ruderten das Schiff schräg gegen den Wind aus der Bucht. Solon versank in der Betrachtung attischen Gestades, bis einer der Seeleute ihn rempelte und beiseitestieß, um das Segel zu setzen.

Der Athener beobachtete die entgleitende Küste der Insel und zählte seine Herzschläge. Er schätzte, daß sie in einer Stunde etwa jene Strecke zurücklegen würden, die ein behender Mann ohne Last auf ebenem Boden in fünf Stunden hinter sich brachte. Zenon schien unzufrieden; er ließ die Luken öffnen und wies die Sklaven an, Kisten, Ballen und Gestelle zu verschieben. Danach wanderte er dreimal vom Bug zum Heck und zurück, wiegte den Kopf und ließ die Luken wieder schließen. Solon konnte keinen Unterschied zum vorherigen Verhalten des Frachters feststellen, aber der Halbphönikier lächelte.

»Ah, ein hartes Leben, fürwahr.« Elphenor saß auf einem Strohsack, den Rücken an die Bordwand gelehnt, und ließ sich von seinem Sklaven einen großen Henkelbecher mit Wasser und Wein reichen. »Elendes Los der Seefahrer.« Er trank und rülpste.

Baiton sah zu, wie ein vor dem Eisenöfchen kauernder Sklave sich mühte, mit Bogen und Sehne den in weiches Efeuholz gesteckten Lorbeerstab zu drehen; ein zweiter Sklave neben ihm hielt einen trockenen Schwamm bereit.

»Wehe jenen, die ohne Heimkehr in dunklen Schiffen«, sagte er grinsend, »auf dem weinfarbenen Meer der Götter und Winde Unbill und überhaupt und so weiter. Gib mir auch so ein Töpfchen, Sklave.« Er ließ sich neben dem Athener nieder.

Solon stützte sich auf die Bordwand. »Weinfarben?« Er spuckte über Bord. Die Sonne glomm irgendwo jenseits eines Dunstschleiers. »Bei diesem Licht? Sagen wir rotzgrün, ja? Die rotzgrüne, sackschrumpelnde See.«

»Warum bist du von der Nutzlosigkeit der Ämter zur Ehrlosigkeit des Handels übergegangen?« sagte Pylades. Er hockte auf einer Taurolle und sah zu Solon empor.

»Aus Achtlosigkeit. Oder nenn es Leichtsinn. Was nach den Jahren der Politik noch von meinem Vermögen übrig ist, will ich nun im Handel und auf See verschleudern.«

»Keine Kinder?«

Solon hob die Schultern. »Ein Sohn. Er behält die Hälfte; den Rest habe ich verkauft. Mehr als dieser Sohn war mir nicht vergönnt. Die Götter wissen, ich habe es versucht, bis zur Erschöpfung.« Er lachte; die anderen fielen ein. »Die Felder, die ich pflügte, blieben öde, die Furchen, in die ich säte, lagen brach. Oder umgekehrt. Ich hatte gewissermaßen die Lust des Säens ohne die Mühsal der Ernte.«

Polykles, der aus seinem Verschlag einen Schemel geholt hatte, ließ sich endlich nieder und winkte einem seiner Sklaven. »Wein! – Wieviel von deinem Vermögen hast du im Amt verloren?«

»Wie man's nimmt. Entweder mein gesamtes Erbe oder alles, was ich als Händler verdient hatte, bevor ich... Also, die Hälfte dessen, was ich vor zehn Jahren besaß.«

Pylades schüttelte langsam den Kopf. »Und du selbst hast den Zugang zu Ämtern so geregelt... Wäre es nicht besser, auch die hohen Ämter für jeden, der dafür taugt, zu öffnen? Und ihn zu bezahlen?«

Solon knurrte nur; Polykles schaukelte auf seinem Schemel vor und zurück, bis ein wenig Wein aus dem Becher schwappte.

»Entsetzliche Vorstellung«, sagte er. »Er würde versuchen, in dem einen Amtsjahr soviel wie möglich zu verdienen, statt für das Gemeinwohl zu arbeiten. Er wäre bestechlich – wahrscheinlich. Nur einer, der reich genug ist, um in diesem Jahr keinen Gedanken auf sein eigenes Wohl verschwenden zu müssen, kann sinnvoll mit Macht umgehen. Wenn überhaupt; wie wir alle wissen, waren die meisten Archonten trotz ihres Wohlstands unfähig. Oder beeinflußbar.«

Endlich gelang es dem Sklaven, Feuer zu machen; fast gleichzeitig brach die Sonne durch den Dunst. Baiton klatschte.

»Ah. Die Rosse des Helios äpfeln!«

Elphenor stöhnte. »Und wenn jetzt einer etwas von der rosenfingrigen Eos erzählt, kreische ich.« Er leerte den Becher, winkte dem Sklaven und bewegte den Hintern auf seinem Strohsack, als ob er lästiges Getier durch Aufsitzen verringern wollte. »Ich kann diese Wendungen nicht mehr hören.«

»Du da, auf deinem erhabenen Pfühl«, sagte Laogoras mit einem Kieksen in der Kehle, »laß nicht dem Gehege deiner Zähne solch flügellahme Worte entfleuchen. Das ist nun mal so, unter uns Achaiern – seit die edlen Herren, die wir in Ämter wählen, statt sie umzubringen, also, seit die mal beschlossen haben, daß dieser blinde, wahrscheinlich taube und sicher heisere Sänger die anderen Götter ersetzt, weil er uns ihr schlechtes Benehmen näherbringt, ist das eben einfach so. Du wirst dich damit abfinden müssen; oder spring aus dem hohlen schwarzbäuchigen Schiff ins weinfarbene Dings.«

»Spottet nicht.« Solon klang so ernst, daß Polykles und Elphenor die Gesichter verzogen, wie bei einer schmerzhaften Störung. »Wir errichten Wälle gegen das Chaos, Wälle aus Worten: Gesetze. Wir haben diese Verse zur Grundlage des Gemeinwesens gemacht. Erziehung dazu, dem Vorbild der Helden der Vorzeit zu folgen. Eintracht unter den Hellenen und Achtung vor den Göttern. Auf diesen beiden Säulen ruht der Boden, der uns trägt. Ohne die Verse von Hesiodos und Homeros würden wir in geschichtsloser Barbarei versinken.«

»Übertreib nicht«, sagte Elphenor. »Ein plattfüßiger Dichter aus Boiotien und ein blinder Sänger aus Smyrna? Götter, deren Hauptbeschäftigungen Ehebruch und Anstiftung zum Mord sind? Und Raufbolde, fünf Jahrhunderte vor Homeros, der von ihnen kaum mehr wußte als wir?«

Die anderen lachten; Solon schüttelte langsam den Kopf.

»In den Taten der Götter und Helden«, sagte er, »sehen wir die Gesetze, die sie brechen und die wir befolgen müssen. Wir, die wir weder Götter noch Helden sind. Vielleicht haben wir uns all dies ausgedacht, um einen Rahmen für das Zusammenleben zu haben. Ein Traum, der uns leben hilft. Sollten wir je erfahren, wie sich die Dinge wirklich zugetragen haben... Ich fürchte mich vor dem Erwachen.«

Sie segelten vorbei an Aigina, verbrachten eine Nacht am Gestade von Hydrea, dann zwei Nächte auf See, was den Halbphönikier Zenon nicht schreckte. Nach zwei Tagen des Handelns und Umladens verließen sie Melos. Im kretischen Hafen Kydonia ergänzten sie Wasser und Vorräte, verkauften Öl und erwarben Wein. Ungewöhnlich günstige Winde erlaubten es ihnen, westlich um Kreta zu segeln, dann nach Südosten. Einen Tag lang dümpelten sie in einer Flaute; sechs Tage, nachdem Kretas Küste hinter ihnen versunken war, erreichten sie, ohne lange an Libyens Nordküste entlangschleichen zu müssen, den westlichen Mündungsarm des Nils. Die anderen priesen Zenon als gottgleichen *kybernetes*, Vertrauten der Sterne, Liebling der Winde und zuverlässigen Überbrücker des weinfarbenen Meeres. Solon stand an der Bordwand. Er hörte die Lobreden und Scherze, hörte den Halbphönikier behaupten, von Kretas Westspitze aus den Nil genau zu treffen sei eine Kleinigkeit für ihn und seinesgleichen, nahm dies alles aber kaum wirklich wahr.

Er bemerkte nicht einmal die Tränen, die über seine Wangen rannen. Etwas in ihm, nicht er selbst, dachte ihn und sich zurück in die Zeit der ersten Reise. Es war, als gäbe das uralte Ägypten dem Athener die Jugend zurück. Oder jedenfalls die Zeit früher Reife. Fünfundzwanzig Jahre... Dann wischte er sich die Wangen und die Augen. Er sah, daß sie weit vor der Küste schon in braunem Wasser segelten, erinnerte sich daran, daß die Ägypter das Meer das »Große Grüne« nannten, und versuchte, längst vergessene Sprachbrösel aufzubacken, die er damals vom Laib des Ägyptischen geknabbert hatte, ohne sie je wirklich schlucken zu können. Der »schnellfließende Aigyptos« (Elphenor würde wieder stöhnen, dachte er) – der Nil, der *Jotru* hieß, »großer Fluß«, oder *Hapi* wie der zuständige Gott; *Men-nofer*, von den Hellenen »Memphis« genannt, die auch aus *Ka-Suut* Sais gemacht hatten. Die Ägypter nannten sich *Romet*, »Menschen«, und ihr Land *Tameri*; Solon dachte an den Priester in Sais, der viele hellenische Bezeichnungen »feindlich« genannt hatte, weil sie aus Begriffen der assyrischen Besatzer hervorgegangen seien. Damals war er jung und durstig nach Wissen gewesen. Der Durst war geblieben.

Am nächsten Vormittag saß er als alter, mürber Mann am Mastfuß auf einer Taurolle. In den Augen, von fünfzig Jahren morsch, wibbelte wie ätzendes Gewürm das Gleißen der Sonne, gespiegelt von den Kräuselwellen des Flusses. Er wartete darauf, daß ihn das sanfte Schaukeln der *Glauke* in einen Halbdämmer versetzte, in dem vielleicht der Kopf aufhören würde, schadhafte Trommel zu sein.

Er dachte an die vergangene Nacht, dort verbracht, wo der alten Geschichte zufolge Kanopos, Steuermann des Menelaos, an einem Schlangenbiß gestorben war, obwohl Helena aus ihren Tränen ein Heilmittel gewann. Ah, die Macht von Frauentränen und Männerworten... Peguati, das Fischerdorf auf dem Westufer, hatte sie mit Feuer, Fisch, Fleisch, Musik und viel Bier bewirtet (gegen eine Amphore billigen, geharzten Weins), und das östlich des Mündungsarms gelegene Menuthis, wo es einen Tempel der Isis und einen des Schatzes gab (gottgleich der Herrscher, göttlich die Gier, Götzen die Zöllner und Steuerwächter), entsandte einen Zollaufseher mit drei Kriegern, daß an der Feier nichts fehle. Aus der Festung Rhakotis weiter westlich, in den letzten Jahrzehnten zum Schutz der Küste gegen Seeräuber und zur Bewachung der Handelsstraße nach Kyrene angelegt, kamen abends ionische und karische Söldner, um mit den Kaufleuten zu trinken und mit den jungen Frauen des Orts zu reden. Bis der Schwall des Trunks die Dämme der Ziemlichkeit bersten ließ, bis die Flut aus Heimweh und Lust um die Feuer schwappte und zwischen den Sternspiegelungen versickerte. Ah, die Wucht von Männertränen und Frauenworten...

Elphenor hatte gelitten, in dieser Nacht; auch aus der Sprechweise der Söldner waren geflügelte Wendungen geschlüpft, die Elphenor jaulen ließen, vor allem, da die Männer sie zum Zeichen hellenischer Verbundenheit unaufhörlich abwandelten; und als er längst betrunken war, wollten einige der Kämpfer ihn in die Büsche schieben, mit einer Dorfschönheit, deren Name Helena sei, wie sie versicherten – »damit dein langes Werben endlich ins Ziel gleite«. Pylades dagegen hatte nicht gelitten; er fing alles herumflatternde Wortgeflügel und rupfte es und erzählte wüste Geschichten über sich und Orestes und dreierlei Elektras. Laogoras leugnete entschieden, jemals von Herakles getötet worden zu sein, und insgesamt war es eine sehr wilde Nacht.

Donner weckte ihn, dann das Gelächter der anderen. Er richtete sich auf und sah und roch das Hinterteil des Flußpferds, wenige Armlängen entfernt im Schilf. Baiton sagte, so habe er sich Zeus immer vorgestellt, und Solon erinnerte sich an einen ägyptischen Gesang über Hapis heilsamen Hauch.

Der stetige Nordwind trieb sie gegen den trägen Strom, nach Süden. Nachmittags, als er sich wieder halb lebendig fühlte, beobachtete Solon den Fluß und die Landschaft. Mehrmals sah er große Fische mitten im Strom ruhig und fast zielstrebig flußab schwimmen. Auf einer ufernahen Sandbank erblickte er die ersten Krokodile dieser Reise; sie schienen das vorübergleitende Schiff mit geringschätziger Langeweile zu betrachten: uralte Todesgötter, denen die Hast der Emporkömmlinge, flüchtiger Menschen, allenfalls ein halb gehobenes Lid wert ist. Manchmal stiegen scheinbar mühevoll Stelzvögel aus dem Ried, um in verzaubertem Gleiten zu entschwinden. Irgendwo jenseits des raschelnden Schilfs gab es Hütten oder ganze Dörfer auf Hügeln im Schwemmland; sie waren vom Boot aus nicht zu sehen, und die *Glauke* schien durch eine menschenleere Ödnis zu segeln. Aber der Würgegriff des Herrschers umklammerte längst auch Schilf und Strom und Küste.

Polykles musterte zum zwanzigsten Mal den Papyrosfetzen, den ihm der Zöllner aus Menuthis in der Nacht ausgehändigt hatte. »Wenn ich nur wüßte«, murmelte er.

Solon streckte die Hand aus. »Laß mal sehen. Ich habe fast alles vergessen, aber vielleicht ...«

Zwei längliche Mehrfachzeichen, wie gestempelt, daneben ein Gekritzel von Schreibried und Tinte. Elphenor schaute über Solons Schulter; Baiton lehnte an der Bordwand, sah zu und schob die Unterlippe vor.

»Na, kannst du das lesen?« sagte er; es klang eher gleichgültig – wie sich ein Adler an eine Krähe wenden mag, die sinnlose Schwimmübungen macht.

»Ein bißchen.« Solon deutete auf einige der Zeichen. »Das ist *per-ao*, ›Großes Haus‹, oder ›Herr des Großen Hauses‹, woraus wir ›Pharao‹ gemacht haben. Das da, hm ... Ungefähr ›vom Pharao eingesetzt‹ oder so, eine Art Amtsstempel. Das da ist, ahhh, *tanaju*. Das uralte Wort für uns – Danaer. Dann ist hier noch *pwme-rew* oder so ähnlich; das müßte Pyemro sein, der Ort, den unsere Geschäftsfreunde inzwischen Naukratis nennen.« Er ließ den Zettel sinken.

»Und was heißt das alles?« sagte Polykles.

»Ungefähr das: ›Der vom Herrscher eingesetzte Zöllner überweist die handeltreibenden Danaer an die zuständige Zollerhebungsstelle in Naukratis.‹ Und sein Name, aber den kann ich wirklich nicht enträtseln. Hat er dir gesagt, wie er heißt?«

Polykles hob die Brauen. »Hat er? Er hat, hab ich aber vergessen. WennWumms, irgendsowas.«

Solon gab ihm den Papyros zurück. »Seltsam«, sagte er halblaut. »Eine Festung in Rhakotis, ein Zöllner in Menuthis, aber wir werden sozusagen nach Naukratis gewiesen ... Wozu dann überhaupt Zoll an der Mündung? Hast du etwas bezahlt?«

»Nein. Hat mich auch gewundert.«

»Wie war das denn, als du damals hier warst?« sagte Pylades, der auf einem Strohsack hockte und mit seinem leeren Becher spielte. Er blinzelte in die schrägstehende Sonne.

»Damals?« Solon kratzte sich den wuchernden grauen Bart. »Keine Festung Rhakotis. Ein paar Krieger in Menuthis und Peguati. Die haben uns gesagt, wir sollten uns in Pyemro melden und dann weiter nach Sais. Nach den langen Kriegen mußte alles erst wieder aufgebaut werden.« Er schwieg, dachte an die Fahrt, in der fernen Jugend, gestern. In fünf Jahrzehnten des Kampfes hatte der Stadtfürst von Sais, Psamatik, die Fremden vertrieben: dunkle Kuschiten zurück nach Süden, die »Leute aus Tjehenu« zurück in die Wüste Libyens, nach Westen, die furchtbaren Assyrer zurück in den Osten. Von Sais aus einte und heilte er das zerrissene Land. Auch der Seehandel mußte zuerst wieder in Gang kommen; vorher waren Zöllner sinnlos. Solon erinnerte sich an das Gesicht des uralten Herrschers: verwittert, schon entrückt und doch die Welt messend. Nach ihm (bald nach Solons Reise) kam Necho, nun herrschte dessen Sohn, Psamatiks Enkel Psamis, von Sais aus über das Land. Sais, die engen Straßen, Amuns düsterer Tempel, das Gehege mit Löwen und Elefanten. Mückenschwärme, Menschenschwärme – Gestank, Krieger, Händler, Handwerker. Und, wie seltsam, ganz plötzlich im Mund und in der Nase der Duft einer Schreiberin aus dem Tempel der Hathor. Der Duft, der Geschmack, die Fackeln und die Geschenke einer Nacht...

»Ein Vorschlag.« Elphenor räusperte sich. »Wenn das Stempel sind, werden sie öfter verwendet, sonst würde man keine schnitzen. Oder prägen, oder schlagen, oder was immer die hier machen. Kann das heißen, daß alle ›Danaer‹ in Naukratis Zoll bezahlen, während sonstige Fremde und Ägypter gleich an der Mündung abgefertigt werden?«

»Kann das wiederum heißen«, sagte Baiton mit einer Grimasse, »daß wir unsere Waren überhaupt nur in Naukratis verkaufen dürfen? Mir kann's ja gleich sein, aber was macht ihr beide, mit eurem Metall? Ist doch wohl eher für die königlichen Waffenschmiede gedacht als für den Zwischenhandel, was? Als ich das letzte Mal hier war, fünf Jahre her, hab ich Zoll an der Mündung bezahlt und konnte dann machen, was ich wollte.«

Der einzige, der in jüngerer Zeit Ägypten besucht hatte, war Zenon, aber der Steuermann hob nur die Schultern. »Das Schiff, Wind, Wasser, Sandbänke – und die bezahlbaren Frauen im Hafen, das ist mein Anliegen. Ich bin ja kein Händler.«

»Hast du dich nie an einer Fracht beteiligt?« sagte Solon.

»Wozu? Und vor allem womit? Ich vermiete mein Wissen; offenbar weiß ich nicht genug, denn von dem, was ich dafür kriege, kann man sich nicht an Geschäften beteiligen.«

Bald überholten sie einen tiefliegenden Lastkahn. Aus dem Schilf tauchten an beiden Ufern immer mehr Hütten und ganze Dörfer auf, und plötzlich gab es Boote: Fischer, die auf dem Strom mit Wurfnetzen oder im Schilf mit Speeren arbeiteten. Weiter entfernt stiegen Rauchsäulen auf, wurden vom Wind gefällt und zerfetzt.

Nach einer langen Flußschleife sahen sie rechts, am südwestlichen Ufer, eine Bucht mit aufgeschüttetem Kai und Molen, dahinter Häuser aus Stein oder Lehmziegeln. Der rötlich glitzernde Giebel eines Tempels, an den Solon sich nicht erinnerte, überragte die anderen Gebäude.

Das Dorf, das der Athener vor fünfundzwanzig Jahren besucht hatte, war zu einer Stadt geworden. Baiton und Zenon grinsten über sein Erstaunen, als wollten sie sagen:»Wir haben es dir doch geschildert.« Solon murmelte etwas über die gesunden Zweifel, die nur durch eigenen Augenschein zu beheben sind.

Händler aus Miletos hatten den Tempel erbaut, der allen hellenischen Göttern geweiht war, Kaufleute aus Mytilene das Versammlungshaus an der mit Säulen und Bogengang umgebenen Agora. Athener, Spartaner, Thessalier, Rhodier, Kreter, Kyprer, Leute aus allen Städten der ionischen Küste, Phönikier aus Tyros, Sidon und sogar dem fernen Karchedon [Karthago], helle Ägypter, dunkle Kuschiten... Ägyptische Hauptleute befehligten Zoll- und Wachtruppen aus Karien und Lydien, und die Zöllner verlangten fünfzehn Hundertstel des Warenwerts. Während Polykles und die anderen murrend zahlten, zankten Elphenor und Solon so lange und so laut, daß man schließlich einen hohen Herrn aus dem Palast des königlichen Statthalters holte, einen feisten, krötenähnlichen Ägypter. Er roch nach Kinnamon und Narden, trug zahlreiche Ringe und hatte geschminkte Lippen.

Und er überraschte die Athener.»Solon?« sagte er, mit öliger Stimme und einer angedeuteten Verbeugung.»Der große alte Staatsmann, von dessen Weisheit und Wohltaten soviel berichtet wird? Und Metall für die Waffenkammer des Herrschers?«

Eher oberflächlich prüfte er die Waren; dann ließ er zwei Papyrosstreifen von einem Schreiber bestempeln und bekritzeln.

»Sagt dem Fürsten im Per-Ao zu Ka-Suut, daß sein elender Diener edle Gäste so zu behandeln weiß, wie es ihnen zukommt. Diese Binsenblätter sichern euch gebührende Achtung. Niemand darf Abgaben oder Wegzoll von euch verlangen – aber ihr dürft eure Waren nicht verkaufen, ehe der Herrscher sie gesehen und darüber befunden hat.«

Elphenor wäre gern länger in Naukratis geblieben, beugte sich aber Solons Wünschen. Die anderen Händler würden in etwa zwanzig Tagen aufbrechen, flußauf segeln bis dorthin, wo der naukratische Mündungsarm mit dem nächsten zusammentraf, der an Sais vorüber zum Meer führte, von da flußab zur Hauptstadt des Pharao, wo Solon und Elphenor wieder an Bord gehen sollten. Der junge Athener blickte aus roten Augen ins Morgenlicht; er stank nach Bier und mindestens einer billigen Dirne. Die Sklaven und ein arg unwirscher Zenon (er verfluchte die »Augäpfel stechenden Dornen an den Rosenfingern dieser schmierigen Schlunze, wie heißt sie noch?«) brachten sie mit der *Glauke* ans andere Ufer.

Dort mieteten sie einen Ochsenkarren samt Treiber, der sie über die erhöhte Straße zwischen Feldern und Dörfern zum nächsten Nilarm geleitete. Am mittleren Nachmittag schleppten sie ihre Kisten und Ballen an Bord einer Fähre und ließen sich übersetzen: nach Sais.

Im Rückblick verschmolzen Empfang und Ehrungen (und zähes Feilschen um Preise) für Solon mit dem Bild der Stadt, ihrer hundert verschiedenen Menschensorten, der halbverfallenen Lehmwälle, der staubigen Lehmgassen, der Häuser und Schänken zu einem wirren Gemenge von Farben und Gerüchen. Nur eines blieb, ein Brandzeichen in der Seele: der Tempel des Amun, die Stimmen der Priester, der Duft von Weihrauch und die Schriften, die die Priester ihm vorlasen.

Und die Fassungslosigkeit, das Entsetzen des Atheners, der seinen Durst nach Wissen hatte löschen wollen und nun in Kenntnissen ertrank, die alle Grundlagen zerstörten, alle Grundmauern fortspülten, auf denen er für sich und Athen Gedanken und Gesetze errichtet hatte.

Empfang und Ehrung gingen der unbeabsichtigten und für den alten Priester des Amun kaum begreiflichen Demütigung Solons voraus und machten diese noch schmerzlicher. Der König, nur kurz in der Stadt, wies seine Diener an, Solon und Elphenor im Gästeflügel des Palasts unterzubringen; Elphenor verschwand bald, um sich durch die Schänken und Freudenhäuser von Sais zu treiben. Am dritten Tag in Sais begann Solons Niedergang.

Am Anfang stand die Begegnung – genauer: Wiederbegegnung; sie hatten sich am Vortag beim Empfang flüchtig beschnuppert – mit dem alten Phönikier. Ahiram war jenseits der sechzig, mit Augen wie schwarze Sonnen und einem Gesicht wie der brüchige Boden eines trockenen Bachbetts. Er war Steuermann an Bord eines der Schiffe gewesen, die Necho, Vater des jetzigen Pharao Psamik, vor einem Jahrzehnt zur Umrundung Libyens ausgesandt hatte.

»Ich hause im Tempel, wie es Göttern und gottlosen Seeleuten zusteht.« Ahiram grinste ins grelle Nachmittagslicht und zog Solon weiter durch die brodelnden Gassen. Auf einem kleinen dreieckigen Markt, zwischen Verkaufstischen und Ochsenfladen, umschwirrt von Fliegen und von Hühnern umpickt, hatten sie dünnes Bier getrunken und Früchte gegessen. »Der alte Wen-Amun will alles wissen; deshalb hat er mich aufgenommen und läßt mich schreiben. Ich schreibe langsam.« Der Phönikier kicherte. »Wozu soll ich mich beeilen? Sobald mein Bericht fertig ist, wird kein Platz mehr für mich im Tempel sein.«

»Wie lange wart ihr unterwegs?«

Ahiram steuerte den Athener in eine winzige Gasse zwischen Lehmhütten. »Hier lang. Drei Jahre und etliche Monde.«

Während sie durch die immer engere, immer schäbigere Nordstadt zum Tempel gingen, erzählte er vom Kanal, den Necho graben ließ, und den Schiffen, die phönikische Meister in Tyros bauten. Von Tyros durchs Große Grüne zu den Nilmündungen, aufwärts nach Sais, dann zum östlichsten Nilarm und durch den neuen Kanal ins Ostmeer, das Ägypten von den Wüsten Arabiens trennt. Nach Süden, immer nach Süden, zu den Weihrauchlanden, dann nach Südwesten. Er berichtete von Küsten und Inseln, von Dörfern mit dunkelhäutigen Menschen, von Häfen, in denen gute Schiffe lagen – Schiffe von Herrschern, deren Namen keiner in

Ägypten je gehört hatte. Vom Regenwind und vom Winterwind, der sie nicht vorankommen ließ, so daß sie lange Monde an Land verbrachten, säten und ernteten, bis endlich ein anderer Wind aufkam. Von den gewaltigen Wogen bei einem Vorgebirge, das an die Form einer Nadel erinnerte, und vom zweiten Winter in einer Bucht zu Füßen eines tischähnlichen Bergs, der dort lag, wo die unendliche Küste des tiefen Südlands nach Norden schwenkte.

Eine Tempelsklavin, nackt bis auf einen knappen Schurz, brachte ihnen Becher und drei Krüge: einen mit kühlem Brunnenwasser, einen mit Saft verschiedener Früchte, einen mit kretischem Wein. Die Frau war gebräunt, wiewohl hellhäutig, hatte zartrote Brustspitzen, duftete nach Öl und Salben und bewegte sich wie ein schönes schlüpfriges Tier, aber Solon nahm sie eher als Störung wahr – Störung in Ahirams Bericht.

Der Tempel des Amun stand auf einem Hügel im Schwemmland, war aus weit hergebrachten Steinen errichtet und überragte die Stadt einschließlich des niedrigen, weitläufigen Palasts. Von der hohen Terrasse, von einem Schirm aus Palmwedeln beschattet, sah Solon das fruchtbare Flußland, die Kähne auf dem Hapi, die Bewohner des Landes Tameri und die zahllosen Fremden in den Gassen und auf den Märkten, aber eigentlich sah er all dies nicht. In seinem Geist entstanden Bilder – unendliche Wasserwüsten, schroffe Küsten, weite Buchten, seltsam geformte Schiffe. Unglaubliche Vögel mit Flügeln, die von einem Ende zum anderen vier oder fünf Mannslängen maßen. Menschengroße Affen, die aus dichten Küstenwäldern Steine und riesige Nüsse nach den lagernden Seeleuten warfen. Feuerberge. Waldinseln. Seehunde und Wale und bunte kreischende Vögel...

»Habt ihr eigentlich nie befürchtet, ihr könntet über den Rand der Erdscheibe hinausgeraten?«

Ahiram sah ihn ausdruckslos an. »Erdscheibe?« Er bewegte sich auf dem knirschenden Schemel und rieb den Rücken an der Steinwand, hinter der seine Gemächer und die der Priester lagen. »Scheibe, umflossen vom gewaltigen Strom des Okeanos? Ha.«

Okeanos war das einzige hellenische Wort des Satzes. Das Gespräch – ein zungenbrecherisches Gemenge aus Phönikisch,

Ägyptisch und Hellenisch, mit gelegentlichen Fetzen der alten Verhandlungssprache der Fürsten, Assyrisch – beanspruchte Solons Geist fast ebenso wie der Inhalt von Ahirams Bericht.

»Wieso *ha*?«

»Als wir aufbrachen, stand mittags die Sonne über uns – im Frühjahr. Im Sommer steht sie dort, wo wir heute sind, hoch im Süden, nicht wahr? Aber im zweiten Sommer, als wir tief im Süden waren, stand sie mittags hoch im Norden.«

»Was! Das ist...« Solon setzte seinen Becher so hart auf den kleinen Tisch, daß Flüssigkeit herausschwappte und den hellen Chiton tränkte.

»Unmöglich?« Ahiram gluckste. »So unmöglich wie die Tatsache, daß dein kurzer Leibrock, den du Chiton nennst und für eine hellenische Leistung hältst, schon vor Jahrhunderten von meinen Vorfahren getragen und *kitun* genannt wurde? Auch unmöglich, daß wir auf dem unendlichen Okeanos eine Krümmung oder Wölbung der Erde gesehen haben? Auch unmöglich, daß die Sterne, nach denen Seeleute sich nachts richten, dort unten nicht zu sehen sind, hinter der Krümmung der Erde langsam im Norden zurückbleiben? Und daß sie, als wir die andere Küste nach Norden fuhren, viele Monde später langsam wieder aus dem Meer und dem Land auftauchten?«

Solon schwieg eine Weile; schließlich sagte er schwach: »Aber... was bedeutet das für uns, für unsere Kenntnisse?«

»Wen-Amun sammelt alte Aufzeichnungen. Er hat –« Ahiram brach ab und schüttelte den Kopf. »Nein, anders. Du weißt doch, daß die Romet ebenso wie die Babylonier schon Wissen gesammelt haben, als man in den Gegenden, aus denen du kommst, noch nicht einmal Feuer machen konnte? Gut. Sie haben die Sterne und ihre Bewegungen beobachtet, um nur das zu nennen, und die Länge der Rundungen berechnet. Jahr, Mond und so weiter. Wen-Amun sammelt so etwas. Er hat meine Beobachtungen mit den alten Aufzeichnungen verglichen und sagt, es habe schon lange die Vermutung gegeben, daß die Erde eine Kugel ist und sich um die Sonne dreht. Damit ließe sich vieles erklären, was sonst unerklärlich bleibt.«

»Aber...« Solon verstummte. Er trank Saft, Wasser und Wein gemischt, starrte nach innen und hinaus. Weit im Westen sank der Feuerball des Helios. Oder sank er nicht? Der Athener rang mit Dingen, die zu wissen er geglaubt hatte, und mit anderen Dingen, die er nicht glauben mochte, um nicht sein Wissen zu verlieren. Dabei berührte ihn all dies nur mittelbar, wie ein Bericht über Unheil, das entfernten Verwandten zugestoßen ist. Ohne Verblüffung gestand er sich ein, daß es ihn nicht kümmerte, ob die Welt Scheibe sei oder Ball, ausgehöhlte Kugel oder moosbedecktes Dreieck; ob Helios im Feuerwagen über den Himmel raste, oder ob ein Feuer ohne Helios dort stillstand, während sich unten die Erde drehte.

Ahirams Lächeln wirkte nachdenklich, aber das mochte ein Spiel des Zwielichts sein. »Was trübt den inneren Tümpel, den du Geist nennst?«

Der Athener antwortete nicht gleich. Er suchte nach dem Grund dafür, daß er nicht verblüfft, wohl aber bestürzt war, wie getroffen von den Steinen eines über ihm einstürzenden Gebäudes. Dann begriff er, daß nicht Solon der Händler unter den Trümmern litt, sondern der Lehrer und Gesetzgeber. Als habe er es schon immer gewußt, wurde ihm klar, daß er nie wirklich an die Götter geglaubt hatte. Die menschenähnlichen Götter, die keinen Grund hatten, sich auf dem Olympos niederzulassen, wenn die Welt keine Scheibe war und der Olympos nicht Mittelpunkt. Die Ordnung der menschenähnlichen Götter zur Begründung einer heiligmäßigen Ordnung unter den Menschen. Schäbige, streitende, trunksüchtige Götter, von bisweilen übertretenen Gesetzen gebändigt; die Götterwelt als Abbild dessen, was der Gesetzgeber sich bestenfalls für die Menschen erhoffte, nicht umgekehrt. Solon würde ohne Götter weiterleben, nur mit Gesetzen; aber würden die Athener, wenn sie begriffen, daß der Olympos ein unbehauster Dreckklumpen war, nicht auch die Gesetze schmähen, die von diesem Klumpen hergeleitet waren – aus einer Quelle, die nie mehr fließen konnte?

»Du hast einen Stein in diesen Tümpel geworfen«, sagte Solon heiser. »Einen Stein, so groß wie ein Berg. Jetzt gibt es kein Wasser mehr darin.«

Ahiram kratzte sich den Kopf. »Wasser? Stein? Wieso?«
»Die Götter. Und die göttlichen Gesetze der Menschen.«
»Ah.« Der alte Seefahrer grinste. »Solon, Verbreiter von Gesetzen, gefangen in Bewegungslosigkeit? Nicht zurück zu alten Wahrheiten, und voraus keine neuen in Sicht?«
»Nicht einmal Sterne, nach denen ich segeln könnte.«
Es hatte einmal Sterne gegeben; vielleicht gab es sie noch, vielleicht waren sie vorübergehend umwölkt. Der Hader der Götter, in dem von ihnen gebrochene Gesetze dennoch zu erkennen waren, und der Hader der Helden, ausgelöst von Göttern. Feuer, angefacht von Göttern, in denen Helden brannten. Helden, die heimkehren wollten, die aber vom Hauch der Götter weit über das weinfarbene Meer getrieben wurden, in bauchigen Schiffen, listenreich und vieles erleidend. Oder andere Helden, aufbrausende Zerstörer.

Die geflügelten Worte, die Verse aus Erz und Ewigkeit, Gefäß aller Lehren und Vorbilder und Abschreckungen – waren die Worte denn wirklich noch leicht und geflügelt ohne den Hauch der Götter, oder barst nun das Gefäß, sickerte alle Weisheit in den Sand auf der Kugel: Weisheit, die nie Weisheit gewesen war, immer nur Täuschung und Trug?

Leise sagte er: »Aus Furcht vor dem Unbekannten, dem Tod, haben wir Unsterbliche und Leben in der Unterwelt erfunden. Götter und Helden, denen nachzueifern uns daran hindern soll, haltloses Getier zu werden. Götter, die im Mittelpunkt der Erdscheibe hausten. Für die auf einer Kugel kein Platz ist. Bleibt denn ohne Götter wenigstens das Gefüge des Großen Gedichts? Oder nur noch Moira, Herrin des Zufalls, so unergründlich, daß nicht einmal das Denken sich noch lohnen würde?«

Ahiram runzelte die Stirn. »Denken? Lohnen?« murmelte er.

Solon füllte den Becher wieder auf, trank, schwieg. Irgendwann später, als Schatten unten die Gassen verschlungen hatten, sagte er: »Aber zurück zu der Reise. Wie seid ihr heimgekommen?«

»Nach Norden.« Ahiram klang fast erleichtert. »Dorthin, wo bewaldete Inseln vor der Küste liegen und ein Feuerberg die

Nacht erhellt. Dort biegt die Küste nach Westen, sehr lange Zeit, später wieder nach Norden. Es gibt dort Mündungen riesiger Ströme, und Städte, in denen Händler aus Qart Hadasht [Karthago] Gold und Elefantenzähne kaufen.«

Ahiram berichtete von Weiten, Wüsten und Gewässern, von kleinen Häfen und großen Inseln. »Dann sind wir in Gadir angekommen, wo die westlichen Phönikier, du weißt, die Herren von Qart Hadasht, Tempel und Festungen gebaut haben und mit den Fürsten von Tarshish um Iberiens Erz streiten. Sie haben uns als ferne Brüder aufgenommen; von dort sind wir durch die westliche Meerenge zwischen den Säulen des Melqart zurück ins Große Grüne gesegelt.«

»Gibt es im Westen auch Säulen?« Solon seufzte. »So viele Nachrichten... Ich dachte, es gäbe derlei nur im Nordosten, an der Enge des Dardanos, wo Herakles bei der Fahrt mit den Argonauten seine Säulen errichtete.«

Bald darauf brachte die Sklavin einen weiteren Stuhl und Früchte, Brot, kalten Bratfisch und drei dampfende, gebratene Hühner. Der alte Priester, den Solon ebenfalls am Vortag im Palast kennengelernt hatte, setzte sich zu ihnen.

Ahiram versuchte, von der Gestalt der Erde zu sprechen, aber der Athener lenkte ab, indem er nach Quellen alten Wissens fragte. Wen-Amun redete in Andeutungen von der Macht der Priester des Amun, ohne Billigung oder Mißbilligung auszudrücken. In den langen Jahren der Fremdherrschaft, sagte er, seien die Tempel Horte des Wissens geblieben und Knoten in einem Netz der Macht geworden, denn die Assyrer im Nordosten von Tameri, die Tjehenu aus der Wüste Libyens im Nordwesten und die Kuschiten im Süden hätten das Land besessen, nicht aber die Götter und ihre Tempel.

»Was weißt du von meinen Vorfahren?« sagte Solon. »Wir haben ja fast alles vergessen.«

Wen-Amun nickte; etwas wie väterliche Herablassung klang in seiner Stimme mit. »Ihr seid ein wenig wie Kinder; das stimmt, edler Solon. Dabei gäbe es vieles, auf das ihr stolz sein könntet. Wenn ihr es nicht vergessen hättet.«

»Stolz? Wir? Was meinst du damit?«

Wen-Amun klatschte in die Hände; ein Sklave erschien und zündete eine Fackel an, die er in ein Holzgestell steckte.

»Licht im Dunkel«, murmelte der Priester. »Das war das Land Tameri, als Die-von-jenseits-der-See alle Küsten verheerten und viele Städte untergingen, auch die deiner Vorfahren. Städte der Tanaju, Solon, überall in Muqannu, sind damals untergegangen, durch Feuer und Zwist von innen.«

»Wie lange liegen diese Dinge zurück?«

»Neuntausend Rundungen ist es her, seit deine Stadt Athen gebaut wurde; andere Orte in Muqannu sind älter. Dieser Ort hier, den ihr Sais nennt, wurde vor achttausend Rundungen gebaut. Die Städte weiter oben am Hapi waren damals schon alt. Und die Ereignisse, von denen wir sprechen, begannen vor etwa siebentausendachthundert Rundungen.«

Solon legte den Kopf in den Nacken und starrte in die Schwärze des Abgrunds zwischen den Sternen. Der Abgrund zwischen den Jahren erschien ihm tiefer. Und schwindelerregend.

»Siebentausendachthundert?« sagte er leise. »So lange?«

Ahiram gluckste. »Du mißverstehst, Athener. Die Romet rechnen nach zweierlei Maß. Die Zeit des Fürsten im Per-ao wird nach Herrschaftsjahren gemessen; aber du sprichst mit einem Priester des Amun, und in den Tempeln zählt man die Monde.«

»Weil sie immer gleich lang sind – oder fast.« Wen-Amun deutete auf die Halbscheibe des zunehmenden Monds. »Dreißig Tage, wie wir heute rechnen.«

»Siebentausendachthundert Monde?« Solon rechnete mühsam. »Das sind etwa ... sechshundertvierzig Jahre?«

»Damals gab es, wie heute, viele Städte und Reiche um das Große Grüne. Tameri ... die Totenhäuser, die du Pyramiden nennst, waren schon alt.« Der Priester begann eine lange Aufzählung von Namen, von denen Solon die meisten nicht einordnen konnte; Ahiram murmelte bisweilen Übersetzungen und Erläuterungen. So erfuhr der Athener, daß es schon damals Assyrer im Land der Zwei Ströme gegeben hatte; daß Syrien und jene Lande, die heute im Inneren Asiens den Medern gehörten (»ungefähr« – sagte Ahiram – »Syrien, Kilikien und einiges westlich und nördlich davon«), das Großreich des verlorenen Hatti-Volks gewesen seien; daß Ägypten und die Hatti teils im Krieg, teils im Frieden miteinander gelebt und Verträge geschlossen hatten, und daß die von den Phönikiern bewohnten Küstenlande damals den Ägyptern unterstanden.

»Phönikier, wie du sagst, ist euer neuer Name. Wir haben uns immer nach unseren Städten genannt – Männer aus Suru oder Sidunu oder Gublu, für dich Tyros und Sidon und Byblos; oder einfach Chanani, nach dem Land, Chanaanu.« Ahiram blinzelte ins Fackellicht; als er weitersprach, klang seine Stimme ein wenig herablassend, vielleicht gönnerhaft. »Was wäre euer Gespräch ohne mich? Ha. Und Muqannu ist natürlich Mykene, war aber für die Romet früher der Name des ganzen Landes, das du als Hellas zu bezeichnen beliebst. Eine Erfindung, natürlich – Hellas gibt es nicht, ebensowenig wie es ein Land der Phönikier gibt: nur Städte.«

Solon hob abwehrend die Hände. »Langsam, ich bitte euch! Ich ertrinke in fremden Wörtern und Namen. Und bis jetzt weiß ich nichts von dem, worauf wir Hellenen stolz sein könnten, wenn wir es noch wüßten.«

Wen-Amun lächelte spöttisch. »Ohne Kenntnisse keine Erkenntnis, mein Freund. Wie soll ich dir über Dinge aus dem Land der Ströme berichten, wenn du nicht weißt, daß jener Fluß, den du Euphrates nennst, bei den Assyrern Purattu heißt und bei uns Uruttu oder, manchmal, Buranun? Wie ...«

»Gib mir, weiser Fürst aller Priester, einen Rahmen, in den die fremden Begriffe passen. Wenn ich ungefähr weiß, worauf sich dies und jenes bezieht, kann ich damit umgehen. Nenn mir nicht die Namen aller Teile in deiner Sprache, Wen-Amun – sag mir, daß es sich um Namen der Teile eines Körpers handelt und mit welchem Teil man hört. Dann höre ich genauer.«

Ahiram schnaubte, beugte sich vor und klopfte dem Athener auf die Schulter. »Fuß«, sagte er. »Der mit dem du riechst.«

Wen-Amun schwieg ein paar Atemzüge lang; dann begann er eine sehr allgemein gehaltene Abhandlung über Ägyptens uralte

Kenntnisse ferner Länder und Menschen, »im Großen Grünen und am Rand der Welt«. Die Romet, sagte er, hätten schon sehr lange nicht nur mit den östlichen Ländern gehandelt, Zedernholz und anderes von den Phönikiern bezogen, sondern auch mit dem Süden, dem Norden und dem Westen Beziehungen unterhalten. Tempelharz aus dem Süden, Erze aus dem Norden und Westen, teils auf eigenen Schiffen nach Ägypten geholt, teils von fremden Händlern geliefert, die dafür andere Dinge mitnahmen. Und in den fernen Gebieten habe sich bisweilen Neid geregt, wenn die dort einfach Lebenden sahen, welche Annehmlichkeiten und wieviel Schönheit Romet auf ihren Schiffen und, da sie oft überwintern mußten, auch in ihren Häusern hatten. So seien vor allem aus den kargen Landen des Westens und Nordens immer wieder mutige Männer gekommen, um für den Herrscher der Romet zu kämpfen und mit gutem Leben entlohnt zu werden. Von diesen Kämpfern habe man viele Dinge gehört und aufgezeichnet, ebenso all das, was die eigenen Händler berichten konnten. Aber auch mit anderen reichen Gebieten und ihren Fürsten habe man freundschaftlichen Umgang gehabt – so mit Minu von Kefti (»Minos von Kreta«, sagte Ahiram) und seinen Nachfolgern, mit den Hatti und den Herren der zahlreichen Städte des Landes Muqannu, zu denen auch die Gründer von Solons Heimatstadt gehörten. »Prächtige Bauwerke, gutes Leben in reichen Städten, schnelle große Schiffe und für den Kriegsfall gewaltige Scharen von Streitwagen – auf all dies könntet ihr stolz sein, wenn ihr es noch wüßtet. Und wenn nicht andere eures Volkes all dies zerstört hätten.«

»Ah«, sagte Solon. »Andere unseres Volkes? Wann etwa? Und wer?«

»Die Ärmeren aus dem Norden, die Rauhen – Tanaju aus den Ländern jener, die du Achaier nennst. Jene, die das große Djibu zerstört haben, das Qadimu gründete, und die bald danach in den Osten fuhren, um auch das reiche Wirudja zu plündern.«

Solon schüttelte ratlos den Kopf und blickte den Phönikier an. »Was meint Wen-Amun?«

Ahiram zögerte kurz; dann kicherte er unterdrückt und bemühte sich, das spöttische Grinsen nicht allzu breit werden zu lassen. »Wappne dich, Athener«, sagte er heiser. »Nachkomme und Verehrer der achaischen Helden – wappne dich, Solon.«

»Weshalb?«

»Djibu. Qadimu. Erkennst du die Namen nicht?«

Solon bewegte die Lippen, rollte die Namen mit der Zunge im Mund herum, vom Rachen bis zu den Zähnen. »Djibu. Dipu. Tibu... Theben? Und Qadimu – Kadimu... Kadmos? Kad – – –« Er brach ab; eine furchtbare Kälte kroch in sein Gemüt.

»Sieben zogen gegen Djibu«, sagte Ahiram. »Aber erst ihre Söhne zerstörten es. Theben, gegründet von einem Chanani namens Qadimu, den ihr Kadmos nennt. Sieben, und später Tausende. Wirudja... Hm. Sagt dir nichts? Die Hatti nannten es Wilusa; sie haben den Ort und das Land vorübergehend beherrscht.« Er wandte sich an Wen-Amun. »Waren nicht in der großen Schlacht, als Romet und Hatti bei Qadesh gegeneinander kämpften, Krieger aus Wirudja dabei? Bei den Scharen des Hatti-Herrschers?«

Der Priester grübelte. »Es sind so viele genannt, auf den großen Tafeln... Ah, du meinst die Dardaner?«

»Dardaner?« sagte Solon fast tonlos; er mußte sich mehrmals räuspern, um weitersprechen zu können. »Dardaner? Was haben sie mit, wie heißt das, Wirudja zu tun?«

Wen-Amun musterte ihn, fast mitleidig, wie es schien. »Wilusa, so nannten es die Hatti. In Muqannu hieß es Wiliusa, und später...«

»Ilios?« Solon öffnete den Mund, schloß ihn wieder, öffnete ihn abermals. »Ilios? Dardaner? O ihr Götter!«

Wie durch einen rauschenden Vorhang, einen Wasserfall hörte er Wen-Amun sprechen: von der Macht und dem Reichtum der Stadt, welche die Meerengen beherrschte und damit auch den Handel mit den erzreichen Ländern am nordöstlichen Meer; von der Fahrt eines achaischen Fürsten namens Ia-Sunu, den eines jener Länder anzog, in denen man mit Tierfellen Gold aus Flüssen siebte; von seinem Streit mit den Fürsten der Stadt und vom Zug des Helden Ira-Kiresu, der die Stadt an der Meerenge zerstörte und dort Säulen aufrichtete, die seinen Namen trugen; und von tückischen, gierigen Emporkömmlingen mit Namen wie Aga-Munu, Uddi-Sussu oder Aki-Resu, die ein Menschenalter später die Stadt abermals verwüsteten, als deren König Peri-Ammu und seine Söhne Krieg gegen die Hatti führten...

»Er ist erschlagen«, sagte Ahiram irgendwann. »Der arme Athener weiß nicht, wie er seine Kindergeschichten mit den gewaltigen Wahrheiten eurer Schriften versöhnen soll.«

Der Sockel von Hellas. Ein Bauwerk, behaust von zahllosen Ahnen und Nachfahren. Errichtet wider das Chaos, errichtet auf Versen, die dauerhafter waren als Erz. Zusammengehalten von... Träumen; gebaut aus Worten und zerstört durch Worte. Schlacke das ewige Erz, Geröll die behauenen Steine.

»Es sind doch nur alte Geschichten«, sagte Wen-Amun. »Schriften; vor sechshundert Jahren auf Papyros gekritzelte Zeichen. Was ist daran so furchtbar?«

»Schriften«, sagte Solon heiser, »und Ströme, die die Grundmauern des Gebäudes einreißen, in dem ich lebe. Gelebt habe. Schriften, die die Götter stürzen und unsere Gesetze zu Staub machen. Was sind diese Schriften, und kann ich sie sehen?«

»Es sind Aufzeichnungen auf Binsenblättern und Tempelwänden. Briefe eines Mannes namens Kuri-Nussu...«

»Korinnos, nehme ich mal an«, sagte Ahiram.

»... und eines Händlers, der die Dinge gesehen hat; ein Mann namens Djoser, Rome aus Men-nofer.«

»Ägypter aus Memphis«, sagte Ahiram gönnerhaft.

»Djoser hat eine Geschichte aus seinen Erlebnissen gemacht, mit Reden und Empfindungen, sehr ungewöhnlich. Gestützt wohl auf knappe Aufzeichnungen eines assyrischen Händlers, Ninurta, und einiger anderer. Ein Mann namens Zaqarbal aus« – der Priester suchte offenbar einen Namen; schließlich schnipste er – »ah, Sidon, wie ihr sagt. Und von anderen aufgeschriebene Erzählungen eines weitgereisten Kriegers, Uddi-Sussu.«

»Odysseus?« Solon schnappte nach Luft. »Kann ich sie sehen?«

»Morgen und viele Tage danach. Diener und Schreiber des Tempels...«

»Gib ihm doch eure schöne Schreiberin, zum Trost.« Ahiram keckerte.

»... werden dir helfen, sie zu übersetzen und mit deinen Zeichen auf Binsenblätter zu schreiben. Aber in dieser Nacht... Soll ich fortfahren?«

Solon nickte schwach. »Sprich, Herr des Tempels.«

BRIEF DES KORINNOS (I)

[1178 v. C.] Korinnos der Ilier, Zögling des Palamedes, im Frühling des neunten Jahres nach Vernichtung der Stadt – neben der Garküche des Xanthippos im Hafen von Kydonia am nordwestlichen Ende von Kreta: Katunaya auf Kefti – an den Handelsherrn Djoser, jenen derer von Yalussu, im weiß-und-ockerfarbenen Haus zwei Straßen nördlich des Tempels des Amun in Memphis: Men-nofer, im Schwarzen Land, Tameri, Misru.

Heiles Alter, Freund, und Erfüllung aller Ruhebedürfnisse des Weitgereisten und vor der Zeit Vergreisten; Silber zur Befriedigung der unwesentlichen Gelüste, Wein und sanfte Stimmen für die wichtigen. – O Djoser:

In wenigen Tagen wird einer deiner unerträglichen Landsleute (er hat hier den Winter verbracht, die Weinvorräte vertilgt, zwei Frauen geschwängert und meine Ohren mit zähflüssiger Rede geschändet) sein Schiff, Äsung der Bohrwürmer, nach Ersetzung etlicher Planken ins Wasser schieben und mit unredlich erworbenem Reichtum aufbrechen. Zur Minderung seines Übermuts wird er meine Flüche und dies Bündel von Binsenmark-Rollen mitnehmen.

Ernsthaft, mein alter Freund: Willst du dich nicht dazu verstehen, deinen faltigen Arsch in Reisekleidung zu wickeln und aufzubrechen, in den Westen, wo zwar nicht die erneuerte Jugend deiner harrt, wo aber neue Dinge dein schändliches Leben in geschmeidigem Scheitern enden lassen möchten? Bis zur Mitte des Sommers wird dein Schreiben oder gar dein Leib mich hier noch antreffen; danach?

Der geschwätzige Sidonier: im Westen, an der Küste des Libu-Landes, und später, sagte er im vergangenen Herbst, wolle er zu den großen Inseln. Der Assyrer: im Westen. So auch ich – bald, im Sommer. Nur du, seßhafter Rome, des Reisens und Handelns müde, willst dich in der Nähe eurer Tempel zu Tode öden? Segen darauf, und Hohn.

Warte noch ein Weilchen, Djoser; die wichtigen Nachrichten, um die du gebeten hast, folgen später; ich habe im Winter zahlreiche Binsenrollen beschrieben, denen ich nun andere, minder zahlreiche, voranstelle, damit du hörst, was dir entgeht, und damit du die Aufzeichnungen über alte Dinge mit der Trauer lesen magst, die jenen befalle, der von neuen Dingen hört, ohne daran teilzuhaben.

Im Herbst brachte ein Boot aus Ithaka Nachrichten von Odysseus, der, wie es heißt, noch immer an die Grotte denkt. Seine Herrschaft ist gefestigt, sein Gaumen dagegen locker, und die Zähne, die ihn verlassen, haben sich auf jene Reise ohne Wiederkehr begeben, die wir alle antreten müssen.

Der Assyrer und seine Göttin werden den Winter im Haus des Langen Mannes Khanussu verbracht haben, wenn die widrigen Zufälle ihnen gewogen waren. Du erinnerst dich sicher – Khanussu der Shardanier, dessen Haus, wie er sagte, am Strand steht, in der Bucht der Hirsche, mit Blick nach Osten über das Meer zu jenem Festland Tyrsa [Italien], das angeblich die Form eines Beines samt Fuß hat? Khanussu der Bogenschütze, Seefahrer und Geschichtenerzähler von der großen Insel Sharda [Sardinien], die auch Iknusa heißt, nördlich der sehr großen dreieckigen Insel der Shekelier [Sizilien]? Shardana, Shekelet... du siehst, ich komme nicht weg von deinen Anliegen und deinem letzten Brief.

Nun also. Die Nachrichten aus Tameri, die du mir geschickt hast, sind betrüblich; ich hatte gehofft, daß in diesen wirren Zeiten, da die alten Reiche untergegangen sind und neue sich nicht bilden wollen, wenigstens dein Land der Binsen und der Totenhäuser noch eine Weile ein Hort der zufrieden Lebenden sei. Aber die Entwertung der teuren Metalle, von der du schreibst, die zunehmende Macht der Priester, die Unzuverlässigkeit der königlichen Verwalter, der Mangel an Nahrung – Djoser, gürte deine Lenden, sofern diese noch erwähnenswert sind, und komm mit uns in den Sonnenuntergang, der vielleicht heller ist als der Osten, in dem die Sonne nur noch scheinbar scheinend aufgeht.

Dank, jedenfalls, für die zwei oder drei Bestätigungen von Dingen, die wir angenommen hatten. Shardanier, Shekelier, Tyrser als Söldner deiner Könige, ebenfalls als Söldner des Libu-Herrschers Meryre, als Seeräuber und Teil jener Horden, die im achten Jahr deines Herrschers von euren Kriegern vernichtet wurden, nachdem sie alles von Ugarit bis zur Mündung des Jotru verwüstet hatten... Wir wußten es, nicht wahr, aber es ist gut zu hören, daß diese Dinge in euren Tempeln verzeichnet sind.

Anderes hat sich in den letzten Monden klären lassen. Wie du weißt, wurde Idomeneus nach seiner Heimkehr erschlagen, da man seiner nicht länger bedurfte; hierin teilte er das Los Agamemnons und vieler anderer. Odysseus... nun ja, ihm habe ich vergeben; denn was er meinem Herrn und Lehrer angetan hat, hätte dieser zweifellos meiner Stadt angetan. In gewisser Weise hat der Mann aus Ithaka es mir erspart, Palamedes, den ich geliebt habe, hassen zu müssen. Die anderen sind zu dem Dreck geworden, der sie immer schon waren, obgleich ihre menschenähnliche Gestalt uns zeitweilig getäuscht hat. Bedauerlich ist allenfalls, daß man hier auf Kreta, und nicht nur in Knossos, mit allzu gründlichem Eifer ans Totschlagen ging, so daß neben Idomeneus, Meriones und anderen Ungeheuern noch viele starben, die nun keine Auskunft mehr über Früheres geben können.

Es scheint sich jedoch weitgehend so zu verhalten, wie du angenommen hast. Alle Einzelheiten, die ich ermitteln konnte, und alle Dinge, an die ich mich erinnere, stehen im langen Bericht; hier nur vorab einige klärende Zusammenfassungen.

Wie Meryre, der Libu, der vor vier Jahrzehnten Tameri von Westen her angriff; wie deine Herrscher; wie die Hatti-Könige; wie eigentlich jeder, der den eigenen Schmutz nicht mehr beseitigen mag – so also haben auch die Herrscher von Mykene und Pylos Söldner geworben. Die edlen und ruhmreichen Dinge zur Blendung der Götter taten sie immer selbst, die stürmischen Fahrten im Streitwagen, all das, was glänzt; jene aber, die das Aufräumen zu besorgen hatten, die als Läufer und Fußkämpfer die Streitwagen abschirmten und ebenso die verwundeten Feinde töten wie die eigenen Verwundeten bergen durften – diese Fußkrieger kamen zunächst aus dem armen Volk des eigenen Herrschaftsbereichs. Als aber der Reichtum zunahm und die Herrscher sahen, daß die Hand des Tagelöhners mit dem Pflug mehr Herrenreichtum schaffen kann als mit dem Speer, da holten sie für derlei Schmutzwerk andere herbei, besitzlose und entsprechend kühne Männer, denn Kühnheit stellt sich vor allem dort ein, wo Vernunft nichts zu bewahren hat, da sie nichts besitzt. Kühne Männer aus armen Gegenden – Shardanier, Shekelier und andere für Tameri, und rauhe Achaier für Mykene. Männer aus den Bergen nördlich von Theben; Männer, die für Pferd und Wagen zu arm waren und anfangs, sagt man, Reiter für Ungeheuer hielten und Kentauren nannten; Männer, die sich nicht wuschen und die Haare lang und zottig trugen, aber wie rasend kämpfen konnten. Männer, die heute heiter und morgen traurig waren, da ihnen der Gleichmut fehlte, den nur Bildung und Erziehung verleihen – Männer, kurz gesagt, die Namen trugen wie Herakles, Achilleus, Aias... Tobende tapfere Streiter, mit denen Königreiche zerstört, nicht aber aufgebaut werden können.

Diese Kämpfer taten Dienst, erhielten Nahrung und Metall als Lohn, und wenn sie nach einer gewissen Zeit nicht heimkehren wollten, sondern lieber dort blieben, wo das Leben reicher und angenehmer war, gaben die Herrscher ihnen ein Stück schlechten Landes und als Frau vielleicht eine Magd oder Sklavin. So blieben sie, mehrten durch Arbeit den fruchttragenden Boden und durch Nachtergüsse die Anzahl der Untertanen.

Siehst du, worauf es hinausläuft? Ich will es kurz machen: Sie kämpften und ackerten und zeugten, und ihre Söhne zeugten und ackerten, so daß die Herrscher zum Kämpfen weitere kühne Männer aus dem Norden holten. So daß die Anzahl jener, die sich nicht wuschen und in ihren schartigen Kehlen unsere Sprache zottig machten, immer schneller zunahm. So daß sie eines Tages sagten: »Nun sind wir so viele, und die Leute der alten Herrscher sind satt und träge und waschen sich zu oft und riechen nach fremden Duftwässern, und insgesamt stinken sie uns – warum nehmen wir nicht das, wofür wir kämpfen und was durch uns gemehrt wird, selbst in die Hand?«

Vermutlich, aber das ist nicht sicher, begann alles weiter nördlich, wo die Kühnen schnell Nachschub an Streitern aus ihren

Bergstämmen bekommen konnten. So nahmen sie – und sie waren mehr als siebenmal sieben – das reiche Theben ein, rissen die Paläste nieder und errichteten kleinere, für sie noch immer üppige Häuser auf der Akropolis. Die Herrscher im Süden fürchteten sich und bauten eine riesige Mauer über die Landenge bei Korinth, damit die Achaier nicht zu ihnen kämen; aber die Achaier waren ja längst da, als Söldner und deren Nachfahren.

Einige Herrscher waren klüger als andere. Nestor, damals junger Fürst von Pylos, öffnete den ansässigen Achaiern seinen Palast und teilte seine Schätze mit ihnen; ebenso Nauplion, der Vater des Palamedes. Andere wurden zu dem Stoff, aus dem die gestrigen Träume und der heutige Ackerboden sind.

Söhne von namenlosen Vätern, o Djoser; kühne und tapfere Männer von unbezwinglicher Grobheit. Und da sie vielleicht noch Väter, aber keine Großväter nennen konnten, führten sie sämtlich ihre Abstammung auf Götter zurück. Denn Herrscher gab es nicht in ihren Sippen, und wer will schon »Atreus, Herrscher von Mykene, Sohn von Niemand« heißen? Also Sohn des Zeus – wer auch immer der Alkmene beigelegen und Herakles gezeugt haben mag, »Zeus« ist ein besserer Name für ihn als Achaios, Sohn und Enkel und Urenkel des Achaios...

Die Bewohner der alten Städte? Sie starben, oder sie fügten sich und lebten und teilten. Teilten ihre Habe, ihre Häuser, ihre Frauen. Und sie teilten die neuen Unternehmen, die aus Gier und Unkenntnis keimten, oder aus dem Versuch, Rechte jener alten Herrscher zu behaupten, denen man alle Rechte und das Leben genommen hatte. Gier brachte den Thessalier Iason aus dem kargen Norden dazu, die Strohhütten und Lehmwände seiner Heimat Iolkos zu verlassen und mit einem Schiff nach Osten zu fahren, vorbei an Ilios, um in Kolchis Gold zu stehlen, ohne dafür arbeiten zu müssen. Behauptung von Rechten brachte den Atreus dazu, übers Meer zu fahren zum Secha-Land, das einst den Mykenern gehört hatte und nach deren Untergang zuerst frei, dann Besitz des Hatti-Königs geworden war. Des Großkönigs Tutchaliya, dessen Statthalter Talafu von Atreus und seinen Leuten Telephos genannt wurde; und nachdem Talafu sie zurückgeschlagen hatte, erklärten sie ihre blutigen Nasen zum Ergebnis eines Mißverständnisses, da Telephos ebenfalls Achaier und mit ihnen verwandt sei.

Zu den Fürsten, die mit den Emporkömmlingen zusammengingen, gehörte auch Tyndareos, König von Sparta. Seine Tochter Helena, heißt es, besaß alle Schönheit der Göttinnen, aber auch alle Tücke der alten Herrschersippen. Das soll dich nicht verwundern, Djoser – die Schönheit hast du selbst gesehen, und die Tücke? Atreus und die anderen Achaier konnten weder lesen noch schreiben, und vielleicht war das, was sie »Tücke« nannten, einfach die Menge des Wissens und der Feinheiten einer älteren Schicht... Viele warben um Helena, nicht nur wegen ihrer Schönheit, sondern auch wegen des Throns, denn ihre Brüder haben (anders als der Vater) gegen die Achaier gekämpft und sind noch gefallen, als deren Herrschaft längst gefestigt war; und Helenas ältere Schwester Klytaimnestra war mit Agamemnon vermählt, einem der Enkel des Atreus und Fürst von Mykene. Wer auch immer Helena bekäme, bekäme Sparta. Odysseus gehörte zu den Freiern; aber schließlich gab Tyndareos sie Menelaos, zu einmütigem Beifall der anderen achaischen Fürsten. Menelaos, Enkel des Atreus, Bruder des Agamemnon; Menelaos der Öde, Menelaos der Trottel; Menelaos, der als König von Sparta keinem der anderen Fürsten gefährlich werden konnte, weil er, sagte man, mit einem Messer allenfalls sich selbst schneiden, niemals aber einen Feind verwunden konnte. Was Helena davon hielt? Die schönste und gebildetste, aber auch gerissenste der Frauen, vermählt mit dem dämlichsten aller Achaier? Du kannst es dir denken. Alle können es sich denken, denke ich mir. Und eigentlich darf es niemanden verblüffen, daß sie mit Parisiti ging, den man Paris und auch Alexandros nannte – Parisiti, halb Luwier und halb Achaier, kühn und feurig und des Lesens sowie Schreibens kundig, denn jene Söldner, die nach der Plünderung und Verwüstung Trojas durch Herakles dort blieben, die Stadt wieder aufbauten und sich mit den Einheimischen vermischten, hatten weder die Schrift abgeschafft, noch hielten sie fest an der achaischen Gepflogenheit, sich nicht zu waschen.

Wundert es da jemanden, daß Alexandros/Paris bei Helena in gutem Ruch stand? Daß sie nicht entführt werden mußte, sondern freiwillig mit ihm ging, gefolgt von anderen Frauen ihres Hauses? Sie wäre, glaube ich, auch mit ihm gegangen, wenn Menelaos sich in Sparta aufgehalten hätte, als Paris dort erschien.

So begann das Verhängnis, heißt es. Menelaos und Agamemnon und all die anderen achaischen Fürsten hielten sich in Knossos auf und genossen die dortigen Schwelgereien. Auch die Schwelgereien des Auges, denn Idomeneus, Herrscher von Knossos, Fürst der Kreter, konnte sich eines Vaters berühmen, der die alten Paläste und Tempel nicht niedergerissen hatte, anders als so viele Achaier. Und die Emporkömmlinge und Söhne von Emporkömmlingen staunten über all das, was geschickte Hände aus allen Ländern, vor allem aber aus Chanani-Städten wie Tyros und Sidon, dort im Lauf der Jahrzehnte geschaffen hatten.

Was die Fürsten in Knossos taten? Ah, Freund, das ist der eigentliche Beginn der Geschichte, oder der Beginn des letzten Teils. Angeblich weilten sie dort, um das Erbe des Atreus neu zu bereden und neu aufzuteilen. Aber das Erbe des Atreus war ja längst geteilt, nicht wahr?

Wollten sie dort feiern? Zu einem Zeitpunkt, als die Händler in den Städten schon wußten, daß Priamos, Herrscher von Ilios, seine Söhne als Botschafter ausschickte, um sich achaischer Freundlichkeit zu versichern, während er mit den Hatti Unfreundlichkeiten begann? Die Händler wußten es; Flüchtlinge von der Kupferinsel Kypros, die ihr Alashia nennt, wußten es – Flüchtlinge, deren Großeltern Mykene, Argos, Athen und andere Städte verlassen hatten, um den Achaiern zu entgehen, und die nun wieder flohen, weil die Hatti die große Insel und die Kupferstätten besetzten. Alle wußten, daß Botschafter kommen würden; und die Fürsten reisen nach Knossos, um zu feiern?

Ob sie nicht vielleicht gereist sind, um nicht daheim zu sein, wenn Botschafter kamen? Ob sie – aber das ist eine niederträchtige Vermutung, die nur von zahllosen alten Männern in Knossos bestätigt wird – ob sie vielleicht nach Knossos reisten, um dort einen weiteren Plünderzug gegen Ilios zu beraten, die Stadt, die nach der ersten Plünderung, etwa fünfundvierzig Jahre zuvor, so schnell wieder so reich geworden war? Die Stadt des Achaiers Priamos und seiner luwischen Gemahlin Hekapa – die Stadt, in der man weder die Bildung noch das Waschen abgeschafft hatte? Die Stadt, die nun Botschafter ausschickte, die vielleicht um Beistand ersuchen sollten – Beistand von jenen, die einen Überfall planen?

Beistand ... Auch Priamos wollte Beistand leisten. Selbstlos wie alle Herrscher wollte er jenen beistehen, die durch die Hethiter von der Insel Kypros vertrieben worden waren. Selbstlos, gewiß und fürwahr; denn eine Niederlage der Hethiter hätte ihm nicht viel eingebracht, nur unermeßliche Schätze und Macht über weite Länder, und was ist das schon, verglichen mit der Wonne, vertriebene Mykeniernachkommen wieder in alte Rechte einzusetzen?

Beistand, oder jedenfalls reglose Duldung. Beistand hatte er ja schon, oder glaubte ihn zu haben von jenem, den sie den Dunklen Alten nannten: Madduwattas, Herr des Entsetzens. Kleiner Gebietsfürst am Westrand des Hatti-Reichs, durch vielfachen Verrat aufgestiegen zum Herrscher jener Gebiete, die man Arzawa nannte, größer als Assyrien und fast so groß wie das Reich der Hatti. Madduwattas, der große furchtbare Spieler, mit allen verbündet, die ihm nützten, und frei aller Verpflichtungen, wenn es ihm nützlich schien ...

Aber nun sind wir schon weit in der Geschichte; zu weit, zu früh. Bleiben wir zunächst bei Parisiti, den sie Paris und Alexandros nannten. Bei ihm, und bei Helena der Unvergleichlichen; und bei ihrer Fahrt bis hin nach Sidon und Ugarit, wo du sie gesehen hast, Djoser.

2. GESCHMEIDE FÜR HELENA

[1188 v. C.] Das Messer glitt in Awil-Ninurtas Oberschenkel. Der kühle Händlerblick des Assyrers bemerkte, daß die Klinge aus Eisen war, zu teuer für diese Wilden. Dann kam der heiße Schmerz, der alles überdeckte.

Sie hatten im Wald gelauert, abgezehrte struppige Männer und Frauen, die sich brüllend auf die Karawane stürzten. Treiber wehrten sich mit Knüppeln und Schwertern. Überall keilten Esel aus, flohen vom Weg zwischen die Bäume, streiften Körbe und Ballen an Stämmen ab oder blieben mit sperrigen Packen kreischend im Gesträuch stecken. Die Sklaven ließen ihre Lasten fallen und drängten sich zusammen; einige warfen sich auf den Boden. Licht und Schatten des Nachmittags, das Braungrün von Weg und Wald, die Menschen, alles zusammen wurde zum zuckenden Leib einer Riesenschlange, die nach Schweiß und Angst und Blut roch, aber auch nach säuerlichem Bier und schwerem süßen Sesamöl aus geborstenen Gefäßen.

Ninurta sah, ohne wahrzunehmen. Der Stich hatte seinem Bauch gegolten, aber dann scheute sein Pferd; der Lärm, die zufällige Bewegung retteten ihn. Es war, als flösse die Wildheit aus den Augen der Frau in sein Bein, um dort Schmerz zu werden. Jäh stieg, wie Wasser im Brunnen nach einem Regen, seltsam sanftes Staunen in die Augen: Die Spitze von Ninurtas Schwert traf die Kehle der Angreiferin und zertrennte die Halsader. Die Frau taumelte vornüber; ehe sie zusammenbrach und endlich das Messer losließ, riß die Klinge eine fast zwei Handbreit lange sengende Furche in seinen Unterleib.

Etwas wie ein Bann, eine Art Nachflackern des Wahns durchdringender Blicke lähmte ihn. Und der Schmerz. Jemand schrie »*bel alaktim*«: Frage? Aufforderung? »Herr der Karawane« – das war er, und er sagte sich, daß der Ruf ihn anging. Er holte tief Luft, krallte die Linke in die Mähne des Pferds und wartete darauf, daß die schwarzen Feuerräder in seinen Augen erloschen und stillstanden.

Vorn sah er Zaqarbal, der sein Pferd ins Getümmel trieb und mit dem Schwert um sich schlug. Irgendwo rechts hinter sich hörte er etwas wie Scherben, die auf unterhöhlten Boden prasseln: ein langer Fluch in der Sprache des Pyramidenlands, mit dem Djoser sämtliche Götter seiner Heimat lästerte. Dann, endlich, kamen die assyrischen Krieger, die am Ende des Zugs geritten waren. Sie sprangen von den Eseln, ließen die im Getümmel nutzlosen Bogen fallen und beendeten das Durcheinander mit roten Klingen. Awil-Ninurta rutschte von seinem Reittier, lehnte sich an einen Stamm und glitt zu Boden.

Es gab siebzehn Tote: ein Treiber, zwei Sklaven, vierzehn Angreifer. Drei von ihnen hatten noch gelebt und geschrien, bis die Krieger ihnen den Weg in die Unterwelt freigaben. Wie immer ihre Unterwelt aussehen mochte. Sie mußten von weither aus dem Norden gekommen sein, und zweifellos waren sie sehr hungrig und sehr verzweifelt. Ninurta hätte gern einen Lebenden befragt, gleich in welcher Sprache, aber es wäre sinnlos gewesen, die Fliehenden zu verfolgen. Irgendwo mußten ihre Alten und Kinder sein; dort würden Verfolger in einen Hinterhalt geraten. Der Wald bot zu viele Verstecke. Und zunächst war es wichtiger, die Esel wieder zusammenzutreiben.

Zaqarbal half ihm, die Wunde zu reinigen und zu verbinden. Der Sohn eines Purpurmachers aus der reichen Hafenstadt Sidunu tat dies schnell und geschickt, als habe er Übung darin. Aus dem tiefen Stich im Oberschenkel blutete es noch immer kräftig; die lange, eher oberflächliche Schramme im Unterleib war schon fast trocken.

»Nicht dein Kriegsgott, o Mann des Ninurta – das muß die holde Ishtar gewesen sein. Die Klinge ist knapp an deinen Bällen vorbeigegangen; nach geziemender Ruhe wirst du sie weiter sinnlos nutzen können.« Zaqarbal lachte, als ob er die Wunde, die Umstände und überhaupt die Welt witzig fände. Er kniete noch immer neben Ninurta; sein kurzer ärmelloser Rock war blutig, aber es mußte fremdes Blut sein. Aus dem Gürtel zog er etwas und reichte es dem Assyrer.

»Da. Fast vergessen. Falls du es als Andenken haben willst.«

Ninurta wog das Messer in der Hand. Die Eisenklinge war scharf, ebenso die Spitze – keine Scharten, keine Brüche. Der Griff bestand aus hellem Knochen, wahrscheinlich Wildrindbein, und zeigte grobe Schnitzereien.

»Danke, mein Freund. Schau es dir an. Eisen, und diese schäbige Schnitzarbeit. Hat sicher früher einen besseren Griff gehabt.«

Zaqarbal nickte; er ließ sich auf die Fersen nieder und fuhr sich durchs krause Haar. »Mag sein. Ich hab mir die Leichen angeschaut« – er wies mit dem Daumen hinter sich, dorthin, wo die Sklaven eine Grube ausgehoben hatten – »und nach Hinweisen gesucht. Nichts.«

»Norden«, sagte Ninurta. »Es muß da sehr wirr zugehen. Wie hätten sie sonst so weit nach Süden kommen können?«

»Wahrscheinlich sind alle Grenztruppen zwischen hier und Karkemish zu beschäftigt mit der Handelssperre gegen das böse Assyrien. Deshalb können sie nicht auf harmlose Wanderer achten.« Zaqarbal erhob sich; er grinste auf Ninurta hinab. »Brauchst du was? Ich muß mich ums Lager kümmern.«

»Geh nur. Ich werde ein wenig denken.«

»Blöde Ausrede. Ich hör dich schon schnarchen.«

Ninurta trank Wasser aus der Lederflasche, blickte angewidert auf die zerfetzten Reste des Leibschurzes und zog einen Zipfel des schweren Reisemantels, auf dem er lag, über den Bauch.

Sinnlos, so kurz vor Sonnenuntergang noch weiter zu reisen. Von der Wunde nicht zu reden ... Er sah zu, wie Sklaven Erde auf die Leichengrube warfen. Andere halfen den Treibern, mit Riemen und Ästen eine Art Pferch zwischen den Bäumen zu bauen. Zwei der assyrischen Krieger waren fortgeritten, um Wasser zu suchen; die übrigen lichteten Unterholz und schleppten Gestrüpp herbei, für eine notdürftige Verschanzung.

Er dachte an die Wechselfälle des Reisens, die gefährliche Steppe und den sicheren Wald. In der Steppe schweiften die wilden Arami-Stämme, deren Ergötzen es war, Karawanen zu plündern und Händler zu metzeln. Vermutlich ergötzten sie sich zur Zeit anderswo; die assyrischen Krieger hatten nicht eingreifen müssen. Sie sollten den Zug bis zum Wald bringen, östlich des Flusses Arantu [Orontes] – ein ausgedehntes Stück Land, über dessen Abholzung sich die Fürsten der Mitanni und der Amurru nicht einigen konnten. Dort würde die Karawane in Sicherheit sein, dort könnten die Krieger umkehren.

Ninurta ächzte, als er sich auf die Seite legte und die Wunde widersprach. Einer der beiden Eselreiter kehrte ins Lager zurück, mit zwei gefüllten Ziegenbälgen. Offenbar hatten die Männer Wasser gefunden; mit vier anderen Kriegern ritt er wieder fort, um noch mehr zu holen. Aus der Steppe kam ein leichter Abendwind; die ersten Feuer flackerten auf. Über Ninurtas Kopf hatte sich irgendein Vogel niedergelassen, der mißtönend sang.

Etwas wollte aus seinen Erinnerungen ins Bewußtsein dringen, wie ein Nagetier, das sich mit Zähnen einen Weg aus der Gefangenschaft bahnt. Etwas, das mit Feuer und Klingen zu tun hatte, mit Augen und schwarzem Lodern. Er dachte an den Wahn, das Flimmern in den Augen der wilden Frau. Es war, als ob sie beide mit dem Blick innige Kenntnisse ausgetauscht hätten; durch den Augenblick erfuhr er von ihrer hügligen Heimat im Norden, von scharfem Wind und dem Duft der Berggräser, vom Schmerz des Gebärens zweier Kinder und von der Qual des Verlusts zweier Kinder, und vielleicht galt das seltsame Staunen in den Augen der sterbenden Frau nicht seinem Schwert, sondern einer geheimen Schmach oder einem Glanz in seinem Leben.

Ninurta begann unter dem Mantel zu schwitzen; sein Kopf, leicht wie ein feines Gefäß, schien über dem Körper zu schweben. Die Wunden waren eine glimmende Feuerspur, nicht zu sehen, nur zu fühlen; dennoch war er sicher, daß dieses Fieber nicht von den Wunden ausging. Der Vogel beendete sein Krächzen und flog ins Dunkel. Von einem der Feuer kam ein Hauch: harziges Holz, Fleisch und Wein. Der Geruch sprengte den Käfig; plötzlich war die nagende Erinnerung da.

Es war stickig im großen Raum des Obergeschosses. Tagsüber hatte die Frühsommersonne Dach und Mauern aufgeheizt; nun brannten Kienfackeln in Metallfäusten an den Wänden, mit Fell bespannte Holzrahmen steckten in den Fensteröffnungen, ein schwerer Vorhang schloß den Raum zur Treppe hin ab, und neben der Liege stand das Holzkohlebecken, glomm und stank. Der Mann auf der Liege war sehr alt und sehr reich, und er fror unter mehreren Decken.

Ninurta schwitzte, obwohl er über dem Leibschurz nur den hellen ärmellosen Rock trug. Aus dem umwickelten Krug goß er Wasser in seinen Wein, aber es war inzwischen bestenfalls noch lau. Er betrachtete Tashmetu, die auf einem dick ausgepolsterten Lederkissen neben der Liege saß und sich vorbeugte, um eine Handvoll Tempelharz über die Holzkohlen zu streuen. Sie warf ihm einen knappen Blick zu, fast ein Zwinkern.

Der Kopf des Hausherrn war kahl bis auf die Brauen, abgezehrt wie der übrige Körper, und die Nase hätte einen Habicht geziert, aber die Stimme war immer noch kraftvoll, tief, ein Brunnen der Macht. Ein Verlies der Macht? Ninurta erwog den Unterschied, während er in einen gerollten, mit gehacktem Fleisch gefüllten Fladen biß. Brunnen, sagte er sich, aber bald Verlies. Bald würde Kerets gewaltige Stimme nicht mehr durch den Schacht der Brust aufsteigen; Alter und Krankheit ätzten Risse in die Schachtwand. Und dann? Zerstreut lauschte er dem Gespräch, das sich um Geschäfte drehte – getane, erhoffte, mögliche. Djoser erzählte eben von neuen Goldfunden im Süden seiner Heimat, dort, wo das Pyramidenland Tameri ins »elende Kusch« überging, und Keret unterbrach, um – nur halb im Scherz – den jungen Mann nach der geheimen Zusammensetzung des Staubs zu fragen, der Gefäßen beim Brennen jenen wunderbaren dunkelblauen Ton gab. Zaqarbal verschwand durch den Vorhang zur Treppe, um auf halber Höhe in einem Verschlag sein Gedärm zu entleeren; er nahm ein Öllicht mit. Die anderen schwiegen, lauschten oder dösten: die beiden Achaier und der alte Ratgeber des Königs. Wieder suchte Tashmetu die Augen des Assyrers.

All dies war nicht so, wie Ninurta es erwartet und erhofft hatte.

Mit zwei Schiffen, Ninurtas *Yalussu* und der *Gorgo* von Minyas, hatten sie nachmittags die Bucht von Ugarit erreicht, an der Mole geankert und mit zwei Zöllnern, dann dem Kaimeister selbst verhandelt. Außer einigen Geschenken sollte alles an Bord bleiben, gut bewacht, bis der König Hamurapi sich über den anzuwendenden Abgabesatz geäußert hätte. Die Einteilung der Wachen. Der schnelle Gang zum Haus im Hafenviertel (ein Wohngebäude mit geräumigen, sicheren Schuppen, das sie vor Jahren dauerhaft gemietet hatten), um Reisebeutel und andere Dinge unterzubringen. Minyas blieb dort, um mit dem alten Verwalter Menena zu reden. Die beiden jungen Männer, die er auf der *Yalussu* ausbildete, ehe sie – im nächsten Jahr – eigene Schiffe haben würden, nahm Ninurta mit: zu Keret, dem wichtigsten königlichen Händler. Ein kurzes Gespräch, Geschenke, und Ninurta würde sich zurückziehen, während Djoser und Zaqarbal dem alten Kaufherrn die Zeit vertrieben. Zurückziehen ins Haus beim Hafen. Reinigen, frische Kleider, und irgendwann käme Tashmetu, Gefäß aller Köstlichkeiten der Nacht...

Statt dessen saßen sie um Kerets Lager. Mit Rap'anu, dem Rat des Königs. Mit einem Achaier namens Araksandu und seiner wortkargen verschleierten Gemahlin Hhalini. Ninurta, des Achaischen mächtig, übersetzte sich die Namen als Alexandros und Helena. Die beiden waren offenbar nachmittags mit einem eigenen Schiff angekommen und kurz vor den Händlern bei Keret erschienen, mit Empfehlungen eines Geschäftsfreunds aus Pylos.

Und Keret hatte Rap'anu von einem Boten herbitten lassen, und Tashmetu, tugendhafte junge Gattin des greisen Kaufherrn, mußte die Gastgeberin spielen. Und Ninurtas Geschenk für Keret lag eingerollt neben dem Vorhang; Keret hatte abgewinkt und die drei Händler ins Gespräch gezogen, und jeder Versuch Ninurtas, sich zurückzuziehen, endete mit einer neuen Frage des Hausherrn.

Ninurta seufzte lautlos. Waschen, trinken, Tashmetu: die Schätze ihrer kühlen Rede und die ihrer heißen Zunge. Ertrinken in den grünen Augen, diesseits der Welt die Lande lichter brauner Haut durchstreifen; gestaut und verströmt und geronnen, Worte tauschen erinnern entinnern köstliche Nacht und kostbares Nichts und die fahlen Schleier des Morgens zum Schutz von Kerets Ansehen ...

Aber er saß da und lauschte Keret, der Djoser nach Krieg und Frieden befragte; der fragte, was der Herr des Landes Tameri beschließen mochte.

»Seit Beye seine Ämter verloren hat, erfahren wir nicht mehr genug«, knurrte Rap'anu.

Ninurta fing den fragenden Blick des erleichtert zurückgekehrten Zaqarbal auf. Leise, um die anderen nicht zu stören, sagte er: »Beye, höchster Verweser der Macht unter der Königin Tausret, war Sohn eines Amurru-Fürsten und einer Ugariterin. Er sorgte für besonders gute Beziehungen zwischen dem Binsenland und den Gebieten hier im Norden. Seit er von Tausrets Nachfolger mit Mißtrauen belehnt und durch Ungnade ausgezeichnet wurde, fließen die Nachrichten weniger gut.«

Rap'anu zwinkerte. »Das hat zwei Seiten.« Er schien die leisen Worte des Assyrers gehört zu haben. »Die andere Seite ist, daß ein mißtrauischer Herrscher für die Belange des eigenen Landes besser ist als ein leichtgläubiger. Hamurapi ist« – dies sagte er sehr laut – »Fremden gegenüber äußerst mißtrauisch.«

Offenbar begehrte Alexandros ein Gespräch mit dem König, das Keret und Rap'anu vermitteln sollten. Der Achaier, ein schlanker, kraftvoller Mann mit glattem Lächeln und geschmeidiger Zunge, schien kein einfacher Händler zu sein. Händler, sagte Ninurta sich, reden von Krieg und Frieden im Hinblick auf Waren und Märkte; Alexandros sprach nur von Fürsten und Ländern und Waffen: vom Großkönig der Hatti, der seine Krieger im Norden gegen die ewig unruhigen Kashkäer und die streitbaren Frauen von Azzi, im Süden zur Besetzung der Kupferinsel Alashia benötigte und deshalb im Osten und Westen schwach war.

»Und nun möchten eben wir, die königlichen Händler des Madduwattas, wissen, wie sich all dies auf den Warentausch auswirken wird.«

»Madduwattas, eh?« sagte Rap'anu. Er schüttelte den Kopf. »Bis heute war aber von euch noch keiner hier. Um die Wahrheit zu sagen: Ich wußte nicht, daß Madduwattas überhaupt Händler auf dem Meer hat.«

Alexandros zeigte ihm die leeren Hände; es sollte wohl eine Gebärde des harmlosen Nichtwissens sein. »Viele Dinge sind neu. Madduwattas, mein edler Herr, war vom Hatti-König eingesetzter Fürst einer Grenzgegend im Binnenland. Durch kluge Vermählung seiner Tochter ist er nun gewissermaßen Herr, oder sagen wir Mit-Herr, des Arzawa-Reichs...«

»... das sich altehrwürdiger Feindschaft mit den Hatti erfreut«, sagte Rap'anu.

»Zur Zeit herrscht beinahe Friede. Wie ihr wißt, liegt Arzawa größtenteils im Binnenland, westlich des Hatti-Reichs, aber einige Häfen gehören auch dazu, und außerdem gibt es befreundete Hafenstädte, größtenteils von Mykeniern bewohnt wie die Inseln vor der Küste. Städte, in denen die vertriebenen Mykenier Alashias Aufnahme bei Verwandten fanden. Wir sind aus Abasa [Ephesos], Untertanen des Madduwattas, von ihm zum Handel ermächtigt, und wir wüßten nun gern, ob euer König Hamurapi uns den Handel mit Ugarit gestattet. Oder müssen wir befürchten, daß der Krieg eures obersten Herrn, des Großkönigs der Hethiter, um Kupiriyo... eh, Alashia, uns von diesen Küsten und Häfen fernhalten wird?«

Rap'anu setzte zu einer längeren Absonderung von Unverbindlichkeiten an; Ninurta hörte nur halb hin. Etwas störte ihn an den Ausführungen des Achaiers. Nicht so sehr, daß der von den Hatti abgefallene Madduwattas Händler ausschickte; warum sollte ein aufstrebender, dazu als gerissen bekannter Fürst des Binnenlands auf die Vorteile des Seehandels verzichten, wenn ihm denn Häfen verfügbar waren? Und es wäre nicht das erste Mal, daß freie Händler, die nirgendwo willkommen waren, sich unter den Schutz eines Herrschers stellten. In fast allen Gebieten war der Handel ein Vorrecht der Könige und durfte nur im Auftrag des jeweiligen Fürsten (ohne seine Beteiligung an der Gefahr, wohl aber mit seiner Beteiligung am Gewinn) stattfinden. Die Freihändler von Yalussu, zu denen Ninurta und die anderen gehörten, hatten nichts mit der Hafenstadt Yalussu zu tun (abgesehen davon, daß ihre kleine Insel nicht weit davon entfernt lag), aber der Fürst von Yalussu – Keleos, Herr von Ialysos auf Rhodos – war bereit gewesen, sie gegen jährliche Abgaben zu fürstlichen Händlern zu ernennen. Nein, ihn störte etwas anderes – *Kupiriyo*. So lautete der Name der Kupferinsel Alashia in der Sprache jener, die so lange die großen Städte Mykene, Pylos, Tiryns, Argos beherrscht hatten; die von den Achaiern, ihren alten Söldnern, entmachtet worden waren; und da sie schon früher Stützpunkte und kleine Siedlungen im Osten unterhalten hatten, an der Küste des Festlands weiter im Norden ebenso wie auf Alashia (es hatte sogar einige Zeit ein eigenes Mykenier-Viertel in Ugarit gegeben), waren viele, die nicht unter achaischer Herrschaft leben wollten, dorthin geflohen. Ausgewandert. Und nun wieder geflohen, als die Hatti Alashia besetzten. *Kupiriyo*, in der weichen Sprache des Südens; im rauhen nördlichen Dialekt, Achaisch, lautete der Name *Kypros* oder *Kypiros*, je nach Herkunft des Sprechers. Alexandros, Achaier, hatte nicht Kypros gesagt, als er sich versprach; hatte er sich nur scheinbar versprochen, um irgend etwas anzudeuten – aber was? Oder kam er aus einem jener Gebiete, in denen Luwier und Achaier sich vermischt hatten? Sprach er gewöhnlich das weiche Küstenluwisch des Nordostens, in das viele mykenische Begriffe eingeflossen waren?

Rap'anu hatte seine Rede beendet, ohne etwas zu sagen; Entscheidungen über die Zulassung neuer Händler mußte der König selbst treffen. Keret, der schweigend gelauscht hatte, wandte sich nun erneut an Djoser und wiederholte die Frage nach der Haltung von Djosers Heimat im Streit um Alashia.

Djoser wand sich ein wenig; der Herrscher werde wohl den alten Königsvertrag zwischen Tameri und dem Hatti-Reich achten, sich aber nicht auf vermeidbare Wagnisse einlassen.

Ninurta hielt Djosers Meinung für beinahe edel. Er zweifelte nicht im geringsten daran, daß der König des Binsenlands eine weitere Pyramide bauen, die Grenzen hüten und den alten Schutzvertrag weitherzig auslegen würde. So weitherzig, daß er in gelassener Heiterkeit zusehen konnte, wie alle einander die Kehlen schlitzten.

Die Hethiter saßen in einer Falle, die sie selbst gebaut hatten. Die Kupferlande in den Bergen, von Assyrien besetzt, konnten sie nicht zurückgewinnen. Um gegen Assyrien anzutreten, hätte der Großkönig sein ganzes Heer sammeln müssen: an die achttausend Streitwagen, die ihm in den Bergen nichts nützten, und vielleicht vierzigtausend Fußkämpfer, die nicht daran gewöhnt waren, ohne Streitwagen zu kämpfen. Er hätte alle Grenzen entblößen, die Besatzungen aus allen Grenzfestungen abziehen müssen. Der letzte Hatti-Herrscher, der das getan hatte, fand bei seiner Rückkehr die Hauptstadt Hattusha verwüstet, weil die Kashkäer im Norden den Abzug von Grenztruppen als Einladung zu Beutezügen auffaßten. Assyrien war bereit gewesen, Kupfer zu liefern und das zur Beimischung wichtige Zinn aus den Ländern weiter östlich, aber der Hatti-Herrscher wollte Kupfer nicht kaufen, sondern zu eigenen Bedingungen besitzen. Deshalb hatten die Hethiter die Kupferinsel Alashia überfallen, obwohl deren Stadtfürsten ihre Verbündeten waren. Was immer nun geschah, folgte zwangsläufig aus den begangenen Fehlern. Die Stadtfürsten waren zu Verwandten aufs Festland geflohen, die ebenfalls keinen Anlaß hatten, die Hatti besonders zu lieben. Es mochte sein, daß sie von dort mit Söldnern und Freiwilligen versuchen würden, Alashia wieder zu befreien. Vielleicht mit Hilfe anderer, die ebenfalls keine Liebe für die Hethiter empfanden – für die verhaßten Hatti, die seit Jahrhunderten die inneren Länder beherrschten und immer wieder versuchten, weitere Gebiete zu erobern, auszuplündern, Abgaben zu erpressen: von Arzawa wie von den meist mykenischen Häfen oder auch von Ilios.

Rap'anu und der Achaier mischten sich wieder in das Gespräch. Alexandros sagte, er könne nicht ausschließen, daß der eine oder andere Fürst eingreifen würde; er sei lediglich einigermaßen sicher, daß die westlichen Achaier nichts tun würden.

»Wir hätten eher angenommen«, sagte Rap'anu mit knarrender Stimme, »daß sie die Gelegenheit nutzen würden.«

»Wie meinst du das?« Alexandros klang, als ob er die Antwort längst wüßte.

»Wenn Wilusa, das du Ilios nennst, sich mit den Hatti anlegt...

Ilios beherrscht die Durchfahrt durch die Engen des Dardanos, bei den Säulen des, wie heißt er, Herakles? Der Handel mit Kolchis und den anderen Ländern am Nebelmeer ist verführerisch – die starken Pferde der Steppen, die Erze, die edlen Hölzer ... Und Ilios läßt keinen dorthin segeln, der nicht Zoll bezahlt und Silber gibt für Trinkwasser. Die Herrscher der westlichen Achaierstädte haben Ilios schon einmal verwüstet. Wenn Ilios nun Krieg gegen die Hatti führen sollte, böte es sich für die Fürsten von Achiawa an, ihnen in den Rücken zu fallen und die Handelswege endgültig zu ... befreien.«

Keret knurrte – es war eine Art Beifallsgeräusch, fand Ninurta. Beifall nicht für die möglichen finsteren Absichten der Achaier, sondern für Rap'anus sachliche, vielleicht gefühllose Sicht der Dinge.

Im Geiste versuchte Ninurta, das Spiel und die Teilnehmer am Spiel um die Macht zu überblicken, zu ordnen. Nicht, weil er hätte mitspielen können oder wollen, sondern weil die Auswirkungen auf den Handel gewaltig sein mußten:

die Assyrer, die Babilu erobert und wieder verloren hatten und (durch die rachsüchtigen Babilunier vom Handel mit den Ländern des Südostens abgeschnitten) zur Deckung ihres Erzbedarfs Kupferstätten in den Bergen besetzten;

die Hethiter, deren Großkönig Shupiluliuma vermutlich in seiner Hauptstadt Hattusha an den Fingernägeln kaute und auf einem Spielbrett kleine Krieger aus Ton verschob, um die Nordgrenzen gegen Azzi und Kashka zu sichern, im Osten die Assyrer abzuwehren, im Süden die Mitanni am oberen Purattu [Euphrat] und die reichen Städte von Alalach über Ugarit bis hinab nach Sidunu in der Hand zu behalten, im Südwesten die Kupferinsel Alashia zur Ausbeutung zu sichern und im Westen Madduwattas, Ilios, Arzawa und tausend Städte kleinzuhalten;

das Land der Pyramiden, mit den Hethitern durch Heiraten und Verträge zu gegenseitigem Beistand verbunden und sicher keineswegs bereit, sich in einen unüberschaubaren Krieg ziehen zu lassen;

die zahlreichen Stadtfürsten von Achiawa (Athen, Pylos, Mykene, Argos, Sparta ...), Nachfolger der mykenischen Herrenschicht, allesamt gierige, nach Gold und den Gütern und Märkten des Ostens lechzende Achaier;

Wilusa, das die Achaier Ilios nannten, reiche und mächtige Stadt, die den Achaiern diese Gebiete versperrte;

Madduwattas, durch Verrat und Verträge und Heiraten aufgestiegen vom Herrn über ein Dutzend Dörfer zum mächtigsten Mann westlich des Hethiterreichs;

die Fürsten von Alashia, Mykenier allesamt, vor den Achaiern auf die Kupferinsel geflohen (zweifellos nicht zur Freude der alten Einwohner dort), nun von den Hethitern vertrieben und zu alten Verwandten, Freunden, Feinden (Mykeniern, Achaiern, Luwiern) aufs Festland geflohen, wo sie Söldner warben, um ihre Insel zurückzuerobern, wo sie aber zugleich versuchten, die Küstenlande, Ilios und das mächtige Arzawa zum Landkrieg gegen die Hethiter zu bringen ... Wer noch?

»Wie wird sich Ugarits Herrscher verhalten?« sagte Alexandros. »Diese Frage hat mich hergebracht.«

»Hamurapi ist Verbündeter des edlen Shupiluliuma von Hattusha.« Rap'anu brachte das Kunststück fertig, sachlich und höhnisch zugleich zu klingen. »Wie wir alle wissen, haben die Hatti uns vor langer Zeit zu Freundschaft und Liebe gezwungen. Wir erwidern diese hethitische Liebe – selbstverständlich. Der Gesandte in Ugarit sorgt dafür, daß Hamurapi, wie seine Vorfahren, nicht nur auf das Wohl der Stadt bedacht ist. Und ebenso der Statthalter in Karkemish – du weißt, daß die Mitanni nicht mehr von eigenen Fürsten gelenkt werden, sondern von Verwandten des Königs in Hattusha, nicht wahr?«

»Und in Karkemish gibt es Truppen.« Keret stützte sich auf die Ellenbogen. »Immerhin, es wird dem König teuer, wenn auch nicht lieb sein, zu erfahren, daß die Achaier ...«

Er brach ab, als plötzlich Stimmen und polternde Schritte unten im Hof zu hören waren, dann auf der Treppe. Der Vorhang wurde beiseitegeschoben. Ein Sklave stürzte herein, gefolgt von vier Bewaffneten. Das Gepolter und Gerede im Hof dauerte an; dort schienen noch mehr Männer zu warten.

»Herr«, sagte der Sklave; er kniete neben Kerets Lager. »Vergib, aber...«

Keret brachte ihn durch eine Handbewegung zum Schweigen. »Welchen Sinn hat diese Dreistigkeit?« sagte er. Seine Stimme war eisig, die kalte Klinge von Macht und Reichtum. Jäh schien der Raum sich abzukühlen.

»Um Vergebung, Fürst des Handels.« Der Anführer der Bewaffneten trug als Helmbusch einen gestutzten Roßschweif, der ihn als *maryannu* auswies, Streitwagenlenker; die übrigen waren Angehörige der Palastwache. »Der König selbst hat dies angeordnet, sonst...« Seine Augen glitten über die Liege weg zu den beiden Achaiern, die auf einer gepolsterten Bank an der Wand saßen. Mit der Spitze des blanken Schwerts in seiner Rechten deutete er dorthin. »Wir haben den Befehl erhalten, einen Verbrecher und seine Gefährtin festzunehmen.«

»Verbrecher?« Keret wandte den Kopf, schaute zur Frau auf der Bank, zu Alexandros, der sich erhob, zum alten Ratsherrn, dessen Gesicht verschattet und unkenntlich war; dann streifte er Ninurta, Zaqarbal und Djoser mit dem Blick. »In meinem Haus?«

»Wer sind deine Gäste, Herr?« sagte der *maryannu*.

Tashmetu stand mit einer geschmeidigen Bewegung vom Lederkissen auf. »Ich bin die Herrin des Hauses«, sagte sie mit der warmen, leicht heiseren Stimme, nach der sich Ninurta so lange gesehnt hatte. »Dort sitzt der Handelsherr Awil-Ninurta, neben ihm seine Geschäftsfreunde Zaqarbal und Djoser. Sie vertreten ein Handelshaus aus Yalussu auf der Insel Roddu. Sie sind von Hamurapi zu ›Händlern des Königs‹ ernannt worden – wie der Ratsherr Rap'anu bestätigen kann. Die beiden Gäste dort sind Achaier aus Pylos – Araksandu und seine Gemahlin Hhalini.«

Der Hauptmann räusperte sich. »Zweifellos haben sie sich so vorgestellt, Herrin. Es gibt aber eine andere Geschichte mit anderen Namen.«

Keret wies auf Rap'anu und ließ sich in die Kissen sinken.

Der Ratsherr betrachtete den Achaier, der knapp hinter Ninurta stand, die rechte Hand am Griff des Schwerts, dann den *maryannu*. »Sag uns deine Fassung, Krieger.«

»Sie ist lang, die Geschichte.«

»Wer sollen sie denn sein, wenn nicht die, die sie sind?« sagte Tashmetu.

Der Hauptmann stutzte einen Atemzug lang; dann sagte er kalt: »Erspar mir derlei Spitzfindigkeiten, Herrin. Diese beiden sind heute mit einem Schiff angekommen, am Nachmittag. Heute abend kam ein Bote aus Sidunu, mit einem Schnellsegler.«

Ninurta spürte, wie der Achaier, der nun neben ihm stand, zusammenzuckte. Kaum merklich, aber er war nah genug.

»Fünf Schiffe haben im Hafen von Sidunu geankert. An Bord Gesandte und Kaufleute aus Pullu im Land Muqannu – wie sie sagten. Sie wurden vom König empfangen und geehrt und sprachen über den drohenden Krieg, an dem sie unbeteiligt zu sein wünschten. Der König, Verbündeter des Großen Herrn von Hattusha, konnte keine Verheißungen tun, wie sie sie hören wollten. Dann erkannte jemand die Fremden: Sie kamen nicht aus Pullu und hießen nicht Araksandu und Hhalini. Das heißt, die Frau heißt Hhalini, ist aber nicht die Gemahlin dessen, der sich Araksandu nennt.«

»Müssen wir euch Befehlstafeln zeigen, auf denen steht, daß dieser oder jener Herrscher uns vermählt hat?« sagte Araksandu spöttisch. Seine Finger spielten mit dem Schwertgriff.

Der *maryannu* fuhr ungerührt fort: »Dies ist die kurze Fassung der langen Vorgeschichte – Herr und Herrin und Ratgeber des Königs. Die Frau Hhalini ist die Gemahlin des Fürsten Manalahhu aus dem Muqannu-Ort Supartu.«

Keret hob die Brauen. »Helena, Gemahlin des Menelaos von Sparta?« Plötzlich konnte er achaische Namen aussprechen, was er bis dahin umgangen hatte. »Aha. Und der Mann?«

Der Achaier sprach selbst. »Paris, Sohn des Königs Priamos – für euch Parisiti, Sohn des Prijamadu, des Königs von Wilusa. Unklug von mir, in eine Stadt zu kommen, deren König mit unserem Gegner verbündet ist – aber ist es ein Verbrechen?«

»Araksandu wurde erkannt, in Sidunu, und als er wußte, daß man ihn als Sohn des Prijamadu erkannt hatte, stach er seinen Gastgeber, den König, mit eigener Hand nieder. Seine Männer plünderten die Stadt, bis die Krieger des ermordeten Königs sie zu den Schiffen zurücktrieben. Zwei der fünf Schiffe wurden verbrannt, drei entkamen – mit Parisiti und Beute. Der Wind wird die Schiffe getrennt haben. Eines liegt nun hier im Hafen.«

Keret betrachtete Parisiti mit einer Art Ekel. Er schien weniger empört als angewidert – angewidert von Dummheit, dachte Ninurta. Er stellte seinen Becher ab und stand auf.

»Nimm sie«, sagte Keret. »Sie gehören dem König.«

Mit einem Klirren kam Parisitis Schwert aus der Scheide. »Nur tot«, schrie er. Dann jaulte er auf, als Ninurta mit beiden Händen nach dem Schwertarm griff und ihn nach unten drückte. Die Waffe schepperte auf den Boden; Parisiti taumelte und starrte auf sein verdrehtes Handgelenk. Ninurta stieß ihn zum Hauptmann hinüber.

Wie eine Katze sprang die Achaierin von der Bank und stürzte sich auf das Schwert. Ninurta fing sie ab, verblüfft. Sie hatte kaum gesprochen, ruhig dagesessen; nun hielt er eine tretende, kratzende, sich windende Dämonin in den Armen. Umhang und Schleier lagen irgendwo. Ninurta fühlte sich aufgesogen in etwas, das Strahlung und Duft und wuchtiges Feuer war. Schwarze Gischt das brustlange Haar, lodernde Schwärze die Augen. Er war bereit zu morden; für diesen Mund und diesen Körper. Ishtar hatte beschlossen, ihre Göttlichkeit in einen Leib zu gießen, und es war dieser Leib in seinen Armen. Die übrige Welt war nichts als eine Sammlung alberner Schatten. Dann rissen Kriegerarme Ishtar, die Helena hieß, von ihm fort, und ein langer nachdenklicher – verstörter? – Blick Tashmetus ernüchterte ihn.

»Wohlgetan«, sagte Rap'anu.

»Ich danke dir, mein Freund. Blutvergießen neben meinem Lager hätte mich nicht erheitert.« Keret lächelte grimmig.

Der Vorhang schloß sich; gellende Stimmen und harte Schritte wurden treppab leiser. Ninurta stieß angehaltene Luft aus und sackte auf seinen Scherensessel. Die Hand, die nach dem Becher griff, zitterte.

Rap'anu erhob sich langsam und kam zu Kerets Lager. »Und jetzt?«

Der alte kranke Handelsfürst ächzte. »Wir haben eine größere Schwierigkeit«, murmelte er. »Aber... welcher Dämon hat ihn hergetrieben?«

»Es gab Berichte«, sagte Rap'anu mit dürrer Stimme, »daß Prijamadu beschlossen haben soll, den vertriebenen Fürsten von Alashia zu helfen, vielleicht zusammen mit Madduwattas, vielleicht ohne großen Landkrieg gegen die Hatti. Vielleicht hofft er, daß Shupiluliuma lediglich die von seinen Kriegern besetzte Kupferinsel verteidigen wird, ohne im Binnenland den großen Krieg zu beginnen. Es heißt, Prijamadu habe Botschafter zu den achaischen Fürsten geschickt, um deren Stillhalten zu erbitten. Hochrangige Gesandte, darunter einige seiner Söhne.«

»Er hätte uns also die Wünsche seines Vaters als Wirklichkeit verkauft, vorhin?«

Ninurta räusperte sich. »Als das geschehen sein muß«, sagte er mit schwankender Stimme, »waren wir in Men-nofer. Deshalb weiß ich nichts davon. Es hieß nur, als wir von Roddu losgesegelt sind, im Frühjahr, daß sich die achaischen Fürsten zu einer Beratung in Gunussu [Knossos] versammeln wollen, auf der langen Insel, die sie Kreta nennen.«

»Dann wäre Parisiti als Botschafter in Städte gereist, deren Fürsten gar nicht da waren?« Keret verzog das Gesicht. »Und die Frau?«

»Wir wissen doch, wie diese Dinge ablaufen.« Rap'anu warf Ninurta einen spöttischen Blick zu.

»Manalahhu...« Ninurta grinste leicht. »Nach dem, was ich gehört habe, muß er ein bäurischer Emporkömmling sein. Menelaos der Öde, nennen sie ihn auch. Vielleicht hat die Frau sich einfach gelangweilt.«

»Sie sind *ein* Feuer, *ein* Dämon und *ein* Wahn in zwei Körpern.« Tashmetu sah keinen an, als sie sprach. »Sie wäre auch mit ihm gegangen, wenn dieser König dagewesen wäre, und auch, wenn er der anregendste Gemahl wäre.«

»Ist das so? Ah, Frauen sehen so etwas. Männer sehen höchstens die Hälfte, und auch das ist bisweilen zuviel.« Keret rieb sich die Augen. »Aber was machen wir damit?«

Rap'anu ließ sich vorsichtig auf den Rand von Kerets Lager sinken. »Schwierig, schwierig... Er ist der Feind unseres obersten Herrn und Verbündeten. Er hat einen befreundeten König getötet, ehrlos, als Gast. Wir können ihn nicht freilassen. Aber... können wir ihn festhalten? Ausliefern?«

Zaqarbal sprach aus, was alle dachten. »Am besten, er wäre nicht hier, oder? Ihr müßt ihn fangen, weil sonst Shupiluliuma zürnen wird. Aber wenn die Hethiter den Krieg verlieren und Ugarit neue Bündnisse sucht, wäre es nicht gut, den Sohn des Siegers ausgeliefert oder getötet zu haben.«

Ninurta dachte wieder an die unvergleichliche Frau, dann an den Königssohn... Vielleicht war es wirklich kein Wahn, kein Leichtsinn gewesen, nach Ugarit zu kommen, sondern der Wind – Zwang. Er kaute auf der Unterlippe; Tashmetu sah ihn an.

»Du siehst aus wie ein assyrischer Händler, der gleich einen Vorschlag machen wird, mit dem er Ugarit, die Hethiter, die Achaier und die Wilusier gleichzeitig befriedigen und übertölpeln kann«, sagte sie.

Ninurta lachte. »Du ehrst mich über Gebühr, Herrin – aber ich weiß einen Weg. Er hat... seinen Preis.«

Rap'anu nickte. »Der König wird jeden Preis zahlen, wenn man ihm gut zuredet.«

Ninurta stand auf. »Ich muß ein wenig darüber nachdenken. Wirst du mich morgen empfangen, Berater des Königs?«

Rap'anu hob die Brauen. »Wie könnte ich deinen Besuch verschmähen, Assyrer? Um die dritte Stunde nach Sonnenaufgang?«

»Gern.« Ninurta ging zum Vorhang, bückte sich und nahm das Geschenk auf, das er Keret noch nicht hatte überreichen können. Er löste die Schnüre und wickelte es aus.

»Herr, Freund und Vater«, sagte er, als er neben dem Lager stand. »Ich weiß, daß deine Nächte kalt sind. Magst du diesen Bären zum Wärmen nehmen? Er hat weit im Norden gelebt, und sein Fell ist dick.«

Es war der prächtige, dicke, dunkelbraune Pelz eines gewaltigen Bären aus den Bergen weit nördlich von Achiawa; die Krallen baumelten an den innen sorgsam gegerbten Beinen des Tiers, und im ebenfalls von erfahrenen Händen aufbereiteten Kopf glitzerten die mächtigen Zähne.

Keret lächelte. »Ich danke dir, mein junger Freund. Dies ist wahrlich ein Zeugnis wärmender Zuneigung. Nicht zu reden von vorteilhafter Geschäftstüchtigkeit.«

Ninurta lachte laut; die anderen fielen ein. »Mit deiner Erlaubnis, o gewärmter Fürst aller Feilscher, werde ich mich nun zurückziehen, mich von der Reise reinigen – und denken.«

Die Bilder vermischten sich. Tashmetu, die nachts kam und bei ihm lag und sagte, Keret habe gesagt, er wolle allein schlafen – Tashmetu, die sich über ihn beugte und sagte: »Noch einmal? Genieße ich, was Helena erregt hat?« Der Vogel, der wieder auf dem Baum saß und gräßlich grölte, die flackernden Feuer in der Nacht und in der Lende, die wilden Augen der Frau aus dem Norden, die wilden Augen der Frau aus Sparta, Tashmetus Lippen und die zuckenden Lippen von Hamurapi, der den Vorschlägen zustimmte und die Händler Ninurta, Djoser und Zaqarbal aus Yalussu zu »königlichen Händlern« ernannte, die statt des erstickenden Zolls nur die erwürgende Steuer zahlen mußten. Dann ritt Ninurta mit den anderen durch die Steppe, aber er stieg auch mit Zaqarbal in das mannshohe gemauerte Rohr, das den Kot der Bewohner von Ugarit zu Sickergruben und zum Meer rieseln ließ und das neben dem Verlies vorbeiführte, in dem Parisiti und Helena einander schreiend liebten, bis Ninurta den von einem Diener Rap'anus gelockerten Stein aus der Wand nahm und die beiden durch das Loch zog und auf das zweite Schiff geleitete, das sie nach Roddu bringen würde, da ihr eigenes Schiff mit der Beute aus Sidunu beschlagnahmt war. Helena stank und war beschmiert bis zur Leibesmitte, aber noch immer war sie eine Göttin, und Parisiti versprach ihm alle Reichtümer von Ilios, aber die Händler besaßen genug (wer besitzt je genug?), hatten Wein und Öl und gebrannte Gefäße und Silber aus dem Norden ins Pyramidenland gebracht, wo Silber selten war und man für zwei Teile Silber ein Teil Gold eintauschte, für das es in Ugarit vier Teile Silber gab und in Babilu zehn; Goldfinger und Goldkörner unter

Öl in Krügen, die Ugarits Zöllner nicht tief genug prüften, und in Babilu verließ er Djoser und Zaqarbal und die anderen, um vom Purattu durchs Land zum zweiten großen Strom Idiqlat zu reiten und flußauf nach Ashur, mit brennenden Wunden in Schenkel und Lende – Ashur, wo er vor 34 Jahren geboren worden war und wo der König Enlil-Kudurri-Ushur als Vogel auf einem Baum saß und grauenhaft sang und ihm Silber und Botschaften gab und eine gebrannte Befehlstafel, die den Herrn der westlichsten Festung anwies, eine Zehnerschaft Krieger und eine Gruppe nutzloser Sklaven...

Dann kamen die *emettu* aus der Unterwelt, fahle Schatten von Toten, um ihn ins Reich der furchtbaren Göttin Ereshkigal zu holen, die Helenas Augen hatte und Tashmetus Brüste. Er konnte sich nicht bewegen; er träumte, er erwache aus einem Traum und fände sich in einem anderen, schlimmeren wieder. Jemand beklagte, daß man im Wald keine jungfräuliche Ziege auftreiben könne, um sie neben ihn zu legen und dann statt seiner zu bestatten, da Ereshkigal und die *emettu* sich davon bekanntlich täuschen ließen. Zaqarbal und Djoser waren da, aber warum krächzten sie so furchtbar? Eine Sklavin erzählte, sie rieche die Fieberdämonin Lamashtu, nach der sie selbst benannt sei, und es seien Lamashtus Nachstellungen, nicht die von Ereshkigal, die den Herrn der Karawane brennend lähmten, und zwei andere Sklaven – ein junger, ein alter – wuschen ihn und reinigten die Wunden und flößten ihm Brühe ein, und er schlief traumlos.

Drei Tage, sagte Zaqarbal, habe er geschlafen und geschrien und von Fieber geflackert. Ninurta fühlte sich schwach, aber die Wunden waren im Begriff zu heilen.

»Du hast uns ganz schön angst gemacht.« Djoser kauerte neben ihm und starrte ihm in die Augen, als ob er sich vergewissern müßte, daß in den Augäpfeln kein Dämon mehr steckte. »Ohne die Sklaven hätten wir dich nicht hingekriegt.«

»Mein nächstes Fieber bestelle ich, wenn ich nicht mit Handelslehrlingen wie euch beiden, sondern mit richtigen Männern unterwegs bin.« Ninurta trank das mit Sesam gewürzte warme Bier.

Als er sich aufzusetzen versuchte, blieb der Schwindel aus, anders als bei den ersten beiden Versuchen. »Welche Sklaven waren es?«

Djoser stand auf, sah sich um, pfiff und winkte. Eine Frau und zwei Männer kamen langsam näher.

»Lamashtu«, sagte Djoser. »Tsanghar. Und der Alte heißt nur Adapa, wie der Weise aus den alten Geschichten.«

Ninurta musterte die drei Sklaven. Die Frau mochte 25 Jahre alt sein, ebenso wie Tsanghar; beide hatten krauses Haar und gebräunte Haut. Adapa, »der Weise«, mußte etwa 50 Jahre zählen; sein Gesicht war ein Faltenteppich, und von seinem Haupthaar war nur ein grauer Kranz geblieben.

»Ich schulde euch Dank«, sagte Ninurta. »Warum?«

Lamashtu lächelte. Ihre Zähne waren weiß; sie trug einen grauen Leibschurz und hatte ein schmieriges Tuch um die Brust gewickelt. »Du hast hin und wieder gelächelt, Herr«, sagte sie. »Und du hast uns nicht geschlagen, auf dem Weg bis hierher.«

»Woher seid ihr? Und warum seid ihr Sklaven?«

Lamashtu hob die Schultern. »Die Gnade der Götter... Mein Vater war Heiler in Eshnunna. Er wurde von kassitischen Kriegern erschlagen, als ich fünfzehn war. Ich wurde Sklavin im Tempel, dann bei einem anderen Heiler, der die Familie gekannt hatte. Er hat mich als Tochter behandelt und in Kräuterkunde unterwiesen. Dann starb er, seine Verwandten haben mich verkauft. Vier Herren – der letzte wurde von Kriegern getötet, und ich mußte mit ihnen ziehen.« Sie verzog keine Miene. »Für Babilu – aber sie waren immer an der Grenze, und bei einem Gefecht mit Assyrern haben sie verloren. So kam ich in die Festung, wo wir dir übergeben wurden.«

»Und dein Name, Lamashtu?«

Sie lächelte flüchtig. »Meine Mutter starb am Fieber, als ich geboren wurde. Da hat mein Vater mich nach der Fieberdämonin benannt.«

»Du wirst nicht mehr in der Kette gehen, Lamashtu. Alles weitere bereden wir später. – Du, Adapa: Warum heißt du so?«

Der Alte entblößte mehrere Zahnlücken. »Ich war Schreiber,

Herr, und maßloser Leser alter Schriften. Deshalb weiß ich einiges.«

»Hast du, wie der Adapa der Geschichte, die Weisheit gewählt, als ein heimtückischer Gott dich zwischen Weisheit und Unsterblichkeit wählen ließ? Die er dir nie gegeben hätte?«

»Ich hätte die Unsterblichkeit genommen, alt wie ich bin. Aber man hat mir keine Wahl gelassen.«

»Woher?«

»Aus Lagash. Schulden, Herr – zuviel Lesen und nicht genug Silber. Da hat man mich verkauft. Der übrige Weg ist ähnlich wie bei Lamashtu.«

»Keine Kette mehr für dich. – Tsanghar?«

Der junge Mann runzelte die Stirn. »Ich bin aus Kashka, Herr. Waise. Ich habe sehr geschickte Hände. Und, wie man sagt, verrückte Einfälle. Ich habe in einer Werkstatt in Ashur gearbeitet, bessere Karren gebaut, einen besseren Pflug, derlei. Ich hatte eine Freundin; ein Hauptmann der Palastwache wollte sie haben.« Er drehte sich um; im gemaserten Vormittagslicht unter den Bäumen sah Ninurta die tiefen Striemen auf dem Rücken. »Was kann ein kleiner Handwerker gegen einen Hauptmann der Palastwache tun?«

Zwei Tage brachten sie im Wald zu, bis Ninurta sich kräftig genug fühlte, ein Pferd zu besteigen und, vor allem, oben zu bleiben. Zwei Tage zogen sie durch den lichten Wald, nach Westen. Als sie den Arantu erreichten, entließ Ninurta die assyrischen Krieger mit Dank und Silber. Und mit guten Wünschen, denn bis sie in assyrisches Gebiet kämen, müßten sie hunderte Meilen durch Feindesland reiten, ohne einen Händlerzug als Ausrede.

In den zehn Tagen, die man bis Ugarit brauchte, dachte Ninurta immer wieder über seine seltsamen Träume nach. Träume, die zusammengefaßt und entstellt hatten, die in Teilen überdeutlich, in anderen sehr wirr gewesen waren. Der Vorfall mit Alexandros und Helena lag vier Jahre zurück. Auch diesmal waren die Händler mit zwei Schiffen gekommen, aber neben der *Yalussu*, die Awil-Ninurta gehörte, war es die *Kynara*, Zaqarbals Schiff. Djoser hatten sie im Hafen von Gubla aufgelesen; der Rome hatte sein nicht besonders gutes Schiff teuer verkaufen können. Die Erinnerung an Hamurapi, der sie zu königlichen Händlern ernannte ... das lag noch viel länger zurück; damals war Ninurta allein gekommen, als Nachfolger eines anderen Händlers, und Hamurapi hatte ihn lediglich bestätigt.

Und die Zwischenzeit? Vier Jahre, die so geringe Spuren in seinem Geist hinterlassen hatten, daß sie für den Traum (oder das, was den Inhalt der Träume bestimmte) unerheblich waren? Keret lebte noch immer, schien nicht schwächer zu werden – keine Änderung. Tashmetu, Göttin der Nacht, teilte Ninurtas Lager, wenn er in Ugarit weilte – keine Änderung.

Andere Dinge hatten sich geändert. Krieg auf Alashia, wo fast die gesamte Westhälfte der Insel den Hethitern entglitten war; ein ungenauer, unerklärter Krieg im Binnenland um Grenzgebiete zwischen Arzawa und dem Hatti-Reich; Rüstungen in den Städten der Achaier gegen Ilios; Festigung und Ausdehnung der Macht des Madduwattas, den man den Dunklen Alten nannte und der die umliegenden Lande mit Spitzeln, Meuchelmördern und Priestern verseuchte – Priestern, die einen Gott namens Shubuk verehrten, der ein Krokodil oder Drache war und Menschenopfer wollte, wie es hieß.

Reisen, außerdem. Fahrten und Funde. Handel. Damals, vor vier Jahren, waren sie von Ugarit zurückgekehrt zu der geheimen Insel, mit kurzem Halt in Ialysos, wo Schiffbauer bis zum folgenden Frühjahr zwei neue Frachtsegler fertigstellen sollten, für Zaqarbal und Djoser. Der Winter auf der Insel, keine zwei Tagereisen von Roddu entfernt.

Im Jahr darauf die Fahrt nach Achiawa, Handel und Gespräche mit den langhaarigen Achaiern in Argos, in den Häfen von Kythera, die Weiterfahrt ins kleine Westmeer bis Ithaka und nördlich davon, das Feilschen mit Odysseus, später die Sturmfahrt, ein ganzer Mond in Ugarit, die Nächte mit Tashmetu ... Noch ein Inselwinter, danach die Reise ins Pyramidenland und westlich davon zu den Libu, wo er eine Ladung jenes seltsamen Krauts namens *sulufu* einhandelte, aus dem die beiden Herrinnen der

Kräuter auf der Insel, Kal-Upshashu und Kir'girim, tausend Zaubertränke und Arzneien machen konnten, und ein ganzer Winter in Ugarit. Das dritte Jahr: von Ugarit zur Insel, von dort die Küste entlang nach Norden, bis Ilios, dann von den thrakischen Häfen die Küsten entlang bis Athen und Argos und wieder zur Insel. Das vierte Jahr: von der Insel nach Tameri, von dort nach Nordosten zu den Chanani-Häfen, wo Djoser sein großes Schiffsgeschäft gemacht hatte, nach Ugarit.

Da war etwas. Etwas hinter den Gedanken, hinter den Erinnerungen. Er grub in sich (was er haßte), wühlte, förderte tausend halbwichtige Dinge zutage und zehntausend Nebensächlichkeiten. Immer wieder war es, als ob an einer Ecke im Irrgarten des Erinnerns der Schwanz jenes Nagetiers lauerte, das sich durch die Schatten ans Licht fressen wollte, aber sobald er die Ecke erreichte, waren Schwanz und Tier verschwunden.

Awil-Ninurta fluchte lautlos, zog sich zurück, sprach kaum mit Djoser und Zaqarbal, und wenn die drei ehemaligen Sklaven Lamashtu, Tsanghar und Adapa ihn fragten, was sie mit ihrer Freiheit tun oder lassen sollten, vertröstete er sie auf Ugarit. Die Aufsicht über den Zug ließ er Djoser und Zaqarbal; er grübelte, wenn er ritt, und er wühlte in sich, wenn sie abends rasteten. Das scheußliche Nagetier entzog sich, um an anderen Stellen seines Geistes weiterzubeißen. Er stellte es sich zuerst vierbeinig vor, mit grauem Fell, langem Schwanz, spitzen Zähnen und kleinen bösen Augen. Dann gab er ihm sechs Beine und Augen aus Feuer. Zähne aus schartiger Bronze. Schließlich erhielt das Tier faltige Fledermausflügel und einen Saugrüssel, mit dem es zwar nicht ins Freie kam, ebensowenig wie mit den Zähnen (gelbe Hauer mit Widerhaken), aber zweifellos sog es mit diesem Rüssel jene Erinnerungen auf, die er nicht finden konnte.

Sie waren da. Schatten hinter Schatten im dunkelsten Teil eines verdämmernden Zwielichts. Manchmal bildete er sich ein, sie nähmen Gestalt an, um winken und kichern zu können. Er sammelte die Gedanken zu einem Stoßtrupp, legte Breschen in die Wälle des (meistens gnädigen) Vergessens, listete die Jahre auf, dann die Monde, die Tage, gelangte zu den Nächten, die voll waren von Tashmetu und, weniger deutlich, von anderen Frauen, von nächtlichen Flügen mit Kal-Upshashu und Kir'girim, die Kräuter, Geschäfte und Männer miteinander teilten und ihm scheußliche Trünke gaben, damit er besser fliegen und öfter lieben konnte, und manchmal verbrannten sie auch Kräuter, deren Rauch grelle Bilder vor oder hinter den Augen entstehen ließ und dem, der ihn atmete, den Willen nehmen konnte... Er schob die Nächte beiseite.

Er sah, was er nie wieder hatte sehen wollen. Den Zusammenbruch der Herrschaft des Königs Tukulti-Ninurta, des Königs Flucht aus dem rasenden Aufruhr von Babilu. Das brennende Haus und die stinkende, kreischende, wirbelnde, lodernde Fackel, die sein Vater war. Die Flucht nach Norden, gehetzt von den kassitischen Kämpfern und den Babiluniern, die den verhaßten Assyrern keine Heimkehr erlauben wollten. Zuflucht hier und da, und Hunger inmitten der wenigen verbliebenen Krieger, die den König und seine Familie mit ihrem abnehmenden Leben und schwindenden Kräften schützten. Trügerische Sicherheit in Ashur – trügerisch, weil das von anderen Fürsten gesammelte Heer die Grenzen sicherte und die Babilunier zurückschlug, weil dann aber immer weniger Fürsten dem König gehorchen wollten, der Babilu verloren hatte. Der Tag der Abrechnung, als sie Tukulti-Ninurta aus dem Palast zerrten und später, wie er hörte, auf der Flucht erschlugen. Aber sie erschlugen auch alle, die im Palast gewohnt hatten – oder fast alle. Er sah sich, zwölfjährig, gegen die Arme und Hände des Großvaters kämpfen, des Großvaters, der ihn zum Schweigen bringen, bändigen, retten wollte; aber Awil-Ninurta wollte nicht schweigen, nicht fliehen, wollte zur Mutter, die sie mit anderen Frauen im Hof des Palasts pfählten. Und während er die Schreie hörte und Fleisch roch und die Hautbahnen sah, die man den Frauen abzog, während man sie pfählte; während noch die Augen der Mutter an ihm fraßen und brannten, wanderte er mit dem Großvater nach Westen, zu den Mitanni, die einmal Ashur beherrscht hatten und längst von Hattusha beherrscht wurden – nach Karkemish, dann nach Alalach. Er wuchs und kämpfte und lernte, gute von schlechten Waren zu unterscheiden, und sah sich auf einem Schiff, dem Schiff eines Händlers aus Milawatna (aber der Händler war Achaier und nannte die alte luwische Stadt Miletos), der mit anderen auf einer geheimen Insel nicht weit von Roddu (er sagte Rhodos) ein Lager für Kostbarkeiten und Wintertage besaß.

Schlaflos wälzte Ninurta sich herum. Er hörte die anderen atmen, hörte Holz in erkaltender Glut knacken, roch die Nacht und die Menschen und Tiere, sah die Sterne, beneidete den Mann, der stöhnte, und die Frau, die einen schrillen Lustschrei ausstieß, dachte an eigenes Stöhnen, schob die Nächte beiseite, wühlte weiter. Das widerliche Nagetier hatte inzwischen einen Geißelschwanz und sengende Schnurrbarthaare; der Saugrüssel war mit heißen Nadeln besetzt.

Irgendwo... Schatten hinter Schatten... Warum hatte ihm der Traum Helena und Alexandros in Ugarit zurückgebracht, nicht aber Helena und Alexandros (und ein Kind) in Ilios? Helena, mehr denn je Verkörperung der Ishtar, von Zeit und Mutterschaft ungezeichnet, ohne Kerben oder Falten, wogendes Feuer im Palast des Prijamadu, den sie auch Priamos nannten? War es wegen des Geschmeides, das er nun für sie bei sich trug?

Prijamadu... Ein alter Mann mit listigen Augen, noch nicht von kindischem Greisentum befallen. Er hatte ihm etwas gesagt. Was? Das Nagetier zerrte ihn zu einem anderen Herrscher, Enlil-Kudurri-Ushur. Ein junger Mann mit listigen Augen, frei von kindischem Leichtsinn, abwägend und eisig. Der König hatte ihm etwas gesagt, in Ashur. Was? Hatte es etwas mit der großen Menge Gold zu tun (woher so viel Gold?), mit der Botschaft von Hamurapi und Rap'anu?

Wieder drehte er sich auf die andere Seite. Die neunte Nacht, seit die Krieger sie verlassen hatten. Die neunte Nacht fast ohne Schlaf. Das ekelhafte Nagetier beruhigte sich; offenbar hatte es einen unbenutzten Gang im Irrgarten des Erinnerns gefunden, leer, ohne Bilder und Gerüche, und offenbar wollte es dort schlafen. Awil-Ninurta beschloß, die Augen zu schließen.

Morgens machten sie die schwere Kette, die tagelang auf einem Karren gelegen hatte, wieder an den Sklaven fest. Der Weg wand sich zwischen Feldern und Buschgruppen zur Küste, zur Stadt. Sie brachten die Waren ins Haus beim Hafen; Ninurta entlohnte und entließ die Treiber. Die Esel, mit königlicher Erlaubnis von der Züchtergilde gekauft, würden der Gilde zurückverkauft werden, aber darum sollte sich der Verwalter kümmern. Zaqarbal und Djoser begleiteten ihn, als er zum Hafen ging und die Schiffe besichtigte, die sie vor dem Aufbruch mit Zugtieren und vielen starken Händen auf den Strand südlich der Mole gezogen hatten. Schadhafte Planken waren ersetzt, die drei Händler fanden nichts, was Mißbilligung verdient hätte.

»Bereitet alles für den Aufbruch vor«, sagte Ninurta. »Es könnte sein, daß Eile nötig ist.«

Lissusiri, vom Sklaventreiber wieder zum Steuermann geworden, stieß dumpfe Klagelaute aus, beschwor die Garküchen und ihr Fleisch sowie das der Dirnen von Ugarit und machte sich dann auf, die übrigen Seeleute zusammenzutreiben. Zumindest jene, die nicht mondelang in Ugarit gehockt, sondern den Zug mitgemacht hatten, würden kaum begeistert sein.

Zaqarbal und Djoser weigerten sich, wieder mit zu Keret zu kommen und diesen abzulenken; sie wollten ein Bad und Wein und Braten. Zaqarbal wollte außerdem Frauen, mehrere, am liebsten gleichzeitig; Djoser behauptete, sein Ergötzen sei Schlaf und danach die Prüfung der Listen.

Ninurta übertrug Lamashtu, Tsanghar und Adapa die Aufsicht über die Sklaven. Er befahl dem Verwalter Menena, die drei als Freie zu betrachten; außerdem ließ er ihn Boten zu Rap'anu und zum Palast schicken und um ein Gespräch bitten.

»Und du?« sagte Menena.

»Reinigen, mein Freund – ich stinke nach Schweiß und Pferd, wenn ich es auch selbst nicht rieche. Und dann zu Keret, Geschäfte bereden.« Er zwinkerte.

Menena zwinkerte nicht zurück. »Du kannst es nicht wissen: Keret ist tot. Tashmetu ist nun Herrin der Geschäfte.«

Ninurta schwieg einen Atemzug lang. »Schick ihr einen Boten«, sagte er dann. »Er soll um ein Gespräch bitten.«

Tashmetu empfing den Assyrer in den Geschäftsräumen, an der Vorderseite des Fliesenhofs, hinter dem das Wohnhaus lag. Es war kurz vor Sonnenuntergang; zwei Schreiber übertrugen Bestandslisten auf Tafeln, die am nächsten Tag im Ofen der zum Geschäft gehörenden Werkstatt gebrannt werden würden.
»Willkommen, Herr der Karawane.« Sie legte die Hände auf seine Schultern, drückte sie kaum merklich und berührte seine Wange mit ihrer. »Es gibt noch ein kurzes Gespräch mit dem Verwalter, hier... Wie waren die Geschäfte?«
Ninurta sah ihr zu, wie sie wieder zur Bank am Kopfende des Arbeitstischs ging. Es war heiß; Tashmetu trug einen Umhang, ein an den Rändern purpurgetränktes Gemisch aus feinster Wolle und Leinen, auf der linken Schulter von einer Silberspange gehalten. Sie bewegte sich leicht, anmutig, sichtlich nicht durch schwere Kleidung unter dem Umhang gehemmt. Die Haut wie leichte Bratentunke mit Sahne saß trotz erster Fältchen straff über den hohen Wangenknochen; kaum Fußstapfen der Zeit, dachte er, und keine Schleifspuren der Trauer.
»Gute Geschäfte und gute Tage, Herrin.« Er nahm den Becher mit Wasser und Wein, den ein Schreiber ihm brachte, lächelte dankend und trank. »Wie ist der Markt für Sklaven?«
Tashmetu blickte von den Tafeln auf. Oder von den Fingerspitzen. »Sklaven? Seit wann handelst du mit Sklaven?«
»Man hat mir eine Gruppe aufgedrängt, fast kostenlos.«
»Gesund, kräftig, nicht zu alt? Daran ist immer Bedarf. Und die anderen Waren?«
Es war ein mühsames Gespräch; beide dachten an andere Dinge, die warten mußten. Tashmetu entließ die Schreiber für den Tag und wies einen Sklaven an, aus der Garküche des alten Ilulai etwas zu beschaffen; bald kam er mit Lammbraten, säuerlich eingelegtem Lauch und Brot zurück. Der Verwalter brachte eine Liste, vermißte eine zweite, ging wieder, um sie zu holen; Ninurta berichtete von Waren und Handelsspannen: Gold,

Schnitzereien aus Straußeneiern und Elefantenzähnen, Goldschmuck und Brennfarben in Pulverform aus Tameri; all dies, bis auf Gold und Goldschmuck, in Ugarit eingetauscht gegen Öl, Wein, Trockenfrüchte und Ziergefäße – und Esel; in Babilu verkauft gegen Silber, Silberschmuck, Lederarbeiten, Sesamöl und blaue Bergsteine aus dem fernen Osten.

Endlich kam der Verwalter mit der anderen Liste; endlich konnte Tashmetu die Geschäftsräume für den Abend schließen. Der alte Hausmeister grinste freundlich, als er Ninurta sah, und grinste breit, als Tashmetu ihn anwies, niemanden einzulassen. Sie gingen die Treppe hinauf in den großen Raum. Das Bärenfell lag auf dem Ruhegestell; es gab keine Kohlebecken, und die Fensteröffnungen waren nicht versperrt.

»Fürstin des Handels und meiner Gedanken«, sagte Ninurta. Er hielt Tashmetu an den Schultern und betrachtete ihr Gesicht, die grünen Feuer der Augen, die weichen Lippen. »Bin ich denn wirklich willkommen?«

Sie lachte, zog ihn an sich und biß in sein Ohrläppchen. Ihr kurzes dunkles Haar duftete nach Salböl und Blütenwasser, und der feine Umhang schien nicht zu knistern, sondern fordernd zu hauchen, als Ninurta die Schulterspange löste.

»Du riechst, als hättest du versucht, Pferdegeruch abzuwaschen.« Sie kicherte und zog ihn auf das Bärenfell. Eine Weile hielt sie sein Gesicht mit beiden Händen. »Du«, sagte sie leise, »bist mehr als willkommen. Liebster. Keret... er hat gesagt, wir sollen das Fell nutzen – deine Gabe.«

»Er hat es gewußt?«

»Und gebilligt. Er war alt und krank. Und er hat dich geschätzt wie den Sohn, den er nie hatte. Er sagte, er könne sehen, daß du mir gut tust. Nur sein Ansehen sollten wir schonen.«

»Jetzt auch noch?«

»Keine Geheimnisse mehr.« Sie löste seinen Schurz und entdeckte die Narben. »Liebster, was... nein, sag es mir später.«

»Ich habe dir etwas mitgebracht.«

Sie begann, die Spuren des eisernen Messers mit der Zunge zu erkunden. Undeutlich sagte sie: »Dies hier?«

Ninurta streichelte ihren Nacken und stöhnte leise, als ihr Mund die Narbe verließ und sich dem Gemächt näherte. »Später. Etwas anderes.«

Die feine Silberkette, Meisterwerk eines Schmieds aus Babilu, trug Sternbilder aus bläulich glimmenden Bergsteinen, die in Ashur *uqnu* [Lapislazuli] hießen, in Ugarit *iqni* und bei den Achaiern *ukyanos*; dazwischen saßen Goldscheibchen mit getriebenen Verzierungen: Gesichter, Götter, Tiere. Tashmetu schloß die Kette hinter ihrem Nacken und ließ die Arme sinken; die schwerste Goldscheibe mit Ishtars nacktem Leib ruhte zwischen ihren Brüsten.

»Es ist wunderbar«, sagte sie leise.

»Und ich kann es dir ohne Heimlichkeit geben.«

Tashmetu deutete auf den Beutel, aus dem Ninurta den Schmuck geholt hatte. »Da ist doch noch etwas...«

»Nicht für dich, aber ich zeige es dir. Gleich. – Sag mir erst, wie sicher du bist.«

»Sicher?«

»Es soll, hörte ich, schon vorgekommen sein, daß Verwandte des verstorbenen Gemahls der Witwe das Erbe mißgönnen.«

Sie lachte. »Du hast nie den Fehler gemacht, den lebenden Keret zu unterschätzen. Nun unterschätz nicht den Toten.«

Keret, wichtigster und reichster Handelsherr von Ugarit, Freund und Berater der Könige, war mit nicht ganz 70 Jahren einer Krankheit aus Kälte und Auszehrung erlegen. Wucherungen im Leib, sagten die Heiler, die ihn nicht heilen konnten. Seine erste Frau war kinderlos gestorben; vor fünfzehn Jahren hatte er die schöne vierzehnjährige Sklavin Tashmetu freigelassen und zu seiner zweiten Frau gemacht. Rap'anu und König Hamurapi selbst hatten seinen letzten Willen bestätigt, in dem Keret Tashmetu als Gattin verstieß und als Kind annahm. Ugaritischen Gepflogenheiten folgend, und um Anfechtungen vorzubeugen, hatte er Tashmetu zum Sohn erklärt.

»Du bist der einzige Knabe, den ich je geliebt habe«, sagte Ninurta. Er gluckste. »Alter gerissener Dämon! Du bist nun also der Handelsherr Tashmetu, voll geschäftsfähig und ohne Neider?«

»Ohne Neider nicht, aber die Neider sind machtlos. – Was ist da noch in dem Beutel?«

Der Assyrer setzte sich auf. »Geschäfte vertragen sich nicht immer mit Gefühlen. Ich werde ja auch wieder nach Wilusa reisen, und nach Achiawa.«

»Und in Wilusa wirst du Helena sehen. Ich weiß. Ist das für sie?«

Er nickte. »Sie wird es nicht mögen, aber ...« Er holte ein gefaltetes Tuch aus dem Beutel und gab es Tashmetu.

»Schwer«, sagte sie, ohne das Tuch aufzuschlagen. »Wieso wird sie es nicht mögen?«

»Ich habe es bei einem Handwerker in Ashur gesehen. Der König ...« Er stockte einen Atemzug lang; es war, als ob das Nagetier in seinem Geist fauchte und kratzte. »Der König hat ihn mir genannt, als kunstfertig und von düsterem Gemüt. Die Westler aus Achiawa werden ohne Zweifel den angeblichen Raub der Königin von Sparta als Ausrede nehmen und Wilusa angreifen. Eine zu große Verlockung. Aber durch Helena und Parisiti und den einen Dämon in zwei Leibern wird alles noch schlimmer.«

Tashmetu faßte nach der Ishtar-Scheibe zwischen ihren Brüsten. »Was kann noch schlimmer sein als ein großer Krieg?«

»Ein Krieg, in den Männer ziehen, weil sie etwas erreichen wollen, wird irgendwann einmal enden. Wenn man ihnen aber sagt, der Sohn des feindlichen Königs habe ihre Ehre geschändet, werden sie nicht brennen und morden und sengen, bis sie das Ziel erreicht haben, sondern bis das Ziel nicht mehr Teil der Welt ist. Sie werden Ilios nicht plündern, sondern vernichten und jeden Mann, jede Frau, jedes Kind niedermetzeln. Deshalb ... dieses Geschmeide für Helena.«

Tashmetu öffnete den Knoten, der das Tuch zusammenhielt. Dann stieß sie einen Laut des Entsetzens aus.

Auf feinem Silberdraht saßen feine kleine Knochen: die Knochen totgeborener oder gleich nach der Geburt verstorbener Kinder. Und Teile von drei kleinen Schädeln, durch *uqnu*-Stücke getrennt.

Tashmetu verknotete das Tuch wieder. Lange Zeit sagte sie nichts. Ninurta trank, aber der Wein schmeckte so, wie er sich die Ausscheidungen des üblen Nagetiers in seinem Geist vorstellte.

»Es gibt da noch etwas«, sagte Tashmetu leise. »Etwas, worüber zu reden ist.«

Er sah sie stumm an.

»Meine Neider sind machtlos, wie ich sagte; aber... auch du hast welche. An sehr hohen Stellen. Es kann sein, daß sie einen lebenden Awil-Ninurta nicht aus Ugarit hinauslassen werden. Nur einen toten.«

ERZÄHLUNG DES ODYSSEUS (I)

Hilf mir, Muse, Geschichten zu spinnen, die euch bestricken: Wortnetze, die euch umfangen – wie mich eure garstigen Trünke fesseln, die Männer zu Hengsten machen und Krieger zu Schweinen. In die farnverhangenen Höhlen allen Entzückens schöb ich ungern den schäbigen Halm der redlichen Rede; Glut euren Grotten, das Zauberschwert in eure Scheiden, den Ohren nicht karge Wahrheit (was ist Wahrheit?), sondern das Staunen.

Wo fang ich an? Warum nicht vorn, am Ende des Anfangs, oder... Na schön, wie ihr wollt; dann reden wir eben von mir. Aber nicht zuviel; ich nehme an, ihr wollt nicht unbedingt wissen, aus welchem Holz mein erstes Schaukelpferd gebaut war. Beginnen wir mit meiner Mutter, Antikleia, Tochter des Autolykos. Er war einer der Alten, die man heute gemeinhin Mykener nennt, aber anders als viele hat er sehr früh begriffen, daß die Wasseruhr der alten Herrscher ausgelaufen war und nur wir kräftigen, wiewohl grobschlächtigen Achaier über die nötigen Eimer verfügten, um aus dem nimmermüden Fluß der Zeit frisches Wasser zu schöpfen und die Klepsydren aufzufüllen. Bitte? Schön gesagt? Nun ja, schön dahergesagt.

Autolykos hatte mehrere Söhne, die nicht eben betrübt waren, als mein Vater Laërtes mit den alten Bräuchen brach. Eigentlich hätte er, als Antikleias Gemahl, am Mutterort bleiben sollen – der Schwiegersohn kommt ins Haus; die Tochter geht nicht mit ihm. Aber mein Vater hielt nicht viel von alten Sitten, sondern mehr davon, neue zu ersinnen, denen seine zahlreiche Nachkommenschaft zu ehrwürdigem Alter verhelfen sollte. Also bat er Antikleia nicht, ihn zum Gemahl zu nehmen, sondern seine Gemahlin zu werden, und er nahm sie mit zu den Inseln Ithaka und Kephallenia, die sein Vater Arkeisios mit dem Speer erobert, mit dem Schwert befriedet und mit dem Pflug befruchtet hat.

Wie? Ja, ich sagte Pflug; ich will euch aber keine Vorschriften machen. Wenn es euch gelüstet, anderes in den Mund zu nehmen, so mögt ihr das Werkzeug der Befruchtung anders nennen. Ich bleibe zunächst bei Pflug; über die kräutertragende Scholle und die lebenspendende Furche reden wir später.

Die Inseln... Ah, grünes Ithaka, liebliches Kephallenia. Dulichion. Aber ich schwärme, statt mich zu sammeln. Mein Vater brachte also Antikleia heim, in der Hoffnung auf zahlreiche Kinder, wachsenden Wohlstand und ein Leben, in dem die Lust des Schwerts, die Wonne der Heimstatt und die Plage des Ackerbaus möglichst ungleich verteilt seien. Er erhielt, was er wollte, aber nicht so, wie er es gewünscht hatte. Das Schwert mußte ruhen, die wonnevolle Heimstatt – nennen wir sie den ersprießlichen Pfühl – trug nur zwei Früchte, so sehr Laërtes und Antikleia sich auch mühen und dabei ächzen mochten: Meine Schwester Ktimene und ich waren den Eltern vergönnt, weitere Früchte trieb die Mißgunst der Götter früh ab. Und was den Acker angeht, so war er des Laërtes dringlichste Muße. Ich glaube, er hat oft erwogen, das Meer nach Westen zu überqueren, um in jenem Land, das – wie es heißt – die Form eines Beins hat, kräftig aufzutreten und ohne Rücksicht auf Zehen das Schwert zu schwingen. Aber der Acker, das Vieh, die Reben... und überhaupt kein herrlicher Krieg.

Ah, ich vergaß die Schweine, die auf Ithaka besonders gedeihen. Sie fressen die Eicheln unserer großen Bäume, und nach der Weinlese, wenn das Getrampel ein Ende hat und die Jungen und Mädchen, trunken von Jugend und Most, den Schatten der gemeinsamen Sträucher aufsuchen, naschen unsere Schweine gern von den gärenden Resten – Tresteräue, könnte man sagen. Sie singen dann bezaubernd, halten einander an den Pfoten und tanzen auf den Hinterbeinen. Zum Hüter der Schweine bestellte mein Vater seinen Freund Eumaios, und während er den Schweinen oblag, oblag ich seiner Tochter. Ach, die Verwegenheit der Jugend, der mannigfaltige Prunk des Suhlens!

Außerdem, o ihr Holden, bin ich natürlich gereist. Meines Vaters Gedanken: daß ich die Furchen und grünen Hügel der rosigen Töchter von Ithakas Schweinehirten nicht mit der Welt allgemein verwechsle, daß Speerkampf und Kelter (welcher Speer? Welche Kelter!) nicht mein Dasein begrenzen. Und so zog ich hinaus... aber Schluß mit dem Singsang!

Ich wurde an die Höfe befreundeter Fürsten geschickt. Höfe? Bauernhöfe von Ackerfürsten. Später habe ich Großvater Autolykos besucht, in seinem weißen Haus am Parnassos. Da habe ich dann begriffen, was schöner wohnen heißt. Feste Wände ohne Risse, hellgetüncht oder geschlämmt; Bodenfliesen, die nicht gleich zum Tanz abfliegen wollen, sondern in harmonischer Beschaulichkeit seßhaft sind. Beständige Tische und, ah, das Besitzen weichgepolsterter Stühle! Krüge und Becher, die weder den Trank hinterhältig absondern noch dem Trinker die Lippen zerschneiden. Männer mit sauberen Fingernägeln; Frauen, die nicht nach Stallmist duften; reine Gewänder; Wände, wie gesagt, ohne Risse – Wände, an denen statt schändlicher Lappen zur Verhehlung von Lücken feingewirkte Webbilder hängen. Und all das, dachte ich, hat meine Mutter aufgegeben, nur um meines Vaters Buhlin zu sein?

Es gab dort auch alte Frauen und Männer, die von den alten Tagen erzählen konnten. Von jener Zeit, als überall solche Paläste standen, in denen wohlgenährte Menschen auf Binsenmarkblättern schrieben, ehe die groben Achaier befanden, es sei besser, wenn es niemandem besserginge. Und da sie ... ich bekenne: meine Vorfahren! Da sie also nicht schreiben konnten, sollte niemand lesen dürfen, und sie haben den Wohlstand weniger, der auf der Arbeit vieler beruhte, zu Notdurft verwandelt, die fortan Gemeingut war.

Nicht jammern, Odysseus. Zum Schmähen geboren, zum Hauen bestellt ... Autolykos, der sich in zahnlosem Alter gerader hielt und besser roch und bissiger redete als viele Jüngere, die bucklig am Tisch hocken und aus dem Fleisch, das ihre schmierigen Finger halten, mit prächtigen Hauern Fetzen reißen, die sie offenmäulig kauen, um dann mit vollem Mund geflügelte Worte zu sprechen, deren Hauptzweck es ist, allen Umstehenden die Hirnlosigkeit des Sprechers zu beweisen ... Autolykos also, mein Großvater, Verwandter der uralten Fürsten, fand Gefallen an mir, seinem unwerten Enkel, und ließ mich unterweisen. Von Sklaven lernte ich die Kunst der Reinigung, und von Sklavinnen erfuhr ich, daß Frauen und Männer mehr Vergnügen aneinander haben können, wenn beide sauber sind und gut riechen. Gut schmecken. Von einem alten Diener lernte ich, Chanani-Zeichen (dort nannte man sie »sidonische Haken«; Großvater Autolykos sagte »phönikische Lärmstapfen«, was ich sehr trefflich fand) zu lesen, mit Ried und Tinte auf Binsenmarkblätter zu malen oder mit dem Griffel in Wachs und Ton zu ritzen. Ich lernte, mit geschlossenem Mund zu kauen, mit offenen Ohren zu schweigen und mit vielen Zungen zu reden, je nach Bedarf und Umständen.

Aber ich lernte auch andere Dinge – die Jagd, zum Beispiel. Auf Ithakas Hügeln und in den Tälern dazwischen ist nicht genug Platz für Menschen und Wild; ich konnte zwar mit Schlingen umgehen, um Vögel zu fangen, aber wilde Schweine oder große Hirsche waren bis dahin für mich Geschöpfe gewesen, die nur in Geschichten herumlaufen. Am Parnassos, heißt es, lebten in alten Zeiten Sänger und Dichter; ich bezeuge, daß es immer noch so ist, denn was wäre der Unterschied zwischen Dichtern und Wildsäuen? Die Narbe ... ja, genau diese, hier am Schenkel – jene Fährte, die zu dem Pfahl führt, an dem mein Fleisch hängt: Sie ist eine Schneise, die ein von meinem Speer erheiterter Keiler in den Wildwuchs meiner Lenden schlug, zu lichten und ohne Schonung zu roden.

... Uuuh, was ist in diesem Trank? Mäusepisse? Fledermauskot, zerstoßen und mit Natternspeichel vermengt? Ein Trunk, kein Trank – zur Beschleunigung der vielerlei Regsamkeiten? Vor allem einer? Ah. Da ihr es sagt, o Fürstinnen der Zaubersäfte, wird es diesen und jenen Zaubersaft anregen. Dann – ha, seht ihr, es wirkt schon! Dann schneller reden, Odysseus, oder unterbrechen zu späterer Fortsetzung? Schnell die Geschichten von Jugend beenden, die Kindheit erledigen, um das Mannestum zu fördern? Wohlan denn, also schneller.

Autolykos. Ich lernte vieles, genas von der Wunde, verließ den Palast mit dem Willen, in Ithaka besser zu wohnen, sobald ich wieder dort wäre. Ich besuchte den edlen Iphitos, dessen Vater von Herakles getötet worden war (ein rasender Unhold, könnte man sagen; Iphitos ist einer von vielen, deren Väter Herakles zu gut kennenlernten), und Iphitos schenkte mir einen Bogen. Eine wunderbare Waffe aus Erz und Horn und abgelagertem Holz, gegen die ihm eigene Krümmung zu spannen, indem man ein Ende mit dem Fuß festklemmt und die Wölbung über das Knie des anderen Beins...

Ach, das wollt ihr nicht so genau wissen? Ah, ihr wußtet es längst! Die meisten Achaier wissen es nicht und können damit so wenig umgehen wie mit Pferden.

Aber weiter. Schneller. Nach Epeiros und nach Taphos, um Gift zu beschaffen... ah, das mögt ihr hören, nicht wahr? Gift für die gefiederten Pfeile, Gift für geflügelten Tod. Heim nach Ithaka, wo es mir gelang, Vater Laërtes davon zu überzeugen, daß es besser wäre, alles mir zu übergeben. Er zog sich zurück, auf ein Landgut (sagen wir, in eine Hütte, mit Antikleia), und ich befaßte mich mit der Mehrung des Wohlstands. Der Errichtung dauerhafter Mauern. Dem Bau eines bewohnbaren Palasts, mehr der Wonne denn der Notdurft geweiht. Händler kamen von überall her, sobald sich herumgesprochen hatte, daß Odysseus auf Ithaka Dinge herstellt, die zum Handel taugen – feinen Wein, köstliche Schinken, Schnitzereien, Speerschäfte aus hartem Kirschholz, die nicht so schnell splittern. Achaische Fürsten kamen und suchten meinen Rat, obwohl ich noch jung war – aber ich konnte lesen und schreiben...

Und dann hörte ich von der unvergleichlichen, der göttlichen Helena. Aber davon lieber später, nicht wahr? Zuerst... dieses. Und das auch. Später jenes.

3. DER SCHRAUBSTOCK UND DIE KIESEL

Zaqarbal schien kaum geschlafen zu haben. Der Mann aus Sidunu stank nach eineinhalb Dutzend Duftwässern, weniger von Badern eingeknetet als bei Dirnen abgerieben; außerdem nach Wein und Bier und Gewürzen. Er hatte die Nägel der kleinen Finger dumpfrot gefärbt – ein ähnlicher Farbton wie der seiner Augäpfel und zahlreicher Flecken auf dem knielangen Leibrock aus weißem Leinen.

»Du siehst beträchtlich erholt aus«, sagte Djoser. Er lugte über die Türme aus Tafeln – ungebrannter und gebrannter Ton, Wachs, dunkles Holz – und rieb sich die Augen. »Manche Leute verwenden ihre Kraft eben sinnvoll, wiewohl nutzlos, während andere sich nützlich machen und besinnungslos rechnen.«

Zaqarbal gluckste. »Wie wir alle wissen, untersteht meine Vaterstadt deinen Leuten, Rome. Und wenn der Herr des Per-ao seine Krieger und Verwalter nach Sidunu schickt, damit sie uns das Denken abnehmen, ist es doch nur billig, wenn wir das hier genauso machen.« Mit dem Fuß schob er einen Schemel näher an Djosers Tisch und setzte sich. »Wo steckt der Herr des Unternehmens?«

»Der Mann aus Ashur hat heute früh zahlreiche Befehle erteilt, damit die Schiffe in Hast und Hurtigkeit mit allem beladen werden, was sie fassen können. Jetzt weilt er beim edlen Rap'anu, um die Lage der Dinge zu bereden.«

Zaqarbal gähnte. »Staatsgeschäfte am Vormittag? Widerlich. Und wieso die Eile?«

»Später. Wenn du geschlafen hast.«

»Ah. Hast du was zu trinken für mich?«

Djoser musterte den anderen aus schmalen Augen. »Du siehst aus, als hättest du sämtliche Körpersäfte verloren. Ich fürchte, ich muß der Auffüllung zustimmen.« Er klatschte; als eine Sklavin erschien, wies er sie an, warmes gewürztes Bier und kaltes Wasser zu bringen.

»Wasser?« Zaqarbal schnitt eine Grimasse. »Ich will mich nicht ertränken, sondern trinken.«

»Weiß ich; obwohl, so wie du riechst, ertränken eine Wohltat für die Stadt und das Land wäre. Und danach? Schlafen?«

»Schlafen, vielleicht träumen ... Ah.« Mit bemerkenswert stetigen Händen nahm er den Becher, den die Sklavin ihm reichte. »Gut. – Oder liegen dringliche Dinge herum, die weggeräumt werden müssen, bevor ich schlafen darf?«

Djoser lehnte sich in seinem Scherensessel zurück, die Hände hinter dem Kopf gefaltet, und starrte an die geschlämmten Balken der Decke.

»Nichts Dringendes, Freund. Nur das Leben, die Geschäfte, die Lage der Welt; die Frage von Einnahmen und Ausgaben; die Ratschlüsse des Assyrers hinsichtlich dessen, was mit den Sklaven geschehen soll. Derlei Kleinigkeiten.«

»Ich mag dich nicht.« Zaqarbal starrte ihn über den Becherrand an. »Ich kann dich überhaupt nicht leiden, Rome.«

»Das ist nicht neu; wieso meinst du, du müßtest es jetzt erwähnen?«

Der Sidunier rieb sich die roten Augen. »Da hat man sich nach langweiliger Reise endlich anständig ausgetobt, und was macht der Rome? Statt zu zechen oder sein Gerät in eine passende Höhlung zu schieben, hockt er da und rechnet. Lebst du, Mann?«

»Vermutlich.« Djoser stützte die Ellenbogen auf den Tisch. Als er weitersprach, sah er den Sidunier nicht an. Aus dem großen Lagerraum nebenan hörten sie gedämpfte Stimmen, Schritte, das Quietschen verschobener Gegenstände. »Ich will dir einen Gedanken mit in den Schlaf geben, den du träumend hin und her wälzen magst.«

»Wie viele Seiten hat dieser Gedanke, und welche sollte nach dem Wälzen oben liegen?«

»Ein Gedanke mit vielen Seiten und Kanten – scharfen Kanten, an denen man sich schneidet, wenn man nicht vorsichtig ist.« Mit dem Kinn, dann mit einer Hand wies er auf den Durchgang zum Lager, auf Gefäße, Kisten und Ballen, die an den Wänden des kleineren Schreibraums aufgereiht waren, auf den Innenhof jenseits der drei Fensteröffnungen. »Was von alledem sollte man mitnehmen, wenn man beschlösse, soviel wie möglich mitzunehmen? Und was sollte man hier zurücklassen, wenn man beschlösse, vielleicht doch nicht bald zurückzukehren?«

»Hah.« Zaqarbal stellte den leeren Becher auf die Fuge zwischen zwei grünlichen Bodenfliesen. »Ist es *so*?«

»Die Gerüchte und Berichte... Ich glaube nicht, daß in den nächsten Monden viele Handelszüge an Land und viele Lastschiffe auf dem Meer sein werden.«

»Krieger, meinst du? Nur Krieger?« Er grinste; dann gähnte er wieder und stand auf. »Heimkehr zur Insel ist eines; die Überlegung, daß Krieger essen und trinken wollen und Klingen brauchen, ist etwas anderes. Ich werde es erwägen, während ich schlafe. Mein Geist wird wägen, während der Schlaf neben mir liegt und schnarcht.«

Djoser wies mit dem Hinterkopf zum kleinsten Raum des Gebäudes. »Ich habe da drin geschlafen. Die Decken sind nicht mehr warm, aber auch nicht verlaust.«

»Gut, gut. Wir sehen uns.«

»Nicht zu vermeiden.«

Morgens hatte ein nicht gerade unwirscher, aber doch unwacher Awil-Ninurta den drei Freigelassenen ein paar Ratschläge und einen Beutel gegeben. Die Ratschläge enthielten vor allem Warnungen, der Beutel Kupfer- und Silbersplitter, Steinstückchen und einen Kupferfinger mit Rillen. Sie sollten, sagte er, in der Unterstadt bleiben, sich von den hochgelegenen Tempeln und Palästen fernhalten, nicht zuviel reden, umsichtig beim Bezahlen von Gegenständen oder Diensten sein. Schließlich hängte er allen dreien Lederriemen mit Tonplättchen um den Hals.

»Das heißt, ihr seid Eigentum der Handelsherren von Yalussu. Im Ugarit gehört alles dem König, mit geringen Ausnahmen, und

Fremde ohne Ansehen und ohne großen Besitz können einfach so... verlorengehen.«

»Warum hast du uns freigelassen, Herr? Wenn wir hier doch nicht frei sind?«

»Später; wir reden später darüber.«

Später, später... zuerst sehen, wie die Dinge in Ugarit stehen – immer wieder hatte Ninurta sie auf dem Marsch vertröstet; aber schließlich hatten sie, als der Zug das Reich des Königs von Ugarit erreichte, nicht in der langen Kette gehen müssen wie die übrigen Sklaven. Eine schwere Kette aus vielen groben Gliedern, mit schweren Metallspangen um die Leibesmitte befestigt. Sie waren frei, aber wovon? Wozu?

Natürlich hielten sie sich nicht an Ninurtas Rat; der alte Babilunier wollte die Tempel sehen, der Mann aus Kashka die Werkstätten, und Lamashtu ganz einfach die Stadt. Sie wanderten eine Weile durch die Gassen am Hafen, stiegen dann die gepflasterte Hauptstraße zur Oberstadt hinauf. Die Wächter vor dem Tempel des Dagan warfen fast gleichgültig Blicke auf ihre Sklaventäfelchen und ließen sie ein. Jenseits der Mauern lag ein Palmenhain, dahinter der eigentliche Tempel: Mauern, Säulen, ein dunkler, fast schmuckloser Innenraum mit Wandbehängen und einem nackten Altarstein.

»Nicht sehr beeindruckend«, sagte Adapa, als sie wieder draußen waren. »Kein Vergleich, gewissermaßen.«

Tsanghar pfiff leise. »Wo du herkommst, sind die Tempel groß und mächtig, nicht wahr? Ihnen gehören Ländereien und ganze Dörfer. Ninurta sagt, hier gehört alles dem König.«

Lamashtu schob die beiden weiter. »Kommt. Sehen wir uns den anderen da vorn an.«

»Alberne Vorstellung.« Adapa blieb stehen, die Hände in den Hüften. »Tempel, die dem König gehören? Wovon leben die Priester denn?«

Tsanghar kicherte leise. »Vielleicht müssen sie anständig arbeiten.«

Lamashtu ging allein weiter, während die Männer über die Vorzüge und Nachteile mächtiger Priester und mächtiger Könige stritten. Vor ihr gingen zwei dunkel Gekleidete, die sich leise, aber beinahe heftig unterhielten. Sie hörte nur Bruchstücke dessen, was der Ältere sagte; jäh blieb sie stehen und wartete auf Adapa und Tsanghar.

»Was ist los? Hat etwas deinen Magen zum Kreiseln gebracht?« Der Kashkäer musterte sie aufmerksam.

»Ich habe etwas gehört«, sagte sie.

»Was denn? Von wem?«

»Wenn es schön ekelhaft ist, sag es uns. Wenn es nur widerwärtig ist, behalt es für dich.« Adapa grinste.

Die Frau zögerte. »Hat Ninurta nicht gesagt, er will mit dem Berater des Königs reden und später mit dem König selbst?«

»Ja, und?«

»Was ist das da? Wessen Tempel?«

»O ihr Götter!« Tsanghar hob die Hände. »Kannst du nicht Fragen beantworten, statt neue zu stellen?« Er ging schneller, wandte sich an einen der Wächter vor dem Eingang. Adapa und Lamashtu folgten nicht, sondern warteten, als sei ihnen plötzlich Ninurtas Rat wieder eingefallen.

Der Wächter deutete auf Tsanghars Sklaventäfelchen und sagte etwas; dann bewegte er die rechte Hand, als ob er Fliegen verscheuchen müßte.

Tsanghar kam zu den anderen zurück. »Der Tempel des Baal, und fremde Sklaven dürfen nicht hinein.«

»Kommt, laß uns runtergehen zum Hafen. Hier oben...« Lamashtu bewegte die Schultern, als ob sie fröstelte.

Auf dem Weg zurück zur Unterstadt erzählte sie halblaut, was sie gehört hatte – oder glaubte, gehört zu haben. »Nur Bruchstücke, und die Sprache ist so ganz anders, aber... Es ging um einen Wunsch oder Plan, ein Gemetzel anzurichten; jemand will am Palasttor mit einer Waffe in der rechten Hand einen anderen von hinten durchbohren. So ähnlich.«

»Und die beiden, die das gesagt haben, sind dann in den Baal-Tempel gegangen?« Adapa runzelte die Stirn. »Vielleicht gehört doch nicht alles hier dem König, oder?«

»Bist du sicher?« sagte Tsanghar.

»Fast. Ich habe nicht alles verstanden, aber reicht das nicht? Mir ist kalt.« Wieder bewegte sie die Schultern.

»Bist du krank?«

»Ein kalter Hauch«, murmelte sie. »Ich habe das schon öfter erlebt. Vielleicht ist es die Fieberdämonin, deren Namen ich trage. Immer, bevor etwas Schlimmes geschehen ist, hatte ich das.«

Sie schwiegen, bis sie wieder in die engen Gassen der Unterstadt eingetaucht waren: Lehmgassen zwischen zweigeschossigen Häusern, viele davon mit Läden und Werkstätten im Untergeschoß; ummauerte Höfe, aus denen Kindergeschrei drang oder das Gackern von Hühnern. Auf den Gassen drängten sich bärtige Männer in langen Wollgewändern und kaum leichter bekleidete Frauen. Tsanghar, der wie Lamashtu und Adapa lediglich Sandalen und *kitun* trug, zupfte an seinem hellen Leibrock und sagte: »Ich komme mir fast nackt vor ... Sklaventracht, scheint mir.« Mit dem Kinn wies er auf eine Gruppe ebenfalls nur mit *kitun* gewandeter Männer, die einen schweren Baumstamm, vermutlich als Schiffsmast gedacht, über den kleinen Markt schleppten, einen Platz am Schnittpunkt von sechs Gassen. Obst, Gemüse, Geflügel, Schafe, ein paar Ziegen – es schien der Haushaltsmarkt des Viertels zu sein, aber es gab auch Stände mit Schmuck aus Leder, Metall und geschnitzten Knochen. Neben einem Messerschleifer, der das schwere grobe Schleifrad von seinem Sohn kurbeln ließ, hatten bärtige Männer mit Ohrringen Türme aus großen Krügen errichtet und schrien unverständliche Dinge.

»Muqannu«, sagte Adapa, nach kurzem Gespräch mit einem Ugariter. »Öl und Wein von jenseits des Meeres.«

Es war windstill und stickig im Gedränge, aber Lamashtu fröstelte wieder. Sie überflog die Stände und Bänke mit den Augen – Männer aus dem fernen Muqannu, von der langen Insel, aus dem Pyramidenland (einer von ihnen trug eine schulterlange künstliche Mähne und schwitzte entsetzlich), Leute von Alashia, Bauern aus der Umgebung, Handwerker aus allen Vierteln – Seilmacher, Segelmacher, Gold- und Silberschmiede, Tischler, Lederwerker, Spinner –, Verkäufer von Mandeln, Feigen, Datteln, Kirschen und Fischen ... Wo war der Grund für die Kälte, der Anlaß des Fröstelns?

Adapa zog die beiden zu einem langen Tisch mit wackligen Bänken. »Hunger und Durst – ich jedenfalls. Ihr könnt ja zusehen.«

Sie tranken mit Brunnenwasser verdünnten Wein, aßen flache Brote mit gebratenem Fisch und Linsenbrei und zahlten mit Kupfersplittern, die der Herr der Schänke, zu der der Tisch gehörte, mit einer Waage und winzigen Steingewichten abwog. Einer der letzten Bissen blieb Lamashtu im Hals stecken; sie hustete, würgte und wies dann zum Nordende des Platzes.

»Die ... Kälte«, keuchte sie.

Ein Zug Krieger, Hatti, mit Lederrüstung, schlichtem Helm, Speer und Schwert. Die Männer des fernen Großkönigs kamen offenbar aus der Oberstadt und gingen mit schweren Schritten Richtung Hafen; ein paar Atemzüge lang verstummten Geschrei, Gefeilsche, Gespräche.

Tsanghar musterte die Frau von der Seite. »Und du bist sicher, daß du *das* die ganze Zeit gefühlt hast? Daß die Krieger der Grund für dein Frösteln sind?«

Adapa gluckste. »Warum denn nicht? Hatti-Krieger ... Wenn furchtbare Dinge, die in drei Monden geschehen, heute schon in der Leber eines Opfertiers zu sehen sind, warum soll dann eine, die der Fieberdämonin gehorcht, nicht Hatti von einem Ende der Stadt zum anderen spüren?«

Lamashtu wollte sich verkriechen, aber Tsanghar und Adapa lachten nur und zogen sie weiter. Sie folgten der hochgemauerten Leitung, die Abwasser aus der Oberstadt zum Meer führte, bis sie nach Süden abknickte, wo die stinkenden Höfe und Gruben der Gerber lagen. Durch die Gasse der Segelmacher gingen sie zurück nach Norden, zur Mitte des Hafenviertels.

Das Gebäude des für Ordnung und Zoll zuständigen Kaimeisters lag an der ersten Landzunge, die den Hafen begrenzte und den weiter im Süden ins Meer sickernden Dreck von der Küste und vom Hafen fortlenkte. Die nördliche Landzunge mit dem Sommerpalast des Königs war hinter den zahllosen Schiffen mit ihren Masten und eingerollten, sperrigen Segeln kaum zu sehen. Wer durch das Tor in die Stadt wollte, gleich ob Fischer, Seemann,

Händler oder Müßiggänger, mußte sich von den Wächtern untersuchen und abtasten lassen. Alle Waren wurden mit weißem Stein auf Holztafeln verzeichnet.

»Man kann hier offenbar keinen Furz lassen, ohne daß die Leute des Königs ihre Listen ergänzen und eine Abgabe erheben.« Tsanghar rümpfte die Nase. »Hamurapis Schatzkammer muß sehr voll sein.«

Adapa breitete die Arme aus. »Zweifellos. Aber alles aufzuzeichnen hemmt das Denken und die Beweglichkeit. Kommt. Ich habe genug – für jetzt.«

Es war früher Nachmittag, als sie das Lager der Handelsherren von Yalussu erreichten. Dort schleppten Sklaven und Arbeiter Gegenstände aus den Schuppen – Kisten, Ballen, schwere große Gefäße, die sie auf Handkarren luden. Menena war nicht zu sehen. Eine Reihe von Trägern brach eben auf, zum Hafen. Aus dem Hauptgebäude, in dem Menena wohnte und zumindest Djoser geschlafen hatte, hörte man leise Stimmen.

Awil-Ninurta, der neben Djoser saß und mit ihm redete, blickte auf.

»Ah, die Freien. Habt ihr euch umgesehen?«

Lamashtu kniete vor ihm nieder und berührte seine Knie mit der Stirn.

»Laß das.« Es war ein Befehl, klang aber nicht unfreundlich.

»Herr«, sagte sie, »wir haben uns nicht an deine Warnungen gehalten.«

»Ah. Hat es Ärger gegeben? Wart ihr in der Oberstadt?«

»Ja, aber kein Ärger, Herr – daß wir deine Warnungen mißachtet haben, hilft uns jetzt dabei, dich zu warnen.«

Ninurta entblößte die Zähne. »Setzt euch.« Er wies auf Schemel und Decken. »Sprecht. Was ist geschehen?«

»*Sie* hat etwas gehört.« Adapa ließ sich seufzend auf einen Stapel Decken sinken. »Wir wissen von nichts.«

Tsanghar grinste flüchtig. »Die Fieberdämonin hat sie die ganze Zeit frösteln lassen – sie hat die Anwesenheit von Hatti-Kriegern gespürt. Vielleicht hat sie das, was sie gehört haben will, sogar richtig verstanden.«

Ninurta warf Djoser einen Blick zu, wandte sich dann an Lamashtu, die immer noch kniete. »Du sollst dich setzen, freie Frau. Was hast du gehört?«

»Zwei Priester«, sagte sie, ohne sich von der Stelle zu rühren. »Sie sind in den Baal-Tempel gegangen. Einer war älter, der andere jung. Der Ältere hat etwas gesagt... Ich habe es nicht vollständig verstanden, Herr, die Sprache hier... aber es ging um Blutvergießen, den Wunsch nach Blutvergießen am Palasttor, mit einer Waffe in der rechten Hand, jemanden von hinten durchbohren.«

»Palasttor?« Ninurta runzelte die Stirn. »Waffe in der rechten Hand?«

»Und ich dachte, Herr, du willst doch den Berater des Königs sprechen, später wohl auch den König selbst...«

Ninurta berührte ihre Schulter. »Ich danke dir.« Er klang ein wenig erstaunt. »Habe ich euch denn so gut behandelt, daß du dich um mich sorgst? Setz dich endlich.«

Lamashtu gehorchte. Als sie auf einem Schemel saß, kratzte sich Ninurta den Hinterkopf.

»Ich habe mit Rap'anu geredet«, sagte er. »Und die Dinge stehen nicht so gut, wie sie stehen sollten. Morgen abend will ich zum König, mit Rap'anu... Noch einmal, bitte. Zwei Priester, sagst du? Und der ältere *sangu* hat etwas zum jüngeren gesagt?«

»Sehr leise, Herr, und sehr heftig; fast wie ein Tadel.«

»Ah.« Ninurta öffnete den Mund, schloß ihn wieder, blickte Djoser von der Seite an und brach in schallendes Gelächter aus.

»Was ist los, du assyrisches Untier?« sagte der Mann aus dem Pyramidenland.

»Macht doch nicht so einen Lärm; wer soll denn dabei schlafen?« Aus der hinteren Kammer tauchte Zaqarbal auf, verwuschelt und zerzaust; er rieb sich die Augen.

Ninurta lachte noch immer; nur mühsam beruhigte er sich. »O, aber das ist besonders köstlich«, sagte er schließlich.

»Laß uns teilhaben an deiner Wonne, du Springquell des lauteren Lärmens.« Der Sidunier hielt sich die Ohren zu. »Aber eigentlich will ich es gar nicht wissen; es kann nur ziemlich furchtbar sein.«

»O Lamashtu.« Ninurta rang nach Luft. »Ich schulde dir mehrfach Dank. Für deine Besorgnis um diesen unwerten Leib, und für eine wunderbare Geschichte, über die auch der alte Rap'anu sehr lachen wird.«

Lamashtu starrte den Händler aus aufgerissenen Augen an. »Was ist denn so erheiternd daran, daß jemand ein Gemetzel anrichten will, Herr?«

»Im Baal-Tempel« – Ninurta unterbrach sich, gluckste wieder – »gibt es nicht nur gewöhnliche Priester, sondern auch Seher. Du hast einen *qadshu* belauscht, keinen *sangu*. Ich sage dir jetzt in der Sprache von Akkad, was du gehört hast. Palasttor, *bab ekallim*; Verlangen, *erishtu*; Waffe der Rechten, *kakki imittim*. Verstehst du?«

Adapa und Tsanghar wieherten los. Lamashtu starrte ratlos um sich, und auch Djoser begriff offenbar nicht, was da so lustig sein sollte. Zaqarbal dagegen grölte, wand sich, hieb dem Assyrer krachend auf die Schulter.

»Ah, du weißt es noch immer nicht, oder? Es sind dies Bezeichnungen für bestimmte Teile oder Formen der Leber eines Opfertiers. Verstehst du jetzt?«

Lamashtu schüttelte langsam den Kopf.

»Der ältere Priester hat den jüngeren beschimpft, weil er beim Herausschneiden einer Opferleber offenbar sehr ungeschickt war – ›du hast mit Palasttor, Verlangen und Waffe-der-Rechten ein Blutbad angerichtet‹.«

»Ja, aber... wenn will er von hinten durchbohren?«

Das löste bei Zaqarbal einen neuen Lachanfall aus; Ninurta bemühte sich um Fassung. »Er will niemanden von hinten durchbohren – er hat eine bereits vorhandene rückwärtige Durchbohrung erwähnt. Wahrscheinlich hat er so etwas wie *qinnatu* gesagt – ›du hast mit den drei wichtigen Leberteilen ein Gemetzel angerichtet, du After‹!«

Diesmal lachten auch Djoser und Lamashtu. Ninurta wartete, bis sich das Gelächter gelegt hatte. »Wunderbar – aber andere Dinge sind weniger wunderbar. Wir müssen reden.«

»Darf ich jetzt weiterschlafen, oder hast du vor, in unregelmäßigen Abständen zu lärmen?«

»Halt den Mund und setz dich zu uns, Knabe; es geht dich auch an.«

Zaqarbal grunzte, ließ sich auf den Boden sinken und lehnte den Rücken an die weiße Wand. »Da bin ich aber gespannt. Was hat das alte Schlitzohr Rap'anu gesagt?«

Rap'anu empfing den Händler in seinem weitläufigen, üppig mit Teppichen, feingeschnitzten Truhen und Möbeln aus teuren Hölzern eingerichteten Arbeitsraum. Zwei Schreiber, die mit ihm am schwarzen Tisch gesessen hatten, rafften ihre Tontafeln, Stifte und Stempel zusammen und gingen; ein alter Sklave oder Diener brachte warmes, gewürztes Bier.

Der wichtigste Berater von Ugarits König Hamurapi ließ weder Neugier noch Ungeduld erkennen; seine Fragen klangen beiläufig, aber Ninurta hatte große Mühe, sie befriedigend zu beantworten, ohne gleichzeitig zuviel zu verraten.

»Du hast also mit dem Herrn in Ashur gesprochen«, sagte Rap'anu schließlich. »Ich will nicht wissen, was ihr verhandelt habt. Ich gehe einfach davon aus, daß ein gerissener Händler nichts ohne Gewinn tut.«

»Es ehrt mich, als gerissen bezeichnet zu werden – vom listigsten Mann am Gestade des Westmeers.«

Rap'anu strich über die Tischplatte. »Lassen wir das. Also, kurz gesagt: Ashur denkt nicht daran, eine mögliche ... Schwäche des großen Königs Shupiluliuma auszunutzen; die Arami-Stämme rotten sich nicht gerade jetzt gegen uns und andere zusammen; Mitanni und Amurru hegen den Frieden. So etwa?«

»Mit allen Vorbehalten, Herr. So sieht es aus, für einen arglosen Händler, dem niemand ein Geheimnis anvertrauen mag.«

»Nun ja, es stimmt mit dem überein, was sonst zu hören ist.« Rap'anu legte beide Zeigefinger an die Nase und verschränkte die übrigen Finger vor dem Mund. Undeutlich sprach er weiter. »Der Herrscher will dich befragen, im Palast, morgen abend – aber das wußtest du ja schon. Sein Anliegen gleicht dem meinen. Oder? Nun, vielleicht nicht ganz.« Er stülpte die Lippen vor, löste die Finger, formte ein Dach aus ihnen. »Die Dinge geraten in Bewegung, und solange wir nicht wissen, wohin sie treiben, können wir weder Wälle bauen noch Gesandte ausschicken.«

»Kluge Männer bauen immer Wälle«, sagte Ninurta ohne besondere Betonung. »Wo errichtest du die deinen?«

»Ha. Die Seemauer ist schadhaft, die übrigen Wälle sind bereits ausgebessert.«

»Du erwartest also keine Feinde vom Wasser her?«

Rap'anu verzog das Gesicht. »Ich sprach in Bildern, Händler; nimm mich nicht wörtlich.«

Ninurta lachte. »Also genau anders herum – du rechnest mit bösen Dingen vom Meer und sorgst dich nicht ums Land.«

»Wie auch immer. Wir brauchen bessere Kenntnisse.«

»Was ich dazu tun kann ...«

»Mehr, als du ahnst.«

»Das klingt wie eine düstere Drohung.«

Der alte Mann wackelte mit dem Kopf. Und mit den großen Ohren. Einen Atemzug lang überlegte Ninurta, ob Rap'anu die Ohren wohl auch anlegen konnte. Oder aufstellen.

»Keine Drohung. Man muß sich vorsehen. Wir leben in wirren Zeiten.«

»Wie wirr sind die Zeiten denn? Du weißt, Herr, ich kenne nur die Lage im Osten.«

Rap'anu schloß die Augen. Halblaut, fast als wolle er den Assyrer einschläfern, berichtete er. Ninurta bemühte sich, zwischen den Worten und hinter den Sätzen das zu erraten, was wirklich wichtig war.

Offenbar gedieh das Unternehmen auf Alashia nicht zur reinen Wonne des Großkönigs. Der Widerstand nahm zu, und um die Kupfergruben so gründlich wie nötig ausbeuten zu können, mußten die Hethiter immer mehr Truppen auf die Insel verlegen. Dazu benötigten sie immer mehr Schiffe, die Ugarit und andere (mehr oder minder willige) Küstenstädte zu stellen hatten. Krieger aus dem Inneren des Reichs wurden in die südlichen Gebiete geschickt, nach Karkemish, nach Alalach, ins alte Fürstentum Hanigalbat, wo sie ausgeruhte Besatzungstruppen ablösten. Diese wiederum marschierten (wobei sie vom Land ernährt werden mußten) zur Küste, vor allem nach Ugarit, waren dort einige Zeit lästig und wurden dann nach Alashia verschifft.

»Eine treffliche Übung«, sagte Ninurta. »Die neuen Krieger aus dem Norden haben keine Freunde in Karkemish und werden mit den Mitanni im Zweifelsfall herb umgehen; die Kämpfer, die nach langem Lotterleben Karkemish verlassen, sind vermutlich ausreichend unwirsch, um allen klarzumachen, daß man dem Willen des Großkönigs am besten schnell nachkommt. Wie stehen die Dinge auf Alashia denn zur Zeit? Und was sagen die Statthalter von Misru [Ägypten] in den südlichen Küstenstädten?«

»Der Herr des Landes der Binsen und Pyramiden ist biegsam wie Schilf und stumm wie ein Totenhaus. Seine Statthalter betrachten die Dinge mit der Gelassenheit des Adlers, den am Getümmel der Mäuse unten lediglich eine Frage beschäftigt: wann er hinabstoßen soll. Und was die Kupferinsel angeht, so leisten die Bewohner nun auch in der Mitte und im Osten Widerstand, und sie werden unterstützt.«

Ninurta kannte die große Insel; er wußte, daß es in der Mitte unzugängliche Berge gab, in denen einheimische Kämpfer sich sicherfühlen konnten – für Überfälle, Brandschatzungen, Anschläge auf die Besatzer. Lästig, aber nicht ausreichend, um den Herrn von Hattusha und sein Heer im ebenen Osten Alashias ernstlich zu bedrängen. »Wer hilft ihnen?«

»Alle«, sagte Rap'anu trocken. »Alle, außer den Westlern aus Achiawa.« Er sagte, man habe Spitzel gefangen, die für Wilusa oder Ashur oder Arzawa arbeiteten, oder für alle. Madduwattas habe sich inzwischen ganz zum Herrn des Binnenlandes im Norden gemacht – wenn die Hatti etwa durchs Land nach Westen vorstoßen wollten, um jene Küstenstädte zu erreichen und zu bestrafen, die Alashias frühere Fürsten aufnahmen und unterstützten, so müßten sich die Krieger des Großkönigs den Weg freikämpfen. Die Straßen, auf denen Streitwagen fahren könnten, seien fast überall zerstört oder mit Hindernissen versehen; die Arzawer erprobten nach allem, was er gehört habe, neue Möglichkeiten, Fußkämpfer gegen Streitwagen antreten zu lassen. »Sie haben lange Speere«, sagte er, »und kurze, die sie schleudern, und lange Schwerter, mit denen man nicht nur wie mit unseren stechen, sondern auch hauen kann.« Der Herr von Wilusa, Prijamadu, habe offenbar beschlossen, daß die Rüstungen und sonstigen Vorbereitungen wie Schiffbau im Land Achiawa noch lange Zeit zum Reifen brauchen würden; er sei dabei, eigene Kämpfer auf Schiffen in den Süden zu schicken, wo sie selbst gegen die Hatti streiten, aber auch Krieger der vertriebenen Fürsten und fremde Söldner zu sinnvollen Einsatzplätzen bringen sollten. Spitzel, sagte Rap'anu, seien hilfreich, aber bisweilen unzuverlässig, und verläßliche Nachrichten über die wirklichen Pläne?

»Der Großkönig hat uns, wie seine Vorgänger, schon vor Jahren befohlen, auf keinen Fall Schiffe der Achiawer hier ankern zu lassen und dafür zu sorgen, daß auch die Assyrer vom Seehandel abgeschnitten bleiben. Als getreue Diener und Verbündete hindert uns das daran, Botschafter zu schicken... Dank gewisser Hilfen wissen wir nun, daß Ashur uns nicht angreifen wird, wenn wir etwa dem edlen Shupiluliuma helfen müssen. Aber was sind die wahren Absichten von Prijamadu?«

»Was wäre denn dir und dem König, dem die Götter wuchtige Schwingen gewähren mögen, eine lange Reise eines harmlosen Händlers wert?«

Rap'anu preßte die Lippen zu einem runzligen Doppelstrich. »Darüber sollten wir morgen abend reden. Der Herr der Schätze und des Handels wird ebenfalls teilnehmen. Und« – er machte eine kleine Pause – »es könnte sein, daß bis zum Abend eine Botschaft aus Hattusha hier eintrifft, so daß wir vielleicht mehr wissen als jetzt.«

Zaqarbal sprach als erster, nachdem Ninurta geendet hatte.
»Sieht böse aus, o holder Knabe. Allein gegen den König, den Listigen und den *shakinu*? Sie werden... ah, zwei von ihnen werden dich festhalten, und der dritte klemmt deine Lustkiesel in einen Schraubstock und dreht so lange, bis du zu allem bereit bist.«

Djoser knurrte etwas Unverständliches. Ninurta richtete den Blick auf Lamashtu.

»Du siehst, man sorgt sich um mich. Deine Besorgnis endete vor dem Palasttor, bei einem Messer; ich weiß nicht, ob ich nicht deine Sorge der von Zaqarbal vorzöge.«

»Vergiß nicht«, sagte Djoser, »daß es nicht mit dem Schraubstock getan ist.«

»Wie meinst du das?« Zaqarbal blinzelte schnell. »Und welch eine freudige Überraschung, überhaupt – Djoser denkt! Daß ich das noch erleben durfte.«

»Ich meine«, sagte Djoser ungerührt, »weitere Zwangsmittel. Schraubstock, nun ja, lieber nicht; aber wie wollen sie sicher sein, daß du hinterher deine Versprechungen einlöst?«

»Du meinst, er könnte ja an Bord des Schiffs die Binden vom Gemächt wickeln und, der Pein trotzend, die Segelfläche vergrößern, um nie nach Ugarit zurückzukehren?« Zaqarbal klatschte laut und anhaltend. »Ei, die Tücke deines Inneren. So etwas würde doch der edle Assyrer nimmer tun.«

»Ich meine, daß kein preßbarer Kiesel in Ugarit zurückbleiben darf.«

Ninurta schnalzte mehrmals. »Ich finde, ihr übertreibt beide maßlos. Was soll denn schon geschehen? Immerhin, ein paar Vorkehrungen sind ja getroffen.«

»Das reicht noch nicht«, sagte Djoser.

Adapa hatte die Augen geschlossen; er lächelte sanft, wie in einem angenehmen Traum. Lamashtu lauschte aufmerksam. Tsanghar grinste leicht und räusperte sich.

»Verzeiht, wenn ich unterbreche, aber was wird mit uns, Herr?«

Ohne die Augen zu öffnen sagte Adapa: »Er meint, ihr solltet erst die unwichtigen Kleinigkeiten wegräumen, ehe ihr euch der großen Gefahren annehmt.«

Ninurta stand vom Schemel auf und begann, zwischen der Türöffnung zum Hof und der gegenüberliegenden Wand hin und her zu gehen. »Ihr seid frei«, sagte er. »Und in Ugarit seid ihr vermutlich verloren. Hamurapi wird früher oder später Gold, Getreide, Tiere, Sklaven und Krieger liefern müssen. Ratet mal, wer in Ugarit als erster verschwindet.«

»Was sollen wir denn mit der Freiheit anfangen, für die wir dir selbstverständlich dankbar sind, Herr?« Ein Hauch von Spott – Lamashtu verzog das Gesicht und sah Adapa mißbilligend an.

»Ihr könnt mit uns nach Yalussu fahren. Als bezahlte Arbeiter, nicht als Sklaven.« Ninurta faltete die Hände hinter dem Rücken. »Eure besonderen Fähigkeiten... Tsanghar hat geschickte Finger; das habe ich unterwegs gesehen. Es gibt immer genug zu tun; mal sehen, wozu ihr beide euch eignet. Wenn ihr wollt.«

»Vielleicht möchten sie einfach heimkehren«, sagte Djoser.

»Wohin?« Zaqarbal kicherte schrill. »Und auf welchem Weg? Die Handelsstraßen entlang, wo ihnen Hatti-Krieger begegnen, die immer Sklaven für den Troß brauchen? Durch die Steppe, damit die Arami etwas zu metzeln haben? Durchs Land der Amurru, die am liebsten alle Abgaben, die sie zu den Pyramiden schicken müssen, in Form von fremden Sklaven entrichten? Viel Vergnügen.«

»Eine Seereise...«, sagte Tsanghar gedehnt. »Und sinnvolle Arbeit ohne peitscheschwingende Aufseher?«

»Genug zu essen.« Ninurta streifte Adapas Bauch mit einem Seitenblick. »Überlegt es euch. Wir haben aber noch ein paar andere Dinge zu klären, und dazu bitte ich euch, uns allein zu lassen.«

BRIEF DES KORINNOS (II)

Nun will ich dir aber nicht vorenthalten, was jener Knabe schrieb, der damals Korinnos Ilieus genannt wurde, Sohn und Enkel von Sklaven, Zögling des Palamedes. Ein hübscher Knabe, heißt es – einer, der oft genug seinen After vor den Zudringlichkeiten von Helden in Sicherheit bringen mußte. Palamedes gab mir den Auftrag, die wichtigen Dinge so aufzuschreiben, wie sie sich den anderen darstellten: den Fürsten. Ich kenne den Knaben heute nicht mehr, mag mich kaum seiner entsinnen, denn die Erinnerung, scheußlichste Gabe der Erinnyen, gilt nie dem Knaben allein; wie giftige Schlingpflanzen ranken sich Bilder, Klänge und Gerüche von Gemetzel und Untergang darum.

»Alle Fürsten, die als Nachfahren von Minos, Sohn des Zeus, über jene Lande herrschten, die von Mykeniern, Achaiern, Argivern, Danaern, Athenern, Thebanern und anderen Achaisch sprechenden Menschen bewohnt wurden, kamen auf Kreta zusammen, um den Reichtum des Atreus aufzuteilen ...«

So, alter Freund, begann der Knabe die Geschichte – geziemend unmittelbar, ohne lange Anrufung von Göttern oder Aufzählung edler Stammbäume. Schon die wenigen Angaben des Beginns sind jedoch Lügen. Es entstammte ja keiner dem Geschlecht des Minos, und der Reichtum des Atreus war längst aufgeteilt – Atreus, einer jener Männer, die sich alter Städte bemächtigt und zur Rechtfertigung sowie zur Herstellung einer edlen Abkunft behauptet haben, sie seien mit den Fürsten verwandt, deren Töchter sie schändeten und deren Paläste sie mit Läusen und Gezeter füllten.

Die Fürsten kamen nun auf Kreta zusammen; wahrscheinlich, wie bereits gesagt, um darüber zu beraten, wie man Ilios in den Rücken fallen könne, um es zu plündern, während die Krieger von Ilios ihrerseits versuchten, die Hatti zu vermindern.

Idomeneus, Fürst zu Knossos, angeblich Nachkomme des Deukalion, und sein Waffengefährte (und Beischläfer) Meriones, Sohn des Molos, hießen die Gäste willkommen.

Unter jenen, die als erste eintrafen, waren Palamedes und Oiax, Söhne der Klymene und des Nauplios. Ebenfalls bemüht, durch frühes Erscheinen Vorteile zu erhalten, waren Menelaos, Sohn der Aerope und des Pleisthenes, und sein älterer Bruder Agamemnon, Enkel des Atreus. (Wie man sagt. Ob der Tugendhaftigkeit ihrer Mutter, weithin in Scherzen gerühmt, war aber nicht einmal die Vaterschaft des Pleisthenes gewiß, und des Atreus Tochter Aerope mag sehr wohl nicht des Atreus Tochter gewesen sein, da man ihrer Mutter nachsagte ... aber du kennst derlei.)

All jene Kreter, die sich als Nachfahren der Europa betrachteten und diese auf der Insel mit großer Feierlichkeit verehrten, strömten zusammen, um die Fürsten zu begrüßen und zum Tempel zu geleiten. Sie unterhielten ihre Gäste dort mehrere Tage lang, mit üppigen Tieropfern, in überkommener Weise dargebracht, und mit prächtigen, überreichen Gastmählern. Natürlich nahmen die Fürsten der Festlande alles gern und gierig an; vor allem zeigten sie sich beeindruckt von der Schönheit des Tempels der Europa und von der Kostbarkeit der Kunstwerke und Einrichtungen. (Denn dergleichen hatten ihre heruntergekommenen Städte nicht aufzuweisen.) Staunend betrachteten sie all jene Dinge, die einst aus Sidon herbeigeschafft worden waren und nun die Pracht und Herrlichkeit von Knossos mehrten.

Zu der Zeit, da die Fürsten auf Kreta weilten, beging der Trojaner Alexandros, den man auch Paris von Ilios nannte, Sohn des Priamos, seinen Verstoß gegen die Gastrechte. Zusammen mit Aineias und anderen Verwandten war er im Haus des abwesenden Menelaos gastlich empfangen worden. Überwältigt von Leidenschaft für Helena – sie war weit schöner anzuschauen als alle anderen Frauen aller Lande – »raubte« er die Frau des Königs und auch einiges an Kostbarkeiten aus dem Haushalt des Königs Menelaos – des Königs, von dem man sagte, er sei fast immer abwesend, auch wenn er anwesend sei; und man sagte auch, es habe keines Raubes bedurft, da Helena sofort für Paris entbrannte und einige minder kostbare Gegenstände ihres täglichen Gebrauchs, auf die sie nicht verzichten mochte, beim Aufbruch mitnahm. Begleitet wurden sie ferner von anderen edlen Frauen, die sich gern bei Helena aufhielten und nicht zurückbleiben wollten.

Bald kam ein Bote nach Kreta, um von den Vorgängen zu berichten. Wie es der Gewohnheit der Leute entspricht, vergrößerten sie alles, die Wunder wie die Wechselfälle, so daß die Menelaos gerüchtweise zugetragene Fassung der Geschichte sagte, man habe seinen Palast gestürmt und niedergebrannt und sein Reich zerstört.

Als Menelaos dies hörte, empörte ihn der Raub seiner Gemahlin; noch finsterer war jedoch die Schwärze, die sich über seinen Geist stülpte, als er den Verlust von Palast, Herrschaft und Besitz bedachte. Palamedes bemerkte, daß Spartas Fürst in Trübsal versunken und seiner Geisteskräfte ledig war (lediger als ohnehin schon); er ließ daher die Schiffe bereiten, bemannen und vom Ankerplatz zum Strand bringen. Ferner suchte er dem König Menelaos Trost zuzusprechen, während er ihn zum Schiff geleitete. Günstige Winde blähten die Segel und trieben die Schiffe schnell nach Norden.

Bald nach Menelaos und Palamedes trafen auch Agamemnon, Nestor und die übrigen Fürsten in Sparta ein. Sie berieten und beschlossen, Menelaos (genesen), Palamedes und Odysseus als Gesandte nach Ilios zu schicken, wo sie Helena und alles gestohlene Gut zurückfordern sollten.

Ich wäre gern mitgefahren – gern hätte ich die Stadt meiner Vorfahren gesehen; aber Palamedes hielt es für besser, mich in Nauplia zurückzulassen, und dies ist nicht meine Geschichte (die du ja kennst), sondern die der Fürsten und Krieger.

Nach wenigen Tagen guten Segelns erreichten sie Ilios, fanden Alexandros und Helena jedoch nicht vor: Sie waren noch nicht heimgekehrt.

Ehe wir nun zu den Beratungen und Verhandlungen kommen, o Djoser, laß uns ein wenig die früheren Dinge erörtern – jene alte Freundschaft, auf die Palamedes im Rat von Ilios verwies. Und ich vermute, er tat dies mit spöttischem Lächeln; desgleichen dürften seine Zuhörer gelächelt haben, wenn sie sich nicht gar auf die Schenkel schlugen und vor Lachen bogen.

Denn dies ist, was sich in den früheren Jahrzehnten zutrug: kostbare Kenntnis der Vorvergangenheit, durch blutige Vergangenheit getilgt, ohne Bedeutung für die Gegenwart und Stoff für Abendgeschichten der Zukunft, die mir zweifelhaft erscheint.

Einigen wir uns zunächst auf einige Namen. Es wäre allzu beschwerlich, bei jeder Erwähnung alle Namensformen zu nennen – Wilusa, das ihr Romet Wirudja nanntet und wir Tanaju, die wir Achaier oder vielleicht doch Danaer sind, als Ilios bezeichneten, wogegen die Hatti, andererseits aber die Luwier, und nicht zu reden von assyrischen Händlern... Nicht so. Sagen wir: Es trafen sich auf Kreta die Fürsten jenes Landes, das wir *Achiawa* nennen wollen, um nicht immer alle Städte und Gegenden einzeln aufzählen zu müssen. Nennen wir die Bewohner insgesamt Achaier oder Danaer, so sehr sie selbst sich auch als Mykenier oder Argiver verstehen mögen. Scheiden wir ferner von Ilios, das immer häufiger Ilion genannt wurde, sowie von Wilusa oder Wirudja im Land Asia oder Assuwa; denn andere Bezeichnungen kamen in Gebrauch, die handlicher oder weniger irreführend sind, vielleicht aber auch verlogener.

Die Fürsten von Achiawa also sandten Botschafter nach Asia, in die Landschaft namens Troas, deren Hauptstadt Troja genannt wurde, um sie von Ilios zu unterscheiden, welches lediglich die große Festung auf der Akropolis war. Gut so? Nun also weiter.

In diesem Land lebten seit Jahrhunderten die Luwier, vermutlich irgendwann einmal aus dem Norden oder Nordosten gekommen. Wie nach ihnen ihre jüngeren, gröberen Verwandten, die Hatti, die ihnen wegen roher Bräuche und flegelhafter Verwendung einer ähnlichen Sprache ebenso unersprießlich waren wie, sagen wir, die achaischen Lümmel den Mykeniern, die Arami um Yerushalim den Chanani, die Assyrer den Herren von Akkad und überhaupt jeder jüngere Vetter dem älteren, der des jüngeren Vetters Vater noch gekannt und als üblen Onkel geschmäht hat. Zweifellos gab es vor den Luwiern andere Bewohner, und manche sagen, jene seltsamen Stämme in den Bergen Kariens, deren Sprache keine Menschenzunge reden kann, ohne sich zu verknäueln, seien die letzten der alten Einwohner. Und ebenso zweifellos gab es vor diesen abermals andere, und wenn immer alle zu Hause geblieben wären, gäbe es weniger Gemetzel und Wirrwarr, aber o wie öde und langweilig wäre die Welt, wenn immer alle zu Hause blieben!

Luwier also, und sie bauten (zweifellos auf den Grundmauern einer älteren Stadt) Wilusa-Ilios-Troja auf und machten es zu einem reichen und mächtigen Platz, denn vor der Küste gibt es gute Fischgründe, und die alten Handelswege von Osten nach Westen, von Süden nach Norden schneiden sich hier. Vielleicht nannten sie die Stadt der Luwier wiLUWsa und vergaßen später einen schwachen Laut? Wie dem auch sei – sie fischten und jagten und ackerten und trieben Handel, wurden reich und mächtig, bauten große schnelle Schiffe und hatten Umgang mit den Seefahrern von Kreta, Untertanen des Minos, und den Mykeniern, zweifellos auch den Romet und allen anderen am Meer.

Nördlich der Stadt, die wir nun einfach Troja nennen wollen, befindet sich die Meerenge des Dardanos, von ihnen so benannt nach einem alten König; zeitweilig sagten ja auch die Hatti und die Romet *Dardaner*, wenn sie von Trojanern sprachen. Nördlich dieser Meerengen beginnt das Land der Thraker, und da die Engen oft kaum dreitausend Schritte breit sind, war es für ärmere Völker aus dem Norden zweifellos immer reizvoll, Boote zu bauen und die Engen zu überschreiten, um am Reichtum des Südens teilzuhaben.

Aber wer teilt schon gern? Sobald sie stark genug dazu waren, richteten die Trojaner also auf dem südlichen Ufer der Meerenge Festungen ein, um den Nordmenschen den Zugang zu Trojas Töchtern und Schätzen zu verwehren. Und sie erforschten die enge Wasserstraße, denn weit im Osten, sagte man, gebe es noch reichere Reichtümer – von dort kamen der glasige Bernstein, starke Pferde, edle Hölzer, Erze und kräftige Männer, die in kleinen Mengen gute Sklaven und in großen Mengen schlimme Bedrohungen waren. Um sich der guten Dinge zu versichern und die schlimmen zu verhindern, erforschten die Trojaner die enge Wasserstraße und alles, was dahinterlag.

So fanden sie ein kleines Meer mit Inseln, dann eine zweite

Enge und schließlich jenes nordöstliche Nebelmeer, an dessen Nordufer die großen Flußwege enden, auf denen Bernstein und Hölzer in den Süden gelangen, und an dessen Ostgestade das reiche Kolchis liegt, wo die Flüsse soviel Gold mit sich führen, daß man nicht einmal zu sieben braucht. Es genügt dort, heißt es, das Fell eines Widders (je älter und wintriger, desto besser) ins Wasser zu legen, und wenn man es herauszieht, ist das Vlies voll goldener Körner und Körnchen und Stäubchen. Die großen Flüsse füllen dieses Meer mit kaltem Wasser aus dem Norden, so daß sich jener Nebel bildet, der dem Meer den Namen gab. Das kalte Wasser muß jedoch abfließen, und es fließt durch die beiden Engen in unser Meer, das ihr Romet das Große Grüne nennt.

Durch dieses gewaltige Fließen entstehen Strömungen, die in der Meerenge des Dardanos so stark sind, daß man kaum dagegen rudern kann. Günstiger Wind aus Süden oder Südwesten weht aber nur selten – oft mußten, heißt es, Schiffe viele Monde lang vor Trojas Küste warten, bis sie in die Enge segeln konnten. In diesen Monden brauchten die Besatzungen aber Wasser und Nahrung, und all dies war bei den Trojanern zu bekommen. Und sie verkauften es teuer.

Ferner stellten sie mit den Jahren fest, daß durch die vielerlei Vorsprünge, Buchten und Felsen sowie auch Unebenheiten des Meeresbodens in der Enge Gegenströmungen entstanden, die dem Kundigen auch bei geringen Winden die Durchfahrt möglich machten. Wer nun also in die Meerengen fahren wollte, um Reichtümer aus den Ländern am Nebelmeer zu holen, mußte von den Trojanern Trinkwasser kaufen – denn sie hielten alle ufernahen Quellen besetzt –, und wenn er nicht lange warten oder elend zugrunde gehen wollte, konnte er im Hafen an der Meerenge wasserkundige Männer an Bord nehmen, die den Weg gegen die Strömung kannten, und sie waren sehr teuer. Am Ende der ersten Enge gingen sie an Land und warteten in der trojanischen Festung, bis ein fremder Händler aus dem Osten zurückkehrte und zur Durchfahrt durch die Enge lieber einen teuren Windweiser und Wasserwäger an Bord nahm, als billigen Schiffbruch zu wagen.

Zu jener Zeit, da die groben Achaier in dem Land, das damals von feinen Fürsten mykenischer Abkunft beherrscht wurde, die alten Führer schlachteten, die Frauen und Töchter schändeten, die Paläste niederrissen und das Land als *Achiawa* in Besitz nahmen, waren die Nachrichten von den Goldschätzen, den edlen Hölzern, dem Bernstein und den starken Pferden längst auch zu ihnen gedrungen. Im gleichen Jahr, da König Atreus beschloß, zum Secha-Land zu segeln, um altes mykenisches Land südlich von Troja in Besitz zu nehmen (und sich, wie erwähnt, eine blutige Nase zu holen), brachen auch im Norden Achaier gen Osten auf: Iason ließ von den mykenischen Handwerkern, die er klugerweise hatte leben lassen, sein Schiff *Argo* bauen und bemannte es mit besonders wüsten Raufbolden, da feinsinnige Männer für derlei Unterfangen nicht zu haben waren, sofern sie überhaupt noch lebten. Die *Argo* fuhr nach Troja, wo es ein wenig Gezeter und eineinhalb Morde gab, weil Iasons Lümmel nicht gleich für Trinkwasser und Strömungskundige zahlen mochten. Die Rückfahrt – mit mehreren goldenen Vliesen und einer wahnsinnigen Fürstentochter an Bord – wollten sie nachts hinter sich bringen, mußten dann aber doch landen und Wasser fassen, wobei sie von Kriegern der Trojaner überrascht wurden. Einige der *Argo*-Schiffer beschlossen, hinfort für freie Durchfahrt zu sorgen, sammelten weitere Achaier und allerlei fremde Söldner (aus dem beinförmigen Tyrsa, von den Inseln Sharda und Shekelia; über deren Heimfahrten gibt es wüste Geschichten; hinzu kamen Thraker vom Unterlauf des Istros) und segelten abermals nach Troja. Herakles war, sagt man, ihr Anführer.

Sobald sie, die sich als Händler ausgaben, in der Stadt waren, griffen sie zu den Waffen und begannen mit Mord und Brand. Sie fanden schnell Unterstützung, denn wie alle reichen Herren hatten auch Trojas Fürsten Söldner gemietet für die weniger ruhmreichen Dinge – Achaier, vor allem, aber auch Thraker, Phrygier, Leute aus dem Land Masa, und es sollen sogar einige Kriegerinnen aus Azzi dabeigewesen sein. Sie alle schlossen sich den Männern des Herakles an, plünderten die Stadt, verwüsteten die Festung Ilios und erschlugen die wichtigsten Angehörigen der alten

Herrschersippe. Aus ihren Schädeln errichtete Herakles nördlich und südlich der Meerenge Säulen, die die Trojaner nach seinem Abzug sofort wieder beseitigten.

Als die Plünderer heimkehrten, blieben viele der ehemaligen Söldner zurück. Ein tatkräftiger junger Achaier, dessen Name – Priamos – von den Einheimischen zu Prijamadu gemacht wurde, nahm eine der beiden überlebenden Töchter des alten Königs zur Frau und schwang sich zum neuen Herrscher auf. Neben dieser Fürstentochter Hekapa, die wir Hekabe oder Hekuba nannten, hatte er noch etliche weitere Frauen und zeugte an die fünfzig Kinder; manche wollen sogar von siebzig Nachkommen wissen. Hekapas jüngere Schwester Isiyuna wurde (als Hesione) von Herakles mitgenommen.

Dies, o Djoser, sind die wunderbaren Freundschaftsbande, die edlen Überlieferungen von gegenseitiger Gastfreundschaft, auf die Palamedes und Odysseus und Menelaos verwiesen, als sie in Troja die Rückgabe einer angeblich geraubten Fürstin verlangten. Es mag durchaus sein, daß viele Bewohner der Stadt sich heimlich oder offen gegen Priamos, seine Söhne und die Ratsherren stellten, wie einige Achaier behauptet haben – neben den ehemaligen Söldnern und ihren Abkömmlingen lebten ja noch viele Luwier in Troja, wenngleich die Reinheit ihrer Abkunft ebenfalls bezweifelbar ist. Denn in den langen Jahren oder Jahrhunderten des Umgangs mit der ganzen Welt hatten sich dort auch viele andere niedergelassen: als Händler, Handwerker, Bauern, Fischer, Söldner... Karier werden dort gewohnt haben, Hatti, ohne Zweifel viele Mykenier und deren Nachkommen; dazu Thraker von jenseits der Meerengen und Phrygier aus den Ländern östlich von Troja, die später aus alter Verwandtschaft Krieger schickten, um der Stadt gegen Agamemnon beizustehen; Männer aus Masa, dem Land, das bis ans Nebelmeer reicht; Leute aus Arzawa – Kinder vieler Stämme insgesamt, die wohl nicht ihr Blut zu vergießen begehrten, nur weil einer der Söhne des Priamos seinen Samen und seinen Verstand zwischen den Beinen einer schönen Frau zu verspritzen beliebte. Von der Pforte der Aphrodite zu den Pforten des Flusses der Dunkelheit...

Wenn aber, wie ich glaube, die Herren von Achiawa bereits beschlossen hatten, das reiche Troja abermals zu plündern, längst bevor Parisiti oder Paris oder Alexandros nach Sparta kam, so wollen wir nicht ihm und seiner Geliebten all die Gebeine aufbürden, die blieben, als Tausende Fleisch, Blut und Leben verloren hatten. Fürwahr, zu viel Ehre und Schande und Knochen für Paris und Helena.

Sprechen wir also von den achaischen Botschaftern, Palamedes, Odysseus und Menelaos, von den Trojanern und jenen, die die Botschafter geschickt hatten: Gesandte, die eine Ausrede für einen bereits beschlossenen Krieg waren. Krieg gegen eine Stadt, die ihrerseits die prächtigen Vorteile nutzen wollte, welche sich aus den dummen Fehlern der Hatti auf der Insel Kypros ergaben.

4. DIE GUNST DES KÖNIGS

Die Sklaven wurden wieder angekettet; die schweren Metallglieder klirrten. Ballen, Kisten, Rollen, Säcke, von Sklaven getragen oder von Lagerdienern auf Handkarren geschoben; der Zug wand sich durch das Nachmittagsgedränge zum Hafen. Ninurta stand am Tor, mit dem Kaimeister und einem hohen Schreiber des *shakinu*, dem der gesamte Handel des Königreichs Ugarit unterstand. Es war nicht schwierig gewesen, dem *shakinu* klarzumachen, daß die Verhandlungen sinnvoller zu einem Ende zu bringen sein würden, wenn man über genaue Zahlen verfügte. Die Inhalte der Lasten wurden geprüft und mit weichem weißen Stein auf dunklem Holz verzeichnet.

Drei schwere Lastschiffe lagen hintereinander an der aufgeschütteten Mole. Zwei von ihnen – die *Yalussu* und die *Kynara* – gehörten den Händlern; das dritte, das ebenfalls beladen wurde, hieß *Kerets Nutzen*. Die Schiffe waren fast gleich in der Bauweise, jeweils etwa fünfundzwanzig Schritte lang und zehn breit, mit Stauraum unter Deck und hochgezogenen Bug- und Heckbauten. Man hatte die im Hafen sonst meistens niedergelegten Masten aufgerichtet, um sich an Bord besser bewegen zu können.

Adapa war im Lager geblieben, um mit dem Verwalter Menena Listen abzugleichen. Lamashtu, viel zäher und kräftiger, als ihr Körperbau vermuten ließ, half dabei, von den Sklaven und Arbeitern zur Mole geschleppte Lasten an Bord zu hieven, wo die Besatzung das Stauen übernahm. Tsanghar sprang überall ein, wo er sich nützlich machen konnte. Eine seiner ersten Taten war es, Djoser eine Arbeit abzunehmen, die den Fingern des Rome Mühe bereitete: Die Sklaven wurden von der schweren Kette befreit (Djoser fummelte mit den Verschlüssen, bis Tsanghar ihn aufforderte, derart schwierige Übungen geschickteren Händen zu überlassen) und mit einer leichteren verbunden, die aus dünnen Metallgliedern und Leder bestand. Die schwere Kette hoben sie nach und nach an Bord und befestigten den Ankerstein daran; Tsanghar schätzte ihr Gewicht auf etwa zwölf Talente – das Gewicht von sechs nicht allzu üppigen Frauen.

Die Anweisungen schienen alle überrascht zu haben; Tsanghar hörte immer wieder die Seeleute murren, daß es unmöglich sei, innerhalb so weniger Stunden Schiffe anständig zu beladen. Tuchballen. Holzkisten mit Schmuckarbeiten und Handwerkserzeugnissen. Schwere Metallkrüge mit Öl, Wein, eingelegten Früchten und Fisch. Tongefäße gleichen Inhalts, leichter und weniger mühevoll zu stauen. Als die Sonne sich dem westlichen Meer zuneigte, kamen auch noch Arbeiter von Segelmachern und Tauschlägern, um neues Tuch und neue Leinen zu liefern; sie machten das Wirrwarr vollkommen.

Im Gedränge zupfte Lamashtu plötzlich an Tsanghars *kitun*. »Er geht«, sagte sie leise. »Sollen wir ...?«

Tsanghar blickte zum Tor; der Assyrer wechselte ein paar Worte mit dem Schreiber des *shakinu* und mit Djoser, der bei ihnen stand, und hatte sich schon zum Gehen gewandt.

Tsanghar, bis jetzt mit dem Beladen der *Yalussu* beschäftigt, ging schnell zur *Kynara* hinüber, wo Zaqarbal an der Bordwand lehnte und die Arbeiten beaufsichtigte.

»Es ist soweit«, sagte Tsanghar.

Zaqarbal blickte zum Tor, zog den Inhalt seiner Nase hoch und schob die Unterlippe vor. »Nun ja, wenn ihr meint ... Hast du eine Waffe? Nein?« Er zog einen schlichten Dolch samt Scheide aus dem Gürtel. »Für alle Fälle. Ich hab dir ja gesagt, ich halte es für überflüssig, aber wer sollte Verständnis für Überfluß haben, wenn nicht ein Händler?«

Tsanghar prüfte die Schneide; der Dolch war völlig schmucklos, aber sehr scharf. »Danke, Herr – und wenn es überflüssig ist...«

Zaqarbal unterbrach. »... werde ich mich nicht grämen; es ist euer Schlaf, der dabei draufgeht. Viel Spaß.«

Tashmetu blieb keuchend auf Ninurta liegen. Sie knabberte ein wenig an seinen Lippen, dann stützte sie sich auf die Ellenbogen und ließ ihre Brüste kreiselnd über seine Brustwarzen streifen.

»Dein Atem«, sagte er, immer wieder unterbrochen, »ist Sesam und frische Minze... deine Lippen das Malmen von Honig und reifen Feigen... deine Zunge, ja die, uh, das Schlecken der Ishtar...«

»Und dein Geschwätz im Ohr wie Krümel auf dem Laken.« Sie lachte leise und bewegte sich gründlicher. »Regt sich da schon wieder etwas?«

»Man muß aufhören, solange man nicht kann.«

»Ai. Die weise Rede deines Urgroßvaters, nachdem ihn die Erinnerung an alles Wesentliche verlassen hatte?«

Ninurtas Hände wanderten über den warmen, straffen Leib. »Die weise Rede meines Großvaters. Von ihm habe ich viele kluge Sätze gehört.«

»Laß mich teilhaben.«

»Nicht so heftig. – Die Reden eines alten Assyrers? Nun denn. In der Liebe, sagte er, soll man kommen, nachdem es Zeit ist. In Geschäften soll man bleiben, solange es Zeit ist. Im Krieg soll man gehen, bevor es Zeit ist. Das Geheimnis des Überlebens.«

»Ah.«

»Womit wir wieder bei der Sache wären. Der von vorher.«

Tashmetu glitt von ihm und legte sich auf die rechte Seite. »Wir haben doch alles besprochen«, murrte sie.

»O Knospe der Nachtlust – wir haben alles besprochen, das stimmt; ich bin nur nicht ganz sicher, ob es wirklich so dringlich ist, wie du meinst.«

»Der Bote aus Hattusha, den sie erwarten. Und die Reden von Rap'anu über unzuverlässige Spitzel... Was, wenn jemand dich in Ashur gesehen und den Hatti gemeldet hat, die allen Handel mit Assyrien verbieten, und dieser Bote nun Anweisungen bringt?«

»Dann verlieren Hamurapi und Rap'anu viel Silber.«

Tashmetu schnalzte – mißbilligend, wie es schien. »Sie brauchen Silber, das ist wahr, um Abgaben zu zahlen, die *maryannu* zu entlohnen, die zweitausend Pferde der königlichen Streitwagen zu füttern. Aber vielleicht ist der Händler Ninurta, der mit dem König in Ashur geredet hat, mehr wert als alles Silber. Du solltest... du solltest nicht in den Palast gehen. Flieh, Liebster – morgen früh, oder jedenfalls, ehe du zu Hamurapi gehst.«

»Die Schiffe sind noch nicht beladen; es wäre ein ungeheurer Verlust. Außerdem...« Er schüttelte den Kopf. »Sie haben einen Auftrag für mich. Und selbst wenn... es sind Kriegsruderer im Hafen. Meinst du, sie lassen uns einfach so abfahren?«

»Dann...« Sie zögerte. »Im Palast, in dem Raum, in dem Hamurapi dich vermutlich empfangen wird, steht ein Altarstein. Für Baal. Wenn du unbedingt hingehen willst, bitte um Brot und Salz und iß davon; es sind die heiligen Gaben der Gastfreundschaft. Und gieß ein wenig Wein auf den Altar. Sie werden dich dann zumindest nicht im Palast niederstechen.«

Er gluckste. »Sondern erst dann, wenn ich ihn verlasse?«

Tashmetu spitzte den Mund, sagte aber nichts, denn auf der Treppe näherten sich Schritte, dann räusperte sich jemand mehrfach, ehe er den Raum betrat. Es war der Alte, der Kerets (nun Tashmetus) Haus verwaltet, gehegt und geordnet hatte, solange Ninurta es kannte: ein kahler, hinkender, fast zahnloser Mann namens Hasdrubal, geboren in Suru, mit erstaunlichen Muskelsträngen in den nackten Armen und mit hellwachen Augen.

»Herrin, vergib die Störung. Es sind zwei Gestalten in der Nähe des Eingangs.«

Tashmetu blickte Ninurta an. »Hast du eine Erklärung?«

Ninurta rollte sich vom Bett; er langte nach dem Leibschurz, ging dann zu einer der schweren dunklen Truhen und nahm ein Stichschwert, das dort lag. Es hatte immer dort gelegen – er wußte nicht, ob Keret es je benutzt hatte.

»Keine Erklärung, nein. Bleib du hier; wir wollen nachsehen, Hasdrubal.«

Der Alte bleckte die Gaumen und legte die Hand an den Dolch in seinem Gürtel. »Mit Wonne, Herr.«

»Sieh zu, daß dir keine zusätzliche Körperöffnung angetan wird.« Tashmetu klang besorgt.

Ninurta und Hasdrubal gingen nicht zum Eingang am Südende des Innenhofs, sondern durch mehrere Wirtschaftsräume mit Backofen, Herd, Vorräten und Werkzeug. Aus dem hintersten Raum gelangten sie durch eine schwere Holztür, die Hasdrubal entriegelte, in einen winzigen Gemüsegarten. Ein unfertiger, unentschlossen wirkender Mond stand am Himmel, und im Garten roch es nach Würzkräutern und Abfall.

»Die Mauer, Herr«, murmelte der Diener. Er verschränkte die Finger vor dem Bauch.

Ninurta stellte einen nackten Fuß in die Steighilfe; als er oben war, zog er mit beiden Händen den Alten hoch. Fast geräuschlos, halb rutschend, halb springend, landeten sie in der schmalen stinkenden Gasse, wo sich streunende Trinker und verirrtes Getier nachts erleichterten.

Sie näherten sich den Gestalten von der Seite. Die beiden saßen im Schatten eines Vorbaus, unterhielten sich leise und beobachteten über den kleinen Platz hinweg den Eingang zu Kerets Haus.

»Wer schleicht dort herum?« sagte einer der beiden plötzlich halblaut.

Ninurta stieß die angehaltene Luft aus und grunzte. »Tsanghar! Und der andere?«

»Lamashtu.« Die Frau wandte ihm den Kopf zu, stand aber nicht auf.

»Was macht ihr hier?«

Der Kashkäer erhob sich – schnell und geschmeidig, wie Ninurta bemerkte. Er rieb den Rücken an der groben Bruchsteinsäule des Vorbaus, der zu einem Lager gehörte.

»Wir waren um die Unversehrtheit deines Leibes besorgt, Herr.« Tsanghar deutete auf Lamashtu, die zu seinen Füßen saß. »Ihr ist immer noch kalt, weißt du, und sie meint, es betrifft dich. Eine düstere Drohung.«

»Du scheinst Freunde zu haben.« Hasdrubals rauhe Stimme klang wie ein Reißen des Stoffs, aus dem die Nacht besteht. »Verdienst du derlei, Herr?«

Ninurta hob die Schultern. »Treusorgende Freunde verdient man nicht, sie fallen einem zu. Ich bin gerührt, Lamashtu,

Tsanghar, und ich danke euch. Ihr könnt aber ganz unbesorgt sein. Ich werde die Nacht hinter diesen sicheren Mauern dort verbringen. Geht schlafen – und ich danke euch noch einmal.«

Tashmetu zupfte an Ninurtas Schurz, als er mit dem knappen Bericht fertig war. »Entblöße dich, du Ziel der selbstlosen Freundschaft zweier Fremden. Ich bin nicht ganz so selbstlos; aber was befürchten sie?«

Ninurta ließ sich aufs Lager fallen, wo Tashmetus hurtige Finger die nicht vollzogene Entblößung übernahmen. Er erzählte von Lamashtus fröstelnden Ahnungen und dem belauschten Gespräch der Baal-Priester.

Tashmetu lachte – gedämpft. »Ich glaube, sie sind klüger als du. Deine Deutung des Gesprächs ist erheiternd, aber in Ugarit sind zur Zeit viele Dinge möglich.«

»Ach, du willst mir angst machen, damit ich mich in deinem Bett verkrieche.«

»Das sowieso. Aber du solltest dich vorsehen. Fremden stoßen leicht Dinge zu ...«

Ninurta nahm ihr Gesicht in die Hände. »Deshalb ja die Eile. Wann wird dein Schiff beladen sein?«

»Gegen Mittag. Und dann?«

»Ich werde abends mit deinem edlen König sprechen. Und mit Rap'anu. Niqmepa, der Verwalter des Handels, ist auch dabei. Aber das habe ich dir doch längst gesagt.«

»Laß es mich noch einmal hören. Wenn du leise redest, wie jetzt, ist in deiner Stimme etwas wie ein aufgerauhtes Tuch, das die Innenseiten meiner Schenkel reibt.« Sie nahm seine Handgelenke, löste die Hände von ihren Wangen und beugte sich vor; ihre Zunge berührte Ninurtas Brust. »Sprich weiter«, sagte sie dabei. »Und sprich leise.«

»Alles ist vorbereitet. Meine Schiffe werden spätestens am Abend fertig sein. Deines sollte, gegen alle Gewohnheiten, gleich nach dem Beladen auslaufen, o Wonne meiner Leber.«

»Leber?« Sie gurrte. »Das ist nicht die Leber.«

»Ah. Ja. Wonne, jedenfalls. Nicht bis zum übernächsten Morgenwind warten.«
»Und jetzt nicht mehr reden.«

Am Nachmittag sah Ninurta eine verschleierte Sklavin mit einem Tuchballen an Bord der *Kerets Nutzen* gehen. Gleich darauf legte das Schiff ab; Seeleute griffen zu den Rudern. Langsam glitt es in die Bucht hinaus, immer weiter, kroch dem offenen Meer entgegen.

Der Assyrer beredete noch einmal alles mit Djoser und Zaqarbal; anders als sonst war der Sidunier fast beunruhigend ernst.

»Und wenn doch etwas geschieht?« sagte er mehrfach.

»Dann tut ihr, was wir besprochen haben.«

Im Empfangsraum des königlichen Palasts blakten Fackeln; aus zwei Glutbecken stank es nach Räucherharz. Hamurapi, mächtiger Herr über Besitz, Leben und Tod aller Bewohner des Landes und der Stadt Ugarit (und ohnmächtiger Knecht des Großkönigs Shupiluliuma), hatte sich in ein Löwenfell gehüllt. Er saß auf dem Thronsessel, spielte mit dem Becher, der auf einem Tischchen neben ihm stand, und sah den Assyrer nicht an, als dieser sich nach dem üblichen Kniefall erhob.

»Setz dich«, sagte Rap'anu.

Vor dem Thron stand ein niedriger Tisch mit drei Schemeln. Rap'anu hatte die Unterarme auf die Tischplatte gestützt. Ihm gegenüber, fast verborgen hinter Tafeln und Stempeln und Stiften, saß Niqmepa. Der *shakinu*, ein uralter Mann ohne Haare und mit einem Gesicht, dessen Haut rissig und faltig war wie ein ausgedörrtes Rindenstück, hob eine Holztafel.

»Das sind die Dinge, die deine Leute zu den beiden Schiffen gebracht haben. Lausch, o Händler.«

Ninurta lauschte aufmerksam, beobachtete dabei, so gut dies im Zwielicht des Raums möglich war, den nicht mehr jungen König. Das Zucken, das in kurzen Abständen über sein Gesicht lief, schien schneller und schlimmer geworden zu sein.

Niqmepa las eintönig Waren und Werte von der Tafel ab. Gefäße mit Wein, Gefäße mit Öl, Kisten mit diesem, Kasten mit jenem, Ballen hiervon und Packen davon. Der Gesamtwert der Ladung, schloß er, betrage sieben Talente in Silber.

»Aufgerundet«, sagte Ninurta. »Zweifellos zugunsten des Herrschers, dem die Götter ein langes und ersprießliches Leben gewähren mögen.«

»Zweifellos.« Rap'anu hustete. »Es ist so Brauch – wie du weißt.«

»Sieben Talente in Silber«, wiederholte Niqmepa. »Von diesen Waren ist, wie meine Tafeln sagen, ein großer Teil nur vorübergehend hier gelagert gewesen. Bei der Ankunft im Hafen wurden Abgaben entrichtet; oder jedenfalls kurz nach der Ankunft.«

Ninurta nickte, ohne ein Wort. »Kurz nach der Ankunft« bezog sich auf die besonderen Vergünstigungen (Steuer statt Zoll), die Hamurapi gegen verheißene und gelieferte Kenntnisse gewährt hatte.

»Zu verrechnen bleiben zwei Talente zweiundzwanzig Minen und vierzig *shiqlu* – Silber oder der Gegenwert.«

Ninurta rechnete. 8560 *shiqlu* Silber waren der Gegenwert von 428 kräftigen Sklaven oder fast 100 prächtigen Pferden oder 8560 Scheffeln Getreide. Er überschlug den wirklichen Wert der beiden Bootsladungen; den Wert bestimmter Dinge, die der Schreiber des *shakinu* nicht gesehen hatte. Es war schon zu spät im Jahr, um nach Tameri zu fahren und am Fuß der Pyramiden die Waren zu verkaufen, aber wenn es noch möglich wäre, würde man ihm dort über 500 Talente Gold anbieten. Dieses, zurückgeschafft nach Ugarit, wäre etwa 2000 Talente in Silber wert – also 2000 mal 3600 *shiqlu*. Er seufzte nachdrücklich.

»Das Würgen ist nicht fern vom Erdrosseln«, sagte er dumpf. »Wie soll ein armer *tamkar* soviel bezahlen? In welcher Form?«

Rap'anu hob die rechte Hand. »Wir sind ein wenig erstaunt, daß der gerissene *tamkar* Awil-Ninurta so schlechte Geschäfte gemacht hat. Obwohl er doch im Land seiner Vorfahren ...«

»In der Nähe des nämlichen Landes«, sagte Ninurta schnell. »Wie könnte ich es wagen, gegen die Befehle des edlen Hamurapi, dessen Gemächt niemals erschlaffen soll, und die des nicht ganz so edlen, wiewohl mächtigen Herrn in Hattusha zu verstoßen?«

»Ich vergaß.« Rap'anu bemühte sich um einen zerknirschten Ausdruck; es wurde zu einer Maske reinen Hohns. »Nachlässig von mir. Natürlich wird der gute Händler Ninurta nicht mit den Feinden der Fürsten handeln.«

»Daher auch die schlechten Geschäfte. Die Wege sind unsicher, gewisse Märkte sind nicht zu erreichen, also sinkt der Preis.«

Der *shakinu* ließ die Mundwinkel sacken. »Kitzle mich, *tamkar*, damit ich besser lachen kann. Wenn die Wege nicht gangbar sind und bestimmte Waren selten werden, steigt ihr Preis – gewöhnlich.«

Ninurta verneigte sich im Sitzen. »Wie recht du hast, edler Niqmepa. Leider war es mir aber nicht vergönnt, jene Waren zu befördern, die am Ziel selten und daher teuer sind. Gold, zum Beispiel. Oder die feinen Pferde aus dem Hochland jenseits von Urartu. Im Reich des Herrn von Ashur zahlt man für ein starkes schnelles Tier, hörte ich, achtzig *shiqlu* – teuer, zweifellos, aber billiger als hier. Hätte ich denn Pferde hier teuer kaufen und dort teuer, aber billiger verkaufen sollen?«

»Zwei Talente zweiundzwanzig Minen und vierzig *shiqlu*«, knurrte Niqmepa. »Wenig. Statt drei Zehntel an Zoll hast du durch die Gnade unseres Herrn nur zwei Zehntel zu zahlen. Eintausendsiebenhundertundzwölf *shiqlu*.«

Ninurta überlegte, ob er jaulen solle, entschied sich aber dagegen. Man würde es ihm nicht abnehmen. »Abgaben«, sagte er künstlich heiser, »die ich gern entrichten würde, da nichts meine Wonne so sehr befördert wie das Wissen, dem wunderbaren Hamurapi, dessen Herrlichkeit die Götter hegen sollen, nützlich zu sein. Aber...« Er breitete die Arme aus. »Die Geschäfte waren schlecht; ich habe nicht genug Silber, um auch nur ein Zehntel dieser Summe zu zahlen.«

»Niemand erwartet, daß du hier im Palast mit einem prallen Beutel erscheinst.« Erstmals griff Hamurapi ins Gespräch ein. »Laß uns über Möglichkeiten der Entrichtung reden, die nichts mit Silber zu tun haben.«

Das Feilschen begann. Ninurta bot zunächst zwanzig Sklaven zum Preis von je zwanzig *shiqlu* an, als Teilzahlung, ließ sich auf einen Kopfpreis von fünfzehn herunterhandeln und ritzte schließlich in ein Weichtäfelchen eine Zahlungsanweisung über 1412 *shiqlu* Silber oder den Gegenwert in Waren, zu entrichten durch das Lager der *tamkaru* von Yalussu.

»Dein Name fehlt«, sagte Niqmepa; er schielte herüber.

»Vielleicht sind wir ja noch nicht fertig.« Ninurta lächelte sanft und stand auf. »Gibt es möglicherweise Freundschaftsdienste, die ein fremder *tamkar* den edlen Herren von Ugarit erweisen kann? Ein hungriger *tamkar*, nebenbei.« Er ging zum Altar und goß ein paar Tropfen Wein darüber. »Für den Herrn Baal, der die Stadt schütze.«

Der *shakinu* hatte sich abgewandt. Rap'anus Gesicht war undurchdringlich wie immer, und das Zucken Hamurapis schien kaum heftiger als zuvor.

Ninurta näherte sich dem kleinen Tisch, auf dem Brot, Salz, Früchte, Krüge und Becher bereit waren. Er nahm einen Fladen, streute Salz darüber, aß; nach dem zweiten Bissen sagte er: »Ich danke für eure Gastlichkeit, für Brot und Salz. Und ich bitte um eine Auskunft. Was war mit dem Boten aus Hattusha?«

»Wir erwarten ihn noch.« Der *shakinu* hob die Schultern. »Das Schiff ist gekommen, aber der Gesandte will erst morgen mit dem König sprechen.«

Die zweite Runde des Feilschens begann. Diesmal war Rap'anu zuständig. Er wiederholte Teile seiner Ausführungen vom Vortag, trug Ninurta Nachforschungen und Botschaften an oder auf: der Stand der Rüstung der Achaier, die Absichten des Königs Prijamadu hinsichtlich Alashias – ob er lediglich den alten Fürsten helfen wolle oder selbst Teile der Insel zu besitzen wünsche, und wie viele Schiffe und Männer er zu schicken gedenke, sowie auch: ob diese eine Bedrohung Ugarits werden könnten.

»Und vor allem Madduwattas.« Rap'anu schien Mühe mit dem Namen zu haben, fast so, als ob es ihm Brechreiz bereitete, ihn auszusprechen. »Er ist uralt, sagt man, sieht aber jung aus, wie man sagt. Daß er alt ist, wissen wir, denn er war schon lange Herrscher seines Grenzgaues, als vor mehr als vierzig Jahren Talafu die Achaier aus dem Secha-Land vertrieb. Sieht er wirklich jung aus? Der Widerstand gegen ihn in Arzawa ist erloschen wie ein Feuer unter einem Wolkenbruch – welche Art Wolkenbruch hat er bewirkt? Hat es etwas mit den dunkelrot gewandeten Priestern zu tun, die ihm dienen – ihm und diesem seltsamen Gott Shubuk, der Menschen will? Wird Madduwattas für oder gegen die Hatti sein?«

Ninurta zeterte höflich. Zu viele schwere Fragen für einen schlichten Händler; außerdem sei es schon zu spät im Jahr, nur mit Glück und Göttergunst werde man überhaupt noch Yalussu erreichen, und wenn es dort keine Nachrichten gebe, müsse man im Frühjahr Ilios und die Städte der Achaier und die Häfen von Arzawa aufsuchen, und wegen der Strömungen und Winde des Frühjahrs könne man dann nur über Tameri nach Ugarit gelangen. Selbst wenn man die gewinnverheißenden Häfen der Chanani und Pilistier, von Ashdudu und Suru bis nach Ushnu und Shuksi, nicht anlaufe – schmerzlicher Verzicht! –, könne man frühestens in zehn Monden...

»Wieviel verlangst du für eine Abkürzung der Fahrt?« Hamurapis Geduld schien zu versiegen, und unter innerem Druck oder ob der Unruhe hatte das Zucken aufgehört.

»Deine Gunst, Sohn des Baal und Neffe des Dagan. Steuer statt Zoll auch im nächsten Jahr. Und einen Nachlaß der soeben errechneten Abgaben.«

Am Schluß lautete die von Ninurta unterschriebene Anweisung auf vierzehn Minen – 840 *shiqlu*. Er kniete vor dem König, berührte dessen Fuß mit der Stirn, verneigte sich vor Rap'anu, nickte Niqmepa zu und ließ sich von einem Palastdiener hinausführen. Das große Tor sei bereits für die Nacht versperrt, sagte der Mann; er werde ihn zu einem Nebeneingang bringen.

Auf dem Weg durch die Gänge lauschte Ninurta dem Hall der Schritte, bedachte die Winkel und Nischen und Klüfte in den Köpfen der am Handel Beteiligten, staunte über den ungeheuren Gewinn, den er vorbei an den sehenden, wiewohl blinden Augen von Niqmepas Hafenschreiber an Bord der Schiffe gebracht hatte.

Als er durch die vom Palastdiener geöffnete Tür auf eine dunkle Gasse trat, wunderte er sich darüber, daß Rap'anu ihn nicht noch einmal sehen wollte. Und daß keiner gesagt hatte, wann Beauftragte des *shakinu* die Zahlung holen würden. Er dachte an Tashmetus Warnungen – Brot und Salz, und Wein für den Gott. Im Palast war er sicher gewesen.

Hinter ihm schloß die Tür sich krachend. Vor und neben ihm tauchten dunkle Gestalten auf; eine hielt ein Messer, in der Rechten. Aus den Augenwinkeln sah Ninurta huschende Schatten weiter weg; dann traf ein wuchtiger Hieb seinen Kopf, und er sah nichts mehr.

ERZÄHLUNG DES ODYSSEUS (II)

Wohl dem, der heiter erschlafft den Faden gespannter Geschichte weiterspinnen und lügen kann, wenn die Wahrheit entkräftet baumelt und zagt, nur öder Verfall und verhallendes Grunzen.
  Wir hatten gesprochen von Besuchen und Handel und Helena, wenn mich das versickernde Spülicht eurer Trünke zusamt der Nachwirkung dreifältigen Verzückens nicht maßlos verfinstert. Händler kamen, und Fürsten, und manchmal, wenn keine Schweine zu scheuchen oder Seeräuber zu schlachten oder Reben zu treten waren, bin auch ich zu anderen Fürsten gereist. Ich bin immer gern gereist, denn unterwegs trifft man allerlei Schurken, die vor dem Einschlafen fesselnde Dinge erzählen – so anmutig oder wild, daß sie einen morgens, da man sich ihrer entsinnt, für die Besitztümer entschädigen, die der früher aufgewachte Herr Schuft hat mitgehen lassen. Geschichten, die den Geist dehnen, bis man ihnen endlich zu lauschen vermag, ohne die notwendige Vorsicht zu mißachten. Und gibt es Schöneres, als gestärkt durch gutes Essen und bessere Geschichten und kurzen Schlaf morgens als erster aufzubrechen, mit all dem, was der wortreiche Schurke an begehrenswerten Gütern trug? Fürwahr, kaum Köstlicheres ist in der Welt als dies.
  Viel hatte ich gehört von der strahlenden Schönheit der ältesten Tochter am Königshof zu Sparta. Klytaimnestra, Tochter des Tyndareos. Ah, die Münder troffen vor Gier, und es wölbten sich die Leibschurze jener, die von ihr sprachen. Aber Klytaimnestra war Mykenes König versprochen, und Agamemnon nahm sie, nahm sie mit. Dann jedoch wuchs die jüngere Schwester heran, und man sagte, verglichen mit ihr, Helena, sei Klytaimnestra eine Schattenschlunze. Nun waren Helenas und Klytaimnestras Brüder bei einem jener wirren Kämpfe gefallen, die sich von Zeit zu Zeit immer noch zwischen den Alten, zu denen die Sippe des Tyndareos gehörte, und den Achaiern ergaben. Zweifellos erzählt man inzwischen verwegene Weisen, singt wuchernden Unflat

über Kastor und Polydeukes – glaubt mir, ihr Holden, es ist nichts daran. Lassen wir sie also beiseite.

Helena. Die ältere Schwester in Mykene. Die Brüder tot. Wer Helena gewinnt, gewinnt Sparta. Ihre Schönheit... ihre Schönheit, sagte man, sei so unbeschreiblich, von so hinwerfender, zerschmetternder, malmender Wucht, daß bei ihrem Anblick der älteste Basilisk zur Qualle werde. Ein Blick Helenas genüge, hieß es, um die ausgedroschenen, mürben Halme des vorigen Herbstes strotzend auf den Feldern erstehen zu lassen. Ihr Lächeln, so war zu hören, lasse Honig triefen aus den härtesten Quadermauern, so daß jene, die, in der Betörung wahnsinnig geworden, mit den Köpfen an die Mauern rannten, über und über klebrig wieder zu sich kamen. Ihre Rede sei klüger als der uralte Karpfen Lepidotos, der das klügste aller Geschöpfe ist, wie wir wissen – Lepidotos, der einst mit geflügelten Beinen aus dem uralten Land der Binsen und des Sphinx nach Delphi kam, dort in seiner Weisheit auf Beine und Flügel verzichtete und sich in den Omphalos stürzte, jenen Spalt, der Herz und Leber der Welt ist und über dem die Pythia ihre Weisungen, Weisheiten und Weissagungen heckt. Lepidotos, der tief im Omphalos gottgleich im Schlamm lebt, bespült von einem Nebenfluß des Styx, flüstert der Pythia jene Antworten zu, die Apollon nicht weiß, und der Karpfen ist das klügste aller Wesen. Aber Helena war klüger; so klug, daß der Karpfen lange Zeit stumm war vor Neid.

Ich habe sie gesehen, o ihr Huldreichen. Und ich habe gelitten. O ihr Götter, wie ich gelitten habe. Denn nichts ist furchtbarer als der höchste Preis, den man nicht haben kann. Ich bin nach Sparta gereist, wie so viele – Kinyras kam von der fernen Kupferinsel Kypros, und Idomeneus wäre bereit gewesen, nicht ins üppige Knossos heimzukehren und sein ganzes Kreta aufzugeben, und achaische Fürstensöhne aus allen Teilen, und Tlepolemos von Rhodos, und aus dem Secha-Land kam der Sohn des Telephos, aus dem Arzawa-Reich der später, heute, so ruhmreiche Mopsos und sein Herr Madduwattas, der Dunkle Alte. Aus Troja reiste Aineias an, wurde aber von Wind und Wellen aufgehalten. Memnon, Neffe des Pharao im Binsenland, kam mit zehn Schiffen und prächtigem Gefolge – die Schiffe mußte er zurücklassen, um Sparta im Binnenland zu erreichen, aber man sprach von ihnen. Es hieß auch, Memnon sei nicht nur Neffe des Herrschers am großen Fluß Jotru, sondern auch Neffe des Priamos, da dessen Halbbruder Tithonos auf seiner langen Wanderung eine erquickliche Rast im Bett der Schwester des Herrschers gemacht habe. Tithonos, Verwalter jener Kupferberge, die die Assyrer den Hethitern geraubt haben, schickte seinen Sohn Nabju, und es kam einer der Söhne des hethitischen Großkönigs, und reiche Männer aus Sidon und Tyros und Byblos.

Ach, und der arme Odysseus war auch dabei. Nie hat einer, der nicht dabei war, an einem anderen Ort der Welt solche Pracht sehen können wie damals in Sparta. Männer, die mit Pferden sprechen konnten, waren da, und Baumeister von Palästen und Labyrinthen. Fürsten, die zehntausend Krieger ins Feld schicken konnten – Gebieter über tausend Streitwagen – Herren über fünfhundert Kriegsruderer – und Odysseus, kluger Wanderer und Besitzer grüner Hügel und feister Schweine sowie eines Bogens. Man brachte Löwen und Elefanten – zwei Elefanten, Memnon brachte sie mit –, und der düstere Madduwattas schenkte ihr einen Thronsessel aus Menschenknochen, bezogen mit Skythenhaut. Nabju der Assyrer, Sohn des Tithonos, brachte hundert silberne Nachtigallen, die zwitscherten, wenn man sie anhauchte, und hundert lebende Nachtigallen, die stumm waren, denn er ließ ihnen die Zungen herausschneiden und daraus ein wundersam gewürztes Gericht für Helena bereiten. Der Hethiter häufte Gold zu ihren Füßen auf und hüllte sie in ein Gewand aus Pfauenfedern und Silberdraht. Ein Libyer, Fürst der westlichen Libu-Völker, brachte Kräuter und einen Teppich, gewoben aus den Schamhaaren all der Feinde, die er getötet hatte.

Es gab auch Wettkämpfe – man sang, lief, sprang, schoß mit Pfeil und Bogen, schleuderte Speere, zähmte Rosse; einige regten an, in öffentlicher Paarung den unermüdlichsten Freier zu ermitteln.

Und Helena? Sie lächelte, bis die Stadttore bröckelten und seimig waren. Ich sah sie und erblaßte und wandte mich ab; was konnte ich gegen all die Gaben aufbieten? Einen Schinken, einen Krug Wein, die geschliffenen, verzierten, zu Trinkschalen geformten Schädel einiger tyrsischer Seeräuber. Meine Beredsamkeit, die nimmermüde Zunge.

Wie sie war? Wie sie immer noch ist, die Unvergleichliche? Wollt ihr eine Beschreibung des Unbeschreiblichen? Als ob man mit ein paar trüben Tranlampen die Sonne wiedergeben könnte, mit Ried und schwarzer Tinte die Farbenpracht einer Frühlingswiese! Mit Sandkörnern die Flugbahn eines Pfeils. Soll das Niesen einer Feldmaus den allgewaltigen Zeus und seinen Donner darstellen, mein Fingerschnipsen ein Erdbeben, Hasenköttel die aufgetürmten Paläste von Knossos?

Oder meine mühseligen Worte, verloren im Hauch der Grotte, diese... Göttin? Aphrodite. Schwarzes Feuer. Schlüpfriges Schreiten. Frischgeschmolzenes Gold, vermengt mit Sahne und Kinnamon, das ist ihre Haut. Zuviel, unendlich zuviel Frau in zu wenig köstlicher Haut; als ob sie überall durch die eigene Haut nach außen dringen müßte. Augen wie eine mondlose Nacht, voll ferner Sternsplitter, die kein Ikaros je erreichen kann. Ach.

Was soll ich sagen? Nie wurden in einer Stadt so viele Kinder gezeugt, nie der Aphrodite so viele Handopfer dargebracht. Wer sie sah, dem wurde der Schurz eng und die Brust weit. Tausende trugen, wenn sie sie geschaut hatten, ihren Phallos durch Sparta, begatteten Mauerritzen, molken sich beidhändig, den Boden zu letzen, schwängerten Standbilder, klommen auf Ziegen.

Menelaos... Der arme, dumme, sture Menelaos, tölpelhafter jüngerer Bruder des dumpfen Agamemnon. Er brachte nicht viel mit, nur Gold und Silber, und ich sah ihn sich in Ecken ergießen und eine vom Blitz gespaltene Linde anstöhnen und in eisige Bäche steigen, die dann zu dampfen begannen. Und als ich mich von dem erbärmlichen Anblick abwandte, sah ich Penelope mit einem Krug auf dem Kopf zum Brunnen schweben, die Hände an den Hüften, ein ebenso kluges wie spöttisches Lächeln um die Lippen. Penelope, Tochter von Periboia und Ikarios, dem Bruder des Tyndareos. Penelope, Nichte des Königs von Sparta. Kluge Augen, die Witz und Wärme bargen – Wärme, die Glut werden kann, aber auch Behagen und Heim und Sorge – Wärme, wie menschliche Wesen sie brauchen und wie die Göttin, die Helenas Leib behaust, sie niemals wird geben können. Sie sah den gespannten Rücken von Menelaos und die tanzenden Ellenbogen, und sie grinste leicht. Dann sah sie mich an, blickte zu meinem Schurz hinab, klackte mit der Zunge und schöpfte Wasser aus dem Brunnen. Den vollen Krug hielt sie in den Händen, als sie zurückkam, abermals mit der milden Zunge klackte und mir dann einen Schwall kalten Wassers über den Leibschurz schüttete.

»Ich weiß nicht, ob es hilft«, sagte sie, mit einem schnellen strahlenden Lächeln, »aber vielleicht bist du noch zu retten. Der da« – sie meinte Menelaos – »ist hoffnungslos hinüber.« Und so ließ sie mich stehen, begossen, mit klaffendem Mund und zweifellos närrischer Miene.

An diesem Abend begab ich mich zu Tyndareos, dessen Ratlosigkeit über der Stadt brütete wie sehr greise Wolken, die weder bersten noch weichen mögen. Tyndareos und Autolykos, mein Großvater, waren alte Freunde, und für den Enkel des Autolykos hatte der König ein offenes Ohr.

»Was will Helena?« fragte ich ihn.

Er saß auf einer steinernen Bank, trank verdünnten Wein aus einem schlichten Becher, rieb den Rücken an der Hauswand und starrte in den dunklen Garten. Wir waren allein, unter uns.

»Helena?« sagte er; er seufzte und deutete mit der Stirn zum Himmel. »Sie will den Mond, ohne Selene. Und alle Männer der Welt, sofern sie sich noch nicht lächerlich gemacht und heillos entkräftet haben. Am besten alle, sowohl gleichzeitig als auch hintereinander, und dann noch ein paar zusätzlich.«

»Zieht sie einen der Freier vor?«

Er knurrte nur.

»Darf ich dir einen Rat geben, Herr von Sparta?«

Tyndareos warf mir einen mißtrauischen Blick zu. »Rat ist entweder wertlos oder teuer. Was, wenn dein Rat gut ist?«

»Mein Preis ist erschwinglich.«

»Nenn mir den Preis, und wenn ich ihn für erschwinglich halte, werde ich erwägen, ob ich den Rat hören will.«

So, ihr vorzüglichen Fürstinnen der Grotten und Gifte, dachte ein kluger Mann, einer aus den alten Herrschersippen.

»Mein Preis ist ein gutes Wort von dir. Ich habe Penelope gesehen, und ihre kluge Wärme hat mein Sehnen nach dem eisigen Feuer ferner Sterne verscheucht, wie ein warmes Licht die Verzweiflung des durch die Nacht irrenden Knaben verscheucht.«

Tyndareos nahm einen tiefen Schluck aus dem Becher. »Enkel meines liebsten Freundes«, sagte er dann, »ich habe von deiner Klugheit gehört. Jetzt höre ich von dir das Ergebnis deiner Klugheit. Ich kann nichts versprechen; Ikarios ist ein stolzer Mann und mein guter Bruder, und Penelope ist ebenso klug wie schön, dazu noch selbständiger als klug. Es wird ihre Entscheidung sein – aber ich will ihr und ihren Eltern sagen, daß ich es für eine gute Entscheidung hielte. Nun deinen Rat.«

»Gib sie Menelaos.«

Er ließ den Becher fallen und starrte mich fassungslos an, mit aufgerissenen Augen und sackendem Unterkiefer. »Menelaos?« krächzte er. »Menelaos der Öde? Menelaos der Tropf? Er... und Helena?«

»Sein Bruder Agamemnon, dein Schwiegersohn, ist reich und mächtig. Und ganz Achaier.«

Tyndareos nickte. Ich hatte das nicht als Drohung gemeint, aber der alte Mykenier verstand.

»Gib sie Idomeneus, und alle werden zetern. Vielleicht beginnen sie einen Krieg. Gib sie einem der anderen, und es wird genauso sein. Keiner wird sich je damit abfinden, daß man ihm einen anderen vorgezogen hat. Aber... wer will mit Menelaos wetteifern? Keiner. Man wird die abgründige Unauslotbarkeit deiner Ratschlüsse rühmen, o König.«

»Du bist... gerissen, Odysseus.« Tyndareos schob die Scherben des Bechers mit dem Fuß zusammen, wieder auseinander, hob den Kopf und sah mich an. »Sehr listig. Soll ich sie nicht doch lieber dir geben?«

Ich hob die Hände. »Verschone mich, Fürst! Ich als dein Schwiegersohn, in Sparta, mit dieser Göttin? Sie wird mich verzehren und ... außerdem, was den Thron angeht: Menelaos ist leicht zu lenken. Helena ist eine sehr kluge Frau, und mehr als das. Du wirst einen gefügigen Schwiegersohn haben. Und wenn du stirbst, Herr, wird Helena Königin sein – nicht Menelaos König. Es wird auch niemand murren oder gar mit Gewalt drohen; Sparta und Mykene, mit Menelaos' Bruder Agamemnon, sind zusammen zu stark.«

Tyndareos schwieg; er schien zu grübeln.

»Noch einen Grund?« Ich konnte ein Kichern nicht ganz unterdrücken. »Menelaos versucht, das Feuer, das Helenas Anblick in seinen Lenden angefacht hat, mit den Händen zu ersticken. Klügere Männer, die ähnliches tun, werden wieder zur Vernunft kommen; bei ihm sehe ich die Gefahr, daß er sich beidhändig umbringt. Es wäre vielleicht der erste Selbstmord dieser Art, aber ... Agamemnon könnte dir grollen, wenn sein Bruder auf so lächerliche Weise umkäme.«

Tyndareos lachte, bis ihm die Tränen das Brustgewand durchtränkten. Dann stand er auf und umarmte mich.

Am nächsten Morgen rief er die Freier zusammen und verkündete seinen Entschluß. Helena hatte zugestimmt; sie saß neben ihm und betrachtete die Versammlung, und nie sah ich so ... gefräßige Augen wie ihre in diesen Stunden.

Ich? Ach, ich will es kurz machen. Ich brachte viele Tage damit zu, Penelope von ihrer Klugheit und meinen Reizen zu überzeugen, und schließlich gab sie den Versuch auf, mir Ablehnung vorspielen zu wollen – irgendwie wußten wir beide seit der Geschichte am Brunnen, was wir voneinander wollten. Ikarios stimmte zu, nach einem Gespräch mit seinem königlichen Bruder, aber er wollte, daß ich nach alter Sitte in sein Haus käme, statt Penelope mitzunehmen. Die Aussicht, in der Nähe des Palasts zu bleiben, in dem Helena und Menelaos ... nein, und Penelope sah dies auch so. Als wir abreisten, mit einem Eselskarren, kam Ikarios noch einmal zu uns, um sie zu fragen, aber sie verhüllte lediglich ihr Gesicht.

Vorher ... Vielleicht wäre dies noch zu erwähnen. Es ist nicht so wichtig wie die Dinge zwischen Männern und Frauen, es ist nur eine Frage der Staatsgeschäfte, die, wie wir wissen, gründlich belanglos sind. Also:

Tyndareos bat die Fürsten der achaischen Lande, ein wenig länger zu bleiben; er befürchtete (und ich hatte ihm zu dieser Befürchtung geraten), daß durch den Wettstreit um Helena die eine oder andere Fehde entstehen mochte; es wäre besser, noch ein paar Tage in Frieden nach Freundschaft zu suchen. Freundschaft verbirgt sich immer unter losen Steinen, oder sie kriecht in unzugängliche Winkel. Man muß sie ködern, kitzeln, locken. Wir taten dies – bisweilen ungern, wie ich zugebe; wer will schon mit Männern wie Achilleus oder Diomedes befreundet sein? Mancher nähme lieber eine Viper mit ins Bett.

Immerhin, wir haben es versucht. Dann kam der Mykenier Palamedes aus Nauplia auf den dämlichen Einfall, man müsse etwas unternehmen, um die Einheit aller Achaier zu fördern und zu festigen. »Welche Einheit welcher Achaier?« sagte ich. Aber er wollte nichts hören.

Er schlug vor, zu Förderung von Einheit und Wohlstand einen Kriegszug zu unternehmen. Wohin auch immer – Norden, Osten, Süden, Westen, ganz gleich, nur zu einem lohnenden Ziel. Illyrien, Tyrsa, Troja, Arzawa, die Städte der Phönikier, das Binsenland, was auch immer. Ruhm, Ehre, Beute, Reichtum, Eintracht.

An dieser Stelle beschloß ich, mit meiner trefflichen Gattin heimzureisen, nach Ithaka. Ich wollte nichts von einem derart hirnlosen Unternehmen wissen.

Wieso ich dann später doch...? Ihr Holden, es ist spät, oder früh, je nachdem; ich bin matt, mein Mund zerfasert vom Reden, und die Geschichte, die ihr jetzt hören wollt, ist sehr lang. Morgen. Laßt uns ein wenig... Was? Nein, nur ruhen, bitte!

5. FLÜCHTIG GEFANGEN

Er wußte nicht, was von seinen verschwimmenden Erinnerungen Traum war und was tatsächliches Geschehen; einige Atemzüge lang zweifelte er, ob man zwischen beidem einen Unterschied feststellen konnte. Dann sagte er sich, daß er nie von röhrenden Kopfschmerzen geträumt habe, daß dies also die Wirklichkeit sein müsse. Er erinnerte sich an Gestalten, einen Schlag, Schwärze, einen Tanz brüllender Götter mit Menschenköpfen und Tierleibern, und vielleicht war er irgendwann herumgetaumelt, gestützt auf andere oder von ihnen geschleppt.

Alles schaukelte. Schiffsbewegungen. Er atmete langsam, tief, bemühte sich, das Pochen (eher ein lautloses Grollen) in seinem Schädel zu mißachten.

Dann öffnete Ninurta die Augen und schloß sie gleich wieder; über ihm wölbte sich sengendes Gleißen. Er hob die Hände, um die Augen zu beschirmen.

Die Hände waren zusammengebunden.

»Lebst du, Herr?« sagte eine leise Stimme – die von Lamashtu.

Er ächzte. »Ich würde es nicht leben nennen, aber ein schlechteres Wort fällt mir nicht ein. Was ist geschehen?«

Lamashtu half ihm, sich aufzurichten. Sie befanden sich an Bord eines schweren, breiten Lastschiffs – eines von sieben, wie er bald sah. Die Küste lag weit rechts von ihnen; Awil-Ninurta zählte die Dinge zusammen und wußte, daß es mittlerer Nachmittag war und kräftiger Südwind die Schiffe nach Norden trieb.

»Wir haben am Palasttor gewartet, Herr; jedenfalls in der Nähe des Tors, gut verborgen.« Lamashtu hatte eine Riß- oder Schnittwunde auf der linken Wange. »Dann wurde das Tor geschlossen, und wir sind um den Palast gelaufen, bis wir das kleinere gefunden haben. Da bist du auch schon herausgekommen, und ein paar Männer haben sich auf dich gestürzt.«

»Ich erinnere mich, dunkel.«

Tsanghar und Lamashtu hatten versucht, ihm gegen die Angreifer beizustehen. Es seien sechs oder sieben gewesen, und sie schienen dort schon gewartet zu haben, als ob sie genau wüßten, was sie zu tun hätten.

»Was ist mit Tsanghar?«

»Sie haben ihn niedergeschlagen und liegenlassen – tot oder bewußtlos. Dann haben sie uns durch Nebengassen zur nördlichen Landzunge gebracht.«

»Zum Sommerpalast?«

»Ja, Herr, und zu den Hethitern.« Sie wies nach vorn und nach hinten. An Bug und Heck standen oder saßen Hatti-Krieger. Weitere lagen und hockten auf den Planken des Lastschiffs, zwischen den Seeleuten und den Gefangenen, die alle an den Händen gefesselt waren. Wie Lamashtu. Wie er. Ninurta knurrte etwas.

»Haben sie gesagt, wohin die Reise geht?«

»Kein Wort. Aber ...« Mit dem Kinn wies sie auf die Küste.

»Nach Norden. Sklaven für den Großkönig?«

Es ergab keinen Sinn. Oder doch? Er bedachte die Verhandlungen im Palast. Wenn Hamurapi, Rap'anu und Niqmepa gewußt hatten, daß Hatti-Häscher auf ihn warteten, wozu dann das Feilschen? Warum hatten sie ihn nicht gleich... Dann schüttelte er den Kopf. Nein, es ergab durchaus Sinn. Die Hethiter brauchten Sklaven, Krieger, Erz, Waffen, Nahrungsmittel; die Bundesgenossen hatten zu liefern. Man hatte sich ein paar Stunden Zeit genommen, um ihn in Sicherheit zu wiegen, Sklaven und eine Zahlungsanweisung von ihm zu erhalten. Aber trotzdem.

Lamashtu schien in ähnlichen Gedanken befangen. »Warum haben sie dich nicht im Palast festgenommen? Daß all dies, Übergabe an die Hatti-Krieger im königlichen Sommerpalast und so weiter, ohne Wissen des Herrschers geschieht, kann ich nicht glauben.«

Ninurta wollte leise, höhnisch lachen, brach aber schnell ab: Der Kopf mochte kein Gelächter. »Aua. Sie wollten mein Wissen und eine Zahlungsanweisung. Es mußte spät sein, damit nicht Zeugen alles sehen. Awil-Ninurta und die anderen *tamkaru* der Gesellschaft sind Fremde in Ugarit, aber wir haben mit vielen gehandelt, viele kennen uns; selbst der König wird nicht ohne Mühe seinen reichsten Untertanen erklären können, wieso er einen ihrer wichtigsten Geschäftsfreunde verschleppen läßt.« Er zögerte, atmete mehrmals tief durch; das Pochen im Schädel ließ ein wenig nach. »Außerdem habe ich im Palast Brot und Salz zu mir genommen und dem Gott ein paar Tropfen Wein geopfert. Also mußte alles außerhalb des Palasts geschehen. Heimlich. So heimlich, daß keiner etwas sagen kann. Und daß keiner über meinen bodenlosen Leichtsinn lachen muß. Tashmetu hat mich gewarnt; ich habe es nicht geglaubt...«

»Aber wozu? Bist du nicht als zahlender *tamkar* wichtiger denn als Gefangener?«

»Ich weiß es nicht. Vielleicht hat einer der Hauptleute der Krieger ein Schreiben von Hamurapi an den Großkönig. ›Ich sende dir einen Mann, der viele Dinge zwischen Muqannu und Ashur gesehen hat. Er hat mit deinen Feinden gehandelt, gegen dein Verbot, und er ist reich. Vielleicht bezahlen seine Leute viel, um ihn freizubekommen; vielleicht weiß er mehr, als wir aus ihm herausgeholt haben. Er sei das Geschenk deines Dieners und Bruders Hamurapi; möge der große Shupiluliuma, der die Sonne ist und der Regen und die Macht, seine Gunst leuchten lassen über Ugarit.‹ So etwa? Vielleicht. Ich weiß es nicht.«

Am Abend ankerten die sieben Schiffe in einer Bucht; die Gefangenen, zusammen an die dreihundert, mußten an Land waten. Die Krieger lösten ihnen die Hände, damit sie essen und trinken konnten. Es gab Wasser, ältliches Brot und ein paar faulige Früchte, danach wieder Fesseln und den nackten Boden als Lager.

Vier Tage bis zur Mündung des Arantu; Ninurtas Kenntnisse nützten ihm nur dazu, festzustellen, wo sie sich jeweils befanden. Zweimal versuchte er, mit dem offenbar ranghöchsten Krieger an Bord zu reden. Beim ersten Versuch wurde er nur angestarrt; als er von Silber sprach, wandte der Hauptmann ihm den Rücken.

Beim zweiten Versuch wurde er nach kaum einem halben Satz von einem Krieger mit dem Speerschaft niedergeschlagen.

Am fünften Tag regnete es ein wenig. Nachts lagen sie fröstelnd im nassen Sand. Lamashtu suchte seine Nähe.

»Wärme, Herr«, sagte sie leise, als sie sich an ihn preßte. »Deine Handelsherrin ist weit.«

»Wärme ist gut. Für alles andere bin ich zu schmutzig, selbst wenn es mit gefesselten Händen möglich wäre.«

»Kein Vertrag?«

Ninurta mußte einen Atemzug lang überlegen, ehe er begriff. »Ah. Nein, wir haben keinen Vertrag über die gegenseitige Nutzung von Spund und Stöpsel. Außerdem...« Er sprach nicht weiter.

Lamashtu ergänzte, nach längerem Schweigen. »Außerdem weiß keiner, wohin es ihn verschlägt, nicht wahr? Und ob er bestimmte andere Leute je wiedersieht. Zwei Stück Treibgut.«

»Zwei warme Tiere, verloren in nassem Sand und feindlichem Dunkel. Schlaf, Tochter der Fieberdämonin.«

Am sechsten Tag flaute der bis dahin stetige Wind ab; die Hethiter ließen ihre Gefangenen gruppenweise rudern.

Am neunten Tag erreichten sie einen namenlosen Hafen an der Mündung des Flusses Samri, nahmen dort jedoch nur frisches Wasser auf und fuhren weiter – aber nicht flußaufwärts zur alten Stadt Adaniya, wie Ninurta angenommen hatte. Wenig weiter westlich mündete der zweite Fluß, Chuatna, an dem die Straße ins Binnenland begann. Tarsa, von den Einheimischen noch immer Tarkush genannt, einer der wichtigsten Umschlagplätze des Reichs, lag wenige Wegstunden flußauf. Aber der Chuatna führte nicht genug Wasser für große Schiffe; an der Mündung hatten die Hatti einen weiteren kleinen Hafen angelegt und Ura genannt. Offenbar hatten die Krieger die Anweisung erhalten, ihre Gefangenen hier auszuladen. Ninurta nahm an, daß der Herr der Festung von Ura genauere Befehle hatte. Er beobachtete, wie der Hauptmann, mit dem er nicht hatte sprechen können, einem mit gewaltigem Helmbusch geschmückten Krieger einen Beutel und mehrere Tafeln übergab. Beide blickten zu ihm hin.

Die Gefangenen, mit verbundenen Händen und durch lange Lederschnüre aneinandergefesselt, standen auf dem unebenen Kai und warteten. Lamashtu, so an Ninurta gebunden, daß sie bei einem Marsch vor ihm gehen würde, deutete mit dem Kinn auf die Hauptleute.

»Die reden über dich, Herr. Ob sie mit dir etwas Besonderes vorhaben?«

Ninurta versuchte ein schräges Grinsen. »Ich bin kein Herr, Lamashtu – gefangen wie du. Und ich wünschte, sie würden uns erlauben, uns zu waschen.«

Sie lachte gepreßt. »Wir stinken alle, also stinkt keiner.«

»Waghalsige Behauptung.« Er betrachtete das herbe Gesicht der Frau, die dunkle Augen hatte, eine schmale Nase, einen harten Mund. »Du hast mehr Schlimmes erlebt als ich, und Schlimmeres, nicht wahr?«

»Verglichen mit anderen Dingen war das bisher eine Vergnügungsreise. Und dies hier ist ein üppiger Ort, angefüllt mit zuvorkommenden Leuten.«

»Ich denke es mir. Trotzdem – Zähneputzen und Waschen wäre nicht schlecht.«

Lamashtu wurde fast umgerissen, als andere Gefangene sich plötzlich, wie verabredet, auf den Boden sinken ließen. Ninurta schaffte es, sich zu setzen, ehe er hingeworfen wurde. Lamashtus rechtes Knie lag zwischen seinen Oberschenkeln.

»Nette Lage«, knurrte der Mann hinter ihm. »Ich hätte jetzt auch gern ein Frauenknie.«

»Was würdest du damit machen?«

Der andere, Ugariter wie fast alle, schnalzte. »Abnagen. Ich hab Hunger.«

Unter Gebrüll und Peitschenschlägen wurde der Zug der Gefangenen durch den trüben kleinen Ort geführt, vorbei an windschiefen Bretterhütten und ein paar Häusern aus bröckligen Ziegeln. Die Festung lag außerhalb: mannshohe Holzzäune, dahinter lange niedrige Gebäude aus Holz und Lehm. Man trieb die Gefangenen durch ein Tor, das sich hinter ihnen schloß.

Im Lager konnten sie sich zwar nicht frei bewegen, aber man nahm ihnen immerhin die Fesseln ab. Es gab Wasser und Waschtröge, Latrinen, später eine dünne warme Suppe, und nach einer ruhigen Nacht teilte der Herr der Festung die Gefangenen in zwei Gruppen: Kampffähige würden mit den Schiffen nach Alashia gebracht, wo Männer für den Großkönig ehrenvoll kämpfen und Frauen die Hatti-Krieger entspannen durften (die meist aus Ugarit und Umgebung stammenden Gefangenen wagten nicht, mehr als Gemurmel oder Knurrlaute von sich zu geben); die Älteren sollten unter Bewachung landeinwärts gehen, wo man sie auf Festungen und Steinbrüche und pflegebedürftige Straßen verteilen wollte. Einige wenige würde man bis nach Hattusha bringen: besondere Gefangene, besondere Gaben für die Sonne.

Ninurta versuchte, zu den als Kämpfer vorgesehenen Leuten zu kommen; er kannte Alashia, und von dort würde er leichter fliehen können. Lamashtu zog er mit sich und nannte sie eine kräuterkundige Heilerin von Kriegerwunden. Der Herr der Festung betrachtete ihn, warf einen Blick auf die Schreibtafeln, die man übergeben hatte, und sagte:

»Der Händler Awil-Ninurta aus ... wie heißt das, Iliss?«

»Yalussu.« Ninurta unterdrückte einen Seufzer.

»Du bist eine besondere Gabe Hamurapis an die Sonne, lese ich hier. Du wirst nach Hattusha reisen. Was ist mit der Frau? Heilerin?« Er runzelte die Stirn; dann spuckte er aus. »Ach, das soll Hattusha entscheiden. Nach da drüben.« Er wies mit dem Kinn zum Tor, wo die ersten Frauen und nicht kriegstauglichen Männer sich versammelten.

Ein Unterführer und fünfundzwanzig Mann, dazu vier von Pferden gezogene Karren mit Vorräten – mehr war offenbar nicht nötig, um zweihundert Frauen und Männer zu geleiten. Nicht nötig, weil die Gefangenen in Zehnergruppen aneinandergebunden waren und außerdem die Hände gefesselt hatten. Lamashtu und Ninurta hatten es geschafft, sich ans Ende einer Zehnergruppe zu begeben – Lamashtu als vorletzte. Sie ging mit gesenktem Kopf, was nicht weiter auffiel, da viele Gefangene niedergeschlagen waren und keinen Grund hatten, dies zu verbergen. Ninurta sah, daß sie immer wieder die gefesselten Hände vors Gesicht hob. Irgendwann zischte er: »Vorsicht!« Sie zuckte mit den Schultern.

Die Heerstraße folgte dem Fluß, der seicht und breit und schnell war. Auf dem anderen, östlichen Ufer standen Gruppen seltsamer, strunkartiger Bäume, unter denen sich Hütten zusammenkauerten: ärmliche Behausungen von Flußfischern, deren flache Kähne wie räudige Kriechtiere dort lagen, und von Bauern. Der nächste Höhenzug verschwamm im Mittagsdunst; so weit man sehen konnte, war der Boden östlich des Flusses bestellt. Es mußte hartes Arbeiten sein, dort drüben, denn die Felder waren gemasert von niedrigen, hier und da bewachsenen Wällen: Mauern, in langen Jahren aufgetürmt aus den Steinen, die von schweren Pflügen aus dem Boden gerissen wurden und leichte Pflüge zerbrachen.

Das westliche Ufer war offenbar ergiebiger; zwischen der erhöhten Straße und den Berghängen lagen weite, sattgrüne Felder ohne Mauern, nur mit Hecken und Buschgruppen durchsetzt, und die Bauernhäuser – Inseln im wogenden Grün – wirkten fester und üppiger als die Hütten der anderen Seite. Hier und da sahen sie grasende Rinder, aber kaum arbeitende Menschen: Mittag, Zeit der Rast, außer für Gefangene der Hethiter.

Bis sie Tarsa erreichten, war es mittlerer Nachmittag. Die Straße führte mitten durch den Ort; sehr zum Mißvergnügen des Unterführers herrschte einiges an Gedränge: Es war Markttag, ein weiterer Grund für die mangelnde Belebung der Felder. Der Zug mußte den Platz überqueren, auf dem die Bauern der Umgebung ihre Stände hatten.

Ninurta sah Lamashtus Armbewegungen; leise sagte er: »Noch nicht.« Er betrachtete die Häuser, älter und höher als die von Ura: zweigeschossige Bauten, unten Stein und Balken, oben Ziegel und Balken, darüber Dachgärten, viele davon mit Blumen oder Nutzgewächsen. Er erinnerte sich an zwei oder drei Nebengassen, die noch dort waren, wo sie der Erinnerung nach sein sollten.

Eine kleine Biegung noch, vorbei an einem mit Ochsenblut rotgestrichenen Haus, vor dem ein Mädchen mit grellen Lippen, blanken Brüsten und lockerer Hüftschärpe stand. Dann der Markt: eine lange abgerundete Lichtung im Gestrüpp der Häuser, in der Mitte die überdachte Fläche für Beratungen und Feilschen, überall hölzerne Tische mit Früchten, Fisch, lebenden Hühnern, und das Gedränge buntgekleideter Menschen.

»Jetzt!« sagte er.

Lamashtu drängte sich gegen den vor ihr gehenden Gefangenen, schrie, riß ihn zu Boden. Die ganze Gruppe stockte, taumelte. Ninurta fiel zielsicher gegen das Stützbein eines Obststands; er brach zusammen, die Früchte ergossen sich über die Gestürzten. Vom Nebentisch flatterten Rebhühner auf, als ihr leichter Käfig zerfiel. Fluchende Bauern warfen sich ins Gemenge, um Tiere und andere Waren zu retten.

»Eine Schlange – zwei – zwei Schlangen!« kreischte Lamashtu.

Viele Stimmen nahmen den Schrei auf; bei alledem bemerkte keiner der Wächter, daß Lamashtu und Ninurta sich weiter von den übrigen entfernt hatten, als die Fesseln dies eigentlich erlaubten. Eines der Pferde des Karrens hinter ihnen stieg wiehernd hoch, keilte mit den Vorderhufen aus; zwei Krieger versuchten, das Tier zu beruhigen. Der fluchende Bauer, unter dessen Obst sie lagen, zerrte an Ninurtas Bein. Kunden, andere Verkäufer, Schaulustige drängten sich näher. Unter den Früchten spürte der Assyrer die Kante des scharfen Steins, den Lamashtu im Mund gehalten hatte und mit dem sie nun nach der Lederschnur tastete, die beide verband. Er zerrte, ruckte an der Fessel; plötzlich gab sie nach.

Der Bauer zeterte noch immer; Lamashtu kroch zwischen die Trümmer des Stands. Ninurta folgte, ohne sich um zerquetschtes Obst und das Geschrei zu kümmern. Er kippte einen weiteren Stand um, wünschte, er hätte auch die Hände frei, kroch weiter auf den Knien, auf dem Bauch, erreichte eine Stelle, wo zwischen zwei Häusern ein Spalt, kaum Durchgang zu nennen, sich öffnete, sah Lamashtu darin verschwinden, drückte sich hinein, geduckt, lief und wartete auf den geschleuderten Speer, das Brennen einer Schwertspitze, das Gebrüll eines Kriegers, irgendwas. Nichts, nur das Durcheinander von Stimmen, ein weiteres Wiehern, ein Schmerzensschrei, als offenbar jemand von einem Pferdehuf getroffen wurde. Keuchend erreichte er das Ende des Durchlasses, wandte sich nach rechts, zögerte, machte kehrt, nach links, lief die lehmige Gasse entlang, fand den Hof, an den er sich erinnerte, mit bemalten Steinpfosten und einem hölzernen Türsturz darüber.

Lamashtu kauerte gleich links, zwischen einem Handkarren und der Hofmauer. Sie lächelte, als er ihr wortlos die gefesselten Hände hinhielt. Mit dem scharfen Stein, den sie bei der Flucht nicht verloren hatte, begann sie, die Schnüre an seinen Handgelenken zu zertrennen.

In der geringen Zeit, die dies in Anspruch nahm, sah er sich um. Die Mauern aus lehmverfugten Feldsteinen zur Gasse und zum Nachbarhaus mochten hier und da erneuert sein, der Hof aus gestampftem Lehm war aufgeräumter als damals (nur der Handkarren, ein hölzernes Joch, ein Holzeimer und ein paar Hacken lagen herum; Ninurta erinnerte sich, daß er bei seinem ersten Besuch über geborstene Bildsäulen, Bündel von Lanzenschäften, Kupferplatten und Körbe voller Krimskrams hatte klettern müssen), das zweigeschossige Gebäude rechts vom Tor – unten Stall, oben Lager – war frisch geschlämmt, und die zum Wohnhaus führenden sieben Stufen bestanden aus neuen, hellen, säuberlich behauenen und verfugten Steinplatten. Der Wohlstand des edlen Händlers Buqar schien nicht vermindert: Im Obergeschoß, wo die Schlafräume lagen, lupfte eben ein Windstoß den Wollstoff, mit dem eine der Fensteröffnungen verhängt war – schwerer, feinstgewebter Stoff mit Goldfäden.

Endlich war es Lamashtu gelungen, die Lederschnüre zu zerfetzen. Ein wenig Haut am rechten Handgelenk fehlte. Die Frau, die immer noch kniete, führte Ninurtas Hand an den Mund und berührte die wunde Stelle mit der Zunge. Er strich mit der Linken durch ihr kurzes schwarzes Kraushaar.

»Komm. Sie werden uns suchen«, sagte er. Lamashtu stand auf. Im Licht der Nachmittagssonne sah er zum ersten Mal, daß sie verschiedenfarbige Augen hatte: das linke fast schwarz, das rechte grüngesprenkelt.

Er wandte sich ab und ging zu den Stufen.

Sie traten durch die mit Schnüren verhängte Öffnung in eine geräumige Diele, deren Boden aus bunten Tonfliesen bestand. Ninurta räusperte sich mehrmals laut. Als nichts geschah, nahm er den engen Gang nach links. Die zweite Öffnung, mit dünnen Lederschnüren, führte in Buqars Arbeitszimmer – wenn alles noch so war wie damals.

Vor einem Regal aus hellem Holz voller Tafeln und Erzfinger und (vermutlich beschriebener) Tierfelle lag ein etwa vierzigjähriger Mann auf einer breiten, niedrigen Liege. Er schlief; das sanfte Schnarchen war erst im Raum zu hören. Eine feine Wolldecke verbarg einen Teil des Gesichts.

Ninurta ging vorsichtig näher und zupfte am Tuch. Dann atmete er auf, lächelte und berührte die Schulter des Schlafenden. Der Mann knurrte, bewegte den Arm, als wolle er Fliegen verscheuchen, und öffnete endlich die Augen.

»Meister des Umsatzes«, sagte Ninurta leise. »Freund der günstigen Gelegenheiten und Horter edler Metalle. Ein entflohener Assyrer und eine heilkundige Frau aus dem Land zwischen den Strömen begehren deinen Schutz.«

Buqar setzte sich nur langsam auf, aber die dunkelgrauen Augen war jäh wach. »Wem bist du entflohen, Ausbeuter der Leichtfertigen?« sagte er. »Kein Grund, hier zu flüstern. Sechs Jahre? Acht? Wie lange ... ah, das kann warten. Sprich. Und setzt euch.« Er wies auf Lehnstühle aus dunklem Holz und weichem Leder.

»Wir sind verdreckt, Freund; laß uns stehen. Es hat dem Herrn von Ugarit gefallen, mich als besonderes Geschenk für die Sonne von Hattusha einzuwickeln und mit anderen Sklaven und Gefangenen loszuschicken.«

»Wieviel Mann Bedeckung?«

»Zwei Dutzend.«

»Hm. Wo seid ihr geflohen? Hier?«

»Auf dem Marktplatz, zwischen schimpfenden Bauern und platzenden Früchten.«

Buqar rümpfte die Nase. »Sie werden euch suchen. Kommt mit.«

Er stand auf, grinste plötzlich, hieb dem Assyrer auf die Schulter und sagte: »Wieviel schuldest du mir?«

»Noch habe ich ein Guthaben bei dir.«

»Dann sollte ich dich ausliefern.«

Er ging voraus, in den engen Flur, wandte sich nach rechts. Am Ende des Gangs führten Stufen hinab in einen Raum, der etwa auf Höhe des Hofs liegen mochte. Hier standen Krüge mit Öl und eingelegten Früchten, Körbe mit Trockenobst, schlichte Holzkisten mit Getreide; in einem Gestell sah Ninurta spitzbödige Gefäße, die vermutlich Wein enthielten.

»Pack an.« Buqar bückte sich zu einer der Kornkisten; Ninurta half ihm, sie zu verschieben, dann die nächste. Buqar kniete nieder und zerrte an einem klobigen Griff; die Holzluke, die sich quietschend öffnete, war unter Staub, Mehlresten und Bröseln nicht zu sehen gewesen. Etwas mehr als eine Mannslänge unter der Öffnung gluckerte Wasser.

»Es stinkt«, sagte Ninurta.

»Ein Bach, der Abwässer zum Fluß bringt. Ihr werdet ein wenig durch Scheiße waten. Die Wände sind aus Ziegeln; auf der rechten Seite, unter diesem Haus, weichen einige Ziegel zurück, und in der Mitte springen zwei ein Stückchen vor. Sie hängen zusammen; du mußt dagegendrücken. Dahinter ist eine Kammer.« Er sah sich um. »Es kann dauern. Nehmt am besten etwas mit. Wein, Wasser, Früchte. Und – leise.«

»Wasser wäre nicht schlecht. Wo ...?«

Buqar nickte. »Ich bringe euch einen Balg. Und etwas für die Vorräte. Steigt schon mal hinunter.«

Ninurta ließ sich in den Schacht gleiten. Die Stelle mit den unregelmäßigen Ziegeln war mühelos zu ertasten. Er drückte. Etwas gab nach, fast lautlos; aus der Öffnung fiel mattes Licht. Eine niedrige Kammer lag dahinter; er sah Gestelle, Kisten, zusammengerollte Felle.

»He, seid ihr da?«

Lamashtu, unter der Schachtluke, nahm einen Ziegenbalg entgegen und reichte ihn dem Assyrer, der den Wasserbehälter vorsichtig in die Kammer setzte. Eine kleine Kiste mit Brot, Früchten,

Schinken, einem Messer und zwei Tonbechern folgte; zuletzt reichte Buqar ihnen einen verstöpselten Krug.

»Mein bester Wein. Jetzt verschwindet. Die Öffnung von innen versperren, hörst du? Und seid leise.«

Die beweglichen Ziegel waren an einer Holzplatte befestigt, die in gut geölten Metallangeln hing und rundum mit glattem, vermutlich wasserdichtem Leder bezogen war. Er drückte die Tür sanft zurück in die Öffnung und schob zwei Riegel vor.

Seitlich unter der Öffnung standen zwei Holzbottiche, zur Reinigung und zur Entleerung; daneben hing ein sauberes Wolltuch, und auf einem Wandbrett lag ein dicker Schwamm.

»Es ist für alles gesorgt.« Lamashtu flüsterte; dabei wies sie auf den Schwamm. »Dein Freund ist ein Liebhaber der Reinlichkeit.«

Ninurta goß ein wenig Wasser aus dem Balg in den einfachen Bottich; der andere hatte einen breiten, flachen Rand und war offenbar zum Sitzen gedacht. »Waschen«, sagte er, »und durch die Öffnung ausgießen, solange es noch geht.«

»Fang an, Herr. Ich räume inzwischen.«

Ninurta streifte die von Obst und Gassendreck besudelten Kleider ab. »Sparsam«, murmelte er. »Trinken ist wichtiger.« Über den Bottich gebeugt wusch er sich Gesicht, Schultern, Brust, Achselhöhlen und Gemächt; dann hockte er sich in den Bottich und reinigte After, Füße und Beine. Es war so angenehm, naß und kühl zu sein, daß er aufs Abtrocknen verzichtete. Leise schob er die Riegel zurück, öffnete die Tür, leerte den Bottich ins fließende Abwasser und lehnte die Tür an.

»Jetzt du. Schnell und leise.«

Er goß frisches Wasser nach; dann sah er sich gründlich in der Kammer um. Sie war trocken und luftig, und hoch genug, so daß man darin aufrecht stehen konnte. Das matte Licht fiel durch Lücken zwischen den Steinen und Ziegeln an einer Seite. Durch eine der Lücken sah er, vielleicht eine Armlänge entfernt, eine zweite Mauer mit ähnlichen Durchlässen für Licht und Luft. Dahinter lag das Flußufer. Wer auch immer von dort hineinzuspähen versuchte, würde nichts sehen außer Leere und, vielleicht, einer zweiten Wand. Er schloß die Augen und erinnerte sich an

Buqars Haus. Die Kammer mußte halb unter seinem Arbeitsraum liegen und halb unter der überdachten Terrasse, auf der er vor Jahren zahlreiche heitere Abende mit Wein und guten Gesprächen verbracht hatte.

Lamashtu planschte im Bottich; das Geräusch riß ihn aus den Erinnerungen. Er sah sich weiter um. Buqar schien auf alle Notfälle vorbereitet; ein niedriges, kräftiges Bettgestell mit Decken und den zuerst ungenau erblickten Fellrollen zeigte, daß er, falls er sich verbergen mußte, nicht auf hartem Boden liegen wollte. In den Gestellen an der Wand lagen Schrifttafeln. Und anderes.

»Mein Guthaben«, knurrte Ninurta. Er zupfte an den öligen Tüchern, in die Buqar zumindest einen Teil seiner Schätze gewickelt hatte: Stangen aus Silber, in einem anderen Fach Stangen aus Gold, jeweils etwa eine Mine schwer. Er schätzte die Anzahl auf etwa zweihundert Minen in Silber und ebenso viele in Gold.

»Warum?« flüsterte Lamashtu.

»Warum was?«

»Warum die Kammer, warum die Schätze, warum die Hilfe?« Sie stieg aus dem Bottich; Ninurta ging zu ihr, hievte das Holzgefäß in die Öffnung, leerte es und sah zu, wie Lamashtu die Tür verriegelte.

»Warum das?« Er fuhr mit dem Finger über das Geflecht der Narben auf ihrem Rücken.

»Einer meiner früheren Herren.« Sie drehte sich nicht um. »Es gefiel ihm, mich zu peitschen. Manchmal auch mit einer Gerte aus Erz zu schlagen. Es erregte ihn. Willst du wissen, was ihn sonst noch erregte?«

»Nur, wenn es dich befreit, davon zu sprechen.«

»Befreit?« Noch immer wandte sie ihm den Rücken zu; ihre Stimme klang dumpf. »Wovon befreit? Von den Fesseln der Erinnerung, die das Freie binden und das Schöne abscheulich machen, weil es ungebunden ist?«

Ninurta ging zum Lager und ließ sich darauf nieder; das Gestell war fest, nichts knirschte oder quietschte. »Du bist nicht mehr gebunden. Aber deine anderen Fragen sind leichter zu beantworten. Tarsa – Tarkush ist eine alte Stadt, älter als das Reich von Hattusha. Die Leute hier lieben die Hatti nicht. Deswegen ... Wer zeigt schon gern einem Steuereinnehmer alles; vor allem dem Steuereinnehmer eines Herrschers, den man gern schnell zu seinen Ahnen in die Unterwelt schicken möchte?«

»Und die Kammer? Und die Hilfe?«

»Wir haben uns gut vertragen, damals, und seither gute Geschäfte miteinander gemacht. Ein vorsichtiger Mann rechnet damit, sich irgendwann vor Häschern verbergen zu müssen.«

»Wie kommt er dann raus?«

»Ich könnte mir denken, daß es dort, wo dies scheußliche Wasser den Fluß erreicht, noch eine Höhlung gibt. Vielleicht mit einem Boot darin.«

Sie kam langsam näher und kniete auf der Kante der Liege. Er sah kleine Brandnarben zwischen ihren Schenkeln, vernarbte Striemen bis hinauf zum Nabel; eine Ahnung von Schnittwunden an beiden Brüsten. Er schaute auf zu den seltsamen Augen: verschiedenfarbige Steine, die nichts preisgaben, nicht einmal, ob in oder hinter ihnen etwas war, das preisgegeben werden könnte. Aber die Augen blickten nicht in seine, sondern folgten der rechten Hand, die sich behutsam um sein steifes Glied schloß, während die Finger der linken sich in seine dichte schwarze Körperbehaarung wühlten. Dann sah er den herben Mund, der sich in einem Lächeln halb öffnete. Und die Augen, die nun die seinen suchten.

»Deine Handelsfürstin ist schön wie Ishtar, und sie hat keine Narben. Aber sie ist am Ende der Welt.«

»Sie war Sklavin; ihre Narben sind innen. Und es gibt keinen Vertrag. Nur Gier nach einer guten Reisegefährtin.«

»Das sehe ich.« Sie beugte sich vor und streifte sein Glied mit den Lippen.

»Aber es ist eine lange Reise.« Er stöhnte unterdrückt. »Und beschwerlich. Gefährlich. Nichts für Kinder.«

Sie hob den Kopf und sah ihn an; nun lächelten auch ihre Augen. »Kinder?« flüsterte sie. »Da gibt es Kräuter. Und andere Wege der Lust, Herr.«

Allmählich nahmen die Geräusche im Haus zu – Diener, die vom Markt oder von der Feldarbeit heimkehrten; eine Frauenstimme, dann eine zweite, die jünger klang; Buqar, der offenbar verärgert laute Anweisungen gab. Und plötzlich, nach einer kurzen, fast beängstigenden Stille, die harten Schritte und harschen Stimmen, auf die sie gewartet hatten.

Was gesagt wurde, war nicht auszumachen; die Stimmen oben wurden lauter, leiser, klangen scharf, dann beinahe freundlich, aber mehr als Tonfälle und gelegentliche Wortbruchstücke konnten Ninurta und Lamashtu nicht hören. Dann wieder Schritte; Gegenstände wurden verrückt, die Schachtklappe öffnete sich, jemand rief etwas, Gleitgeräusche, als ein Mann (klirrend – er mußte bewaffnet sein) unter leisem Fluchen in den Schacht stieg, durchs Abwasser trampelte und nach oben zurückkehrte.

Warten. Irgendwann wurden die Stimmen leiser; eine ganze Weile später kam wieder jemand nach unten, kratzte an der Wand und nannte Ninurtas Namen: Buqar.

Der Assyrer öffnete die Tür. »Sind sie fort?«

Buqar machte keine Anstalten, in die Kammer zu steigen. »Fort. Zunächst. Aber sie bleiben in Tarkush, auf jeden Fall bis morgen.«

»Suchen sie noch?«

Buqar schnitt eine Grimasse. »Man weiß es nicht. Die schorfigen Gedanken hethitischer Unterführer...« Er kicherte und berichtete von dem Gespräch.

Man hatte die Gefangenen in einer Stallung am Ortsrand untergebracht, wo sie von wenigen Männern bewacht werden konnten; die übrigen Krieger durchkämmten die Stadt. Die besseren Häuser wurden vom Unterführer, der den Zug leitete, aufgesucht; zu Buqar war er mit drei Kriegern gekommen. Buqar hatte ihn freundlich empfangen, Wasser und Wein angeboten, das Haus gezeigt, sogar eigenhändig den Abwasserschacht geöffnet.

»Und dann hab ich ihm die Tafel abgekauft«, sagte er mit leichtem Glucksen in der Stimme.

»Du hast *was*?« Ninurta hob die Brauen.

»Die Tafel, auf der Hamurapi, Mäusekönig von Ugarit, dem

räudigen Shupiluliuma die Überstellung des assyrischen *tamkar* Awil-Ninurta zu Folter, Befragung und allgemeiner Verwendung mitteilt.«

Ninurta nickte langsam; sein Grinsen wurde breiter.

»Es steht da auch, daß dieser Assyrer unter dem Vorwand, Aufträge Hamurapis zu erledigen, mit dem bösen Feind in Ashur gesprochen und ihn gegen die Befehle der Hatti mit Waren und Kenntnissen versorgt hat. Gesetzesbrecher und Spitzel, bah bah bah.«

Lamashtu sagte: »Wozu hast du die Tafel gekauft, Herr?«

»Für meine Sammlung seltener und aufregender Gegenstände. Diesen Grund hat der Krieger halb verstanden. Ganz verstanden hat er, daß zwanzig *shiqlu* Silber für ihn und je einer für jeden seiner Krieger eine gute Sache sind. Und wenn er in Hattusha keine Sendschreiben abliefert, die einen Assyrer verzeichnen, wird in Hattusha niemand einen Assyrer vermissen. Er wird unterwegs abhanden gekommen sein; vielleicht ist er mit seiner Begleiterin in eine Schlucht gestürzt.«

»Aber ganz Tarkush weiß natürlich von der Suche.«

Buqar zerrte an einem seiner langen Ohrläppchen. »Das ist wahr, und es ist traurig. Alle wissen; jemand könnte euch sehen; irgendwer mag vielleicht die Hatti doch und meldet es der Festung. Ihr seid dann wahrscheinlich schon fort, aber mein Kopf sollte noch länger auf den Schultern bleiben, nicht auf einer Lanze.«

»Was sollen wir tun?«

Buqar blickte an sich hinab und verzog den Mund. »Warum stehe ich eigentlich im Kot? Mach Platz.« Er kam nun doch zu ihnen in die Kammer und ließ sich auf dem Bett nieder.

»Wir müssen weg, nicht wahr?« sagte Ninurta.

»Du sprichst nützliche Dinge gelassen aus, Freund. Ich habe bereits einen vertrauenswürdigen Diener losgeschickt.« Buqar beschrieb den Weg flußab, kaum tausend Schritte südlich der Stadt; dort beginne bei einer Gruppe von sechs Bäumen ein Pfad, der durch ein Nebental auf die westliche Hochebene führe, zu einem Gehöft. Der dortige Aufseher sei nicht nur zuständig für

Rinder, Früchte und Ziegen, sondern alsbald auch für die Bereitstellung von zwei Eseln, Kleidung, Vorräten und einem Nachtlager.

»Besser, wenn euch hier keiner sieht. Die Gemahlin – jene, der man gehorchen muß – wird sich die Augen ausweinen, daß sie den dummen Assyrer nicht verspotten durfte.«

Ninurta lächelte; er erinnerte sich an die junge Frau des Händlers, an ihre schnelle spitze Zunge und die angenehmen Abende. Damals. »Sprich ihr mein Bedauern aus. Niemand hat mich je so kunstfertig verhöhnt, und meine Leber schmerzt ob des Verlusts.«

»Ich gebe es weiter. Hilf mir.« Buqar streckte ihm die Hand hin; Ninurta zog ihn vom Bett hoch. Der Händler ging zu einem der Gestelle, verschob Gefäße und hielt zwei umwickelte, längliche Gegenstände in der Hand.

Ninurta nahm sie entgegen und öffnete die Verschnürung. Es waren zwei scharfe Kurzschwerter.

»Man weiß ja nie«, knurrte Buqar. »So. Und zwei gute Messer, damit ihr nicht hilflos gegenüber einem Braten seid. Und ... dies.«

Der Beutel, den er dem Assyrer reichte, wog etwa vier Minen und enthielt Gold und Silber: Bröckchen, Splitter, von Minenbarren abgeschlagene Scheiben.

»Halt den Mund«, sagte Buqar, als Ninurta ihm danken wollte. »Und macht, daß ihr wegkommt. Bald wird es dunkel; in der Dämmerung ist der Pfad gut zu gehen, und wenn man ihn einmal gefunden hat, auch in der Nacht.«

Wo das Abwasser in den Strom floß, lag ein kleines Boot. Lamashtu mußte sich legen, um vom Ufer aus unsichtbar zu sein; Ninurta, mit einem breitkrempigen Strohhut, wie ihn Flußfischer zum Schutz vor der Sonne trugen, kniete im Heck und lenkte mit dem Riemen. Der schnelle Fluß trug sie im Abendzwielicht bis dorthin, wo die Baumgruppe vom Wasser aus zu sehen war. Ninurta zog das Boot ins Uferried; ein Diener Buqars würde es holen.

Ungesehen erreichten sie den Pfad, der einem Bach folgte; nach

Norden, zur Stadt hin, schirmten Bäume und wucherndes Gebüsch sie ab. Als es dunkel wurde, waren sie schon am Ende des kleinen Tals, wo sich der Pfad hangaufwärts zur Hochebene schlängelte.

»Warum tut er das?« sagte Lamashtu irgendwann. »Ist er edel? Hängt er einem dieser neuen Glauben an, die sagen, daß jemand, der edle Dinge tut, nach dem Tod dafür belohnt wird?«

»Wir kommen alle ins gleiche trübe Schattenreich, wo Ereshkigals öde Herrschaft ist. Nein; Buqar wägt den Nutzen feiner ab als jede Waage. Wir haben gute Geschäfte gemacht. Shupiluliuma hat einen Krieg begonnen; vielleicht gibt es am Ende des Kriegs keinen Großkönig mehr, wohl aber Händler.«

Lamashtu pfiff mißtönend durch die Zähne. »Vielleicht mag er dich ganz einfach.«

»Einfach? Das ist, fürchte ich, zwischen Menschen das schwierigste aller Dinge.«

Sie blieb am Rand des schmalen Pfads stehen, den Rücken zur steilen Schwärze, hundert Mannslängen Schwärze bis zum Talboden, der nur eine hoffnungsvolle Mutmaßung war. Ninurta sah ihre Umrisse und ahnte einige Gesichtszüge erst, als er einen halben Schritt zur Seite getan hatte, so daß Lamashtu die schwachen Lichter von Tarsa mit ihrem Körper verdeckte. Die ersten Sterne und der halbe Mond, der über einem Grat hing, zogen Rauhreiflicht über Lamashtus Kopf und Schultern, und aus den Bergen kam ein kalter Hauch, ein erster Vorwinterwind.

»Schwierig?« sagte sie; etwas wie Verblüffung oder, vielleicht, Ungeduld gegenüber einem unverständigen Kind lag in ihrer Stimme. »Es ist ganz leicht, Ninurta. Ich mißtraue allen und mag wenige. Ganz einfach. Du magst viele und mißtraust ihnen trotzdem – *das* ist schwierig. Ich habe die Fesseln mit dem scharfen Stein zerschnitten und hätte dich zurückgelassen, wenn hier nicht alles fremd wäre. So einfach. Du hast mich freigelassen, damals; jetzt habe ich deine Fesseln zertrennt, unsere Rechnung wäre ausgeglichen. So einfach. Warum läßt du mich nicht zurück oder stößt mich in die Schwärze? *Das* ist schwierig.«

Ninurta nahm den Beutel in die linke Hand und streckte den

rechten Arm aus. Seine Augen hatten sich ans schwache Licht gewöhnt; er sah das verzerrte Lächeln und Lamashtus Zähne.

»Vielleicht hab ich Angst davor, mich allein zu langweilen. So einfach. Hör auf mit dem Unsinn; komm.«

Das verzerrte Lächeln schwand. Kurz berührte sie seine rechte Hand mit ihrer linken; sie war eisig.

BRIEF DES KORINNOS (III)

Es wandte sich nun in Troja mein Herr Palamedes, dessen Urteil in Dingen des Friedens ebenso viel galt wie in Dingen des Kriegs, an den Herrscher Priamos, und eine Versammlung des Rats der Ältesten und Reichen wurde einberufen. Im Rat beklagte Palamedes die von Alexandros begangenen Taten und nannte sie einen Bruch der überkommenen gegenseitigen Gastfreundschaft – von der ich dir dies und das berichtet habe. Dabei sprach er keineswegs von den Gefahren des Kriegs, in den die Achaier sich zu stürzen begehrten, um Troja zu plündern; auch erwähnte er nicht die Gefahren des anderen Kriegs, den die Trojaner mittelbar zu betreiben sich befleißigten, indem sie den Madduwattas von Arzawa ermunterten, die Hatti zu pieksen, und indem sie Söldner und (wenige) eigene Krieger nach Süden brachten, um zunächst auf der Insel Kypros, aber auch auf dem Festland westlich von Kilikien all jene zu stützen, deren Anliegen es war, das Hatti-Reich zu schmälern (und damit den Einfluß des Priamos zu spreizen). O nein, Palamedes gab viele Beispiele für die Unbill des Krieges und die Gedeihlichkeiten des Friedens. Ganz allgemein, und zweifellos ebenso rednerisch geschickt wie inhaltlich unehrlich. Zuletzt sagte er, wer sich von den Übeltätern nicht lossage, habe deren Verantwortung mitzutragen und werde gleich ihnen bestraft. (Bis heute frage ich mich, ob er da nicht von sich und Nestor und wenigen anderen redete – edlen Mykeniern, die gemeinsame Sache mit den achaischen Räubern machten.)

Priamos bat darauf um gebührliche Zurückhaltung; man solle nicht jene anklagen, die ob ihrer Abwesenheit kein Wort der Rechtfertigung sagen könnten. Man wolle weiter beraten, sobald Alexandros heimgekehrt sei. Die Gesandten wurden im Haus des Antenor untergebracht, eines aufrechten Mannes, der die Gesetze der Gastfreundschaft ebenso achtete wie die der Menschen und der Götter.

Einige Zeit darauf kehrte Alexandros mit seinen Brüdern und Helena, den anderen Frauen und der sonstigen Habe heim. Priamos sprach mit den Söhnen und ließ sich von ihnen berichten; währenddessen empfing seine Gemahlin Hekabe Helena. Die Spartanerin sprach zur Luwierin von den Vorzügen und Nachteilen dieser und jener Männergattung, erzählte von den unerfreulichen Gestalten namens Agamemnon und Menelaos, mit denen das Lager zu teilen ihre ältere Schwester Klytaimnestra und sie gezwungen worden seien. Zwar gehe in den meisten Fürstentümern, wie früher üblich, die Königswürde nicht nur an einen Sohn, sondern durchaus auch an eine Tochter und durch sie an den Schwiegersohn weiter, doch habe die Tochter keinerlei Rechte mehr, wogegen sie früher Königin gewesen sei, nicht nur Gemahlin. Später sprach sie auch mit Priamos, den sie unter Tränen beschwor, sie nicht den rohen Achaiern auszuliefern; überdies habe sie aus dem königlichen Haushalt – *ihr* Erbe, nicht Erbe des Menelaos – lediglich einige Gegenstände des täglichen Gebrauchs mitgenommen. Es könne weder von Entführung die Rede sein noch von Raub.

Am nächsten Tag betraten Menelaos und die anderen Gesandten den Raum, in dem der Rat versammelt war. Menelaos forderte harsch die Rückgabe der gestohlenen Güter und der geraubten Gemahlin. Wie bei den Trojanern üblich, aber bei den Achaiern verschmäht, erlaubte Priamos danach der Helena, ihre Sache selbst vorzutragen. Sie sagte, sie sei aus eigenem Willen aus einem trüben Palast und aus der Gemeinschaft mit einem über die Maßen öden Gemahl abgereist und habe nichts mitgenommen, was nicht ihr Eigentum sei. Sie wolle keinesfalls mit Menelaos zurückkreisen, und das gleiche gelte für die anderen Frauen.

Nach ihr ergriff Odysseus das Wort, hatte aber noch nicht viel gesagt, als Menelaos die Beherrschung verlor und zu brüllen begann. Außer sich vor Wut verließ er die Versammlung und zwang die anderen, ihm zu folgen. Ihr Gastgeber Antenor warnte die Fürsten: Dank Helenas Rede und Schönheit, die alle Trojaner bewegt habe, und vor allem dank des schlechten Betragens von Menelaos seien sie in Troja nicht mehr sicher; er riet ihnen, bald abzureisen, solange er sie noch schützen könne.

Dies taten sie; am nächsten Tag bestiegen sie ihre Schiffe. Menelaos, Palamedes und Odysseus fuhren westwärts heim über das Meer, zur Beratung mit den übrigen Fürsten von Achiawa in Argos, dem Königssitz des Diomedes. Man lauschte den Berichten über die Vorgänge in Troja und erörterte alles. Am Ende beschlossen sie, daß es unvermeidlich sei, Priamos und seinem Reich den Krieg zu erklären. Jeder solle die nötigen Vorbereitungen treffen, die waffenfähigen Männer versammeln, Rüstung betreiben und Vorräte horten. Sie kamen überein, sich binnen kurzem wieder in Argos zu treffen.

Zur festgesetzten Zeit erschien als erster Aias, Sohn des Telamon aus Salamis, überaus berühmt ob seines Mutes und seiner Kraft. Mit ihm kam sein Bruder Teukros. Nicht lange danach trafen Idomeneus und Meriones ein; dann Nestor mit seinen Söhnen Antilochos und Thrasymedes; ihnen folgte Peneleus mit seinen Verwandten Klonios und Arkesilaos. Danach die Fürsten Boiotiens, Prothoenor und Leitos, ebenso Skedios und Epistrophos aus Phokis, Askalaphos und Ialmenos aus Orchomenos, ferner Diores, des Phyleus Sohn Meges und Thoas, Sohn des Andraimon. Aus Ormenion kamen Eurypylos, Sohn des Euaimon, und Leonteus.

Nach diesen traf Achilleus ein, Sohn des Peleus und der Thetis. Er war damals in den ersten vollen Mannesjahren, groß, von angenehmem Äußeren, und er übertraf alle Männer an Tapferkeit, dem Streben nach Ruhm und dem Eifer, kriegerische Taten zu vollbringen. Allerdings neigte er auch zu überstürzten Gewalttaten und einer Wildheit, die sich über alles Herkommen hinwegsetzte. Bei ihm waren Patroklos und Phoinix, der erste sein Vetter und getreuer Freund, der zweite sein früherer Vormund und Lehrer. Als nächster kam Herakles' Nachfahr Tlepolemos, gefolgt von Phidippos und Antiphos, ebenfalls Nachkommen des Herakles, prächtig anzusehen in prangendem Waffenschmuck. Danach Protesilaos und Podarkes, Söhne des Iphiklos. Ebenso anwesend Eumelos aus Pherai, dessen Vater vor langer Zeit dem Schicksal einen Streich gespielt hatte, als er seine Frau statt seiner sterben ließ. Podaleirios und Machaon, Söhne des Asklepios aus Trikka, wurden wegen ihrer Kenntnisse der Heilkunst zum Heer gerufen.

Der nächste war Philoktetes, Sohn des Poias und Erbe der wunderbaren Pfeile des Herakles. Desgleichen der hübsche Nereus; Menestheus aus Athen; Aias, Sohn des Oileus, aus Lokris; und aus Argos Amphilochos, Sohn des Amphiaraos, dazu Stheneleus, Sohn des Kapaneus, bei ihnen auch Eurylos, Sohn des Mekistheus. Schließlich aus Aitolien Thessandros, Sohn des Polyneikes, und zum Schluß Demophoon und Akamas.

Es folgten noch zahllose andere; von diesen kamen manche aus den eigenen, entlegenen Fürstentümern, andere gehörten zum Gefolge von Fürsten, die meisten kamen aus dem Königreich Argos selbst.

Diomedes hieß sie alle willkommen und sprach von den Notwendigkeiten des Kriegs. Agamemnon, der eine ungeheure Menge Gold aus Mykene mitgebracht hatte, gab jedem einen Teil davon, daß alle sich williger auf den Krieg vorbereiten könnten. Sie legten einen Eid ab, und zwar auf diese Weise: Der Seher Kalchas, Sohn des Thestor, ließ einen Eber in die Versammlung bringen, schnitt ihn in zwei Hälften, legte diese gen Westen und gen Osten und befahl allen, mit gezogenem Schwert zwischen den Hälften hindurchzugehen. Sie tauchten die Schwertspitzen in das Blut des Ebers und bekundeten ihre Feindschaft gegenüber Priamos, schworen, nicht vom Krieg abzulassen, ehe sie nicht Ilios und das ganze Reich des Priamos geplündert haben würden. Danach nahmen sie heilige Waschungen vor und baten mit Brandopfern um die Gunst der Götter.

Dann beschlossen sie, im Tempel der Hera einen Führer zu wählen. Sie schrieben mit phoinikischen Zeichen Namen auf Scherben, und der meistgenannte war der des goldenen Agamemnon. So übernahm er die Lenkung des Krieges und der Krieger. Man befand, daß ihm diese Aufgabe zu Recht zugefallen sei, weil er wegen seines ungeheuren Reichtums als größer und ruhmreicher galt denn alle anderen Fürsten.

Danach wurden Achilleus, Aias und Phoinix zu Herren der Schiffe bestimmt, während Palamedes mit Hilfe von Diomedes und Odysseus das Heer befehligen sollte.

Als diese Dinge festgesetzt waren, brachen alle auf, jeder in seine Heimat, um die Rüstung und andere Vorbereitungen zu vollenden: Waffen für den Nahkampf, Wurfgeschosse, Pferde und die Schiffe.

Im Frühling des fünften Jahres sammelte sich das Heer bei Aulis. An Schiffen hatte man gebaut insgesamt eintausendzweihundertzweiundzwanzig; sie kamen aus allen Ländern und Städten Achiawas und von den Inseln Rhodos, Kos, Kreta und anderen. Auch die sonstigen Vorräte an Getreide, Waffen, Streitwagen, Pferden und Schlachtvieh waren gewaltig. So jedenfalls erschien es uns damals. Aber niemand schien je ausgerechnet zu haben, wie lange zwanzigtausend Männer von zweitausend Rindern leben können und wieviel Korn, von Pferden gefressen, wie viele Männer wieviel länger ernähren könnte. Du, edler und bedächtiger wiewohl seßhafter Rome, o mein Freund Djoser, hättest alles besser geplant, denke ich.

6. DJOSERS LAST UND ZAQARBALS LIST

Unter den Schiffen, die zwischen den beiden aufgeschütteten Wellenbrechern am Strand des Hafens von Koriyo lagen, war kein Kampfschiff, auch keiner jener großen Frachter, die von den Hatti zum Übersetzen ihrer Krieger auf die Insel benutzt wurden. Djoser stand auf dem erhöhten Achterdeck der *Yalussu*, betrachtete das Bild der Stadt im Sonnenuntergang, die hellen flachen Häuser, die grünen Gärten, die leicht ansteigenden Hänge mit Obstbäumen und Sträuchern. Die Burg auf der Akropolis. Außerhalb des Orts, nach Westen hin, ein Lager aus Zelten und zerlegten Schiffen; Hatti taten so etwas nicht, sie bauten Holzfestungen und ließen die Schiffe heil. Beim Lager waren auch nur wenige Streitwagen. Zahlreiche Fußkämpfer, wenige Streitwagen – es mußte sich um Söldner und Krieger der vertriebenen Fürsten von Alashia handeln.

Als die *Yalussu* in den Hafen fuhr, erkannte er eines der vor dem Strand ankernden Schiffe: die *Kerets Nutzen*. Fischerboote lagen dort, wurden für den nächtlichen Fang bereitgemacht; zwei bereits auslaufende hatten Tashmetus Schiff für ihn zunächst verdeckt. Der Rome seufzte. Zaqarbal und die *Kynara* würden erst nach Sonnenuntergang ankommen; die Handelsherrin Tashmetu würde alles aus Djosers Mund hören.

»Wer zu früh kommt, den strafen die Götter«, murmelte er.

Tsanghar blickte von den seltsamen Holzrädchen und Seilen auf, mit denen er unbegreifliche Dinge basteln wollte, seit die Seekrankheit und der Kopfschmerz ihn verlassen hatten. »Was plagt deine Leber, Herr?« Dann folgte er Djosers Blicken. »Ach«, murrte er. »Nun ja. Dein Vergnügen.«

Nach Sonnenuntergang hatten sie den Hafen von Ugarit verlassen, nur kurz, wie sie dem Kaimeister sagten: Die Sklaven, die am nächsten Tag dem König übergeben werden würden, sollten noch einmal rudern, damit die Händler und ihre Steuerleute feststellen konnten, ob die Ladungen ordentlich verstaut und befestigt seien und ob die Schiffe sich lenken ließen. Außerhalb des Hafens, umfangen von den gnädigen Schleiern der Nacht, steuerten sie nach Süden und ankerten etwa eine Meile entfernt von der südlichen Landzunge und vom Viertel der Gerber.

Es war eng an Bord der Schiffe, mit all den Sklaven und Lagerarbeitern samt Familien und den Seeleuten. Zaqarbal hatte auf dem anderen Schiff ein Öllicht angezündet, hinter grünlichen Glasstücken, die den Wind abhielten.

Mitten in der Nacht kam dann der alte Menena mit einem kleinen Ruderboot, in dem Menenas runzlige Frau den blutüberströmten Kopf des Freigelassenen Tsanghar im Schoß barg. Menenas Geschichte (und die von Tsanghar) war einfach, erwartet und unerfreulich. Tsanghar und Lamashtu hatten Ninurta schützen wollen; Bewaffnete – möglicherweise Hatti – hatten den Händler beim Verlassen des Palasts niedergeschlagen, ebenso Tsanghar. Den Kashkäer ließen sie liegen, da er sich nicht mehr regte; Ninurta und Lamashtu wurden weggebracht, nach Norden, wo die Hatti im Sommerpalast des Königs hausten. Als niemand zum Lagerhaus der Händler zurückkehrte, war Menena losgezogen, hatte Tsanghar gefunden, der eben wieder zu sich kam und erzählte, was zu erzählen war; zwei Jungen, die sich beim Palast herumtrieben, erzählten alles Weitere. Und als Menena mit Tsanghar, den er halb stützte und halb schleppte, wieder in die Nähe des Lagerhauses kam, sah er dort Fackeln und hörte Waffen klirren: Krieger des Königs. Er sei nicht ganz sicher, sagte er, glaube aber, Rap'anu sei bei den Kriegern gewesen. Sicher dagegen war er, was eine andere Person betraf: Der Gesandte des Großkönigs, oft in der Stadt, ansonsten zwischen Ugarit und Hattusha reisend, stand bei der Truppe und gab Anweisungen.

Morgens, als sie die Anker einholen und den ablandigen Frühwind ausnutzen wollten, sahen sie aus der Ferne sieben

Schiffe, die von der Landungsstelle am Sommerpalast ablegten und nach Norden fuhren. Menena ruderte noch einmal an Land und kam bald zurück mit der Nachricht, daß die Hatti Verbrecher, Sklaven und andere Gefangene, darunter einen ohnmächtigen Mann und eine schmächtige Frau, die sich um ihn kümmerte, an Bord der Schiffe gebracht hätten; das Ziel sei Ura.

Und nun? Djoser trat zurück an die Heckwand, um die Seeleute und die beiden Steuerleute nicht zu behindern. Das Segel wurde umwickelt und festgemacht; längs und quer über das Schiff verlaufende Leinen mußten gestrafft oder gelockert, gelöst oder befestigt werden; der Steuermann an der rechten Seite rief irgend etwas, das sich auf die Anzahl der noch erforderlichen Ruderschläge bezog. Bald würde die *Yalussu* mit geringer Restgeschwindigkeit den Strand erreichen und mit Knirschen und Rucken den Bug auf den Sand schieben. Dann würde Djoser nach letzten Anweisungen von Bord gehen und Tashmetu auf der *Kerets Nutzen* die guten Nachrichten überbringen.

Er haßte die Aussicht darauf, die die Aussicht auf den Hafen, die Häuser, das Land und die Bucht besudelte. Häßliche Häuser, häßliche Stadtmauern, eine abscheuliche Burg, in der ekelhafte Menschen sitzen mußten. Er versuchte sich an einen Satz seines Vaters zu erinnern – wann war das gewesen? Vor fünfundzwanzig Jahren? Djosers Vater, erfolgreicher Händler mit einem außerordentlichen Einfall. Kewab hatte Jahre zuvor vom uralten Herrscher Userma-atre-setepenre die Erlaubnis erbeten und erhalten, unnützes Kleinzeug, Bruchstücke, Trümmer, Splitter aus den königlichen Steinbrüchen abräumen zu dürfen, gegen Zahlung von zwei Schafen oder ihrem Gegenwert in anderen Waren, zwei Schafe jeden Mond. Erstaunlich, welche Preise sehr bald wohlhabende Männer für Brennziegel aus Ton, Steinstaub und Splittern zu zahlen bereit waren, für kleinste behauene Stücke zur Verwendung beim Hausbau in der großen Stadt, die so weit unterhalb der Steinbrüche am Fluß lag ... Fünfundzwanzig Jahre, ja; Kewab hatte seinem damals sechsjährigen Sohn, der mit aufgerissenen Augen und einem Würgen im Hals dastand und starrte, diese unvergessene wiewohl unbehagliche Wahrheit gesagt: »Wenn etwas

Unerfreuliches getan werden muß, mein Sohn, tu es sofort, ehe es noch unerfreulicher wird.« Dann hatte der dunkelhäutige Sklave und Freund des Vaters dessen Arme gepackt und festgehalten, und der Heiler hatte mit einer schartigen Säge die Splitter und Fetzen, die einmal Kewabs linker Unterschenkel gewesen waren, am Knie abgeschnitten. Ein Karren mit Steinen, zu hoch beladen, zusammengebrochen, als Kewab danebenstand.

Djoser wußte (und bedauerte, manchmal), daß er von den Eltern Schwere, Ernst und Frömmigkeit geerbt hatte. Die Frömmigkeit hatte den Umgang mit anderen Menschen und tausend anderen Göttergeschichten nicht überdauert, aber... Er kratzte sich den Kopf. Es half nichts. Zaqarbal könnte das jetzt besser erledigen, würde das, was geschehen war, der Handelsfürstin zweifellos schmackhafter übermitteln. Zaqarbal hatte andere Weisheiten, schmackhaftere – »was du heute kannst verschieben, das verschiebe nicht erst morgen«, oder so ähnlich. Die Erinnerung an den Satz, eine Art Vers in der Sprache der Chanani, sorgte dafür, daß Djoser in dieser anderen Sprache weiterdachte, in der Djeden Sidunu hieß und Iqarat Ugarit, und in der er Tashmetu etwas Unerfreuliches sagen mußte, ehe es noch weniger schmackhaft wurde.

Sie saß im Heckraum, unter dem erhöhten Deck, in einem geschnitzten, mit den Bodenplanken verleimten Armstuhl aus schwarzem Holz mit Einlagen aus Elefantenzahn. »Ist er auf dem anderen Schiff?« sagte sie nach der Begrüßung.

Dann lauschte sie. Im unsteten Licht der beiden Öllampen, die in der Abendbrise flackerten (als ob die nahende Nacht und meine Nachricht das Leuchten mit Schwärze versetzten, dachte er), erstarb das grüne Sprühen ihrer Augen. Djoser hatte sich nicht auf den leichteren Klappstuhl gesetzt; er lehnte an der Trennwand zum Hauptdeck, redete, blickte weg von Tashmetus Augen, sah die schweren teuren Kisten, die weichen dicken Teppiche, den Wandbehang aus feinster vielfarbiger Wolle, der eine Löwenjagd darstellte, sah den Tisch an und das breite Bett, die Felle und Kissen und Decken, auf denen sie sich jetzt mit Ninurta hätte wälzen sollen, schaute dann wieder in das beherrschte Gesicht, die schimmernde Haut, braun wie aus Sahne und Honig frisch gebranntes Naschwerk, das Grübchen im Kinn, die hohen Wangenknochen, die Augen, die geöffnet waren und nicht mehr leuchteten: Fenster zu einem hellen Raum, plötzlich von feinen Vorhängen geschützt. Damit die Wärme nicht hinaussickerte, oder damit kein Luftzug hereinkam?

»Es ist wohlgetan«, sagte sie mit rauher Stimme, als er fertig war. »Ihr habt getan, was getan werden mußte. Und wir hatten recht mit unseren mißtrauischen Überlegungen.«

Djoser löste sich von der Trennwand. Er wischte sich die Stirn, fühlte Schweiß unter den Armen und am Rücken, kalten Schweiß; langsam ließ er sich auf den Klappstuhl sinken. »Nicht mißtrauisch genug«, sagte er. »Sonst hätte er dafür gesorgt, daß nicht nur Lamashtu und Tsanghar in der Nähe sind.«

Tashmetu verschränkte die Arme, wie eine machtlose Wehr. »Dann hätten nicht sechs, sondern zwölf Hatti auf ihn gewartet. Oder drei Dutzend. Er wußte, was ihn möglicherweise erwartete, und wir haben in der letzten Nacht darüber gesprochen.« Sie versuchte ein Lächeln, beugte sich vor und legte die Rechte auf Djosers linken Unterarm. »Schüttle die scharfkantigen Steine von deiner Leber, Rome. Es ist nicht deine Schuld. Er hat damit gerechnet. Er hat auch gesagt, wenn die Unterredung mit Hamurapi einen Tag später stattgefunden hätte, wenn sie zu verschieben gewesen wäre, wäre sie gar nicht zustande gekommen; er wäre mit den beladenen Schiffen losgesegelt, ohne abzuwarten, was der König sagt.«

Djoser kaute auf der Unterlippe. Er und Zaqarbal hatten erwogen, den sieben Hatti-Schiffen zu folgen, in der Hoffnung, irgendwo, vielleicht in Ura, etwas tun zu können. Er sagte es, und Tashmetu schüttelte den Kopf. Gegen sieben Schiffe mit Kriegern sei nichts zu unternehmen, und Ninurta selbst habe ja angeordnet, daß die in langen Jahren des Handels aufgehäuften Schätze nicht wegen eines Mannes aufs Spiel zu setzen seien.

»Habt ihr denn alles an Bord bringen können, ohne daß Zöllner und Kaimeister es bemerkt haben?«

Djoser grinste schwach. »Ninurtas List, Herrin. Sie haben zahlreiche Gefäße mit Öl, Wein, Getreide, Früchten, Fisch und anderen Dingen gezählt und den Wert des Inhalts berechnet. Der Inhalt ist nahezu wertlos – jedenfalls der Inhalt, den sie gesehen haben. Alles auf Karren, damit sie nicht bemerken, wie schwer die Gefäße sind. Unter dem Öl und dem Fisch und den anderen Dingen ist Silber; alle Gefäße zur Hälfte voll Silber.«

»Kein Gold?«

»In Ugarit zahlt man vier *shiqlu* Silber für einen *shiqlu* Gold; in Ashur und Mari ist der Preis zehn zu eins. Wir haben alles Gold am träge fließenden Purattu gelassen.« Jetzt grinste er ganz offen. »Aber das Wichtigste sind die Gefäße selbst, und die Kette, mit der die Sklaven, die Hamurapi entgangen sind, aneinander befestigt waren.«

Tashmetu hob nur stumm die Brauen.

»Eisen«, sagte Djoser.

»Welche Art? Aus den tiefen Bergen – *parzillu*?«

»Nein, Herrin; reines *ashiu*, aus Steinen vom Himmel. In Ashur gibt man zwei *shiqlu* davon für einen *shiqlu* Gold. Es gab nicht genug, so daß wir auch Silber nehmen mußten; aber es gibt dort und in anderen Orten am Purattu gute Schmiede.«

»Wieviel habt ihr davon?« Tashmetu beugte sich vor; die Augen sprühten wieder ein wenig. Die Handelsherrin sprach, nicht die Geliebte des verschollenen Assyrers.

»Fast fünfhundert Talente – das Gewicht von zweihundert Männern.« Djoser bemerkte, daß die eigene Stimme ungläubig klang. »Im Norden wiegt man es mit Gold auf – wöge man es mit Gold auf, wenn es dort genug Gold gäbe. Silber gibt es; fünfzehn zu eins, vielleicht sogar zwanzig zu eins, je nachdem. Dieses Silber wird dann in meiner Heimat zwei zu eins gegen Gold getauscht, das Gold zu den Städten am Purattu... Aber wir wissen ja nicht, ob wir Ugarit noch einmal anlaufen können.«

»Ugarit ist nicht der einzige Hafen. Aber er wird uns lange verschlossen bleiben.«

Auch Tashmetus Geschäfte und Besitztümer waren in jener Nacht von Kriegern des Königs besetzt worden. *Die Gespielin mei-*

nes Feindes ist meine Feindin. Hamurapis Schatz, von den Hatti immer wieder zu Kriegsabgaben herangezogen, würde diesen Plünderungen nun länger standhalten; die edlen Kaufherren von Ugarit mochten ergrimmt sein, daß der König einen der ihren so behandelte, aber andererseits war Ninurta (wie Djoser, wie Zaqarbal) ein Fremder, in der Stadt lediglich geduldet, ein erfolgreicher Wettbewerber, nun ein Wettbewerber weniger. Und Tashmetu, Frau und frühere Sklavin trotz der besiegelten Annahme an Sohnes Statt durch Keret, war eben eine Frau und frühere Sklavin, der man nicht nachweinen würde.

Djoser wollte noch einmal hören, daß Tashmetu die Fahrt zum Hafen an der Südküste Alashias billigte.

»Ura ist eine Festung«, sagte sie. »Gräm dich nicht. Es war nicht anders möglich. Ihr hättet in Ura nichts ausrichten können. Und, nicht zu vergessen, bald beginnen die Herbststürme. Vorher sollten wir ans Ziel gelangen.«

»Ninurta sagte, du wirst deinen Besitz und deine Kenntnisse in die Gesellschaft einbringen. Die Anteile müssen errechnet werden, aber... warum hast du alles verlassen, Herrin?«

»Wenn ich in Ugarit geblieben wäre, hätte der König nicht nur meinen Besitz, sondern auch mich selbst beschlagnahmt. Der Freund meines Feindes... du kennst das. Und die Aussicht, jahrelang zur Kriegswirtschaft unter Hatti-Befehl beitragen zu müssen, war nicht verlockend. Selbst wenn ich nicht bedroht gewesen wäre.« Sie lächelte. »Außerdem heißt es, daß man reisen soll, wenn man klüger werden will. Und ich bin nie weit gereist. Aber wir sitzen hier und reden und vergessen die Dinge des Leibes. Hast du Hunger, Durst?«

»Ein Schluck Wein wäre willkommen, Herrin.«

Sie langte neben sich, wo auf dem Boden schwere Tonkrüge standen, goß Wasser und Wein in zwei Becher, die sie aus einem an der Wand hängenden Kistchen nahm, und schob Djoser einen davon hin.

»Auf abwesende Freunde«, sagte der Rome leise.

Jäh senkte sich der Schleier wieder vor die Augen. Sie trank schweigend.

Djoser suchte nach einer Ablenkung. »Wie du weißt, ist unser eigentliches Lager nicht in Yalussu, trotz des Namens der Gesellschaft.«

»Ich weiß. Ninurta hat mir von eurer Insel erzählt. Und davon, daß zur Gesellschaft auch Frauen gehören, als rechtmäßige Teileigner.«

Man hatte die kleine felsige Insel westlich von Roddu (Rhodos, wie die Achaier sagten) vor Jahren zufällig entdeckt. Felsen, Riffe, kaum Grün – die Insel lag abseits der gewöhnlichen Handelswege und lockte niemanden an, der sie von weitem sah. Von See aus unsichtbar gab es jedoch ein grünes, üppig bewachsenes Tal hinter den Felswällen; es gab Süßwasserquellen, unzugängliche Höhlen und eine vom Meer aus nicht einmal zu ahnende große Grotte für die Schiffe.

»In Yalussu haben wir Lagerhäuser. Dort werden wir alle unzuverlässigen Leute aussondern.«

Tashmetu nickte. »Ich habe damit gerechnet. Eure überzähligen Sklaven und ein Teil meiner Besatzung, nicht wahr?«

Während sie über die Insel sprachen, lauschte Djoser immer wieder in die Nacht. Kein Knirschen eines Bugs auf Sand, keine locker federnden Schritte. Zaqarbal war noch nicht angekommen. Widerstrebend sagte sich Djoser, daß ihm dies durchaus recht war; er genoß es, ohne den Mann aus Sidunu und seine allzu hurtige Zunge hier zu sitzen und mit der schönsten Frau von Ugarit, die noch dazu klug und reich und anmutig war, Wein zu trinken. Dann erschrak er ein wenig über diesen Gedanken. Und dessen Weiterungen.

Tashmetu setzte ihren Becher ab und schnipste vor seinem Gesicht mit Daumen und Mittelfinger der Rechten. »Träumst du, Rome?«

»Vergib mir, Tashmetu – ich war in Gedanken.«

»Weit weg oder in der Nähe?«

Er fühlte sich unbehaglich und versuchte zu lachen; die grünen Augen schienen in irgendwelche Winkel seines Inneren zu schauen, in denen er lieber allein herumlungern wollte. Jedenfalls zu diesem Zeitpunkt.

»Sowohl als auch«, sagte er.

Sie hob einen Mundwinkel. Verächtlich, spöttisch, aufmunternd? Er wußte es nicht.

»Du lügst nicht gut, Djoser. – Glaubst du, er ist tot?«

»Ich möchte es ihm fast wünschen«, sagte er ernst. »Was auf ihn wartet, könnte schlimmer sein als der Tod. Die anderen, die man auf die Schiffe nach Ura gebracht hat, sind Sklaven, Verbrecher, säumige Schuldner, Gefangene aus kleineren Grenzgefechten mit Arami. Sie werden für die Hatti rudern oder kämpfen oder in Steinbrüchen arbeiten, nehme ich an. Aber wie ich deinen edlen König kenne, hat Hamurapi mit Ninurta Besseres vor – besonderes Geschenk des Herrn von Ugarit an Shupiluliuma. Der, wie wir alle wissen, Assyrer besonders liebt.«

»Kann man den Hatti entkommen?«

Djoser breitete die Arme aus. »Wenn einer über Bord fällt, kann er ertrinken. Er kann auch schwimmen. Wenn er viel Glück hat, kommen Schweinsfische vorbei und tragen ihn an Land.«

»Ninurta ist gerissen.« Sehnsucht klang aus der Stimme. »Diese Frau, die bei ihm ist...?«

»Lamashtu?« Djoser berichtete vom langen Marsch durch die Steppe, von Ninurtas Verletzung, von Lamashtu, Tsanghar und Adapa, die geholfen hatten, ihn zu heilen, und dafür freigelassen wurden. »Sie ist... herb«, sagte er schließlich. »Ich glaube, sie hat Schlimmes erlebt. Und überlebt. Vielleicht auch dies.«

»Es könnte sein, daß beide im nächsten Sommer auftauchen. Oder daß beide jetzt schon tot sind.«

»Erst wird der Herbst enden, dann kommt der Winter, danach?« Djoser hob den Becher. »Wir wollen zusehen, daß der Winter erträglich wird. Daß wir schnell zur Insel kommen, ehe die Stürme einsetzen. Daß wir in Yalussu die Unzuverlässigen ausscheiden. Und« – er gluckste – »daß wir in Yalussu Gänse kaufen.«

»Gänse? Wozu willst du Gänse kaufen?«

»Man kann sie rupfen und braten. Das Fleisch wärmt im Winter, aber nicht nur dann, den Leib. Und die Federn, zerschnitten und in Tücher gehüllt, sorgen für ein warmes Lager.«

»Da gibt es andere Möglichkeiten.« Sie sah ihm in die Augen. »Ist das alles, wozu du Gänse brauchst?«

Er bewegte sich auf dem Stuhl; ihm war heiß und kalt zugleich. »Es hat mit dem Krieg zu tun«, sagte er mühsam. »Im Krieg braucht man Waffen. Schwerter aus Eisen sind besser als die aus *siparru*. Wir haben gute Schmiede auf der Insel. Nicht genug Holzkohle und Brennholz; diese Dinge müssen wir auf die Insel bringen. Aber wenn der Krieg uns nun in Gefahr bringt und den Handel beschränkt, wollen wir wenigstens versuchen, an den Kriegern zu verdienen. – Wie ist die Lage hier, in Koriyo und überhaupt im Westen der Insel?«

»Söldner.« Die Ugariterin wies dorthin, wo in der Dämmerung außerhalb des Schiffs Land war. »Einige Krieger der vertriebenen Stadtfürsten, ein paar Kämpfer, Luwier, die Madduwattas geschickt hat – viele kann er nicht entbehren. Ein paar Leute aus Wilusa sind auch dabei. Vor allem aber fremde Söldner. Aus dem hohen Norden, aus dem Westen, von fernen Inseln. Thraker, Paionen, Illyrier, Shardanier, Tyrser.«

Sie schien in entlegene Fernen zu starren; ihr Blick wirkte verirrt, verloren. »All die fremden Gegenden, die ich nie gesehen habe; vielleicht jetzt... bald...«

Djoser räusperte sich. »Ah, hm, die Gänse. Man kann sie benutzen, um Eisen noch besser zu machen.«

»Eisen durch Gänse verbessern?« Tashmetu schüttelte den Kopf. »Was ist das für eine alberne Kindergeschichte?«

Stimmen; Schritte im Sand; jemand kam pfeifend an Bord.

»Das muß Zaqarbal sein.« Djoser atmete beinahe auf. »Die Sache mit den Gänsen erzähle ich dir später.«

Zaqarbal verließ die *Kerets Nutzen* lange vor Mitternacht; im Raum unter dem Achterdeck war es ihm zwiefach stickig, und er hatte sich nach Kräften bemüht, überzeugend zu gähnen. Tashmetu wollte noch etwas mit Djoser besprechen, sagte sie; der Rome, sichtlich unbehaglich, wollte eigentlich gehen, mußte aber bleiben. Wahrscheinlich, dachte Zaqarbal, wußte Djoser nicht, wie ihm geschah.

Er gluckste leise, als er zur Schiffsmitte gelangt war und sich über die Bordwand in den Sand des Strandes gleiten ließ. Ein paar Schritte entfernt (nah genug zur Wacht, weit genug vom Schiff gegen Funkenflug) hockten die Leute der Besatzung um ein langsam niederbrennendes Feuer. Er sah genauer hin; einige lagen und schliefen vermutlich längst; die Hockenden unterhielten sich leise. Er kannte die Männer nicht, zweifelte aber keineswegs daran, daß der alte Keret gute Leute ausgesucht hatte. Und Tashmetu war klug – so klug, daß sie ihre erste Seereise nicht mit Männern unternähme, denen sie nicht trauen konnte.

Zaqarbal ging zum Feuer, kniete neben den hockenden Seeleuten nieder, wechselte ein paar Worte mit ihnen. Belanglosigkeiten – die Fahrt, der Seegang, die Segeleigenschaften des Schiffs.

»Na gut«, sagte er schließlich. »Schlaft sandig, ihr Herren der See. Und wenn ihr etwas braucht, oder wenn dem Schiff etwas fehlt...« Er deutete auf die Umrisse der *Kynara*, die einen Steinwurf vom Strand vor Anker lag und auf der leichten Nachtdünung schaukelte.

Kynara... Die Alashierin würde ihn wie immer fragen, ob er gefälligst unausgesetzt an sie gedacht habe. Ein nettes altes Spiel. Sie wußte, daß er die Vielfalt liebte, auch bei Leibesübungen, und er wußte, daß sie nicht den ganzen Sommer auf der Insel allein schlief. Es war eher eine leichte Verspottung derjenigen unter den Männern und Frauen, Händlern und Handwerkern der Insel, die aus achaischen oder mykenischen Gegenden kamen und zum Teil der unbegreiflichen Überzeugung anhingen, daß man sich lebenslänglich immer wieder nur mit einem Mann oder einer Frau zu paaren habe. Er verstand, daß ein König oder Stadtfürst sein Bett sorgsam hütete, denn der Thron stand nah daneben, und wer mit der Fürstin das Lager teilte, mochte allzu leicht von ihr auf den Thron steigen, um auch die Macht zu begatten. Sachliche Gründe; aber bei den seltsamen Geschöpfen des Nordwestens gab es oft unbegreifliches Gefühlsgewöll. In Sidunu gingen Knaben und Mädchen, wenn sie reif waren, in den Ishtar-Tempel, wo sie von denen, die im Vorjahr erstmals hineingegangen waren, am ganzen Leibe unterwiesen wurden. Wer es sich leisten konnte, hatte später eine Hauptfrau und mehrere daneben, keine Frage der Gefühle (jedenfalls nicht vorrangig), sondern der Kosten, und zweifellos gab es in anderen Weltgegenden Frauen mit Haupt- und Nebenmännern. Er dachte den Namen *Tashmetu* und schnalzte leise. Schön, klug, reich, begierig, kundig, eingedenk... welcher Mann würde nicht gern – dann verbesserte er sich, wiederum glucksend. Welcher Mann nicht? Djoser natürlich; der Rome hielt seinen Körper in Ordnung, wie man ein Schiff in Ordnung hält, aber er schien keine Bedürfnisse zu haben, oder jedenfalls keine große Lust. Wenn er sich nicht sehr irrte, sah Tashmetu das anders. Zaqarbal kannte Djoser seit sechs Jahren, seit Ninurta sie beide an Bord genommen hatte, und irgendwie konnte er sich nicht vorstellen, daß – aber warum denn nicht?

Und Ninurta war weit, am anderen Ende der Welt, tot oder als Gefangener der Hatti so gut wie tot, und der Winter auf der Insel würde für Tashmetu und Djoser nicht so lang, und was wollte der Mann, der oberhalb des Ankerplatzes der *Kynara* im Sand gesessen hatte und sich nun erhob?

»Einer der Handelsherren von Yalussu?«

Zaqarbal legte die Hand an den Griff des kurzen Schwerts. »Wer will das wissen?«

Der andere lachte kurz. »Mein Herr.«

»Bedeutende Auskunft, Fremder. Wer bist du, wer ist dein Herr?«

Der Fremde wies hinter sich, ins Dunkel. »Mein Herr sitzt dort in einem bequemen Zelt und wartet darauf, mit einem der Yalussu-Händler Wein trinken zu können.«

Zaqarbal stieß einen schrillen Pfiff aus; an Bord der *Kynara* schwenkte jemand ein Licht, und weiter strandab, wo die Leute der *Yalussu* lagerten, glomm das Feuer auf, als sich Gestalten bewegten, die es bis jetzt verdeckt hatten.

»Meine Mutter«, sagte Zaqarbal ohne besonderen Nachdruck, »hat mir gesagt, ich solle mit schönen Unbekannten schlafen, aber nie mit häßlichen Unbekannten Wein trinken.«

Der Fremde lachte wieder. »Mein Herr ist weder schön noch

häßlich. Zweifellos will er nicht mit dir schlafen, aber er wird sich wundern, daß einer in deinem Alter noch Ratschläge der Mutter befolgt.«

»Einen guten Rat würde ich selbst dann befolgen, wenn er von dir käme.«

»Dann will ich dich beraten.« Der Mann blickte zur dunklen *Kynara*, wo lautes Platschen verriet, daß mehrere Leute ins Wasser sprangen; vom Lagerplatz der *Yalussu*-Besatzung näherten sich Umrisse. Umrisse, die längliche Dinge hielten, die im schwachen Licht des Mondes und der Sterne blitzten.

»Berate mich gut.«

»Laß dich von einigen Männern begleiten, bis du siehst, daß dir im Zelt meines Herrn Mukussu, den die Achaier Mopsos nennen, keine Gefahr droht.«

»Ah.« Zaqarbal lächelte. »Mukussu, den sie Mopsos nennen? Jener Seher, der den großen Kalchas im Seherwettstreit so arg demütigte, daß Kalchas dem Land Asia den Rücken kehrte und zu den Achaiern überlief? Mukussu, wichtigster Berater des Madduwattas?«

»Eben jener.«

Männer von der *Kynara* und der *Yalussu*, die meisten mit Schwertern oder langen Messern, umringten sie.

»Was ist los, Herr?« sagte Tuzku, einer der beiden Steuerleute der *Yalussu*. Im Licht des Viertelmonds wirkte sein schon tagsüber fast gläsernes Gesicht wesenlos.

Zaqarbal hob die Hand, die nicht mehr am Schwertgriff lag. »Danke, Freunde. – Sag deinem Herrn, daß ich nicht daran denke, im Zelt eines Sehers zu trinken, der den großen Kalchas bezwungen hat. Auch dies ein Rat meiner lieben Mutter, der klügsten Frau von Sidunu: daß man sich Priestern und Hexern nur von einer Seite nähern soll, nämlich von hinten, und zwar so weit, daß die Schwertspitze bei ausgestrecktem Arm tief genug eindringen kann. Sag deinem Herrn, wenn er wichtige Dinge bereden will, mag er mich hier am Strand besuchen. Allein.«

Der Fremde seufzte. »Mißtrauischer Muttersohn. Ich werde es Mukussu sagen.«

Als er in der Nacht verschwunden war, räusperte sich Tuzku. »Herr Zaqarbal, bist du sicher, daß nicht gleich fünfhundert Krieger über uns herfallen?«

»Bin ich. Bevor ich zur *Kerets Nutzen* ging, habe ich einen kleinen Rundgang gemacht.« Zaqarbal entblößte die Zähne. »Und mit Leuten aus dem Ort geredet. Es ist nicht mehr als etwa ein Dutzend Krieger in den Zelten vor der Stadt.«

»Klug, Herr.« Tuzku nickte mehrmals langsam. »Wieso haben wir bis heute nichts von den Ratschlägen deiner Mutter gehört?«

»Sie ist kurz nach meiner Geburt gestorben«, sagte Zaqarbal, »und eben erst fiel mir ein, daß sie mir Ratschläge gegeben haben könnte. Sehr nützlich, so eine Mutter.«

Das neu gespeiste und geschürte Feuer beleuchtete einen schlanken Mann mittleren Alters mit einzigartig ungenauen Gesichtszügen. Eine Art Maske, fand Zaqarbal, die sich je nach Lage und Laune (oder Notwendigkeit) mit dem eben angemessenen oder erwünschten Ausdruck füllte. Im Verlauf des Gesprächs saß er mindestens zehn verschiedenen Männern namens Mukussu oder Mopsos gegenüber: einem, der mit lässiger Haltung unbegleitet zum Strand kam, Selbstsicherheit und einen gewissen erhabenen Gleichmut im Gesicht; einem klugen Priester, Abgrund entlegenen Wissens; einem herzlichen Freund, innig besorgt um das Wohl des anderen; dem zweifelnden Berater eines Fürsten, dessen fragwürdige Absichten um den Preis des eigenen Überlebens gefördert werden müssen; einem ratsuchenden Fremden, verloren in den Dickichten unbekannter Gebräuche; einem gerissenen Händler, dem es ein müheloses Vergnügen ist, den Bewohnern einer Sandwüste teure Geräte für den Fischfang aufzuschwatzen; einem Kriegerführer, dem alle Männer über Feuerberge und durch Blutseen folgen, weil sie ihm in blinder Liebe ergeben sind; einem Zagenden, der nichts weiß und sich auch nach dem Ende der Unterredung niemals zu etwas wird entschließen können; der Verkörperung von Macht, ausgestattet mit dem Willen, sie anzuwenden; bekümmerte Anteilnahme; eisige Rücksichtslosigkeit...

Später konnte Zaqarbal nicht alle Gesichter des Mannes heraufbeschwören; zu schnell wechselten die Mienen, zu vielfältig waren die Abstufungen. Er erinnerte sich an anderes: den Ruch von Meerwasser, von brennendem Holz, Wein, Leder, von ungewaschenen Männern am nahen Feuer, all dies vermengt mit der schweren bitteren Süße von Geißblatt und anderen Pflanzen oberhalb des Strandes. An den Anblick des Mannes, der ihm gegenübergesessen hatte, einen funkelnden Ring am kleinen Finger der Linken, in der Rechten den Weinbecher, den dunkelroten Umhang über dem knielangen hellen *kitun*. An den kalten Hauch der Nachtluft, das Gefühl, in einer schwappenden Herbstwoge zu ertrinken. Und an die Einzelheiten des Gesprächs, ein Gemenge aus Wahrheiten, Halbwahrheiten, feinen Lügen und schmackhaften Ködern.

Zunächst tauschten sie unverbindliche Grüße und Freundlichkeiten aus, aber bereits hier sah – oder ahnte – Zaqarbal die Umrisse des Hakens unter der schmackhaften Umhüllung. Mukussu beteuerte, daß es ihm Freude und Erfüllung sei, endlich einem der ruhm- und erfolgreichen Händler des Fürsten von Yalussu zu begegnen; etwas in Zaqarbals Miene oder Haltung schien ihn zu warnen, und sofort veränderten sich Tonfall und Richtung seiner Rede. Zaqarbal empfand das Treffen als körperlich anstrengend und wünschte sich insgeheim, zuhören zu dürfen, wie Ninurta mit Mukussu sprach. Aber Ninurta war nicht da, Mukussu dagegen so sehr, daß er den ganzen nächtlichen Strand einnahm.

»Aber sprechen wir nicht von meiner Wonne, und auch nicht vom Wohlergehen eures geschätzten Fürsten, des Herrn Keleos von Ialysos.« Mukussu wischte den Schmeichler weg, indem er sich mit der Hand übers Gesicht fuhr; es kam ein kühler Gelehrter zum Vorschein, der geraffte Auskünfte über Wesen und Geschichte jener Macht gab, der er diente.

Arzawa, sagte er, sei anfangs nur ein kleines Stück Küste und Bergland gewesen, etwa zwischen Samirana [Smyrna] und Abasa [Ephesos], bewohnt von Luwiern und wenigen mykenischen Auswanderern. Als sich, vor Jahrhunderten, die Hatti immer weiter ausdehnten und von Osten her vordrangen, um immer mehr Land zu erobern, seien Flüchtlinge aus dem Inneren bis nach Arzawa gelangt, dessen Könige Widerstand gegen die Hethiter zu leisten beschlossen. Nicht immer erfolgreich – es habe Kriege gegeben, Besetzungen durch Hatti-Kämpfer, man habe Abgaben entrichten müssen, sich aufgelehnt, die Hatti zurückgeschlagen, sei wieder besiegt worden, hin und her. Zu den Mykeniern kamen Achaier, zu den Luwiern hundert andere Völker und Stämme: Wanderer oder Flüchtlinge. Im ständigen Kampf gegen die Hatti mußte Arzawa wachsen, um nicht unterzugehen (Mukussu klang, als ob er dies voller Gram bedaure). Er selbst sei in Arzawa geboren. Die Geschichte des winzigen Fürstentums im Inneren, aus dem Madduwattas stamme, sei sehr ähnlich: Grenzmark der Hatti, dann Grenzmark der Arzawer, dann wieder überrannt, ausgesogen und verlassen von Mykeniern und Achaiern aus dem Land, das sie Pamphylien nannten. Gegen sie habe sich Madduwattas mit den Hatti verbündet, dann mit Arzawa gegen die Hatti, dann mit den Masa-Leuten gegen Hatti und Arzawa – hier wurde Mukussu zum einfältigen und doch zwinkernden Bewunderer eines listigen Fürsten. Schließlich habe er seine Tochter dem König von Arzawa zur Frau gegeben, und nach dem bedauerlichen frühen Hinscheiden des Königs sei es Madduwattas' Pflicht gewesen, sich der verwitweten Tochter und der gewissermaßen verwaisten Arzawer anzunehmen. Er selbst, Mukussu, habe sich mit der Tochter eines Achiawa-Fürsten aus Pamphylien vermählt, der wiederum durch allerlei Sippenverstrickungen mit den vertriebenen Fürsten der Insel Alashia (er klopfte auf den Strandboden) verbunden sei.

»Das heißt, ihr beide beherrscht nun fast alles Land südlich von Wilusa und westlich der Hethiter«, sagte Zaqarbal. »Und dein roter Umhang? Ich hörte von Priestern und Menschenopfern...«

Mukussu war ganz offenherziges Staunen. »Hin und wieder ein unreifer Knabe, zu Ehren des großen Drachen Shubuk, der uns stärkt und Madduwattas Langlebigkeit, wenn nicht gar Unsterblichkeit gewährt. Ist das so schlimm?« Das offenherzige Staunen wurde zu lüsternem Lauern. »Liebst du denn Knaben?«

»Nein. Aber ich war einmal einer.«

Mukussu seufzte leicht, ganz Verständnis und Mitgefühl. »Ach, waren wir das nicht alle? Aber, mein Freund, vielleicht warst du in einem früheren Leben auch ein Fisch jener Art, die du heute besonders gern verspeist.«

»Wie wahr.«

Mukussu, abwägender Heerführer, leugnete den Begriff »Herrschaft« – Madduwattas habe lediglich beschlossen, die Bewohner der westlichen Gebiete zu schützen – und berichtete von den selbstlosen Unternehmungen an den von Hethitern besetzten südlichen Küsten des Festlands sowie auf der Kupferinsel Alashia. Nur zur Befreiung des Landes, nicht für die eigene Macht oder Mehrung, habe man mit den vertriebenen Fürsten und ihren Männern, mit einigen Arzawern und vielen fremden Söldnern begonnen, die Hatti zurückzudrängen.

»Und da wir wenige Kampfschiffe besitzen, mußten wir uns hierzu mit Prijamadu von Wilusa verbünden, der sich als Achaier lieber Priamos von Ilios nennt. Er hat seine Kriegsflotte und weitere Kämpfer eingebracht.« Ein um gnädige Auskunft und Erhellung bittender Mukussu fuhr fort: »Wegen der Abwesenheit vieler Männer fehlen nun aber in unseren Landen gewisse Erzeugnisse und Waren. Von Gewährsleuten erfuhren wir, daß die Händler des Fürsten Keleos einige dieser Dinge beschaffen können. Eisen für Waffen, zum Beispiel, oder Getreide aus Tameri – wenn nicht Keleos und sein oberster Herr Tlepolemos euch den Handel mit uns untersagen.«

Zaqarbal hob den Becher an den Mund. In der Zeit, die er dazu (und zum Schlucken) brauchte, faßte er für sich das bisherige Gespräch zusammen:

Mukussu/Mopsos, oberster Priester und zugleich oberster Heerführer des Madduwattas, läßt sich dazu herab, einige hundert Atemzüge lang einen Händler als gleichrangig zu behandeln, erzählt ihm Dinge, die der Händler längst weiß (und von denen Mukussu weiß, daß der Händler sie weiß, aber so etwas schafft eine Stimmung von Vertraulichkeit), deutet an, daß er überall Spitzel hat und ohnehin alles weiß, so zum Beispiel, daß Keleos von Ialysos und Tlepolemos, Enkel des Herakles, oberster Herr von Rhodos, am Unternehmen der Achaier gegen Ilios teilnehmen und deshalb vielleicht ihren Händlern jeden Umgang mit Trojas Bundesgenossen verbieten werden. Was noch?

»Eisen«, sagte Zaqarbal, »ist teuer und selten. Wenn wir über Eisen verfügen, und wenn es wirklich zum Krieg kommt, werden Keleos und Tlepolemos vielleicht alles, was zu Waffen verwendet werden kann, selbst haben wollen und uns abkaufen. Ich glaube aber nicht, daß sie uns den Handel mit Städten verbieten, die nicht unmittelbar ihre Kriegsgegner sind.« Dann kicherte er. »Ich könnte mir sogar vorstellen, daß sie, da sie Abgaben von uns verlangen, nicht einmal den Handel mit dem Gegner unterbinden, der auf diese Weise, durch unsere Abgaben, den Krieg gegen sich selbst mitbezahlen würde.«

Mukussu, diesmal erheiterter Mitverschwörer, lachte; als er sich bewegte, wehte ein säuerlicher Hauch zu Zaqarbal herüber. Ein Hauch von Kräutern, teils verbrannt, teils in seltsamen Flüssigkeiten aufbewahrt.

»Das mag so sein. Aber wenn, sagen wir, nicht unmittelbar am Krieg beteiligte ... Freunde des Kriegsgegners Schiffe nach Ialysos, ah, Yalussu schicken wollten – würde man sie am Einlaufen und Beladen hindern? Hindern können?«

»Können, ja – ob man es tun würde, weiß ich nicht.«

Mukussu runzelte die Stirn, in anstrengendem Denken versunkener Händler. »Laß uns über Eisen reden. Und, zum Beispiel, gewisse Kräuter.«

Zaqarbal strahlte ihn an. »Ich rede gern über Eisen und Kräuter. Welche Kräuter etwa?«

»Es gibt da im Libu-Land eine Pflanze, die vielerlei Wirksamkeiten birgt. Die Wurzel, der Stiel, die Blätter, die Blüten – Knospen wie Pollen –, vor allem aber der Saft, frisch oder eingedickt und später verdünnt...«

»Du sprichst von *sulufu*, nicht wahr?«

Mukussu, hocherfreut über einen verständigen Freund, sagte mit Wärme: »Gut zu wissen, daß du dich auskennst. Von dieser Pflanze haben wir nie genug. Als Heilmittel ebenso wie als Gewürz.«

»Und, nicht zu vergessen, zur Abtreibung.«

»Ah. Ich sehe, du kennst dich wirklich aus.«

Zaqarbal kratzte sich den Kopf. »Ich bin unschlüssig«, sagte er. »Wir haben sicherlich keine großen Vorräte, denn alles wird sofort verarbeitet. Und wer von uns im nächsten Jahr ins Libu-Land fährt, weiß ich nicht. Vielleicht wäre es das Beste, wenn ich unseren Führer bäte, sich mit dir in Verbindung zu setzen. Er könnte Zusagen machen.«

»Ist er schon auf der ... in eurem Hauptlager?«

Dies war, befand Zaqarbal, kein zufälliger Versprecher, sondern so etwas wie eine Drohung. ›Auf der ...‹ konnte sich nur auf die geheime Insel beziehen. Von der Mukussu gehört haben mochte – was nicht hieß, daß er wußte, wo sie lag.

»Der edle Awil-Ninurta befindet sich zur Zeit leider in den schwieligen Händen der Hatti.«

»Ah, das ist außerordentlich zu bedauern. Man wird sehen ... Vielleicht könnte ich Madduwattas dazu bewegen, einen seiner langen Arme auszustrecken. Wo etwa befindet er sich – Awil-Ninurta, meine ich?«

»Vermutlich in oder bei Ura, in der Nähe von Tarsa. – Wie verläuft denn der Versuch, Alashia wieder zu befreien? Du weißt, wir kommen eben aus Ugarit und kennen nur alte Neuigkeiten.«

Mukussu sagte, der Westen und Südwesten Alashias seien bereits befreit; im nächsten Jahr werde man gegen die Mitte und die Kupferbergwerke vorrücken; dies gedenke er aber seinem Unterführer Amphilochos zu überlassen. Er selbst werde sich mit dem König zunächst in einem kleinen Bergdorf, wenige Tagereisen hinter Abasa, aufhalten und dort mit Entzücken jeden Geschäftsbesuch erwarten.

Das Gespräch endete mit freundlichen Abschiedsgrüßen. Als Mukussu in der Nacht verschwand, stellte Zaqarbal fest, daß er am ganzen Leib schwitzte: Anspannung und der Versuch, jeden Fehler zu vermeiden.

»Puh«, sagte er leise. Dann ging er zu den Männern am Feuer und sagte, es sei vorüber, sie könnten jetzt schlafen.

»Wäre deine Mutter mit dir zufrieden?« sagte Tuzku.

»Sie wäre sogar stolz auf mich.«

»Dann ist es gut, Herr.«

Zaqarbal lächelte, wandte sich ab und watete hinaus zur *Kynara*; er gedachte, an Bord zu schlafen. Dann fiel ihm Djoser ein, der offenbar noch immer bei Tashmetu weilte. Der Rome hatte vor Jahren damit begonnen, in den langen Inselwintern alles aufzuschreiben, was in den zurückliegenden Monden geschehen war – Gerüchte ebenso wie Einzelheiten von Handel, Waren und Preisen oder Bedingungen. Und äußere Ereignisse, etwa die Beschlüsse von Fürsten, soweit sie den Handel berührten. Zaqarbal nahm an, daß Djoser irgendwann, später, in der Seßhaftigkeit des Alters, die Rollen aus Binsenmark ausbreiten und sich an den Unterfangen der wilden Jugend ergötzen wollte. Dieses Gespräch mit Mukussu ging ohnehin alle Händler an; er würde im Winter darüber berichten, und vielleicht konnte er für Djoser noch ein paar unglaubwürdige Zutaten erfinden.

Aber eigentlich, dachte er, war alles unglaubwürdig genug. Mukussu hatte mit einem unbedeutenden Händler gesprochen, ihn auszuhorchen versucht – gewohnheitsmäßig, und weil beide zufällig am gleichen Küstenstück die Nacht verbrachten. Der Arzawer würde einige Tatsachen behalten – daß es Eisen und *sulufu* geben könnte; daß Tlepolemos auch bei einem Krieg Rhodos nicht so sehr von Männern und Schiffen entblößen würde, daß feindliche Besuche wehrlos hingenommen werden müßten; daß ein Assyrer Kopf der Händler war – und den Händler, der ihm all dies gesagt hatte, bald vergessen. Aber der alberne Sidunier wußte, daß Mukussu und Madduwattas überall Spitzel unterhielten, von der Insel wußten und möglicherweise im nächsten Jahr, wenn es sich anbot, die Schiffe der befreundeten Trojaner mit Gewalt übernehmen würden, um von Kriegern entblößte Häfen aufzusuchen.

Und daß die wichtigen Schauplätze im kommenden Jahr nicht mehr die Gefilde der Insel, sondern die Grenzgebiete des Binnenlands sein würden, wo Madduwattas und Mukussu zu sein beabsichtigten. Der dritte Mann, Amphilochos, mochte derweil die Befreiung – genauer: Eroberung – Alashias vollenden.

»Nicht schlecht für eine Nacht und für einen dummen Sidunier«, murmelte Zaqarbal, als er an Bord der *Kynara* kletterte.

»Welch tiefe Selbsterkenntnis«, sagte jemand. Es war Djoser, der an der Vorderkante des Achterdecks saß, mit baumelnden Beinen.

»Du? Ich dachte, du wärst noch bei Tashmetu.«

»Ich bin bald nach dir gegangen.« Djoser schloß kurz die Augen. »Irgendwie war mir unbehaglich. Und dann hörte ich von einem meiner Leute, daß du dich mit einem Arzawer über deine Mutter unterhalten wolltest. Da mochte ich nicht stören. Was wußte er von deiner Mutter, du Strolch?«

Zaqarbal ächzte. »Eine lange Geschichte.«

Djoser blickte in den Nachthimmel. »Ich habe Zeit.«

ERZÄHLUNG DES ODYSSEUS (III)

Diesen niedlichen Morgen, da Wolkenschäfchen am Himmel Blaues kauen und Flaues hauchen, soll ich nun schänden? Mit Vergnügen? Die Welt besudeln mit blutigen Worten? Wenn ihr es wollt, o liebliche Frauen, tu ich es gern.

Penelope. Sie wob und wirkte und waltete, und unter ihren kundigen Lippen gedieh mein Geschick. Ithaka, grüne Insel, Heimstatt im Westmeer – auch die Insel gedieh, die Lämmer wurden fett, Schweine zettelten Freßgelage an, die zweifellos den Tod durch Bersten bewirkt hätten, wenn man es nicht vorzöge, sich kurz vor diesem in Wein zu ertränken. Die Reben protzten, Lauch schlang sich um mannbarer Maiden Knöchel, und es war eine Lust zu leben, wiewohl... Ich habe eine gewisse Rastlosigkeit zu gestehen, und bisweilen wäre es mir eine Wonne gewesen, der heimischen Wonne eine Weile den Rücken zu kehren. Reisen, Länder sehen, Leute beim Handel betrügen, Hafenschänken verwüsten.

Ach ja. Als Telemachos, der Sohn verbündeter Lenden, ein Jahr alt war, brachten Händler die ersten Gerüchte. Palamedes hatte sich offenbar durchgesetzt, nach langem Gerede. Er war klug, scharfsinnig, ein Mann mit schmalen Lippen und ruhigem Blick, schlank und doch kräftig. Er stammte aus der alten Sippe der Herrscher, Mykenier, wie man heute sagt; er und Nestor von Pylos waren die Antreiber, die Hetzer.

Ich habe mich damals gefragt, warum ausgerechnet diese beiden? Beide Nicht-Achaier, beide dank der klugen Taten und Einschätzungen ihrer Vorfahren von Beginn an mit den Achaiern verbündet, weder ihrer Macht noch ihrer Paläste beraubt. Ich glaube, sie befanden sich in einer immerwährenden Rechtfertigungsklemme; nicht uns Achaiern gegenüber, sondern sich selbst. Um sich als Achaier zu fühlen, oder den Achaiern gleich, mußten sie achaischer sein als wir. Vielleicht haben sie auch befürchtet, wenn sie nicht vorangehen, wird man denken, sie wären zur Gefolgschaft nicht bereit.

Der alte Nestor... Ein freundlicher Mann; Honig troff von seiner gespaltenen Zunge. Er konnte fast jedem die Ohren so mit Worten verkleben, daß man den Himmel für Obst hielt und das Meer für ein Blindschleichennest. Diese beiden, Nestor und Palamedes, hatten die anderen überredet, was nicht schwer war; sie hatten ein lohnendes Kriegsziel gefunden, was kaum schwerer gewesen sein dürfte, denn Ilios war reich, und hatten die Achaier es denn nicht vor wenigen Jahrzehnten schon einmal geplündert? Plündern, brennen, und danach selbst die Handelswege nach Osten beherrschen, für Gold und Bernstein und Hölzer und Erz und die starken Pferde. Palamedes und Idomeneus hatten sogar einen Weg gefunden, das Unternehmen nicht als Überfall, sondern als Rachefeldzug zu verkaufen – wenn alles so ging wie erhofft.

Natürlich ging es wie erhofft. Tithonos, Bruder des Priamos, war im fernen Assyrien gestorben, so daß Ilios nicht mit Hilfe von dort rechnen konnte. Madduwattas, der finstere Alte mit den scheußlichen Eßgewohnheiten... ihr wißt Bescheid? Gut, dann brauchen wir nicht davon zu sprechen. Madduwattas beherrschte inzwischen ganz Arzawa und hatte Flüchtlinge von Kypros aufgenommen; er betrieb zu Wasser und zu Land viele kleine Kriege gegen die Hethiter, die nicht überall zugleich zurückschlagen konnten und sich vor allem um die Kupferinsel kümmerten. Madduwattas und Priamos, hieß es, seien übereingekommen, die gegenseitige Abneigung eine Weile zu vergessen – Madduwattas hatte kaum Schiffe, und für die erfolgreiche Führung des Kriegs war die Flotte der Trojaner nötig. Ich nehme an, Madduwattas und Mopsos werden sich gedacht haben: ein paar Krieger, ein paar Söldner, die Männer der vertriebenen kyprischen Fürsten, dazu die Schiffe aus Ilios, und wenn die Hethiter besiegt sind, können wir sehen, wie schnell Ilios, nicht von der Flotte geschützt und in Abwesenheit vieler Kämpfer, in unsere Hände fällt. Priamos dagegen dürfte gedacht haben, daß es einfach sein müßte, viele Schiffe, aber wenige Krieger einzusetzen, damit Arzawa an Land und auf dem Meer die eigenen Kräfte einsetzen muß, und wenn es gelungen ist, die Hethiter zu schwächen, wird auch

Arzawa so schwach sein, daß Ilios den Dunklen Alten und seine lästerliche Herrschaft beenden kann.

Das war immer so, und wie ich sehe, überrascht es euch nicht; das hätte mich auch überrascht. Könige suchen den eigenen Vorteil, und nichts verbirgt die Gier der Fürsten so gut wie freundliche Anteilnahme am Geschick des Nachbarn.

Ich wollte nichts davon wissen. Meine freundliche Anteilnahme galt einigen Inseln sowie mehreren Stückchen vom Festland, wo Fürsten saßen, deren Reichtum nur übertroffen wurde von ihrer Einfallslosigkeit im Umgang damit. Nichts konnte mich verlocken, die geliebte Gemahlin, ach und das feine Söhnchen sowie auch die fetten Schweine Ithakas zu verlassen, um im fernen wilden Osten die Schandtaten des Herakles zu wiederholen. Als ich erfuhr, daß Palamedes unterwegs war, um neben anderen Fürsten auch mich zur Teilnahme zu verpflichten, wog ich mancherlei Dinge ab.

Es werde, hieß es, eine Fürstenberatung in Knossos geben, weit weg von Sparta und den sonstigen achaischen Ländern. Es traf sich gut und natürlich rein zufällig, daß Priamos in diesen Tagen seine besten Söhne als Gesandte losschickte, mit dem Auftrag, die Achaier wenn nicht um Hilfe, so doch wenigstens um Stillhalten zu bitten. Zufällig hatte Palamedes einen alten Freund in Ilios – Antenor. Zufällig hatte er von diesem erfahren, daß der für Sparta vorgesehene Sohn des Priamos Alexandros sei, Parisiti genannt, oder für uns schlicht Paris. Von diesem wiederum wußte man, daß ihn die Vermählung mit der tugendhaften Oinone so sehr begeisterte, daß er mit jeder fremden tugendhaften Gattin ähnliche Begeisterung anstrebte. Und da er nach Sparta reisen würde, wo die tugendhafte und unersättliche Helena weilte, schien es Palamedes sinnvoll, dafür zu sorgen, daß Menelaos sich zufällig nicht in Sparta befände.

Es ergab sich also die Gelegenheit, für den beschlossenen Krieg einen weiteren Grund zu finden. Nicht, daß dieser Grund jemanden überzeugt hätte, aber die Leute wollen belogen werden, wenn sie schon in einem unnützen Krieg sterben sollen.

Ich wollte nicht, wie gesagt. Als Palamedes mit seinen Leuten erschien, litt ich an heftigem Wahnsinn. Ich hatte Esel vor den Pflug gespannt, den ich unter gewaltigem Muhen und Brummen schob, und dabei warf ich Salz hinter mich, auf den Acker. Palamedes ließ sich von Penelope meinen Sohn geben, dessen Anblick, wie er ihr sagte, meinen Wahn vielleicht heilen könnte – und Penelope gab ihm Telemachos, obwohl sie von der Unheilbarkeit meines Witzes wußte. Lange habe ich erwogen und bedacht, ob sie alles geahnt, gewußt, gewollt hat: ob sie dafür sorgen wollte, daß ich mit den anderen aufbrach. Ob sie, wozu auch immer, einige Jahre allein auf Ithaka verbringen wollte – das heißt, zweifellos nicht allein, aber ohne mich. Amphinomos und Duilichos, Fürsten benachbarter Gegenden, waren in der letzten Zeit oft zum Weintrinken und Reden gekommen, wenn ich andere Dinge zu tun hatte.

Aber gleichviel. Palamedes legte Telemachos zwischen Esel und Pflug, und um den Sohn zu retten, mußte ich den Pflug über ihn hinwegheben. Also war ich verständig, also konnte ich mich nicht weigern – man hätte mich ausgestoßen und den nächsten Krieg gegen mich geführt, oder vielleicht Ithaka verwüstet, ehe man nach Ilios zog.

––– Was für eine Frage! Schuld, Sünde?! Ist das ein Haufen neuer Gedanken aus Babylon? Gut, böse, rosenfarbige Tugend, gepökelte Weltflucht, scharfkantiges Mitleid, was denn noch? Es gibt keinen Lohn jenseits der Beute, keine Strafe jenseits von Niederlage und Tod. Wer sollte lohnen, wer strafen? Die Götter? Sie belohnen, was ihrer Willkür gefällt, und sie bestrafen, was ihre Willkür kränkt. Tantalos? Er hat nichts *Böses* getan, ihr Holden; ich finde die Vorstellung, den eigenen Sohn zu schlachten, zu braten und Göttern zum Gastmahl vorzusetzen ... ja, wie finde ich die Vorstellung? Ganz allgemein: scheußlich; bezogen auf Telemachos finde ich sie furchtbar. Aber die Götter haben Tantalos nicht gestraft, weil er Pelops geschlachtet hat – sondern weil sie sich von Tantalos geschmäht und verhöhnt fühlten. Solange wir nicht der Willkür der Götter Anlaß zu Mißfallen geben, erfahren wir keinerlei Sonderbehandlung. Wir gehen alle in den Hades, ob ins Reich von Pluton und Persephone oder, wie es bei euch heißt,

Nergal und Ereshkigal... Ah! Habe ich euch erstaunt? Barbarischer Achaier aus dem fernen Westen, von der grünen Insel Ithaka, kennt sich in Babylons Hades aus? Ha, er kennt sich auch mit den Jenseitsbarken und Finstergöttern der Romet aus, mit Anubis und Osiris.

Aber dies beiseite. Strafe, Lohn, gute und böse Taten? Was kann edler sein, als in offenem Kampf einen Feind zu zerschmettern? Ich hatte keine *Lust,* versteht ihr – keine Lust, mit einigen tausend Achaiern eine Stadt zu belagern, verwundet zu werden, vielleicht zu sterben, ohne wirklich gute Aussicht auf Beute. Ich hätte es vorgezogen, wenn es denn sein muß, nach Westen zu fahren, das lange Tyrsa zu erobern und zu plündern, oder von mir aus im Süden die Libu-Länder auszupressen. Ich wollte nicht nach Troja, weil die Stadt mächtig ist; nicht aus Furcht, ihr Schönen, sondern aus... sagen wir: kluger Berechnung. Odysseus fürchtet sich nicht. Odysseus ist ein listiger Mann, wie man sagt, und ein guter Kämpfer. Odysseus kann aber auch rechnen, dazu lesen und schreiben – Dinge, die die meisten Achaier nicht beherrschen. Deshalb wußte Odysseus, daß die Heerfahrt gegen Ilios lang und blutig würde und daß ein furchtbarer Untergang ebenso wahrscheinlich war wie ein glänzender Sieg; am wahrscheinlichsten aber schien mir lange Plage, Schlamm, Dreck, Blut, Hunger, Durst, Krankheit, all dies. Nichts gegen eine nette kleine Plünderung mit Mord und Brand und Schänden; welcher Achaier wäre nicht sofort dabei? Aber das, was vor dem Plündern und Schänden lag, war so groß, so bedrohlich und so unerfreulich, daß es die sonstigen Aussichten verdüsterte. *Deshalb.*

7. DER WEG DURCH DEN WINTER

Zur Ausrüstung, die sie auf Buqars Befehl hin erhalten hatten, gehörten Umhänge aus Wolle, lederne Beinkleider, Fußlappen, geschlossene Schuhe mit rauhen Sohlen; ferner Vorratsbeutel, die sie an Riemen über der Schulter trugen, und eine fast viermal vier Schritte große, schwere Lederdecke, in die sie sich gemeinsam wickeln, in der sie einander Wärme geben konnten. Aber der Winter in den Bergen war hart.

Einmal saßen sie tagelang in einer Höhle, teilten ihre Vorräte mit den beiden Eseln und warteten auf das Ende eines Schneesturms; einen halben Schneemond verbrachten sie bei einer Sippe von Ziegenhirten, deren Gastlichkeit noch übertroffen wurde von ihrer Unreinlichkeit, welche gering war im Vergleich zu ihrer Habgier: Beim Aufbruch fehlte einer der Esel, und als Ninurta ihn suchen wollte, bedrohten ihn die Männer des Stamms mit Waffen.

Die küstennahen Wege schieden aus; überall, vor allem in den Häfen, gab es Hatti-Truppen. Man würde sie nicht suchen, aber ebenso gewiß würde man sie aufgreifen und dem Heer zuführen: mit Glück als Krieger und Heilerin, mit weniger Glück als Troßknecht und Kriegsdirne.

In Ura, gefangen, war es Ninurta erstrebenswert erschienen, zum Krieger zu werden und nach Alashia zu gelangen. In allen größeren Städten der Insel hatte er Geschäftsfreunde, und er hätte damit rechnen können, daß die Hatti den Krieger Ninurta und die Heilerin Lamashtu weniger streng bewachten als die Gefangenen. Wenn die Gerüchte stimmten, mußten die Hatti den Westen und Südwesten der Insel schon verloren haben, an die Krieger der vertriebenen Fürsten und ihre Bundesgenossen aus Ilios und Arzawa sowie an Söldner; an der westlichen Südküste lag auch Koriyo, wo sich die drei Schiffe treffen sollten. Koriyo mußte frei sein – wenn die Gerüchte stimmten; dort würden *Yalussu, Kynara* und *Kerets Nutzen* aufeinander warten, dort konnten die Besatzungen gute Nachrichten austauschen. In Koriyo kannte er drei Händler, die ...

Aber es war müßig; der Herr der Festung hatte anders entschieden, und nun, nach der Flucht aus Tarsa / Tarkush, lockte das Hatti-Heer nicht mehr. Vor Beginn des Frühjahrs würde aus keinem Hafen ein Schiff nach Alashia segeln, und bis zum Frühjahr hoffte der Assyrer, die Küste nahe Roddu zu erreichen. Auch im Binnenland mußten sie die belebten Wege und Orte meiden. Überall gab es Hatti, überall (so hörten sie von den Bergmenschen, sofern eine Verständigung möglich war) lagen Truppen in Unterkünften für den Winter oder marschierten auf den Heerwegen weiter nach Westen oder Nordwesten, zur Grenze. Für den Assyrer und die Babilunierin blieben nur Bergpfade. Die Esel waren gutmütig, nicht störrisch wie so viele, aber sie waren auch arg nutzlos. Abgesehen von Waffen und Kleidung hatten Ninurta und Lamashtu nicht viel zu tragen, und für die geringen Vorräte brauchten sie keine zwei Lasttiere. Zum Reiten waren die Esel in den unwegsamen Landstrichen kaum zu gebrauchen; insgesamt schätzte Ninurta, daß von tausend Schritten, die sie zurücklegten, zehn auf den Rücken der Esel hätten bewältigt werden können.

Es war kein großer Verlust, als sie eines der Tiere bei den Ziegenhirten lassen mußten. Fünf Tage später, in einem Tal, das seitlich der großen Heer- und Handelsstraße wie ein Wurm in die Berge kroch, ließen sie den zweiten Esel bei einem Wirt und Bauern zurück, bei dem in der Reisezeit die Karawanen rasteten: ein großes, umwalltes Gehöft mit Ställen, zwei Brunnen, Trögen und Feldern. Der Wirt, ein Mann mittleren Alters mit drei Frauen und zahllosen Kindern, gab ihnen dafür ein wenig Silber (Körner und Splitter, kaum mehr als zwei *shiqlu*), ein Essen, Stroh für ein Nachtlager und einen Bogen mit Köcher und Pfeilen. Die Hatti, sagte er, seien im Herbst dagewesen und hätten bis auf zwei Ochsen alle Trag-, Reit- und Zugtiere mitgenommen. Ninurta nahm an, daß der Mann von der ersten Frühjahrskarawane mindestens zwanzig *shiqlu* für den Esel bekommen würde; es gehörte zu den

Unabänderlichkeiten des Gewerbes, daß jede Karawane auf der Reise mehr Tiere verlor, als man zu vernünftigen Preisen unterwegs neu beschaffen konnte.

Lamashtu war abwechselnd munter und mürrisch, dumpf und lebhaft. Ninurta fand es schwierig, sich auf ihre Stimmungswechsel einzustellen; nach einiger Zeit stellte er die Versuche ein. An einem ihrer lichten Tage gab sie ein paar Auskünfte, die sein Verstehen mehrten, ohne die Fremdheit zu mindern. Sie rasteten im Windschatten eines Felsens, aßen in Schmelzwasser aufgequollene Körner und tranken Schnee. Sie hatten Feuerstein, Eisen und Zunder, aber in der verschneiten Einöde der Berge gab es kein Holz. Lamashtu sah ihn über den Rand des Bechers an, in dem sie durch die Wärme der Hände und häufiges Behauchen Schnee schmelzen wollte.

»Eigentlich ist die Strecke gleich«, sagte sie, mit einem dünnen Lächeln, »aber trotzdem frage ich mich, ob du weiter von mir weg bist oder ich weiter von dir.«

Ninurta blickte auf; über einem Felsgrat im Süden kreiste ein großer Raubvogel. Ein eng umrissenes Stück Freiheit im grenzenlosen hellblauen Kerker dort oben.

»Auch bei innigster Nähe bleibt ein untastbarer Rest«, sagte er. »Worauf willst du hinaus?«

Sie blies wieder in den Becher und schüttelte ihn sanft. Nach längerem Schweigen sprach sie weiter; sie klang ein wenig unsicher. »Wie soll ich es dir erklären? All die Jahre der Sklaverei... Dinge, die man nur übersteht, indem man sie geschehen läßt und vergißt. Wie ein Tier, weißt du? Es ist eine dumpfe Decke, die dich manchmal ersticken läßt, aber sie sorgt dafür, daß du Schläge und... anderes hinnimmst, als ob... als ob sie einen anderen treffen, nicht dich. Und je länger es dauert, desto dicker, dumpfer wird die Decke.« Sie zog das Messer und rührte mit der Klinge im Becher. »Aufregung, Veränderung, so etwas, das kann die Decke heben. Damals in dem Wald, als ich noch Sklavin war und der Überfall stattfand, als du verwundet wurdest, da hat sich die Decke ein wenig gehoben. Aber ich war noch zu dumpf, um an Kräuter zu denken – die Kräuter, die man mir gezeigt und erklärt hat, als ich klein war. Später ... als Sklavin habe ich hin und wieder Kräuter benutzt. Selten, um Wunden zu heilen; meistens um Träume zu machen oder den Göttern zu opfern oder das Blut fließen zu lassen, wenn mein Mond sich rundete und trocken blieb.« Sie betrachtete die Klinge. »Scharfe Kräuter, schärfer als dies Messer. Meine Herren hatten Feinde; ich habe geholfen, sie zu beseitigen, mit Kräutern und Pilzen und Wurzeln. Kannst du dir vorstellen, daß ich jahrelang Kräuter und andere Pflanzen genutzt habe, um zu töten, zu verwirren, Wahnsinn zu erzeugen oder kränkliche Lust, aber nicht, um zu heilen? Ich wußte gar nicht mehr, daß Kräuter helfen statt schaden können. Damals habe ich dir in den Tagen danach Kräuter, die ich im Wald fand, in die Brühe getan; aber am ersten Abend war ich dumpf, nach langen Jahren, und Tsanghar und Adapa waren klüger.«

Ninurta wartete; als sie nicht weiterredete, sagte er: »Die dumpfe Decke der Jahre – ist es das, was zwischendurch noch immer auf dir liegt?«

»Ich bin nie so lebendig gewesen wie in den Stunden nach unserer Flucht in Tarkush. Aber dann hülle ich mich wieder in die Decke, oder sie umgibt mich. Es ist gut, mit dir zu gehen und zu liegen, Assyrer, aber ... wenn wir je ans Ziel kommen, werde ich Ausschau halten nach einem, der auch Sklave war und *diese* Decke mit mir teilt.«

Er streckte die Hand aus und berührte ihre Wange. »Du glaubst, daß du sie nie ablegen kannst?«

»Du mußt mich nicht trösten, Herr der Karawane. Ich weiß nicht, ob ich ohne diese Decke sein kann.« Sie setzte ein verqueres Lächeln auf. »Wäre es nicht leichter, sich nicht um einander zu kümmern? Kleider, die man ablegt, ohne noch einen Gedanken darauf zu verschwenden, daß sie dich gewärmt haben?«

Es war angenehm, nachts nicht allein in der großen Lederdecke zu sein, die Ninurta tagsüber zusammengerollt um die Schultern trug; angenehm, daß sie einander wärmen konnten im Winter des Berglands; angenehm, aneinander die Gier zu stillen, wenn jenes Jucken einsetzte, gegen das Kratzen nicht hilft. Aber tiefer ging es nicht.

In den gebirgigen Einöden kehrte tags, wenn sie schweigend stiegen oder gingen, vor allem aber nachts das scheußliche Tier in Ninurtas Kopf zurück. Es gab reichlich Anlässe, mit den falschen Gedanken zu beginnen, die bei dem Tier endeten oder es weckten. Irgendwann erzählte er Lamashtu von den uralten Bergwegen, die assyrische Händler schon vor sechs oder sieben Jahrhunderten gegangen waren, bevor die Hatti in diese Länder kamen; vielleicht sogar schon zu einer Zeit, als es noch nicht einmal Luwier gab. Danach schrappte und riß das Tier in seinem Kopf: als ob die bloße Erwähnung von Assyrern zu Ashur und zum König führte, der einer der Schatten hinter Ninurtas Gedanken war.

Bei einer anderen Gelegenheit, als sie in der Nähe einer größeren Straße übernachteten, gesellte sich abends ein wandernder luwischer Gaukler zu ihnen. Er berichtete von den Unruhen in Kizzuwatna (dem Land, das Ninurta Kilikku nannte), einst unabhängig, nun schon lange unter Hatti-Vorherrschaft; von Gerüchten aus dem Norden, daß die streitbaren Frauen von Azzi sich jenen anschließen wollten, die mit Madduwattas an den Grenzen des Hatti-Reichs knabberten; von Boten des Fürsten von Wilusa, die überall Bundesgenossen, Helfer und Söldner für den Krieg suchten, den die Achiawer bald beginnen würden. In dieser Nacht zerrte das Untier Ninurta durch die Hohlwege des Erinnerns hin zum steilen Wilusa, wo Prijamadu geflügelte Worte sprach – Worte mit Sensenflügeln, die nicht fliegen, wohl aber schneiden konnten. Schatten, scharfkantige Schatten im weichen Gewirk seines Inneren.

Tage später trafen sie einen Mann aus Lukku, oder Lugga, wie die Hatti sagten. Er erzählte, er habe sich zu lange in Geschäften im Binnenland aufgehalten, in der Nähe von Ijalanda, wo der Kastenberg die Straße sperre und die Hatti-Krieger der Bergfestung jeden Wanderer bis auf die Haut auszögen. Zu lange habe er sich dort aufgehalten, in schlechten Geschäften, und nun müsse er durch den Winter wandern.

»Tausend Streitwagen«, sagte er, »haben sie nach Alashia gebracht, heißt es in der Festung, und zwei Zehntausendschaften Kämpfer. Aber sie kommen wohl nicht voran gegen die anderen –

Fremde und Alashier, die für die vertriebenen Stadtfürsten streiten, und Männer aus allen westlichen Küstenländern.«

Der Mann hieß Suqarattu und kam eigentlich, wie er sagte, aus Milawatna, lebte aber schon lange weit südlich davon. Ninurta fand das Gespräch zunächst mühsam, bis er endlich aus dem Wust von Knack-, Kehl- und Schnalzlauten die Muttersprache des Mannes heraushörte, dessen Assyrisch erbärmlich war und dessen Luwisch von eisigem Wind durch schartige Felsen gepreßt schien.

Sein richtiger Name war Sukrattes; er gehörte einem der östlichen Muqannu-Stämme an, verwandt mit den Achaiern. Ohne Rücksicht auf Lamashtu wechselte Ninurta die Sprache; es war einfacher, hin und wieder etwas für die Babilunierin aus dem Achaischen zu übersetzen, als unter den Lauten, die Sukrattes in fremden Zungen von sich gab, Vertrautes zu suchen. Eine große Erleichterung, nicht länger überlegen zu müssen, ob Gylgylyq ein Ungeheuer der Lukka-Sagen war oder verwunschener Ort im Jenseits – Sukrattes meinte Kilikku, oder Kizzuwatna, oder Chilaku, aber wenn er sein eigenartiges Ost-Achaisch redete, sagte er Kilikien, und das verstand Ninurta mühelos.

Sukrattes wußte erstaunlich gut Bescheid über die Dinge im Binnenland und die an der Küste, zu der er erst heimkehren wollte. Gefechte überall, sagte er; neben dem Heer auf Alashia hätten die Hatti auch eines im Inneren zusammengezogen, mehrere tausend Streitwagen und abermals mindestens zwei Zehntausendschaften, aber wozu das alles?

»Madduwattas ist ein gerissener alter Schurke, hat sich ganz Arzawa angeeignet. Er denkt nicht daran, große Heere aufzustellen; er hält mehr von Überfällen – Steine, weißt du, die von einem Steilhang herabrollen und ein paar Streitwagen zertrümmern; oder Pfeile, die eine Hundertschaft Fußkämpfer unterwegs halbieren und deren Herkunft keiner kennt, weil sie hinter Felsen hervorfliegen.«

»Wie weit hat Madduwattas seine Herrschaft nach Süden ausgedehnt?« sagte Ninurta. »Hält er schon die Küste? Und es gibt da Geschichten über rote Priester. Und Menschenopfer.«

Sukrattes schob die Unterlippe vor. »Priester? Opfer? Ich weiß nichts davon. Und die Küste hält er bisher wohl nur im Westen, nicht im Südwesten.«

Eigentlich waren ihre Wege gleich: durch Pitassa, das Sukrattes Pisidien nannte, bis nach Lukka, Lykien; von dort mußte es möglich sein, nach Yalussu auf Roddu zu gelangen. Aber Ninurta und Lamashtu hatten sich noch immer vor den Hatti zu hüten; Sukrattes dagegen brauchte derartige Befürchtungen nicht zu hegen. Grinsend kramte er in seinem schweren Beutel, zog mehrere Bronzesiegel hervor, betrachtete sie, und steckte sie wieder ein, bis auf eines, das er Ninurta zeigte.

»Ein Befehlssiegel der Hatti, siehst du? Wegerecht und Freiheit vor Übergriffen.« Er rümpfte die Nase. »Es wird mich nicht gegen fremde Söldner und Leute aus Achiawa oder Ilios schützen, auch nicht gegen die Seeräuber, die wieder aufblühen, seit die Hatti geschwächt sind. Aber immerhin – deine Sorgen brauche ich nicht zu haben.«

Am Morgen verließ er sie; Ninurta stand auf dem Grat und sah ihm hinterher. Sukrattes wandte sich noch einmal um und winkte; dann folgte er dem scharfen Schatten des Grats ins Tal. In der rechten Hand hielt er den Bogen und zwei Pfeile; Köcher und Beutel hingen über der linken Schulter.

Lamashtu trat zu Ninurta. »Das Siegel«, sagte sie, wie nebenher.

»Sehr nützlich. Wenn man so etwas hat. Warum?«

»Wäre es nicht hilfreich, es zu haben?«

Ninurta bleckte die Zähne. »Ich habe daran gedacht.«

»Und warum hast du ihn nicht getötet? Auch sein schwerer Beutel...«

»Er hat mir nichts getan.«

Lamashtu stemmte die Hände in die Hüften und blickte ihn kopfschüttelnd an. »Du erstaunst mich immer wieder, Herr. So weich... Wie hast du es zu Wohlstand gebracht?«

Ninurta schaute hinab ins Tal, wo Sukrattes sich inzwischen vielleicht fünfzig Schritte entfernt hatte – langsam, dem Schattenriß folgend.

»Wohlstand?« sagte der Assyrer. »Ah, viele Gründe. Einer ist, daß ich nie leichtfertig war. Oder selten. Siehst du, daß er nicht dem Pfad folgt, sondern dem Schatten des Grats, auf dem wir stehen? Er hält den Bogen und zwei Pfeile bereit. Eine falsche Bewegung von uns, die er an unseren Schatten sieht ... Hast du nicht bemerkt, daß er nicht geschlafen hat? Er war müde und nicht sehr gesprächig, heute früh.«

Lamashtu schwieg; ihre Miene zeigte nichts.

»Er hat mehrere Siegel. Zweifellos auch eins von Madduwattas. Ich nehme an, er ist einer der Spitzel des gerissenen alten Fürsten. Deshalb will er nichts von Priestern wissen. Sicher ist er nicht leicht zu töten.«

Noch immer schwieg Lamashtu.

»Und Wohlstand habe ich erworben, indem ich auf allseitigen Vorteil achte. Man soll andere nur so sehr betrügen, daß sie es erheitert bemerken, aber ohne Schmerz. Sie werden dann versuchen, beim nächsten Handel mit dir abermals erheitert zu werden oder sich heiter zu rächen. Wenn es wehgetan hat, machen sie keinen zweiten Handel mit dir.«

»O ihr Götter ...«

Gegen Mittag rasteten sie in einem geschützten Hochtal, wo die Sonne in den letzten Tagen den Schnee geschmolzen und Hänge und Sohle bunt gefärbt hatte. Lamashtu stieß einen Laut des Entzückens aus, warf ihren Umhang und den Beutel neben die kleine, von Büschen umstandene Quelle und lief zum Nordhang. Ninurta folgte ihr, langsamer; als er sie erreichte, kroch sie auf den Knien zwischen neu aufgesprossenen Pflanzen herum. Wieder und wieder berührte sie Blätter oder unfertige Blüten mit der Fingerspitze; sie nannte Namen, die Ninurta nicht kannte, und erzählte von den wundersamen Wirkungen:

»Dies, getrocknet, zerstoßen, in Essig gekocht, dazu ein paar Stäubchen« – es folgte ein weiterer unbekannter Name – »ist eines der besten Mittel, jenes Zerren und Zucken zu erzeugen, das in Gebrüll übergeht, mit Schaum vor dem Mund, und schließlich zum Tod in Krämpfen und Verrenkungen führt. Das hier, aufgekocht, geseiht, verdünnt, noch einmal aufgekocht, mit Bier getrunken, verursacht schlimme Träume, unverdünnt verhilft es zu Wahnsinn.« Pflanzen, die Geschwüre und Blutstürze bewirkten, die zu Qualen und Tod führten ... Lamashtu redete, sprudelte, wie berauscht: eine Art Vernichtungstaumel, wie ihn Krieger in der Schlacht erleben, dachte Ninurta. Nie war Lamashtu lebendiger, lebhafter und schöner gewesen.

Plötzlich ertrug er es nicht mehr, ließ sie am Hang zurück und wanderte zum anderen Ende des Tals. Der kleine Bach, von der Quelle gespeist, versickerte dort zwischen Felsen. Ninurta erklomm den Wall aus Brocken, die wie absichtlich gefügt dort lagen; dann hielt er den Atem an.

Tief unter ihm, auf dem Boden eines Kessels mit grünen Hängen, schaute das blaugrüne Auge eines freundlichen Gottes auf, ein klarer ruhiger See. Nicht der geringste Windhauch erregte die Oberfläche, auch kein Zu- oder Abfluß. Beide mußten unterirdisch sein, dachte er – aber eigentlich dachte er nicht; er lag auf dem Felswall und fühlte sich hinabgleiten in die Ruhe, die das Blau des wolkenlosen Winterhimmels besaß und das Grün der Hänge, hier und da bunte Pflanzentupfer, alle Farben ineinander und vermengt und dennoch getrennt und lebendig. Es war kostbar und kräftigend, und wenn er lange hineinblickte, würde der Schattendrache ertrinken und sich nie wieder regen.

Dann kniete Lamashtu neben ihm. »Was ich suche, wächst hier nicht«, sagte sie.

Ninurta schwieg, noch immer sinkend, versunken.

Sie bewegte sich, den Arm, scharrte; er sah es kaum und hörte nur undeutlich. Plötzlich schleuderte sie einen Stein. Das Götterauge barst, splitterte, wallte auf. Ninurtas Körper war wieder schwer, kein Gleiten oder Treiben; fast mußte er mit Tränen kämpfen.

»Hast du keine Angst, durch einen solchen Steinwurf ein Ungeheuer zu wecken, das vielleicht in so einem See schläft?« sagte er.

Lamashtu preßte die Lippen zusammen. »Vielleicht will ich genau das erreichen.«

Am nächsten Tag verließen sie die Berge – für eine Wegstrecke, die nicht länger sein konnte als ein Marschtag. Hier, wo die Länder Kilikku und Pitassa ineinander übergingen, hatte sich eine Ebene zwischen die Berge geschoben. Fruchtbares Land, bewohnt von Bauern und durchstreift von Hatti. Vielleicht wurde im Norden gekämpft, oder der Winter (mild im Tal) hatte die Kämpfe unterbrochen. Was trotzdem bedeuten würde, daß überaus wachsame Kriegertrupps im Flachland unterwegs wären.

Sie warteten zwischen den letzten Hügeln, bis die Sonne sank. In der Dunkelheit gelang es ihnen, einen Teil des ebenen Bauernlands hinter sich zu bringen. Bei Sonnenaufgang erreichten sie einen kleinen Wald, in dem sie den Tag verbrachten und abwechselnd wachten. In der folgenden Nacht kamen sie wieder in die kalten Berge, die sich nach Westen hinzogen.

Dann rundete sich Lamashtus Mond, blieb aber trocken. In der Winterwelt fand sie keine Kräuter, oder jedenfalls nicht die, die sie suchte. Immer wieder unterbrachen sie das Steigen und Klettern und Rutschen und Laufen, um auf einer eisigen Bergwiese, am Fuß eines schneebedeckten Hangs oder in Krüppelwäldchen zu suchen, zu wühlen, zu graben.

»Abgesehen von einigen Pflanzen, die hier offenbar gar nicht wachsen, sind zwei oder drei Arten von Blumenknollen am wirksamsten«, sagte Lamashtu abends, nachdem sie zuerst geklettert waren und dann bis zur Erschöpfung gesucht hatten.

»Wie lange hilft das Kraut?«

»Je früher, desto besser. Später braucht man stärkere Mischungen, und ... es ist unerfreulich.« Sie gähnte. »Aber wozu willst du das wissen?«

Ninurta starrte in den hellen Himmel, in dem der nahezu volle Mond ein prachtvoller Stein war, gefaßt in das mindere Geschmeide der Sterne. Hoch, eisig und unendlich gleichgültig gegenüber allem, was auf dem Boden geschah. Nicht zum ersten Mal bezweifelte der Assyrer, daß die Sternseher recht hatten. Wie konnte etwas, das vielleicht eine Sammlung von Göttern war, vielleicht brennende Himmelsschiffe, auch nur den geringsten Anteil nehmen an den Wechselfällen der Menschen? Und wie ungeheuer groß müßte ihr Hang zu den Menschen sein, wenn diese eisigen, fernen Feuer im Gedärm der Nacht sich die Mühe gäben, so nebeneinander zu flackern, daß ihre Abfolge denen da unten etwas sagen konnte, was mehr Bedeutung hatte als das Gewicht eines Sandkorns?

»Wozu willst du das wissen, Herr?« wiederholte sie.

»Ich will alles wissen – fast alles.« Ninurta rieb sich die Augen. Er war müde, hatte aber das Gefühl, daß dies eine jener Nächte wurde, in denen etwas in seinem Kopf durch beharrliches Kreiseln den übrigen Leib vom Schlummer abhielt. »Habe ich dir nie gesagt, daß wir, ich meine die Händler von Yalussu, auch mit Heilkräutern und Mischungen handeln?«

»Das hast du mir nie gesagt. Wer weiß denn genug, um zu brauen, zu sieden, zu verdünnen und zu handeln?«

»Zwei Babilunierinnen. Kir'girim und Kal-Upshasu. Kir'girim ist aus Nippur, die andere aus Kish. Du wirst sie kennenlernen, wenn wir je die Insel erreichen.«

Lamashtu antwortete nicht gleich; als Ninurta schon meinte, er könne doch einschlafen, sagte sie: »Ich weiß nicht, ob ich mit auf diese Insel will.«

»Hm?«

»Schlaf, Herr; kümmere dich nicht um mich.«

Das weckte ihn. Er setzte sich ächzend auf und tastete nach dem Becher, in dem das Wasser, aus Schnee geschmolzen, noch nicht ganz zu Eis geworden war. »Sprich, Fürstin des Fiebers.«

Sie lag neben ihm auf der Lederdecke, die sie noch nicht über sich geschlossen hatten. »All die Handelsfürsten und klugen Frauen... Was soll eine ehemalige Sklavin dort? Kann ich denn Teil von etwas werden, das heil ist?«

Ninurta stellte den Becher ab, streckte sich wieder aus und zog die Decke über beide. »Darauf weiß ich keine Antwort. Aber was willst du woanders?«

Mit einem Zweig malte Ninurta eine grobe Karte ins sandige Ufer des schnellen Flusses. Er strebte nach Süden, zum Meer, und sie würden schwimmen oder eine Furt suchen müssen, um weiter nach Westen zu gelangen. Ein Bauer hatte ihnen gesagt, der nächste Gebirgszug verlaufe von Süden nach Norden, ebenso der folgende, und dann sei die Welt sowieso zu Ende, so daß sie eigentlich nicht weiterreisen müßten. Ein anderer Bauer, weiter gewandert und (wie die gleich einer Schlangenzunge gespaltene Nase zeigte) nicht unvertraut mit Waffen in eigener oder fremder Hand, berichtete von einer Schlacht nahe der Mündung. In der Ebene am Meer seien dort Trojaner und Söldner angetreten, deren Schiffe am Strand lagen, und aus den westlichen Hügeln seien Krieger des Madduwattas gekommen, und beide gemeinsam hätten ein großes Hatti-Heer niedergerungen, so daß die Ebene tagelang rot war. Rot wie die Gewänder der Priester aus Arzawa, die nach den Kriegern kamen und Altäre für einen Drachengott errichteten. Niemand wolle diesen Gott Shubuk, aber alles sei besser als eine Fortdauer der Unterdrückung durch die Hatti.

Der Fluß hieß Malassu, und Ninurta war beinahe glücklich, genau zu wissen, wo sie sich befanden. Auf der »Karte« maß Lamashtu die Entfernungen, indem sie die drei mittleren Finger der Rechten, eng zusammengepreßt, mehrmals nebeneinander legte. »Wir haben also noch einmal halb soviel Weg zurückzulegen wie von Tarsa bis hierher«, sagte sie.

»Es wird jetzt aber einfacher.« Ninurta wies auf das grüne, von Baumgruppen und Büschen durchsetzte Bauernland zu beiden Seiten des Flusses. »Wenn die Hatti eine Schlacht verloren haben, heißt das, daß sie westlich des Flusses kaum noch zahlreich vertreten sein können. Trotz der Sache mit den Priestern – die anderen sind bestimmt noch nicht so weit gediehen, daß sie schon eine Art Herrschaft errichten könnten. Vorläufig werden sie sich als Freiheitsbringer darstellen, nehme ich an. Und angeblich sind ja noch Trojaner in der Nähe. Was hat der Mann gesagt, über den Anführer?«

Lamashtu versuchte sich an die fremden Laute zu erinnern. »Irgendwas mit Pulu. Pulussu? Puluddu?«

Ninurta schnipste. »Pulud-ur-assu. Das müßte Polydoros sein, einer der Söhne des Königs Prijamadu.«

»Kennst du das Land hier?«

Er blickte sie von der Seite an, mit einem flüchtigen Lächeln. »Nicht so gut, wie ich möchte, aber immerhin besser als diese gräßlichen Berge. Wir haben hier oft besondere Handelsware eingetauscht – Heilpflanzen und Kräuter.«

»Ah.«

»Ich nehme an, im Lauf der nächsten Tage werden wir entweder selbst das finden, was du suchst, oder wir finden jemanden, der es uns verkauft.«

Vier Tage später, am Ufer des nächsten Flusses, gaben sie einen Teil der übriggebliebenen Silbersplitter für ein Nachtlager und einige Knollen, Wurzeln, Kräuter und Öl aus. Und für die Erlaubnis, die Feuerstelle und einen nicht für Speisen benutzten Topf zu verwenden. Aber die Kräuter und Knollen waren teuer: Die Priester des Madduwattas, hieß es, seien begierig nach allem, was besondere Wirkungen habe, forderten Pflanzen als Teil der dem König zustehenden Abgaben, daher seien derartige Dinge knapp geworden.

Der uralte Vater des Wirts humpelte aus seiner Ecke herbei, als Lamashtu mit dem Schälen, Schneiden und Zerkleinern begann. Er kicherte hohl, bleckte die beiden letzten, schwärzlichen Zähne, deutete auf seinen Bauch und beschrieb mit der Hand eine Wölbung.

»So ist es, alter Mann.« Ninurta verstand nur sehr mühsam, was der Greis als nächstes sagte; es schien sich auf die Dauer des unerwünschten Zustands zu beziehen.

»Zwei Monde«, sagte Lamashtu, ohne von der Arbeit aufzublicken. Sie zerkleinerte eben die teure Wurzel, deren Preis ebenso von der Wirksamkeit wie von der äußeren Ähnlichkeit mit einem mißgeborenen Kind bestimmt wurde.

Der Alte knurrte etwas, keckerte und verschwand. Nach kurzer Zeit erschien er wieder und gab Ninurta ein paar kleine dunkle Kapseln.

Lamashtu riß die Augen auf. »Schlafmohn! Das ist gut.« Ihre Stimme wurde leiser. »Für hinterher.«

Während sie ihren Trank zubereitete, setzte sich Ninurta zum Wirt. Die kleine Herberge am Fluß bestand aus einem niedrigen

Hauptraum mit Tragbalken, Balkendecke und Holzdielen; dazu ein paar Nebengebäude. Ob der Verschlag, in dem sie auf Strohmatten schlafen sollten, ansonsten ein Ziegenstall war, wollte Ninurta nicht näher erfragen. Sie tauschten Bemerkungen über den milden Spätwinter aus, und der Assyrer erfuhr mehr über die Kämpfe zwischen Hatti einerseits und ansässigen Achaiern, Kriegern des Madduwattas, fremden Söldnern und wenigen Trojanern andererseits. Nach der langen Unterdrückung durch die elenden Hatti schlössen sich viele waffenfähige Männer der Gegend dem Heer des Madduwattas an, und selbst dessen rote Priester seien besser als alles, was die Hatti darstellten; im Frühjahr werde das verstärkte Heer nach Osten vordringen.

Der Alte setzte sich neben Ninurta an den rohen Tisch; die Bank schaukelte bedrohlich, bis er eine ihm genehme Lage gefunden hatte. Er sagte etwas, nuschelte, keckerte wieder und rieb Daumen und Zeigefinger aneinander.

»Er sagt, ihr werdet drei oder vier Tage bleiben.« Der Wirt kniff ein Auge zu. »Bis die Frau wieder gehen kann. Kannst du bezahlen, Fremder?«

Wolfsfuß, Menschwurz, elf begleitende Kräuter, ein paar Tropfen Öl, ein wenig saurer Wein, den Lamashtu ins kochende Wasser goß, und ein paar zerstoßene *shashammu*-Körner, um durch Süße den Geschmack etwas weniger widerlich zu machen. Ninurta roch an dem Napf, den sie aus dem Kessel schöpfte, und würgte beinahe.

»Bist du sicher ... Ja, du bist sicher; ich auch, weil ich das schon gesehen habe, aber das macht es nicht schöner.«

»Für mich«, sagte sie. »Dir kann es doch gleichgültig sein.«

»Es ist mir nicht gleichgültig. Da ich beteiligt war, wäre es nur gerecht, wenn ich das Zeug auch tränke.«

Lamashtu schnaubte. »Du bist zu weich, Herr; wieder frage ich mich, wie einer wie du es zu Wohlstand bringen kann. Als Sklave würdest du nicht lange überleben.«

In der Nacht setzten die Schmerzen ein; Lamashtu suchte sie mit den dunklen Kapseln zu lindern, was ein wenig half. Dann war sie drei Tage lang sehr krank; als ob heiße Messer in ihr stocherten, sagte sie. Ninurta hielt ihren Kopf, ihre Hände, versorgte sie mit Wasser, Brot und Brühe – mehr wollte sie nicht zu sich nehmen – und war sehr erleichtert, als sie am Morgen des vierten Tages sagte, nun könne sie wieder gehen.

Auf der weiteren Reise nach Westen, durch zumeist flaches, wegsames Land, teilten sie nachts wie zuvor die Lederdecke, aber Ninurta empfand nur noch selten Gier, und wenn ihn Lamashtus Nähe erregte, drehte er sich auf die andere Seite. Etwas war verändert; er fühlte sich wie ein Gastgeber, der jemanden unabsichtlich vergiftet hat und dem mühsam Genesenen nun die gleiche Speise abermals vorsetzen will. Immer war es Lamashtu, die das erste Wort sagte oder mit den Berührungen begann, wenn sie Lust wollte. Und ohne daß sie darüber gesprochen hätten, entnahm er ihrem Tonfall oder winzigen Veränderungen des Gesichts, daß sie ihn wegen der Zurückhaltung, die sie für weich und schwach hielt, zu verachten begann.

Mit dem letzten Silber bewegte der Assyrer an einem fast windstillen Frühlingstag einen Fischer, sie überzusetzen. Sie hatten den winzigen Hafen Qulaissa erreicht, und wenn weiter draußen auf dem Meer doch Wind wehte, könnten sie vielleicht schon abends Roddus Nordspitze erreichen, an Land gehen, und vier oder fünf Stunden Marsch brächten sie zum Hafen Yalussu, an der Westseite. Dort gab es die Lagerhäuser der Händler, Freunde, Diener, Silber, große Wannen mit heißem Wasser und Duftöl und Salben, frische Kleider, Wein, reiche Nahrung... Er riß sich zusammen.

»Wenn kein Wind geht, werden wir rudern«, murmelte er.

BRIEF DES KORINNOS (IV)

Dies ist aus der Schrift des holden Knaben, der ich einmal war – ahnungslos und dumm, wie nahezu alle Holden jeglicher Abkunft und jedweden Geschlechts; vielleicht gibt es irgendwo einen holden Zwitter, der nicht dumm ist. Wahrscheinlich ist er aber auch nicht besonders hold. Lies, o Djoser; lächle ob der Ernsthaftigkeit (die, wie nahezu jede Ernsthaftigkeit, Ergebnis der Dummheit ist, denn Scharfsinn findet hinter allem Ernsten und Heiligen jenes gewaltige Gelächter, das eines Klugen einzige Wehr gegen die Sinnlosigkeit ist, die nur durch dummen Ernst für heilig erklärt werden kann) des Knaben, und vergib ihm. Er konnte nicht anders.

Schiffe und Krieger von den östlichen Inseln stießen zu den bei Aulis Versammelten, desgleichen Söldner. Es gelang jedoch nicht, den Lykier Sarpedon in den Kampf zu ziehen, obgleich er als Schwager des Königs von Sidon, Phalis, den Alexandros getötet hatte, die Trojaner hätte schmähen sollen.

Während sich die Schiffe und Krieger sammelten, wanderte Agamemnon eines Tages außerhalb der Stadt und gelangte in einen Hain der Artemis. Dort sah er ein äsendes Reh, das er erlegte, uneingedenk der Heiligkeit des Orts. Bald darauf befiel eine Seuche das Heer und die Rinder, die als lebender Vorrat zusammengetrieben worden waren.

(Du magst an dieser Stelle bedenken, o Djoser, daß Tausende zusammengekommen waren, die aßen und tranken und das Aufgenommene ausschieden. Ferner magst du erwägen, daß es ein kaltes Frühjahr war. Die Fürsten erwogen dies weniger als die dritte Möglichkeit, wie du gleich lesen kannst.)

Als die Führer ratlos berieten ob dieser Widrigkeiten, trat eine von den Göttern berührte Frau vor sie. Zuckend und mit Schaum in den Mundwinkeln erklärte sie, Artemis sei ob der Metzelung des Rehs ergrimmt und werde die Seuche erst wieder vom Heer nehmen, wenn der für das Vergehen Verantwortliche seine älteste Tochter geopfert habe. Da wandten sich alle gegen Agamemnon, der sich aber weder durch Zureden noch durch Schimpf bewegen lassen wollte, der Opferung seiner Tochter zuzustimmen. Schließlich sprachen sie ihm die Königswürde ab und nahmen ihm den Oberbefehl, der Palamedes, sodann Diomedes und Aias, Sohn des Telamon, und viertens Idomeneus übertragen wurde. Man teilte das Heer in vier gleich große Gruppen.

Die Seuche tobte weiter. Odysseus heckte nun eine seiner Tücken aus, die bisweilen wundersam, bisweilen auch gräßlich waren. Er gab vor, von Zorn auf Agamemnon überzufließen, und verkündete, er werde abreisen. Tatsächlich begab er sich jedoch nicht nach Ithaka, sondern nach Mykene, wo er Klytaimnestra eine Botschaft überbrachte, die ihm, wie er sagte, ihr Gemahl Agamemnon aufgetragen habe.

Iphigeneia, die älteste Tochter, sei von Agamemnon dem Achilleus versprochen; dieser aber, sagte Odysseus, wolle keinesfalls gen Troja ziehen, ehe nicht die Vermählung vollzogen sei. Klytaimnestra solle daher die Tochter und alles zur Vermählung Nötige nach Aulis schicken. Odysseus erfand und beredete mit ihr noch viele andere Kleinigkeiten hinsichtlich der Vermählung, so daß Klytaimnestra ihm vollkommen vertraute. Nach wenigen Tagen kehrte Odysseus also mit Iphigeneia zurück und ließ sich im Hain der Artemis scheinbar zufällig blicken.

Agamemnon erwog, sich vom Heer zu entfernen und zu fliehen; sei es, daß er als Vater nicht teilhaben wollte an der Opferung, sei es, daß er die Opferung für unnötig und von einer Wahnsinnigen angeregt hielt. Nestor, der goldlippige und honigzüngige Nestor, verstöpselte ihm mit klebrig träufelnder Rede die Ohren und änderte seinen Sinn, wie dies eben nur Nestor konnte.

Odysseus, Menelaos und Kalchas der Seher bereiteten die Maid für die Opferung vor. Plötzlich verfinsterte sich der Himmel, der Tag wurde wie Nacht, Donner und borstige Blitze folgten, danach ein Beben, das Erde und Meer erschütterte. In Regen, Hagel und Düsternis bedachten Kalchas, Odysseus und Menelaos, daß dies ein göttliches Zeichen sein mochte, vom Opfer abzulassen. Aber ebenso groß wie ihre Beklemmung darüber war ihre Sorge um das Leid der Krieger unter der Seuche.

(Ist es nicht trefflich, wie die Götter das Wetter handhaben, wenn Menschen etwas tun wollen, was sie nicht wirklich tun wollen? Ist es nicht wunderbar, wie Menschen dann aus einem Hain, der gewöhnlich nicht eben redselig ist, wohlgesetzte Worte vernehmen? Fürwahr, wunderlich ist die Vielfalt der Dinge.)

Da erklang, als sie noch unentschlossen waren, aus dem Hain eine Stimme: Die Göttin verschmähe derlei tückisch vorbereitetes Opfer und habe Mitleid mit Iphigeneia; sie sollten sie freilassen. Für Agamemnon sei eine andere Züchtigung bereitet, nach der Heimkehr aus Troja. Sie sollten das opfern, was ihnen bald anstelle der Königstochter im Hain gezeigt werde.

Zur gleichen Stunde erhielt Achilleus von Klytaimnestra durch beladene Boten eine große Menge Gold und die Nachricht, sie vertraue ihm hiermit ihre Tochter und den gesamten Haushalt an. Achilleus, bis dahin ohne Kenntnis der Vorfälle, erfuhr nun endlich von der Tücke des Ithakers und stürmte zum Hain, wo er alle zu erschlagen drohte, die Iphigeneia etwas zuleide täten. Sie waren so verblüfft über sein Erscheinen, daß sie wie gelähmt zusahen, als er das Mädchen befreite und mit ihr den Hain verließ. Während sie noch stritten, was nun zu tun sei, näherte sich furchtlos eine weiße Hindin und blieb vor dem Altar stehen.

(Und wird es dich verwundern, Rome, daß sie dies feine Tier meuchelten, worauf die Seuche sich legte?)

Sie sagten jedoch Agamemnon nichts von alledem, verschwiegen dem Vater, daß die Tochter lebte, und gaben Iphigeneia in die Obhut des Königs der Skythen, der mit vielen Kriegern zu ihnen gestoßen war. Danach setzten sie Agamemnon wieder als König und Heerführer ein, und Mykenes Fürst nahm das Amt an. Entweder wußte er nicht, oder er tat, als wisse er nicht, oder das Amt war ihm zu wichtig. Bald darauf waren Wind und Meer günstig; Zehntausende stiegen in die beladenen Schiffe, und so segelte das Heer fort von Aulis.

8. DIE INSEL DER HÄNDLER

Gewöhnlich fand Djoser das Leben ungewöhnlich: immer neu, anstrengend, aufregend, schwierig und ernst. Manchmal erinnerte er sich an fromme Übungen der Kindheit, die Besuche im einen oder anderen Tempel von Men-nofer, Versuche, sich zu etwas Innerem zu sammeln, das aber gleichzeitig Außen, Oben und Fern war, Opferungen, Gemurmel und Gebärden der Priester. Andere Völker hatten andere Götter; im Lauf der Zeit und der Reisen waren ihm all diese jenseitigen Mächte immer ähnlicher erschienen. Und immer bedeutungsloser. Aber wenn das Leben besonders schwierig und undurchsichtig wurde, Nebel, durch den er das kaum beherrschte Schiff zu steuern hatte, wünschte er sich oft, als Steuermann den Anweisungen eines Schiffsherrn folgen, seinen Kurs den erhabenen und unbegreiflichen Ratschlüssen (oder Anfällen hämischer Willkür) der Götter anvertrauen zu können. Welcher Götter auch immer.

Es war alles nicht so, wie er es erwartet hatte. Wieder und wieder fragte er sich, ob sie nicht in Ugarit doch anders hätten handeln sollen, mit halbbeladenen Schiffen in den ersten Abend segeln, statt die Lager ganz zu räumen und den zweiten Tag zu nutzen und Ninurta zum König gehen zu lassen. Der Verlust wäre schmerzhaft gewesen; der Verlust des Assyrers war schmerzhafter. Waren und edle Metalle ließen sich wieder beschaffen; daß Awil-Ninurta zurückkommen könnte, wagte er nicht einmal zu hoffen.

Die Begegnung mit den Schiffen der Trojaner hatte ihn ins Schwitzen gebracht, aber Zaqarbal, elend leichtherziger Chanani, steuerte alle drei Schiffe mühelos durch etwas, was Unheil hätte werden können. (»Wieso Unheil?« sagte Zaqarbal, als sie, nah nebeneinander fahrend, von Achterdeck zu Achterdeck stritten.

»Die müssen sich doch hier gut benehmen, Junge; du riechst aber wirklich in jedem Furz den Hauch eines Dämons!«) Eine gewaltige Ansammlung von Schiffen aller gängigen Arten: Fischerboote, überladen mit Kriegern und Rüstung; kleine Lastschiffe; schwere Frachter; schnelle leichte Kampfschiffe (einige mit Rammsporn); Flöße fast ohne Bordwand, auf denen große Schleudern standen, das Ganze gezogen von zwei oder drei Ruderschiffen; ein Segler mit zwei Masten; mehrere Boote, die jenen nachgebaut schienen, welche Steine auf dem Jotru beförderten, von den Brüchen hinab nach Men-nofer. Kleine, große, einfache, bunte Schiffe (mit aufgemalten Götteraugen am Bug) und einige, deren Bauweise ihm völlig fremd war. Zweihundert oder mehr, insgesamt; ein Stück nordwestlich von Alashia kamen sie ihnen entgegen, mit schwachem Nordwind, gegen den *Kerets Nutzen, Kynara* und *Yalussu* mühsam anruderten.

Zum Glück lag die *Kynara* vorn; Zaqarbal brüllte den Fremden etwas zu, was Djoser nicht verstehen konnte. Sie deuteten nach hinten, zur Mitte der Flotte. Zaqarbal ließ einfach die Ruder einziehen und wartete, bis das Schiff des Flottenführers nah genug war. An Bord der *Yalussu*, fast gleichauf mit *Kerets Nutzen* eine Bootslänge hinter der *Kynara*, mußte man wohl oder übel ebenfalls die Ruder einziehen; Djoser wäre am liebsten wie ein aufgeschrecktes Tier geflohen.

Später, beim Streit von Bord zu Bord, erfuhr er (wie auch Tashmetu, die ihr Schiff dicht neben seines gefahren hatte und sich an der Unterhaltung beteiligte), daß es sich um Schiffe aus Troja und vielen verbündeten Städten handelte, vollgestopft mit Kriegern, Vorräten und Waffen, befehligt von Hipponoos, einem der Söhne des Königs Priamos.

»Was regst du dich auf?« sagte Zaqarbal. Er grinste. »Ich kenne ihn, wir haben vor zwei Jahren furchtbar gesoffen, als ich da oben war.«

Die Schiffe waren unterwegs zu den freien Häfen im Südwesten von Alashia, um dort Kämpfer und Waffen und Vorräte (und rote Priester) auszuladen. Die Hatti mochten, getreu den Gewohnheiten aus ihrem kalten Binnenland, den Winter für eine

Zeit des Friedens und Ruhens halten; Trojaner, Arzawer und die Kämpfer der vertriebenen Stadtfürsten Alashias hatten nicht die Absicht, den Hatti diese Ruhe zu gönnen.

»Die waren richtig nett«, sagte der Sidunier. »Hipponoos hat fast geweint, weil wir keine Zeit haben, endlich herauszufinden, wer von uns mehr verträgt. Damals sind wir ziemlich gleichzeitig umgefallen. Und er hat sich für die Nachrichten aus Ugarit und Alashia bedankt – weil sie jetzt sicher sein können, daß die Ecke, wo sie hinwollen und aus der wir gerade kommen, nicht von Hatti wimmelt.«

Tashmetu hatte gelächelt, und Djoser fühlte sich nicht ausreichend ernst genommen.

Dann Yalussu – Ialysos, wie die Einheimischen sagten. Die Stadt war nicht so belebt wie sonst. Viele Männer, sagte man, seien dem Aufruf des Tlepolemos gefolgt, und um mit neun Schiffen, vielleicht auch mehr, im Frühjahr nach Aulis zu segeln und sich mit den westlichen Achaiern zum Kriegszug zu sammeln, hätten sie jetzt schon den Heimatort verlassen, Lager nahe Triadha und Lindos bezogen und spielten ein wenig Krieg, statt sich um die wichtigen Dinge zu kümmern. Das komme eben davon, sagte einer der alten Lagerarbeiter, wenn man sich hergelaufenen Fremden unterwürfe, die behaupteten, von Herakles abzustammen, und im übrigen ganz brauchbar seien.

Djoser versuchte nicht ernsthaft, aus dem Gerede und den Gerüchten schlau zu werden; ihm genügte es (war mehr als genug), feststellen zu müssen, daß der Handel fast zusammengebrochen war. Wo weniger Leute sind, wird weniger benötigt, sagte er sich; es machte ihn weniger heiter. Sie luden Berge von Holz und Holzkohle ein und einen Teil der Waren aus (wieder Anlaß zum Zank mit Zaqarbal, der von diesem mehr und von jenem weniger zur Insel mitnehmen wollte) und entließen einige Leute, die unsicher schienen oder nicht weiterreisen mochten. Hierbei war Zaqarbal gebührend ernst und aufmerksam. Zu denen, die von Bord gingen, gehörten auch etliche Sklaven; da so viele Männer in den Krieg ziehen würden, brauchte man Arme, Hände und Beine für tausend Arbeiten, und der Sklavenmarkt war fast der einzige noch blühende Zweig des Handels. Was das Aussondern unzuverlässiger Leute betraf, war Tashmetu ebenfalls sehr sorgfältig – soweit Djoser dies beurteilen konnte. Der Rome ließ seinen Landsmann, den alten Lagerverwalter Menena, in Yalussu zurück; wie in Ugarit sollte Menena hier verwalten und verwesen, und er sollte ein Auge auf den Bootsbauer werfen, bei dem Djoser ein neues Schiff in Auftrag gab: Ersatz für den alten Kahn, den er teuer verkauft hatte. In Gubla war er an Bord von Ninurtas Schiff gegangen, und seit Ugarit... aber der Assyrer mochte zurückkehren und die *Yalussu* wieder in Besitz nehmen, und dann würde Djoser ein neues Schiff brauchen. Warum nicht gleich; und verkaufen könnte man es notfalls immer noch. Er bedauerte nur, wieder einmal, daß ihre Insel, auf der auch zwei gute Bootsbauer lebten, kaum Holz und nur die eine Grotte besaß, in der Schiffe liegen konnten. Die Grotte war aber zu eng und felsig für alles, was Bootsbauer (jenseits von Ausbesserungen oder der Anfertigung kleiner Schiffe) an Hallen, Schrägen und Gestellen brauchten.

Dann Tsanghar. Djoser ertappte sich dabei, daß er den Kashkäer jung fand; war er selbst, kaum fünf Jahre älter, wirklich so *alt*? Der freie Sklave machte sich an Bord der *Yalussu* nützlich, so gut man sich auf der ersten Seereise nützlich machen kann, und dauernd bastelte er an merkwürdigen Dingen herum. Irgendwann hatte er eine Mine Gold und eine Mine Silber, vom gleichen Schmelzer in gleich große Formen gegossen, in den Händen gewogen und gesagt, das Gold sei schwerer als die gleiche Menge Silber; drei Tage lang bastelte er an Waagen, ohne zu bedenken, daß das Schiff schaukelte und noch die gröbste Waage ausschlagen ließ, ehe man etwas ablesen konnte. Dann wieder seine Holzrädchen und Seilstücke und die Behauptung, es müsse eine Möglichkeit geben, Lasten besser und einfacher zu heben. Als sie gegen den Wind ruderten, der plötzlich von Nord auf Ost umsprang und sie nach Westen trieb, hing Tsanghar lange über der Bordwand, erbrach sich dort aber nicht, sondern starrte ins Wasser und murmelte etwas in seiner Heimatsprache – Beschwörungen, Rätsel, Verse, Berechnungen? Zaqarbal hätte ihn vermutlich geknebelt, dachte Djoser, und Ninurta hätte sich mit ihm unterhalten. Der Assyrer, der immer alles wissen wollte... Manchmal kam es Djoser so vor, als habe er den rechten Arm verloren, als Ninurta verschwand.

Dann auch noch die Insel... Zwei Tagereisen westlich von Roddu sichteten sie das winzige, kahle Riff, das ihnen als Anhaltspunkt diente. Djoser schickte einen seiner beiden Steuerleute an Bord der *Kerets Nutzen* und übernahm selbst das rechte Steuerruder, als die Sonne untergegangen war. Die *Kynara* fuhr voran, in die Nacht hinein, ohne Segel (der Wind war nicht ungünstig, aber Mond und Sterne mochten das helle Tuch glitzern lassen, und wenn auch bei Sonnenuntergang keine anderen Schiffe in Sicht gewesen waren, konnte man doch nie vorsichtig genug sein), danach die *Yalussu*, zum Schluß *Kerets Nutzen*. Dann bedeckte sich der Nachthimmel, so daß Djoser die Zeit nicht mehr an den Sternen ablesen konnte. Er nahm an, daß es kurz nach Mitternacht war, als sie die verschwommene Masse der Insel erreichten. Die *Kynara* tastete sich in die enge, mit Riffen, geborstenen Felsen und scharfen Graten unter Wasser überreich ausgestattete Einfahrt. Zwei Ruderschläge, dann scharf nach links; drei Schläge, sieben Atemzüge lang geradeaus gleiten, dann scharf nach rechts steuern... Es dauerte so aufreibend lang wie immer. Eine Kehre, Gleiten, zwei schroffe Biegungen hintereinander, eine in Gegenrichtung, dann glitten sie durch einen Vorhang aus Pflanzen und waren in der großen Grotte.

Djoser hörte die bewundernden Ausrufe jener, die zum ersten Mal herkamen; er zuckte mit den Schultern. Tagsüber fiel Licht in die riesige Höhle, die von Erdbewegungen geformt oder in Äonen von den kleinen Bächen ausgespült worden sein mochte – Licht, schräg von oben, das die tausend Farben der Steine, der Moose und des Wassers flimmern und verschmelzen ließ; was waren da die beiden Fackeln, die der Wächter entzündet haben mußte, als die Schiffe die enge Einfahrt erreichten und Zaqarbal, unhörbar für die auf den anderen Schiffen, das Losungswort in die Nacht sprach. (Wie Djoser den Sidunier kannte, hatte dieser sich scheinbar zufällig mit irgendwem auf der *Kynara* über die Ladung unterhalten und an der richtigen Stelle, rein zufällig, das würzige, ölhaltige Korn genannt.)

Zwei Bronzefäuste, in der Wand befestigt, hielten große Fackeln, deren Licht vom schwarzen Grottenwasser gebrochen, geschluckt und verwandelt wieder ausgespien wurde. Die Wölbung verlor sich hoch oben im Dunkel. Tagsüber fiel noch ein wenig Licht aus dem inneren Teil der Grotte; dort hatten die Bäche der Insel einen über hundert Schritte breiten Strand um ihre Mündung herum geschaffen, wo die Schiffe ausgebessert werden und die Inselbewohner baden konnten. Aber es war Nacht; durch die hintere Öffnung fiel kein Licht, und soviel Djoser sehen oder ahnen konnte, lagen am Strand keine Schiffe.

Diesseits der inneren Enge, am Kai, teils gemauert, teils als Sims aus dem Felsen gehauen, sah er zwei leichte Ruderer und ein weiteres Handelsschiff für große Frachten und Fernen. Der Rome ächzte leise. Es war die *Dagans Dauer*; was bedeutete, daß die der Seeräuberei entwöhnte Tarhunza auf der Insel weilte; was bedeutete, daß die an Leib und Seele vollkommen maßlose Hatti-Frau versuchen würde, ihn und andere in ihre Maßlosigkeiten zu verwickeln; was bedeutete, daß es Gelage und Gerede und Gebrüll geben würde statt geruhsamer Arbeit mit den nötigen Mengen Schlafs; was bedeutete ... Er ächzte noch einmal.

Hinter ihnen, in der verhangenen Öffnung, knarrten und knirschten die Hölzer, Metallschienen, Metallrollen und Stricke; die mit Bronzplatten und Steinscheiben besetzte Tür wurde geschlossen. Sie reichte bis knapp über die Wasserlinie; wer auch immer zufällig die Einfahrt fand und vielleicht noch mit dem Bug den Pflanzenvorhang durchstieß, würde gegen etwas fahren, das er für einen Felsen halten mußte.

Dann ächzte Djoser zum dritten Mal, als aus dem Gang, der vom Kai durch die Felsen ins Innere der Insel führte, die ersten verschlafenen Gesichter auftauchten. Er sah Kir'girim, die Meisterin der Kräuter, den Rome und furchtlosen Rechenkünstler Sokaris, den Schmied Shakkan aus Larsa, die Herrin der Tiere, Igadjaé aus Karkemish, und er wußte, daß er (wie Zaqarbal, aber der würde zunächst Besseres zu tun haben) ihnen allen berichten mußte, was sie getan und unterlassen hatten, welche aufregenden Arten der Langeweile in anderen Häfen vorherrschten und was mit dem Assyrer geschehen war.

Zaqarbal sprang auf den Kai, breitete die Arme aus und rief: »O ihr häßlichen und holden Gefährten, wie gut, euch zu sehen. Wo ist die Fürstin meiner Nächte?« Und noch ehe das Gebrüll, zu dem die Grotte seine Worte verwandelte, ganz verhallt war, tauchte die schlanke Frau aus dem Gang auf, Kynara aus Samaly, einem Hafen an der Südostküste von Alashia. Sie war kaum bekleidet, trug über dem Leibschurz nur einen dünnen, offen wehenden Umhang, rötlich wie ihr langes Haar. Vor Zaqarbal blieb sie stehen, legte ihm die Hände auf die Schultern und sagte:

»O du, der meine Leber walkt und meinen Kern zum Schmelzen bringt – willkommen, Zaqarbal. Warst du mir auch treu?«

»Oft, Geliebte.« Als das Gelächter der Umstehenden sich gelegt hatte, fuhr der Sidunier fort: »Ich war dir treu, Kynara – auf meine Weise.«

»Die kenne ich, du Schuft.«

All dies, dachte Djoser, und noch mehr, vor allem... eines. Schwer in Zeichen niederzulegen. Er saß am lederbezogenen Tisch, auf dem mit Fellen belegten Rohrstuhl, kaute auf dem Schreibried und blickte abwechselnd durch die Fensteröffnung in den grünen Küchengarten hinaus, der um eine der Quellen herum angelegt war, und dann wieder auf das halb beschriebene Blatt aus Binsenmark. Vor Jahren hatte er begonnen, die unerfreulich wichtigen Dinge aufzuschreiben, um der Heiterkeit des greisen Vergessens vorzubeugen. Aber... das Schwerste von allem, seit sie Ugarit verlassen hatten, fehlte noch.

Kienruß und Gummi, dachte er, und verbrannte Weinhefe. Er nahm den Tintenklumpen in die Hand. Eine feine Raspel. Mit wenig Wasser anrühren, mit Essig verdünnen, nachdem es gerieben und zu feinem Staub zerstoßen ist. Er hatte Tinte bereitet, das Näpfchen war fast noch voll; er hatte ein Ried zerkaut, genau richtig, um damit auf Binsenblättern zu schreiben. Nun zerkaute er das obere Ende. Er legte den Tinteklumpen zurück in die Schale mit Schreibhalmen, Griffeln, Messerchen und Fäden; dann betrachtete er die Steine, mit denen er die Markrolle seitlich beschwert hatte. In einem Stein war eine Art Schnecke eingeschlossen. Seufzend sah er sich um. Die Häuser im Talkessel waren alle gleich, an die schroffen Felsen gelehnt, erbaut aus den Steinen der Insel und ein wenig Holz, das übers Meer hergebracht werden mußte. Keines war älter als vierzig Jahre. Helle Waben eines Händlerstocks am Felsen. Das breite flache Bett mußte nicht ausgebessert werden, die Felle und Decken hatte er bereits dreimal zurechtgezupft, der Fensterverschluß – ein mit dünnem Fell bespannter Holzrahmen – war vor wenigen Monden neu gestrichen worden, die Bastmatten und der schwere Teppich (ein Geschenk Ninurtas, hergestellt von irgendeinem Bergvolk jenseits des Hatti-Reichs) lagen genau richtig und mußten nicht geflickt werden, die Rollen und Tafeln im Gestell an der linken Wand waren säuberlich geordnet und ausgerichtet, er brauchte auch keine frische Tinte, und der Krug mit Fruchtsaft, Wasser und Wein war noch fast voll.

Mit leisem Knurren ergab er sich, tauchte das Ried in den Napf und begann zu schreiben. Sie hatten sich vor langer Zeit – ehe Djoser zu ihnen stieß – auf die Verwendung der Chanani-Lautzeichen geeinigt, die auch er leichter und schneller zu schreiben fand als die Wortbilder seines Landes. Er beschrieb den Rat der Handelsfürsten, die Berichte, die vorläufige Berechnung der Gewinne und Verluste; vorläufig deshalb, weil drei Schiffe noch fehlten. Der Kreter Minyas, den sie oft Minos nannten (was Djoser verstand, aber nicht witzig fand), trieb sich irgendwo im Norden herum, um mit Thrakern zu feilschen; die Trojanerin Leukippe, hieß es, stecke irgendwo zwischen den tausend Inseln vor der Küste des östlichen Festlands; und von dem Mykenier Tolmides, der die Küsten westlich von Djosers Heimat hatte besuchen wollen, um mit den Libu (die Djoser Tjehenu nannte) zu handeln, wußte niemand etwas.

Die Eigner: Tolmides, Leukippe, Minyas, Tarhunza, Zaqarbal, Djoser, Ninurta – die Sieben. Ninurta mochte leben oder tot sein, was, wie Tarhunza mit dröhnender Stimme bemerkte, aufs gleiche hinauslief, solange er sich bei den Hatti aufhielt, ihren widerlichen Verwandten mit tausend Göttern, darunter kein für Verstand zuständiger Himmelsfürst. Minyas, Leukippe und Tolmides fehlten, aber immerhin waren die sieben Angehörigen des Zusatzrats da. Djoser übernahm es, Tashmetu mit allen und allem bekannt zu machen. Die beherrschte Frau, die sich nicht anmerken ließ, ob sie um Ninurta trauerte, hatte von dem Assyrer bereits viele der Namen gehört; fast war es, als ob sie lange ungesehene Bekannte erneut statt Fremde erstmals begrüßte.

Sieben Eigner hatten Schiffe, Vermögen, Kenntnisse und Verbindungen eingebracht; etwa drei Dutzend weitere Männer und Frauen waren dazugekommen: Leute mit besonderen Fertigkeiten und Vorzügen. Handwerker waren darunter, Hersteller gut verkaufbarer Dinge, Baumeister, oder auch der Gärtner Tukhtaban, ein Skythe, der aus dem Boden des Inseltals dreimal mehr an Kräutern und nahrhaften Pflanzen herausholte, als jeder andere für möglich hielt. Sieben Leute (drei Frauen und vier Männer) vertraten sie im Zusatzrat, von den übrigen gewählt.

Was sollte mit Tashmetu geschehen? Auch ohne die Häuser und Landstücke und nicht schnell genug aus Ugarit verschiffbaren Besitztümer verfügte sie über ein beträchtliches Vermögen, das sich an Bord der *Kerets Nutzen* befand. Aber die von ihm befürchtete Auseinandersetzung mit Streit, Fragen, Gegenfragen und endgültigen Erklärungen über Ninurta und dessen Anteile fand nicht statt; Tashmetu bat in wohlgesetzten Worten darum, den Winter als Gast hier verbringen zu dürfen. Bis zum Frühjahr könne man einander kennenlernen; vielleicht stelle sie bis dahin fest, daß die Gesellschaft ihr unzuträglich sei, oder die anderen beschlössen, mit dieser hergelaufenen Händlerin aus Ugarit nichts gemein haben zu wollen.

Tashmetu bezog die Wohnung des Assyrers; es gab auch hierüber keine Auseinandersetzungen. Zaqarbal war, wie gewöhnlich nach längerer Trennung, sehr mit Kynaras Leib und seinem eigenen beschäftigt, der baden und geölt werden und essen und vor allem trinken wollte. Djoser kam Tashmetu unbehaglich nahe, als er sie mit der Insel vertraut machte und ihr die Zeit vertrieb, soweit dies nötig war.

Er kaute auf dem zerkauten Ried; wie sollte er diesen Teil der Geschichte beginnen?

Aber er fand einen neuen Aufschub. Es gab noch so viel anderes zu berichten. Tashmetus Staunen, als sie das Tal sah: fast eine Wegstunde lang, etwa zwei Drittel so breit, mit mehreren Quellen, aus denen Bäche wurden, mit sanften Hängen und Wiesen für die Schafe, Ziegen und Rinder, die Igadjaé betreute; das gemauerte Becken unter einer höheren Quelle, gleich neben den Wohnbauten – zwei Beckenstufen, wo die Inselbewohner badeten und sich reinigten, solange es warm genug war; die kleinen Baumgruppen zwischen den von Tukhtaban angelegten Feldern. Kir'girim, Herrin der Kräuter, die ihren zahmen Löwen Kashtiliash (der Name eines alten Herrschers, wie sie sagte) an einem Band führte, das sie aus eigenem Haupthaar geflochten hatte, und ihre Freundin Kal-Upshashu, die schweigende Schöne, die mit Kir'girim Männer und Kräuter und Geheimnisse der Zubereitung von Tränken teilte. Ubarija, Fürst aller Köche, der Tashmetus Lieblingsgericht wissen wollte und sie überraschte, indem er, als sie mit der Aufzählung von Zutaten begonnen hatte, die Hand hob und die Zählung vollendete, nicht ohne zwei Gewürze zu nennen, die Tashmetu nicht kannte; dann lachte er so laut, daß die großen Bronzekessel der Garküche schepperten, zwei Küchensklaven zusammenzuckten und in einem der gemauerten Herde Ruß sich prasselnd löste. Kynara, die kunstreiche Stickerin, die Zaqarbals Wiederkehr ohne Verheerung überlebte; Gerana mit dem Kranichhals, Heilerin und Gemahlin des Knochenrenkers und Bauchschlitzers Aridattas. Die Höhle der Schmiede, die Werkstätten der Holzmeister und Lederwerker und Tuchmacher, die neben dem irgendeinem oder allen Göttern geweihten Altar ihren großen Bottich aufgestellt hatten, in dem faulige Flüssigkeiten sich entfalteten, jeden Morgen ergänzt um den Inhalt der Nachteimer aller Bewohner... Und die Heimkehr von Leukippe, kurz vor dem ersten Wintersturm, und am folgenden Tag auch die von Minyas. Beide konnten von Geschäften erzählen und Ninurtas Schicksal beklagen; beide wußten aber auch Bedrohliches über den kommenden Krieg. Es hieß, die zum Zug gegen

Troja entschlossenen Westler hätten Gesandte ausgeschickt, um allen, die nicht auf ihrer Seite in den Kampf ziehen wollten, mit Vernichtung zu drohen; kleine schnelle Schiffe mit Spähern hätten die thrakischen Küsten erkundet und sich zwischen den Inseln von Lydien, Karien und Lykien gezeigt. Allgemein herrschte Einigkeit darüber, daß die Geschichte mit der geflohenen Fürstin ein Vorwand sei, nur geeignet, die an Ehre und derlei glaubenden einfältigen Kämpfer anzutreiben.

»Da geht vieles durcheinander«, sagte Leukippe am ersten Abend nach der Heimkehr. Die Trojanerin, eine schlanke Vierzigjährige mit fast weißem Haar und milden Zügen (die dazu führten, daß man ihre Tücke beim Handeln unterschätzte), wirkte müde – müde von der Fahrt, aber auch ein wenig bedrückt, sobald sie von ihrer Heimatstadt sprach. »Die westlichen Fürsten besitzen das Land und die Städte erst seit wenigen Geschlechtern. Lauter Emporkömmlinge, roh und dumpf, mit wenigen Ausnahmen. Sie prahlen, prügeln sich ebenso gern, wie sie sich ungern waschen, haben eine Horde seltsamer Götter mit durchweg schlechtem Benehmen. Viele der Männer sind unbeschnitten, und da sie sich ungern waschen...« Sie rümpfte die Nase. »Aber gierig sind sie in hohem Maße, und sie wissen sehr wohl, daß ihre schäbigen Hütten nichts sind im Vergleich zu dem, was die Herren besaßen, die sie abgelöst haben. Und zu dem, was meine Heimat noch immer hat. Sie können erzählen, was sie wollen, von gekränkter Ehre und geraubten Fürstinnen – es geht um Trojas Reichtum, um die Handelswege nach Nordosten, um die Kostbarkeiten, die aus dem Hinterland und durch die Meerengen kommen.«

»Hat nicht diese, uh, Helena gesagt, sie sei gar nicht geraubt worden, sondern freiwillig mitgekommen?« sagte Tarhunza.

Tashmetu hob die Hand. »Wir hatten das Vergnügen, sie vor vier Jahren in Ugarit zu bewirten. Zusammen mit diesem Königssohn, Alexandros. Sie sind eine Flamme in zwei Körpern.«

»So wirken sie. Was die Einwilligung in den Raub angeht, hat sie dies in der Versammlung wiederholt, vor dem Rat des Königs. Daß sie einfach von ihrem öden Gemahl wegwollte. Und ohne sie,

Tochter des alten Königs, wäre Menelaos nicht Fürst der Spartaner.« Leukippe trank, mit geschlossenen Augen; halb in den Becher hinein sagte sie: »Auch darum geht es.«

»Worum?« sagte Zaqarbal. Er hatte den Arm um Kynaras Schulter gelegt; die rechte Hand spielte unter dem Stoff mit Kynaras Brust.

»Die Entfernung der Frauen aus allem, was wichtig ist. Ihr werdet in ihren Ländern keine Frau mehr finden, die eine Werkstatt leitet oder Handel treibt. Neuerdings bauen sie sogar für ihre Liebesgöttin Aphrodite Tempel, in die Frauen nicht gehen dürfen. Ich hörte, an einigen Stellen ist es sogar so, daß Frauen diese Tempel nicht einmal von außen *sehen* dürfen. Und ich nehme an, daß Priamos Helena im Rat reden ließ, um ihre Meinung fragte und sich, wie die übrigen Trojaner, ihrem Wunsch beugte ... das allein ist für Agamemnon, Menelaos und die anderen schon ein Kriegsgrund. Ich jedenfalls werde nicht mehr zu ihnen fahren. Schade, eigentlich, denn es gibt dort viele schöne Dinge, trotz allem, und guten Handel; aber sie wollen nicht mit einer Frau feilschen. Bei der letzten Reise mußte ich das dem Lademeister überlassen und aus der Ferne zusehen, wie er ihnen das Haar vom Gemächt herunterredete.«

Diese Beratung. Und jene Beratung. Immer wieder die Frage, was aus Ninurta geworden sein mochte und wo Tolmides den Winter verbrachte. Lob für Djoser, der sein altes Schiff für sehr viel Gold einem Landsmann in Byblos verkauft hatte, der ohne Schiff, aber mit einer teuren Masse Zedernholz an Leben und Handel zu verzweifeln begann und gern viel zahlen wollte, wenn er nur rechtzeitig mit der Ladung heim nach Tameri käme. Djoser hatte verkauft und war auf Ninurtas Schiff gestiegen, die *Yalussu* ...

Noch eine Beratung, als Minyas vorschlug, möglichst früh die Thraker aufzusuchen, ehe die Westler dort alles zerschlügen. Und Rundgänge durchs Tal mit Tashmetu. Und Adapa, der den Rechnern und Schreibern neue, einfachere Zahlzeichen und Rechnungsweisen beibrachte. Und Tsanghar, der unentwegt grub und baute und bastelte:

Tonröhren, die ein Flüstern des ersten Wächters an der Einfahrt bis ins Tal trugen; die merkwürdigen Rollen und Seile, die durch Zauberei die Kraft eines Mannes vermehrten – Djoser überlegte, ob er sie erklären sollte, gab dann aber auf, weil er nicht sicher war, die Wirkung zu verstehen. Tsanghar hatte mit dem Schmied und den Bootsbauern eine Art Rahmen aus Bronze und Balken gemacht, mit hölzernen Rollen darin; diesen legten sie ins Wasser, ließen eines der schweren Schiffe bis zur ersten der Rollen rudern, befestigten Taue am Bug, die zu den seltsamen Rädchen-und-Seile-Geräten führten, und dann zogen fünf Männer ein Schiff an den Strand, das zwanzig kaum hätten schieben können. Dort lagen die Schiffe trocken, konnten ausgebessert und gereinigt werden. Und zuletzt hatte er den Kashkäer mit den Bootsbauern Setoy und Achikar gesehen, wie sie an einem kleinen Schiff arbeiteten, aus dessen nach oben gekehrtem Rumpf ein rätselhaftes großes Holzblatt ragte.

Aber dann saß er da und schrieb nicht mehr, denn ihm fiel kein weiterer Ausweg ein, außer Kir'girims Kräutern und ihrem zahmen Löwen oder Vorfällen im Garten und in der Küche. Kein Aufschub mehr, der ihn daran hindern konnte, von Wunder und Wahn, von Erhabenheit und Schmach zu schreiben; von ungekannter Lust und Dingen, die ihm die unendliche Schlichtheit und Ahnungslosigkeit seiner bisherigen Bedürfnisse und Befriedigungen eröffneten; von Hitze in nächtlichen Winterstürmen und von trübem Versagen, das mit einem Lächeln als »ganz gewöhnlich« hingenommen wurde; von allzu feinen Speisen und allzu kluger Rede; von der Entdeckung des eigenen Körpers, von Gier nach Überforderung und von dem Sehnen, heimkehren zu wollen (aber er wußte nicht, ob er wollte) ins alte ruhige Leben, gehüllt in die Billigung des heimkehrenden Freundes.

Denn nach Ablauf des ersten Monds auf der Insel hatte Tashmetu ihn in der Nacht aufgesucht, ihn erfüllt und erschöpft und versengt und verwandelt. Dies, und der Wunsch, daß der Freund heimkehren, und der andere, leisere Wunsch, daß Ninurta fortbleiben möge. Schwerer zu schreiben als alles andere. Schwerer zu tun und zu bewältigen als alles andere. Köstlicher und, o ihr

Götter der Romet, schwieriger und erschöpfender als die Lenkung eines Schiffs durch Herbststurm und turmhohe Wogen.
Djoser tunkte das Ried in die Tinte und begann zu schreiben.

An einem milden Tag kurz vor der Wintersonnenwende konnte Zaqarbal endlich eine liebe Gewohnheit wieder aufnehmen: lange Märsche über die Insel, mit Kynara. In den ersten Zeiten nach ihrer Rückkehr hatten sich die Aufgaben und Arbeiten gedrängt; danach fegten tagelang Stürme über die Insel, es wurde kalt und regnerisch, einmal war sogar ein wenig Schnee gefallen.

Beide trugen knöchellange Wollgewänder mit langen Ärmeln, darüber noch einmal einen wärmenden Umhang, und sie hatten die Füße mit Tierfellen umwickelt. Am Hang war es ebenso wie im Tal fast windstill; als sie die Höhe erreichten, griffen die Finger eines liederlichen Windgötzen (wie Kynara sagte) nach ihren langen Haaren und wehten sie in Zaqarbals Gesicht.

Sie fanden eine trockene, geschützte Stelle zwischen zwei Felsvorsprüngen; dort konnten sie sitzen und aufs Meer, aber auch ins Tal blicken. Die See war graublau unter einem halb bedeckten Himmel; kleine Gischtkämme schienen miteinander zu spielen, sich zu balgen, lösten sich auf und bildeten sich neu. Die beiden Adler, die nahe der Südspitze ihren Horst hatten, kreisten weit draußen, aber solange Kynara und Zaqarbal zuschauten, stießen sie nicht nieder, um Fische zu packen. Nicht weit rechts von dem geschützten Einschnitt stritten sich Möwen; irgendwann begann Kynara, das Gezeter zu übersetzen.

»Die erste sagt, man sollte den Kot sammeln und trocknen und dann zum Bau eines Schreins verwenden.«

»Aha. Was für ein Schrein?«

»Sie verehren einen flügellahmen Gott.« Kynara rümpfte die Nase und gluckste. »Er mag nicht fliegen, dieser Möwengott, deshalb will er in einem weichen warmen Schrein liegen, wo sie ihn nach Lust und Laune schmähen oder preisen können.«

»Wenn sie den Kot aber trocknen, ist er nicht mehr weich und warm.«

Kynara faßte nach seiner Hand. »Das hat die zweite auch gesagt, aber die erste will nicht hören. Möwen sind eben dumm.«

Zaqarbal verschränkte seine Finger mit denen Kynaras. »Was sagen sie jetzt?« Er lächelte.

»Das ist die dritte Möwe. Sie sagt, daß ein auf der Insel lebender Sidunier zuviel Zeit auf, neben und unter der Frau mit den dicken Eutern verbringt; er sollte mehr arbeiten und vor allem öfter Möwen füttern.«

»Öfter? Ich habe noch nie Möwen gefüttert. Aber was wissen diese eierlegenden Tiere von Eutern?«

Kynara schwieg eine Weile; ihre Finger waren schlaff. »Keine Euter«, sagte sie dann; es war kaum mehr als ein Murmeln. »Keine Euter, nur Lustbeutel.«

Zaqarbal hob die verschränkten Hände zum Mund und küßte Kynaras Fingerspitzen. »Wir haben es so oft versucht... Ist nicht die Erschöpfung danach schon die Mühe wert?«

»Die Erschöpfung nicht; die Lust.« Sie drehte den Kopf und sah hinunter ins Tal. »Bei den Schafen ist es nicht so schwierig. Die schaffen es fast alle jedes Jahr.«

»Bääääh. Vielleicht solltest du mit einem der Widder verhandeln.«

Kynara lachte. »Schau mal.«

Kir'girims zahmer Löwe Kashtiliash jagte mit großen Sätzen und kläglichem Gebrüll auf eine Gruppe von Schafen zu, die sich das Bachufer entlangfraßen. Ein Widder schlenderte ihm entgegen, die Schultern so, als ob er die Daumen lässig in den Gürtel gehakt hätte; er senkte den gehörnten Kopf und stupste den Löwen leicht an. Kaum ein ernsthafter Rempler, aber Kashtiliash fiel um, jaulte, kam auf die Beine und schlich davon.

»Jetzt wird er Kir'girim etwas vorjammern«, sagte Zaqarbal.

»Sie könnte ihm doch einen Trunk der heldenmütigen Tapferkeit brauen.«

Der Löwe näherte sich dem Versammlungsgebäude, einem langgestreckten niedrigen Haus aus hellen Steinen, das neben dem zweistufigen Badebecken vor einer Höhle errichtet war. Vom

Rand des oberen Beckens flappte eine Krähe auf; deutlich war zu sehen, wie Kashtiliash zusammenzuckte, als der Vogel schrie.

Eine Gestalt mit Wollmütze und grauem Umhang tauchte aus einer der weißgeschlämmten Wabenzellen auf: Djoser verließ Ninurtas Wohnung, in der nun Tashmetu lebte.

»Ah, der seßhafte Rome«, sagte Zaqarbal. »Ist dir aufgefallen, daß er immer Ringe unter den Augen hat? Ich wüßte gern, ob sie auch so kratzt wie du.« Er bewegte sich, als ob er den schmerzenden Rücken von der Berührung mit den Kleidungsstücken befreien müßte.

»Sie hat kurze Nägel.« Kynara ritzte ihm mit der freien Hand die Wange. »Außerdem kriegt sie ihn auch ohne Krallen klein.« Dann schüttelte sie den Kopf. »Sieht Ninurta aber ähnlich...«

»Was?«

»Die schönste Frau der östlichen Gestade zu erbeuten und sich dann von Hatti verschleppen zu lassen.«

»Was sagt man denn über Tashmetu?«

Kynara sah ihm in die Augen. »Das weißt du doch.«

»Nein. Ich höre Gemurmel von Eignern und sehe Blicke. Mehr weiß ich nicht.«

»Sie ist mehr als willkommen. Freundlich, hilfsbereit, zurückhaltend, gibt klugen Rat – aber nur, wenn man sie fragt.« Ihre Stimme war warm. »Alle Männer im Tal beneiden Djoser, und mindestens die Hälfte der Frauen auch.«

»Das ist gut. Wenn Ninurta je wiederkommt, wird er sich freuen zu hören, daß du eine liebe neue Schwester hast, die dem Rome den Winter anwärmt.«

»Sei nicht so gehässig.«

»Bin ich nicht. Ich gönne es den beiden, und Ninurta ist am anderen Ende der Welt. Wenn er überhaupt noch ist.«

»Er fehlt dir, nicht wahr?«

Zaqarbal nickte stumm.

»Er fehlt uns allen. Merkwürdig, daß einer fehlen muß, damit man merkt, wie sehr man ihn braucht.«

»Und Tolmides?«

Kynara zog die Oberlippe zwischen die Zähne und knurrte

leise; dann sagte sie: »Vielleicht verbringt er irgendwo einen angenehmen Winter, mit Libu-Frauen. Vielleicht ist er mit seinem Schiff untergetaucht, um Poseidon zu belästigen. Wer weiß... Aber was immer ihm geschehen sein mag, ist etwas, das zur Gefahr des Lebens und des Geschäfts gehört, nicht wahr? Ein wenig Sorge um ihn und seine Leute, aber viel Sorge um Ninurta, denn was ihm geschehen ist, gehört nicht zu den gewöhnlichen Gefahren.«

Zaqarbal wackelte mit dem Kopf. »Seltsam, daß zwischen zweierlei Lebensgefahr Unterschiede bestehen. Und seltsam, daß du Ninurta mehr vermißt als Tolmides, von dessen weicher Haut du so geschwärmt hast.«

»Inzwischen habe ich mich an die schwielige Schwarte des albernen Siduniers gewöhnt...«

»... die du damals schon zu gut kanntest.«

»Zu gut? Nimmer, o Zaqarbal. Vielleicht ist es so, daß ich Tolmides auswendig kenne, während ich genau weiß, daß ich Ninurta niemals inwendig ausmessen kann.«

»Könntest du das ein bißchen erläutern?«

Kynara sagte nichts, blickte nur weiter ins Tal hinab und streichelte seine Hand mit den halbbeweglichen Kuppen der verschränkten Finger.

Zaqarbal bedurfte eigentlich keiner Erhellung. Alle wußten, alle hatten bemerkt, was Ninurtas Fehlen bedeutete. Er war nicht Fürst oder gewähltes Oberhaupt, aber irgendwie hatte er immer dafür gesorgt, daß alles so ablief, wie es für alle am besten war. Keine Befehle – ein sanfter Hinweis, ein Ratschlag, eine Frage... Er war nicht der Älteste, aber von den Eignern derjenige, der am längsten dazugehörte. Ein mykenischer Händler namens Argesippos hatte, wie es hieß, die Insel vor mehr als vierzig Jahren entdeckt, als er im Sturm strandete; er war über die abweisenden Felsen geklettert und hatte das Tal gefunden. Es war ihm gelungen, aus den Trümmern seines Schiffs ein Behelfsboot zu bauen, mit dem er Ialysos erreichte, wo er einen Vertrag mit Gorgidas, dem Vater des jetzigen Fürsten Keleos, schloß; danach hatte er Handwerker und andere Händler, alle sorgsam ausgewählt, zur

Insel gebracht. Djoser und Zaqarbal kannten das Eiland seit sechs Jahren und gehörten seit drei Jahren zu den Eignern; in dieser Zeit waren zwei Eigner ausgeschieden – verschollen, gesunken, getötet? Niemand wußte es. Ninurta war seit sechzehn Jahren dabei, länger als alle anderen Eigner. Tarhunza und Leukippe waren älter als der Assyrer, aber er hatte beide zur Insel gebracht. Minyas und Tolmides waren von anderen, inzwischen »ausgeschiedenen« Eignern ausgesucht worden, als Ninurta schon dazugehörte. Einige Handwerker konnten noch Geschichten aus der Vorzeit erzählen, und vom Schmied Shakkan hatte Zaqarbal gehört, wie Ninurta die wüste Riesin Tarhunza zähmte und zur Insel brachte – eine Geschichte, die Ninurta und Tarhunza weder bestätigten noch leugneten: Die Hatti-Frau habe, so Shakkan, vor Jahren Ninurtas erstes eigenes Schiff überfallen, als Seeräuberin, eine von Hunderten (Männer und Frauen) an Kilikiens rauhem buchtenreichen Gestade.

»Vier Schiffe gegen eins«, sagte Shakkan. »Ninurta und seine Leute haben sich gewehrt, aber hoffnungslos. Als Tarhunza, Herrin der vier Räuberboote, zu ihm an Bord kam – stell dir vor, die Riesin und der junge Ninurta, zehn Jahre her, ja? –, also, als sie an Bord kam, hat er sie angelächelt und ihre Wange getätschelt und gesagt: ›Willst du, kluge Frau, nicht im gleichen Geschäft bleiben, aber bessere Gewinne machen: als Händlerin?‹ Tja, und seitdem ...«

Tarhunza, lärmende Riesin (Zaqarbal hatte einmal von einem fletschenden, rülpsenden, trampelnden Gebirgswald geträumt und noch im Träumen gewußt, wer das war). Leukippe, die schmächtige Trojanerin, die sich mit Vorliebe in dunkle Gewänder hüllte und düstere Reden über die Zukunft ihrer Heimat hielt (als reinblütig achaische Trojanerin hatte sie von König Priamos, der Rücksichten auf die luwische Mehrheit nehmen mußte, keine Handelserlaubnis erhalten, konnte aber als Händlerin des Fürsten Keleos in Wilusa/Ilios nach Herzenslust feilschen). Minyas der Kreter, mit Goldringen in beiden Ohrmuscheln, Mittelscheitel, kurzem gestutzten Bart und spitzgefeilten Fingernägeln, immer in weiße wallende Gewänder und seine Zurückhaltung gewickelt. Djoser, der Abfassung seiner Erinnerungsgeschichten ergeben, wie jeden Winter, und heillos verloren im Sumpf seiner Empfindungen, seit Tashmetu das dürre Flachland seines Inneren geflutet hatte. Alle umgänglich, alle einfallsreich in der Durchführung: der Durchführung von Vorschlägen, die ihnen gemacht wurden; alle seit Jahren daran gewöhnt, von Ninurta unauffällig in Gang gesetzt zu werden. Wie Zaqarbal selbst – aber Zaqarbal hatte als erster begriffen, daß jemand die anderen anschieben mußte, und er hatte diese Arbeit übernommen. Noch waren die Fahrten und Umsätze des vergangenen Jahres nicht endgültig beraten, schon stritten sie sich um die Reiseziele des kommenden Frühlings...

Er mußte vor sich hin gemurmelt haben; Kynara ließ seine Hand los und rieb sich die Finger. Seine waren fast taub.

»Willst du nicht Tashmetu dazuholen?« sagte sie. »Sie wird doch sowieso neue Eignerin.«

»Sie will noch nicht. Erst im Frühjahr. Aber es wäre gut. Minyas schweigt, Djoser brütet, Tarhunza grölt wie immer, und Leukippe...«

»Ich weiß. Aber hat sie nicht irgendwie recht?«

Leukippe sprach bei jeder Versammlung von nichts anderem als von ihrer Heimat: goldenes Wilusa, reiches Ilios, herrliches Troja, edler Prijamadu, verwegener König Priamos, o die Schätze der Vergangenheit und weh die düsteren Absichten der Finsterlinge von Achiawa... Die Werkmeister des Zusatzrats versuchten immer wieder, sachliche Gespräche in Gang zu bringen, aber außer Zaqarbal kam ihnen kein Eigner entgegen. Alle hingen eigenen Gedanken nach. Schale Suppe des Redens, in der jenes Salz fehlte, das Ninurta mit zu den Hatti genommen hatte.

»Wie meinst du das?« sagte er.

Kynara spitzte den Mund; als ob ihr das beim Denken oder Sprechen helfen könne. »Ilios ist so lange die wichtigste Kreuzung für alle Handelsstraßen gewesen. Als ob... als ob die Welt ein flacher Teller wäre, weißt du, leicht nach innen abgesenkt, und in der Mitte, am tiefsten Punkt des Tellers, ist Ilios. Und alles rieselt oder fließt langsam dahin. Oder kreist um diese Mitte. Was, wenn jetzt Agamemnon und die anderen ein Loch in den Teller bohren, Ilios vernichten? Wird dann die ganze Welt – oder alles, was wichtig ist – durch das Loch rieseln und verschwinden?«

Zaqarbal rang die Hände. »O gnadenlose Güte der Götter – gibt es nicht hübschere Löcher, mit denen ich mich beschäftigen kann?« Er stand auf und zog Kynara hoch. »Die Seuche der Ernsthaftigkeit ist schlimmer als Fußschweiß oder Mundgeruch, denn sie steckt an.«

»O wie so furchtbar wahr gesprochen.« Kynara lächelte; sie hielt ihn an den Hüften fest. »Wenn die Seuche zu Ausschlag führte, wäre dein Gesicht voller Pusteln.«

»Laß uns in die Niederungen steigen. Da gibt es eine buschige Gabelung, in der ich mein schamrotes Gesicht verbergen will.«

»Schamrot? Eher dreist. Wieso schamrot?«

»Ich habe mich gehenlassen, nun stellt sich Zerknirschung ein.« Er versuchte, betrübt dreinzublicken. »Mit großem Erfolg rang ich um den Ruf der Leichtfertigkeit, und nun verspiele ich ihn bei dir, indem ich so tue, als ob ich zu ernsten Dingen fähig wäre.«

»Tröste dich. Ich weiß, daß unter der Maske des Leichtsinns die Schminke der Ernsthaftigkeit nichts verbirgt als etwas Albernes ohne wesentliche Züge.«

»Gut, gut. Du wringst mir die vollgesogene Seele aus. Ich danke dir.«

»Wobei man zugeben muß«, sagte sie über die Schulter, als sie vor ihm den Ziegenpfad zum Tal hinabstieg, »daß du deine Sache hier ganz gut machst.«

»Welche? Die Förderung der Albernheit?«

»Die Verteilung von Arbeiten und die Aufsicht, o Zaqarbal. Man könnte glatt meinen, du meinst es ernst.«

»Grauenhafte Vorstellung.«

Als sie die Häuser erreichten, erfuhren sie, daß es abends Lämmerbraten geben würde. Ubarija nahm eben eines von mehreren toten Tieren aus Igadjaés Händen entgegen.

»Nun ja, sagen wir Jungschafe, noch kein Jahr alt.« Der Koch wackelte mit den Ohren. »Drei Stück. Wer kriegt sie?«

»Jeder ein Zipfelchen«, sagte Zaqarbal. »Was ist geschehen? Hast du dich von einigen Lieblingen getrennt, Herrin der Tiere?«

Igadjaé funkelte ihn an. »Alberner Schwätzer! Dieses dumme Tier, dieser widerliche Löwe...«

Kynara klatschte. »Das glaube ich nicht! Kashtiliash hat Schafe gerissen? O was für ein Tag!«

»Gerissen?« Igadjaé stemmte die Hände in die Seiten. »Die kleinen Schafe, meine süßen Schäfchen, haben diesen Löwen gejagt, zum Spaß, und als er fortgerannt ist, haben sie ihn verfolgt. Dabei sind sie in einen Spalt gestürzt – er kann weiter springen.«

»Sag es bloß nicht Leukippe«, sagte Zaqarbal mit ernster Miene.

»Wieso nicht?«

»Sie ist heute düsterer Stimmung. Was heißt heute? Sie ist düster, ganz einfach. Bestimmt macht sie eine Weissagung daraus. Wenn Spatzen Adler vertreiben und Schafe Löwen hetzen, wird Ilios hinsinken. Oder so.«

ERZÄHLUNG DES ODYSSEUS (IV)

Köstliches Zucken verlängern, Lüste verzögernd vermehren wollt ihr, durch längliches Faseln über langhaarige Flegel? Seltsam, aber über Geschmack soll man nicht streiten; außerdem steh ich starr in der Schuld eurer Teile und Trünke: Deren Geschmack – der lautere Ekel – birgt Wunder an Wirkung. Denn im Gemenge (das weiß jeder Mann, und jede Frau kennt es) dringt in zwei Fällen von fünf der Speer nicht ins Ziel, sondern baumelt. Euer Gebräu, dies greuliche Zeug, befeuchtet und feuert, fünfmal von fünf und zehnmal von zehn und hundert von hundert. Da ich nun weiß, daß Entsetzen der Preis ist, den wir entrichten, ehe das Los und die Götter uns köstliche Labsal gewähren, fürchte ich, daß der Genuß – Entrücken, Entzücken, Verzückung –, diese gedeihliche Glut, durch Grauen erkauft ist. Deswegen frag ich nicht, was in dem Trunk ist; so genau will ich's nicht wissen.

Also, wenn ihr darauf besteht, zurück zu Palamedes. Aufbruch, Abschied, die Fahrt nach Knossos, wo der glückliche Idomeneus den Vorzug genoß, in üppigen Palästen zu schwelgen, da seine Vorfahren bei der Übernahme nicht geglaubt hatten, alles Schöne zerschlagen zu müssen. Die anderen Fürsten kamen nach und nach ebenfalls an, und die meisten wußten Bescheid. Menelaos natürlich nicht; er wäre sicher nicht aus Sparta abgereist, und als dann die erwartete Nachricht kam, daß Helena mit Paris, dem Sohn des Priamos, das Weite gesucht und das Weitere gefunden hatte, mußten wir uns alle sehr zusammenreißen. Bei aller Abneigung untereinander vereinte uns doch das Vergnügen am gelungenen Streich, und weil der Tölpel es nicht wissen durfte, mußten wir uns das Gelächter verkneifen. O die Bauchschmerzen! Die quälend quellenden Tränen, gespeist aus der gestauten Flut heimlichen grölenden Lachens; und wie gern Menelaos, bevor er vorübergehend das verlor, was er als Verstand auszugeben beliebte (und das meiste davon hatte er ohnehin zwischen Helenas Schenkeln verloren) – wie gern Menelaos uns Grimm und Gram und Empörung geglaubt hat, und wie gerührt er war, daß die lieben

Freunde, all die versammelten Geierärsche, seinetwegen in Tränen ausbrachen.

Aber Mangel an Geist hat ja noch keinen daran gehindert, ein trefflicher Totschläger zu werden – trefflich, solange er auf Klügere hört. Und bei aller Dämlichkeit war Menelaos... *ist* Menelaos, denn er lebt ja noch, ein furchtbarer Feind und großer Kämpfer. Nicht der einzige, natürlich; allen war klar, daß ein Krieg nur dann aussichtsreich wäre, wenn wirklich die Besten der Besten mitmachen. Palamedes, das gerissene Schwein... ein scharfsinniger Mann und hervorragender Männerführer; die Krieger haben ihn geliebt. Philoktetes, der einzige außer mir, der mit einem schweren Bogen umgehen konnte, außerdem ein listiger, einfallsreicher Führer und Belagerer. Idomeneus, ebenfalls klug und stark – aber wir brauchten auch die, die nicht sehr klug waren, oder bei denen die Klugheit immer wieder von Kraft und Wut verfinstert wurde. Diomedes, ein Bär von einem Mann; der große Aias, Sohn des Telamon, ein Riese, dessen Verstand nicht einmal eine Nußschale gefüllt hätte, aber was für ein Kämpfer! Und, nicht zu vergessen, Achilleus, der größte aller Krieger, stark, tollkühn, listig, aber auch gespalten in Mann und Knabe – vielleicht hat ihn in der Kindheit ein kranker Fuchs gebissen, denn der Knabenteil in ihm steckte voller Tollwut, und wenn sie ausbrach, blieb vom Mann nur die verwegene Kraft, der Kopf aber fehlte.

Zu dieser Zeit, als die Fürsten sich versammelten, hatte er den Kopf noch. Der Knabe in ihm glaubte an eine Weissagung, daß Achilleus, wenn er in den Krieg zöge, ewigen Ruhm erringen und jung sterben würde. Der Mann hat, möglicherweise, das ganze Unternehmen so ähnlich gesehen wie ich. Jedenfalls wollte er nicht – er kam nicht nach Knossos und war nicht zu finden, als wir ihn zum Kriegsrat nach Argos einluden.

Was? Ja, natürlich konnte ich das verstehen, kann es immer noch. Was nichts daran ändert, daß... Sagen wir so: Wenn ich muß, sollen auch die anderen müssen. Oder sagen wir: Wenn schon, denn schon. Oder: Ohne die größten Helden hätten wir gar nicht erst auszulaufen brauchen; da aber der Zug feststand, mußten wir zusehen, daß wir die größten Krieger zusammenkriegten.

Und natürlich stand der Kriegszug fest, noch bevor die Versammlung Palamedes, Menelaos und mich als Gesandte losschickte. Wozu dann die Gesandtschaft? Um das Gesicht zu wahren – und um, vielleicht, auf ein Wunder zu warten. Wenn die Trojaner Helena ausgeliefert hätten, wären wir mit der zweiten Forderung gekommen: das Doppelte an Gold und Silber von dem, was sie aus Sparta mitgenommen hat. Und Zahlung eines Tributs. Verzicht auf Zoll in der Meerenge. Und so weiter. Schließlich blieb uns immer noch die Möglichkeit, die Spaltung innerhalb der Trojaner zu vertiefen und zu nutzen. Denn sie waren gespalten.

Ah, das ist eine lange Geschichte – ich will versuchen, es kurz zu machen. Die eigentlichen Bewohner von Ilios sind Luwier. Im Lauf der Jahrhunderte haben sich natürlich alle möglichen anderen dort niedergelassen – Händler, angeheuerte Seeleute, Flüchtlinge aus Nachbarländern, Söldner, die nicht mehr weggehen wollten. Sie haben sich niedergelassen und Kinder gezeugt, Ilios bereichert und eine gemischte Teilbevölkerung ergeben. Vermählungen kamen hinzu – die üblichen Vermählungen aus Staatsgründen. Gib du meinem Sohn deine Tochter, dann achte ich deine Grenzen; und die Tochter bringt Gefolge mit, und das Gefolge vermählt sich ebenfalls und zeugt gemischte Kinder. Zu den Fremden, die für Ilios gekämpft und geackert und gezeugt haben, gehörten natürlich auch Achaier – die gleiche Geschichte wie bei uns, in Mykene und Argos und anderswo. Als unser prangender Meuchelheld Herakles Troja überfiel und plünderte, haben er und die anderen den größten Teil der alten Herrschersippe getötet. Bis auf zwei Töchter – Hekapa, die wir Hekabe nannten, und Hesione, von der ich nicht weiß, wie sie in ihrer eigenen Sprache hieß. Hesione wurde von Herakles und seinen Leuten mitgenommen, als Beute; und der Achaier Priamos, Söldnerführer, nahm Hekapa in sein Bett und die Macht in die Hände.

Ja, natürlich, das ist der Kern der Geschichten und Gerüchte, die ihr gehört habt, über Zwist im Rat der Stadt. Die Trojaner – Luwier und Hethiter und Mysier und Halbachaier und Drittelphrygier und Fünftelthraker und Siebtelskythen und was ihr wollt –, also, die Trojaner hatten zunächst nicht die geringste Lust, sich auf einen Krieg einzulassen, nur weil einer der Söhne von Priamos, ihrem ungeliebten und nicht eben ehrwürdigen Herrscher, eine Spartanerin zu schwängern beliebte. Wenn Priamos nun all unseren Bedingungen zugestimmt hätte, wäre es zu einem Aufstand gekommen.

Wieso ich da so sicher bin? O ihr Holden: weil wir dafür gesorgt hätten. Entweder hätten wir einen Aufstand gegen Priamos angestachelt und wären dann den Aufrührern zu Hilfe gekommen, wobei leider die Stadt ein wenig geplündert und niedergebrannt worden wäre; oder wir hätten Priamos geholfen, den von uns angestachelten Aufstand niederzuschlagen, wobei leider die Stadt ein wenig...

Aber zurück zu Achilleus. Er wollte nicht, und da er sehr schön war – und wahrlich, ich bin kein Knabenfreund, aber für ihn hätte ich eine Ausnahme gemacht, wenn er jünger gewesen wäre. Da er also sehr schön war, kam er auf den klugen Gedanken, sich zwischen schönen Maiden zu verstecken, in Frauenkleidern.

Ah, ihr kennt die Geschichte? Welche? Wie ich Schmuck und Waffen verstreut und ihn daran erkannt habe, daß er nicht zum Schmuck, sondern zum Schwert griff? Also, *so* dumm wäre nicht einmal Menelaos gewesen. Nein, wir haben es anders gemacht. Wir hatten ja, auf dem Weg nach Troja, nicht nur uns selbst, sondern auch Ruderer und Krieger dabei, natürlich. Achilleus steckte zwischen elf zwitschernden Vögelchen; Menelaos war zu blöde, um zu begreifen, was ich wollte, also haben wir ihn bei den Schiffen gelassen und zehn Krieger mitgenommen. Palamedes, ich und zehn Krieger. Wir hatten Bälle – kleine Lederkugeln. Dann haben wir uns vor die Mädchen gestellt und ihnen ohne Warnung die Bälle zugeworfen. Alle haben sie aufgefangen, indem sie die Röcke dazu benutzten. Alle, bis auf Achilleus, der ja keine Zeit zum Denken hatte und wie jeder Mann mit den Händen den Ball fing. Und dann stieß er einen ziemlich scheußlichen Fluch aus, den ich euch nicht vorenthalten will: »Odysseus, dafür sollen im Hades Ameisen mit glühenden Kiefern dir die Eier abfressen, und wenn Persephone nichts dagegen hat, sollen dir die Dinger jeden

Tag nachwachsen.« Nicht sehr einfallsreich, aber für einen Achaier gar nicht schlecht.

Ihr glaubt mir nicht? Den Fluch? Ach, die anderen Bälle. Was denn? Lieber die Sache mit Schmuck und Schwert? O ihr Lieblichen, Gespielinnen der Winterwinde, was soll ich euch erzählen, wenn ihr es mir doch nicht glaubt? Sollte ich sagen, daß Palamedes Achilleus schon mehrfach gesehen hatte und ihn mühelos aus den Mädchen heraussuchen konnte? Soll ich sagen, wir hätten die jungen Frauen beim Baden beobachtet und jene mitgenommen, die sich nicht entkleiden wollte? Soll ich behaupten, Achilleus sei das einzige Mädchen mit behaarten Waden gewesen und habe gesagt: *Dafür* schabe ich mir doch nicht die Beine?

Sucht es euch aus; eigentlich ist eins wie das andere, so gut oder so schlecht. Das einzige, was bei einer Geschichte zählt, ist die Buntheit, ihr Bunten – die Abwechslung, ihr Abwechslungsreichen. Wer will schon hören, wie es wirklich war? Und wer weiß denn schon, sobald ein paar Tage vergangen sind und das Gedächtnis einfallsreich zu werden beginnt, was wirklich geschehen ist?

Wenn ihr aber darauf besteht... Gut, machen wir anders weiter. *So* vielleicht? Nachdem wir Achilleus aufgetrieben hatten, begaben wir uns nach Troja, wo es den Worten und der Wonne Helenas gelang, die greisen Ratsherren an ihre Männlichkeit zu erinnern, so daß sie eine Frau, die in den Mauern von Ilios Zuflucht gesucht hatte, nicht ausliefern mochten. Menelaos verlor die Beherrschung, benahm sich schlecht, wir mußten den Rat verlassen und segelten ab. Palamedes und Menelaos kehrten heim; Odysseus (das bin ich, aber wenn ihr es nüchtern haben wollt, sollte niemand »ich« sagen, denn »ich« ist nie nüchtern, sondern immer trunken ob der eigenen Wichtigkeit – aber dann auch kein »wir«? Nun gut – kein »wir«). Man mußte absegeln; Odysseus kehrte nicht gleich heim, denn den Bericht an die Fürsten konnte er sehr wohl Palamedes überlassen; der Fürst von Ithaka begab sich nach Ephesos, das die Einheimischen Abasa nennen, wo er mit Mopsos oder Mukussu sprach, um die Haltung des Dunklen Alten zu erörtern. Mukussu sagte, Madduwattas habe vor kurzem ein schmackhaftes Geschenk von den Assyrern erhalten, schmackhaft und edel und jung, und sei daher geneigt, Ashurs Vorschlägen eher zu lauschen als denen der Hethiter oder gar der Trojaner; zweifellos habe er aber keinerlei Hang dazu, sich zum eigenen Nachteil in Händel zwischen Achiawa und Wilusa, also Ilios, verwickeln zu lassen.

Nüchtern genug? Oder wollt ihr es noch nüchterner, ihr Berauschenden? So: Heimkehr nach Ithaka, Rüstung über Jahre, Abschied von Penelope, Aufbruch mit zwölf Schiffen und zweihundertvierzig Kriegern...

Was? Ja, nicht mehr. Ihr wißt doch, wie eng die Schiffe sind, und wir hatten eine lange Strecke vor uns. Von Ithaka nach Süden, dann nach Westen, vorbei an Kythera und den anderen Inseln, dann wieder nach Norden zum Gestade nahe von Argos, wo sich das Heer und die Flotte sammelten. Ich, ah, also Odysseus, Odysseus nämlich, ein kluger Mann, verzichtete auf die Mitnahme von Schweinen oder Rindern. Schinken, ja, umwickelt mit Bast, und eingepökeltes Schweinefleisch, aber doch keine Tiere! Sie brauchen, um nicht vom Fleisch zu fallen, neben Gras und Wasser auch Getreide – mehr Getreide als ein Mann, und man wollte Männer ernähren, Kämpfer. Odysseus konnte nicht verhindern, daß die anderen Fürsten lebende Tiere an Bord ihrer Schiffe brachten, und Futter für die Tiere, und Nahrung, und dies und das und noch mehr von jenem.

Iphigeneia? Was ist mit ihr? Ah, erzählt man, ich hätte...? Nun, soll man erzählen. Was ich vorhin sagte, daß nur die Buntheit zählt, gilt auch für Geschichten, die man mir an den Rücken schmiert. Solange sie bunt sind...

Laßt mich dies *so* sagen, o Fürstinnen der Insel: Zu dieser Zeit ahnte ich nichts von eurem Schoßtierchen, aber ich begann, über Löwen nachzudenken. Löwen, und den Teil, den sie vom erlegten Wild nehmen, ehe sie die Hyänen und die Schakale an den Leichnam lassen. Wir waren verschworen, gewaltiges Wild zu erlegen; was konnte es da schaden... was konnte es da *mir* schaden, wenn *ein* Löwe als besonders klug angesehen wurde und einige andere miteinander in Streit gerieten?

9. HEIMKEHR

Ninurta war nicht der einzige, der im späten Winter Yalussu aufsuchte. Die Stadt belebte sich immer mehr, als viele Männer heimkehrten, um vor dem Aufbruch mit Tlepolemos noch einmal ihre Angehörigen zu sehen. Die Vorbereitungen, Rüstungen und Kampfspiele waren ebenso abgeschlossen wie die nötigen Opferungen und sonstigen Darreichungen in den Tempeln; zwanzig Tage, so hieß es, werde man sich noch des Friedens ergötzen. Dann müßten die günstigen Winde einsetzen und das Heer hinüber nach Achiawa tragen.

Der Assyrer hielt den ganzen Krieg für unsinnig und die Planung der Achaier und sonstigen Westler für absurd. Wenn Tlepolemos und seine Leute von Rhodos, wie sie die Insel nannten, zum Kampf gegen Troja ziehen wollten, warum fuhren sie dann nicht gleich nach Norden, mit gutem Wind oder kraftvollem Rudern, um sich dort mit den anderen zu vereinigen?

Menena war ihm ein Quell des Entzückens. Der alte Rome und seine Frau hatten nach der langen Seereise von Ugarit her keinerlei Bedürfnis gehabt, eine weitere Fahrt mitzumachen. Zaqarbal und Djoser, sagte er, hätten ihm die Verwaltung des Lagers anvertraut, eine Arbeit, die er in Ugarit schon zu Nutzen und Mehrung getan hatte. Der bisherige Herr des Lagers verspürte etwas, was er den Windhauch der Geschichte nannte, und wollte unbedingt mit Tlepolemos in den Krieg ziehen. Menena erging sich in wohlgesetzten Gehässigkeiten; Ninurta genoß es, nach langer Zeit der Ernsthaftigkeit laut lachen zu können.

»Dieses kindische Zickzack-Segeln ist eine gute Einführung in den höheren Unsinn der ganzen Veranstaltung.« Der Verwalter schlürfte heißes, gewürztes Bier; der Tonkrug war geformt wie ein roter Unterschenkel mit blauem Fuß und schwarzen Zehen.

Menena saß auf dem vorspringenden Sockel der Feuerstelle und ließ sich, wie er seufzend vor Lust sagte, von den Flammen das Alter aus dem Rücken sengen – andere Teile seien auch durch mächtiges Gluten nicht mehr zu verjüngen. Jedenfalls kaum; die alte Nekhebit, die sich nahe dem Kamin auf einer Liege mit gelben Decken und grünen Kissen ausgestreckt hatte, gluckste leise und sagte, sie sei ja auch nicht mehr die Knospe ihres Namens, aber Dolden und anderes seien auch ohne Fruchtkapseln bisweilen noch ganz ersprießlich.

»Ah ja.« Menena legte den Finger an die Lippen. »Verrat ihm nichts, sonst freut er sich aufs Alter, und das wollen wir doch vermeiden, oder? Wie gesagt, Herr, höherer Unsinn. Von hier nach Nordwesten, von dort nach Osten, und von da? Zu Scheiterhaufen und Grab und ewigem, ewig sinnlosem Ruhm. Bah.«

Ninurta lächelte. »In Ashur gibt es eine hübsche alte Spielerei, für lange Wintertage. Sie heißt: ›Laßt uns auf dem Boden sitzen und traurige Geschichten über den Tod von Königen erzählen‹. Was hätte man da zu reden, wenn Könige nicht in den Krieg zögen?«

»Ja, ja, schon recht, aber sie tun es nicht allein, und sie tun es nicht zur Unterhaltung der Spätergeborenen.«

»Was sollten sie denn tun, nach deiner Meinung?«

Menena nahm einen weiteren Schluck, gurgelte und schmatzte. »Trinken. Oder, wenn es denn sein muß, soll dieser Manalahhu oder wie auch immer er heißt zu den Wilusiern fahren und Araksandu zum Zweikampf fordern.«

»Und dann?«

»Dann, wenn einer tot ist, kann die schöne Frau entscheiden, ob sie den Überlebenden haben will oder einen Vernünftigen.«

In den weitläufigen Lagergebäuden am Hafen gab es eine Reihe ungenutzter Räume; Menena und Nekhebit statteten zwei davon mit Liegen, Decken, Tischen, Lichtern und Waschgerät aus. Zuerst hatten sie im größeren der beiden Räume ein breites Bett aufgestellt; Ninurta wollte es anders haben. Die Entfernung zwischen ihm und Lamashtu vergrößerte sich ständig. Sie gingen freundlich miteinander um, aber Gier und Gemeinsamkeiten waren vergangen, wie Gefangenschaft und Flucht und Mühsal. Manchmal setzte die Babilunierin sich abends zu ihm und den beiden Romet, und tagsüber half sie beim Räumen, Umräumen, Aufräumen und der Ergänzung der Verzeichnisse. An anderen Tagen lief sie durch den Ort oder die Umgebung, sammelte Kräuter, redete mit Leuten. Dreimal kehrte sie spät nachts in Begleitung heim, ohne sich blicken zu lassen, und morgens war der Mann (oder die Männer) wieder verschwunden.

Die Stadt zwischen dem steilen Westhang des Okyru-Bergs und dem flachen, von zwei Molen gebildeten Hafen bot etwa fünftausend Menschen Platz; an der nördlichen Küste und im Binnenland gehörten zahlreiche Dörfer zum Bereich des Fürsten Keleos, der mit Tlepolemos ziehen würde. Die Festung auf dem Berg, in die sich, wie erzählt wurde, bei Gefahr bereits mehrmals die gesamte Bevölkerung zurückgezogen hatte, würde nur noch der Familie des Fürsten, den Dienern, einem Unterführer und einer kleinen Schutztruppe als Unterkunft dienen. Ninurta bedauerte den Weggang des Fürsten; Keleos war nur wenig älter als er, verlangte mäßige Abgaben (»mir ist lieber, ihr zahlt zwanzig Jahre lang ein Zehntel statt einmal drei Zehntel, denn dann würdet ihr im nächsten Jahr eure Geschäfte woanders machen«) und hatte sich in vielen Gesprächen als angenehmer, lebhafter und wißbegieriger Mann gezeigt.

In den ersten Tagen tat Ninurta nichts. Er ging zu einem Bader, ließ sich reinigen, salben, ölen und scheren, ließ frische Kleidung für sich und Lamashtu anfertigen und erforschte die Garküchen des Orts. Er war nie dick gewesen, aber nach Flucht und Wanderung bestand er, wie er fand, aus zuviel Knochen unter den Muskeln.

Von Menena hatte er erfahren, daß der Schiffbauer Lygdamis Djosers neuen Frachter bauen sollte. Die Werkhalle lag am Nordende des zum Strandhafen gehörenden Geländes, schon jenseits der Mole, die das Hafenwasser beruhigte und vom Dreck der Gerber, Pechkocher und anderer Handwerker freihielt. Neben dem von kränklichem Gesträuch gesäumten Abwassergraben stahl sich ein Pfad von der Hauptstraße fort, an dessen Ende Lygdamis' Halle den Zugang zum Strand sperrte.

Natürlich war das Schiff nicht fertig; alle Bootsbauer von Ialysos, Triadha, der Inselhauptstadt Rhodos und überhaupt der ganzen Insel hatten die letzten Monde damit verbracht, Boote für die Fürsten und ihre Krieger herzustellen. In der scheinbar luftdichten Halle stank es erbärmlich; Lygdamis, zwei Gesellen und mehrere Hilfsarbeiter oder Sklaven kochten erstarrtes Pech auf und tauchten nicht ausreichend gekrümmte Hölzer in Bottiche mit ekelerregenden Flüssigkeiten. Am unteren Ende, nahe dem Tor zum Strand, lagen zwei fast fertige Kriegsruderer, daneben ein Gerippe, das vielleicht ein Frachtschiff werden konnte.

Lygdamis war ein älterer, stämmiger Mann, der sich fast ganz in Leder gehüllt hatte. Dunkelgraue Brusthaare krochen um die Ränder der Schutzkleidung; das Leder, aber auch die Haut der Arme war übersät mit Pechspritzern und Säureflecken.

»Im Sommer, vielleicht im Herbst«, sagte er. »Wenn die zwei Kampfschiffe fertig sind, müssen noch drei Lastboote für Krieger und Vorräte vollendet werden. Liegen nebenan.« Mit dem Kopf wies er auf die linke Wand, hinter der vermutlich ein weiterer Schuppen lag. »Wie soll das Frachtschiff denn heißen, Herr? Dein Freund hat keinen Namen genannt.«

Ninurta dachte an Djosers unheilbare Ernsthaftigkeit, an seine geringfügigen Bedürfnisse und Lüste, an hämische Götter, die Djoser zu kinder- und frauenlosem Greisentum vor der Zeit bestimmt zu haben schienen. Plötzlich lachte er, und ritzte zweifach, mit Chanani-Zeichen und Rome-Bildern, in eine Wachstafel das, was Lygdamis später mit schwarzer Farbe am Schiff anbringen sollte: *Djosers Stößel*.

Danach kümmerte er sich mit Menena und einem Sklaven, manchmal auch mit Lamashtu, um die Bestände des Lagers. Menena hatte einiges auszusetzen, murrte und maunzte darüber, daß die beiden »jungen Herren« ihm nicht genau gesagt hatten, wieviel Silber er für nötige Anschaffungen und Ausbesserungen verwenden durfte; auch Leukippe und Minyas, die sich sehr kurz in Ialysos aufgehalten und Holzkohle geladen hätten, seien da nicht auskunftsfreudig gewesen, zumal sie ihn noch nicht kannten.

Dann wurde die Zeit immer länger. Er erwog, trotz unruhiger See und unfreundlicher Winde zur Insel zu rudern, gab den Gedanken aber wieder auf. In einer Ecke des Lagers war er auf Binsenmark-Rollen aus Tameri gestoßen; nach langem Suchen bei allen Handwerkern und Händlern des Orts fand er ausgerechnet bei einem Lanzenschäfter das, was er nicht selbst herstellen mochte: ein paar Klumpen Tinte.

Lamashtu half ihm bei Raspeln und Zerstoßen, rührte mit Wasser an und sah zu, wie er das dicke Mus mit Essig verdünnte.

»Was willst du schreiben?« sagte sie, als er die erste Rolle auf dem Tisch ausbreitete und an den Kanten mit Steinen beschwerte.

»Eine Geschichte.«

»Kenne ich sie?«

»Du kommst darin vor, im letzten Teil.«

»Ah.« Sie lächelte flüchtig. »Die Geschichte deines allzu weichen Lebens, Herr?«

»Wie weich es ist, mag ich nicht beurteilen. Aber du sollst mich nicht Herr nennen.«

»Weil wir ein wenig Lust und Leid geteilt haben?«

»Weil du frei bist.«

Sie betrachtete ihn, unter halbgesenkten Lidern. »Frei? Keine Sklavin, ja, aber frei? Ich kann fortgehen und verhungern, hier, in einem fremden Land, oder versuchen, den Leuten Kräuter zu verkaufen, die sie auch selbst sammeln können. Oder ich folge dir und hoffe, daß du mir eine Arbeit gibst. Ist das frei?«

Ninurta kaute auf einem Ried, nahm es aus dem Mund, betrachtete es und befand es für verwendbar. »Viel freier ist keiner. Was willst du? Ich habe dir schon Silber angeboten, damit du gehen kannst, dich irgendwo selbständig machst. Aber das hast du abgelehnt.«

»Das ist wegen der Freiheit. Und wegen Lust und Leid, Herr... Ninurta.« Sie zögerte. Dann sagte sie: »Ihr handelt, ihr baut auf; kannst du mir nicht etwas zu zerstören geben?«

»Ich glaube, du warst wirklich zu lange Sklavin.«

»Zerstören lernt man dabei. Vergiften ist leichter als heilen, und töten schneller und weniger schmerzhaft als gebären. Was... was wirst du tun, wenn du feststellst, daß deine Handelsfürstin sich im Winter an einem anderen gewärmt hat?«

»Hoffen, daß es vergnüglich war. Sie gehört nicht mir, ich gehöre ihr nicht. Und ich weiß, daß die Winter auf der Insel kalt sein können.«

Lamashtu sah ihn an, wie man ein rätselhaftes, offenbar zweckloses Bauwerk betrachten mag oder ein sehr fremdes Tier. »Sonst nichts?«

»Was denn sonst? Sie mußte annehmen, daß ich tot bin. Oder für immer verschleppt.«

»Wenn sie einen Diener oder Sklaven zum Wärmen genommen hat?«

»Hoffe ich, daß es warm genug war.«

Sie schnaubte. »So weich, so großmütig. Andere würden zum Schwert greifen.«

Er hob die Schultern. »Das tue ich vielleicht, wenn es kein Sklave war, sondern einer meiner Freunde. Nun laß mich schreiben.«

Sie stand auf und ging zur Türöffnung. »Deine Geschichte, Ninurta. Ich habe mich immer für verschlossen gehalten, unter der Sklavendecke, aber ich glaube, du weißt mehr von mir als ich von dir.«

»Ich bin unwichtig. Was ich schreiben will, sind die Dinge, die ich erlebt habe. Was erlebt wurde, nicht, wer es erlebt hat. Das könnte jeder sein.«

»Du bist ein seltsamer Mann.«

Was Ninurta tatsächlich schrieb, war die Schilderung der Flucht, der Gegenden, der wesentlichen Gebräuche, der möglichen Handelsgüter und Bedürfnisse. Er versuchte sich an möglichst viele Einzelheiten zu erinnern. Ein Grund war die Gepflogenheit der Yalussu-Händler, derlei Dinge aufzuzeichnen und einander zugänglich zu machen; da sie Gewinne und Gefahren teilten, wäre es unsinnig gewesen, Kenntnisse zu verbergen. Der zweite Grund war Djoser, der irgendwann, wahrscheinlich bei fortgeschrittenem Alterswahn, in seine Heimat zurückkehren und eine große Schrift über alle Dinge mitnehmen wollte, die er gehört, gesehen, erlebt und sonstwie erfahren hatte. Der dritte

Grund war Langeweile. Der vierte und wichtigste war jenes Untier, das in seiner Erinnerung hauste. Ein Schattendrache, der Ninurtas Träume verheerte und Ninurtas Nachtmähren besprang. Der Assyrer verspürte keinerlei Neigung, sich in sein Inneres zu versenken, um jene Bilder und Töne und Gerüche heraufzubeschwören, die er so tief wie möglich vergraben hatte. Er sagte sich jedoch, daß alle Versuche, den Drachen und das, was er barg oder verbarg, zu zähmen, bisher gescheitert waren. Vielleicht, weil immer zuviel Äußeres stattgefunden hatte. Hier gab es Muße; der Drache mochte sich nun aus den Schatten auf die Binsenmarkrollen locken lassen.

Nach drei Tagen vergeblichen Drachenköderns wurde er erlöst. Tsanghar betrat den Raum, in dem Ninurta schrieb. Der Kashkäer grinste breit und schlug Ninurta auf die Schultern.

»Das ist der Lohn der sinnlosen Mühen, würde Zaqarbal sagen. Dafür, daß ich den Winter mit dem Verfertigen unnützer Gegenstände verbracht habe, darf ich als erster den Toten sehen. Der nicht nur lebt, sondern sogar schreibt.«

»Und damit sofort aufhört. Gut, dich zu sehen. Wie bist du hergekommen? Wer ist noch dabei?«

Tsanghar ließ sich auf den freien Schemel sinken und stemmte die Ellenbogen auf die Knie. Als er, mehrfach neu zufassend, das Gesicht zu seiner Befriedigung zwischen den Händen untergebracht hatte, sagte er: »Ah, nur dein Steuermann Tuzku.«

Tuzku, »buntes Glas«, stammte aus einem Dorf nahe Akkad, war als Kind versklavt und nach Byblos verkauft worden, wo er an einen Händler fiel, der ihn mit auf Seereisen nahm. Tuzku hatte zweifellos früher einen anderen Namen gehabt, diesen aber selbst vergessen; sein fast durchscheinendes Gesicht mit fleckiger Bräune hatte ihm den »Tuzku« eingetragen.

»Wo steckt er? Und ... mit was für einem Boot seid ihr gekommen? Zwei Männer?«

Tsanghar hielt noch immer das Gesicht fest. Vielleicht, dachte Ninurta, will er sich handgreiflich daran hindern, allzu ausdauernd zu grinsen. Oder er hat etwas zu verbergen.

»Eines der nutzlosen Dinge, mit denen ich mich vergnügt habe,

Herr. Ein auch bei strengen Winden und unruhiger See verwendbares Boot, das zwei Leute bedienen können. Notfalls sogar nur einer. Außer Tuzku hatte niemand den Mut und die Weitsicht, mit an Bord zu kommen.«

»Ist auf der Insel alles wohl?«

Tsanghar rümpfte die Nase. »So wohl, wie es in Abwesenheit des von allen in zagendem Schmachten entbehrten Assyrers möglich ist. Auch das stammt von Zaqarbal.«

Ninurta lächelte. »Hab ich mir gedacht; außer ihm redet keiner so. Tashmetu ist bei den anderen?«

Tsanghars Augen verengten sich. »Sie ist. – Wann willst du aufbrechen?«

»Sofort. Gleich. Sobald es geht. Was habt ihr zu tun?«

Tsanghar ließ endlich das Gesicht los. »Ein paar Aufträge für Menena. Tuzku ist bei ihm, nehme ich an. Holz, Holzkohle. Und wir sollen nachsehen, ob Djosers Schiff gedeiht.«

»Es gedeiht kaum. Hier mußten Schiffe für den Krieg gebaut werden. Aber ich habe dem Schiff einen Namen gegeben.«

»Ah.« Tsanghar hob die Brauen. »Wie lautet er?«

»Djosers Stößel.«

Das Lachen des Kashkäers klang ein wenig gezwungen. »Sehr passend. – Und du, Herr? Was hast du gemacht? Wo...«

Ninurta hob die Hand. »Langsam. Erstens: Hör auf, mich Herr zu nennen; du bist frei. Zweitens: Ich werde es dir unterwegs erzählen.«

»Was ist aus Lamashtu geworden?«

»Sie treibt sich in der Stadt herum.«

»Ah. Sag ich jetzt zum dritten Mal, glaub ich. Ah ah ah.«

»Du klingst wie ein erkälteter Hund.«

Hauptzweck der Fahrt war es gewesen, das seltsame Boot zu erproben. Tuzku, der den Assyrer umarmte und die Götter pries (»welche?« sagte Tsanghar. »Alle«, sagte Tuzku, »vorsichtshalber«), lobte Tsanghars Einfälle und die Ausführungen.

»Unvergleichlich – ich sage dir, es gibt kein zweites Boot dieser Art. Man sollte die großen Lastschiffe auch so bauen.«

»Was ist das Besondere daran? Bis jetzt bemerke ich nichts.« Sie hatten eben den Hafen verlassen; der Wind kam von Osten und wehte sie dorthin, wo die Insel lag.

»Das Segel ist beweglich.« Tuzku wies zum Mast. »Nicht das Segel, sondern die Rah, meine ich.«

Ninurta sah genauer hin. Die Rah hing an einem Ding (ihm fiel kein anderes Wort dafür ein) aus Schlaufen, Stangen und Ringen, das etwa eine Armlänge unter der Mastspitze auf einer Scheibe ruhte und offenbar drehbar war. »Wozu soll man das Segel auf die Seite oder nach hinten drehen? Und was ist das da?«

Am Fuß des Masts lag ein klobiges Gerät: oben und unten je ein Haken, dazwischen Holzräder und Seile.

Tsanghar lächelte wie ein Leberbeschauer, der das günstige Ergebnis noch einen Atemzug lang für sich behalten möchte. »Es ist sinnlos, dies zu erklären. Warte, bis du es siehst. Dann weißt du, womit ich mich im kalten Winter befaßt habe.«

»Gut, wenn man etwas hat, woran man sich reiben kann. Dann ist der Winter erträglicher.« Lamashtu bedachte Ninurta mit einem Seitenblick.

Der Kashkäer sah es, gluckste leise und sagte: »Ah.«

»Du wiederholst dich.«

»Und woran hat sich Tashmetu gerieben, im Winter?« Lamashtu klang betont gleichgültig.

Tsanghar blickte den Assyrer an; Ninurta nickte. Der Kashkäer schloß kurz die Augen.

»An Djoser«, sagte er.

Ein paar Stunden später sprang der Wind um; jetzt kam er von Nordosten. Tuzku stand auf, überließ Tsanghar das Steuer und ordnete die Segeltaue neu. Nun stand das Segel schräg zur Schiffslänge. Ninurta schwieg, lauschte auf die Geräusche von Wind und Wellen und Rumpf. Er spürte das leichte Bocken, aber kein Treiben.

»Wie ist das möglich?« sagte er fast ehrfürchtig. »Der Wind kommt schräg von hinten, das Segel steht schräg, und das Schiff fährt geradeaus?«

Tuzku deutete auf den Kashkäer, der breit grinsend im Heck saß und das rechte Steuer unter den Arm klemmte. »Seine göttlichen Einfälle, Herr.«

Tsanghar räusperte sich. »Es ist mir aufgefallen, auf der langen Reise, daß seitlicher Wind den flachen Schiffskörper vor sich her schiebt – also zur Seite. Da dachte ich mir, man müßte das verhindern können.« Er wies auf die Planken unter seinen Füßen. »Unten am Rumpf ist eine Art Kamm, eine geschwungene Holzplatte. Ähnlich einer Pflugschar. Sie hält das Boot in der Furche, könnte man sagen.«

Ninurta stand auf und ging durch das kaum zwölf Schritte lange und drei Schritte breite Boot. Lamashtu, die sich in den Bug zurückgezogen hatte, schaute hinaus aufs Meer.

»Leichter, schneller, sicherer und wendiger«, sagte er, wie an den Mast gewandt. »Die erste Fahrt?«

»Die zweite. Die erste war die Hinfahrt nach Yalussu.«

Ninurta drehte sich um und betrachtete die beiden an den Steuerrudern. Tsanghar grinste, und Tuzku hatte ein Lächeln aufgesetzt, aus dem ein Rest Staunen nicht verschwunden war.

»Und du meinst, man kann auch die großen Schiffe so bauen? Mit diesem Unterkamm?«

»Warum nicht?« Tuzku schob das Kinn vor. »Ein Boot ist ein Boot; die Gesetze sind immer gleich. Es müßte sogar möglich sein, etwas Ähnliches wie diesen Kamm nachträglich an euren Schiffen anzubringen.«

Ninurta kicherte plötzlich. »Du siehst einen ratlosen Händler vor dir, Tsanghar. Ich kenne den Wert aller Waren, die in den Häfen und im Binnenland hergestellt, geerntet und verkauft werden. Aber wieviel ist ein Einfall wert? Dieser Einfall, der dir gehört?«

»Warte ab, bis du dieses Ding mit Rädern und Seilen gesehen hast.« Tuzku lächelte nicht mehr; mit der Fußspitze deutete er auf das seltsame Gerät nahe dem Mastfuß. »Danach kannst du beginnen zu feilschen.«

Wie immer warteten sie in der Nähe des Riffs, bis es dunkel wurde. Gegen Mitternacht glitten sie in die Einfahrt, wobei Tsanghar dem Assyrer von den Flüsterröhren erzählte. Sie knieten nebeneinander auf den Planken und ruderten das Boot in die Grotte. Im Zwielicht der Fackeln schaute Ninurta zurück, als Tsanghar ihn darum bat. Und der Assyrer sah, wie die schwere Platte, die sonst drei Männer schieben mußten, von einem einzigen Wächter bewegt wurde: einem Mann, der eine von Tsanghars seltsamen Erfindungen aus zweimal zwei Rollen und daran angebrachten Stricken bediente. Zwei dieser Geräte hingen über der Einfahrt an starken Stiften im Fels: zum Öffnen und zum Schließen. Seile waren rechts und links neben der Einfahrt durch Ringe geführt (ebenfalls mit Stiften im Fels verankert) und seitlich an der Platte befestigt; die Stricke, an denen man ziehen mußte, liefen durch ein Holzgestell rechts der Einfahrt, dort, wo der schlotartige Durchstieg von oben in die Grotte auf einem breiten Felssockel endete.

»Ein Mann mit Vier-Räder-Zug kann eine Last heben, für die sonst vier Männer nötig wären«, sagte Tsanghar wie beiläufig. Vermutlich war er stolz auf seine Geräte und seine Hände und den Kopf, der all dies ausgeheckt hatte, aber die Stimme klang gleichmütig.

»Wir werden darüber gründlich zu reden haben«, sagte Ninurta. »Später. Erst die anderen, dann...«

Aus dem Durchgang tauchten zwei Sklaven auf, blinzelnd und schläfrig, gefolgt von Zaqarbal.

Der Sidunier blieb stehen wie erstarrt, als er Ninurta aus dem Segler klettern sah. Er stemmte die Hände in die Hüften, öffnete den Mund, schloß ihn wieder. Dann machte er ein paar schnelle Schritte, flüsterte einem der Sklaven etwas zu und stürzte sich auf den Assyrer, während der Sklave im Gang verschwand.

»Konnten dich also auch die tausend Götter der Hatti nicht in die Unterwelt zerren! Awil-Ninurta, der zähe Frühlingsbote! Mein Gemüt hüpft wie ein Zicklein, und es glühet wonniglich die Leber, und überhaupt, Mann, laß dich umarmen.«

Zaqarbal zwinkerte, als Ninurta sich aus der Umklammerung

löste. Der Assyrer war fast sicher, eine Spur von Feuchtigkeit in den Augen des Chanani zu sehen.

»Hast du mich etwa vermißt?« sagte er. »Ist Kynara unzugänglich geworden, so daß Langeweile dich befallen hat?«

Zaqarbal wedelte mit den Armen wie ein Vogel, der gern abhöbe, aber irgendwie nicht vom Boden hochkommt. »Ah, es war eine furchtbare Zeit ohne dich. Niemand außer dir ist fähig, dies Ungetüm von Hatti-Weib Tarhunza zu leiser Rede und ersprießlichen Eßgewohnheiten anzuhalten. Komm, Freund; wir werden trinken und reden und...«

»Langsam, langsam. Laß mich doch erst mal richtig ankommen. Und gewisse andere begrüßen.«

»Gewisse andere?« Zaqarbal nickte Lamashtu zu, die auf den Sims stieg, und deutete auf Tsanghar. »Hat dieser Erbauer von Zaubergeräten...«

»Hat er nicht – nicht von sich aus, aber es gab da Fragen, die er beantworten mußte.«

»Nun ja. Ob früher oder später, das Sagbare will gesagt sein, und wer wüßte besser als ich, daß nicht einmal das Unsägliche sich verschweigen läßt?«

Ninurta klopfte mit dem Zeigefinger auf die bloße Brust des Siduniers. »Nichts ist unsäglich.«

»Ah. Uh. Ausladen?« Zaqarbal wies auf das Boot.

»Später. Kommt.«

Ninurta ging voraus; am Klang der Schritte erkannte er, daß Lamashtu hinter ihm war. Licht aus dem Tal fiel in den Durchgang; offenbar hatte der Sklave Fackeln und Lampen entzündet, und wahrscheinlich, dachte Ninurta hat er einige geweckt. Wenn nicht alle.

Die Tische auf dem kleinen Platz, an dem der Gang endete, waren voller Öllampen und Weinkrüge; Sklaven liefen hin und her, brachten Becher und Platten mit kaltem Fleisch, kaltem Fisch und Früchten. Die ersten der Händler und Handwerker erschienen, verschlafen und halb bekleidet und dennoch fröhlich, fast erleichtert, wie es Ninurta erschien. Sie begrüßten ihn mit Umarmungen, Schulterklopfen, dummen Reden; einige sagten gar nichts, aus Ergriffenheit oder Müdigkeit. Kinder und Halbwüchsige, durch das Gerenne und Gerufe aus dem Schlaf gerissen, tauchten auf, suchten auf den Tischen nach Süßigkeiten und begannen, einander mit Obst zu bewerfen. Immer mehr Erwachsene kamen dazu – Tarhunza grölte etwas wie: »O Söhnchen, hat dich das Meer ausgekotzt«; Leukippe küßte ihn auf die Nase; Minyas schlug ihm in den Magen; das Gedränge wuchs mit dem Lärm.

Dann, jäh, Stille, als Tashmetu und Djoser kamen. Sie kamen aus verschiedenen Richtungen. Sie kamen langsam – Tashmetu, weil sie im Gehen ihren Umhang mit einer Spange verschloß, und Djoser, weil er nur sehr kleine Schritte machte.

Ninurta löste sich von Kir'girim und Shakkan, mit denen er eben geredet hatte, und ging Tashmetu entgegen. Eine halbe Armlänge voneinander blieben sie stehen.

»Bin ich willkommen – noch oder wieder?« sagte er kaum hörbar; seine Blicke tasteten nach den dunklen Augen, den Wangenknochen, dem angespannten Mund, schließlich nur nach den Augen.

»Wieder und immer noch.« Die Augen schimmerten ein wenig, und nachdem sie gesprochen hatte, schienen die Lippen nicht mehr schmal. Die Mundwinkel hoben sich.

Ninurta nahm ihre Hände; sie waren warm und feucht. »Dann ist alles andere ohne Bedeutung. Liebste.«

Sie küßte ihn, und er schmeckte sie und roch sie und roch tausend Erinnerungen und tausend Kostbarkeiten und fühlte das Feuer. Dann hörte er Gemurmel, nur halb erleichtert, und dachte daran, daß noch etwas zu tun blieb.

Tashmetu schob ihn sanft von sich. »Er hat mich gewärmt«, murmelte sie. »Wer hat dich gewärmt?«

»Die Babilunierin. Es ist lange her.«

»Hier ist es nicht lange her.«

»Tote verlangen keine Rechenschaft, wenn sie zurückkehren. Ich will Djoser begrüßen.«

Tashmetu nickte. Sie blickte zu dem Rome hinüber, der nicht weit von ihnen stand; ihr Lächeln erschien Ninurta seltsamer als alle Geräte, die Tsanghar je erfinden konnte.

Djosers Gesicht – Trotz und Zorn und Freude und Verlust – hellte sich nicht auf, als Ninurta zu ihm trat. Dann spürte der Assyrer eine leichte Berührung an der Schulter.

»Hier, nimm, du wirst es brauchen.« Lamashtu stand hinter ihm; sie reichte ihm ihr Messer.

Er nahm es, wog es, suchte in den herben Zügen nach der alten Vertrautheit, die nicht mehr da war, und sah eine Mischung aus widerwilligem Staunen, Spott und Verachtung über das Gesicht ziehen, als sie begriff.

Er hielt das Messer hoch; Licht einer nahen Fackel tropfte von der Klinge. »Ich will einen alten Freund begrüßen«, sagte er laut; »wozu ein Messer?« Er ließ es fallen, kümmerte sich nicht darum, ob Lamashtu es aufhob, und umarmte den Rome.

»Du«, sagte Djoser; er rang nach Luft, als ob er schreien oder weinen wollte. »Du... ah.«

»Später. Morgen. Oder gar nicht. Laß uns feiern.«

BRIEF DES KORINNOS (V)

Mehr als hundert Dutzend Schiffe jeder Art, o Djoser: kleine Segler, kleine Ruderer mit Hilfssegel, große Frachtsegler, große Kriegsruderer mit Sporn, Kähne, aber auch jene Bauten, die wir »Wannen« nannten und die in Wahrheit kaum mehr waren als Flöße mit Geländer. Von diesen kamen einige nie an – nirgendwo, es sei denn, man nähme einen Begriff wie *senkrechte Auswanderung* hin und hielte den unebenen Acker, auf dem Poseidons Seekühe grasen, für ein tiefes und lohnendes Reiseziel.

Über diese Schiffe, schwarz und hohl und dickbäuchig, die auf einem weinfarbenen oder wüsten oder einfach wäßrigen Meer nach Osten fuhren, wird viel Unsinn erzählt. O Rome, Freund genauer Zahlen und Listen, ich kann deine Gier in dieser Sache kaum befriedigen, weder die genaue Anzahl noch die Namen der Schiffe nennen. Sie hatten allesamt Namen, edel und minder edel; einige hießen einfach nach Städten oder nach daheimgebliebenen Frauen, andere wurden mit kostbaren Bezeichnungen versehen oder mit solchen, an denen der Segen etwelcher Götter haften möge, wie man hoffte. Soll ich nun einen langen, öden und zweifellos unvollständigen Katalog erstellen, mein Freund? Zwanzig Schiffe aus dem ehrwürdigen Pylos, elf aus dem ehrlosen Korinth, sieben aus dem ehrlichen Ialysos, drei aus dem ehrsamen Megara?

Oder lieber so: Achilleus ließ auf Anraten der Priester eine grobgeschnitzte Holzfigur am Bug seines Hauptschiffs anbringen, welche die hehre Thetis darstellen sollte, und das Schiff wurde *Schoß der Thetis* genannt (das Hauptschiff des Patroklos dagegen *Diadem der Thetis*, wegen einiger Buckel mit Farbtupfern). Da jedoch die Thetis-Figur am Bug von einem wenig kunstfertigen Liebhaber üppiger Brüste verfertigt worden war, nannten Spötter das Schiff auch *Thetis-Titte* oder, schlichter, *Thittis*. Es gab viele Boote mit Namen wie *Pylos* oder *Megara* oder *Mykene* oder *Athena* oder *Zeus ist mächtig* oder *Lust der Lakonier* oder *Schwinge des Boreas*. Männer aus der Gegend von Kynoskephalai nannten eines ihrer Schiffe, kaum überraschend, nach ihrer Stadt *Hundskopf*; Leute aus einer Nachbarstadt, den anderen nicht eben liebevoll zugetan, nannten daraufhin ihr Hauptschiff *Hundsfott*. Es gab *Poseidons Becher* für abergläubische Trinker, die Wein dem Salzwasser vorzogen, und *Poseidons Pißpott* für einige Lästerer. Ein gewisser Theokles hatte sein Schiff mit einem gewaltigen Rammsporn versehen, so schwer, daß während der Überfahrt die meisten Männer sich im Heck zusammendrängen mußten, damit das Schiff nicht sank; und da der Sporn immer knapp über die Wasserfläche ragte, nannte man es *Phallos* (ich glaube, der eigentliche Name war so etwas wie *Steife Brise*). Ein anderer Mann, der gleichen Schiffsgruppe angehörig, fand sein Boot schwer zu steuern (die Meisterwerke achaischer Zimmerer, o ja, und ihre Seetüchtigkeit!), es zuckelte hinter den anderen her und brach ewig seitlich aus; der Name *Kühnheit des Falken* schien wenig angemessen, so daß man es schließlich *Schwänzchen* nannte.

All diese Schiffe trugen Helden, natürlich – unzählige Unsterbliche trugen sie zu zahllosem Tod. Aber sie bargen noch mehr: kurze und lange Schwerter; einfache Bogen; weittragende Bogen, zusammengefügt aus Metallkern, Horn und lange abgelagertem Holz, fünf Jahre Arbeit eines guten Bogners (aber keine Schützen, die damit umgehen konnten); Körbe voller Speerköpfe; Bündel über Bündel aus den Werkstätten der Lanzenschäfter; runde Schilde aus Holz und Leder; längliche Schilde aus Bronze, mit Aussparungen für die Arme der Kämpfer, damit sie – gleich ob Rechtshänder oder Linkshänder – am eigenen Schild vorbei noch mit dem Speer zustoßen konnten; Kettenpanzer; Scheibenpanzer; Lederpanzer, besetzt mit Bronzestreifen; Berge von Beinschienen und Hügel von Helmen (runde Helme, Kammhelme, Kesselhelme, Flügelhelme) und Garben von Gürteln; Werkzeuge aller Art, und Zubehör für den schnellen Bau von Schmieden und Schmelzöfen und allem, was Waffenmeister und Bootsbauer benötigen könnten.

Da man gegen Trojaner kämpfen würde, die immer noch ein prächtiges Streitwagenheer unterhielten, hatten die Achaier auf Nestors Rat alte Streitwagen ausgebessert und neue gebaut – etwas, womit sich niemand mehr so recht auskannte. Fünfhundert waren es, mit Deichseln und Leinen und Köchern für die Speere; fast zweitausend Pferde, mühsam aus allen Teilen von Achiawa zusammengetrieben, mußten auf die Schiffe verteilt werden, dazu Futter und Wasser für die wenigen (aber gefräßigen) Tage der Überfahrt. Dreitausend Rinder, nach und nach zu schlachten, ebenso viele Schweine, noch mehr Schafe und zahlloses Geflügel, denn man konnte weder mit einer kurzen Kriegsdauer rechnen noch mit übermäßiger Gastlichkeit der Trojaner.

Getreide, o Djoser – Korn für die Kämpfer und die Tiere; trockene Früchte, Trockenfisch und eingelegte Gemüse; manche dachten sogar daran, daß auch im Feld Gefäße zum Kochen und Aufbewahren von Speisen hilfreich sind, nicht zu reden von Bechern und Messern und Platten und Gabeln. Und kaum glaublich: Es gab sogar jene Weichlinge, die meinten, eine möglicherweise lange Belagerung von Troja oder jedenfalls einen Krieg, der länger dauern würde als einen heldenmütigen Nachmittag, könne man besser überstehen, wenn man ein paar Decken, vielleicht sogar ein Kissen mitnähme. (Liebevoll bestickte Kissen sah ich, von Gemahlinnen angefertigt in der Hoffnung, daß der ausziehende Gatte es in der Ferne ausreichend behaglich habe, um keine Wiederkehr anzustreben.)

Habe ich etwas vergessen? Wahrscheinlich viel zuviel, aber wenn wir nun nicht mehr an Zelte und Bettgestelle und Verbände und Heilkräuter denken, auch nicht an Brennholz oder Holzkohle – wenn wir all dies, was ich vergessen haben mag, nicht bedenken, sondern nur noch von den Kämpfern sprechen: Selbst dann wirst du wissen, daß Agamemnons gewaltiges Heer von etwa zwanzigtausend Kriegern die Überfahrt mit Tieren und Gerät in drangvoller, stinkender Enge erlitt. Heimkehrer und Daheimgebliebene neigen zu Übertreibungen, aber die hunderttausend, von denen man heute erzählt, hätten nicht genug Planken unter den Füßen gehabt, und schwimmen konnten die wenigsten.

Überdies segelten nicht alle gleichzeitig zum gleichen Ziel. Einige segelten (oder ruderten) gar nicht, andere steuerten nicht Trojas Gestade an.

Achilleus gab, wie bereits erwähnt, die schließlich doch nicht geopferte Iphigeneia einem skythischen Fürsten, der mit einigen Kriegern nach Aulis gekommen war. Diese Reiter brachen (mit Iphigeneia, von der nie wieder jemand etwas hörte; sie wird skythische Bälger geboren haben, denke ich) vor Ausfahrt der Flotte auf, begleitet von achaischen Fußkämpfern, um die nördliche Küste entlangzuziehen, durch die Lande der mit Troja verbündeten Paionen und Thraker. Es gab dort nicht nur Trojas Bundesgenossen, die einzuschüchtern oder auf »unsere« Seite zu ziehen waren, sondern auch kleinere trojanische Besatzungen in Häfen, und all dies sollte *bereinigt* werden (so nannte es Philoktetes). Zu *bereinigen* war aber noch mehr: jene Lande südlich von Troja, bis zum Secha-Fluß (den die Mykener Ka'echa und die Achaier Kaika oder Kaikos nannten) oder gar bis hinab nach Abasa, das Ephesos der Berichte; von dort mochte Nachschub an Waffen, an Kämpfern und an Vorräten für die Trojaner kommen.

Ich fuhr mit der Hauptflotte, im engen und übervollen Schiff meines Herrn Palamedes, wo ich zwischen zwei Kühen saß und ruderte und schlief und aß, denn mein Herr trank gern Milch und mochte sich daher nicht mit Schlachtochsen begnügen. Ich habe vergessen, wie viele Tage und Nächte wir so verbrachten – zu viele, jedenfalls. Ich glaube, es war am Nachmittag des siebten oder achten Tags nach dem Aufbruch von Aulis, daß wir Trojas westliche Hügel sahen.

10. WONNE UND GEWINN

Als Ninurta erwachte, war Tashmetu nicht neben ihm. Er erinnerte sich an die dringliche, fast hastige Vereinigung, freute sich auf gemächlichere Tage und Nächte und lächelte. Dann gähnte er und sah sich um. Im Raum waren ihm viele Dinge vertraut – Kerets schwere alte Truhe, zwei Wandteppiche, die ebenfalls schon in Ugarit das Schlafgemach geziert hatten, aber auch sein eigener Tisch aus schwarzem Holz mit Schnitzereien, der Scherensessel mit dem weichen Leder und den Einlegearbeiten aus Elefantenzahn, das Gestell mit den Schreibtafeln und Binsenrollen. Und andere Dinge, die ihm gehörten, ihm gehört hatten, ehe Tashmetu den Raum in Besitz nahm.

Er kleidete sich an und ging zur großen Küche, die aus einem Vorbau bestand (Balken, Holzschindeln, Lehmziegel) und der dahinterliegenden Höhle. Tashmetu war dort, nur mit weißem Schurz und Brustschärpe bekleidet; sie sprach mit Ubarija, dem feisten kahlen Fürsten aller Köche. Man schien wichtige und geheimnisvolle Dinge zu bereden – beide flüsterten, als Ninurta erschien; Tashmetu suchte ihn mit Handbewegungen zu verscheuchen, und Ubarija hob grinsend das große Beil, mit dem er Fleisch und Knochen zu zerteilen pflegte. Ninurta leugnete jede Absicht, bei der Vorbereitung von größeren Vergiftungen stören zu wollen, und bat um die Gnade eines Frühstücks.

Ubarija schöpfte warmes Bier aus einem Kessel in einen Krug, den er zu Brot und kaltem Fleisch auf eine Platte stellte. Ninurta zwinkerte Tashmetu zu, ging ins Freie und setzte sich an einen der Tische.

Man ließ ihn in Ruhe essen; entweder waren alle zu beschäftigt, oder alle hatten sich verschworen. Über dem westlichen Talrand kreiste einer der Adler; Ziegen fraßen Zickzackschneisen in den

Hang darunter, der von Sträuchern, vielfarbigen Blüten und saftigem Gras strotzte. Irgendwo wurde gehämmert. Er sah ein paar Sklaven, die Tonbrocken zu den Töpfereien schleppten, und frischgeschorene Schafe, die irgendwie mürrisch dreinblickten.

Nach dem Frühstück schaute er eine Weile den Kindern zu, die wieder einmal versuchten, den kleineren Bach zu stauen; dann lief er durchs Tal, begrüßte alle, die er noch nicht oder nicht ausreichend gründlich begrüßt hatte, kraulte Kir'girims zahmen Löwen und ließ sich von den Schmieden erzählen, wie sie das Eisen geschmolzen, in Stangen gegossen, diese zerfeilt, die Späne ins Gänsefutter gemischt und aus dem Kot geklaubt und wieder geschmolzen und geschmiedet hatten. Etwas im Magen der Gänse machte das Eisen sauberer und härter. Shakkan zeigte ihm ein Schwert – eines von mehreren.

»Es ist unvergleichlich – das heißt, es ist nur mit anderen zu vergleichen, die auch aus Gänseschiß stammen.«

Ninurta wog das Schwert, hielt es mit ausgestrecktem Arm und berührte die Schneide mit dem Daumen. »Es ist sehr scharf.«

Shakkan knurrte etwas. »Du beleidigst mich, Knabe«, sagte er dann. »Der Griff ist ein Notbehelf; diese Klinge braucht einen feinen, kostbaren Griff. Aber ...« Er sah sich um und deutete auf eine Puppe, Leder gefüllt mit Stroh. »Nachgiebiges Leder ist schwer zu zertrennen, Stroh weicht der Klinge aus. Versuch mal, die Puppe zu köpfen.«

Ninurta hieb von der Seite, ohne allzu viel Wucht. Die Klinge zerteilte Leder und Stroh, glitt fast ohne auf Widerstand zu treffen wie ein scharfes Messer durch sehr gares Fleisch.

»Wenn ich dies auf eine Seite der Waage lege, werden die Fürsten der Trojaner und der Achaier auf die andere Seite Gold legen, und zwar mehr Gold, als nötig ist, die Waage auszugleichen.«

Shakkan bleckte die schadhaften Zähne. »Wenn du mich fragst: Es ist zu schade für die Achaier.«

Eigentlich wollte er mit Djoser sprechen, stellte dann aber fest, daß er eigentlich gar nicht mit Djoser sprechen wollte – noch nicht. Als er von der Schmiede zurück zu den Wohnungen ging, kam ihm Tashmetu entgegen; sie lächelte sehr schräg und wies auf die Küche.

»Dort werden Köstlichkeiten zubereitet, Fürst meines Lagers – für dich und mich, zu geziemend bedächtigem Genuß nach langer Trennung.« Ernster setzte sie hinzu: »Wir wollen uns reinigen, Liebster – ohne Öl und Salben, die den Geschmack verfälschen.«

Ninurta hielt sie an den Schultern fest. »Was hast du vor?«

Sie hauchte einen Kuß in die Luft. »Laß dich überraschen.«

Er badete am Grottenstrand, unterhalb der mit Tsanghars Geräten hochgezogenen Schiffe; danach ging er zum zweistufig gemauerten Becken, das der kleine Bach speiste. Zwei Sklaven halfen ihm beim Reinigen, rieben und striegelten ihn, ohne Öl oder Duftsalben zu verwenden. Hin und wieder kamen andere Bewohner vorbei, ergingen sich in spöttischen Bemerkungen und bekundeten ihren Neid. Als er fertig war, trockneten die Sklaven ihn ab und hüllten ihn in ein langes weiches Tuch. Einer der beiden verschwand, kam sofort wieder zurück und sagte: »Die Herrin ist bereit.«

»Na dann.« Ninurta lächelte. »Ich danke euch.« Er ging zu jener Wohnung, die seine gewesen war und nun von Tashmetu belebt wurde. Eine wahre Belebung, dachte er; und immer noch wußte er nicht, was ihn erwartete – nur, daß es zweifellos köstlich genug sein würde, die Erinnerung an Gefangenschaft, Flucht und Einöden zu tilgen.

Die größeren Gegenstände waren aus dem Raum entfernt worden, um Platz für einen neuen Boden zu schaffen: eine riesige Decke aus weichem Leder, die offenbar auf Kissen oder Stapeln anderer Decken ruhte, denn sie war fast zwei Handbreit über dem eigentlichen Boden. Als Ninurta darauf trat, federte sie nicht, sondern gab nur ein wenig nach, wie festes Fleisch unter suchenden Händen.

Tashmetu stand inmitten von tausend Platten und Näpfen aus Holz. Auch sie war in ein langes Tuch gewickelt; in einer Hand hielt sie zwei helle Binden.

»Welche Art Zauberei wird dies hier, Geliebte?«

Tashmetus Lächeln wurde zu einem breiten Grinsen, als die beiden Sklaven, die Ninurta gebadet hatten, mit hellen Tüchern erschienen und diese über die Fensteröffnungen und die Tür spannten.

»Damit wir Licht haben, wenn wir sehen wollen, ohne durch Zuschauer gestört zu sein.« Sie wies mit der Linken auf die hellen Vorhänge; das Tuch über der Tür glitt eben seufzend zu Boden, nachdem die Sklaven gegangen waren. »Sieh dich um. Was siehst du?«

»Dich. Was brauche ich mehr?«

»O, viel mehr. Schau.«

Ninurta kniete zwischen den Platten und Näpfen. Er sah Stockfisch, gekochten Thunfisch in einer Tunke, die nach Sesam und Drachenkraut duftete; gebratenen Thunfisch mit säuerlichem Lauch; Tintenfisch, zu Ringen zerschnitten und goldbraun gebacken; Muscheln, Austern und Krebse in verschiedenen Flüssigkeiten, alle Schalen weit geöffnet. Lammbraten mit grünen Kräutern und rotem Beerenmus. Teile gebratener Hühner. Wachteln auf saurem Kohl, umgeben von Weinbeeren. Tauben und Rindfleischstücke und Linsenbrei und Melonen, Feigen, Datteln; Schläuche mit Wein und Schläuche mit Wasser. Und Näpfe mit anderen Dingen, die er nicht mehr einzeln betrachten konnte, weil Tashmetu ihm einen Becher reichte, in dem kleine Stückchen trieben, die fahles Fleisch zu sein schienen, und Kräuter und abgeschabte Splitter von Pflanzen, in einem schweren süßen Sud.

»Trink. Kir'girim und Kal-Upshashu haben es bereitet. Wein und Gewürze; und vor allem Pilzstückchen und Abschabungen von Knollen. Kräuter. Shashammu-Öl. Dies und mehr.«

Er nahm den Becher. Irgendwie fühlte er sich wehrlos und unberaten, aber auch gespannt und voller Vorfreude auf etwas Unvergleichliches. »Wozu der Trank?«

»Wir werden fliegen, Ninurta, und uns lieben, ohne zu ermatten, und von allen Köstlichkeiten essen und trinken, ohne satt und träge zu werden.«

»Soll ich alles trinken, oder teilen wir?«

»Wir teilen. Du zuerst. Und die Pilzstückchen nicht kauen, nur schlucken.«

Ninurta trank. Trotz aller mildernden Beigaben schmeckte der Sud wie die Ausscheidung eines siechen alten Dämons. Er reichte Tashmetu den Becher und schüttelte sich. Sie leerte ihn, stellte ihn ab und wies auf die beiden Tuchstreifen.

»Wir werden einander die Augen verbinden, sobald es zu wirken beginnt.« Ihre Stimme war wie feinstes Leinen, das mit dem Rücken eines silbernen Messers aufgerauht wird. »Um den Geschmack von allem zu genießen – besser zu genießen. Und erst, wenn wir es nicht mehr aushalten, legen wir die Binden ab.«

»Und bis es zu wirken beginnt?«

»Ansehen. Berühren. Sprechen. Oder schweigen.« Sie wickelte sich aus dem weißen Tuch und schleuderte es von sich, zur Tür.

Auch der Assyrer befreite sich vom Tuch; es begann ihn zu beengen. Er schüttelte den Kopf, der seine Form zu verlieren, zu wabern schien. Tashmetu nahm ihn bei den Händen.

Sein Blick stieg von den steifen Brustwarzen zu den Augen, die ihn aussogen, aufsogen, die Zeit der Trennung zu Asche brannten, in die sich der Schattendrache seines Erinnerns wühlte und dann lange nicht biß oder scharrte.

Ninurta wollte ihre Lippen. Und sich mit Krebsfleisch und Tunke und Wein bedecken zu ihrer Sättigung, und Taubenbrust und Oliven aus Ishtars Pforte genießen, Tashmetus Brüste unter Lauch und Lamm entdecken. Seltsam, wie die Farben einander begatteten, wie die Augen, in denen er schwimmen wollte, das Licht spleißten. Wörter, die er formte, wurden zu Klangschlieren und waren jäh wieder durchsichtig. Er lachte und sagte, sie solle sich in den Honig setzen und umdrehen und ihn – dann packte die Faust eines Ungeheuers nach seinem Magen. Als Ninurta (hieß er so?) nach Luft schnappte, schwand die Faust und ließ etwas zurück, das ein Teppich aus glimmenden Knospen sein mochte. Hitze dehnte sich aus, erreichte die Zehenspitzen und richtete jedes einzelne Haar seines Körpers auf.

Tashmetu kniete vor ihm, zog ihn auf den weichen wogenden Lederboden, der die Schwinge eines Göttervogels war. Er wand die Binde um ihren Kopf und verknotete sie hinten; dann tat sie das gleiche mit ihm, und er sah nichts mehr, aber es war auch nicht nötig, etwas zu sehen, wenn man flog und die Welt unten schaute, die aus gelbem Wasser bestand und grünem Schnee und Menschen, die sieben Beine hatten und Hälse wie Kraniche. Vor allem aber mußte er nicht sehen, um zu spüren, wie Tashmetu ihn berührte, damit er höher steigen konnte und ihren nackten Körper zwischen den Sternen traf und den Mund, der feuchte Blitze barg, und dann wurde ihm schwindlig, so daß er sich nicht mehr auf den Knien halten konnte, und –

»Au.« Etwas Hartes, ein Napf, rutschte unter seiner Hüfte weg, und aus dem Napf schwappte etwas Warmes auf seine Haut.

»Holz bricht nicht«, sagte Tashmetu. War das ihre Stimme? Dieses Hallen und Saugen? Wo? »Deshalb kein Ton.« Er hörte sie rechts von sich und streckte die Hand aus. Haar, Flaum der Ishtar. Weitere Näpfe oder Platten knirschten; plötzlich kam Tashmetus helles Kichern, von Flügelschlägen getragen, aus einer der oberen Ecken des Raums, oder doch von hinter seinem Rücken? »Gut«, murmelte gurrte hauchte sie, und er wußte, es galt der Tunke an seiner Hüfte.

Zeit wie Hirsebrei. Birnen gegen dies und das und Durst. Köstlich, Linsenmus aus dem Nabel der Liebsten zu schlecken. Die Wachtel, gefüllt mit gehackten Kräutern, oder weinlaubgewickelte Würste zwischen Brüsten. Krebsfleisch vom Schlüsselbein naschen; hören, daß der Stockfisch keiner ist, da er nicht nach Fisch schmeckt; Artischockenblätter und Kürbis, und Tintenfischringe mit dem Mund vom Zeh gezogen, Kirschen wo auch immer und die Auster schlürfen, und Wein aus dem berstenden Schlauch vermengt mit Honig, o die Dattel und Preis den Köchen, die keine sengenden Gewürze verwendet haben, und gackern und mit den Flügeln schlagen; und irgendwann löste sich der Knoten der Binde, aber da war es schon dunkel, bis auf das klebrige Licht der Öllampe vom Schreibtisch. Auf allen vieren, grunzend wie ein Eber, kroch Ninurta dem Licht entgegen, kam schwankend auf die Beine und hielt die Lampe hoch.

Tashmetu, ohne Augenbinde, inmitten von Fleisch und Tunken

und Früchten, alle Farben des Diesseits und einige der Unterwelt, köstliche nimmersatte Farben und durstige Düfte und die Lust zu fliegen und zu strömen und das Lächeln zu schmecken. Er stellte die Lampe ab und schwebte zu Tashmetus Knien.

Einige Tage lang schmerzte es; als habe man sein Gemüt ausgeweidet, sein *ka* mit scharfen Bürsten gerieben und alles, ohne hinzusehen, wieder zurückgestopft, daß die Einzelteile unter beständigem Schwären ihre angestammten Plätze suchen mußten. Er hatte nicht mit Ninurtas Rückkehr gerechnet, und wenn der Assyrer doch käme, gäbe es keinen Streit. Dies hatte er angenommen, aber als Ninurta kam und die Babilunierin ihm das Messer gab, waren alle Annahmen leere Schoten, die sich mit der zähen Flüssigkeit der Angst füllten. Keine Angst vor einem Kampf; Djoser hatte oft genug seine Haut retten müssen. Angst davor, etwas Kostbares zu zerstören. Erst später begriff er, daß dieses Kostbare nicht ein Leben war oder der Taumel Tashmetu, Flamme, die frißt, ohne aufzuzehren, sondern die Freundschaft.

Aber da war noch etwas, ein Ungenügen: Niemand, nicht einmal er selbst, und er selbst schon gar nicht, hatte auch nur einen Atemzug lang erwartet, daß es eine Wahl gäbe und Tashmetu zögern könnte. Er kannte den Assyrer zu gut und hatte gewußt, daß Ninurta nicht zur Waffe greifen und auch keine Rechte beanspruchen würde – Rechte, auf denen fast jeder andere bestanden hätte. Fast jeder außer Ninurta, der nicht über Menschen verfügen wollte. Der notfalls auch mit Sklaven handelte, sie aber besser behandelte als andere – Menschen, die schon versklavt waren, die er dann verkaufte oder freiließ, je nachdem. Bis dahin behandelte er sie als wertvolle Ware. Dann sagte sich Djoser, daß Ninurta vielleicht deswegen keine Rechte (welche auch immer) beanspruchte, weil keiner auf den Gedanken käme, sie ihm vorzuenthalten. Weil der bloße Gedanke, Tashmetu könnte sich für Djoser entscheiden statt für Ninurta, grenzenlos lächerlich war.

Er verschob die Bahn seiner Gedanken, mühevoll, dachte an Geschäfte statt an Gefühle. Gute Geschäfte, die Ninurta gemacht hatte, indem er scheinbar auf ein gutes Geschäft verzichtete. Gelegenheiten, da Schuldner sich dem Assyrer als Schuldsklaven angeboten hatten; bei zweien hatte er auf jegliche Zahlung verzichtet, den übrigen (Bauern nach schlechter Ernte, Handwerkern nach Erdbeben oder anderen Verwüstungen) hatte er Silber geliehen und Rückerstattung in Teilen über Jahre vereinbart. Ninurta käme vermutlich nicht auf den Gedanken, einer Frau etwas vorzuschreiben. Oder einem Mann.

Je länger er grübelte, desto besser begriff er, und desto stärker wurde das Gefühl von Ungenügen, bis er sich (am dritten Tag nach der Rückkehr des Assyrers, als auch sein *ka* nicht mehr so schmerzte) halb im Scherz sagte, daß eben in allen Kriegen der Männer, der Liebe, des Handels einige zu Hauptleuten geboren waren und andere einfach dasein mußten, damit die Hauptleute jemanden hatten, den sie führen konnten.

Nach dem kurzen Gespräch mit Ninurta, am zweiten Tag, hatte Djoser begonnen, bei den Beratungen der Eigner mehr auf die Menschen als auf ihre Worte zu achten. Ninurta war zu ihm gekommen, hatte von der Flucht und den Bergen berichtet und am Schluß gesagt: »Und was die Dinge hier angeht, mein Freund, will ich dir danken. Tashmetu mußte mich für tot halten, du hast ihr geholfen und sie gewärmt. Ich hoffe nur, du leidest nicht.« Djoser hatte verneint und gelitten; abends, im Rat, beobachtete er die anderen, die verwandelt gewesen waren. Als habe man einen Schleier gelüftet, der bisher einige unangenehme Eigenschaften verdeckte. Mit Ninurta war der Schleier zurückgekehrt. Tarhunza, ein rülpsendes und röhrendes Ungetüm von Frau, sprach plötzlich in erträglicher Lautstärke und aß, ohne den ganzen Tisch zu besprühen. Leukippe, ein wenig trübsinnig ob der Bedrohung ihrer Heimatstadt, hörte auf, sich von jeder Bemerkung angegriffen zu fühlen und giftige Reden abzusondern. Dinge, die im Winter immer wieder zu Streit geführt hatten, waren nun mühelos zu regeln: wer welche Ziele mit welchen Waren anlaufen, wie Gewinn und Verlust des letzten Jahres berechnet werden sollten.

Zum Glück hatte Djoser nicht viel Zeit zum Grübeln. Sein neues Schiff war noch nicht fertig, wie Tsanghar und der Assyrer ihm mitgeteilt hatten. Tsanghar nahm ihn irgendwann beiseite und sagte: »Weißt du eigentlich, wie er den Kahn genannt hat? *Djosers Stößel*. Gut?«

Manchmal fragte er sich, ob Ninurta ... aber dann beschloß er, sich auf die anstehenden Dinge zu besinnen. Der Assyrer wollte mit Tashmetu auf ihrem Schiff reisen und stellte ihm die *Yalussu* zur Verfügung; Minyas, der noch nie in Ugarit gewesen war, sollte mit Silber aufbrechen, auf der langen Insel Kefti Wein und Öl einhandeln, ins Land der Binsen und Pyramiden segeln, Gold eintauschen und mit Aufenthalten in den Chanani-Häfen nach Ugarit reisen, ohne sich als einer derer von Yalussu zu verraten. Tarhunza sagte, sie wolle den Haß auf ihre Sippe, die sie wegen Häßlichkeit ausgestoßen hatte, noch ein wenig hegen, indem sie mit den hassenswerten Hatti Geschäfte zu deren Nachteil machte; sie würde über Alashia nach Ura reisen und dann von Hafen zu Hafen zurück, die Küste entlang. Zaqarbal behauptete, die letzte Fahrt sei so langweilig gewesen, daß er ein wenig im Unbekannten zu wühlen wünsche, zuerst über Kefti ins Land Mykene, dann von dort in jene wilden Gefilde westlich des Rome-Lands, wo Tolmides entweder den Winter angenehm verbracht habe oder verschollen sei. Leukippe zog es nach Troja, wohin auch Tashmetu und Ninurta fahren wollten, und von dort die nördliche Küste entlang zu den Achaiern. Djoser beschloß, in Gegenrichtung zu reisen und Troja im Herbst aufzusuchen.

Dann ging alles sehr schnell, als die Frühjahrswinde kräftiger wurden. Laden, stauen, Abschiede, der übliche freundliche Zank mit denen, die auf der Insel blieben, und ein paar Absprachen – Eide auf sämtliche Götter, daß niemand Tsanghars wundersame Hebegeräte sehen sollte, mit denen alle Schiffe ausgerüstet waren. Die Vierfachräder steckten in hölzernen Verkleidungen, oben und unten offen für die Seile, und alle versprachen, keinen Fremden hineinblicken zu lassen. Als Djoser mit der *Yalussu* als erster die Grotte verließ, winkte Ninurta mit einem der neuen Schwerter.

»Ich danke dir für Freiheit, Essen, Trinken, Obdach und erheiternde Arbeit«, sagte Adapa; um seine Augen zuckte etwas.

»Warum willst du mir nun dies alles wieder nehmen und mich zu würgender Seefahrt zwingen?«

Der Rome Sokaris hockte in der Fensteröffnung des luftigen, hellen Raums, dessen Einrichtung nur aus Tischen, Dreifuß-Schemeln und Gestellen bestand. Der Herr der Listen wackelte mit den hageren Zehen; dann hakte er den rechten Zeigefinger in den mächtigen Ring, des rechten Ohres wuchtige Zier, und legte das für einen Mann seines Alters (er war 46) unwirklich glatte Gesicht in traurige Falten.

»Du wirst uns doch diesen weisen Mann nicht nehmen«, sagte er mit seiner weichen, tiefen Stimme. »Er mehrt euer aller Wohlstand und unsere freie Zeit.«

Ninurta versuchte sich an seinen letzten Besuch in der Kammer der Rechner zu erinnern. Es war lange her; dennoch hatte er das undeutliche Gefühl, daß etwas sich verändert hatte. Weniger Tafeln in den Gestellen? Weniger Binsenmarkrollen? Weniger Durcheinander?

»Erhelle mich, Sohn des Binsenlandes«, sagte er. »Was kann ein fetter Babilunier mit Halbglatze, unter der kaum Hirn sein dürfte, zum Gelingen des Unternehmens beitragen?«

Adapa gluckste, nahm einen scharfen Griffel von einer Wachstafel und warf ihn nach dem Assyrer.

Sokaris grinste leicht, wurde aber sofort wieder ernst. »Er hat eine wichtige Vereinfachung erfunden. Wo... ah, hier.« Vom Tisch neben seinen Knien hob er ein abgerissenes Stück Binsenblatt. Ninurta trat neben ihn und betrachtete die Kleckserein, über die Sokaris' schmutziger Zeigefinger glitt, während der Rome erklärte.

»Nimm dies hier, sieben. In meinem Land, aber auch in Sidunu und den anderen Chanani-Städten wurde das bisher so aufgeschrieben, mit einem Zwischenraum bei den Romet oder mit zweien bei den Chanani.«

Ninurta nickte, als der Finger zwei Gruppen von Strichen berührte: ⅠⅠⅠⅠ ⅠⅠⅠ und Ⅰ ⅠⅠⅠ ⅠⅠⅠ. »Ich kenne das. Und?«

Sokaris wedelte mit dem abgerissenen Stück. »Das ist unser Beispiel-Blatt, aber inzwischen benötigen wir es nicht mehr. Sitzt jetzt alles fest im Kopf.«

»In was?« sagte Adapa. »Dieser Hohlkugel auf deinen Schultern? Ah ja.«

»Mögen dich die Götter in Hundekotze ertränken. Schweig, weiser Rechner. Also. Adapa ist auf den Gedanken gekommen, den Zahlen von eins bis neun jeweils *ein* Zeichen zu geben. Und zwar die ersten neun Zeichen der Chanani-Schrift. *Alef* ist eins, *beth* ist zwei, *ghimel* ist drei, und so weiter; *zain*, das siebte Zeichen, das für den weichen s-Laut, ist sieben. Dies« – ⟂ – »ist schneller geschrieben als dies« – | ||| ||| –, »nicht wahr?«

»Das sehe ich ein. Wenn wir nun sieben Schafe schlachten, braucht ihr weniger Zeit, das aufzuschreiben, und euch bleibt mehr Zeit zum Essen.« Ninurta fand die Vereinfachung sinnvoll, aber sie erschütterte ihn nicht.

»Ah, das ist aber erst der Anfang, Fürst des Umsatzes.« Sokaris deutete auf eine große Gruppe von Klecksen. »Nimm das hier, zum Beispiel – achthundert. Die Chanani schreiben das so.« |°|| ||| ||| stand dort zu lesen. »Adapa, den die Götter zuerst in Hundekotze ertränken und dann zu den Sternen erheben mögen, kam auf den zweiten wundersamen Einfall. Nach neun kommt zehn, dann geht es wieder mit eins los – eins und zehn, zwei und zehn, und so weiter, bis zwanzig, was zweimal zehn ist. Er hat die ersten neun Zahlen durch einstellige Zeichen wiedergegeben, wie ich dir sagte. Dann kam er auf den zweiten Gedanken, daß nämlich der alte Strich für eins, |, schneller zu schreiben ist als das *alef*, ⋏, und daß man ein anderes Zeichen nehmen kann, um zehn zu schreiben, und zwar dieses, das harte *kha*.«

Ninurta blinzelte; *kha*, 0, war mit dem Wert zehn neu, aber er sah keine große Umwälzung darin.

»Dann«, fuhr Sokaris fort, »dachte er, man solle doch besser ›einmal zehn‹ schreiben, da zwanzig zweimal zehn ist.«

»Aha.«

Ninurtas Gesicht mußte Ratlosigkeit ausgedrückt haben; Sokaris lächelte herablassend, und Adapa kicherte schrill.

»So kam er auf dieses Zeichen« – | 0 – »für zehn, und weil hundert zehnmal zehn ist, auf dieses« – | 0 0 – »für hundert. Acht hat das Zeichen für das weichere, vordere *khet*, und wir können jetzt achthundert statt mit neun Strichen und einem Kringel so schreiben« – ❡ 0 0 –, »was, wie du zugeben wirst, eine wichtige Vereinfachung ist. Und nun stell dir vor, du hast achthundertzweiundsiebzig Talente Silber zu verzeichnen. Was ist da leichter, Fürst der Schatztruhen, diese rechte Kleckserei oder diese linke Zifferngruppe?«

Rechts stand |°|| ||| ||| →HHH | |; links sah der Assyrer nur drei Zeichen, ❡ ꓕ ꝰ, *khet zain beth*. Langsam begann er zu begreifen, was der alte Babilunier da ausgetüftelt hatte, und er begann zu staunen.

»Dafür, daß du mich freigelassen hast, bringe ich jetzt eure Lagerlisten in Unordnung.« Der Babilunier wackelte mit dem Kopf. »So muß man für alles zahlen, Herr.«

Ninurta klopfte ihm auf die Schulter. »Ich scheine einen sehr guten Fang gemacht zu haben, als ich am Purattu-Fluß ein paar wertlose Sklaven gegen Schulden verrechnen ließ.«

Sokaris hängte seinen Zeigefinger wieder in den Ohrring, als ob er den ohnehin eher als Lappen denn als Läppchen zu bezeichnenden Teil bis zur Schulter herabzerren wollte. »Ein Nebenergebnis dieser neuen Rechnerei ist, daß wir jetzt sehr viel schneller eure Anteile am Gesamtgewinn berechnen können.«

Sechs Zehntel für die Eigner, vier Zehntel für die Handwerker, nach Abzug aller Kosten... Zu teilen durch die Anzahl der Leute, dann auszuzahlen oder zu horten oder ins nächste Geschäftsjahr zu stecken. Zinsanteile für untereinander verschobene Guthaben. Tausend Rechenschritte, alle schneller und einfacher als bisher vorzunehmen; nicht zu reden von Bestandslisten und anderen Unersprießlichkeiten. Zuletzt waren die Rechner etwa eineinhalb Jahre hinterhergehinkt – im Frühjahr wurden die Umsätze des vorvergangenen Herbstes berechnet, bestenfalls.

»Wie weit seid ihr, zeitlich?«

Sokaris riß an seinem Ring. »Ha. Wenn du nicht darauf bestehst, diesen widerwärtigen Babilunier mitzunehmen, könnte es uns gelingen, bis zu eurer Rückkehr im Herbst die Vergangenheit zu bewältigen und uns der Dinge anzunehmen, die ihr dann mitbringt. Oder die euch dann fehlen. Denn wisse, o Ninurta, auch Verluste sind jetzt schneller zu errechnen.«

Mit einem leichten, immer noch etwas erstaunten Lächeln verabschiedete sich der Assyrer von den Rechnern. Er wollte den Babilunier nicht unbedingt mit an Bord nehmen, aber da er den Winter über nicht auf der Insel gewesen war, hielt er es für seine Pflicht, sich zu vergewissern, ob alle Dinge so liefen, wie es für reibungslose Geschäfte nötig war. Dazu gehörte auch die Frage, wie sich die Neuen und die Alten vertrugen.

Adapa war bestens aufgehoben, fand er. Tsanghar wollte reisen und Dinge sehen. Lamashtu... Die Gefährtin der Flucht und der Reise durch die Berge hatte sich den beiden anderen Herrinnen der Kräuter angeschlossen, aber es gab gewisse Reibungen. Kir'girim hatte ihn beiseite genommen, als er die Frauen in ihrer Werkstatt besuchte, halb Höhle, halb Hütte, hundert Schritte talauf von den übrigen Wohnungen und Gebäuden.

»Sie weiß vieles, was wir nicht wissen, und muß vieles lernen, was wir ihr zeigen können. Aber...« Die schlanke, fast knabenhafte Frau zögerte; Ninurta musterte die Augen, die zwischen tiefblau und schwarz unentschiedenen *uqnu*-Steinen glichen, und die Haut von der Farbe frischer Ölfrüchte. Er erinnerte sich an Winternächte mit Kir'girim und Kal-Upshashu, riß sich zusammen und verdrängte die Bilder.

»Was ist mit ihr?«

Kir'girim kaute auf der Unterlippe. »Nichts Genaues. Oder zuviel Wirres. Manchmal ist sie mürrisch und verschlossen; das haben wir alle, hin und wieder, nicht wahr? Sie nennt es eine düstere Decke aus langer Sklavenzeit, die sich auf ihr Gemüt legt. Aber da ist mehr.«

Ninurta wartete; als Kir'girim nicht weitersprach, sagte er: »Ich weiß. Sie verachtet mich, weil sie mich für zu weich hält – ist es das?«

»Das ist es nicht.« Sie lächelte flüchtig. »Ich weiß ja, daß du an den wichtigen Stellen ausreichend hart sein kannst, und wenn sie nicht begreifen will, daß es viele Arten von Geschäften und vom Umgang mit Menschen gibt... Nun ja. Nein, es ist etwas anderes. Ich bin nicht sicher, ob sie die Insel auf Dauer erträgt. Oder die Insel dauerhaft sie. Sprich mit Kal; vielleicht kann sie es besser ausdrücken.«

Kir'girim bat Lamashtu, ihr zu helfen: Wasser für den zahmen, kleinwüchsigen, fast weißen Löwen zu holen, und von der Verwalterin des Fleischvorrats, Nikkal, ein halbes Schaf oder derlei zu beschaffen. Lamashtu gönnte Ninurta einen spöttischen Blick, ehe sie Kir'girim folgte.

Kal-Upshashu, Tochter eines Heilers und einer Zauberin und von den Eltern »Alle Hexerei« genannt, stand an einem hohen Arbeitstisch nahe der seitlichen Höhlenwand; im Licht einer Öllampe (die nächste Fensteröffnung im schuppenartigen Vorbau war sechs oder sieben Schritte entfernt) füllte sie gehackte Kräuter und mehrfarbigen Steinstaub in feine Waagschalen. Der Höhlenboden war mit Tierfellen belegt, in die Kal-Upshashu fast bis zu den Knöcheln einsank. Sie trug einen knielangen, dicken Umhang aus braungefärbter Wolle und sang leise vor sich hin, während ihre flinken Finger selbständig zu arbeiten schienen.

»Ein Wort, Herrin des Zaubers.«

»Zwei, mindestens, was deine Wahl von Beischläferinnen angeht.« Sie wandte ihm das Gesicht zu und lächelte.

Ninurta lehnte sich an die Schuppenwand; mit dem Finger fuhr er über eine rauhe Stelle und rupfte einen Splitter aus dem Balken, der zwei Schichten Lehmziegel trennte. »Das war nicht das, worüber ich mit dir reden wollte.«

Sie rieb die Finger am Wollgewand und drehte sich nun ganz zu ihm um. Der Überwurf war fast eng; die schweren Brüste und die fleischigen Hüften schienen durch den Stoff dringen zu wollen.

»Ich rede nicht von deiner schönen Ugariterin. Sie ist angenehm und klug und innen aus dauerhaftem Erz. Eisen, vielleicht sogar Stahl, obwohl ich nicht weiß, welche Gänse sie verdaut haben, nachdem wer auch immer ihr Gemüt zu Spänen gefeilt hat. Nein, Freund vergangener Winterlager, ich rede von der anderen, die mit dir durch die Berge gereist ist.«

Ninurtas Augen tasteten sich durch das kluge, rundliche Gesicht der Babilunierin. »Was siehst du? Deine Augen blicken tiefer, wie wir alle wissen. Wie ich spätestens seit jener Nacht weiß, da du mich für inwendig hohl und von albernem Gemüt erklärt hast.«

Sie lachte und streckte ihm die Zunge heraus. »Wie wahr, ach wie furchtbar wahr, alberner Fürst der Mehrung. Lamashtu ist außen aus herben Metallen, eine Mischung verschiedener Erze, die sich vielleicht nicht miteinander vertragen werden. Innen ist sie brüchig, spröder Stoff, der eines Tages brechen wird.«

Ninurta hob die Brauen. »Brechen? Wie? Wann? Unter Belastung, oder durch Hitze oder Kälte?«

»Ich weiß es nicht. Vielleicht unter Wärme, vielleicht bricht sie ... zerbricht sie an etwas, was dich oder mich heilen würde, wenn wir der Heilung bedürften.«

»Was soll ich tun? Oder was können wir tun?«

»Laß sie hier, wenn sie bleiben will; laß uns zusehen, ob sich etwas verändert. Wenn nicht?« Sie preßte die Lippen zu einem Strich und schüttelte den Kopf. »Wenn sich nichts ändert, solltest du sie wegbringen. Im nächsten Jahr.«

Bei der letzten Sitzung des Rats der Eigner (ohne Djoser, der schon aufgebrochen war, und noch immer ohne Tolmides) und des Zusatzrats der Werker, Walter und Verweser wurde endlich über Tashmetus Vermögen befunden. Die Ugariterin bat höflich, mit einem Lächeln, um Aufnahme in die ehrenwerte Gesellschaft; niemand stimmte dagegen.

»Trotz der Verluste, die du in Ugarit erlitten hast, ist dein Besitz beträchtlich«, sagte Leukippe, als Tashmetu die gründlich vorbereiteten Listen erläutert hatte. »Das ist gut, es erspart uns das Berechnen von Anteils-Bruchstücken. Was auch mit den feinen neuen Zahlen, die dieser Babylonier erfunden hat, wie wir eben hörten, nicht ganz einfach wäre.«

Sechs Zehntel des Gewinns, zu teilen durch acht Eigner – wenn alle heil zurückkehrten. In den Jahren hatte es vielerlei Abweichungen und Wechsel gegeben; daß alle ungefähr über gleiche Anteile verfügen konnten, war ein Zufall, nicht zuletzt herbeigeführt durch Djosers Schiffsverkauf und Tolmides' Abwesenheit.

Die Waren und Metalle, die Djoser mitgenommen hatte (von den anderen gebilligt), gaben den Wert vor, der in diesem Frühjahr jedem zustand.

Tarhunza hatte einen Becher mit Fruchtstückchen, Wasser und Wein vor sich stehen, daneben eine Holzplatte, auf der sich hauchdünne, hartgebackene Teigscheibchen türmten, die teils gesalzen, teils mit Honig gesüßt waren. Sie trank fast geräuschlos, aber der Lärm, den sie beim Kauen machte, war niederschmetternd. Blicke von Leukippe und Minyas hatte sie beantwortet, indem sie den Unterkiefer vorschob und noch kräftiger malmte. Zaqarbals Bemerkung, er verhandle ungern neben rumpelnden Feuerbergen, bewirkte lediglich ein »baah«.

Ninurta streckte die Hand aus. »Fürstin der Plünderer, laß mich an deinen Köstlichkeiten teilhaben. Welche Waren willst du mitnehmen?«

Tarhunza schob ihm die Platte zu und knallte ein Brettchen auf den Tisch, das mit weißem Weichstein bekritzelt war. Während sie mit dröhnender Stimme ihre Liste verlas, bot der Assyrer reihum das Hartgebäck an und sorgte dafür, daß die Platte zufällig zwischen ihm und Tashmetu zur Ruhe kam.

Die Erörterungen zogen sich über Stunden hin. Spöttische Ratschläge gehörten ebenso dazu wie Bitten um Erhellung; Minyas wollte Sesamöl mitnehmen, um es in Ugarit zu verkaufen – wo Sesamöl billiger war als an den meisten anderen Orten, weil es dort und im Hinterland hergestellt wurde. Jeder berichtete von seiner letzten Fahrt das, was für den, der diesmal die gleichen Orte aufsuchen wollte, wesentlich sein könnte; mehrfach tauschten sie die Plätze, damit die, die einander etwas zu sagen hatten, nicht über den Tisch und gegen die anderen brüllen mußten.

Dazu kamen die Ratschläge der sieben Vertreter der zweiten Gruppe: Kynara die Stickerin, Igadjaé die Herrin der Tiere, Kir'-girim die Kräuterkundige, Tukhtaban der Gärtner, Shakkan der Schmied, Ushardum der Horn- und Beinschneider, Arkeisios der Sprecher der Lederwerker. Sie wußten einiges über Absatzmöglichkeiten, und jeder hatte von denen, die er vertrat, Besorgungswünsche vorzutragen, die wiederum unter den Eignern hin und her geschoben werden mußten, bis alle die für sie und ihre vorgesehene Strecke sinnvollsten Dinge aufgezeichnet hatten.

»Diesmal teilen wir nur durch sieben«, sagte Ninurta, heiser nach zu viel Gerede. Die Sonne sank bereits, und sie hatten fast den ganzen Tag gefeilscht. »Es geht ja nach Schiffen, wie immer. Laßt uns hoffen, daß Tolmides zurückkommt; wenn einer von euch weiß, ob er an Götter glaubt, und wenn, an welche genau, sollten wir ihnen etwas opfern. Nichts gegen größere Anteile, aber lieber teile ich durch sieben, mit Tolmides, als durch sechs ohne ihn. Djosers neues Schiff ist noch nicht fertig. Tashmetu und ich fahren zusammen – wir sind also wie ein einziger Eigner, diesmal.«

Tarhunza grölte los. »Ha, ha, ha. Ein Bett, ein Schiff, ein Eigentum? Sollen wir das alle machen? Immer zwei zusammen? Das rechnet sich leichter, hinterher; aber wer läßt sein Schiff freiwillig hier, um mit mir Bett und Gewinn zu teilen?«

Zaqarbal sagte: »Wie alle Händler in diesen Zeiten müssen wir furchtlos sein und tapfer, edle Tarhunza; das Maß unserer ... jedenfalls meiner Furchtlosigkeit gleicht einem, sagen wir mal, mächtigen Gefäß, das jedoch überlaufen müßte, wollte man es mit jener Tollkühnheit füllen, die zur Annahme deines Vorschlags gehört.«

Tarhunza drohte ihm mit einer kinderkopfgroßen Faust. »Tollkühn? Freches Stück. Du weißt ja gar nicht, was dir entgeht.«

Minyas hatte die meiste Zeit geschwiegen, wie so oft. Nun hob er die rechte Hand und betrachtete sehr aufmerksam die eigenen Finger, die spitzen Nägel, die Silberringe. Der lange weiße Ärmel rutschte zurück zum Ellenbogen und enthüllte etwas für Ninurta Neues: das blaue Hautbild einer Unke.

»Wie wir wissen, junge Frau, ist der Sidunier ebenso leichtfertig wie die meisten anderen Chanani, und vor allem weiß er weder um die Zartheit deiner Liebkosungen noch um die Feinheit deines Gemüts. Vergeude dich nicht an ihn.«

»Außerdem ist er beschäftigt.« Kynara blinzelte Zaqarbal von der Seite zu.

»Willst du mitfahren?« sagte Ninurta.

»Tolmides ist nicht zurückgekommen; da er vermutlich nicht so schnell umzubringen ist, wird er sich für den Winter bei einer schmackhaften Libu-Frau oder mehreren eingestöpselt haben, und...«

Tarhunza murmelte: »Eingestöpselt? Häh.« Ihr Murmeln war ein wenig lauter als die gewöhnliche Rede Kynaras; nach dem »häh« steckte die Hatti-Riesin einen mächtigen Zeigefinger in den Mund, schloß die Lippen darum und zog ihn mit einem *plopp* wieder heraus.

»... und deshalb werde ich Zaqarbal begleiten, damit er im nächsten Winter nicht in Gefahr gerät, da unten.«

ERZÄHLUNG DES ODYSSEUS (V)

Abwärts zum Hades oder hinauf zum Olympos – am schnellsten reist man allein, und der ist ein Narr, der auf Nachzügler wartet. Bitter? Wer *nicht* reist, kommt nirgendwo an, bewegt nichts, verendet bald nach der Blüte: ein Baum, Gestrüpp oder Flechte. Und Pflichten.

Vielleicht wäre ich ein guter Baum am Wegrand geworden, Schattenspender für Wanderer; aber ich wollte selbst Wanderer sein. Manche können das Feuer, das in ihnen ist, sparsam hegen und über Jahrzehnte Herd sein und stetiges Leuchten; andere ziehen das Lodern dem Glimmen vor – auch wenn es nur ein kurzes grelles Lodern ist. Wo wären wir, wir alle, wenn nie jemand hätte nachsehen wollen, was sich unter dem flachen Stein verbirgt, der neben der Hütte liegt? Der prüft, ob diese fremde Pflanze eßbar ist oder jenes seltsame Tier gutes Fleisch gibt? Und warum, ihr Lieblichen, seid ihr nicht in eurem Land geblieben, sondern auf diese Insel gekommen – um mich zu fragen, warum ich nicht in Ithaka geblieben bin?

Wohl wahr: Wanderer, Händler, Krieger bringen Unruhe, zerstören, aber sie bringen auch Neues. Vielleicht haben unsere Ahnen irgendwo zufrieden unter einem breiten Baum gelebt und sich von dessen Früchten genährt; aber der Teich, der weder Zufluß noch Abfluß hat, beginnt irgendwann zu stinken, wird modrig, verlandet. Wer baut Häuser und Schiffe, wenn keiner aus dem Schatten des Baums treten will?

Je länger ich unterwegs war, desto deutlicher wurde mir, daß es gut ist, unterwegs zu sein. Vielleicht, um irgendwann wieder Ithaka zu erreichen. Auf meiner Insel hatte ich Neues versucht, neue und bessere Dinge getan, aber die Insel wurde mir eng. Als Palamedes kam, habe ich der engen Vernunft gehorcht und mich wahnsinnig gestellt; am Ende des Wahnsinns fand ich den weiten Verstand. Nicht, daß ich Palamedes dafür hätte dankbar sein müssen. Früher oder später hätte ich begriffen, auch ohne ihn. Ich habe ihn gehaßt, weil er mich zu etwas gezwungen hat, für das meine eigene Zeit noch nicht reif war.

Es gab aber nicht nur Haß. Auch Verachtung – wegen erbärmlicher Vorbereitung. Tausend Schiffe, zwanzigtausend Männer, nutzlose Streitwagen, all die Pferde und Rinder – und niemals genügend Nahrung für alle. Ankunft am hellen Tag, all dies. Ich habe geredet, im Rat, mit heißer Zunge habe ich geredet, aber sie wollten den großen Krieg, zum Nachweis achaischen Mannestums. Den großen Krieg, der alle verschmelzt, nicht den schnellen Erfolg. Gebt mir, habe ich gesagt, zwanzig Schiffe, laßt mich tausend Krieger aussuchen, vergeßt Pferde und Wagen und Rinder und euren wunderlichen Krieg. Gebt mir tausend Männer mit Waffen, Männer, die mit Waffen umgehen können, und laßt mich nachts bei Ilios landen. Ein paar von uns, mit verborgenen Waffen, gehen morgens in die Stadt, dann noch ein paar, durch ein anderes Tor, und wenn genug in der Stadt sind, können sie den anderen die Tore auch mit Gewalt offenhalten – nicht lang, nur lang genug. Aber... Agamemnon der Dumpfe wollte, daß es sein Krieg und sein glänzender Sieg sei. Diomedes, Aias, Achilleus, sie alle wollten Ruhm statt Reichtum, Sieg statt Gewinn, Ehre statt Sättigung.

Und es gab, sehr unerwartet, Liebe. In all dem Entsetzen habe ich etwas gefunden, das ich nicht erwartet hätte und noch immer nicht ganz begreife. Ah, vieles, nicht nur eines. Ich habe Helena verstanden, die kein Strauch in Sparta sein wollte, sondern ein greller Stern. Aber das gehört nicht hierher.

Was ich gefunden habe, ihr köstlichen Frauen, ist die Liebe zu einfachen Männern. Keine Knabenliebe, nein, und keine Anbetung herrlicher Helden. Die Helden, zu denen man mich gezählt hat, waren nie anbetungswürdig; ihre – unsere, auch meine Fehler waren und sind abscheulich. Liebe zu... nein, sagen wir nicht Liebe, es ist als Wort zu groß und zu klein und zu biegsam. Aber welches Wort trifft, welcher Pfeil geht ins Herz der Dinge?

Zank in den Zelten, Streit über dies und jenes und wer die besten Pferde hat – nutzlose Tiere – und die wildesten Einfälle. Wer der Größte und Schönste und Stärkste ist. Wer morgen die Befehle geben soll. Ob Agamemnon, auf dem Bauch kriechend, vielleicht doch der größere Fürst ist als Achilleus, wenn dieser auf der Seite liegt? Menelaos im Kopfstand der bessere Speerkämpfer als Diomedes mit Durchfall?

Und dann, abends, hinausgehen zu den Feuern, eins werden mit der Nacht und dem Knistern und Dunst. Dem Gestank und den Geschichten, die sie an den Feuern erzählen. Sie, die einfachen Krieger. Mann unter Männern sein, nicht zeternder Fürst unter eitlen Prahlern. Das halbe Brot, das mir ein struppiger Achaier am Feuer gibt, die Lederflasche mit saurem Wein, aus der er mich trinken läßt, dies spöttische Grinsen und Bemerkungen wie: »Da, nimm, Odysseus, sollst auch nicht leben wie ein Fürst.« Einfache Männer, die Geschichten erzählen von daheim, von morgen, von der Überfahrt, von Ungeheuern in ihren Träumen, und grobe Witze über den Streit der Führer. Ich weiß: Wenn morgen ein trojanischer Speer auf meinen Rücken zielt, wird Agamemnon lächeln und mit Diomedes wetten – dringt der Speer einen Finger tief ein, oder kommt er vorn wieder heraus? Ich weiß: Einer dieser Männer wird den runden Schild hochreißen und meinen Rücken decken. Einer dieser einfachen Männer, die die einfachen Dinge kennen – Dinge, die die Fürsten längst vergessen haben. Was ist der duftende Braten im Zelt des Königs von Mykene? Nichts, verglichen damit, bei Waffenbrüdern zu sitzen, mit ihnen Wasser und gequollenes Getreide zu teilen und hingenommen zu werden, aufgenommen, wie ein Stück Nacht, ein Strauch, ein Stein, Mann unter Männern.

Dies habe ich gelernt. Staunend. Und jeder Kämpfer aus Ithaka, aus Pylos, Argos, Korinth, woher auch immer – jeder dieser Männer war mir näher als jeder der hochmütigen Löwen. Achaier, ohne Bildung, ungewaschen, mit groben Scherzen und blutigen Händen, aber, ihr Götter, Männer! Männer, nicht zeternde, gesalbte Hyänen, die sich für Fürsten halten, weil ihre Väter jemanden vom Thron gestoßen haben. Und alles, was ich getan habe, habe ich nicht für Agamemnon getan, sondern für diese Männer. Natürlich nicht für die Nachzügler unter ihnen; wer auf Nachzügler wartet, wird nie aus dem Tartaros der Schlacht ins Elyseion des beutebeladenen Friedens finden. Für diese Männer habe ich es getan.

Und für mich.

11. SCHATTENDRACHEN

Tsanghars Nützlichkeit überstieg alles, was der Assyrer hatte erwarten können. Die seltsamen Zug- und Hebegeräte aus Rollen und Seilen erwiesen sich auch beim Beladen der Schiffe als hilfreich – der Kashkäer befestigte die Geräte an einem Ende der schweren, für diese Arbeit zusätzlich gesicherten Rah, die beweglich war und plötzlich als Ladebaum diente. Und während die im Winter ausgebesserten und neu verpichten Schiffe in der inneren Grotte nach und nach ins Wasser abgelassen wurden, erfuhr Ninurta vom Schmied Shakkan noch etwas Neues über Tsanghar.

»Ich glaube, er hat zwei oder drei wüste Nächte mit den beiden Hexen verbracht und über dies und das geredet.« Shakkan grinste. »Worüber man so redet, wenn man es mit zwei Frauen gleichzeitig aufnehmen muß. Aber du wirst dich erinnern, wie das ist...«

Ninurta kratzte sich den Kopf. »Erinnere ich mich? Wenn du es sagst... Was ist dabei herausgekommen, abgesehen von dem, was immer dabei herauskommt?«

»Sie haben über verschiedene Sorten Sand gesprochen – die Möglichkeiten, in großer Hitze Glas zu erzeugen. Und über Eigenschaften bestimmter Arten von Steinstäubchen.«

Ninurta runzelte die Stirn. »Keine Brände, oder?« Er dachte an einige Feuerzauber, die Kal-Upshashu mit zerkleinerten Steintrümmern und bunter Erde angerichtet hatte.

»Nur hilfreiche. Irgendwann kam er mit schwarzen Steinbrocken an, ziemlich fettig. Am Nordende des Tals, du weißt schon, wo damals nach dem Erdbeben eine halbe Felswand weggebrochen ist. Er sagt, diesen schwarzen Stein nehmen Schmelzer in den Bergen seiner Heimat, um Feuer zu machen. Das Zeug ist besser als Holzkohle, und es gibt mehr Hitze. Sehr gut für die Eisenbearbeitung.«

Ninurta sichtete die Erzeugnisse; wie besprochen hatten Shakkan und die anderen Waffen hergestellt. Schmieden, feilen, an Gänse verfüttern, aussieben, schmelzen, schmieden – ein umständlicher Vorgang, nicht unbegrenzt zu wiederholen mit den Möglichkeiten der Insel. Immerhin hatten Shakkan und seine Leute zehn wunderbare Stahlschwerter geschaffen oder erschaffen – feine Klingen mit scharfer Spitze und zwei Schneiden. Die Beindrechsler waren ebenfalls tätig gewesen und hatten kunstvolle Griffe für die Schwerter geliefert. Die Waffen, etwas mehr als armlang, schienen ein Eigenleben zu haben; jedenfalls kam es Ninurta so vor, als er eines der Schwerter aus der schlichten Bronzescheide zog und die Luft damit zerteilte. Etwas wie ein inneres Beben oder Schwingen... als ob ein Wesen in der Klinge schlummerte, das zu gefräßigem Leben erwachte, wenn eine Hand den Griff wärmte. Kein Geist, sagte sich Ninurta, sondern das Wesen der vollkommenen Handwerkskunst, die zu sofortiger Verwendung drängt, zur Erfüllung des letzten in die Kunst eingeflossenen Sinns. Der Sinn der vollkommenen Waffe war es, zu töten. Kein Geist; aber dennoch unheimlich.

»Wer bekommt diese Schwerter?« sagte Shakkan.

Fast widerstrebend (es war, als habe er einem hungrigen Kind die Nahrung verweigert) schob Ninurta das Schwert zurück in die Scheide. »Ich. Mein Eisen, meine Schwerter. Und dann? Wer genug Gold hat.«

Aus dem übrigen Eisen hatten die Schmiede kürzere Schwerter gemacht, Pfeilspitzen, Lanzenspitzen. Einer der Pfeilschäfter hatte besondere Sorgfalt aufgebracht und mit einem Bogner lange Stunden auf Prüfen und Verbessern verwandt; beide schleppten den Assyrer zu einem Hain im Tal, um die Ergebnisse ihrer Kunst vorzuführen.

»So etwa müssen die Pfeile des Herakles beschaffen sein«, sagte der Bogner; er wog eines der Geschosse auf der rechten Handfläche. »Die, von denen man sagt, sie träfen immer. Der Achaier Philoktetes hat sie jetzt, wie es heißt.«

Ninurta nahm den schweren Bogen, krümmte ihn, indem er ein Ende mit dem rechten Fuß hielt und das andere übers linke Knie drückte, hakte die Sehne fest und nahm den Pfeil.

»Ich will eure Kunst nicht schmähen, ohne sie vorher erprobt zu haben«, sagte er.

»Was weißt du von Bogen und Pfeil?«

»Was ein Assyrer eben von diesen Dingen weiß.«

Der Bogner sah zu, wie Ninurta den Pfeil nahm und die Sehne anzog; er nickte stumm.

Der Pfeil sauste davon und bohrte sich, hundert Schritte entfernt, etwa eine Handbreit über dem Holzschild in den Baumstamm. Ninurta ließ den Bogen sinken und pfiff leise.

»Nicht schlecht, Herr.« Der Pfeilschäfter und der Bogner wechselten Blicke; der Schäfter seufzte. »Ich wußte nicht, daß Awil-Ninurta mit so etwas umgehen kann. Die Fiederung sorgt dafür, daß der Pfeil sich im Flug sehr schnell dreht. Er fliegt dadurch genauer. Und an dem Bogen hat er« – mit dem Kinn wies er auf den anderen Mann – »sieben Jahre gearbeitet.«

Holz und Hörner eines mächtigen Steinbocks, miteinander vermählt, bargen einen Bronzestift; was er für die Sehne genommen hatte, wollte der Bogner nicht sagen.

»Laß mir meine kleinen Geheimnisse, Ninurta – und nimm den Bogen, den Köcher und die Pfeile. Du willst nach Wilusa, wie wir hören. Es könnte sein...« Er lächelte grimmig. »Mögest du viele Feinde damit töten, ehe sie dir zu nahe kommen.«

Der Assyrer umarmte die beiden Handwerker. »Ich danke euch, Freunde. Dies ist zu kostbar, um ohne Gegengabe zu bleiben. Habt ihr Wünsche, oder soll ich mir etwas ausdenken?«

»Denk dir etwas aus, Herr.«

Er dachte ohnehin zu viel. Tashmetu half ihm dabei; ihre Vorschläge für Waren und Preise waren trefflich, und ihre Äußerungen über die Vorzüge einzelner Besatzungsmitglieder zeigten, daß sie auf ihrer ersten langen Fahrt alles überaus scharf beobachtet hatte. Ninurta überließ ihr die Auswahl der Leute; er bestand lediglich darauf, seinen erfahrenen zweiten Steuermann

Lissusiri, einen Luwier aus Abasa, mitzunehmen, der die tückischen Küsten bis hinauf nach Troja kannte und den er von der *Yalussu* geholt hatte. Eine der Überraschungen, die ihm Tashmetu bereitete, war Bod-Yanat der Koch – von dem Kir'girim und Kal-Upshashu übereinstimmend sagten, man solle ihm den Handel mit Heil- und Zauberkräutern übergeben. Höchstes Lob, denn die beiden Babilunierinnen vertrauten sonst kaum jemandem außer sich selbst.

»Und er ist ein guter Heiler, außerdem«, sagte Tashmetu. »Man könnte derlei benötigen, nicht wahr?«

Es war später Abend; sie saßen in der Behausung, die sie seit Ninurtas Rückkehr teilten, tranken Wein und beredeten die Dinge, die noch zu klären waren. Leukippe wollte ohne große Handelspausen nach Troja segeln, um ihre Heimatstadt zu erreichen, ehe die Krieger aus Achiawa dort eintrafen – falls sie wirklich den Kriegszug durchführten. Milawatna (Miletos, wie sie sagte) war einer der wenigen Häfen, die sie anlaufen würde; Tashmetu und Ninurta erwogen die Vorzüge und Nachteile und Angebote anderer Orte und Inseln und entschlossen sich, nur ein paar Inselhäfen und Abasa zu besuchen, um ebenfalls möglichst früh in Troja zu sein.

»Man muß sich nicht zwischen Hammer und Amboß begeben, wenn es zu vermeiden ist.« Tashmetu leerte ihren Becher mit warmem Würzwein. »Trotz der feinen Schwerter und deines Zauberbogens.«

»Waffen sind dann am besten, wenn man sie gar nicht erst verwenden muß. Auch ein Spruch meines Großvaters.« Er lachte. »Deine Umarmung und den ruhigen Schlaf danach, an deiner Seite, ziehe ich jeder Balgerei mit fremden Waffenträgern vor.«

»Nach all den Jahren...« sagte sie halblaut, mit einem versonnenen Lächeln. »Ich war nicht sicher, ob wir wie Frau und Mann leben können, statt flüchtige Hitze hinter Kerets Rücken zu entfachen.«

Der Assyrer beugte sich vor und legte die Hand an ihre Wange. »Wenn ich dich nicht belästige... Ich halte das sehr gut aus.«

»An Bord wird es eng; hältst du es dann auch aus?«

»Solange ich nicht zwischen dir und der See wählen muß...«

Lachend stand sie auf und nahm ihn bei der Hand. »Ich und die See? Nun denn. Möchtest du vielleicht meine algenverhangene Grotte aufsuchen?«

In dieser Nacht rettete sie ihn vor dem Ertrinken. Die Erwähnung des Großvaters führte zurück nach Ashur, die des Fahrtziels nach Troja, und der Schattendrache kroch aus dem Labyrinth, in dem er nistete, raste brüllend und brennend durch die Eingeweide von Ninurtas Seele und stieß eine winzige Gestalt, die der Träumer war, in einen tiefen Brunnen mit Wänden aus lodernden Messern und einem Wasser, das Stahlschwerter zerfraß. Als er auftauchte, hielt Tashmetu ihn in den Armen.

»Du hast schon häufig nachts gekämpft«, flüsterte sie, »aber noch nie so geschrien.« Ihre Stimme, kaum mehr als ein Hauch, umfing ihn wie ein warmes Gewirk aus Schutz und Behagen. »Magst du darüber sprechen?«

Dinge, die er nur mit der See und der Nacht geteilt hatte. Das Brennen und Morden in Babilu und Ashur. Der Schleier aus Wille und Verstellung, der vor dem Sturz in den Schlund bewahrte, in dem die gräßliche Ereshkigal die trüben Schatten der Toten peinigte. Die Brustwehr aus Schweigen und Mut über offenen Wunden. Und Tashmetus Arme waren stark genug, ihn zu tragen; ihre Worte sickerten durch die Rüstung und setzten das Werk des Vernarbens in Gang; ihre Lippen tranken die Schwärze aus seinem Leib, ohne die Kraft zu nehmen.

Am Vormittag brachte sie ihn dazu, mit ihr die Höhle der Babilunierinnen aufzusuchen. Kal-Upshashu und Kir'girim lauschten der Geschichte vom Schattendrachen, dem scheußlichen Untier mit Rüssel und Zähnen, das zwischen den Erinnerungen an Ashurs König und denen an Prijamadu nistete.

»Du hast wahrscheinlich eine Botschaft des Herrn von Ashur in dir, an Prijamadu. Vielleicht ist diese Botschaft die Antwort auf eine andere, erste; vielleicht bist du zum willenlosen Gefäß für Fragen und Antworten geworden, die zwischen Ashur und wem? Wilusa? hin und her befördert werden. Unbehagliche Vorstellung, nicht wahr? All das ist in dir versperrt; wenn es so ist...«

Kal-Upshashu rieb den Rücken an der Kante ihres hohen Arbeitstischs. »Oder?« Sie blickte Kir'girim an.

»Es gibt Mittel.« Die schlanke Babilunierin faltete die Hände im Schoß und schien in die Ferne zu blicken.

»Was für Mittel?« sagte Ninurta.

»Kräuter. Pflanzensäfte. Die Drüsenausscheidungen einer bestimmten Kröte.«

»Um die Erinnerung zu versperren oder aufzuschließen?«

»Beides. Aber wir haben nicht alles hier. Vielleicht...« Kir'girim schürzte die Lippen. »Zwei Möglichkeiten. Entweder hat man deinen Willen gelähmt, oder man hat Erinnerung tief in dir vergraben. Den Willen können wir ebenfalls lähmen, so daß er etwas freigibt, was festzuhalten man ihm befohlen hat. Die Erinnerung selbst... dazu fehlt uns etwas.«

Tashmetu räusperte sich. »Was fehlt? Wo ist es zu beschaffen?«

Kal-Upshashu schüttelte den Kopf. »Du liebst ihn, was er nicht verdient, obwohl er ein guter Nachtgespiele ist, aber hohl wie alle Männer. Trotzdem... du kannst ebenso wenig tun wie wir. Die Kräuter, die Pflanzen, einige Steinstäubchen; das alles haben wir. Ein paar Tropfen Saft und Wurzelstückchen der *sulufu*-Pflanze aus dem Libu-Land... In bestimmten Mischungen treibt sie nicht nur die Leibesfrucht heraus, sondern auch die verwachsenen Zwillinge und Drachen des Erinnerns. Aber die Kröte...«

Es sei, sagte Kir'girim, eine besonders häßliche, mit Warzen besetzte Kröte, die in der Paarungszeit aus winzigen Körperöffnungen Flüssigkeiten absondere, die zusammen einen hochgiftigen Schleim ergäben. Auf der Insel komme die Kröte nicht vor, die Paarungszeit sei im Herbst, und all das sei eine Überlieferung aus den schwarzen Tagen der sumerischen Hexer und Herrscher.

»Wir können einen Trank machen...« Kal-Upshashus Seufzer klang eher nach Mitleid als nach Bedauern. »Er wird deine Seele umstülpen und dein Gedärm ätzen. Danach wirst du wissen... nicht alles, aber vieles. Aber du mußt dich uns... ausliefern.« Sie blickte Tashmetu an, als sie dies sagte.

»Ausliefern? Euch?« Der Assyrer lachte hohl. »Wie meint ihr das? Ich fühle mich schon ausreichend ausgeliefert...«

»Du wirst zu einem bestimmten Zeitpunkt einen anderen Trank brauchen, um wieder zurückzukommen... Es geht um einige Atemzüge – zu früh, die Erinnerung ist wieder verschüttet; zu spät, und du wirst Tage brauchen, um von einem lallenden Unwesen wieder zu dem Mann zu werden, der du nie warst.« Kal-Upshashu lachte, aber es klang nicht überzeugend. So, als ob sie sich hinter Spott verstecken müßte: sich oder etwas, etwas Wesentliches.

»Ich werde dabeisein.« Tashmetu hatte die Brauen zusammengezogen. »Wann?«

»Heute abend.« Kir'girim stand auf, ging zu einem Wandbrett und nahm ein paar Gefäße und undurchsichtige Glasflaschen in die Hand, setzte sie wieder ab, nahm andere. »Heute abend, wenn ihr wollt. Es kann gefährlich sein, für deine Gesundheit, innen wie außen.«

Er grübelte, zögerte, suchte Tashmetus Augen, aber die waren grüner Stein. »Kaum gefährlicher«, sagte er schließlich, »als nicht zu wissen, was die beiden Könige in meinem Kopf treiben. Aber... wie soll das gehen, und wozu das Ganze?«

Tashmetu wandte sich ab; dumpf sagte sie: »Ich habe davon gehört, aber ich wußte nicht, daß noch heute... Es könnte so sein: Prijamadu hat dir eine Botschaft an Enlil-Kudurri-Ushur aufgetragen und dir einen Trank eingeflößt – einen Trank des Vergessens. Der Herr von Ashur hat, durch einen anderen Zauber, deine Erinnerung aufgeschlossen, die Botschaft entnommen, dir eine Antwort gesagt und dein Erinnern wieder verschüttet. Prijamadu wird es öffnen, durch ein Wort, ein Kraut, einen Trank, und die Antwort entnehmen. So etwa?«

Beide Babilunierinnen nickten. In die Stille drang das Knurren von Kashtiliash; der Löwe mochte Hunger haben oder das Gespräch mißbilligen.

»Den Willen lähmen, durch eure Kräuter?« Ninurta grinste schief. »Das ist die leichtere der beiden Möglichkeiten. Damit kann ich mich abfinden; ein Blick von Tashmetu lähmt meinen Willen schon. Wir wollen es versuchen. Heute abend?«

»Gut«, sagte Kal-Upshashu. »Wir bereiten es vor. Und wenn es nicht wirkt? Sollen wir den Trunk vorbereiten, der deine Seele umgräbt?«

»Nicht heute.« Ninurta stand auf. »Darüber will ich... ich muß denken und abwägen.«

Ein Ledervorhang schloß den hinteren Teil der Höhle luftdicht ab. Eine einzige Fackel brannte, in einer Metallfaust an der Wand; aus drei Bronzebecken stieg der Ruch von Holzkohle, von Räucherharz und von tausend Kräutern. Tashmetu verzog das Gesicht, sagte aber nichts; Ninurta schnupperte. Etwas wie versengte Butter war darin; schwacher Wein; der Duft zwischen den Schenkeln einer Frau nach dem Beilager; und etwas, das ihn an helles Gelb denken ließ, wenn er die Augen schloß. Er hatte dieses Gelb schon gesehen, diese Düfte schon gerochen, vor mehreren Wintern, als Kir'girim und Kal-Upshashu ihn für besonders verwickelte Leibesfreuden verhext hatten.

Tashmetu sagte später, sie sei benommen gewesen, nicht mehr; Ninurta war willenlos, aber es kam nichts zutage, was seine Fragen beantwortet hätte.

Zwei Tage rang er mit sich. Er haßte die Vorstellung, nicht Herr seiner selbst zu sein, umgewühlt von Wirkstoffen, von denen Kir'girim und Kal-Upshashu selbst nicht völlig überzeugt schienen.

»Wir müssen bald aufbrechen«, sagte Tashmetu abends. »Du kannst beschließen, nie wieder nach Wilusa oder Ashur zu reisen; aber was wird mit dem Schattendrachen, der dich von innen frißt?«

Am nächsten Abend nahm er den Trunk zu sich, der nach gar nichts schmeckte. Er hockte in der Höhle der Babilunierinnen auf einem dicken Fell; Tashmetu saß neben ihm, hatte eine Hand an seine Hüfte gelegt und schwieg.

Dann begann die scheußlichste Reise, die er je unternommen hatte. Etwas stieg in ihm hoch, wie heißer Magensaft, würgte ihn, wollte sich aber nicht ausspeien lassen. Es kam in Wellen, jede heißer und stickiger als die vorige, und jede Welle brachte Fetzen – wie unverdaute Fetzen in erbrochener Flüssigkeit, ekelhaft und formlos, aber nach und nach setzten sich einige der Bröckchen zusammen. Erinnerungen, von denen er nicht einmal ahnte, sie je unterdrückt zu haben. Er spielte mit einer kleinen Schwester – vergessen, verloren, geschlachtet in Babilu, wo der Vater kreischend brannte. Er ritt mit fremden Kriegern, floh mit der Mutter nach Ashur, roch ihr Blut und die Innenseite ihrer abgezogenen Haut und die Innenseite des Leibs, der ihn geboren hatte und von einem Pfahl zerrissen und gesprengt wurde. Er erinnerte sich an jedes Blatt jeden Baumes, den er gesehen hatte, als er mit dem Großvater nach Westen ritt, roch den Esel, auf dem er saß, und das Essen und die Nächte und den Schweiß. Er lernte, ganz von vorn, alle Kniffe des Händlers und alle Feinheiten des Kriegers, ruchloses Feilschen und berauschendes Töten. Er stand vor Prijamadu, der ihm eine Geschichte erzählte und sich dabei verjüngte, der zu einer Schlange wurde, die die alte Haut abstreift: Prijamadu, nach dem Abzug von Herakles und den anderen durch List und Gewalt Herr über eine verwüstete Stadt geworden, Gemahl der widerstrebenden Tochter des gemeuchelten luwischen Königs; Prijamadu, der Troja wieder aufrichtete und aufbaute und neu befestigte und den alten Reichtum wieder herstellte, indem er eine Flotte baute und durch die Meerenge nach Osten fuhr und das reiche Kolchis überfiel. Berge von Erschlagenen, Hügel von Gold, Seen von Blut. Prijamadu, der von Kolchis nach Süden segelte, an die Küste des Landes der Kashkäer, und dort mit einem Abgesandten der Fürsten von Ashur verhandelte, die sich gegen ihren König Tukulti-Ninurta erheben wollten. Prijamadu, der einen grellen heißen Mond in einem Hafen an der Küste des Landes Azzi verbrachte, im Schlafgemach der Fürstin Penti-Psarri – Fürstin der kriegerischen Frauen des Azzi-Lands, »Frau-aus-Azzi-Land«, *am-azzi-udnejas,* von den minder sprachkundigen unter seinen Leuten verkürzt zu *amazzyune,* zu *amazone;* Penti-Psarri, mit der er (wie er später erfuhr) eine Tochter zeugte, die ebenfalls Penti-Psarri genannt wurde. Prijamadu, der heimkehrte nach Wilusa – Priamos, wieder in Troja, wo er einen Aufstand der alten luwischen Familien niederschlug und die Hatti der Anstiftung zieh; Priamos, der einen Grenzkrieg gegen das

Hatti-Reich begann, unterstützt von Azzi-Frauen und Kashkäern an den anderen Grenzen – zu dem Zeitpunkt, als die Fürsten von Ashur ihren König töteten und nichts fürchteten außer einem Eingreifen der Hatti, aber die Hatti waren an den anderen Grenzen gebunden. Prijamadu, der dem Händler Awil-Ninurta eine Botschaft an den König von Ashur auftrug, deren Inhalt er nicht über die gewohnten Wege senden konnte, weil alle Länder in Unruhe und Aufruhr verfielen. Eine Botschaft und viel Gold, und dann ein Becher. Auch Priamos trank; Ninurta wurde später in einem Nebengemach wach und erfuhr, er sei ohnmächtig geworden. Er konnte sich an nichts erinnern. Das Gefühl, unbedingt nach Ashur reisen zu müssen, obwohl die Ugariter und die Hatti und die Mitanni jeden Handel mit Ashur bei Todesstrafe verboten hatten. Ashur, wo Enlil-Kudurri-Ushur etwas sagte – *was? was hatte der König gesagt?* – und Ninurtas Erinnerung zum Fließen brachte und höhnisch lachte und ihm eine Antwort gab und Eisen, und dann zwangen Palastwächter mit spitzen Schwertern ihn, einen Becher zu leeren. Ein Wirbel aus Tashmetu und Helena und den Augen der wilden Frau, der Stich, Blut und Gold und Eisen, Hamurapis zuckendes Gesicht, Lamashtu, Buqar, eine Schlange in den Winterbergen.

Und Tashmetu, die seinen Kopf auf ihren Schoß gebettet hatte, sein Gesicht mit beiden Händen hielt; Kal-Upshashu und Kir'girim, die den kleinen weißen Löwen zauste, ein Sägen wie von glühenden Eisenzähnen im Kopf, der Magen umgegraben, der Mund voll Jauche und Entsetzen.

»Wie geht es dem Schattendrachen?« sagte Kal-Upshashu, als sie Ninurtas offene Augen sah.

Er hustete, würgte; seine Zunge war steif und geschwollen.

Tashmetu ließ seine Wangen los und streichelte ihm die Stirn. »Lebst du noch ... lebst du wieder?« Sie klang besorgt, und als er aufblickte, schaute er in das warme Glas ihrer Augen.

»Uh. Mühsam.« Mehr brachte er zunächst nicht heraus.

Kal-Upshashu kniete neben ihm nieder und hielt einen Napf an seinen Mund. »Trink«, sagte sie. »Kein schlimmes Gebräu, nur Brühe und Gewürze, um dich wieder lebendig zu machen.«

Die eigentliche Botschaft der Könige blieb versperrt – es fehlte der Krötenschleim, sagte Kal-Upshashu, und Ninurta sagte, er sei gern bereit, darauf zu verzichten. Aber er schlief ruhiger, in den letzten Nächten auf der Insel und später, als er mit Tashmetu den Heckverschlag der *Kerets Nutzen* teilte oder mit ihr unter duftenden Sträuchern oberhalb einer Bucht lag, in der das Schiff ankerte. Der Schattendrache war noch da, aber er hatte sich zurückgezogen und maunzte nur noch, statt zu wüten.

In den Häfen, die sie anliefen, erfuhren sie von Händlern und Fischern (die es von anderen Fischern gehört hatten, die es von achaischen Fischern gehört haben wollten), daß eine Seuche das zum Aufbruch bereite Heer der Fürsten von Achiawa befallen habe. Dennoch hielten sie sich nicht länger auf, als zur Aufnahme frischen Wassers und zum Eintausch oder Kauf von Nahrung nötig war – Seuchen mochten ebenso jäh enden, wie sie begannen, und niemand wußte, wie lange sich die Achaier von den Göttern oder Zufällen behindern lassen würden.

Der neue Hafen der Stadt Abasa, die die Achaier Ephesos nannten, lag nicht in der Mündung des Ka-Istros, sondern an der Meeresbucht. Eine schweißige, würgende Dunstschicht hing über dem Ort, Werk des heißen Frühlingstags ebenso wie der zahllosen Feuer und Hämmer, die Rauch und Steinstaub in den Himmel steigen ließen. Auf dem breiten Platz hinter den Gebäuden des neuen Hafenviertels übten Streitwagengespanne. Tsanghar blieb zurück, um ihnen zuzuschauen; Tashmetu und Ninurta begaben sich zur Stadt.

Sklaven, Arbeiter und zahlreiche andere Epheser, vermutlich zu freiwilliger Arbeit befohlen, besserten die Mauer aus. Die schweren unregelmäßigen Steinblöcke wurden geweißt, die Fugen mit Lehm und zerstoßenen Scherben aufgefüllt. Landeinwärts, wo die Feuer qualmten und stanken, versuchte man offenbar, die Lehmschichten in den Fugen zu brennen; in Flußnähe mischten Arbeiter Ruß, Ochsenblut und andere stinkende Dinge in Bottichen und trugen die entstehende Farbe auf bereits gebrannte Schichten auf.

Im Gewirr auf den Ziegelstraßen der Stadt fand Ninurta den Geschäftsfreund nicht, mit dem er reden wollte; das Lagerhaus am großen Platz quoll über von Tuchballen und Krügen, und ein Lagerarbeiter behauptete, der Herr werde gleich oder morgen oder in einem Mond wiederkehren, er sei in der Stadt unterwegs.

Auf dem Platz hatte man zwei oder drei der alten Bäume gefällt und ihren heilsamen Schatten verjagt, um Raum zu schaffen für einen Altarstein, an dem dunkelrot gewandete Priester rieben und schabten. Krieger des Madduwattas (Ephesos war eine von mehreren Hauptstädten des Arzawa-Reichs) lungerten herum, ohne von den Bewohnern beachtet zu werden.

Sie hinterließen eine Nachricht für den Händler und gingen zum Hafen, wo Tsanghar sie fand. Er berichtete, er habe zwei Besonderheiten gesehen, was die Handhabung der Streitwagen angehe: Die Gespanne wurden mit Leinen gelenkt, die an Ringen in den empfindlichen Nüstern der Tiere hingen; und jeder Wagen hatte einen Lenker und einen Speerkämpfer als Besatzung.

»Deine Leute, Assyrer, und Hatti und Romet können mit Wagen umgehen. Die hier?« Tsanghar rümpfte die Nase und tippte sich an einen Nasenflügel. »Läßt sich so lenken, aber nur kurz. Man muß nur ein bißchen zu fest ziehen, dann reißen die Ringe die Nüstern auf, und man braucht ein neues Pferd mit heiler Nase. Deshalb nehmen alle, die etwas davon verstehen, einen dünnen Metallriegel, der ins Maul des Pferds kommt. Einen Beißer, wie wir sagen.«

»Das stimmt. Nun, da du es sagst, fällt es mir ein. Und was ist mit den Kämpfern im Wagenkorb?«

Tsanghar stieß ein höhnisches Keckern aus. »Völlig nutzlos, Herr. Mit diesen kurzen Speeren... das sind Waffen für Fußkämpfer. Man kann weder mit dem Speer über die Köpfe der eigenen Pferde hinweg noch seitlich oder nach hinten viel ausrichten. Eine Lanze, also zum Werfen – aber die ist nach einem Wurf weg. Ein Lanzenbündel, vielleicht; oder ein langer Speer – der ist aber auf dem Wagen kaum zu beherrschen. Nein, Assyrer; eure Leute und die anderen guten Wagenkämpfer haben einen Lenker und einen Mann mit schwerem Bogen auf den Wagen, dazu fest angebracht Köcher. Köcher auf der rechten Seite für Rechtshänder, links für Linkshänder.«

»Hast du eine Erklärung?«

Tashmetu berührte Ninurtas Arm. Sie saßen im Schatten eines Bogengangs vor einer Schänke, blickten auf den Hafen und das Gewimmel des Kais, tranken kühles Wasser mit ein wenig Wein (Ninurta fand ihn »stickig«) und warteten immer noch auf den Händler, der Leder- und Knochenschmuck übernehmen wollte.

»Ich habe eine Erklärung«, sagte sie. »Und sie ist ganz offensichtlich.«

Tsanghar hob die Brauen. »Du siehst mich ratlos, schöne Frau; aber ich bin ja auch nur ein dummer Tüftler.«

Tashmetu lachte. »Dann hört beide zu, dummer Tüftler und dummer Händler. Kann es sein, daß man hier ganz einfach vergessen hat, wie Streitwagen zu nutzen sind?«

»Vergessen?« Ninurta blinzelte.

Tsanghar pfiff leise. »Es könnte sein... Ein Gedanke, der mir fern liegt, Herrin, aber wahrscheinlich ist es so. Ich sehe etwas und frage mich sofort, wie kann man es benutzen oder verbessern. Wahrscheinlich... wahrscheinlich hat man den Abasiern gesagt, rüstet eine bestimmte Menge Wagen, und sie... also, wenn sie es wirklich vergessen hätten...«

»Aber wie kann das sein? Streitwagen sind alt, und sie sind bekannt. Wie kann man so etwas vergessen?«

Tashmetu lächelte spöttisch. »O Ninurta, Ausbund der heiteren Zuversicht – dies von dir? Der du sonst immer allen jede Dummheit zutraust? Es ist doch ganz einfach.« Sie beugte sich vor. »Nur die großen Herrscher haben Streitwagenheere; für kleine Fürsten ist das zu teuer. Abasa war nie Teil eines großen Reichs, und was die Mykenier, die hier bis vor vier Jahrzehnten geherrscht haben, einmal wußten, kann wirklich vergessen worden sein. Hatti-Wagen sind nie hierhergekommen, Mykenier-Wagen auch nicht, oder jedenfalls sehr lange nicht.«

»Die Frage ist dann, wer hat den Abasiern gesagt, sie sollen Streitwagen bauen? Jemand, der selbst auch keine Ahnung hat, oder einer, dem Wagen so selbstverständlich sind, daß er sich nicht vorstellen kann, daß die hier gar nicht wissen, wie man damit umgeht?«

Der abasische Mykenier, Ninurtas Handelsfreund, näherte sich. Tashmetu warf dem Assyrer einen verwunderten Blick zu, fast eine stumme Aufforderung; als Ninurta schwieg, legte sie den Finger an die Lippen, und Tsanghar nickte.

Der Geschäftsmann, Theokles, erzählte vielerlei – von der Stimmung in Ephesos, vom Zusammenleben der Mykenier-Nachfahren und der Luwier und der wenigen Karier und ihrer gemeinsamen Abneigung gegen Achiawa (»seit sich damals Atreus die Finger verbrannt hat, haben sie es bei uns und am Secha nicht noch mal versucht – dafür ist jetzt Ilios dran, oder?«) und die Hatti, aber auch von der sehr gemäßigten Begeisterung über die neue Zugehörigkeit zum Reich des Dunklen Alten, Madduwattas, der eineinhalb Tagesmärsche entfernt in den Bergen Stammesfürsten versammelte und Krieger anwarb.

Ninurta überließ das Feilschen Tashmetu; er hing Gedanken nach, die weder deutlich noch deutbar waren – so kam es ihm jedenfalls vor. Abends gaben sie einer grünen Mulde oberhalb des Strands den Vorzug vor der überfüllten Hafenstadt; Bod-Yanat briet ein Lamm, ließ Gemüse in Essig-und-Salz-Wasser garen, beschimpfte »diesen Assyrer, der mit der schönen Herrin des Schiffs Stöckchenverstecken spielt, und wir ...«. Aber die Besatzungsmitglieder hatten sich in die Stadt begeben, außer Steuermann Lissusiri, der freiwillig Bordwache hielt; und als das Essen fertig war, tauchte Tsanghar auf, mit zwei hübschen Mädchen. (»Zwei auf einmal? Willst du beide für dich behalten? O Mann ... Wie machst du das?« – »Ach, weißt du das nicht? Also, ich will es dir erklären. Man schiebt einerseits ...«)

Bod-Yanat verschwand nach dem Essen Richtung Hafen. Tsanghar und die Mädchen verzogen sich zur nächsten Mulde, windab; Ninurta und Tashmetu lagen unter einem Strauch, dessen halbgeschlossene Blüten ihren bittersüßen Duft mit der Nachtluft mischten, dem Hauch von Salz und Weite. Irgendwann sagte Tashmetu:

»Willst du nicht zu ihm reiten?«

Ninurta rollte sich auf die Seite und suchte im Licht der Sterne ihre Augen. »Wer? Wohin?«

»Du bist heute... anders. Kein Feilschen, keine Weisung, etwa Tsanghars Beißer-Kenntnisse zu verschweigen. Keine Beschlüsse über Madduwattas.«

»Ah. Ich... hm.« Er folgte mit dem Finger den Umrissen von Tashmetus Wangen und Kinn. »Ich weiß nicht. Etwas nagt, aber es tut nicht weh. Als ob der Schattendrache die Zähne herausgenommen hätte, verstehst du? Er kaut jetzt mit blanken Gaumen auf meinen Gedanken herum, die ich deshalb nicht klar sehe, nur... zerkaut. Bald wird er die Zähne wieder einsetzen.«

»Madduwattas«, sagte sie. »Willst du nicht zu ihm reiten? Er...« Sie unterbrach sich und hustete würgend, als jäh aufkommender Wind den stinkenden Rauch der Feuer von den Stadtmauern herwehte. »Seine Krieger sind hier«, sagte sie dann, »und seine roten Priester, und er läßt die Stadt befestigen. Er ist mit den Trojanern verbündet, gegen die Hatti. Handle mit ihm, mach ihm ein dickes Geschenk; vielleicht kann er dich vor Prijamadu schützen.«

»Wozu?«

»Er wird in einem halben Mond herkommen, um die Streitwagen zu sehen, aber das ist für uns zu spät. Du wirst den Drachen erst loswerden, wenn du vor Prijamadu stehst; ich weiß aber nicht, ob es gut ist, dies schutzlos zu wagen. Die geheime Botschaft aus Ashur könnte schlimm sein, und du weißt, was manche Fürsten mit Überbringern übler Nachrichten machen.«

Er klang erstaunt. »Du hast recht... Wieso habe ich nicht selbst daran gedacht?«

»Hast du nicht?« Nun staunte sie. »Ich dachte, das wäre der Kern deines Grübelns gewesen.«

»Da ist kein Kern.« Er legte sich wieder auf den Rücken. Seine Stimme klang nach einer schwerverdaulichen Mischung aus Wirrnis und Zermürbung. »Wie fettes Hammelfleisch, das um eine Leere wabbelt, wo kein Knochen mehr ist.«

Vier Tage, beschlossen sie – vier Tage Zeit bis zum Aufbruch. Aus Achiawa gab es keine neuen Gerüchte; offenbar lag das versammelte Heer immer noch bei Aulis und wartete auf das Ende der Seuche. Aber der letzte Fischer, der etwas von einem Inselfischer gehört hatte, der auf See Klatsch mit einem achaischen Hochseefischer getauscht haben mochte, war längst wieder ausgefahren; vielleicht war die Seuche beendet, vielleicht waren Heer und Flotte schon aufgebrochen; vielleicht war Troja noch, oder doch nicht mehr, zu erreichen... Zuviel *vielleicht*. Vielleicht würden Tsanghar und Tashmetu mit Hilfe zweier Schmiede in Abasa ungeheure Geschäfte machen, Beißer für alle Pferde herstellen und dem Herrn der Streitwagen verkaufen. Vielleicht war sogar die Kurzreise mit einem gemieteten Esel in die Berge sinnvoll.

Ninurta fand es schwer, seine Gedanken zu sammeln. Er befolgte Tashmetus Rat, war ihren Vorschlägen gefolgt hinsichtlich dessen, was er Madduwattas mitbringen und dafür vom Dunklen Alten erbitten sollte, folgte den steinigen und immer steileren Bergpfaden, folgte zerstreut dem Teil seiner Gedanken, der sich mit dem seltsamen Fürsten befaßte.

Vor mehreren Jahrzehnten, als Atreus oder Attarissias vergeblich versucht hatte, alte mykenische Besitzungen im Westen und Südwesten des Festlands Achiawa anzugliedern, waren die Achaier weit ins Landesinnere vorgestoßen. Nördlich der Gegend, die sie Pamphylien nannten, hatten sie den Gebietsfürsten Madduwattas besiegt und vertrieben. Er floh zu den Hatti; deren König Tutchalijas rüstete ihn mit Waffen und Kriegern und schickte ihn zurück in sein Land, wofür Madduwattas dem Hatti-Herrscher Gefolgschaft als Untertan versprechen mußte. Die brennenden und plündernden Achaier hatten inzwischen dieses Gebiet verlassen und wurden von einem anderen Untertanen des Hatti-Herrschers, Talafu, am Secha-Fluß unweit der Stadt Pergammu geschlagen. Madduwattas kehrte mit seinen Hatti-Kriegern und Söldnern in ein Land heim, das nach dem Abzug der Achaier von einem anderen Fürsten besetzt worden war, und natürlich nutzte Madduwattas die zur Verfügung gestellten Treppen, um sich der Heimat wieder zu bemächtigen.

Der andere Fürst, Kupanta-Kalas, ehemals Herr des weit im Inneren gelegenen Mira, hatte sich klug vermählt: mit der Tochter des Königs von Arzawa, dem alten westlichen Feind des Hatti-Reichs. Als der König starb, ging die Herrschaft an den Schwiegersohn, der von einem Dorfherrscher nun jäh zum König einer großen Macht geworden war. Er verlegte vorübergehend seine Hauptstadt nach Abasa und nahm einige Gebiete, die er für »frei geworden« hielt, zusätzlich in Besitz. Es bereitete Kupanta-Kalas keine große Mühe, den Heimkehrer Madduwattas zu überwältigen – allerdings gelang es ihm nicht, Madduwattas selbst zu fangen.

Nun begann der seltsame, unberechenbare Zickzacklauf des Mannes aus dem nördlichen Pamphylien. Er floh weit in den Norden, ins Masa-Reich, wo er scheinbar einen Sinneswandel erlitt und die dortigen Fürsten dazu bewegte, sich von den Hatti abzuwenden und mit Kupanta-Kalas gemeinsame Sache zu machen. Vielleicht spielte dabei eine Rolle, daß der Arzawer die Familie des Madduwattas gefangenhielt.

Den Abfall eines weiteren wichtigen Grenzfürstentums konnte Tutchalijas nicht hinnehmen; ein Hatti-Heer vernichtete das Aufgebot von Arzawa, befreite Madduwattas' Sippe, setzte ihn wieder in seine Herrschaft ein und ließ den Krieg gegen Arzawa einschlafen, um die Küste südlich von Arzawa zu sichern und reiche, unabhängige Städte wie Chinduwa und Dalawa (von den Achaiern Knidos und Tlos oder Tlon genannt) zu besetzen. Was Madduwattas nutzte, um die überdehnten Verbindungslinien der Hatti zu kappen, ihr Heer aufzureiben und sich selbst zum Herrn der Gegend zu machen. Danach wechselte er mehrmals die Seiten, schickte einen fallsüchtigen Sohn als Geisel zum König nach Hattusha, gab gleichzeitig eine gesunde Tochter dem wieder kräftiger werdenden Kupanta-Kalas zur neuen Hauptfrau. Und als dieser starb, beherrschte Madduwattas (der sich des Erbes seiner Tochter überaus liebevoll annahm) große Teile des Landes westlich der Hatti-Grenzen.

Wie Ninurta von Bergbauern hörte, war der Dunkle Alte von der Küste landeinwärts gezogen, von Tlon aus in die Berge, um kriegerische Stämme zu beschwichtigen und ihre Führer durch Gewalt, List oder Gold zur Teilnahme am Kampf gegen die Hatti zu bewegen. Plünderungen, größer als alles, was die Welt je gesehen habe, seien ihnen verheißen worden; göttliche Gemetzel im Namen des unsterblichen Shubuk und seines unsterblichen Sohnes Madduwattas – Shubuk, dem die roten Priester dienten, und Madduwattas, der den Priestern und den Kriegern die verwegenen und unwiderstehlichen Befehle gebe, ausgeführt von Mukussu, den sie (an der Küste) auch Mopsos nannten. Ninurta versuchte, sich möglichst genau an die seltsame Unterredung beziehungsweise den Bericht darüber zu erinnern, Zaqarbals nächtliches Treffen mit Mukussu. Je näher er dem Bergdorf kam, desto größer und seltener wurden die Gerüchte und Verheißungen: größer, weil die Nähe des unnahbaren Herrschers und seines Feldherrn alles aufzublähen schien, und seltener, weil die Gegend immer menschenleerer wurde.

Es kam ihm so vor, als reiste er unter einem Schatten. Es mochte die kühle Bergluft sein, die ihn die Sonne vergessen ließ, die Schatten der Gipfel, oder vielleicht war es eine besonders wolkige Zeit. Er sah dunklen Himmel, und einmal, von einem hohen Grat, meinte er, auf eine krötenförmige Wolke hinabzublicken. Manchmal sah er drachenartige Wolken, dann wieder solche, die einem Schweinsfisch oder einem Hund ähnelten. Seine Gedanken zerfaserten, verknäuelten sich, trieben im Wind wie Fäden eines zerfetzten Spinnennetzes. Was geschah, als er endlich in Uqbar eintraf, wo Madduwattas weilte, sah er wie in einem Traum, und seine Erinnerungen wurden mit der Zeit immer wirrer.

Wachen hüteten den Zugang zur kleinen Hochebene, auf der das Dorf lag. Zwei Männer und zwei Frauen, mit blutroten Mustern auf ihren Lederpanzern. Ninurta sagte, er sei ein reisender Händler mit einem Geschenk für den Fürsten; sie untersuchten ihn und sein Gepäck, dann ließen sie ihn durch die Sperre. Der Weg überwand einen letzten Felskamm und fiel dann ab; nach wenigen Dutzend Schritten erreichte der Assyrer die Trümmer einer gewaltigen Wallanlage, die den Ort, als dieser noch eine Stadt war, umgeben haben mußte – vor Jahrhunderten? Jenseits des

Walls lagen riesige Steinblöcke wie herumgeworfen; die Bewohner schienen sie als Rückwände ihrer schäbigen Behausungen zu nutzen: Bretterhütten, hier und da mit Lehm verklebt, gedeckt mit flachen Steinen (Steinscheiben, wie es aussah). Vor einer mächtigen, halb mannshohen Schwelle aus einem einzigen grauen Stein hockte ein beinloser Mann. Als Ninurta und der Esel an ihm vorbeikamen, hob er den Kopf und zeigte leere Augenhöhlen.

Mitten im Dorf ragte ein einzelner Altarstein auf; die Opfermulde war rot verkrustet. Ein seltsames Gerüst stand nicht weit entfernt; beim Umrunden sah Ninurta, daß es das Skelett eines Drachen war. Dann stutzte er und schaute genauer hin.

Es war das Standbild eines Drachen, gebaut aus Menschenknochen, Draht und dünnen Hölzern. Der Kopf, in dem zwei tiefrote Steine als Augen glommen, richtete sich auf den Altar.

Hütten und Steinblöcke säumten einen fast runden Platz; in der Mitte stand das Zelt des Fürsten. Wie Bienensummen hörte Ninurta die Stimmen der Leute, die ohne Hast umhergingen und Dinge taten, die ihn nicht berührten. Wachen fingen ihn ab, befragten ihn, schickten einen Diener ins Zelt. Der Esel soff gierig aus einem Trog, eher einer tiefen Rinne in einem mattroten Stein. Ninurta ließ sich auf den Boden sinken und schloß die Augen.

Er wußte nicht, wieviel Zeit vergangen war, als die Wachen ihn rüttelten und ihm bedeuteten, er könne nun zum Herrscher gehen. Ninurta kam taumelnd auf die Beine; vor ihm stand einer der dunkelroten Priester und winkte, ungeduldig. Ninurta nahm das Tuch mit den Geschenken und folgte ihm ins Zelt.

Innen glühten zahlreiche Holzkohlebecken; es stank nach zu viel Räucherharz. Kienfackeln auf silbernen Ständern gossen Lichtstrudel in geschliffene Metallscheiben, die vielfarbige Leuchtbäche in den Innenraum schickten. Das Zelt mochte fünf Dutzend Schritte durchmessen, war etwa vier Männer hoch und mit dicken Teppichen ausgelegt. Ninurta sank bis zu den Knöcheln ein und schwankte, als ob der Boden bebte. Ein neuer Geruch wehte ihn an. Nein, nicht neu – eher ein Nachhall eines alten Geruchs, alt im Zelt und alt in seinen Erinnerungen. Vor seinem inneren Auge schien fahles Gelb auf, und Bruchteile eines Atemzugs lang fühlte er sich zurückversetzt in die Höhle, zu Kir'-girim und Kal-Upshashu und Tashmetu, zu dem fehlgeschlagenen ersten Versuch, seinen Willen zu lähmen und den Drachen herauszulocken. Zu einer anderen Nacht, viel länger her, ohne Tashmetu. Etwas griff nach seinem Willen, aber er konnte es – was immer *es* war – abschütteln.

Er sah den Thron und die dunkle Gestalt darauf, sah rote Priester vor Altarsteinen, sah undeutlich im Zwielicht Bilder eines Drachen oder Krokodils. Dann trat ihm ein Mann mittleren Alters entgegen, mit fahlem Bart und leeren, fast verschwimmenden Zügen. Ninurta dachte an Zaqarbals Bericht.

»Du mußt der Feldherr und Seher Mukussu sein«, sagte er.

»Ganz recht.« Gelbliche Zähne blitzten in einem Lächeln auf, das eher Vorbereitung eines tödlichen Bisses schien. »Man nennt mich auch Mapu'se, Mufasa, Moksos oder Mopsos. Du bist einer der Händler von Yalussu, sagte der Wächter? Ich nehme an, dein Freund hat von unserem Gespräch berichtet. Was bringst du dem großen König?«

Ninurta reichte ihm das Bündel. Mukussu entrollte es, untersuchte das Geschenk, wickelte es wieder ein, fragte nach dem Inhalt der Frage, die Ninurta an Madduwattas richten wolle. Schließlich nahm er ihn beim Arm und führte ihn zum Thron.

Der Mann, der vom Fürsten eines unbedeutenden Grenzlands zum Herrscher des mächtigen Arzawa aufgestiegen war, mußte alt sein – die Auseinandersetzungen mit Achiawas König Atreus, genannt Attarissias, lagen mehr als vierzig Jahre zurück. Der Mann auf dem Thron wirkte nicht älter als vierzig. Haar, Bart und Augen waren schwarz, die Haut fahlbraun. Ein schwarzer Umhang troff von den Schultern, bildete Wellen und sickerte fransig durch die Lücken im Thron. Einem Thron, der aus menschlichen Schädelknochen gefügt war.

Madduwattas deutete mit einer Hand auf den Assyrer. Die Fingernägel waren lang und spitz, wie gefeilt.

»Dein Begehr? Sprich schnell und kurz.«

Ninurta suchte mühevoll nach Worten. Die Überlegung – Tashmetus Überlegung, die er sich zu eigen gemacht hatte –, diesen Mann um eine Art Schutz zu bitten, erschien ihm nun wahnsinnig. Er fühlte sich benommen, fast willenlos.

»Ein Geschenk für den Fürsten«, sagte er schließlich.

Madduwattas nickte und wandte sich an Mukussu. »Nimm und zeig.«

Ninurta sah zu, wie der fahle Mann das Tuch abermals entrollte, Schwert und Scheide herausnahm, dann das Schwert zog und – Griff voran – dem König reichte.

Madduwattas nahm die Waffe, ließ die Klinge wippen und beben, ließ sie Licht trinken und ausspeien. Etwas wie Anerkennung kroch über die dunklen Züge. Eine düstere Schlange der Anerkennung; Ninurta fröstelte.

»Es... lebt und will trinken.« Die Stimme, ein unmögliches leises Dröhnen wie ferner Steinschlag, füllte den Schädel des Assyrers. »Und die Frage?«

Ninurta öffnete den Mund und schloß ihn wieder; die Zunge klebte am Gaumen. Er krächzte etwas Sinnloses.

Mukussu bleckte die Zähne; sie waren gelb, und es sollte eine Art Lächeln sein. »Wenn ich ihn richtig verstanden habe, hat Prijamadu ihn mit einer Botschaft nach Ashur geschickt, wo man ihm eine Antwort mitgab. Beide Botschaften sind durch giftigen Trunk in seinem Schädel versperrt; er fürchtet, daß Prijamadu eine unangenehme Antwort unangenehm aufnimmt, und begehrt deinen Schutz.«

Madduwattas reckte den Arm mit dem Schwert; dann hieb er durch die Luft. Das Sausen der Klinge war wie fernes Wehklagen.

»Dafür? Gibt es davon noch mehr?«

Ninurta nickte matt. Kalter Schweiß stieg wie Nebel aus seinen Poren und bedeckte den Körper unter der Kleidung.

»Wir könnten«, sagte Mukussu wie nebenher, »sein Gedärm durch einen Schlitz im Bauch auf einen Zweig wickeln, bis er mehr sagt. Liegt dir an diesen Waffen, Herr?«

Madduwattas knurrte leise, tief in der Kehle. »Die alte Geschichte zwischen Wilusa und Ashur...« sagte er. »Sie wird ihren Lauf nehmen. Gib ihm ein Siegel.«

»Dein Ernst, Herr?«

Madduwattas starrte Mukussu an und sagte nichts.

Der fahle Mann hob die Schultern und ging zu einem Tisch; als er zurückkam, hielt er etwas in der Hand, das er Ninurta reichte: eine kleine Tonscheibe, auf beiden Seiten mit luwischen Zeichen versehen.

»Nur einmal zu verwenden«, sagte Madduwattas. Nun klang die Stimme heller: ein Gewirk aus getriebenen Erzen, Hohn und Entrücktheit, Dolchen und Macht. »Sag Prijamadu, wenn er dich leben läßt, lasse ich zu, daß Männer aus Masa und Frauen aus Azzi ihm helfen. Wenn nicht, werde ich Agamemnons Freundschaft erwägen.« Er wandte sich an Mukussu. »Bring einen Jungen her.«

Stille. Knistern der Kohlebecken. Harzwolken. Waberndes Licht auf der Klinge.

»Damit du siehst, was geschehen kann, wenn du das Siegel zweimal verwendest.« Die Stimme wurde zu fernem Grollen. »Und damit ich sehe, wie hungrig diese feine Klinge ist.«

Diener brachten eine Bronzewanne und stellten sie vor den Thron; dann kamen zwei weitere Diener mit Mukussu zurück und mit einem vielleicht sechsjährigen Jungen, nackt, die Augen voller Angst. In ein Loch in der Wanne rammten sie einen Speerschaft und banden den Jungen aufrecht daran, mit einem Lederriemen, der um die Brust geführt wurde und die Arme freiließ.

Madduwattas stand vom Thron auf; und es begann der Tanz der hungrigen Klinge. Ninurta wußte nicht, wieviel Zeit vergangen war, bis endlich der Kopf neben den dampfenden Gedärmen in der Wanne lag und nicht mehr schrie. Er hätte später auch nicht sagen können, wie er nach Abasa zurückgelangt war, wo Tashmetu seine Wunden und Abschürfungen verband und ihn in den Armen wiegte. Er erinnerte sich an Hänge voller Geröll, an das gebrochene Genick des Esels, an Würgen und Erbrechen; daran, daß der Drache Mond im Abgrund der Nacht Sterne fraß, ohne Ninurtas Gebrüll zu beachten. Er erinnerte sich aber auch, wie durch einen feinen Vorhang oder Schleier, an etwas anderes: daran, daß er nichts von seinem Grauen gezeigt, daß er sich beherrscht hatte, wie es einem assyrischen Krieger zukommt. Daran, daß Mukussu ihn gemustert und für tauglich befunden hatte, um ihm (letzte Drohung? Einweihung? Köder und Züchtigung zugleich?) zu verraten, was den fünfundachtzigjährigen Herrscher so jung machte; was ihm – zusammen mit Shubuks Gunst – die Unsterblichkeit verhieß: was Madduwattas zweimal in jedem Mond aß. Das Gefäß, in dem Ninurta seine Seele barg, hielt, bis er Uqbar verlassen hatte; es barst erst am steilen Hang draußen.

Er war tagelang krank. Tashmetu gab die Befehle und kühlte seinen Kopf. Als sie die große Insel Lasba, von den Achaiern Lesbos genannt, hinter sich ließen, jagte ein schwarzer Wind sie aufs Meer hinaus, wo sie einen Tag in einer Flaute zubrachten, ehe frischer Westwind sie nach Wilusa trieb.

Die Bucht am Südende der Küstenhügel, die Ilios und das fruchtbare Flachland vom Meer trennten, war fast leer; nur wenige Schiffe lagen an der Mole. Leukippes *Bateia* war nicht darunter; Ninurta nahm an, daß die Trojanerin mit günstigem Wind weiter nördlich in die Meerenge des Dardanos eingebogen war und den Hafen nahe der Flußmündungen aufgesucht hatte. Im Süden, vor der grünen Erhebung der Insel Tenedos, standen einige Fischerboote.

»Mal sehen, ob wir auch hier Beißer verkaufen können«, sagte Tsanghar, als sie an der Mole festmachten.

»Die kennen sich mit Streitwagen aus; mach dir keine Hoffnungen.« Ninurta gelang eine Art Lächeln; es war fast der erste zusammenhängende Satz, den er seit Abasa mit jemand anderem als Tashmetu gewechselt hatte.

»Den Göttern sei Dank!« Tsanghar klatschte in die Hände, aber sein Grinsen konnte die tiefsitzende Besorgnis nicht tilgen. »Er redet wieder mit uns. Man muß nur Umsatz und Gewinn erwähnen, schon wird er gesund.«

Oberhalb des Strandes, halb am Küstenhang, standen einige Holzhäuser – Unterkünfte für Händler, eine Schänke, das Gebäude der trojanischen Krieger und Zöllner. Vier Frachtsegler, keiner bewacht, zeigten an, daß Händler und ihre Besatzungen entweder die Schänke leer tranken oder über die Hügel zur Stadt gegangen waren; zwei Zöllner näherten sich der Mole.

Irgendwie war es Ninurta gelungen, das Tonsiegel des Madduwattas heil an Bord zu bringen. Er lehnte an der Heckwand und blickte seitlich ins grüne Wasser der Bucht.

»Ein guter Nachmittag, um *das* zu versenken«, sagte er.

»Was?« Tashmetu trat neben ihn; dann sah sie das Siegel in seiner Hand. »Nein! Laß ...«

Er wollte es ins Wasser werfen, aber sie schnappte es, ehe er die Hand schließen konnte.

»Ich will die gräßliche Erinnerung loswerden. Gib her.«

Sie berührte seine Wange mit der anderen, leeren Hand. »Es ist furchtbar erkauft worden, Liebster«, sagte sie leise. »Mit Kinderblut. Du solltest das Blut nicht sinnlos vergeuden.«

Die Zöllner waren am Beginn der Mole stehengeblieben; sie deuteten aufs Meer hinaus, fuchtelten, drehten sich um und rannten zu den Gebäuden zurück.

Ninurta riß sich von Tashmetus Augen los und blickte zurück, nach achtern, über die Heckwand.

Dann lachte er. »Blut sinnlos vergeuden?« sagte er hohl. »Dazu sind wir gerade rechtzeitig gekommen.«

Tashmetu folgte seinem Blick.

Der ganze westliche Horizont war voller Segel – weiße, graue, braune Segel. Die Flotte der Achaier.

»Können wir noch weg?« Lissusiris Stimme war eher ein Quäken.

Ninurta warf einen Blick auf das eingerollte Segel, auf die verzerrten Gesichter der Männer, auf die langen Ruder, die rechts und links neben dem Mast lagen.

»Wenn wir rennen, schaffen wir es vielleicht bis zur Stadt«, sagte er; seine Stimme kam ihm fremd vor.

»Und das Schiff?« sagte Tsanghar.

»Agamemnon hat genug; ich glaube nicht, daß die *Kerets Nutzen* ihn besonders beeindrucken wird.«

Tashmetu legte die Arme um seinen Hals. Sehr zu seiner Überraschung lachte sie; es schien ein fröhliches Lachen zu sein.

»Liebster«, sagte sie. »Rennen? Zu trojanischen Kriegern? Oder bleiben, bei achaischen Kriegern? Du kennst auf beiden Seiten Fürsten. Willst du das Siegel unbedingt verwenden?«

Er schwieg, verblüfft.

»Laß uns hierbleiben.« Sie wurde ernster; das Lachen, längst zum Lächeln geworden, schwand endgültig. »Du bist wieder gesund – was zählen da die Achaier?«

»Du weißt nicht, was du sagst. Zehntausend Krieger... und *eine* Frau?«

Sie wandte sich zu den anderen. »Was meint ihr?«

Lissusiri hob die Schultern. Tsanghar lachte laut auf und ließ sich auf die Decksplanken sinken.

»Wenigstens brauchen wir keinen trojanischen Zoll zu bezahlen«, sagte er.

BRIEF DES KORINNOS (VI)

Dies, o Djoser, mein alter Freund, ist der letzte Teil dessen, was ein argloser Jüngling schrieb. Die kraftvolle Hand, die mir den Mund verschloß, daß ich nicht mit der Zunge mein Leben unter Wortbrocken begrübe, nahm mir auch Griffel und Wachstafel, drückte mir ein Ried zwischen die Zähne und gab mir Papyros. Ich lernte, gründlich gekaute Wörter mißtrauisch niederzuschreiben, mit gründlich gekautem Halm und Tinte. Ist es nicht wunderbar, wie ein wenig Bedrohung den Geist feilt, wie die Fußstapfen des Todes dem lehmigen Geist des Knaben Form geben und sich mit einsickerndem Weltwissen füllen? Wunderbar, fürwahr; und wie gern hätte ich damals auf die Tritte und die Stapfen verzichtet!

Aber dies später. Sei langmütig mit dem Jüngling, der beschrieb, wie die Flotte der Achaier Trojas Gestade erreichte. Westwind ließ uns in die Meerenge des Dardanos eindringen, das Vorgebirge umrunden, hinter dem der Hafen und die Mündungen von Skamandros und Simois harrten: und die Ebene von Ilios. Nicht alle Schiffe segelten dorthin; es war beschlossen worden, daß die Boote des Tlepolemos, zusammen mit einigen anderen, die südliche Bucht anlaufen und sichern sollten, dazu die am Gestade liegenden Fischerdörfer. Es war ein klarer, windiger Nachmittag im Frühsommer, und sobald wir Hafen und Küste erreicht hatten, geschah, was der Knabe so beschrieb:

Genau zu diesem Zeitpunkt erschien Sarpedon bei Troja; der Lykier kam mit einer großen Menge Krieger auf all die Ersuchen des Priamos hin. Von fern sah er, daß eine gewaltige Heeresmacht mit Schiffen gelandet war, und da er Unheil ahnte, ordnete er seine Streitkräfte und stürzte sich auf die Danaer, als diese eben die Schiffe verlassen wollten. Die Söhne des Priamos bemerkten, was sich dort tat, griffen zu den Waffen und eilten ans Meeresufer. Nun konnten die Danaer weder ihre Schiffe verlassen, da ihnen die Vernichtung drohte, noch konnten sie ihre Waffen erheben gegen den dräuenden Heerbann, der sie einzuschließen begann; das

Gewirr war so groß, daß den Danaern fast keine Möglichkeit des Handelns blieb. Endlich machten jedoch die, welche sich in solcher Eile wappnen konnten, einander Mut und griffen den Feind an. Protesilaos, dessen Schiff als erstes den Strand erreicht hatte, wurde vom Speer des Aineias durchbohrt und fiel im Kampf in vorderster Reihe. Auch zwei der Söhne des Priamos fielen, und in beiden Heeren gab es weitere schwere Verluste.

Als der Kampf andauerte, flößten Achilleus und Aias, Sohn des Telamon, unseren Streitern Zutrauen, dem Feind jedoch Furcht ein, so prächtig fochten sie; allein durch ihre Tapferkeit brachten sie die Danaer dazu, weiterzukämpfen. Die Feinde konnten Achilleus und Aias nicht länger widerstehen; die unmittelbar mit ihnen stritten, wichen immer weiter zurück, bis schließlich alle die Flucht ergriffen. Ohne Belästigung durch den Gegner, jedenfalls für diesen Augenblick, verbrachten die Danaer ihre Schiffe in guter Ordnung an einen sicheren Platz. Dann wurden unter allen Achilleus und Aias, auf deren Tapferkeit man das größte Vertrauen setzte, dazu ausgewählt, die Flügel der Flotte zu hüten und die Sicherheit des Heers zu wahren, indem sie dessen Flanken schützten.

Am folgenden Tag wollte man Protesilaos und die anderen bestatten; zu diesem Zeitpunkt rechnete man gewiß nicht mit einem feindlichen Angriff. Doch hatte Kyknos, dessen Fürstentum nicht weit von Troja war, von unserer Ankunft erfahren und überfiel die mit der Bestattung befaßten Danaer aus einem Hinterhalt. Von dieser unerwarteten Bedrohung entsetzt, flohen unsere Männer ohne jede Ordnung oder Zucht. Als aber der Rest des Heers davon erfuhr, griffen alle zu den Waffen und stürzten herbei; Achilleus kämpfte mit Kyknos, betäubte ihn schließlich durch einen Steinwurf, da Kyknos sich den Waffen nicht beugen mochte, und erwürgte ihn mit dem Riemen des eigenen Helms. Achilleus und seine Männer töteten auch viele weitere Feinde, und so waren unsere bedrohten Männer wieder frei.

In großem Gram und Ungemach ob der schrecklichen Verluste nach so vielen Angriffen des Feindes beschlossen unsere Führer, zunächst mit Teilen des Heers die Städte in der Nähe von Troja zu erstürmen. So zogen sie ins Reich des Kyknos und verwüsteten alles ringsumher. Dann jedoch drangen sie in die Hauptstadt des Reichs ein, wo sich die Söhne des Kyknos aufhalten sollten. Da sie auf keinerlei Gegenwehr trafen, begannen sie die Stadt, Kyknai, niederzubrennen, als plötzlich die Bewohner sie mit Bitten und Tränen anflehten, von ihrem Vorhaben abzulassen. Auf Knien beschworen sie alle menschlichen und göttlichen Mächte und brachten vor, daß die Missetaten eines ruchlosen Fürsten nicht gebüßt werden sollten von einer makellosen Stadt, die immer treu zu den Danaern gestanden habe. So fanden sie Gnade für sich und ihre Stadt und retteten sie, mußten allerdings die königlichen Knaben Kobis und Korianos und deren Schwester Glauke ausliefern. Unsere Kämpfer bestimmten später, daß das Mädchen Aias übergeben werde samt dem, was ihm an Beute zustand, als Dank für seine kühnen Taten. Bald darauf versprachen die Bewohner Kyknais – mit der Bitte um dauerhaften Frieden –, ein Bündnis einzugehen und jeden Befehl der Danaer auszuführen. Danach rückten die Danaer gegen Killa vor und stürmten diese Stadt, doch hielten sie sich fern von Karene, dem Nachbarort, um den Leuten von Kyknai eine Gunst zu erweisen, denn Karene unterstand ihnen, die ja nun durch ein Bündnis mit uns vereint waren.

Etwa zu dieser Zeit wurde den Danaern ein Spruch des pythischen Orakels mitgeteilt: Einhellig müsse man Palamedes das Amt übertragen, dem sminthischen Apollon ein Opfer darzubringen. Vielen Kriegern gefiel diese Anweisung wegen der treuen Dienste des Palamedes und der Zuneigung, die er dem ganzen Heer bezeigte; aber einige der Führer fühlten sich zurückgesetzt. Dennoch wurden, wie festgesetzt, hundert Opfer für das Heer dargebracht, unter der Anleitung von Chryses, einem einheimischen Priester.

Aber Alexandros, den sie auch Paris nannten, hatte von der Opferung erfahren, sammelte eine Gruppe Bewaffneter und kam herbei, um das Opfer zu verhindern. Ehe er jedoch den Tempel erreichen konnte, schlugen die beiden Aias ihn in die Flucht und töteten viele seiner Männer. Chryses, der erwähnte Priester des sminthischen Apollon, wollte keines der beiden Heere gegen sich aufbringen und gab immer vor, mit dem verbündet zu sein, der eben den Tempel aufsuchte.

Als die Opferung vorgenommen wurde, stand Philoktetes in der Nähe des Altars; plötzlich biß ihn eine Schlange. Alle Umstehenden schrien laut auf; Odysseus stürzte herbei und tötete das Tier. Bald danach brachte man Philoktetes mit wenigen Dienern nach Lemnos, denn dort hieß es, es gebe einige von dem Gott Hephaistos Verzückte – diesem Gott war die Insel geweiht –, und die Verzückten, sagte man, vermöchten das Gift jener Schlange, von der Philoktetes gebissen war, aus dem Körper zu entfernen.

Inzwischen hatte Achilleus befunden, alle Städte in Trojas Nähe seien Helfer der Trojaner und deren Nachschublager. Daher begab er sich mit einer Anzahl von Schiffen nach Lesbos und besetzte die Insel ohne Mühe; den König Phorbas, der vielerlei Ränke wider die Danaer geschmiedet haben soll, tötete er mit dem Schwert und nahm Phorbas' Tochter Diomedeia samt vieler weiteren Beute mit. Auf das Drängen seiner Krieger hin rückte er danach mit einer mächtigen Streitmacht gegen zwei weitere wohlhabende Städte, und binnen weniger Tage schleifte er beide ohne die geringste Mühe. Wohin auch immer er kam, bot ihm das reiche offene Land eine Übereinkunft an, doch wurden all diese Landstriche ebenfalls geplündert und so gründlich verwüstet, daß schließlich nichts, was Achilleus für den Trojanern freundlich gesonnen hielt, ohne Verheerung oder Vernichtung davonkam. Als die Stämme und Völker der nahen Gebiete dies erfuhren, beeilten sie sich, Frieden mit Achilleus zu schließen. Die Hälfte all dessen, was sie erzeugten und besaßen, gaben sie um die Versicherung, daß ihre Felder nicht zerstört würden, und sie gaben und erhielten Friedensversprechen. Nach diesen Vorstößen kehrte Achilleus zurück zum Haupttheer, reich an Ruhm und Beute. Nahezu gleichzeitig erschien ein König der Skythen mit überreichen Geschenken in unserem Lager.

Nun war jedoch Achilleus mit dem Erreichten keineswegs zufrieden. So zog er gegen das von mysischen Kilikiern bewohnte Lyrnessos und eroberte es binnen weniger Tage. Nachdem er den Stadtfürsten Aëtios getötet hatte, nahm er dessen Frau Astynome,

Tochter des vorgenannten Priesters Chryses, und füllte seine Schiffe mit allem Reichtum der Stadt. Danach begab er sich eilig nach Pedasos, Hauptort der Leleger. Deren König Brises begriff, daß unsere Krieger, die wie rasend die Stadt angriffen, nicht aufzuhalten seien, noch sein Volk ausreichend zu verteidigen wäre. Da er also weder Flucht noch Rettung erhoffen konnte, verließ er die Reihen der Kämpfenden, ging in seinen Palast und erhängte sich dort. Bald darauf wurde die Stadt eingenommen, viele Menschen kamen zu Tode, und Achilleus nahm die Königstochter Hippodameia mit sich.

Etwa in der gleichen Zeit unternahm Aias, Sohn des Telamon, einen Eroberungszug durch die Troja gegenüberliegende thrakische Halbinsel. Als Polymestor, König der dortigen Thraker, von den glänzenden Kriegskünsten des Aias erfuhr, verlor er das Vertrauen in seine eigenen Fähigkeiten und ergab sich. Als Gegenleistung für den Frieden lieferte er ferner Polydoros aus, den Sohn des Priamos, der einst als Neugeborener dorthin verbracht, von Polymestor erzogen worden und nun als Gesandter der Trojaner dorthin gereist war. Auch gab man den Danaern reichlich Gold und andere Geschenke, um ihren Kampfesmut zu besänftigen. Schließlich füllte Polymestor noch die Lastschiffe des Aias mit Nahrungsmitteln und versprach genug Getreide, um das ganze Heer ein Jahr lang zu versorgen. Nachdem er sich mit vielen Schwüren von allen Verbindungen zu Priamos losgesagt hatte, wurde er als Bundesgenosse der Danaer angenommen.

Als dies erreicht war, führte Aias seine Kämpfer weiter nach Nordosten ins Land der Phrygier. Dort tötete er im Zweikampf Teuthras, den Fürsten der Gegend. Wenige Tage später verließ er die verwüstete, niedergebrannte Hauptstadt mit gewaltiger Beute und mit Tekmessa, der Tochter des getöteten Teuthras.

Zu dieser Zeit war es auch, daß Diomedes und Odysseus verabredeten, den Palamedes zu töten.

12. DIE TUGEND DER ACHAIER

Viertausend Mannslängen, achteinhalbtausend mittelgroße Schritte bis zur Festung Ilios, aber sie hätte auch jenseits eines Meeres liegen können. Die Ebene – sattes, fruchtbares Schwemmland – wimmelte von Menschen in kopfloser Flucht: Fischer und ihre Angehörigen aus den Dörfern der Küstenhügel, Bauern aus den verstreuten Weilern und Gehöften, Strudelbildungen, wo Krieger aus trojanischen Vorwerken sich mit blanker Waffe einen Weg durchs Gewimmel bahnten, oder Wegengen, wo die Leute übereinander fielen, einander zu Tode trampelten.

Tashmetu, Ninurta und Tsanghar hatten den südlichen Küstenhügel erstiegen; die anderen waren beim Schiff geblieben.

»Eine gute Entscheidung, nicht zur Stadt zu rennen.« Tashmetu legte eine Hand auf Ninurtas Schulter. »In dem Gemenge möchte ich nicht stecken.«

Tsanghar schnalzte. »Mal sehen, wie lustig das Gemenge hier wird.« Er hockte sich mit untergeschlagenen Beinen hin und starrte über die Ebene.

Der Skamandros und ein weiterer, kleinerer Fluß (vielleicht ein alter Nebenarm) von Süden, dazu von Osten der Simois hatten in Äonen Land angeschwemmt und die Küste weiter nach Norden verschoben. Viertausend Mannslängen nordöstlich des Hügels, auf dem sie sich befanden, lag der Festungsberg mit Tempeln, Palästen und Unterkünften, hinter mächtigen Mauern; südlich und südwestlich davon die umwallte Unterstadt. Die *alte* Unterstadt – die zweite, neuere, ebenfalls befestigt, erstreckte sich auf dem ungesunden Nordufer des Simois. Dort hatte man in den vergangenen Jahrzehnten den Boden entwässert und Sümpfe ausgetrocknet, um Raum für all die Menschen zu schaffen. Ninurta hatte gehört, daß es dort oft Fieberseuchen gebe oder gegeben habe; er selbst war jedoch nie davon betroffen gewesen, und bei seinen Aufenthalten hatte er sich in der »neuen« Stadt erheblich wohler gefühlt.

Aber alle drei – Festung, alte Unterstadt, Neustadt – waren unendlich weit, die Wege verstopft, die Felder ebenso – Vieh und Karren und Menschen: Männer, Frauen, Kinder, Alte; und Krieger mit allem Zubehör an Waffen und Wagen. Wo der Skamandros knapp nördlich der Stadt die tief eingefressene Schlucht verließ, gab es – oberhalb des Zusammenflusses mit dem Simois – eine Brücke, und Ninurta wollte gar nicht genau wissen, was sich dort nun abspielte.

So, wie es jetzt aussah, würde der Hauptteil der Achiawa-Flotte mit dem kräftigen Westwind in die Meerenge fahren. Etliche Schiffe hielten auf die Westküste zu, um die Bucht und die Dörfer nördlich davon zu besetzen. Der große Hafen von Troja, zwischen der Nordspitze der Hügelkette und dem westlichsten der drei Mündungsarme, würde bald von Achaiern wimmeln; sie würden wahrscheinlich einen Teil ihrer Schiffe – die schlechtesten – an Land ziehen und zerlegen, um Holz für Unterkünfte und Feuer zu haben. Und dann? Gemetzel in der Ebene, eine lange Belagerung?

Die übrigen Händler, deren Schiffe an der Mole lagen, hatten sich in der Schänke aufgehalten, um den Rausch des Vorabends nicht allzu jäh abklingen zu lassen. Zwei der Schiffe gehörten Skythen; die Boote stanken erbärmlich und glichen eher struppigen Kötern denn gestriegelten Lasttieren. Skythische Hökerer, die die Länder um die Meerenge mit zweifelhaften Waren verseuchten. Tashmetu hatte sich erkundigt, ob die Skythen wohl mit älteren Leichen handelten; Ninurta vermutete, daß es ungegerbte Tierfelle waren, die da vor sich hin dufteten. Und uralter Fisch, eingelegt in übersalzene Schlangengalle.

Als sie wieder hinabgingen, hatte sich auch Lissusiri beruhigt. Die Götter, hatte er geschrien, sollten die Achaier in Hundekotze und Dämonenpisse ertränken; da bis jetzt keinerlei Anzeichen für eine Erfüllung des Wunschs zu sehen waren, schien er sich mit der Taubheit oder Unzuständigkeit der Götter abzufinden; er und der andere Steuermann, Qingo, waren dabei, alle beweglichen Teile zu sichern, die beiden Heckruder, die sie aus den Bronzeringen gelöst hatten, auf Deck unterzubringen und, ganz allgemein, die *Kerets Nutzen* auf längeres Liegen vorzubereiten. Bod-Yanat kochte auf dem mittschiffs fest eingebauten kleinen Herd etwas, das köstlich roch. Mit grimmigem Gesicht sagte er, die besseren Dinge wolle man doch noch schnell verzehren, ehe das Plündern beginne.

Warten. Die Schiffe kamen näher. Noch näher. Nördlich der Bucht erreichten die ersten das Ufer, schoben sich auf den Strand (Ninurta bildete sich ein, das Knirschen zu hören). Tashmetu stand neben ihm auf dem Achterdeck; sie sagte nichts, nahm nur seine Hand, als eine Meute räudiger Segler rechts und links der Mole die Tücher einholte.

Die langhaarigen Achaier (mit verfilzten Mähnen) entstiegen den dunklen, bauchigen, stinkenden Schiffen; Befehle und Flüche füllten die Luft; Speerträger rannten zu den Gebäuden, weiter, auf die ersten Hügel. Dann:

Nichts. Fast eine Enttäuschung. Bootsführer und Truppenführer teilten die Männer ein, schickten sie hierhin und dorthin: Wege besetzen, Zugänge sichern, Wasser suchen, Vieh, Früchte. Schäbige Schiffe, die die Rückfahrt, wann auch immer, ohnehin nicht überstehen würden, schob man weiter auf den Strand, entlud sie, kippte sie um. Männer mit Äxten gingen daran, sie zu zertrümmern; andere kamen mit Seilen und Sägen, Körben voller Nägel, anderem Werkzeug, um aus den Planken die ersten Unterkünfte zu errichten.

»Sehen die uns nicht?« sagte Tashmetu irgendwann leise.

»Sie sehen uns, aber sie haben andere Dinge zu tun. Sie werden sich um uns kümmern, sobald ihnen nichts Besseres mehr einfällt.«

Die Sonne ging schon fast unter, als endlich ein Mann mit rotem Umhang und hohem Helmbusch, von sieben oder acht Kriegern begleitet, die Mole betrat. Die anderen Händler hatten sich bei Annäherung der Flotte ebenfalls zu ihren Schiffen begeben; inzwischen mußten sie halbwegs nüchtern sein. Der Behelmte blieb neben jedem Schiff kurz stehen, wechselte ein paar Worte mit dem Zuständigen, gab – so sah es aus – knappe Anweisungen, ging weiter.

Plötzlich lachte Ninurta. Er schüttelte den Kopf und sagte, zu Tashmetu gewandt:

»Hin und wieder muß man auch Glück haben. Jetzt erkenne ich ihn.«

»Wer ist es?«

»Unser aller Herr – dem Namen nach. Keleos, Fürst von Yalussu, in dessen geborgtem Namen wir über die Meere fahren dürfen.«

Der Fürst von Ialysos stank nicht, anders als die meisten seiner Männer; unter dem Helm trug er die Haare kurz, wie sie sahen, als er ihn abnahm und unter den Arm klemmte. Sein gebräuntes Gesicht verzog sich zu einem belustigten Grinsen, in dem ein wenig Besorgnis zu stecken schien. Die Zähne waren weiß, gepflegt.

»Ich hätte mir denken können, daß ich dich hier treffe. Nicht, daß es mich besonders heiter stimmt.« Er streckte den rechten Arm aus; Ninurta umklammerte kurz das Handgelenk.

»Warum stimmt es dich nicht heiter?«

Keleos musterte das aufgeräumte Schiff, die Gesichter der Besatzungsmitglieder, streichelte dann mit den Augen Tashmetus Gesicht. »Unter anderem wegen dieser wunderschönen Frau.«

»Tashmetu«, sagte Ninurta. »Handelsfürstin aus Ugarit, seit kurzem an dem edlen Unternehmen beteiligt, das deinen Namen zu ewiger Schande mißbraucht.«

Keleos deutete eine kleine Verneigung an. »Handelsfürstin? Ich fürchte, meine achaischen Krieger und die übrigen Fürsten haben keine Verwendung für kluge Frauen. Und die Verwendung, die sie schönen Frauen zugedacht haben, ist eben das, was mich so wenig heiter stimmt. Habt ihr etwas zu trinken?«

Bod-Yanat und Tsanghar brachten Becher und einen Krug mit Wein. Keleos nahm einen langen Schluck, seufzte und lehnte sich an die seitliche Heckwand.

»Geschäfte, Assyrer? Mit den Trojanern oder mit uns?«

»Mit jedem, der handeln mag.« Ninurta kniff die Augen zu Schlitzen. »Sprich von deiner Besorgnis, Herr, nicht von unseren Geschäften.«

»Ich kann euch schützen – für ein paar Tage, vielleicht einen Mond, aber nicht viel länger. Agamemnons Befehle sind unmißverständlich – wir sollen Segel und Ruder entfernen; wir haben dafür zu sorgen, daß niemand ausläuft, der etwas an Bord hat, was uns nutzen könnte; wer nicht für uns ist und mit uns handelt, der ist gegen uns und wird durch das Schwert daran gehindert, mit anderen zu handeln. So einfach.«

Tashmetu legte eine Hand auf Ninurtas Schulter. »Dein Fürst ist ein ehrlicher Mann. Ich kann nicht sagen, daß der Inhalt seiner Wahrheiten mich besonders begeistert, aber immerhin ...«

Keleos lachte kurz. »Soll ich euch Lügen erzählen? Daß ihr in meinem Namen segelt und handelt, wiegt nicht viel; die Befehlsgewalt liegt bei Agamemnon, und Agamemnon kennt zur Zeit nur Freunde und Feinde, nichts dazwischen.«

»Was sollen wir tun?«

Keleos blickte zum Strand, zu den Gebäuden. »Ihr bleibt hier. Auf eurem Schiff oder in der Schänke – wobei ich das Schiff vorzöge; die Luft hier ist besser.« Er rümpfte die Nase. »Es wird ein paar Tage dauern, bis die Dinge sich eingespielt haben – Unterkünfte, Verpflegung, nicht zu reden von Kämpfen. Danach? Ich weiß es nicht. Was habt ihr geladen?«

»Waffen. Gute Waffen.«

»Für uns oder für Troja?« Dann hob Keleos abwehrend die Hand. »Blöde Frage; ich weiß. Sag besser nichts.« Er schwieg ein paar Atemzüge lang, schien zu grübeln; dann sagte er: »Die Schwierigkeit ist, daß einige Fürsten beschlossen haben, daß es zweierlei Menschen gibt – Achaier und Wertlose. Es spielt keine Rolle, ob ihr unter meinem Namen segelt oder für den König des Binsenlandes oder die Götter der östlichen Himmelshälfte.«

Ninurta bemühte sich, nicht allzu höhnisch zu antworten. »Achaier und Wertlose? Eine überraschende Ansicht, mein Freund – vor allem, da ich bisher keine Achaier kannte. Achaier als solche, meine ich.«

Keleos nickte; er blickte ein wenig finster drein. »Nur Athener und Spartaner und Argiver und die eigentlichen Achaier, ich weiß. Aber die Fürsten haben beschlossen, daß die Entführung... na ja, das böswillige Verlassen des Gemahls durch Helena eine Schmach für alle sei, die sich der mehr oder minder achaischen Sprache bedienen, sei es nördlichen oder südlichen Tonfalls.«

»Wodurch die Herren ein übergeordnetes Wesen... sagen wir, eine Wesenheit behaupten, die zwar nicht faßbar ist, aber aus allen Männern besteht, die Achaisch sprechen und sich das Recht nehmen, fremde Frauen wie Ariadne oder Medea zu rauben?«

Keleos leerte seinen Becher und stieß sich von der Bordwand ab. »Es ist immer ein Vergnügen, mit dir zu plaudern. Leider stimmt das, was du sagst, und es ändert nichts an der Lage. Wenn du in Ialysos geboren wärst, von einer beliebigen Mutter und einem achaischen oder meinethalben mykenischen Vater, könnte ich dich jetzt absegeln lassen. So?« Er hob die Schultern. »Ihr bleibt hier. Ich bin für diesen Abschnitt zuständig, also werden wir uns zuweilen sehen. Wenn die Dinge besser geordnet sind, wenn die Häuptlinge vielleicht nach einem ersten kleinen Sieg gute Laune haben, können wir versuchen, etwas mit deinen Waffen zu bewirken.«

Segel und Ruder wurden von Keleos' Kämpfern mitgenommen und in einem Lagerschuppen bewacht, wie die Ausrüstung der anderen Händler. Es gab nichts zu tun, nur zu warten, und während Tashmetu und Ninurta imstande waren, sich durch kluge Gespräche die Zeit zu vertreiben und die unterschiedlichen Formen und Verläufe des Wartens sowie besondere Eigenarten zu erörtern, welche die vielerlei Weisen des Nichtstuns dem scharfsinnigen Beobachter zeigen, wurde es den Seeleuten der *Kerets Nutzen* immer beschwerlicher, keine Bürde zu haben außer der Leere. Tsanghar erzählte Geschichten aus den Bergen seiner Heimat – Geschichten, die immer wilder und wirrer wurden, bis sie schließlich zerfaserten und die Zeit, die sie vertreiben sollten, durch Sammlung drückender machten. Bod-Yanat nahm immer wieder einige Männer mit, um in der näheren Umgebung Eßbares zu suchen; aber die Achaier ließen sie nie weit gehen, und dort, wo sie nach Eßbarem suchen durften, hatten die Krieger längst alles geplündert. Die Nahrung wurde karger und eintöniger; von den anderen Händlern und dem Besitzer der Schänke war nichts zu holen. Einige der Männer schliefen an Land, auf der Mole, im Sand, neben der Schänke; einmal kam es dort zu einem schlimmen Streit, und der Seemann, den die anderen zur *Kerets Nutzen* schleppten, lebte gerade lang genug, um »murks nicht an mir rum« zu sagen, als Bod-Yanat die tiefen Stichwunden untersuchen wollte.

Dann begann Tsanghar, die Leute mit Aufträgen zu beschäftigen; Ninurta gab ihnen Metallsplitter, damit sie notfalls mit den Männern der anderen Schiffe oder auch den Achaiern handeln konnten. Holz, Seile, Nägel in großen Mengen, dazu allerlei Werkzeug wollte der Kashkäer haben; einiges gab es an Bord, aber Tsanghar gab vor, diese Bestände nicht antasten zu wollen, weil man für die Rückfahrt zur Insel noch etwas aufheben müsse. Ninurta bemühte sich ebenfalls, die Besatzung bei erträglicher Laune zu halten; er erfand Erinnerungen an ferne Orte und seltsame Gebräuche, und zwischendurch brachte er den Seeleuten bei, im seichten Wasser der Bucht zunächst nicht zu ertrinken, später auch zu schwimmen.

Die Achaier hielten die Hügel besetzt und beobachteten die Ebene wie den Strand; weiter draußen auf See fuhren bei Tag und bei Nacht Kriegsruderer auf und ab. Mehrmals sah Ninurta, wie sie Schiffe aufbrachten, zum Beidrehen zwangen und plünderten oder »entluden«, wie Keleos es ausdrückte. Von ihm und seinen Kämpfern erfuhren sie, was um Troja geschah; sie hörten vom ersten Blutbad, als Trojaner und die Lykier des Sarpedon die Achaier bei der Landung angriffen, von den Kämpfen mit Kyknos (Ninurta brauchte eine Weile, um hinter dieser Namensform den Fürsten Kukullis zu erkennen, mit dem er vor Jahren gehandelt hatte), vom Opfer einer Hekatombe – »hundert Ochsen weniger zu füttern«, sagte Keleos – am Altar des Apollon, von Philoktetes und dem Schlangenbiß. Das Heer des Agamemnon hielt die Ebene westlich des Skamandros besetzt und machte immer weitere Beutezüge nach Süden, um Nahrung zu beschaffen und Trojas Nachbarn (und Untertanen) in Schrecken zu versetzen.

Aber all das war wie ferner Lärm. Man ließ sie auf die Hügel steigen, aber nicht in die Ebene hinab; und was sie von oben sahen, war nicht viel mehr als Streiftrupps und, undeutlich im Norden, eine Masse von Bauwerken, die zuvor nicht dagewesen waren: Zelte, und die Unterkünfte aus zerlegten Schiffen. Es hieß, da nicht genug Futter aufzutreiben sei, müsse man weit mehr Rinder schlachten als zur Ernährung der Krieger eigentlich nötig.

»Mein Mitgefühl ist begrenzt«, sagte Tashmetu. Wie fast immer hatten sie und Ninurta ein Nachtlager am äußersten Ende der Mole bereitet, wo sie ungestört waren und der Besatzung nicht zumuten mußten, neben Langeweile und karger Kost auch noch ohne Teilnahme, wiewohl nicht teilnahmslos die fleischlichen Vergnügungen der Eigner zu leiden.

»Mitgefühl mit den Rindern oder den Achaiern?«

Tashmetu rieb ihr Gesäß an Ninurtas haarigen Lenden. »Diesmal mit den Achaiern, o ermatteter Mann. Mein Mitgefühl mit Tieren... obwohl mir die Schlange fast leid tut, die den Philoktetes gebissen hat. Zweifellos verdienstvoll, aber Odysseus hat sie dann erschlagen, nicht wahr?«

Der Abendwind vom Meer war kühl; Ninurta zog die Decke höher über sie beide und ließ die rechte Hand zwischen Tashmetus Brüsten.

»Mhm«, sagte sie.

»Was nun aber die Schlange betrifft« – er biß sanft in Tashmetus Schulter –, »so gibt es da Bedenken.«

»Bedenken? Welcher Art?«

»Ein Skythe in der Schänke – stinkt ekelhaft, der Bursche, aber er kennt sich aus – also, dieser Skythe sagt, es gibt hier zwar Schlangen, aber kaum giftige, und die Giftschlangen hausen nicht gerade bei Apollon-Schreinen. Sie verschwinden auch sehr schnell, wenn viele Füße schwerer Männer den Boden zittern lassen. Weshalb er sich fragt, wie es denn wohl möglich ist, daß ausgerechnet am Altar den Philoktetes eine Schlange beißt.«

»Hat er eine Erklärung?«

»Sagen wir mal so – er hat eine waghalsige Vermutung. Philoktetes ist einer der klügsten Männer des Heers. Man sagt, nur Palamedes und Odysseus seien noch ein bißchen gerissener. Nun ist zwischen den Fürsten, wie man hört, nicht alles lautere Liebe und Eintracht. Wie wäre es denn, sagt der Skythe, wenn sich die Anzahl kluger Fürsten vermindern ließe?«

Tashmetu schwieg.

»Es erwüchse den Überlebenden mehr Macht und Einfluß, nicht wahr?«

»Und ein größerer Teil der Beute«, sagte Tashmetu. »Das ist viel zu wahr, um unglaublich zu sein. Aber wie? Und was ist mit der Wunde?«

Ninurta schnaubte leise. »Skythen haben böse Gedanken; sie trauen jedem alles zu, vor allem den Achaiern. Dieser Mann sagt, was er von der Wunde des Philoktetes gehört hat, erinnert ihn an gewisse Dinge.«

»Was denn? Die Wunde stinkt, bildet Schwären, sondert scheußliche Flüssigkeit ab und tut so weh, daß Philoktetes mit seinem Geschrei die Leute am Schlafen hindert – deshalb haben sie ihn nach Lemnos gebracht.«

»Der Skythe sagt, es gibt da ein Gift, das man auf Pfeile schmiert – Pfeilspitzen, genauer. Ferner sagt er, besonders gut im Vergiften von Pfeilen seien die streitbaren Frauen von Azzi – die Amazzyunen. Wenn das Gift älter ist, hat es genau die Wirkung wie der Schlangenbiß bei Philoktetes.«

Tashmetu seufzte leise. Sie rollte sich auf den Rücken und blickte hinauf in die Schwärze des Himmels. »Pfeilgift der Amazzyunen... und der Schlangenbiß von Philoktetes. Das scheint mir weiter auseinanderzuliegen als wir hier unten und die Sterne da oben.«

Dann stutzte sie.

»Oder? Hat Philoktetes nicht angeblich die Pfeile des Herakles geerbt?«

»Klügste der Schönen und Schönste der Klugen, so ist es. Die vergifteten Pfeile des großen Raufbolds, der mit Iason und Theseus und den anderen auf der Heimfahrt von Kolchis an der Küste des Azzi-Lands gewesen ist. Wo sie derartig gewütet haben müssen, daß ein Trupp zorniger Frauen ihnen angeblich bis nach Athen gefolgt ist. Die Anführerin saß auf einem schwarzen Pferd; deshalb nannten die Achaier sie Melanippe.«

»Aber...« Tashmetu zögerte. Schließlich sagte sie: »Du meinst, jemand fängt irgendwo eine harmlose Schlange, läßt sie am Apollon-Altar los und piekst gleichzeitig Philoktetes mit einem seiner eigenen Pfeile? Wer denn?«

Ninurta sagte nichts.

»Natürlich; du hast recht.« Sie setzte sich auf und schaute auf ihn herab. »Man muß schon sehr krumm denken, um so etwas auszuhecken. Aber es ist klar; nur einer der anderen Fürsten konnte an den Köcher gelangen. Und sehr klug, dann die Schlange gleich zu töten.«

»Ich wollte ihm einmal einen Bogen andrehen, aber er hatte schon einen. Kennt sich mit Pfeilen aus.«

Sie ließ sich wieder sinken, diesmal auf die andere Seite, so daß sie Ninurta anschaute. »Seltsam, was die Leute so aushecken, wenn man sie nicht daran hindert. Und wir sitzen hier auf der Mole, sehen den Wellen beim Schwappen zu, zählen Sterne und üben uns im Nichtstun.«

Der Assyrer lächelte. »Einige schweißtreibende Formen des Nichtstuns sind mir dank deiner Mitwirkung besonders lieb.«

»Das spricht für uns. Finde ich. Beflissene Emsigkeit kann jeder Trottel absondern. Es verlangt schon sehr viel mehr Erfindungsreichtum, die vielen Farben und Gestalten der Langeweile zu wägen.«

»Wie wahr, Herrin. Gelbliche Ödnis, leicht gezackt?«

Sie kicherte. »Nicht zu vergessen die fieberhafte Muße oder verwegenes Dösen, beide bestenfalls hellrot und wabernd.«

»Auch die atemlose mattbraune Starre hat etwas für sich.« Seine Hand wanderte unter der Decke abwärts.«

»Die steife Öde? Das feuchte Gähnen?«

»Letzteres ist senkrecht.«

Irgendwann, später, sagte der Assyrer halblaut: »Dreister Schlummer. Tollkühnes Abwarten. Und dabei habe ich es nie lange untätig an einem Ort ausgehalten. Es ist... es ist, als ob sich etwas verändert hätte. Verwandelt. Verzaubert. Als ob ich nur noch zweierlei brauchte, um zu überleben.«

»Zweierlei?« Tashmetus Stimme klang verhalten, fast argwöhnisch.

»Das Meer«, sagte Ninurta. »Salz und Weite. Das ist eines. Und... Tashmetu. Ich glaube, ich würde mich gern die nächsten paar Jahre mit dir langweilen.«

Als sie ihn küßte, spürte er, daß ihre Wangen feucht waren.

»Was hast du, Liebste?«

»Es gibt passende und unpassende Dinge«, flüsterte sie. »Du hast mir gerade etwas sehr Schönes gesagt. Ich werde dir jetzt etwas sehr Ungelegenes sagen müssen. Ich liebe dich.«

»Das finde ich nicht so unangenehm.«

»Das nicht, aber... Ich hätte vor fünf Tagen anfangen müssen zu bluten. Irgendwie ist das hier nicht der beste Ort und vor allem nicht die beste Zeit dafür. Aber...« Sie schwieg.

Unter der Decke tastete Ninurta nach ihrer Hand, fand sie, zog sie an den Mund und berührte die Fingerspitzen mit den Lippen. »Es gibt bessere Orte und Zeiten«, sagte er. »Aber wir haben kein *sulufu* dabei, nicht wahr? Und die anderen Pilze und Kräuter auch nicht. Hier werden wir keine bekommen.«

»Ich will es haben«, sagte sie.

»Dann ist es gut, wie es ist.«

Ein paar Tage später empfahl ihnen Keleos, den Nachmittag auf dem Schiff, wenn nicht gar hinter die Bordwand geduckt oder unter Deck zu verbringen.

»Aias der Große, Sohn des Telamon, ist nach Norden aufgebrochen – plündern und Entsetzen verbreiten, wie üblich. Achilleus wird hier vorbeikommen, um weiter im Süden zu metzeln. Laßt euch nicht blicken, wie gesagt; er ist der schlimmste Vertreter dieser Achaier-über-alles-Sache.«

»Was macht er mit Nicht-Achaiern?«

»Wenn er gut gelaunt ist, bringt er sie um.«

»Und wenn er schlecht gelaunt ist?«

»Bringt er sie langsam um.«

Alles begann ganz harmlos. Nicht weit vom Gestade fuhren Schiffe südwärts; an Land kamen einzelne kleinere Trupps, vor allem leichte Fußkämpfer, daneben einige schwerer Bewaffnete, schließlich zwei Streitwagen. Sie hielten auf der ebenen Fläche zwischen Mole und Gebäuden. Ninurta, fast reglos und kaum sichtbar auf dem Achterdeck der *Kerets Nutzen*, sah den riesigen Krieger vom Wagen springen. Er schien einige Worte mit Keleos zu wechseln; dann nahm er den hohen Helm ab und entblößte langes, blondes Haar, über der Stirn mit einem Tuchstreifen gebändigt. Nach dem, was der Assyrer sehen konnte, verlangte Achilleus Auskünfte von Keleos, und zwar nicht eben freundlich. Mehrmals wies er auf die Gebäude, auf die Schiffe; einmal packte er den Fürsten von Ialysos an der Schulter und rüttelte ihn.

Dann öffnete sich die Tür der Schänke, vor der zwei Männer des Keleos als Wachen standen, und ein Skythe, sichtlich angetrunken, brüllte etwas. (Keleos sagte später, er habe sich über den Lärm und die harschen Stimmen beschwert.) Der riesige Achaier deutete zur Schänke; vier seiner Leute liefen hin, schoben Keleos' Wachen beiseite und zerrten den zappelnden Skythen zu ihrem Führer.

Achilleus schien nicht viele Worte zu vergeuden. Er packte den Skythen mit der Linken am Brustgewand, hob ihn hoch, zog mit der rechten Hand einen langen Dolch oder ein kurzes Schwert aus dem Gürtel und trennte das linke Ohr des Händlers ab.

Ninurta hatte nicht das Bedürfnis, mehr zu sehen; er glitt vom Achterdeck und ließ sich auf die Planken sinken. Der unförmige, rätselhafte Kasten, an dem Tsanghar bastelte und über den er noch nichts hatte sagen wollen, schirmte sie alle zum Land hin ab.

»Was machen die da?« sagte Tashmetu. Vom Landende der Mole her drang schrilles Winseln.

»Der göttliche Achilleus gefällt sich darin, einen besoffenen Skythen mit dem Messer zu zerlegen.« Ninurta sprach wie durch einen Schleier aus Erbrochenem; unsichtbare Hände preßten ihm die Kehle zusammen.

Tashmetu nahm seine Hand, hielt sie mit beiden Handflächen fest.

Das Geschrei wurde lauter, leiser, schwoll wieder an und brach schließlich jäh ab. Die Männer der *Kerets Nutzen* saßen oder kauerten, teils auf dem Deck, teils unter dem Heckdach; einige hielten die Augen geschlossen wie Kinder, die meinen, wenn sie nichts sähen, sähe man sie auch nicht; Bod-Yanat bewegte die Lippen in lautlosem Fluchen, und Tsanghar heftete die Blicke auf Tashmetu.

»Wenn etwas Scheußliches geschieht, soll man an sehr Schönes denken«, murmelte er. »Darf ich daran denken, Herrin?«

»Denk, woran du willst – wenn es dir hilft.«

»Erregung lenkt ab.«

Sie warteten; Ninurta atmete leichter, das Würgen ließ ein wenig nach und machte einem ohnmächtig malmenden Zorn Platz.

Plötzlich hörten sie harte Schritte, harte Stimmen auf der Mole. Die Achaier schienen sich zu nähern, als ob sie die an der Mole liegenden Schiffe genauer mustern wollten.

Dann die Stimme von Keleos: »Dieses Schiff gehört mir, Achilleus – es sind Händler, die für den Fürsten von Ialysos fahren.«

»Achaier?« sagte eine seltsame Stimme, die gleichzeitig flach und grollend war.

»Es sind Achaier dabei.«

»Was noch?«

Keleos klang gereizt. »*Meine* Leute, Mann. Ist es wichtig, woher sie genau kommen?«

Eine andere Stimme, ein wenig heller als die von Achilleus. »Der Sohn des Peleus will es wissen, also ist es wichtig.«

Ninurta knirschte mit den Zähnen und sprang auf die Füße. »Das ist würdelos«, sagte er sehr laut. »Warum soll sich ein Assyrer vor einem achaischen Barbaren verstecken?«

Keleos starrte ihn an; Verblüffung ging über in etwas wie Achtung und Sorge – das Abschiedsgesicht des Fürsten von Ialysos, dachte Ninurta flüchtig; so ähnlich würde Keleos dreinblicken, wenn er der Bestattung eines tapferen Trottels beizuwohnen hätte.

Neben dem Fürsten, fast einen Kopf größer als er, stand Achilleus; noch immer hielt er den Helm unterm Arm. Die verfilzte blonde Mähne. Das schmierige Haarband, mit Goldfäden durchwirkt. Der mächtige Brustpanzer aus Bronze, darauf vernietete Goldstreifen. Der Mann halb hinter ihm, der zuletzt gesprochen hatte, mußte Patroklos sein, Vetter, engster Freund, Kampfgefährte, Tisch- und Bettgenosse des Peliden. Er war nicht ganz so wuchtig wie Achilleus, trug einen ähnlichen Panzer, und unter dem Helm lugten schwarze Strähnen hervor. Beide waren unrasiert, wie die sechs Krieger, die sie begleiteten, und Ninurta bildete sich ein, sie gegen den Wind riechen zu können.

»Assyrer?« sagte Achilleus. Es klang überrascht. Er musterte den Händler, das Deck, die anderen, die dort langsam aufstanden.

Plötzlich spürte Ninurta etwas von all den Dingen, die man Achilleus nachrühmte, und von ihrer Wirkung. Die Augen, die Tashmetu verließen und sich wieder auf ihn richteten, waren scharf, fast beißend, ein merkwürdig tanzendes Blaugrau. Als der Assyrer in diese Augen schaute, wurde sein Kopf leicht, wie nach einem Becher köstlichen Weins, auf nüchternen Magen geleert. Er wußte noch immer, daß der Achaier ein ungewaschener Totschläger war, kaum bewandert im Umgang mit Schriftzeichen. Aber er war auch *schön,* etwas, was Ninurta nie zuvor bei einem Mann gesehen hatte – die Hände, die starken Arme, die Schultern, alles war gewaltig, aber alles war Harmonie und Ebenmaß. Ein Lächeln, und tausend Knaben und Mädchen würden seinen Phallos anbeten; ein Befehl, und zehntausend Männer würden ihm in die Schlacht folgen. Und zweifellos war er nicht dumm – während Ninurta ihn einzuschätzen, auszuloten suchte, fühlte er sich von diesen Augen zerlegt und durchwühlt und erwogen.

»Assyrer«, wiederholte Achilleus; etwas wie widerwillige Anerkennung klang mit. »Ich hörte, Assyrer seien große Krieger. Kann man Krieger *und* Händler sein? Im Dienst eines Inselfürsten?«

»Ich weiß nicht, ob Achaier dies gleichzeitig können; Assyrer können es.«

Achilleus lachte, und Ninurta wäre bereit gewesen, ihm ans Ende der Unterwelt zu folgen und in den Ursprung allen Feuers.

»Dann zeig es mir. Zeig mir, womit du handelst, und ich zeige dir, wie Achaier kämpfen.« Der Pelide wechselte einen kurzen Blick mit Patroklos.

Keleos seufzte. »Es ist kindisch. Hast du nichts Besseres zu tun, als meine Händler zu zerstückeln?«

»Es mag dir kindisch erscheinen, aber es ist zufällig meine erhabene Kindischkeit.« Achilleus reckte die Arme und lachte, lauter als zuvor. »Wir haben einen langen Marsch und ödes Segeln vor uns, danach ein bißchen Kämpfen und Brennen und Plündern. Erlaube, Fürst von Ialysos, daß ich mich zunächst ein wenig zerstreue.«

»Ich will das nicht«, sagte Keleos. Dann verstummte er; Patroklos berührte ihn mit der Speerspitze an der Brust, und die anderen Krieger hatten plötzlich Schwerter in den Händen.

»Ich weiß nicht, ob es gut ist, den größten Helden der Achaier zu töten.« Ninurta war überrascht, wie beiläufig er dies vorbringen konnte. Die eigene Stimme erschien ihm fremd.

»Wenn du es nicht versuchst, wirst du sterben, mit allen«, sagte Patroklos, so beiläufig, als spräche er über das Wetter. »Sterben wie Ungeziefer.«

»Und wenn ich es versuche?«

»Wirst du sterben wie ein Krieger, und die anderen werden leben.«

Keleos war blaß geworden, aber er sagte nichts; als Ninurta ihn anschaute, wandte der Fürst von Ialysos die Augen ab.

Dann fühlte er eine leichte Berührung am rechten Arm. Tashmetu war neben ihm; sie reichte ihm eines der Schwerter aus Stahl.

»Mach ein Ende«, sagte sie. »Töte diesen Knaben, Ninurta. Madduwattas wird dir danken.«

»Madduwattas?« Achilleus blinzelte; er nahm die beiden Speere, die einer der Krieger ihm reichte, in die Linke und zog mit der Rechten das blutige kurze Stichschwert aus dem Gehenk, aber seine Augen hingen an Tashmetus Gesicht. »Was hat Madduwattas damit zu tun? Vielleicht auch noch Tithonos?«

»Der Halbbruder des Priamos ist tot, gestorben in Ashur«, sagte Ninurta. »Und von Madduwattas berichte ich... gleich.«

Er wußte, daß er nur eine geringe Aussicht auf Überleben hatte – nur, wenn er sofort handelte. Ehe Achilleus bereit war. Es konnte keinen Zweifel daran geben, daß der Achaier ihn zerstückeln, zermalmen, zerquetschen würde. Ninurta wog das Schwert, ließ die Klinge in der Luft tanzen. Die armlange Waffe, doppelt so groß wie die Stichschwerter der Achaier, schien zu erwachen; etwas wie Gier und grausame Lust floß durch den Griff in die Hand, in den Arm des Assyrers. Fast ohne es zu wollen bewegte er sich, führte einen senkrechten Hieb. Die scharfe Klinge zerteilte die beiden Speerschäfte; die Bronzespitzen klirrten auf die Steine der Mole. Achilleus' Kurzschwert hob sich blitzschnell, aber nicht schnell genug; die Spitze der Stahlwaffe leckte schon an seinem Hals.

»Soll ich zustoßen?« sagte Ninurta.

»Soll *ich* zustoßen?« sagte eine Stimme neben ihm. Sie gehörte Patroklos, der sich nicht mehr um Keleos kümmerte. Sein rechter Arm lag wie ein Würgeisen vor Tashmetus Kehle; der Speer in seiner linken Hand würde sich gleich in Ninurtas Leber bohren.

»Erzähl mir von Madduwattas.« Achilleus schien nicht weiter bekümmert.

»Ist das die Ehre der achaischen Helden?« sagte Ninurta, ohne sich oder seine Klinge zu bewegen, die immer noch den Hals von Achilleus berührte. »Ich dachte, es sollte ein ehrenhafter Zweikampf sein.«

Achilleus lachte knapp. »Wir sind hier, um einen Krieg zu gewinnen und eine Stadt zu plündern, Assyrer, nicht um Märchen zu erzählen oder alberne Dinge wie Ehre über den Sieg zu stellen.«

»Es reicht«, sagte Keleos. Sein Gesicht war rot angelaufen. Er schrie: »IALYSOOOS!«

In dem Bruchteil eines Atemzugs, in dem Ninurta sich zur Seite fallen ließ, die Klinge von Achilleus' Hals abzog (fast war es, als ob der Stahl sich nicht vom Fleisch des Achaiers trennen wollte) und Patroklos' Speer damit halbierte, flog der schwere Hammer aus Tsanghars Hand und prallte gegen Patroklos' Nacken, unmittelbar unter dem Helmrand. Tashmetus linke Hand krallte sich in den Leibrock des Achaiers, um sein Gemächt. Als er taumelte, dumpf jaulte und den Druck seines Armes verringerte, biß sie in sein Handgelenk und tauchte ab, ließ sich einfach aus seiner Umklammerung gleiten. Zwei Männer der *Kerets Nutzen* hatten Bogen in der Hand, die Pfeile aufgesetzt; Achilleus stürzte sich auf den Assyrer, der gerade rechtzeitig das Schwert heben und den Helden abwehren konnte; vom Strand her drang Geschrei, als die Männer des Keleos die wenigen dort noch wartenden Gefolgsleute von Achilleus und Patroklos über den Haufen rannten, um dem Ruf ihres Fürsten nachzukommen.

Und während zwei der Myrmidonen Achilleus mit Schilden gegen mögliche Pfeile von der *Kerets Nutzen* abschirmten; während Patroklos wankte, aber nicht fiel, und Tashmetu ihm das Schwert aus dem Gürtel riß; während Ninurta, auf dem Rücken, die Stahlklinge wieder an Achilleus' Hals setzte; während der Achaier, dessen kurzes Schwert den Assyrer nicht erreichen konnte, mit einer Miene der Verachtung den freien Arm hob und Ninurtas Schwert wegwischte, ohne die tiefe Schnittwunde, die dabei entstand, auch nur durch ein Zucken zur Kenntnis zu nehmen – während all dies geschah und niemand mehr einen Überblick hatte oder gar eine Ahnung, wie alles zu beenden wäre, schrammten zwei schwarze Schiffe an der Nordseite der Mole entlang, ein Hagel von Pfeilen, gutgezielt, prasselte auf die leeren Flächen zwischen den Männern, und einige Dutzend wilde Gestalten überschwemmten die Mole, traten nach Waffen, stießen überraschte Achaier um.

Die an Bord Gebliebenen legten neue Pfeile auf die Sehnen; die auf der Mole trieben alle zu einem dichten Knäuel zusammen, wobei sie die länglichen Schilde ebenso einsetzten wie Speerschäfte und den einen oder anderen Schwertgriff. Der Anführer, ein langer hagerer Mann mit grauen Haaren, die ihm bis zu den Schultern reichten (er trug nur eine Lederkappe statt eines Helms), legte die Hände an den Mund und brüllte in gutem Achaisch:

»Auseinander, ihr albernen Geschöpfe! Unterbrecht das gegenseitige Abmurksen, bis ich eine Frage gestellt habe! Auseinander, hört ihr?!«

Patroklos rieb sich den Nacken. Achilleus lutschte an der Armwunde und sah die Neuen an, mit einem blutigen Grinsen. Ninurta nahm Tashmetus ausgestreckte Hand und ließ sich von ihr hochziehen. Keleos hob beide Arme, versuchte zu lächeln und sagte heiser:

»Wer auch immer ihr seid, willkommen – es war der richtige Augenblick. Was für eine Frage?«

Die anderen Ialysier, vom Strand herbeigestürmt, waren kurz vor dem Knäuel stehengeblieben, offenbar ratlos; ein paar niedergerannte Achaier rappelten sich auf und kamen nun ebenfalls näher.

»Ich bin der unedle Khanussu«, sagte der lange Mann. »Unedel, kampferfahren, gierig, ehrlos und zu allem bereit, was mein Leben angenehmer macht und das meiner Gegner verkürzt. Habt ihr das alle verstanden?«

»Du schreist ja laut genug«, sagte Achilleus; er schien Ninurta vergessen zu haben. »Shardanier, was?«

Khanussu deutete eine Verneigung an. »Der edle Achaier kennt sich aus, zumindest teilweise. Ich bin von der fernen Insel Shardania, wie einige meiner arglosen Gefährten; andere kommen von der ebenso fernen, etwas größeren und insgesamt scheußlichen Insel Shekelia, wieder andere vom tyrsischen Festland, von der Libu-Küste oder aus fremden Gegenden, mit deren Namen ich euch nicht langweilen will, da ihr sie ohnehin nicht kennt. Wir haben gehört, daß hier die edlen Achaier und die nicht minder edlen Trojaner einander verdreschen wollen. Und nun unsere Frage: Wer von beiden zahlt mehr an Metall, Nahrung, Frauen, Wein, was auch immer? Wer mehr zahlt, kann auf unsere treuen Dienste rechnen; bis ein anderer *noch* mehr zahlt.«

Inzwischen grinste alles ringsum; kein Gedanke mehr an Kampf. Ninurta blickte von einem der Männer zum anderen. Illyrier waren dabei, mit schweißtreibenden Mützen aus Wieselfellen; hellbraune Männer mit verwinkelten Stammeskerben auf

Stirn und Wangen, an denen er sie als Angehörige verschiedener Libu-Völker erkannte; die Shardanier mit fast knielangen braunen Röcken; die Shekelier, die alles, was sie besaßen, in überall tauschbaren Gold- und Silberschmuck steckten und diesen an den Ohren befestigten – Ohren wie tellergroße Siebe; zwei oder drei Romet; einige Männer mit Augen wie Schlitze und braungelber Haut.

Keleos hustete; als er sprach, war die Heiserkeit verschwunden. »Ein ehrendes Angebot, fürwahr. Was ist euer Preis?«

Khanussu breitete die Arme aus, als ob er den Ialysier umarmen wollte. »Endlich ein vernünftiger Satz von einem halbvernünftigen Mann! Was bietest du?«

»Nichts.« Achilleus sprach ohne Heftigkeit oder Erregung, aber endgültig: unwiderrufliches Urteil eines gottgleichen Herrschers. »Achaier kämpfen selbst – sie lassen nicht andere gegen Bezahlung den Ruhm erwerben, der nur Achaiern zusteht.«

Khanussu kratzte sich den Kopf; ein paar weißliche Zähne zierten sein Lächeln. »Eine edle Haltung, fürwahr; also steht euren Gegnern kein Ruhm zu? Und ihr habt nie Söldner eingesetzt?«

Der Achaier war mit den Gedanken offenbar längst woanders. Er musterte einen schweren Bogen, den einer der schlitzäugigen Männer hielt, kniete nieder und betastete die Waffe.

»Sehr schön, sehr stark. Wie weit fliegen die Pfeile?« sagte er.

»Zweihundert Schritte.« Khanussu schüttelte erstaunt den Kopf. »Kennt ihr die nicht?«

Achilleus stand auf. »Ich bin nicht für Pfeil und Bogen zuständig.« Er sah sich um, erblickte Ninurta und winkte. »Komm, Assyrer; du wolltest mir noch von Madduwattas erzählen.«

Ninurta begriff die Stimmungswandel des Achaiers nicht; allerdings hielt er, ohne zu begreifen, die Gefahr für beendet. Aus den Augenwinkeln sah er, wie Khanussu und einige seiner Männer beim Namen »Madduwattas« die Gesichter verzogen.

Er folgte Achilleus, der zum Ende der Mole ging und aufs Meer hinausschaute.

»Madduwattas«, sagte Ninurta leise, da der Achaier offenbar Wert darauf legte, nicht belauscht zu werden, »hat mir sein Siegel gegeben. Damit ich jedem, der mir ans Leben will, mit der Feindschaft des Fürsten von Arzawa drohen kann.«

»Hat er seine Nahrungsgewohnheiten geändert?«

»Was meinst du?«

Achilleus spuckte ins Wasser. »Sieht er immer noch so jung aus?«

»Ja. Was...?«

»Nichts.« Er wandte sich um, legte die flache Hand auf Ninurtas Schulter und lächelte. »Gut, daß du es mir nicht vorher gesagt hast.«

»Warum? Und was ist mit seiner Nahrung?«

Achilleus wandte sich zum Gehen, zurück zu den anderen. Über die Schulter sagte er: »Er ist ohnehin unser Gegner. Ein Nicht-Achaier und... Nicht-Mensch. Statt mit dir und deinem schönen, albernen Schwert zu spielen, hätte ich dich zerrissen. Welche Wonne es wäre, Feind des Madduwattas zu sein!«

Ninurta wußte, daß der gewaltige Achaier nur mit ihm gespielt hatte, wenn er auch keinen Grund dafür hätte nennen können. Er nahm es hin und sagte sich, daß er selbst auch nicht hatte töten wollen; er erinnerte sich an das geisterhafte Zucken des Schwerts, als dessen Spitze an Achilleus' Kehle lag. Aber der seltsame Kampf wirkte sich für ihn aus: Die Männer des Keleos, ebenso wie die Söldner, die den großen Namen kannten, wenn sie auch den Mann nicht erkannt hatten, betrachteten den Assyrer mit einer gewissen Scheu: Ninurta, der mit Achilleus gekämpft und überlebt hat.

Möglicherweise trug diese plötzliche Achtung zur guten Stimmung der nächsten Tage bei. Als Ninurta, Tashmetu und Tsanghar sich abends an eines der Feuer setzten, die die Söldner am Strand entzündeten, dauerte es nicht lange, bis die ersten von Keleos' Insel-Achaiern sich zu ihnen gesellten. Ninurta sagte sich (und Tashmetu gab ihm recht), daß nach dem Abmarsch von Achilleus wahrscheinlich die Spannung zwischen Achaiern und Nicht-Achaiern ohnehin erschlafft wäre; fremde Waffenbrüder hätten sich bei Abendgeschichten am Feuer gefunden. Aber vielleicht wurde dies durch Ninurtas neues Ansehen gefördert. So teilten sie miteinander die Stunden, das Feuerholz, das einst Schiff gewesen war, Getreide, sauren Wein, tranige Möwen, streunende Hunde und was immer sonst das Land und die kargen Vorräte hergaben.

Khanussu konnte wunderbare Geschichten erzählen, in denen meistens irgend etwas furchtbar schiefging. Geschichten über Pferde, zum Beispiel, die aus dem Gesträuch treten, hungrigen Männern die Brühe wegschlürfen und mit einem hämischen Wiehern ins Wasser galoppieren, wo sie Kiemen ausbilden und dann ertrinken, ehe sie lernen, die Kiemen zu benutzen. Geschichten über weiße Hirsche, die mit den Hufen hellen Stein zertreten, die Bröckchen mit den Zähnen zermalmen und nachts leuchten, wenn sie aus den Bergen im Inneren der Insel Shardania ans Ufer kommen, um zu trinken, denn die hellen Steine sind so schwer verdaulich, daß die Mägen der Tiere ohne Salzwasser die Kost nicht bewältigen können und bersten. Er habe dies oft gesehen, behauptete er, da er an der Bucht der Hirsche lebe, und überdies sei sein schönes Haus an dieser Bucht aus den wohlgeformten Steinen gebaut, die die Hirsche dort ausscheiden – biegsam und warm am Anfang, aber nach einiger Zeit (und Tränkung mit Wein) hart und wetterfest. Eine ganze Nacht lang erzählte Khanussu von einer wahnsinnigen Irrfahrt, die tollkühne Männer im Gedärm der Nacht unternahmen: Himmelsschiffer, aufgebrochen, um das gleißende Gold aus einem der drei Gürtelsterne des Großen Jägers zu holen. Ninurta vergaß den größten Teil der Erlebnisse – Wein, das Feuer, der fahle Morgen und das ungeheure Gelächter blieben ihm in Erinnerung. Geschichten von Augen waren dabei, aber auch von anderen Körperteilen – war nicht einer der Himmelsschiffer zerstückelt worden, als er leichtfertig die Handmühle eines Riesen für eine Höhle hielt und sich dort schlafen legte? Und die treuen Gefährten (weniger treu, wie sich herausstellte, als verzweifelt, denn der Zermahlene kannte als einziger den Rückweg) zogen zu all den seltsamen Völkern, die am Gastmahl des Riesen teilgenommen hatten, holten die Augen von einem Stamm einäugiger Frauen (drei Liebesnächte für ein

Auge), den rechten Fuß von einem Stamm kleinwüchsiger Zehenanbeter, das Zeugungsglied... aber Ninurta wußte es nicht mehr, und als er Khanussu danach fragte, behauptete der lange Mann, bartzausende Geistermotten hätten ihm diesen Teil der Geschichte gestohlen, und er werde sich erst erinnern können, nachdem jemand – »ein Assyrer, zum Beispiel?« – die Motten mit Silber beschwichtigt habe.

Die Schänke war nutzlos geworden, die Vorräte des Wirts waren erschöpft. Eines Morgens hatte sich der Mann davongemacht, wahrscheinlich zur Stadt; am Abend begannen sie, das Gebäude zu Brennholz zu machen. Nach ein paar Tagen wurden die Söldner rastlos; Ninurta nahm an, daß spätestens am nächsten Tag Tashmetu nicht mehr sicher wäre.

»Hör zu, langer Mann«, sagte er; mit Khanussu war er ans Ende der Mole gegangen. Der Shardanier hatte Kiesel gesammelt und schleuderte sie nach Möwen.

»Ich lausche. Ah, wieder eine!« Es war der fünfte Vogel; die auf dem Wasser der Bucht treibenden Möwenleichen lockten offenbar neugierige Artgenossen an.

»Haben die Himmelsschiffer denn nun ihren Gefährten vollständig zusammensetzen können, und hat er ihnen, als er wieder lebte, den Rückweg gewiesen?«

Khanussu riß die Augen auf. »Aber wäre ich denn sonst hier?« Er grinste und blickte über Ninurtas Schulter zu den beiden Söldnerschiffen, wo einige der Männer mit Holzeimern Wasser aus den Rümpfen schöpften.

»Und wie war das mit dem Gold des Gürtelsterns? Habt ihr es gefunden?«

Khanussu lächelte, beinahe traurig. »Aber wäre ich denn dann hier?«

»Gut. Reden wir über Gold. Oder Silber – Gold ist hier selten.«

»Silber?« Khanussu ließ die Hand sinken, die eben einen weiteren Vogel aus dem Himmel werfen wollte. »Silber ist ein guter Gesprächsstoff. Sprich von Silber, Assyrer – am besten sprich viel, von viel Silber.«

»Wieviel?«

»Hmf. Einen halben *shiqlu* für jeden Mann für jeden Tag.«

Ninurta lachte. »Wirf mit Silberstückchen nach Möwen, Mann. War nett, dich kennenzulernen.«

»Ah. Sind alle Assyrer geizig?«

»Ich bin die Großzügigkeit selbst, aber zu deinem Unglück nicht auch die Dummheit.«

Khanussu nickte. »Ach, wie traurig, daß beides so selten vereint ist. Ein *shiqlu* für drei Tage? Für jeden?«

»Ich will dir sagen, was ich vorhabe; wenn ich es dir gesagt habe, werde ich einen *shiqlu* für fünf Tage bieten. Aber ich kann euch keine Nahrung geben.«

»Edler Herr Ninurta – weitgereiste Krieger, die ein wenig Silber haben, finden überall etwas zu essen. Fünf Tage? Bah. Vier.«

»Fünf. Oder wollt ihr abreisen, ohne etwas verdient zu haben?«

Khanussu bleckte die Zähne. »Du meinst, die Achaier sind alle so wie Achilleus, was das angeht?«

»Keleos sagt, morgen oder übermorgen könnte man versuchen, nach Norden zu wandern, um mit den Fürsten zu reden. Ich weiß nicht, ob es viel Sinn hat, aber wenigstens sind jetzt die Wege frei.«

»Was hast du vor?«

Ninurta zögerte; dann sagte er: »Ich will, daß die Herrin Tashmetu geschützt ist. Ich nehme an, das ist sie am besten in der Stadt. Die Trojaner könnten eher bereit sein, Silber für Söldner auszugeben. Ich will versuchen, uns alle in die Stadt zu bringen.«

»Ha.« Khanussu schwieg einige Zeit; plötzlich lachte er und sagte: »Edler Assyrer, wenn es dir gelingt, was wird dann aus unseren stolzen Schiffen? Willst du sie nicht kaufen?«

Ninurta runzelte die Stirn. »Eure Schiffe? Herr der Habgier, Shardanier, Hirschkotbaumeister – in drei Tagen werden eure feinen Schiffe untergehen; ich höre die Bohrwürmer bis hierhin schmatzen.«

Mürrisch sagte der Shardanier: »Daß ich aber immer an Männer mit scharfen Ohren geraten muß!«

Keleos sagte, das größte Durcheinander sei beendet, alle Kämpfer irgendwie untergebracht, jenseits der Hügel habe sich ein unruhiger Waffenstillstand ergeben – »wir haben die Nordküste besetzt und das Land westlich des Skamandros; das übrige beherrschen die Trojaner. Aber sie gehen jedem Kampf aus dem Weg. Es kann sehr lange dauern. Immerhin, Ninurta: Die Wege sind begehbar.«

Am Morgen brachen sie auf – Ninurta, Tashmetu, Tsanghar, drei weitere Männer der *Kerets Nutzen*, dazu Khanussu und die Söldner sowie ein Unterführer des Keleos, der bei den Achaiern (und unterwegs, Wachtruppen gegenüber) für sie sprechen sollte. Von den Waffen, die die *Kerets Nutzen* geladen hatte, nahmen sie die Hälfte mit; alle trugen Bündel, Beutel oder Säcke. Ninurta hatte eines der kostbaren Schwerter am Gürtel befestigt. Eines befand sich in der Hand des widerwärtigen Madduwattas, vier blieben an Bord – vorläufig. Die übrigen vier hatte Tsanghar mit einem Lederriemen zusammengebunden und trug sie über der Schulter.

Am frühen Nachmittag durchquerten sie eines der verlassenen Fischerdörfer. Die Achaier hatten die Hütten zerlegt und alles zu Feuerholz gemacht, was brennbar war; zerbrochene Tongefäße, halbzerfallene Lehmwände und herumliegende Gebrauchsgegenstände waren alles, was vom Dorf blieb. Am Strand schnarchten einige Dutzend Achaier neben Booten, die sie aus dem Wasser gezogen und umgedreht hatten; oben auf dem Hügelgrat sah man hin und wieder eine Gestalt oder einen Helmbusch.

Khanussu und Ninurta waren vorausgegangen; die anderen folgten mehrere hundert Schritte zurück. Der Shardanier seufzte, als er die Trümmer betrachtete; dann schaute er nach rechts, wo am Beginn eines winzigen, talartigen Einschnitts der gemauerte Rand eines Brunnens zu sehen war.

»Ah, gut. Wasser!«

Sie gingen zum Fuß der Hügel, hatten den Brunnen noch nicht erreicht, als sie dumpfe Geräusche hörten.

Das Tal, wenn man es so nennen wollte, war kaum tiefer als sechzig Schritte. Am Ende des Einschnitts, zu Füßen einer steilen

Felswand, waren die Reste eines früheren, wahrscheinlich längst versiegten Brunnens zu sehen: eine eingestürzte Feldsteinmauer, ein morscher Pfosten, der mit einem verschwundenen zweiten früher den Querbalken getragen hatte, an dem der Schöpfeimer befestigt wurde. Dort rang ein Mann, der Brustpanzer und Helm trug, einen Halbwüchsigen nieder. Der Mann war bewaffnet, versuchte aber nicht, das kurze Schwert zu benutzen – offenbar wollte er den Jungen erwürgen.

»Halt, Freund.« Ninurta faßte zum Schwertgriff.

Scheinbar ohne Eile, aber so schnell, daß Ninurta den Bewegungen kaum folgen konnte, ließ Khanussa die Beutel zu Boden gleiten und hatte plötzlich einen seiner Wurfspeere in der Hand. Mit der anderen löste er den Riemen, der den schweren Bogen auf seinem Rücken hielt. »Sei so gut und vergnüge dich als Knabenmeuchler erst dann weiter, wenn wir getrunken haben.«

Der Mann blickte zu ihnen herüber; dann verzog er das Gesicht, als der Junge in die Hand biß, die ihm den Mund zugehalten hatte, und dann mit einer gewaltigen Anstrengung den Arm wegbog, der ihm die Kehle zudrückte.

»Awil-Ninurta von Ashur?« sagte der Mann ungläubig, während der Junge keuchend und schluchzend zusammensackte und zu den beiden Neuankömmlingen zu kriechen begann.

»Das Gedächtnis des edlen Odysseus ist zu preisen«, sagte Ninurta. »Aber ich weiß nicht, was ich von deinen Zerstreuungen halten soll.«

Odysseus machte ein paar schnelle Schritte, packte den Jungen, der kaum älter als dreizehn sein konnte, und hob ihn mühelos hoch. Die gebissene rechte Hand legte sich wieder über den Mund. Der Junge zappelte und würgte, aber es war deutlich zu sehen, daß er keine Kraft mehr hatte.

»Halt von ihnen, was du für tunlich hältst, Assyrer. Das Heer muß manchmal vor Ungeziefer bewahrt werden, das böse Gerüchte und Zwist in die Reihen tragen will.«

»Trägt man Gerüchte?« Khanussu gluckste. »Wie, edler Achaier? Laß den Jungen los.«

»Ein Ruf von mir, und hundert Krieger kommen von den Hügeln.«

Ninurta zog das lange, federnde Schwert. Mit ein paar Sätzen war er bei dem Fürsten von Ithaka und berührte dessen Kehle mit der Schwertspitze. Wieder hatte er das unheimliche Gefühl, daß etwas in der Klinge erwachte – etwas, das in seinen Arm kroch und in seinen Ohren zu singen begann.

»Hundert Krieger, deinen Leichnam zu beweinen, Odysseus. Laß ihn los. Was hat er getan?«

Odysseus seufzte, leise, wie in trübem Entsagen angesichts einer köstlichen Verlockung. »Er lügt«, knurrte er dann. »Er will das Heer aufwiegeln.«

Der Junge taumelte von dem Achaier fort; hinter Ninurta blieb er keuchend stehen.

»Dann führ ihn den Fürsten vor und laß sie urteilen.« Die Geister der Klinge sangen lauter, gieriger; um sie zu übertönen, ehe ihr Gesang ihn überwältigte, sagte Ninurta laut: »Sprecht schnell – beide. Was ist die Lüge?«

»Er behauptet, ich, Odysseus, Fürst von Ithaka, hätte den edlen Palamedes, Sohn des Nauplios, in diesen alten Brunnen steigen lassen und ihn dann mit Steinen erschlagen.« Odysseus schüttelte den Kopf; er schien so erstaunt, als habe ihm eben jemand versichert, Trojas Mauern bestünden aus Schafskäse.

»Sieh nach, Khanussu.« Ninurta bewegte sich nicht; das Schwert blieb an Odysseus' Kehle.

»Er braucht nicht nachzusehen.« Odysseus klang ganz gelassen. »Palamedes liegt tatsächlich in dem Brunnen. Er wollte sehen, ob jemand darin einen Schatz vergraben hat; Diomedes und ich konnten ihn nicht zurückhalten. Und dann ist die Mauer über ihm eingebrochen.«

»Diomedes auch? Wo ist er?«

»Aufgebrochen, um Helfer zu holen, die den edlen Palamedes bergen sollen.«

Khanussu war zu ihnen getreten; er lachte schallend. »Diomedes holt Helfer, während du mit einem Ruf hundert Krieger von den Hügeln holen kannst?«

»Sie haben ihn hineingestoßen.« Die Stimme des Jungen klang dick und belegt – belegt von Angst und Entsetzen. »Und mit Steinen beworfen.«

Odysseus seufzte erneut. »Es ist ungemütlich, mit deinem Schwert am Hals, Assyrer. Kann ich mir diese Lügen nicht wenigstens ohne Klinge anhören?«

»Ich war in der Nähe...« Nun sprudelte es aus dem Jungen heraus. Er sagte, er sei Korinnos, Korinnos Ilieus genannt, weil sein Großvater von Herakles verschleppt worden sei. Trojaner, als Knecht mitgeschleppt; Palamedes habe ihn (den Enkel) wie ein Vater behandelt und unterrichtet, und nun...

Hinter sich hörte Ninurta die Stimmen der anderen, die ihnen vom zerstörten Dorf zum Brunnen folgten. Er faßte einen Entschluß.

»Ein Handel, Odysseus?«

»Nimm die Klinge weg, dann können wir reden.«

Ninurta ließ das Schwert sinken. Odysseus faßte sich an den Hals; er warf dem Jungen einen finsteren Blick zu.

»Was für ein Handel, Assyrer?«

»Gibt mir den Jungen. Er wird schweigen.«

»Das ist ein halber Handel. Wie sieht die andere Hälfte aus?«

»Ich habe gute Waffen. Die Hälfte für euch, die Hälfte für die Trojaner – wenn der Preis gut ist. Du gibst mir den Jungen, wir begleiten dich zu Agamemnon und den anderen, du sprichst für uns, und wir sprechen... für dich.«

Odysseus kniff die Augen zusammen. »Er ist hinter uns hergeschlichen«, murrte er. »Was liegt dir an dem Jungen?«

Ninurta zögerte kaum einen halben Atemzug lang; er entschloß sich, die Wahrheit zu sagen – wenigstens teilweise.

»Ich trage die Schuld daran, daß durch eines meiner Schwerter ein Junge grausam getötet wurde. Vielleicht kann ich besser schlafen, wenn...«

Khanussu warf ihm einen sehr erstaunten Blick zu, von der Seite. Odysseus holte scharf Luft, durch die Zähne.

»So weich kenne ich dich nicht, Assyrer. Wo war das?«

»Südlich von hier. Warum?«

»Hinter Ephesos?«

Nun staunte Ninurta. »Woher weißt du...?«

Odysseus lächelte traurig. »Ich weiß, daß Madduwattas in den Bergen sitzt. Ich weiß, daß ein kluger Händler, der feine Waffen hat, über den Preis zuerst mit dem König redet, und dann mit dem Bauern. Ist es bei Madduwattas geschehen?«

Ninurta nickte; Khanussu verzog den Mund, als ob er sich gleich übergeben müßte.

»Dann... verstehe ich dich.« Odysseus schloß einen Moment die Augen. »Es gibt Dinge«, sagte er dann leise, »die notwendig sind. Ungeziefer zum Schweigen zu bringen, zum Beispiel. Aber es gibt Dinge, die alles verhöhnen, was die Fortdauer menschlichen Lebens erträglich macht.« Plötzlich lachte er. »Gib mir dein Schwert, Assyrer. Ein Schwert für ein Leben. Und meine freundlichen Worte bei Agamemnon.«

»Es ist mehr wert als sein Gewicht in Gold«, sagte der Shardanier; er hatte den Speer sinken lassen.

Odysseus sagte nichts.

Ninurta wandte sich um; die anderen hatten den Brunnen erreicht und sahen zu ihnen herüber, einige vielleicht ein wenig verwundert. Tashmetu kam näher. Er legte eine Hand auf die Schulter des Jungen.

»Korinnos. Du hast gehört, was wir besprochen haben?«

Ein stummes Nicken.

»Dein Leben und dein Schweigen?«

Korinnos würgte die Worte heraus. »Ich... werde schweigen, Herr. Bis ich dir nicht mehr danken muß.«

»Es ist gut.« Ninurta steckte das Schwert in die Scheide, löste sie von seinem Gürtel und hielt sie Odysseus hin.

Der Fürst von Ithaka nahm die Waffe. Er runzelte die Stirn, als müsse er nachdenken; dann zog er sein Kurzschwert und reichte es dem Assyrer.

»Kein Blut zwischen uns, Waffenbruder«, sagte er.

»Es ist gut, Fürst.«

»Wenn du jetzt noch einmal ›es ist gut‹ sagst, werde ich lachen«, sagte der Shardanier. »Ihr seid seltsame Männer.«

Odysseus blickte zum Himmel. »Spät. Wollt ihr hier lagern? Wenn ja – darf ich mich anschließen? Morgen früh bringe ich euch zu Agamemnon.«

Abends, als der Junge eingeschlafen war, sprach Ninurta mit Tashmetu. Sie legte eine Hand an seine Wange und blickte dabei zu Odysseus hinüber, der am anderen Feuer saß und mit dem Shardanier beim Erzählen wetteiferte.

»Ich muß ihn nicht lieben, nicht wahr?« sagte sie.

»Den Jungen? Vielleicht ist er liebenswert.«

»Odysseus.«

Ninurta küßte sie. »Er liebt sich selbst, das genügt für ihn.«

»Was ist...« Sie atmete flach, schnell. »Was, abgesehen von dem, was du erlebt hast, ist denn so widerwärtig an Madduwattas?«

Ninurta knirschte mit den Zähnen; weit, weit hinten in seiner Innenwelt regte sich der Schattendrache. »Der Herr von Arzawa ist fünfundachtzig, aber er sieht aus wie vierzig. Man sagt, es liegt an... seinen Eßgewohnheiten.«

»Was sind seine Eßgewohnheiten?«

Ninurta sagte es ihr, leise. Tashmetu riß die Augen auf, preßte eine Hand an den Mund, sprang auf und lief nach rechts. Ninurta erhob sich und folgte ihr langsam. Er hörte, wie sie sich hinter einem Mauerrest erbrach.

ERZÄHLUNG DES ODYSSEUS (VI)

Palamedes, Freund aller Krieger, listiger Führer; edler Sproß aus mykenischer Sippe, Nauplios' Sohn; nein, ich habe ihn wahrlich nicht geliebt, diesen Fürsten – aber ein albernes Ende, von Steinen begraben zu werden, während man wie ein Knabe nach Gold wühlt, das doch nicht da ist, so ein Ende verdiente nicht einmal Palamedes.

Was? Ihr kennt die... andere Geschichte? Ihr sagt, *die wahre,* ihr Schönen – aber was ist wahr? Was man erzählt, was man erlebt, was einer berichtet, was ein anderer berichtet? Ist es nicht so, daß die brennende Sonne, die uns tagelang versengt hat, in der Erinnerung als Leuchten und Wunder erscheint, wenn wir tagelang im Regen gelegen haben? Ist nicht Wahrheit das, was wir daraus machen, indem wir uns erinnern? Und überhaupt – wer will Wahrheit? Ist der Stein, der ein Ungeziefer zerquetscht, wahrer als der Stein, mit dem wir einen staunenerregenden Turm bauen?

Wahrheit. Wirklichkeit. Wirklichkeit ist, was uns umgibt und was wir gestalten. Wahrheit ist das Regelwerk der Wirklichkeit. Hat nicht Daidalos gesagt: Wirklichkeit ist ein Angsttraum, aus dem ich erwachen möchte? Und weil er nicht erwachen konnte, hat er zuerst mit Steinen, später mit Wörtern ein Labyrinth gebaut. Einen Irrgarten, verwirrend und tödlich wie das Leben, gleichzeitig ungeheuer scharfsinnig und witzig – ein Labyrinth, nicht sinnlos undurchsichtig wie das Leben, sondern zweckdienlich: Der Erbauer wollte verwirren; der Erbauer des Kosmos (wenn es einen Erbauer gibt) hat in seinem Werk keinen Hinweis auf Zielsetzungen hinterlassen. Das Labyrinth soll verwirren; das ist sein Sinn. Das Leben ist wirre Sinnlosigkeit. Sofern man nicht an die Götter glaubt – eure, unsere, andere, aber... auch sie sind der sinnlosen Zufälligkeit unterworfen, die wir Moira nennen. Vielleicht haben wir die Götter erdacht, um über uns noch etwas zu haben, das überlegen ist. Uns überlegen, aber dem gleichen Chaos unterlegen. Vielleicht haben wir sie erdacht, damit wir nicht so allein sind. Wenn wir schon aus diesem Angsttraum nicht erwachen können, träumen wir uns noch ein paar Wesen dazu, höhere Wesen, unsterblich und tückisch, aber ebenso wie wir in dem Traum eingekerkert.

– – – Warum? Palamedes hat den Krieg ausgeheckt, um uns zu beweisen, daß er als Mykeniersproß ein guter Achaier sein kann. Palamedes hat mich gezwungen, bei diesem unsinnigen Unternehmen mitzuwirken. Palamedes hatte wunderbar kluge Entwürfe, wie der Krieg geführt werden sollte – wunderbar, verwickelt, betäubend, überzeugend, und vollkommen undurchführbar. Pläne, in denen Gräben und Türme und große Steinschleudern wichtig waren, eine lange Belagerung, drei Jahre, vielleicht vier. Kühne Gedanken: ein verwinkeltes Bauwerk, wunderbar anzuschauen, gebaut auf... heißer Luft.

Auch dies will ich euch sagen, schmackhafte Gespielinnen, weil ihr danach fragt. Ich habe es damals in meiner Brust gewogen, beschlossen und... verschlossen. Getan, ohne zu sprechen. Diomedes hat mitgemacht, weil er es gut fand, ohne zu begreifen, was er gut fand. Dumpfer Achaier.

Ilios die Festung. Troja die Stadt. Die neue Unterstadt am Simois. Dörfer und Vorwerke. Festungen im Süden, am Skamandros, gegen Angriffe aus dem Hinterland. Festungen an den Meerengen, bis weit nach Osten. Wovon haben sie alle gelebt, die dort wohnten? Hunderttausend, wenn nicht mehr; nicht alle in der Stadt, aber alle auf die Stadt bezogen, für die Stadt arbeitend und kämpfend, von der Stadt abhängig. Fischfang? Ein wenig. Landbau? O ja, das Schwemmland ist fruchtbar, wie auch die höhergelegenen Ebenen hinter den Bergen. Wir konnten einen Teil des Schwemmlands besetzen und die Küste, aber die Täler und höheren Ebenen wurden geschützt – die Zugänge zu ihnen, versteht ihr? Geschützt durch die Stadt. Um die Stadt zu belagern, auszuhungern, müßte man dies ganze Hinterland einnehmen. Um das Hinterland einnehmen zu können, müßte man die Stadt und alle Festungen zerstören. Seht ihr es? Ein Kreis. Ein Kreisel.

Und sie haben nicht von dem Land und den Fischen allein gelebt, sondern auch vom Handel. Vor allem vom Handel. Ihr Land, fruchtbar und schön, war zu klein, um all diese Menschen zu sättigen. Und die Tiere dazu, Trojas schäumende Rosse ...

Wie, sagt es mir, ihr Schönen, wie wollte Palamedes all unsere Kämpfer ernähren, in einem jahrelangen Krieg? Die Vorräte, die wir mitgebracht hatten, reichten für zwei Monde, vielleicht ein paar Tage mehr. Plündern? Aber wir haben geplündert und zerstört, Aias im Norden, Achilleus im Süden. Was ist das für ein Krieg, in dem zwei Drittel der Kämpfer immer weiter herumziehen müssen, um zu plündern, damit sie und das letzte Drittel zu essen haben? Kein Krieg, ihr Fürstinnen – Wahnsinn. Wahnsinn ohne Bedacht, die Methode des Palamedes, der kühne Belagerungsgeräte bauen wollte und vergaß, daß die Männer, die sie bedienen, Hunger haben.

Und was – auch dies von ihm nicht bedacht? Oder von ihm allzu gut bedacht? – was geschieht in all diesen Jahren des Belagerns in der Heimat? Wer führt unsere Städte? Die besten der Achaier belagern Troja, nahezu alle waffenfähigen Männer. Aber gibt es da nicht noch viele Männer, ältere Männer, auch kluge Frauen, die das Land ordnen können? O ja, es gibt sie, und sie sind Freunde und Verwandte des Palamedes: Abkömmlinge der alten Herrscherschichten, Mykenier. Wie, wenn die stolzen Achaier nach jahrelangen Kämpfen Troja besiegt und geplündert haben und überladen mit Gold und Ruhm heimkehren – um die Macht in Händen der alten Sippen zu finden, aus denen viele unserer Frauen stammen? Frauen, die allein waren, die allein geschlafen haben, bis sie Trost bei den alten Verwandten suchen? Wer sitzt auf dem Thron, wenn der Fürst heimkehrt und feststellt, er ist kein Fürst mehr, kein Gemahl und kein Vater?

Ob dies von Palamedes bedacht war? Der Mykenier führt die Achaier in einen langen Krieg, damit daheim andere Mykenier wieder die Macht übernehmen können? Ich weiß es nicht; damals erschien es mir unglaubhaft. Im letzten Herbst ist Troja gefallen; die Winde haben mich im Frühjahr nach Süden geweht, hierher zu euch, o Köstliche. Vielleicht werde ich heimkehren, den anderen folgen, die längst daheim sein müssen. Kaum mehr als ein Jahr zwischen Aufbruch und Heimkehr. In dieser kurzen Zeit kann nicht so viel geschehen sein, aber vielleicht lassen sich Hinweise erkennen.

Genügt dies, all dies, als Antwort auf euer *warum*? Ah, noch eine Antwort will ich euch geben. Oder zwei. Zwist. Zwist im Heer, zwischen den Führern. Philoktetes, Palamedes, in gewisser Weise auch Idomeneus wollten die kunstvolle, lange Belagerung; und die Krieger, die Männer, haben Palamedes geschätzt. Ich habe die Männer geliebt, wollte sie bald heimkehren sehen, möglichst viele, möglichst lebendig. Ein Heer mit streitenden Führern, vielleicht mit wechselndem Oberbefehl muß scheitern. Palamedes und Philoktetes und Idomeneus gegen Agamemnon? Agamemnon der Dumpfe, aber ein gewaltiger Krieger. Der Kampf darf nicht lang sein, kunstvoll und ausgesponnen – ist ein Krieg das denn jemals? Kurz, hart und grausam; oder gar nicht. Agamemnon, Aias, Menelaos, Achilleus sind die Männer für diesen Krieg, und der Befehl muß in Agamemnons Hand liegen. In der Hand, die einem König gehört, dessen Ohr offen ist für Ratschläge des Odysseus. Idomeneus allein würde sich uns anschließen, kein Zweifel. Deshalb.

Die Menge der Löwen? Ah. Ihr meint also, der edle Fürst von Ithaka, Odysseus, gerieben und gerissen und einfallsreich, Odysseus hätte an die Beute gedacht? Daran, daß eine kleinere Anzahl fürstlicher Löwen bedeutet, daß jeder einzelne Löwe einen größeren Bissen vom erlegten Wild bekommt? Auch der Löwe aus Ithaka?

Es gibt keine Löwen auf Ithaka, ihr Geschmeidigen. Das ist die Wahrheit. Meine Wahrheit.

13. FRIEDE IM KRIEG

Korinnos trottete schweigsam, brütend zwischen den Söldnern; Ninurta ließ ihn in Ruhe. Er nahm an, daß der Junge mehrere Tage brauchen würde, das Entsetzen zu überwinden. Dann würde er sprechen, und das Sprechen würde ihm vielleicht helfen, den Verlust des Ziehvaters zu verkraften. Zeit, nur Zeit. Mehr Zeit, als die Achaier und Trojaner hatten.

Nach den Ereignissen der letzten Tage empfand Ninurta den Marsch nach Norden, zwischen Hügeln und Meer, als Befreiung; sie ließ ihn tiefer atmen, und vielleicht brachte das Atmen all die verschütteten oder vergessenen Dinge wieder an die Oberfläche dessen, was er als seine Denkpfütze ansah.

Tsanghar wollte noch keine Fragen zu seinem seltsamen Gerät beantworten. »Zeit, Herr des Unternehmens.« Die Zähne des Kashkäers blitzten. »Zeit, und vielleicht ein wenig Draht. Mehr brauche ich nicht. Dann kann ich alles zusammenfügen, und du wirst es sehen.«

»Werde ich es verstehen, wenn ich es sehe?«

»Es steht mir nicht zu, über deine Verstandeskräfte zu befinden.«

Je weiter sie nach Norden kamen, desto unwegsamer wurde der Strand. Schiffe, Zelte, Männer, Tiere, gestapelte Vorräte, gebündelte Waffen, hier und da Sammelplätze für die Behandlung von Verwundeten, Kot, Abfall, Trümmer ...

Odysseus hatte kurz nach dem Aufbruch, morgens, den Männern, die, von Diomedes geschickt, dem Zug entgegenkamen, genaue Anweisungen gegeben; danach ging er eine Weile stumm an der Spitze. Später taute er auf – als der Strand immer voller wurde und immer wieder Krieger ihm grobe Scherze zuriefen. Offensichtlich war Odysseus beliebt; und offensichtlich tat es ihm gut.

Ninurta überlegte, was von der Beliebtheit bliebe, wenn jemand den achaischen Kämpfern vom Ende des Palamedes erzählte. Aber es gab die Vereinbarung; sie war für alle lebenswichtig. Tashmetu schwieg ebenfalls, in sich gekehrt. Die Übelkeit war gewichen, hatte nicht einmal Blässe zurückgelassen. Irgendwann nahm sie Ninurtas Arm und sprach, leise, von den Gepflogenheiten des Madduwattas; dabei zeichneten sich Grauen und Ekel auf ihrem Gesicht ab, nicht jedoch neue Übelkeit.

»Diese Wanne, von der du erzählt hast ... hat er sie *deshalb* immer bei sich?«

Ninurta nickte.

»Die Welt ist ein schlechter Aufenthaltsort«, sagte sie. »Wie munter ist, verglichen mit Madduwattas, doch so ein sauberer Krieg.«

»Warte, bis du mehr davon siehst. Ich fürchte, du wirst dem Arzawa-Fürsten Abbitte leisten, insgeheim.«

Achilleus hatte etwa dreitausend Kämpfer mitgenommen, um den Süden des trojanischen Einflußgebiets zu verheeren; etwas mehr, hieß es, seien mit Aias nördlich der Meerenge unterwegs. Die verbliebenen Krieger, vielleicht dreizehntausend, genügten völlig, um das gründlichste Chaos anzurichten, das Ninurta je gesehen hatte.

Kurz vor Erreichen der nördlichen Hügelspitze stiegen sie eine Behelfstreppe (eher ein paar kaum befestigte Sturmleitern) hinauf. Der letzte Küstenabschnitt war hoffnungslos verstopft; auf der Ostseite der Hügel sah es nicht besser aus.

Die Achaier hatten die älteren, kaum noch seetüchtigen Schiffe an Land gezogen und zertrümmert, Hütten, Zäune, Pferche, Brennholz daraus gemacht. Die anderen Schiffe ankerten vor dem Westgestade, oder sie verstopften den Hafen an der Meerenge und die Mündungsarme der drei vereinigten Flüsse. Zwischen dem westlichsten Arm und den Hügeln war ein Netz von Gräben angelegt – Gräben, in die Wasser aus dem feuchten Grund sickerte, und Gräben, in denen Speere und angespitzte Pfosten steckten: die Verteidigung der Angreifer. Dahinter, in qualvoller Enge, die Unterkünfte der Führer und die ungeschützten Schlafplätze der Krieger, die Viehpferche, die Feuerplätze, Waffenhalden, Vorräte (die verderblichen hatte man auf die Holzsockel gelegt und mit Lederdecken geschützt), gleich daneben stinkende, wimmelnde Latrinen und kleine Kanäle, durch die Flußwasser geleitet wurde – zur Säuberung, oder als Trinkwasser? Der Assyrer verzichtete darauf, Odysseus zu fragen.

Tsanghar wies auf einige Stellen im Gelände, die seltsam regelmäßig wirkten, wie abgesunkene Gebäude oder zugeschüttete Becken. Ninurta hätte sie nicht gesehen; später erfuhren sie, daß der Kashkäer wieder einmal mehr bemerkt hatte als andere: Reste eines Netzes von Kanälen und inneren Hafenbecken, gespeist aus den Flüssen, mit künstlichen Durchstichen in der Hügelkette und im Süden, zur Bucht, in der die *Kerets Nutzen* lag. Beim ersten Überfall der Achaier, Herakles' tollkühnem Unternehmen vor Jahrzehnten, hatten die Angreifer diese Durchfahrten und Häfen und Kanäle genutzt; als die Trojaner die Stadt wieder aufbauten, waren die Trümmer, soweit sie nicht mehr verwendet werden konnten, hierhin geschafft worden: um die Hafenbecken und Durchstiche aufzufüllen und dem nächsten Gegner keine Möglichkeit zu geben, durch diese offenen Flanken einzudringen. Die Kampfschiffe der Trojaner, zur Zeit weit im Süden gegen die Hethiter eingesetzt, wurden im Winter im Hafen, in den Mündungen (wo Süßwasser den Muschelbewuchs und die Würmer beseitigte), in kleineren Häfen der Meerenge und am Gestade von Tenedos untergebracht. Zu dieser nahen Insel wollte Odysseus den größten Teil der achaischen Flotte bringen lassen; bisher habe er sich, bemerkte er, damit aber nicht durchsetzen können.

»Die Männer werden besser kämpfen, wenn sie sich nicht auf Schiffe zurückziehen und heimsegeln können«, sagte er. »Vielleicht kann ich Agamemnon jetzt dazu überreden – ohne Gegenreden von Philoktetes und Palamedes.«

Am Fluß war das Atmen nicht ganz so beschwerlich. Schilf, rechts und links vom aufgeschütteten Treidelpfad, siebte offenbar die Luft und gab den Gestank an die Erde ab, und das fließende Wasser sorgte trotz Windstille für einen frischen Hauch.

»Ihr könnt ohnehin nicht alle mit.« Ninurta sah sich um; sie befanden sich einen Pfeilschuß südlich eines Übergangs über die Grabenanlage der Achaier. »Am besten wartet ihr hier.«

»Wer kommt mit? Es ist furchtbar eng. Nicht zu viele, schlage ich vor.« Odysseus winkte dem Führer einer achaischen Streife: sechs Männer, die mit Speeren in Büsche und Schilfflächen stachen.

»Warum machen sie das?« sagte Tashmetu. »Um nicht von Trojanern überrascht zu werden? O ihr Götter.«

»Khanussu muß mit, um zu verhandeln.« Ninurta suchte ihren Blick. »Und du, Liebste – halbwegs erträgliche Luft und längeres Warten hier, oder die kostbare Gelegenheit, Agamemnon kennenzulernen?«

Sie rümpfte die Nase. »Kostbar? Ich weiß nicht. Aber laß mich mitkommen. Was meint Odysseus?« Sie vermied es, den Fürsten von Ithaka anzureden.

Der Achaier lächelte ein wenig gequält. »Odysseus meint, daß die Fürstin des Handels die Sonne ihrer Gunst auf ihn strahlen lassen möge – trotz gewisser ... Vorkommnisse, die zu den allfälligen Bedauerlichkeiten des Kriegs gehören. Ferner meint Odysseus, daß langer Aufenthalt im Lager der zehntausend Männer für eine wunderschöne Frau nicht ratsam wäre; aber ein kurzer Gang kann nicht schaden – wenn die Fürstin es wünscht.«

Tashmetu blinzelte Ninurta an. »Sag dem Kindermörder, daß die Fürstin es wünscht.«

»Tsanghar?«

Der Kashkäer nickte. »Gern.«

Zu Ninurtas Überraschung sagte Odysseus: »Nein.«

»Warum nicht?«

»Er hat allzu scharfe Augen.« Odysseus musterte Tsanghar von Kopf bis Fuß, als ob er weitere geheimnisvolle Sinnesorgane vermutete, wo gewöhnliche Sterbliche keine haben. »Die kurzen Blicke zur Entschlüsselung einer uralten Anlage von Häfen und Kanälen. Zwei oder drei Bemerkungen unter euch über geheimnisvolle Geräte, die er baut ... o ja, Odysseus hat es gehört.« Mit einem schiefen Blick auf Tashmetu setzte er halblaut hinzu:

»Odysseus hat auch ein Schiff namens *Bateia* untersucht, das im Hafen liegt.«

»Ah«, sagte Ninurta. »Odysseus leidet an überfließender Wißbegier. Schlecht gesagt. An ätzender Neugier, die einem Mangel an Kenntnissen abhelfen soll, der keinem außer dem klugen Odysseus auffiele?«

»So etwa.« Odysseus nickte nachdrücklich. »*Bateia* heißt das Schiff, und es gehört den Händlern, die im Auftrag des Fürsten Keleos von Ialysos segeln, nicht wahr? An der Rah hängt ein seltsamer Kasten, den zu untersuchen ich mir nicht versagen mochte. Rollen und Seile. Nach längerem Denken kam ich darauf, nur so, versuchsweise, eine Last damit zu heben. Könnte es sein, daß der junge Mann mit den scharfen Augen etwas mit diesem Gerät zu tun hat? Seht ihr, ich dachte es mir.«

Tsanghar kicherte. »Es ehrt mich, Gegenstand der Erwägungen des edlen Fürsten zu sein. Aber wieso hindert mich das daran, ins Lager zu gehen?«

Plötzlich klang die Stimme des Ithakers nicht mehr verspielt spöttisch; etwas wie eine Klinge, eine eisige Drohung war in den nächsten Worten. »Der Fürst, dieser Kindermörder, will keine jungen Männer töten müssen, deren scharfe Augen zuviel sehen, was er morgen den Trojanern erzählen könnte.«

»Meinst du, er sieht etwas und rät dann den Trojanern zum Bau eines Zaubergeräts, mit dem der Krieg entschieden wird?« Zum ersten Mal redete Tashmetu Odysseus unmittelbar an.

»Ich meine es nicht, edle Fürstin. Aber ich kann es nicht ausschließen. Und da ich lebend heimkehren will... Kommt.«

Es hatte Veränderungen gegeben, seit Odysseus am Vortag mit Diomedes und Palamedes aufgebrochen war – oder zwei Tage zuvor? Um Lager und Stellungen zu besichtigen? Ninurta wollte es nicht so genau wissen, bemerkte aber die Verblüffung des Fürsten: Mitten im Lager drängten sich an die hundert verängstigte junge Frauen zusammen, in einer Art Pferch. Die meisten waren nackt oder halbnackt, und rings um den ausgesparten Platz standen Männer. Männer mit gierigen Augen, besudelter Kleidung, zottigen Mähnen – Männer, die grobe Scherze machten. Aber auch ein paar Männer, jüngere wie ältere, die Mißbilligung äußerten oder versuchten, die Gefährten zu zähmen. Zwei oder drei wandten sich ab, und mindestens einer von ihnen weinte.

Agamemnons Zelt, graue Bahnen aus Fellen und Wollstoff, prangte als herrliches Ziel jenseits der Hindernisse: eine stinkende offene Schmiede, davor ein Stapel schartiger oder zerbrochener Schwerter; ein zwei Schritte breites Rinnsal mit Küchensud, Ausscheidungen und nur noch zu ahnenden Körperteilen; Abfallberge; zu einer Pyramide aufgetürmte Speere, überragt von einem silberglänzenden Helm mit wehendem Roßschweif. Männer standen, saßen, lungerten herum – stinkende, struppige, schlecht ernährte Kämpfer mit schadhaftem Grinsen und ekelerregenden Verbänden. Tashmetu bekam Pfiffe und Bemerkungen zu hören; vermutlich nichts im Vergleich zu dem, was ohne die Anwesenheit der frischgefangenen Frauen im Pferch über sie hereingebrochen wäre.

»Müssen Geschenke von Aias sein«, murmelte Odysseus, als sie endlich den Frauenpferch hinter sich gelassen hatten.

Die Wächter vor Agamemnons Zelt ließen Odysseus und seine Begleiter anstandslos hinein. Drinnen war es halb dunkel. Ninurta legte die Hand auf Tashmetus Arm und sagte leise:

»Fällt mir gerade ein – Achilleus stinkt nicht.«

In Agamemnons Zelt stank es. Der König, nackt bis auf einen schmierigen Schurz, stand neben einem Tisch und lauschte der Klage eines Unterführers. Es ging um Vorräte, Diebstähle, notwendige Bestrafungen. Der oberste Feldherr der Achaier atmete sichtlich auf, als er Odysseus und die anderen sah; mit einer schroffen Gebärde wies er den Unterführer hinaus.

»Später«, knurrte er. »Odysseus – und wer sind die da?«

»Hat dich die Botschaft erreicht? Das traurige Ende des edlen Palamedes betreffend?« Odysseus schien dies wichtiger zu sein als ein Eingehen auf Agamemnons Frage.

»Sie hat mich erreicht.« Agamemnon fuhr sich mit der Hand über das Gesicht. Um Müdigkeit wegzuwischen oder ein Grinsen zu verbergen? »Sie hat«, wiederholte er, »und meine Tränen flossen üppig. Weinend brachte ich den ersten Teil der Nacht zu; die übrigen dreihundertelf Teile habe ich geschlafen. Wer sind diese da?«

»Awil-Ninurta, weitgereister Händler, Assyrer, Untertan unseres Freundes Keleos von Ialysos.«

Agamemnon nickte; er verzog keine Miene. »Also Achaier, als Untertan. Er darf ins Zelt.«

»Tashmetu, Handelsfürstin aus dem fernen Ugarit, ebenfalls im Auftrag des Keleos.«

»Ich muß ihm sagen, daß er sehr schöne Untertanen auszuwählen weiß. Willkommen, Tashmetu.«

Tashmetu bemühte sich um ein Lächeln. Ninurta fand es mißlungen, aber Agamemnon kannte ja die gelungene Fassung des Lächelns nicht.

»Khanussu, Shardanier, Herr einer Gruppe von fünfzig Kriegern, gute Bogenschützen allesamt, auf der Suche nach sinnvoller Tätigkeit – sobald Awil-Ninurta sie freigibt.« Odysseus räusperte sich. »Er hat sich, dies nebenbei, des Knaben Korinnos angenommen, der in trauernder Verwirrung verstummt ist.«

»Ah. Gut.« Agamemnon blinzelte. »Fürsorge für die Waisen ist ein edler Zug, Assyrer; vor allem dann, wenn sie den Waisen dazu verhilft, die richtigen Dinge zum richtigen Zeitpunkt zu sagen.«

Odysseus deutete abermals auf Khanussu. »Bogenschützen, großer König«, sagte er mit merkwürdiger Betonung.

Agamemnon wies auf ein paar Schemel. »Wir wollen uns setzen. – Schreiber, hinaus; ich brauche dich später wieder. Laß uns Wein bringen.«

Ein junger Mann, der bis dahin unsichtbar hinter einer hängenden Zeltbahn gesessen hatte, raffte Binsenrollen, Tinte und Halme zusammen und ging hinaus.

Das Zelt war karg eingerichtet – Matten auf dem Boden, kein Bettgestell; Tisch und Schemel, ein Hocker, auf dem der Schreiber gesessen hatte. Ein Haufen Felle in der Ecke. Tierfelle, möglicherweise unvollständig behandelt; waren sie der Ursprung des Gestanks, oder doch der König?

Ninurta schob einen Schemel weiter nach hinten, für Tashmetu, ging auf die andere Seite des Tischs und sah, daß es nicht Agamemnon war, der diese wilde, tierische Ausdünstung von sich gab. In der hintersten Ecke stand ein Käfig aus Bronzestäben; darin lag ein junger Luchs, der den Assyrer schläfrig musterte, gähnte und die Augen schloß.

»Bogenschützen«, sagte Agamemnon. Er schien zu überlegen und schwieg, bis der Sklave, der Wein und Becher gebracht hatte, wieder gegangen war. »Wer hat schon Bedarf an Bogenschützen? Woher seid ihr?«

»Aus Shardania, großer König«, sagte Khanussu. »Und von anderen Orten. Shardanier, Shekelier, Tyrser, Libuer, ein paar Leute aus den Bergen im Norden von Achiawa, und dazu einige kühne Krieger aus einem Land, in dem die Sonne aufgeht.«

Agamemnon rekelte sich. Ninurta bewunderte die gewaltigen Muskeln. Auch auf einem Schemel sitzend war der König von Mykene ein prächtiger Anblick – oder furchteinflößend, je nachdem. Achilleus mochte ein wenig geschmeidiger sein, aber Ninurta wäre lieber ein zweites Mal gegen diesen angetreten als gegen Agamemnon, und am liebsten gegen keinen von beiden.

»Es gibt hier einige, die sagen, daß nur Achaier wahre Menschen sind, daß nur Achaier für die Sache der Achaier kämpfen dürfen.« Der König griff zum Becher, trank, rollte den Wein im Mund herum, schluckte endlich und fuhr fort: »Hierzu hat Odysseus sehr treffend bemerkt, daß dies alles so sein mag, aber... sag du es, Ithaker; aus deinem Mund klingt es... tückischer.«

Mit widerwilliger Bewunderung musterte Ninurta den obersten Feldherrn. Der schwarze Bart verdeckte große Teile der Gesichtszüge, aber die Augen – kalt und dunkel – waren nicht die eines dumpfen Toren. Hier saß der geborene Herrscher, abwägend, mißtrauisch, notfalls listig; ein Männerführer. Was vom Mund zu sehen war, ließ den Assyrer an alte Königsbilder seiner Heimat denken: Härte, Ausdauer, rücksichtsloser Wille.

Odysseus lächelte leicht, wurde aber gleich wieder ernst. »Wenn der edle Achilleus und andere befinden, nur Achaier seien richtige Menschen, haben sie zweifellos recht, wie auch der Lachs nicht zu tadeln ist, wenn er sich für den einzigen richtigen Fisch hält. Aus der Sicht des Lachses ist er dies zweifellos; man sollte aber die Sicht der Muränen, der Aale und anderer Wesen achten, die sich ebenfalls alle für die einzigen richtigen Fische halten. Und sicherlich stimmt es, daß nur Achaier für die Sache der Achaier kämpfen dürfen; wer will aber andere, zum Beispiel Shardanier, daran hindern, nicht für die Sache zu kämpfen, sondern für Silber?«

Khanussu schlug mit der flachen Hand auf den Tisch. »Wie wahr, Fürst von Ithaka! Vor allem insofern, als achaisches und trojanisches Silber austauschbar sind.«

»Ich dachte mir, daß du es so sehen würdest.« Agamemnon verschränkte die Hände hinter dem Kopf; Ninurta bemerkte, daß Tashmetu das Spiel der mächtigen Armmuskeln beobachtete. »Andererseits heißt das, es wäre leichtfertig von uns, Männer gehen zu lassen, die trojanisches Silber nehmen könnten, um uns mit Pfeilen zu beschießen.«

»Wer sagt, daß wir gehen wollen? Wir haben doch noch gar nicht über den Preis geredet.«

»Was ist der Wert von Bogenschützen, die wir eigentlich nicht brauchen?«

Khanussu grunzte. »Unsere Brauchbarkeit für euch steht in einem schwierig auszudrückenden Zusammenhang mit unserer Fähigkeit, für trojanisches Silber auf euch zu schießen.« Er stand auf. »Wenn es aber so ist, daß ihr uns nicht haben wollt, werde ich nun gehen.«

Agamemnon rührte sich nicht. »Odysseus?«

Der Fürst von Ithaka setzte eine betrübte Miene auf. »Ich muß dir leider sagen, Khanussu, daß deine Gefährten draußen vor dem Lager in diesem Augenblick von einigen hundert achaischen Kriegern umringt sind. Ich hielt es für besser, dies anzuordnen.«

»Wann?« sagte Khanussu, offenbar ungerührt.

Odysseus hob die Schultern. »Dazu genügen einige Zeichen, mit den Augen und den Fingern.«

»Erlaubt, daß ich mich überzeuge.« Khanussu ging aus dem Zelt; nicht eilig, aber auch nicht langsam.

»Nun zu euch.« Agamemnon blickte Tashmetu an, dann mit sichtlich weniger Gefallen den Assyrer. »Was bringt euch her?«

»Waren.« Ninurta hatte Tsanghar eines der vier Schwerter abgenommen; sein Lederbeutel enthielt etliche Beispiele für die Schmiedekunst von Shakkan: Pfeilspitzen aus Eisen, Speerspitzen, ein paar eiserne Dolche. Er leerte den Beutel auf dem Tisch und legte die Scheide mit dem Schwert daneben.

Agamemnon beugte sich vor; dann streckte er den rechten Arm aus. »Odysseus, zeig mir dein neues Schwert.«

Odysseus reichte es ihm. Agamemnon stand auf, entfernte sich ein paar Schritte vom Tisch, hieb durch die Luft, runzelte die Stirn, hielt das Schwert ans Ohr, führte noch ein paar Hiebe aus. Dann setzte er sich wieder, gab Odysseus die Waffe zurück, zog die andere aus der Scheide, nahm einige Pfeil- und Speerspitzen in die Hand.

»Schöne Arbeit«, sagte er schließlich. »Aber was sollen wir damit? Wir haben Schwerter und Spitzen.«

Ninurta verschränkte die Arme und wollte antworten, aber Tashmetu kam ihm zuvor.

»Reden wir schnell, ehe Khanussu zurückkommt, nicht wahr? Ihr braucht Bogenschützen, denn eure Versuche, vom Streitwagen aus mit Speeren zu kämpfen, sind zweifellos furchtbar gescheitert. Und...«

Agamemnon unterbrach. »Hast du geschwätzt, Odysseus?«

»Kein Wort.« Er betrachtete Tashmetu mit einem Ausdruck der Verblüffung. »Sprich weiter, schöne und kluge Frau.«

»Und du, König, brauchst besondere Waffen. Gute Waffen braucht jeder Krieger; aber diese sind besonders gut, und zweifellos wirst du Eisen mit Gold aufwiegen, um unzufriedenen Fürsten ein schneidiges Geschenk machen zu können.«

Agamemnon spielte mit zwei Pfeilspitzen. »Weiches Gold für hartes Eisen?«

»Und freundliche Worte«, sagte Ninurta. »Bewegungsfreiheit. Rückgabe von Rudern und Segeln. Die Freigabe des Schiffs *Bateia*.«

»Große Forderungen. Warum sollte ich darauf eingehen?«

»Weil es von diesen Spitzen noch mehr gibt. Und weil unser Fürst Keleos seine bewaffneten Untertanen heimführen könnte, wenn seinen unbewaffneten Händlern etwas geschieht.«

Agamemnon schwieg.

Widerstrebend zog Ninurta das flache Tonsiegel aus der kleinen Gürteltasche. »Vielleicht auch... deshalb.« Er hielt Agamemnon die Scheibe hin. »Deshalb, weil Madduwattas demjenigen, der uns beschädigt, Feindschaft verheißt.«

Agamemnons Mundwinkel sackten; mit kaum verhohlenem Ekel sagte er: »Das Graue Ungeheuer? Ah bah... Was war mit der Bewegungsfreiheit?«

»Wir sind Untertanen des Keleos, aber keine Waffenträger. Das Silber, das wir dem Fürsten von Ialysos zahlen, Steuern und Abgaben... es muß zuerst verdient werden, um euren Krieg zu bezahlen, an dem wir keinen Anteil haben. Wir wollen auch den Trojanern etwas verkaufen, gegen Silber oder Gold, um dem Keleos Abgaben zahlen zu können – trojanisches Erz, edler Agamemnon, das als Steuer in Ialysos den Krieg der Achaier gegen Troja stützt.«

Agamemnon bleckte die Zähne; Odysseus grinste offen.

»Diese Rede könnte von mir gewesen sein.«

Der König schnaubte. »Woher wißt ihr das mit den Streitwagen?«

»Offensichtlich«, sagte Tashmetu. »Ihr habt verlernt, wie man damit umgeht, nicht wahr? Ihr habt, weil der edle alte Nestor euch dazu riet, Wagen mitgebracht und Männer darauf gestellt, die mit Speeren kämpfen sollten. Nehme ich an – oder ihr hättet Wagen mitgebracht und darauf verzichtet, sie bei den ersten Gefechten einzusetzen, was ich nicht glaube. Speerkämpfer, die feststellen müssen, daß sie weder über ihre Pferde hinweg noch zur Seite mit den Speeren stoßen können. Der gegnerische Wagen ist immer zu weit entfernt. Und die Trojaner haben neben dem Lenker je einen Bogenschützen auf ihre Wagen gestellt. Und diese Bogenschützen haben eure Streitwagenkämpfer aus den Körben geschossen, nicht wahr?«

Agamemnon stöhnte. »Frau, willst du das Heer leiten?«

Odysseus stand auf und begann, im Zelt hin und her zu gehen. »Eure Schiffe... bleiben, wo sie sind. Früher oder später werden die Trojaner, die mit den Schiffen im Süden sind, von unserer Landung erfahren und versuchen, gegen den Wind heimzurudern. Wir müssen das nicht beschleunigen, indem wir Händler abfahren lassen. Bewegungsfreiheit? Ihr wollt nach Troja hinein und wieder heraus? Hm. Gehört die Übermittlung von sehr leisen Botschaften auch zu eurer, ah, Bewegungsfreiheit? Und die Beantwortung von Fragen, wenn ihr zurückkommt?«

Ninurta nickte.

»Wieviel von diesen... Seelenfressern hast du noch?« Agamemnon deutete auf das Schwert.

»Dies, und noch drei – außer dem, das Odysseus trägt.«

Der König rümpfte die Nase. »Soll ich raten, wofür er es erhalten hat? Ah, Unsinn, überflüssig; Hauptsache, Korinnos verbreitet keine Gerüchte. Also vier für mich, vier für Priamos, nicht wahr, ebenso Teilung der Pfeilspitzen? Und dazu Botschaften und Auskünfte?«

»Vergiß nicht das Gold.«

»Pah. Ich kann eure beiden Schiffe mit Gold füllen, bis sie sinken, ohne einen Verlust zu bemerken. Ich brauche Männer. Und Waffen. Und Nahrung. Und... Kenntnisse.«

Khanussu kehrte zurück; sein Gesicht verriet, daß Odysseus die Wahrheit gesagt hatte. Schweigend ließ sich der Shardanier auf den Schemel sinken.

»Nun zu dir, Bogenschütze. Wieviel?«

»Einen halben *shiqlu* für jeden Mann für jeden Tag, und Nahrung«, knurrte Khanussu.

Agamemnon lachte. »Nahrung und einen *siglos* für vier Männer.«

»Habe ich eine Wahl?«

»Nein. Und du und deine Männer, ihr werdet achaische Bogenschützen unterrichten. Wir haben ein paar Bogen dabei, aber außer Odysseus und dem... verhinderten Philoktetes keinen, der damit umgehen kann.«

Das enge Hafenbecken stank nach Abfällen, morschem Holz, faulem Fisch und den Ausscheidungen von Menschen und Tieren; Wasser war nicht zu sehen, denn die Boote lagen Bordwand an Bordwand, Bug an Heck, Reihe um Reihe. Nach hartem Feilschen war es Ninurta gelungen, von Agamemnon Leukippes *Bateia* und alle noch im Hafen oder Lager befindlichen Mitglieder der Besatzung zu bekommen. Ruder und Segel sollten in der Bucht Keleos übergeben werden, und um Befehle zu übermitteln und »allzu großen Bewegungsdrang« zu vermindern (wie Odysseus es ausdrückte), würden einige Achaier mit einem Unterführer an Bord kommen. Die Krieger, unterstützt von einem Dutzend Sklaven und Gefangenen, begannen mit der umständlichen Verlegung von Schiffen, um die am Kai liegende *Bateia* bewegen zu können.

In den hohen Lagerhäusern am Hafen hatten die Achaier Nahrungsmittel untergebracht, ebenso in den unzerstörten Wohngebäuden dessen, was einmal eine Art Hafen-Vorstadt gewesen war. In einigen Häusern schliefen Fürsten und Führer mit ihrem Gefolge; die höchsten Befehlshaber zogen, wie Agamemnon, große Zelte den kleinen Räumen vor.

Die Söldner und Tsanghar (Odysseus verzichtete darauf, ihm die Augen verbinden zu lassen) schleppten ihre Dinge und die Erzeugnisse der Inselschmiede ins Lager. Ninurta und Khanussu gingen beiseite, um den Sold zu regeln. Fünfzig Männer für fünf Tage, ein *shiqlu* für je fünf Kämpfer – Ninurta setzte die kleine Waage zusammen, die zum Händlergepäck gehörte, und wog sechzig *shiqlu* ab, eine Mine.

»Großzügig, Herr.« Khanussu nahm das Metall entgegen und deutete eine Verneigung an. »Es war uns ein Vergnügen. Darf ich noch etwas bemerken?«

»Seit wann brauchst du dazu jemandes Erlaubnis?«

Der lange Shardanier grinste. »Fürwahr; seit wann? Es war nur ein Anfall von Höflichkeit – eine harmlose kleine Seuche, schon vorbei.« Er tippte mit dem Zeigefinger an Ninurtas Brust. »Du bist ein seltsamer Mann.«

»Das habe ich schon gehört. Mehrmals. Wieso?«

Vom Frauenpferch her hörten sie Schreie und grölendes Gelächter. Ninurta sah sich nach Tashmetu um. Sie stand mit Tsanghar und Odysseus in der Nähe von Agamemnons Zelt; ihre Miene war ausdruckslos.

»Deshalb, unter anderem.« Khanussu wies mit dem Kopf in die Richtung, aus der die Schreie kamen. »Hart gefeilscht hast du mit dem Achaier, Mann; ich hätte nie geglaubt, daß er dir das Schiff gibt und dich mit Waffen nach Troja gehen läßt. Aber... du bist zu weich, milder Ninurta. Die Frauen hier, dein Gesicht, der Junge... Warum wolltest du nicht, daß Odysseus ihn erwürgt? Es wäre einfacher. Für alle.«

»Wäre es, zweifellos. Manchmal erleide ich diese Anfälle von, wie du sagst, Weichheit. Kleine Seuchen, die vorübergehen.«

Khanussu nickte. »Ich dachte es mir – trotzdem: Warum?«

»Vielleicht habe ich zu viele, Frauen und Männer, zu früh und zu furchtbar sterben sehen. Und du, warum hast du mir geholfen, Odysseus am Würgen zu hindern?«

»Tja«, sagte der Shardanier. »Vielleicht aus dem gleichen Grund. Vielleicht, weil du angefangen hast und ich noch Sold von dir zu kriegen hatte. Such dir was aus.«

»Ich verzichte darauf; lassen wir es offen. Ich wünsche dir reiche Beute, Shardanier.«

Khanussus Hand umklammerte kurz Ninurtas rechten Unterarm. »Gute Geschäfte, Händler. Heile Haut. Und sieh zu, daß du aus der Stadt bist, wenn es richtig losgeht.«

»Ich will es versuchen.«

Khanussu wandte sich ab, blieb aber noch einmal stehen und sagte: »Wenn nicht, laß dich gefangennehmen, Assyrer. Wir machen keine Gefangenen, gewöhnlich, aber es gibt Ausnahmen.«

Ninurta klopfte ihm wortlos auf die Schulter.

Korinnos stand zwischen Tsanghar und Tashmetu, sichtlich bemüht, Odysseus nicht anzusehen. Der Fürst von Ithaka lachte plötzlich.

»Lächle, Korinnos Ilieus. Mögen dir viele Tage im Licht der Sonne beschieden sein. Willst du nicht deine Schriftrollen holen und mitnehmen? Sie müßten noch im Zelt des betrauerten Palamedes liegen.«

»Ich helfe dir«, sagte Tsanghar. Er nahm den Arm des Jungen. »Komm. Wo steht das Zelt?«

Ninurta sah hinter ihnen her; dann betrachtete er das Gesicht des Ithakers, als ob er es zum ersten Mal sähe. Das Gesicht eines Fünfunddreißigjährigen, mit hellem Bart, hellen Augen, fast ohne Falten. Ein harmloser, freundlicher Mann. Etwas um die Augen erzählte von sehr anderen Eigenschaften.

»Prüfst du die Schleifspuren, die Chronos mit seinen Holzschuhen in meinem Gesicht hinterlassen hat?« Odysseus lächelte.

»Ich suche nach den umgekehrten Prägungen der Tücke.«

»Umgekehrt?«

»Der Dämon der Tücke hat in der linken Hand einen Stempel und in der rechten einen Hammer. So, wie er in deinem Kopf arbeitet, müßte dein Gesicht voll von durchgedrückten Stempelungen sein – von außen eben umgekehrt zu sehen.«

»Du tust mir bitteres Unrecht an, Assyrer. Ich bin der schlichteste und harmloseste aller Sterblichen.«

Tashmetu schnaubte kaum hörbar.

»Hörst du?« sagte Odysseus. »Deine ebenso wunderschöne wie wunderkluge Frau stimmt mir zu.«

»Was wird mit dem Gold – für die Waffen?«

Odysseus hob die Brauen. »Agamemnon wünscht, daß ihr abreist, sobald das Schiff bewegt werden kann. Das genaue Abwiegen wird sicherlich bis morgen dauern. Der König von Mykene gibt sein Wort, daß er dir das Gold zukommen läßt. Bald.«

Ninurta pfiff leise durch die Zähne. »Sein Wort? Was ist das Wort des Königs wert?«

»Sein Gewicht in Gold.«

»Wie wiegt man ein Wort? Auf einer Waage, deren Zunge nicht ausschlägt, wenn man in die eine Schale eine Lüge und in die andere eine Wahrheit haucht?«

Odysseus lachte und legte ihm eine Hand auf die Schulter. »Awil-Ninurta, Assyrer aus Ialysos, argloser Händler, den sein weiches Gemüt nicht am Erwerb von Wohlstand gehindert hat – ich glaube, dies könnte der Beginn einer wunderbaren Freundschaft sein.«

»Ich werde dich gelegentlich auf Ithaka besuchen und daran erinnern. Trotzdem: Was ist mit dem Gold, und wo sind die Seeleute der *Bateia*?«

Odysseus nahm seinen Arm und zog ihn mit sich; Tashmetu folgte.

»Komm; wir suchen deine Seeleute. Was nun das Gold angeht, so wird es dir in ein paar Tagen überbracht werden. Wohin? Zur Bucht? Nach Troja?«

»Vielleicht sollten wir doch hierbleiben, bis wir es haben«, sagte Tashmetu.

Odysseus schnalzte mißbilligend. »Edle Fürstin, Agamemnon will, daß ihr heute noch abreist. Das Lager ist übervoll, und vor dem Hafen liegen Schiffe, eben angekommen, mit denen Aias, der edle Sohn des Telamon, weitere Vorräte zur Ergötzung der Krieger schickt, und ein paar Thrakerinnen zur Ernährung. Oder umgekehrt. Sie müssen entladen werden; es wird großes Gewirr herrschen. Reist ab.«

»Ist es unklug, in der Höhle des Löwen mit diesem zu feilschen?« sagte Ninurta.

»Es ist klug, nach ersprießlichem Feilschen die Höhle zu verlassen, solange genug Leben in den Beinen ist.«

Südlich des Hafens, vor der fensterlosen Rückwand eines großen Lagerhauses, hatten die Achaier einen Teil ihrer Gefangenen zusammengetrieben: Hafenbewohner, die nicht rechtzeitig geflohen und weder als Sklaven noch als Dirnen verwendbar waren, Seeleute der im Hafen überraschten fremden Schiffe, trojanische Kämpfer aus den ersten Gefechten. In der Bucht hatte glühender Frühsommer alles ausgedörrt und ließ Regen als lustvoll ersehnten Traum erscheinen; hier oben, wo an den Meerengen kalte und warme Strömungen sich mischten und Winde aus der ganzen Welt miteinander tuschelten, hatte es immer wieder geregnet. Ninurta erinnerte sich, von der Bucht aus die Wolken im Norden gesehen und begehrt zu haben; nun wich das ohnehin nur erinnerte Begehren gründlich.

Die Gefangenen saßen oder lagen auf dem nackten nassen Boden, zwischen Pfützen und eigenem Dreck, hinter einer Absperrung aus Erde und Steintrümmern, bewacht von Speerträgern. In einer Ecke des Gevierts hatten sie mit bloßen Händen eine Grube für Ausscheidungen ausgehoben, aber nicht alle schafften den Weg dorthin. Sie waren abgemagert und verdreckt; viele schienen krank. Dicker, breiiger, siecher Gestank lag über allem.

»Ho, Männer von der *Bateia*, zu mir!« Ninurta wiederholte den Ruf mehrmals, auf Achaisch und Assyrisch und Luwisch.

Sieben Gestalten. Vier konnten gehen, stützten zwei Taumelnde und trugen den siebten – schleiften ihn, denn sie waren zu schwach, ihn zu heben, und er konnte die Beine nicht mehr bewegen. Ninurta bemühte sich, den erbärmlichen Gestank nicht zu gründlich einzuatmen.

Er kannte die Männer, wenn er auch die Gesichter kaum wiedererkannte. Die Namen. Zwei waren mit ihm auf der *Yalussu* gesegelt, alle gehörten seit Jahren zur Insel.

Odysseus warf einen Blick auf den siebten Mann. »Sollen wir das erledigen? Überflüssig, ihn an Bord zu bringen und später ins Wasser zu werfen.«

Aber der Rome Ahmose überlebte. Bod-Yanat nahm sich seiner an und versorgte ihn mit Kräutern und Sud und Brühe, als sie die Bucht erreicht hatten. Sie machten die *Bateia* neben der *Kerets Nutzen* fest. Die beiden morschen Söldnerschiffe hatte Fürst Keleos an den Strand schleppen lassen, wo seine Männer das Holz, wenn es erst getrocknet war, für ihre Feuer verwenden würden. Nach dem Gedränge und Gestank des Hauptlagers genossen alle die Luft und Weite der Bucht.

Keleos lauschte den Anweisungen, die Agamemnons Unterführer ihm übermittelte; als die Krieger abmarschierten, ließ er Ruder und Segel der *Bateia* an Land bringen, zu den streng bewachten Vorräten.

Diese hatten sich nahezu wundersam vermehrt. Am Vortag waren drei Schiffe aus dem Süden gekommen, beladen mit Beute und Vorräten – die ersten Ergebnisse von Achilleus' Plünderzug, über den Ninurta nichts Genaues zu wissen begehrte; sehr zu Keleos' Enttäuschung, denn der Fürst schien mit einem gebildeten

Mann Geschichten austauschen zu wollen. Neben einem Teil aus der Beute des Südheers (den größten Teil hatte Keleos zum Hauptlager geschickt) türmten sich am Strand die Waren – vor allem Gefäße mit eingelegtem Gemüse, Trockenfisch und Trockenfleisch, dazu riesige Mengen an Getreide –, die Händler in den vergangenen Tagen gebracht und zweifellos zu teuer verkauft hatten: Händler von den tausend Inseln, Skythen, Luwier, aber auch Achaier vom Festland weit im Westen. Die Kampfschiffe, die vor der Küste kreuzten, ließen Händler ebenso durch, wie sie Khanussus Söldner durchgelassen hatten – bis zur Bucht, nicht weiter: Wer geliefert hatte und dann wieder abfuhr, durfte nichts Genaues berichten können. Das Heer und seine Bedürfnisse und die Aussicht auf große Gewinne (je größer das Bedürfnis, desto größer die Bereitschaft, jeden Preis zu zahlen) würden in den kommenden Monden immer mehr Männer anlocken.

Zumindest um die Ernährung seiner Leute brauchte sich Ninurta nicht zu sorgen; Bod-Yanat behauptete, unter Deck genug für zwei Monde zu haben, für alle, und mehr, wenn weniger Esser zu versorgen seien.

Keleos befolgte Agamemnons Weisungen peinlich genau; der Assyrer hatte Verständnis dafür – er sagte sich, wenn er dem König von Mykene unterstellt wäre, würde auch er zweifellos alles tun, um kein Mißfallen zu erregen. Dann bedachte er die Aussicht, in Troja zu leben und von Agamemnon und seinen Leuten besiegt, überfallen, geplündert zu werden. Er bedachte dies nur kurz; es gäbe Angenehmeres zu erwägen, fand er, notfalls sogar die Rückkehr in hethitische Gefangenschaft.

Tashmetu war schweigsam, seit sie die Achaier verlassen hatten – es gab allerdings auch kaum Gelegenheit zu ungestörtem Gespräch. Ninurta erörterte mit ihr die nächsten Schritte; sie riet, Korinnos und Tsanghar mitzunehmen und schlug Lösungen für einige andere Schwierigkeiten vor. Irgendwie schien sie nicht recht zu glauben, daß es möglich sein sollte, mit achaischen Kämpfern als Geleit (und als Träger) in die Stadt des Kriegsgegners der Achaier zu gelangen. Ninurta sagte später, er habe es nur deswegen für möglich gehalten, weil nach seiner Erfahrung bei

Menschen alles möglich sei, und zwar das Gräßliche eher als das Erfreuliche, und das Absurde viel eher als das Vernünftige.

Allen erschien es unwirklich: Fünf Leute der *Kerets Nutzen*, Tsanghar, Korinnos, Tashmetu, Ninurta und drei Dutzend Krieger des Keleos, alle hochbepackt, stiegen von den Küstenhügeln hinab ins Schwemmland, durchquerten eine Senke, die so regelmäßig geformt war, daß Ninurta an Tsanghars Mutmaßung über ein altes Hafenbecken zu glauben begann, gingen eher nach Nordosten als nach Osten, wateten durch den kleinen Nebenfluß und erreichten das linke Ufer des Skamandros dort, wo bis zum Beginn des Kriegs eine Brücke gewesen war; wo der Fluß Reste von Pfeilern umspülte; wo er nach Verlassen der steilen Schlucht flacher und langsamer wurde. Wo sie achaische Streifen erwarteten.

Wo sie aber Achaier und Trojaner friedlich an Feuern sitzend vorfanden. Die Männer tauschten Nahrungsmittel, Wein und Geschichten aus, belachten die Torheit ihrer Fürsten und rätselten über den am Vortag ausgerufenen Waffenstillstand, den Gefangenenaustausch und die möglichen nächsten Ereignisse.

Keleos hatte befohlen, am Ufer einen großen flachen Kahn verfügbar zu machen; diesen beluden sie mit ihren Beuteln und den Handelsgütern. Ninurta dankte den Trägern (mit Worten und Silber), stieg als letzter in den Kahn und half, das schwerfällige Ding über den Fluß, dann gegen die Strömung des Simois in dessen Mündung zu rudern.

Sie sahen den Burghügel des steilen Ilios (Ilion, sagten die Achaier inzwischen, als ob sie damit die Stadt, die ein wehrhaftes Wesen war, zu einer wehrlosen Sache machen könnten) und die mächtigen Mauern, glatt und abweisend. Sie sahen die Unterstadt, westlich und südlich der Burg, von Mauern und Gräben umgeben, und auf den Mauern die Köpfe von Verteidigern oder, jetzt jedenfalls, müßigen Beobachtern. Tsanghar sah als erster die ausgeklügelten Tore, vor denen jeweils das nächste Mauerstück begann, wie eine Schuppe halb über der anderen liegt: Wer ein Tor erreichen wollte, mußte zwischen zwei Mauern hindurch und dann links abbiegen – unzugänglich für schwere Rammen, kaum angreifbar durch Wagen oder Belagerungstürme. Sie sahen, ehe sie zu nah herankamen, die flachen Dächer, auf denen die Bewohner Wäsche trockneten und Blumen oder, vielleicht, sogar Nährpflanzen zogen.

»Und das wollen die erobern?« sagte einer der Seeleute; er spuckte ins Wasser. »Dazu gehören mehr als zwanzigtausend Achaier, und bessere außerdem.«

Auch Ninurta sah keine Schwachstellen, nicht einmal dort, wo die Mauern nach Norden hin verlängert waren und das Simois-Ufer berührten. Nördlich des Flusses setzten sich die Verteidigungsanlagen fort und schützten die »Neustadt«, ein in den vergangenen zwei oder drei Jahrzehnten entstandenes, planlos verwinkeltes Gewirr aus Häusern aller vorstellbaren Formen und Baustoffe. Zwischen den Mauern, die den Fluß berührten, hing eine bronzene Sperrkette tief im Wasser; Torflügel aus dicken Bohlen, besetzt mit Bronzeplatten und Dornen, hingen in ehernen Angeln an den Mauern und würden, geschlossen, bis knapp über die Wasserfläche reichen. Auf den Ecktürmen waren Umrisse von Geräten zu sehen, die Ninurta für schwere Steinschleudern hielt. Zweifellos mußten feindliche Schiffer, die flußauf in die Stadt einzudringen versuchten, auch mit einem Hagel aus Speeren, Pfeilen, scharfkantigen Metallstücken und Glassplittern rechnen, wahrscheinlich auch mit erhitzten Flüssigkeiten. Und wenn es doch gelänge, hier einzudringen, wäre nicht viel gewonnen: Von der Unterstadt war das Hafenviertel durch weitere Mauern getrennt.

Am Südufer, unterhalb des steilen Burghangs, hatte man den Fluß erweitert, ein durch Pfosten und Flechtwerk gesichertes Hafenbecken angelegt und einen Kai aufgemauert, an dem Lagerhäuser, Wohngebäude und Ställe standen – vermutlich zur Zeit Unterkünfte für Krieger und Pferde. Das Becken war voll von Kähnen, Flußbooten, Frachtern; ähnlich voll wie der eigentliche Hafen, den die Achaier besetzt hielten.

Ninurta lenkte den Kahn zum Nordufer, zur Neustadt, die teils auf entwässertem Schwemmland, teils auf mühsam trockengelegtem aufgeschütteten Sumpf gebaut war. Ungesund, wie es hieß – aber die alten Entwässerungskanäle außerhalb der Mauern waren trocken, soweit dies vom Fluß aus zu sehen war, und statt Sickerwasser enthielten sie spitze Pflöcke.

»Du solltest nicht...«, sagte Tashmetu, als der Kahn in etwas glitt, was eher eine Lagune als ein Becken war; hier war noch Platz zwischen anderen Schiffen und Kähnen, und auf dem Kai (gestampfter Lehm, mit Flanken aus Weidengeflecht) standen trojanische Kämpfer, oder bewaffnete Ordner. »Laß mich das machen.«

»Warum?«

»Willst du wirklich, daß Priamos von dir etwas erfährt, bevor du weißt, was er und der Herr von Ashur in dir versteckt haben?«

Ninurta nahm ihre Hand und drückte die Lippen in die Handfläche. »Was wäre ich ohne dich?«

»Ein Fisch«, sagte sie, »ohne Handkarre.«

Sie legten an. Tashmetu erhob sich, kletterte auf den Kai und ging den Ordnern entgegen.

»Tashmetu, Händlerin aus Ugarit, mit einer Ladung eiserner Waffen für die Verteidiger der Stadt. Gibt es Befehle? Zoll? Vorschriften?«

Einer der Männer schob den Kesselhelm in den Nacken. »Vorschriften?« Er schien gleichzeitig ratlos und belustigt. »Vorschriften, Fürstin des Handels, gibt es von hier bis Hattusha, oder von vorgestern bis nächstes Jahr, wenn du diese Form von Liste vorziehst. Aber über Waffen steht nichts darin – außer, daß wir sie benötigen.« Er wechselte ein paar leise Worte mit einem der anderen. »Der Kahn ist sicher; wir wachen Tag und Nacht. Und er wird ja ohne euch nicht wegschwimmen oder fliegen. Morgen wissen wir Genaueres.«

»Gibt es Unterkünfte?«

Der Mann lachte. »Unterkünfte? Drüben in der Stadt ... in der *richtigen* Stadt kannst du keine Maus mehr unterbringen, aber hier?« Er zuckte mit den Schultern. »Die Hälfte der Bewohner ist geflohen; in einigen Häusern sind Kämpfer, Bundesgenossen. Es müßten viele Gebäude leerstehen. Hört euch um.«

Die Neustadt bot mindestens zehntausend Menschen Platz; wie die Händler in den nächsten Tagen hörten, waren kaum mehr als sechstausend geblieben, einschließlich fremder Truppen.

In den vergangenen Jahrzehnten hatten sich hier vor allem Fremdstämmige oder deren (gemischte) Nachkommen angesiedelt: Achaier, versprengte Mykeniernachfahren, Leute aus dem Masa-Land im Osten, Thraker, Paionen, Illyrier (oft ehemalige Söldner; ein paar Shardanier waren auch darunter), einzelne Libuer, Romet, Phrygier, Hatti-Flüchtlinge ... Die »echten« Trojaner – Menschen mit hauptsächlich luwischen oder halbluwischen Vorfahren – hatten zu Beginn der Belagerung Zuflucht in der eigentlichen Stadt gesucht. Vermutlich gingen sie zu Recht davon aus, daß die Neustadt nach halbherziger Verteidigung im Fall einer langen Belagerung lieber die Tore öffnen als für Priamos und seine Söhne verbluten würde.

Auf ihrem Weg zur Stadtmitte sahen sie Menschen mit heller und dunkler Haut; sie trugen den üblichen *kitun* aus dünnem Wollstoff oder Leinen, knöchellang oder bis zum Oberschenkel, kurze Ärmel, lange Ärmel, Verzierungen, bunte Säume. Andere trugen skythische Beinkleider, Tuchröhren bis zu den Füßen, darüber offene Jacken auf nackter Haut. Sie sahen Frauen mit und ohne Kopfputz (eine trug das lange glimmende Haar als Turm, mit Stützstreben aus Silberspangen und Zinnen aus steinüberkrustetem Silberdraht), sittsam verhüllte Mütter von irgendeinem Bergvolk, bei dem die Frauen nur Hände und Gesicht entblößt lassen durften, und Verweserinnen der Lust mit glatten Schenkeln, ockerfarbener Hüftschärpe und grünen und blauen Tüchern, die nur eine Brust verschlossen. Die Straße – »Gasse der Gedeihlichkeit« hieß sie – war mit unterschiedlich großen, vielfarbigen Steinen und Ziegeln gepflastert; vor den meist zweigeschossigen Häusern schützten teils von Holzsäulen getragene Dächer, teils gewölbte Bogengänge aus Mauerwerk die Händler und Handwerker, ihre Waren und Kunden vor Sonne oder Regen. Sie sahen eine alte Frau (die Augen hellblaue Seen im von Stürmen verwüsteten Brachland des Gesichts), die auf einem Tisch aus zwei Brettern und zwei Böcken grelle Baum- und Strauchfrüchte feilbot, in den unglaublichsten Formen und Farben; nicht einmal der weitgereiste Ninurta konnte mehr als ein Drittel von ihnen benennen. Gegenüber, in einer rückwärts offenen, vom Licht eines Innenhofs durchspülten Werkstatt fertigte ein Mann mit Lederschurz und glatten Fingerkuppen feinsten Silberschmuck. Daneben ergoß sich ein Schwall fetter, beißender und rupfender Gerüche aus einem halbdunklen Laden, in dem eine fast nackte, schwitzende Frau Butter stampfte, umgeben von tausenderlei aufgetürmtem Käse: mit Weinlaub oder Bast umwickelt, mit Wachs beschichtet, kleine runde Laiber, große, flach, eckig, in allen Farben zwischen madigem Weiß und würgendem Grün.

Immer wieder konnten sie Blicke in Innenhöfe werfen, wo Kinder spielten oder Hühner mit Milchziegen stritten. Hinter einer morschen, löchrigen Holztür sahen sie die Schätze eines Mannes, der mit Goldschmuck und kostbaren Steinen handelte. Ein paar Häuser weiter gab es eine angelehnte Tür aus wunderbar beschnitztem dunklen Holz; der Türsturz darüber, zweifellos älter als die ganze Neustadt, zeigte verschlungene Schriftzeichen unbekannter Herkunft und gräßliche Göttermasken – aber als Tsanghar hinter die angelehnte Tür spähte, sah er nur wertloses Gerümpel. Manchmal waren Dach oder Bogengang unterbrochen, dann stiegen von der Straße steile Treppen auf zu weichenden Obergeschossen, und alle oder fast alle Häuser schienen oben durch Leitern, Stege oder Gänge verbunden.

In der Mitte des Gewirrs krummer Gassen lag ein Platz, den die Einwohner schlicht Hexagon nannten; sechs beinahe gerade Straßen (und etliche Sackgassen, Gäßchen, Hofzugänge) kamen dort zusammen. In den Ecken standen sechs alte Statuen aus verwittertem rostroten Stein, mitten auf dem Platz die siebte: kaum noch kenntliche Weihebilder für uralte Götter, mit leeren Augenhöhlen und abgeflachten Nasen. So alt, wie sie waren, mußten sie von weither mitgebracht und hier aufgestellt worden sein, auf gemauerten Sockeln. Zu Füßen der siebten, mittleren Statue hatte man einen Tiefbrunnen ausgehoben und mit halb mannshohem Mauerring versehen. Der *Platz der sieben Götter*, wie er auch genannt wurde, hieß nicht nur Hexagon, sondern daneben auch noch *Topf der fünf Lichter* (Morgen-, Mittags-, Abendlicht, dazu in der Nähe der siebten Statue ein Balken, auf dem nachts von den Wachen Kienfackeln entzündet wurden, und eine große Kugel aus Ton, Kupferdraht und Bernsteinsplittern, in der nachts ein Öllicht glomm: vor einer Schänke unter den Bögen am Südrand), *Tiegel der vier Winde* und *Verlies der drei Fürstensöhne*. Angeblich hatte Priamos bei seiner Machtübernahme die letzten drei Abkömmlinge der alten Herrscher hier lebendig einmauern lassen; die Kammer im Boden wurde später zum Grundstein der neuen Stadt. Ninurta war sicher, daß man noch mehr Zahl-Namen für den Platz finden konnte – *Hort des einen Brunnens, Wunder der zwei Städte;* oder *Kind der acht Steinbrüche,* denn die unebenen Platten, mit denen der Platz belegt war, schienen aus sehr verschiedenen Gegenden zu kommen: Einige hatten Längsrillen, andere fast regelmäßige Gittermuster, einige waren rauh, andere glatt und hart oder glatt und beinahe weich, und je nach Lichteinfall vervielfachten sich die Ausgangsfarben Rot, Braun, Grau, Blau, Gelb, Grün.

Am Ende einer Gasse, die sich unter dem Bogengang der Nordwestseite wegstahl, fanden sie ein zweigeschossiges Haus mit kleinem Hof, eigenem Brunnen, elf Zimmern und Dachgarten. Der Besitzer, ein dürrer Phrygier mit knielangem schwarzen Umhang, ließ sich von einem *shiqlu* am Tag auf drei *shiqlu* für zehn Tage herunterhandeln; Ninurtas Behauptung, ansonsten würde er nichts verdienen, da das Haus weiter leerstünde, konnte er nicht entkräften.

Bis zum Sonnenuntergang hatten sie die nötigen Matten und Decken sowie ein paar Gefäße erstanden und einen Teil der Ladung vom Kahn hergebracht. Es gab einen gemauerten Herd, aber am ersten Abend aßen sie lieber in einer der Garküchen am Platz. Tsanghar übernahm freiwillig die Wache; einer der Seeleute brachte ihm einen Krug Bier und Brotrollen mit gewürztem Bratfisch ins Haus. Die anderen saßen unter rußigen Deckenbalken an niedrigen Tischen (es gab Dutzende von Schemeln, aber alle waren unterschiedlich hoch, und keiner schien über gleich lange Beine zu verfügen) und aßen mit Krokusstaub gefärbten und gewürzten Hirsebrei, flaches knuspriges Brot, heiße Suppe, in der Lauchstreifen, Kohlstückchen, Bohnen und Fischbrocken trieben, eine Vielzahl gedünsteter oder gebratener Flußfische, innen roten Lammbraten in einer Kruste aus Brotkrümeln, Honig und Kräutern, danach Käse und süßes Gebäck. Zu allem gab es leichte und schwere Weine aus Schläuchen, die von den Deckenbalken hingen, Bier, Wasser aus dem großen Brunnen oder den Saft gepreßter Früchte. Als sie mit der Gewißheit heimkehrten, daß trotz der achaischen Plünderzüge die Neustadt (aus Vorräten, aus dem Fluß, aus Lieferungen des Hinterlands?) gut leben konnte, fanden sie den Kashkäer halb entschlummert, in den Armen einer jungen Thrakerin, die leise schnarchte.

»Nicht nur erfindungsreich, sondern auch kunstvoll im Finden«, sagte Ninurta. Er und Tashmetu lagen auf den warmen Ziegeln des Dachs, zum Nachbarhaus durch eine bröcklige, kaum mannshohe Wand aus Latten und Lehmfladen geschützt. Im Nordosten sah man, weit jenseits der Mauern, die Feuer des achaischen Heers glimmen, und dahinter zeichneten sich die undeutlichen Massen der gebirgigen Halbinsel nördlich der Meerengen ab. Die beiden hatten maßvoll gegessen – »zehn Tage her; mich verlangt nach ergötzlicher Bewegung, o Assyrer«; Tashmetu sagte, am Himmel seien dreieinhalbmal soviel Sterne wie Schweißtropfen an ihrem Körper; der findige Kashkäer und seine Gespielin hätten zweifellos auch geschwitzt. Dann rollte sie sich auf die Seite und legte die Hand auf Ninurtas Brust.

»Ich will nicht mehr. Ich bin ... krank von all dem hier.«

»Was willst du nicht mehr? Befällt dich am Ende des glückhaft befriedigten Lechzens der Ekel?«

Sie kicherte. »Wo soll ich dich beißen, Mann?« Dann sagte sie leise, ernster: »Fliehen, solange es noch möglich ist. Nicht zu Prijamadu gehen, Ninurta, und die Botschaft vergessen. Wie auch immer sie lauten mag.«

Er schwieg.

»Auf das Gold verzichten, das Agamemnon sowieso nicht bezahlen wird. Auf das Gold verzichten, das Prijamadu ebensowenig bezahlen wird wie der Achaier. Das Leben mitnehmen. Keine eingepferchten Frauen mehr sehen, die den gierigen Kriegern zum Fraß vorgeworfen werden. Keine jungen Männer mehr sehen, die bald sterben werden.«

»Hättest du die Frauen freikaufen wollen?«

»Hätten die Achaier sie denn verkauft? Und sobald wir abgereist wären, gäbe es zweimal soviel neue Gefangene, die niemand freikauft.« Sie seufzte. »Hier ist an allen Händen Blut, an deinen und meinen, und bald auch an denen von Korinnos. Gefangene Frauen freikaufen und gefangene Männer sterben lassen? Alle freikaufen? Die ganze Stadt kaufen und das Land und Achiawa dazu?«

Ninurta lachte gepreßt. »Agamemnon hat mehr Gold als alle Händler der Meere und Länder zusammen. Und selbst wenn ... Sie würden in ein noch nicht gekauftes Land wandern und einander dort die Kehlen schlitzen.«

»Können wir fliehen?«

Er schüttelte den Kopf. »Etwa fünfundvierzig Talente Gold – wenn Agamemnon zahlt. Was ich nicht glaube, aber immerhin. Hier oben wäre der Gegenwert fast vierhundertfünfzig Talente Silber. In *shiqlu* ...« Er schwieg und rechnete, schließlich sagte er fast ehrfürchtig: »Fünfhundertvierzigtausendmal zehn Tage dieses Haus mieten. Einen Tag lang acht Millionen und einhunderttausend shardanische Söldner bezahlen. Keiner von uns wird hungern müssen, wenn wir das Gold nicht bekommen; aber vielleicht sollten wir noch ein paar Tage hoffen und abwarten.«

»Können wir denn fliehen – wenn wir fliehen wollen?«

»Die Schiffe sind bewacht; sie liegen fest. Ich weiß nicht, wo Leukippe steckt, mit den anderen Leuten von der *Bateia*. Wahrscheinlich drüben, in der ›richtigen‹ Stadt. Ja, Liebste, wir können fliehen – glaube ich. Zu Fuß, nach Osten, ins Hinterland, dann nach Süden. Aber da tobt sich Achilleus aus, und wo er nicht ist, beginnt das Reich des finsteren Madduwattas, und wo es endet, beginnt das der Hatti. Nach Norden? Über die Meerenge, wo Aias, der Sohn des Telamon, die Welt verwüstet? Weiter nach Osten, in die Wildnis, ins Masa-Land, zu den Frauen von Azzi, die mich verschneiden und dich schmücken würden?«

»Verschneiden?« Sie streckte den linken Arm aus, unter der Decke. »Das da? Ich glaube, ich hätte dann aber nicht viel Vergnügen am Schmuck.«

»Vorsicht, sanfter. Ah. – Die Schiffe zurücklassen, die Waren zurücklassen, auf das Gold verzichten, das wir wahrscheinlich sowieso nicht kriegen. Aus der Stadt? Das wird möglich sein. Aber die erste trojanische Streife fängt uns ab – ›kommt mit, wir brauchen Krieger für Prijamadu, und du, Frau, kommst auch mit‹, so etwa?« Er setzte sich auf. »Du siehst, ich habe darüber nachgedacht, denke unausgesetzt daran. Aber es gibt keinen Weg. Wenn wir alles zurücklassen, einen schlimmen Verlust hinnehmen und dennoch nicht einmal halbwegs sicher sein können, daß wir einen Tag später noch leben?«

Nach langem Schweigen sagte Tashmetu: »Dann laß uns das hier weiter als ›Lager der Händlerin Tashmetu‹ bewohnen. Ich ... mir wird übel bei dem Gedanken an das, was die Könige in dir vergraben haben können. Und ich fürchte, das Siegel des Madduwattas könnte für dich alles noch schlimmer machen.«

Ninurta nahm ihre Hand und verschränkte seine Finger mit ihren. »Schönste und klügste der Frauen«, sagte er leise, »du hast scharfsinnig gesprochen, als wir im Zelt des Agamemnon saßen, und du hast klug gehandelt, als wir hier anlegten und uns den Ordnern vorstellen mußten. Wie könnte ich dir widersprechen? Ich danke dir – viele Male, für alles, ganz allgemein, und für dieses ganz besonders. Aber wenn nun jemand, zum Beispiel ein Goldbote des Achaiers, nach mir fragt? Ich kann mich nicht ewig verstecken; irgendwann wird Prijamadu erfahren, daß der Händler Awil-Ninurta in der Stadt ist, und dann wird er Antwort auf seine Botschaft nach Ashur hören wollen und mich holen lassen.«

»Laß uns dies vorwärts und rückwärts bedenken, Liebster.«

»Rückwärts?« Er lachte leise. »Sind wir müde, oder fällt uns dabei noch etwas ein?«

Gleichförmige Tage: gleißende Sommerperlen, gefaßt in Muße, in einer Kette läßlicher Tätigkeiten. Warme Abende, oft verbracht auf dem Platz, wo sich die Frauen am Brunnen versammelten und alte Männer unter den Bögen Geschichten in ihren Wein erzählten. Milde Nächte im Haus, oder auf dem Dach; Tashmetus Schwangerschaft war noch nicht sichtbar und kein Hindernis bei den vielerlei möglichen Bewegungen. Ninurta fand, es gebe Schlimmeres, als mit genug Silber einen warmen Sommer untätig zu verbringen. Er konnte sich nicht daran erinnern, je ohne Tashmetu gewesen zu sein, und manchmal versuchte er, jene Unrast herbeizureden, die ihn immer zum Reisen und Handeln getrieben hatte. Dann lachte Tashmetu und sagte, umeinander gerankte Pflanzen seien eben seßhaft, bis Erdbeben und Sturm und Überschwemmung kämen.

Daran war zunächst nicht zu denken. Trojaner und Achaier unternahmen nichts; nachts war die Ebene von Feuern gesprenkelt, an denen Männer beider Seiten saßen und redeten und tranken. Vermutlich warteten die Achaier auf die Rückkehr von Aias und Achilleus; die Trojaner warteten darauf, daß die Achaier etwas taten. Priamos konnte warten; jeder Tag brachte Verstärkungen – kleine Trupps aus entlegenen Festungen an den Meerengen oder in den Bergen, größere Abteilungen, die sich aus dem unerklärten Grenzkrieg gegen die Hethiter zurückgezogen hatten und Nachrichten mitbrachten, Kämpfer aus Phrygien und dem Masa-Land – weniger als erhofft, aber mehr als erwartet. Und jeder Tag brachte die Zeit näher, da es den trojanischen Schiffen gelingen würde, entweder die Kämpfe um Alashia und an den Gestaden des Hatti-Lands siegreich zu beenden oder ohne Sieg heimzukehren, um der Stadt zu helfen.

In der Neustadt redete niemand vom Krieg; inzwischen gingen die Bauern wieder auf die Felder, zumindest diesseits der Flußmündungen. Es gab keinen Mangel, da das bisher nicht von Achaiern aufgesuchte Hinterland alles Nötige liefern und die Menschen, bis auf wenige, alles Benötigte bezahlen konnten; der König »drüben«, in der eigentlichen Stadt, ließ bisweilen Gemüse und Getreide verteilen, was ihn bei den Leuten in der Neustadt nicht beliebter machte. Er war, angeblich auch für die »richtigen« Trojaner (und, wie Ninurta vermutete, für diese noch mehr als für die Neustädter), der Achaier, alter Söldner, der die Macht an sich gerissen und mit seiner luwischen Hauptfrau Hekapa, aber auch mit einem Dutzend Nebenfrauen und weiteren Kebsen hundert Söhne und hundert Töchter gezeugt hatte, von denen einer den Phallos zu gründlich in eine Spartanerin schieben mußte, ohne an die Folgen zu denken – »und dafür sollen wir kämpfen?« Je länger dieser Friede im Krieg dauerte, desto unglaublicher erschien dem Assyrer die Vorstellung, die Männer, die draußen an den Feuern Brot, Wein und Geschichten teilten, könnten eines nahen Tages mit- und gegeneinander ein Blutbad anrichten; andererseits zweifelte er nicht daran, daß Odysseus (wenn schon nicht Agamemnon) etwas einfallen würde, um sie dazu zu bringen.

»Krieger«, sagte einer der alten Männer, »würden von sich aus nie kämpfen; sie wissen zu gut, um was es dabei geht.« Er bleckte die Gaumen, in denen drei Zähne steckten, wie verstreute Wächter; dann hob er den schmierigen *kitun*. Von der rechten Brustwarze bis halb über, halb unter dem Nabel wand sich eine schartige Narbe, wie eine Schlange, die die Fänge nicht mehr ganz hatte schließen können. »Krieger wissen *das*. Es ist herrlich, mit anderen Männern zusammenzusein, Teil eines gewaltigen Körpers. Und vorher ist gut reden vom herrlichen Krieg – hinterher auch, wenn man überlebt hat. Aber *drin* will keiner wirklich sein. Kein Krieger beginnt je einen Krieg; es sind die Fürsten.«

Korinnos lächelte häufiger: Zähne wie weiße Blütenblätter, nachdem die Sonne das Eis des Entsetzens geschmolzen hat. Er erzählte von Palamedes, vom Leben in Nauplia, von den wirren Erinnerungen an den früh verstorbenen Vater, von Geschichten, die man ihm über die bei der Geburt verblutete Mutter erzählt hatte. Schon der nie gesehene Großvater war als Gefangener und Sklave von den Achaiern aus Troja verschleppt worden – damals.

Tsanghar nahm sich seiner an; eigentlich kümmerten sich alle um ihn, aber der Kashkäer besonders. Er nahm ihn mit über den Fluß, zu langen Streifzügen durch die eigentliche Stadt, aus der Korinnos' Ahnen stammten. Tashmetu begleitete sie zwei- oder dreimal; Ninurta hielt es für besser, außerhalb von Prijamadus Sichtkreis zu bleiben. Eines Abends tauchte Tsanghar allein auf, ohne den Jungen, aber mit einem schrägen Grinsen. Es sei ihm endlich gelungen, den Knaben auf ein Mädchen zu schieben – oder unter, eher: »Sie kennt sich da schon aus.«

Tsanghar unternahm überhaupt viel. In den ersten Tagen verschwand er häufig, mit Silber von Ninurta, um bestimmte Dinge zu beschaffen, die für sein seltsames Gerät an Bord der *Kerets Nutzen* noch fehlten. Als er alles zusammen hatte – Draht, Bolzen, Metallstifte, Sehnen, feine Seile –, brach er mit zwei Seeleuten auf, um alles zum Schiff zu bringen und den dort verbliebenen Männern zu zeigen, was sie damit tun sollten. Sie blieben drei Tage fort. Als sie zurückkamen, sagte der Kashkäer, wenn Ninurta und vor allem die edle Fürstin es wollten, könne man jetzt einen Fluchtversuch unternehmen, ohne Ruder und Segel; es sei aber nicht ratsam, da die See von achaischen Schiffen verseucht sei. Ferner habe er noch zwei Dinge erledigt: Was auch immer vom Schiff zu ihnen gebracht würde, wer auch immer käme, würde nach Tashmetu fragen, nicht nach Awil-Ninurta; und in der Ebene habe er Khanussu getroffen, mit einigen seiner Leute, und diesem aufgetragen, dafür zu sorgen, daß die üppigen Gaben des herrlichen Agamemnon, wenn sie denn je übergeben werden sollten, ebenfalls an Tashmetu gingen.

Korinnos schien jäh zu wachsen, wirkte selbstsicherer, wie verwandelt. Manchmal verschwand er abends (»läufig, der Junge«, sagte Tsanghar; und »gut so!«); tagsüber saß er oft im Schatten des Innenhofs, beim Brunnen, und schrieb. Sie hatten Rollen aus Binsenmark gekauft, von einem Händler, der gute Beziehungen zu den Romet im Lande Tameri unterhielt; von diesem erfuhren sie auch, daß bei der Zerstörung Trojas durch Herakles alle alten Aufzeichnungen vernichtet worden waren – Tontafeln, zu Scherbchen und Bröseln zertrampelt, dem Stoff beigemischt, auf dem die Neustadt gebaut wurde und mit dem man die alten Häfen und Durchstiche zur Küste auffüllte und verschloß. Prijamadu hatte neue Archive anlegen lassen, Schatzkammern des Wissens, des Nichtwissens und der unzuverlässigen Zahlen (so der Händler), und zwar mit Tinte auf Binsenblättern – einfacher zu beschreiben, leichter aufzubewahren als Wachs- oder Tontafeln, schneller zu verbrennen.

Korinnos schrieb, wie er es von Palamedes gelernt hatte: mit Chanani-Zeichen zur Wiedergabe achaischer Laute. An lauen Abenden auf dem Dach las er manchmal vor, was er am Tag aufgezeichnet hatte – dürre Umrisse der Ereignisse, aber auch üppige Geschichten, randvoll mit Blut und Geistern und Helden und unmöglichen Taten. Tsanghar lachte besonders laut und sagte, es sei ein Jammer, daß nur wenige diese Wunderdinge hören oder lesen könnten. Man müßte Schreiber haben, Abschreiber, aber... Dann schwieg er und runzelte die Stirn.

Am nächsten Tag machte er sich auf die Suche – wonach, das erfuhren sie erst später. Er trieb in einer kleinen Werkstatt am Flußhafen einen alten Stempelschneider auf, einen Mann, der vor Jahrzehnten aus Kolchis gekommen war. Nach zähem Feilschen (Ninurtas Silber ging noch nicht zur Neige) begann der Alte, winzige Stempel mit Chanani-Zeichen zu schneiden, zunächst aus Knochen, dann aus nicht allzu hartem Holz. Tsanghar fertigte einen Holzrahmen in den Maßen eines gewöhnlichen, von der Rolle abgeschnittenen Binsenblatts, setzte in gleichen Abständen dreißig feine dünne Latten ein, rührte Tinten und sorgte mit seinen Mischungen für Gestank im Haus. Nach etlichen Tagen behauptete er, die richtige Farbe und Zusammensetzung gefunden zu haben.

Der Stempelschneider lieferte: einen Kasten mit je hundert Stempelchen jedes einzelnen Chanani-Zeichens. Tsanghar strahlte, nahm eine der wilderen Geschichten von Korinnos und eine feine Zange, die ihm ein Zahnausreißer verkauft hatte, und begann Stempelchen in seinen Rahmen zu stecken, band sie reihenweise mit einem Faden zusammen, bepinselte schließlich die Unterseiten der Stempel mit Tinte aus der flachen Tonschale und preßte es dann auf das abgeschnittene Blatt.

»Schmierig«, knurrte er. »So nicht – aber so ähnlich.« Er zeigte Ninurta das Ergebnis: ein Binsenblatt voll gleichmäßiger Zeichen – mit etlichen Klecksen –, die gut zu lesen waren.

»In der Zeit, die ich brauche, um den Rahmen zu füllen«, sagte er, »schafft ein Schreiber dreimal soviel; aber wenn der Rahmen voll ist, kann ich ihn hundertmal auf Markblätter drücken. Oder tausendmal. Korinnos' Geschichten – oder Befehle des Königs, für tausend Unterführer – oder Gebete zu den Göttern, die nicht lesen können.«

Ninurta klopfte ihm auf die Schulter. »Wenn wir wieder auf der Insel sind, werden wir alle deine Erfindungen und mein Silber zusammenrechnen und sehen, welcher Anteil jedem von uns zusteht. Wann kaufst du alle Eigner und Schiffe auf?«

Nach fast einem Mond in der Neustadt, noch fast einen Mond vor der Sommersonnenwende wagte sich Ninurta erstmals in die »eigentliche« Stadt, um Leukippe zu suchen und sich umzuschauen. Da er nicht erkannt, nicht mit seiner unerschlossenen und vielleicht tödlichen Botschaft zu König Priamos gebracht werden wollte, zerbrach er sich eine Weile den Kopf über Verkleidungen; schließlich wählte er das wallende Gewand eines Hökerers aus dem Masa-Land (schäbiger grauer Wollstoff, über dem *kitun* zu tragen, mit Bändern verschlossen, unterschenkellang), eine graue Schärpe, um den Kopf zu wickeln, so daß ein Zipfel übers Gesicht hing, und eine Reihe von Handgriffen, die ihn Überwindung kosteten: Er beschloß, den nur hier und da mattgrau angekränkelten schwarzen Bart zu entfernen. Von einem Schleifer ließ er eines der Messer aus gehärtetem Eisen schärfen, bis der Mann sagte, die Klinge sei nun so fein, daß man damit einen vorüberhuschenden Hintergedanken derart anspitzen könnte, daß der feine Verstand des Ränkeschmieds, der ihn gehegt, sich nicht einmal werde erinnern können, ihn je gedacht zu haben. Voll zwiefachen Staunens (über die Schärfe der Klinge und des bildhaften Vergleichs) trug Ninurta das Messer heim. Dort fand Tashmetu, daß ihr der Vollzug der großen Handlung zustehe; sie rieb ihm Öl, heißes Wasser und schäumende Duftsalben in den Bart und schabte dann die Wangen, ohne die Haut zu verletzen.

Dann kicherte sie und sprach von der lustvollen Neugier darauf, die Berührungen von zweierlei Haarlosigkeit zu erproben. Sie hatte nie etwas von der Gepflogenheit edler Ugariterinnen gehalten, ihre Körperhaare auszurupfen oder abzuflämmen. Auf Ninurtas Bitte hin ließ sie die Achselhöhlen ungeschoren, machte sich aber mit neu erhitztem Wasser, Öl, Salbe und dem scharfen Messer über das her, was sie »Lendenbart« und »Gestrüpp um Ishtars Tempel« nannte. Ninurta bot Hilfe an, was sie ablehnte; besorgt und begeistert sah er zu und erzählte dabei von den vielerlei Bezeichnungen, die Ashurs geschmeidige Sprache für dies feine Vlies besaß (Hain der Wonne, Brunnenflechten, Moos der Großen Quelle, Gazellen-Äsung, Feuerstoppeln, Garten des Ergießens, Flackerflaum), von den weniger freundlichen Namen und davon abgeleiteten Tätigkeitswörtern, die er schon als Junge in der Nähe bestimmter Tempel und Häuser aus dem Munde jener Frauen gehört hatte, die ihr Leben durch emsigen Einsatz unter anderem dieser Gefilde verdienten und für die es ebenfalls zahllose Namen gab: die Geweihte, *qadishtu*; die Verfügbare, *kulmashitu*; die überall Kraushaarige, *kezertu*; die Götterdirne, *naditu*; sie alle *nish'libbim* hingegeben, der »Erhebung des Leibes«. Er erzählte krause Geschichten, die er damals und später von ihnen und über sie gehört hatte, und Tashmetu schor langsam und lauschte und lachte immer heftiger, bis sie schließlich sagte, er solle aufhören, da die alsbald nicht mehr überall Kraushaarige sich sonst zweifellos schneiden müsse.

Am folgenden Morgen brach er früh auf; Korinnos und Tsanghar begleiteten ihn. Mit dem Kahn überquerten sie den Simois; die Wachen am Südufer hatten sie die Neustadt verlassen sehen und stellten keine Fragen.

Die Luft war voll von einem seltsamen Geräuschgemenge; es war das Scharren, Knarren und Schleifen all der Boote und Flußschiffe, die Bord an Bord lagen und sich dazu am aufgemauerten Kai rieben. Ansonsten war es zunächst fast unheimlich still; schweigende Wachen standen mit blanken Waffen vor den Lagerhäusern am Kai. Vermutlich hüteten sie jene Vorräte, die Rat und Fürst der Stadt gegen eine lange Belagerung angelegt hatten.

Jenseits der hohen Gebäude endete die schwere Stille, aber insgesamt wirkte das Hafenviertel seltsam belebt und leblos zugleich. Viele Läden und Werkstätten waren voller Menschen und doch wie tot; Ninurta mußte mehrmals hinschauen, um eine Erklärung für diesen Eindruck zu finden. Er sah Backstuben, in denen gearbeitet wurde, und den Laden eines Webers, in dem sich nichts tat; er hörte Schmiede hämmern und sah das bewachte, aber öde Lager eines Tuchhändlers. Dann endlich begriff er, und als er die Menschen genauer betrachtete, fragte er sich, wieso er so lange dazu gebraucht hatte. Die gesamte flußnahe Unterstadt, von den übrigen Vierteln und dem Burgberg durch hohe, fugenlos glatte Quadermauern getrennt, diente vor allem der Unterbringung auswärtiger Kämpfer: Trojaner aus dem Hinterland, aus den Festungen an den Meerengen, Bundesgenossen, Söldner. Wer von den Bewohnern hatte bleiben wollen, war geblieben, vor allem jene, die wie der Bäcker und der Waffenschmied benötigt wurden (und vielleicht vom König den Befehl erhalten hatten, zu bleiben); alle anderen hatten entweder ihre Häuser verlassen müssen, um Platz für die Truppen zu schaffen, oder sie waren freiwillig zu Freunden oder Verwandten innerhalb der eigentlichen Mauern gezogen.

Im Gewirr der inneren Unterstadt ging es ähnlich zu wie in der Neustadt auf dem Nordufer; hier wie dort bemerkte Ninurta das Fehlen von Gestank. In der Neustadt wurden Abwässer und Kot gesammelt und auf die Felder am Rand des Restsumpfs gebracht; im eigentlichen Troja, erfuhr er von einem zahnlosen Bauern (der Mann saß im Schatten eines ausladenden Baums und lutschte an einem hellen Tuch, das er immer wieder in einen Bierkrug tunkte), leitete man »die Vielfalt rückwärtiger Einseitigkeit« (Tsanghar verschluckte sich fast, als der Bauer dies sagte) durch im Boden vergrabene Röhren zum Skamandros – »damit wir notfalls aus dem Simois trinken können und die Achaier unten am Skamandros hin und wieder an uns denken«.

Nach mehreren Stunden des Suchens und Fragens fanden sie endlich Leukippe. Sie wohnte im Obergeschoß eines hellen, luftigen Hauses kurz hinter dem skäischen Tor; ein kahlköpfiger Sklave (Ninurta hielt ihn für einen Eunuchen und dachte, das sähe Leukippe ähnlich) führte sie in den weißgestrichenen Raum, in dem die ganz in Schwarz gekleidete Trojanerin auf dem Boden saß und den Oberkörper vor- und zurückbewegte.

Sie war fast zu Tränen gerührt, Ninurta und die anderen zu sehen und zu erfahren, daß ihre im Hafen zurückgebliebenen Seeleute mit der *Bateia* frei waren, wenn auch unter Aufsicht. Aber sie lehnte es ab, einen Versuch mit den Waffen zu unternehmen.

»Ich bin zu oft hier, ich bin aus der Stadt«, sagte sie. »Alle wissen, was ich mitgebracht habe – und daß keine Waffen dabei waren. Priamos ist mißtrauisch, soweit er noch etwas sein kann außer alt und tückisch. Wenn ich morgen mit Waffen zu ihm oder seinen Söhnen käme, würden sie wissen wollen, woher sie stammen.«

»Könnten wir einen anderen Händler einbeziehen? Einen hier ansässigen Mann?«

»Es käme auf das gleiche hinaus. Woher stammen die eisernen Waffen? Wieso sind sie nicht sofort an den König geliefert worden, sondern erst, über welche dunklen Wege auch immer, an den Händler? Nicht zu vergessen: die Teilung des Gewinns.«

Allmählich kam die alte Unrast zurück, oder kündigte ihre Rückkehr an. Sie war noch nicht ganz da, als andere zu handeln begannen und Ninurta die Entscheidung abnahmen.

Zuerst hörten sie, im Lager der Achaier sei eine Seuche ausgebrochen; der Assyrer nahm an, daß es mit der Enge und den stinkenden Abwässern zu tun hatte. Und daß Odysseus zweifellos einen Weg fände, die Seuche zu seinen und Agamemnons Gunsten zu nutzen.

Dann kehrten Aias und Achilleus mit ihren Truppen zurück, überreich beladen mit Beute. Gleichzeitig stockte der Nachschub an Nahrungsmitteln für die Stadt; die Achaier hatten zwar nicht das unmittelbare Hinterland, aber alle angrenzenden Gebiete verheert, verwüstet, zu Wüsten gemacht. Städte waren niedergebrannt, die Bewohner zu Tausenden hingemetzelt und versklavt worden; die Überlebenden flohen nach Süden und Osten. Noch herrschte in der Neustadt keine Not, aber die Preise stiegen schnell.

Danach kam jene Nachricht aus dem Lager der Achaier, die in Troja zu gewaltigem Gelächter führte. Die Plünderer hatten neben Vieh, Getreide und anderen Vorräten auch Gold und Silber erbeutet, in ungeheuren Mengen, wie es hieß; und Sklaven; und schöne Frauen. All dies wurde im Heer verteilt, und die Führer erhielten besonders schöne Stücke. Die Tochter eines Apollon-Priesters war dabei, Gemahlin (jetzt Witwe) eines der von Achilleus getöteten Stadtfürsten. Nun hieß es, Apollon habe die Seuche ins Lager geschickt, weil er die Tochter seines Priesters nicht in Agamemnons Bett sehen wolle. Agamemnon, so der Spruch der Seher, müsse die junge Frau freigeben; worauf Agamemnon eine andere Frau verlangte, ebenso jung und schön und edler Abkunft – eine, die bei der Aufteilung der Beute dem Achilleus zugesprochen worden war. Es habe, sagten die Leute, die mit Achaiern gesprochen hatten, im Lager wüste Reden und Gegenreden gegeben – Agamemnon gegen Achilleus, Achilleus gegen die Welt, Nestor für und wider beide, schließlich Odysseus, dessen Ansprache ätzend und höhnisch gewesen sei. Er habe vorgeschlagen, die Belagerung abzubrechen und mit baumelnden Ohren und anderen Körperteilen heimzukehren, um sich bei den Ammen daheim auszuweinen. Das Heer hatte zornig aufbegehrt – und Ninurta fragte sich, ob Odysseus auch die Seuche erfunden hatte, um Unruhe und Kampfbereitschaft unter jenen zu erzeugen, die Abend für Abend mit Trojanern an den Feuern saßen. Es kam zu einer Abstimmung: Agamemnon sollte die Beischläferin des Achilleus bekommen und die Tochter des Priesters freigeben. So geschah es; und Achilleus zog sich grollend und knirschend und fluchend in sein Zelt zurück. Troja grölte, auch die Neustadt – »und *die* da ziehen angeblich deswegen in den Krieg, weil eine Frau freiwillig das Bett gewechselt hat?«

Dann geschah innerhalb eines Tages dreierlei – drei Dinge, die alles veränderten. Morgens tauchten achaische Kämpfer vor der Neustadt auf, zusammen mit einem Dutzend von Khanussus Shardaniern, und verlangten nach Tashmetu, um ihr eine Sendung des Königs Agamemnon auszuliefern. Von trojanischen Wächtern geleitet folgten sie, ohne Waffen, Tashmetu und Tsanghar zum Haus nahe dem Platz der sieben Standbilder und luden Kisten ab: Gold aus dem Schatz des Herrn von Mykene und obersten Feldherrn der Achaier, eine ungeheure Menge Gold – wie

Tashmetu, Ninurta und die anderen feststellten, als alle wieder gegangen waren und keine Zeugen sahen, wie sie die Kisten öffneten. Gold – in Fingern, in Barren, aus Gußformen wie Kuhhäute, in Scheiben, Tellern, Ringen, in flachen Stücken, die jeweils einen *shiqlu* oder ein Mehrfaches eines *shiqlu* wogen; Schmuckstücke waren dabei, und ein wunderbarer goldener Löwe, allein fast vier Talente schwer. Ninurta wog Teile der kleineren Stücke und schätzte, daß Agamemnon tatsächlich den vollen Preis bezahlt hatte, ungefähr jedenfalls. Und er sagte sich, daß in den kommenden Tagen zweifellos Beauftragte von Priamos kommen und nachschauen würden, wer denn da Kisten – mit was? – vom König der Feinde erhalten hatte. Am frühen Nachmittag kam ein Bote Agamemnons zur »richtigen« Stadt; binnen kurzem wußte man auch in der Neustadt, was die Achaier vorschlugen. Und daß Priamos dem Rat die Annahme des Vorschlags empfehlen würde: Es sollte einen Zweikampf geben zwischen Menelaos und Parisiti, zur Entscheidung des Kriegs.

»Ich erkenne den krummen Geist des Odysseus«, sagte Tashmetu. »Sie werden zusehen, wie die beiden sich schlagen, und das wird sie anstacheln, und ganz sicher fällt jeder Seite etwas ein, was sie daran hindert, sich an die Abmachungen zu halten. Nicht zu reden von Helena – glaubst du, sie geht mit Menelaos, wenn der gewinnt? Was wird dann aus diesem Schmuck, den du ihr noch immer nicht gegeben hast?«

Abends dann die dritte Überraschung des Tages. Sie kam von der Bucht, von der Insel, von Kal-Upshashu und Kir'girim: Lamashtu erschien, begleitet von zwei Seeleuten der *Kerets Nutzen*, die gleich wieder umkehrten. Die herbe Frau war mit jenem Boot (und drei Männern) hergekommen, das Tsanghar mit seinem »Wellenpflug« versehen hatte; und sie brachte eine verstöpselte und mit Wachs versiegelte Tonflasche.

»Nicht der Krötensud«, sagte sie, »aber etwas ähnlich Wirksames. Wenn du noch nicht bei Prijamadu warst, solltest du es zuerst trinken und danach erwägen, ob du dich besser gleich ins Schwert stürzt.«

Ninurta zögerte; Tashmetu betrachtete die Flasche mit deutlichem Widerwillen, sagte aber schließlich, es sei dies alles vorwärts wie rückwärts sinnlos, da könne er dann ebensogut Gift nehmen. Sie bereitete ein starkes Brechmittel vor – »für alle Fälle, falls das Zeug anders wirkt als vorgesehen.« Kurz vor Mitternacht, auf dem Dach, sah Tashmetu zu, wie der Assyrer die Flasche leerte. Er hatte sie gebeten, sich die Ohren zuzuhalten, falls er unbeherrscht zu reden begönne – was immer aus ihm herausflösse, sei für jeden gefährlich, der es höre.

Es floß aber nichts. Nicht nach außen jedenfalls. Er saß auf einem Deckenstapel, starrte in die Sterne, senkte den Kopf, hob ihn wieder. Seine Hände öffneten und schlossen sich; dann sagte er leise:

»Es ist gut. Nein, es ist nicht gut, es ist scheußlich. Ich weiß jetzt...« Er schaute in Tashmetus Augen, und sie sah Schmerz in seinen. Oder Entsetzen.

»Was hast du erfahren?« flüsterte sie.

Er hustete mehrmals und trank ein paar Schluck Wein. »Der Nachgeschmack«, sagte er.

Dann beugte er sich vor, die Lippen an Tashmetus Ohr, und sagte ihr, was die Botschaft der Könige war.

Tashmetu wich von ihm zurück; sie war blaß. Ihre Hände tasteten nach dem sich wölbenden Bauch, fuhren dann über die Augen, sanken auf die Oberschenkel.

»O ihr Götter«, sagte sie tonlos.

BRIEF DES KORINNOS (VII)

... All dies, o Djoser, haben wir aber siebenmal siebenmal beredet, und was ich verschwieg, hat der bisweilen redselige Assyrer gesagt, mein Schwertvater. Die Zeit seiner Abwesenheit wurde jedoch nicht lange erörtert, wenn ich nicht irre; dies mag daran liegen, daß die gewaltigen Dinge außerhalb der Stadt geschahen. Darum laß mich nun von Tashmetu singen, o Rome – ich weiß, du hörst dieses Lied besonders gern, wenngleich du zuweilen wähnst (und es ist ein Wahn, Freund), jemanden vom Gegenteil überzeugen zu müssen, indem du dir die Ohren mit Hapi-Schlamm verstöpselst.

Hapi-Schlamm. Lehm des großen Flusses, Jotru-Schlick, nährende Erde von Tameri. Sie hat vieles genährt, nicht nur die Fürsten, die in großen spitzen Häusern im Jenseitswahn liegen, und die Arbeiter und Krieger, die für die Horos-Söhne diese Totenhäuser bauten, wenn nichts Dringenderes zu tun war und die Fürsten befürchteten, ohne Arbeit könnten die Krieger sich gefährlich langweilen. Sie hat auch euren Rausch und euren Wahn insgesamt genährt, Rome, und Teile eurer Ängste, die die Gestalt von Göttern annahmen. Reden wir also davon; besonders von jenem Gott, der in Shedit verehrt wird, dem Gott Sobek.

Als nun das furchtbare Verhängnis (wer auch immer es verhängt haben mag, die Götter oder Odysseus oder Palamedes vor ihm) – jenes Verhängnis sich entlud. Entlud, wahrlich: wie eine von Gewittern übervolle Wolke, oder der weinschwangere Schwappwanst eines göttlichen Säufers. Die Pfauenfeder, kühn in den Rachen gerammt, kümmert es ebenso wenig wie ihn, welches Ungeziefer in der erleichternden Entladung vergeht. Vielleicht ergötzen sich die Götter beim Würfelspiel; die Würfel sind aus Menschenknochen geschnitzt. Dies beiseite – als die Heillosigkeit begann. Damit du siehst, daß es kein Versehen war, habe ich auch diesen zweiten Satz nicht beendet. Das haben die Götter getan, oder Odysseus: beendet. Meine kümmerliche Tinte...

Als nun der schnelle, grausame Untergang der Stadt begann,

war Ninurta nicht bei uns, und wie wir uns vorher an ihn gewandt hatten, blickten wir nun auf Tashmetu. Du weißt – wer wüßte besser als du –, daß sie die schönste aller Frauen war. Ein wenig ist sie dies noch heute; nein, nicht ein wenig, sondern sehr viel, möglicherweise viel mehr als früher, denn ist nicht die innere Schönheit, aus den Furchen sickernd, die das Reibeisen der Zeit in ein Gesicht geschrappt hat, weit gewaltiger als das, was einst unseren Verstand in die Lenden sacken ließ? Trösten wir uns damit, daß es so sei; es erspart dir und mir die vielen häßlichen Gedanken über alternde Männer, Djoser.

Wir schauten auf Tashmetu, und sie schaute zurück. Ihre Augen stützten uns, ihre Worte leuchteten in der Nacht, und ihr Atem wehrte dem Frost, so daß wir nicht mehr zitterten.

(Was soll ich sonst sagen? Die klügste aller Frauen nahm uns bei den Händen und führte uns?)

Tashmetus Witz und Wärme. Dies ließ uns überleben. Und obwohl sie viel Kraft für sich brauchte, gegen Ninurtas Abwesenheit, für das Kind in ihrem Leib, war immer genug für uns da. Tsanghar sagte, sie sei zweifellos eine Göttin; wir konnten uns nur nie darauf einigen, welche der bekannten Göttinnen sie sein mochte. Denn es gibt grausame und fruchtbare, nahe und entrückte Göttinnen, aber kein mir bekanntes Volk verehrt eine Göttin für Witz und Wärme.

An Göttern herrschte indes kein Mangel in Troja. Sie hatten die Raufbolde vom achaischen Olympos und die tausend Götter der Hethiter, die alten Stammesgötter der westlichen Luwier und seltsam kleine, um den eigenen Nabel gekrümmte Götter aus dem Norden – Götter wie aus geronnenem Speichel und Bernstein. Standbilder und Säulen und Altäre und Schreine; die Stadt (die richtige Stadt) war voll davon; an jeder Ecke zwei, und keine Kreuzung ohne vier, dazu die in fast allen Häusern. Und die in den Tempeln. Große Auswahl, Freund – eine gewaltige Götterauswahl für jene, die in der Not eine höhere Gewalt anflehen wollten. Und das wollten viele, wie immer, wenn Not ist; und wie immer hörte kein Gott zu. Oder wenn er zuhörte, lachte er anschließend und ging weiter.

Tashmetu ging nicht, sie blieb. Zwei andere Götter blieben auch – nein, sagen wir drei, und der dritte ist der Herr des Kriegs, den die Achaier Ares nennen und die Assyrer Ninurta. Awil-Ninurta, der Mann des Kriegsgottes, mußte diesem offenbar Gefolgschaft leisten.

Die beiden anderen Götter? Ah, Djoser, du weißt, nicht wahr? Die Göttin der eisigen Glut, der rasenden Liebe: Helena kam in die Neustadt, als dort einflußreiche Männer berieten, ob sie den Achaiern die Tore öffnen sollten. Sie kam über den Fluß; das jüngere der beiden Kinder von Parisiti, den sie auch Alexandros nannten, brachte sie mit, einen fünf Monde alten Säugling.

Ich habe sie gesehen – aber was soll ich es dir erzählen, der du sie selbst gesehen hast, damals in Ugarit? Sie kam auf den Platz, auf dem die Männer berieten; sie bat darum, sprechen zu dürfen.

Dann sprach sie – o, und wie sie sprach. Ihre Stimme war warm und weich, Mund, der den berstenden Phallos aufnimmt und den Schmerz lindert. Dann war sie scharf, gellend, eine Peitsche, unter der sich alle duckten. Verständnis habe sie, sagte sie, großes Verständnis und Zuneigung für jene Männer, die ihre Frauen und Kinder in Frieden leben statt im Krieg sterben sehen wollten. Besser, die Tore zu öffnen – wirklich besser? Kleinmütige, sagte sie; ob sie denn glaubten, die Schwerter der durchs offene Tor eindringenden Achaier seien weniger scharf als die jener Krieger, die sich den Weg erst freikämpfen müßten? Ob das Morden und Brennen und Schänden lieblicher sei, wenn ein Feind es vollziehe, dessen Kraft nicht durch Gegenwehr vermindert wurde? Wo denn die Frauen seien, über die hier beraten werde?

Dann kamen die Frauen auf den Platz, an dessen Schattensaum sie gelauscht hatten. Helena hielt den Säugling hoch: Dies sei das Kind aller, Kind jeden Mannes aus Troja, wie sie jeden Mannes Gemahlin sei und alle Frauen, und ebenso sei jede Trojanerin Helena. Der Kampf werde bitter sein, aber nur wer kämpfe, könne gewinnen; wer daheim bleibe, wenn der Kampf beginne, habe bereits verloren, denn waffenlos kämpfe er für den Gegner. Sieg, sagte sie, oder ruhmvoller Untergang; oder Untergang ohne Ruhm. Denn achaische Speere würden ihren Leib – den Leib jeder

Trojanerin – schänden, sobald die Tore offen seien, und achaische Speere würden ihr Kind – das Kind jedes Trojaners und aller Trojanerinnen – zerstückeln, gleich ob die Tore geöffnet oder erstürmt würden. Zwei Wege, sagte sie: Einer führe mit Gewißheit zu schmachvollem Ende, der andere führe vielleicht zum Tod, vielleicht aber auch zum Sieg und zum Leben.

Dann schrie der Säugling, und sie öffnete das Gewand. Ein heller Umhang, mit roten Säumen, zusammengehalten von einer roten Schärpe. Der Umhang öffnete sich vorn, und Helena trug nichts darunter. Sie hob das Kind an eine dieser Brüste, o ihr Götter, und ließ es trinken, und unsere Augen, aller Augen tranken.

Und die Frauen und Männer der Neustadt beschlossen, die Tore nicht zu öffnen.

Die andere Gottheit, die zweite? Du kennst sie, Djoser – du, Rome, mußt sie kennen. Hier ist das, was ich erfahren konnte.

In den Jahrhunderten des Handels – später des Herrschens – haben Leute deines Landes auch ihre Götter und deren Bilder mitgebracht, wenn sie in andere Städte kamen, nach Tyros oder Sidon zum Beispiel. Es müssen Männer aus Shedit dabeigewesen sein, und sie brachten Bilder des Gottes Sobek mit. Des Hapi-Gottes, der vier kleine Beine hat und einen gepanzerten Rücken und ein furchtbares Maul: des Gottes, den man auch »vierfüßiger Bauch« nennt. Irgendwie – und frag mich nicht wie, denn ich weiß es nicht – irgendwie hat sich bei Menschen, die euren großen Fluß Jotru oder Hapi nicht kannten und auch nicht das große gefräßige Flußtier, aus diesem Gott ein anderer entwickelt, den sie *Drache* nennen und Shubuk und dem sie, zu vermehrtem Entsetzen, längere Beine und Flügel gaben. Vielleicht haben sie auch gewisse Gepflogenheiten des Herrn der Stadt Tyros, Baal Melqart, in die Verehrung des neuen Gottes einfließen lassen: Baal, der Kinder frißt.

Die Hethiter, die alle Götter aller von ihnen bereisten oder besiegten Länder aufnehmen, gewährten auch diesem Mischgott Gastrecht, allerdings ohne große Freundschaft. Nur einer beschloß, hinfort diesem Gott als beinahe einzigem zu huldigen. Du weißt, wen ich meine: Madduwattas, der Dunkle Alte von Arzawa, von dem wir nicht sprechen wollen.

In diesen Tagen der Bedrängnis suchten viele Trojaner Zuflucht bei den Göttern. Und da die alten Götter sich der Hilfe enthielten, wandten sich viele an diesen oder jenen neuen Gott. Darunter war auch Sobek, der Drache Shubuk, und seine Gefolgschaft wuchs. Vielleicht, weil das, was der Stadt drohte, gräßlicher war als das, was man dem Gott nachsagte. Vielleicht, weil Madduwattas, der sich als Sohn des Drachen bezeichnete, in den Gedanken und Reden zu einem fernen, mächtigen Bundesgenossen wuchs, der zweifellos Hilfe bringen würde, wenn Hilfe denn nötig sein sollte.

Unsere Hilfe war Tashmetu, und sie war unsere Zuflucht. Sie war gute Worte, wenn wir gute Worte brauchten, und ein Lächeln für den Verzagten. Indem sie das Silber verwaltete, ohne Agamemnons Gold anzutasten, sorgte sie dafür, daß wir nie hungerten. Und dem Gold des Agamemnon fügte sie das Gold des Priamos hinzu.

Sie ging eines Tages, begleitet von Leukippe (und ich durfte mitgehen), zur Burg; Leukippe hatte dafür gesorgt, daß Priamos die Handelsfürstin aus Ugarit empfing. Ich nehme an, sie hat sich über Geschäftsfreunde an Paris gewandt, um ihn daran zu erinnern, daß er einmal in Ugarit aus der Gefangenschaft befreit wurde.

Priamos war alt, uralt: ein runzliger Greis mit Augen, die nach Entrücktheit strebten, ohne alte Tücke schon ganz aufgeben zu wollen. Paris war dabei, als wir in den großen Saal traten; Helena sahen wir nicht, aber Paris nahm die Grüße und das Geschenk für sie entgegen. Ich hätte gern ihr Gesicht gesehen, beim Anblick des Geschmeides aus Säuglingsknochen, Erz und Steinen. Später hörte ich, sie habe gellend gelacht; ich zweifle nicht daran.

Tashmetu zeigte dem König die Waffen – ein Schwert, einige Pfeilspitzen, einige Speerspitzen. Paris und Hektor, der dazukam, befanden sie für großartig und sagten, neben der Hilfe bezweifelbarer Götter seien gute Waffen (und Männer, die damit umgehen können) das Notwendigste überhaupt.

Priamos knurrte leise; nach einigem Feilschen war er bereit, die eisernen Waffen mit Gold aufzuwiegen. Gold, sagte er, sei Überfluß und im Überfluß vorhanden – mit Getreide könne er die Waffen nicht aufwiegen, denn Getreide sei in der Stadt noch karger als Götterhilfe. Er lachte dumpf und setzte hinzu: »Wenn es zum Sieg beiträgt, ist das Gold gut ausgegeben; wenn wir verlieren, ist es gleich, in welchem Gebäude die plündernden Achaierhorden es finden.«

Dann fragte er nach Ninurta, mit einer Mischung aus Gier, Angst und Hoffnung. Tashmetu blieb am Randsaum der gestopften Wahrheit: Ninurta sei verschwunden, im Gewirr des Kampfs verloren, vielleicht gefangen oder tot. Er habe ihr aber eine Botschaft anvertraut.

Priamos runzelte die Stirn und legte die Hand an den Griff seines Schwerts. Wie das denn sein könne, da Ninurta nichts von der Botschaft wisse, die er ihm aufgetragen habe.

Tashmetu sagte, der Herr von Ashur habe es nicht für nötig befunden, ein Geheimnis zu wahren, das keines mehr sei. Der Junge, um den es gehe, sei gestorben.

Priamos zeigte keinen großen Schmerz – ein Sohn, einer von über hundert. Ein Sohn, den er kaum gekannt hatte, als Säugling schon dem König von Ashur übergeben, Geisel und Pfand der Freundschaft oder, eher, der gemeinsamen Abneigung gegen das Reich der Hatti. Ich betrachtete den König der Trojaner, den uralten Mann, und konnte mir nicht vorstellen, daß er vor kaum zwölf Jahren noch einen Sohn hatte zeugen können; Priamos mußte vor zwölf Jahren schon alt gewesen sein.

Dies, mehr nicht, sagte Tashmetu; und Priamos stellte nur eine weitere Frage: Was denn die Absichten des Herrn von Ashur seien, nach dem Tod des Knaben. Sie sagte, der Fürst Enlil-Kudurri-Ushur werde die Absprachen zwischen Prijamadu (so nannte sie ihn, in diesem Teil der Rede) und seinem Vorgänger auf dem Thron von Ashur ehren und nicht davon ablassen, die Hethiter zu vermindern.

Vielleicht hatte Priamos eine Hilfszusage erwartet; er ließ

sich jedoch nichts anmerken. Es wurde noch ein wenig verhandelt – wann die Waffen gegen Gold übergeben oder abgeholt werden sollten, wo genau, dergleichen; Hektor kümmerte sich darum.

Als wir gingen, begegneten wir der düsteren Tochter des Priamos, Kassandra. Ihre Blicke huschten über uns weg; sie trug ein nachtschwarzes Gewand und hatte Asche im rötlichen Haar. Sie sprach nicht mit uns; wir hatten über sie genug gehört, um nicht viel Wert auf ein Gespräch zu legen. Es hieß, sie sehe immer alles finster, und das habe ihr den Ruf eingetragen, eine große Seherin zu sein.

Tashmetu lachte, als wir die Burg verlassen hatten, und sagte, dazu gehöre nicht viel; da in den Dingen der Menschen, vor allem der Trojaner, seit vielen Jahren immer das Finstere zur Wahrheit werde, brauche man keine bedeutenden Sehergaben. Den Tod vorhersagen, der jeden ereilt? Krankheit, die so gewiß kommt wie der nächste Sonnenuntergang? Gemetzel in einem Krieg? Wahrlich, ein Seher, der zu Beginn eines Kriegs verheißt, es werde kein Gemetzel geben, mag sich zwar einer goldenen Zunge berühmen, hat aber keine Ahnung von Kriegen...

Einige Tage darauf kamen Männer der Leibwache von Hektor; sie brachten Kisten, die wir erst öffneten, als niemand uns beobachten konnte, und nahmen die Waffen mit sich.

So saßen wir denn im neuen Teil der belagerten Stadt, auf einem ungeheuren Goldschatz, der wertlos war, denn in ganz Troja hätten wir nichts Wertvolles dafür kaufen können. Man könnte, sagte Tsanghar, die etwa neunzig Talente Gold auch in den Simois werfen.

Später, nicht viel später, allzu bald darauf habe ich geweint, weil wir dies nicht getan hatten. Vor allem ein Stück aus dem Goldschatz... Damals war ich ein Jüngling, Djoser; ich habe wirklich geglaubt, ohne dieses Stück und das, was mit ihm geschah, wäre das Grauen nicht über die Stadt gekommen.

Heute weiß ich, was Tashmetu damals schon wußte und sagte. Odysseus hätte sich etwas anderes ausgedacht; das Kunstwerk aus Gold war ein Hilfsmittel, mehr nicht, und wenn es im Simois gelegen hätte, wäre der Ithaker zweifellos mit einer anderen Sache gekommen.

So fraß schließlich der Drache den Löwen; aber diesen Teil der Geschichte kennst du ja.

14. SCHWARZE PFEILE

Zum ersten Mal, seit sie in der Stadt waren, regnete es nachts ein wenig; genug, um die Schläfer vom Dach zu scheuchen, aber nicht genug, um das Dach zu erproben. Kurz nach Sonnenaufgang stieg Ninurta wieder hoch, um zu sehen, was der Tag vielleicht brachte. Er kam gerade rechtzeitig, um die Lagerfeuer der Achaier, die die Ebene sprenkelten, in immer dichterem Nebel verschwinden zu sehen.

Tashmetu mißbilligte sein Vorhaben, die Neustadt zu verlassen; sie wollte, mit den anderen, von der Mauer aus dem Zweikampf zusehen.

»Was soll denn sein?« sagte der Assyrer. »Beide Seiten werden dafür sorgen, daß niemand sich an die Abmachungen hält. Wir sind schon rechtzeitig zurück, keine Sorge.«

Tashmetu blies über den Napf mit heißem verdünnten Bier, in dem Körner trieben. »Hoffentlich ist Tsanghar stark genug, um dich von leichtsinnigen Wanderungen abzuhalten.«

»Mir sind gewisse Schwächungen geschehen«, murmelte Tsanghar. »Erhebungen des Leibes, gewissermaßen, und Bedrückungen des Gemüts. Sie redet zwischendurch von Gemetzel und Untergang, als ob es ihre Lust steigerte.« Er hatte die Nacht mit Lamashtu verbracht; die Babilunierin ließ sich nicht blicken.

»Alles dicht, draußen«, sagte Korinnos, der sich auf den Platz gewagt hatte. »Alle wollen zusehen; bis die sich verlaufen haben, ist die Sache vorbei.«

Ninurta stand auf und nickte Tsanghar zu. »Dann gehen wir über die Dächer. Bis später, Liebste. Bleib mir gewogen, auch wenn ich deinen Rat nicht befolge.«

Tashmetu brachte ein verunglücktes Lächeln zustande.

Das lichte Labyrinth der Dächer entsprach dem dunkleren am Boden. Mehrmals mußten sie umkehren, weil sie in Sackgassen geraten waren: Stellen, an denen scheinbar angrenzende Dächer durch Abgründe getrennt waren, die sie nicht überspringen konnten. Einmal zogen sie sich den Zorn von Krähen zu, die zeternd aus einem Dachgarten aufflatterten; mehrfach hatten sie sich Wege durch Gerümpel, halbe Werkstätten oder übervolle Schlafräume zu bahnen.

»Eh. Em«, sagte Tsanghar irgendwann, als sie eine gebrechliche Leiter ehrwürdigen Alters, die zwei Dächer verband, hinter sich gelassen hatten.

»Könntest du dich genauer ausdrücken?«

Der Kashkäer lutschte am Daumen. »Splitter«, murmelte er. »Lamashtu.«

»Lamashtu ist ein Splitter?«

»So ähnlich. Weißt du eigentlich ...« Er sprach nicht weiter.

Ninurta kletterte über eine halbhohe Mauer, die ohne erkennbaren Grund ein Dach halbierte. »Ich weiß, daß sie mich haßt«, sagte er dabei.

»Ah, nein, das wäre zuviel. Sie erinnert sich durchaus mit Lust an die eine oder andere Nacht in den Bergen. Aber ... sagen wir, sie versteht nicht und verachtet, was sie nicht versteht.«

»Meine Zurückhaltung beim Umgang mit Messern?«

Tsanghar gluckste. »Zurückhaltung? Ja. Sie findet, du hättest Djoser umbringen müssen.«

»Wenn ich jeden Mann, der mit der falschen Frau schläft, töten wollte, hätte ich nicht viel freie Zeit. Und die Welt wäre ziemlich entvölkert.«

»Fang doch mit Parisiti und Helena an, um diesen Unfug hier zu beenden.« Er summte mißtönend; dann fuhr er fort: »Zu weich, sagt sie; ich kann es ihr nicht ausreden – *noch* nicht. Vielleicht gelingt es mir im Lauf der Zeit.«

»Hast du vor, es längere Zeit zu versuchen?«

»Wir – ach, ich weiß nicht.«

Sie erreichten eben ein Haus mit Außentreppe, gleich neben dem westlichen Torturm. Beim Abstieg sagte der Kashkäer:

»Also, Lamashtu und Tashmetu unter einem Dach. Und du. Die Überlegungen, eine Werkstatt mit Kräuterküche aufzumachen. Alles ziemlich wirr.«

»Was hat Tashmetu damit zu tun?«

Tsanghar blieb am Fuß der Treppe stehen und kratzte sich den Kopf. »Da ist etwas Düsteres – in Lamashtu, meine ich. Dich verachtet sie... ein wenig, irgendwie. Die anderen kümmern sie kaum, bis auf Tashmetu; die würde sie gern zerfleischen. Hat nichts mit dir zu tun, sagt sie; ich werde aber nicht ganz schlau daraus. Etwas Düsteres.« Er preßte die Lippen zusammen. »Kräuter sind für sie nur Mittel, etwas zu vernichten, nichts zum Heilen oder auch nur Würzen. Fast, als ob... als ob sie sich nur wohl fühlt, wenn sie Teil von etwas Häßlichem ist, und deshalb muß alles Schöne oder Heile zerstört werden, ehe sie atmen kann? So ähnlich? Ich weiß es nicht. Und Tashmetu ist für sie irgendwie die Verkörperung dessen, was zerstört werden muß.«

»Sie soll sich vorsehen. Tashmetu hat die schärferen Krallen.«

»Noch etwas.« Tsanghar schnaufte leise und hielt Ninurta am Arm fest. Er wirkte leicht verlegen. »Ich, uh, also, letzte Nacht, da hab ich nichts, na ja, zustande gebracht; und sie sagt, das ist dir auch ein paarmal geschehen, und ob das vielleicht an ihr liegt, und...«

Ninurta schnitt eine Grimasse. Ringsum drängten Bewohner der Neustadt sich zum Tor, und er und Tsanghar standen da und redeten. »Sie war zu lange Sklavin, ist mit Gewalt genommen worden und hat keine Ahnung, daß es unter gewöhnlichen Bedingungen ganz gewöhnlich ist. Nun komm endlich!«

Tsanghar blieb stehen. »Sie sagt auch, daß es vielleicht daran liegt, daß sie wieder so einen kalten Hauch gespürt hat, weißt du, wie damals in Ugarit, bevor du überfallen worden bist. Vielleicht... vielleicht sollten wir doch nicht hinausgehen?«

Der Assyrer hob die Hände über den Kopf und ließ sie wieder sinken. »O ihr Götter... Der Eishauch der Fieberdämonin? Was denn noch?«

»Anders als früher findet sie den Hauch jetzt... angenehm.«

Ninurta zog den Kashkäer mit sich; eingekeilt in die drängende Masse wurden sie aus dem Tor gespült.

»Eins noch.« Ninurta kicherte. »Was euren Beischlaf angeht, Junge – du bist doch alt genug, hast geschickte Hände und eine flinke Zunge. Also was soll's? Was ich sehr viel eher wissen möchte ist, weshalb sie überhaupt hergekommen ist. Sie will Tashmetu zerfleischen, mich verabscheut sie, warum bringt sie dann diesen Trank her, statt auf der Insel zu bleiben?«

»Sie sagt, es wurde ihr zu langweilig. Sie will dort sein, wo Schwerter klirren und Blut fließt.«

»Ah. Das kann sie bald haben.«

Allmählich wurde der Nebel dünner; die Umrisse der fernen Lagerbauten der Achaier waren düstere Striche. Zehntausende Menschen mußten unterwegs sein, schätzte Ninurta – die Krieger der Belagerer, die gerüsteten Verteidiger und ihre Verbündeten, mindestens die Hälfte der übrigen Bewohner von Troja, mehr als die Hälfte der Neustädter. Sie drängten sich zum Ufer des Skamandros; einige wateten hindurch, um auf das vorgesehene Kampfgelände zu gelangen und alles aus der Nähe zu sehen. Trojanische Kämpfer tauchten auf und riefen hinter ihnen her; wenige kehrten um, aber immerhin gelang es den Kriegern, die übrigen Zuschauer am Durchqueren des Flusses zu hindern.

Ninurta und Tsanghar waren bereits auf dem Westufer. Der Fluß, überall seicht und in anderen Zeiten von Flußbooten und Lastkähnen ohne Tiefgang befahren, hatte hier eine Furt; das Wasser reichte den Männern bis zur Brust.

Die ersten, denen sie begegneten, waren Khanussus Shardanier, die gemächlich zum Ufer schlenderten, die Bogen ungespannt, aber die Köcher unverschlossen.

»Was habt ihr vor, Freunde?« sagte Ninurta.

Khanussu grinste, als er ihn sah. »Ah, der edle Assyrer. Was hast du vor? Und der Kashkäer auch? Willkommen.«

»Wir wollten sehen, wie sich Trojaner und Achaier an die Abmachungen halten.«

Einige der Söldner lachten.

»Genau deshalb sind wir auch hier.« Khanussu wies auf die Menge jenseits des Skamandros. »Wir werden mit einem Auge zusehen, wie Menelaos und Paris den Dümmeren ermitteln, und mit dem anderen aufpassen, daß keine Krieger zu unserem Lager vordringen, während alles auf den Zweikampf starrt.«

»Weise Maßnahme. Wer hat das angeordnet?«

»Der König selbst. Agamemnon ist ein bißchen aufgeregt, nicht nur, weil es um seinen kleinen Bruder geht.«

Die Achaier von Norden, Trojaner und Verbündete von Süden her rückten in der Ebene vor. Der Raum zwischen den Heeren wurde enger, bis schließlich nur eine Art Kampfbahn von vielleicht zwanzig Schritt Tiefe und hundert Schritt Länge blieb. Ninurta, Tsanghar, Khanussu und einer der schlitzäugigen Krieger, mit denen Ninurta bisher nie ein Wort hatte wechseln können (Gebärden, ja, und Grunzlaute; mehr nicht), standen auf einem halb verschilften, halb sandigen Hügel am Ufer.

Ninurta sah Agamemnon, der offenbar eine kleine Ansprache an eine Kerntruppe hielt; nicht weit davon schlenderte Odysseus umher, die Hände auf dem Rücken gefaltet. Diomedes war da, Aias der Lokrer und Aias der Telamonier; alle Führer und ihre Männer trugen Waffen und Rüstungen, wie es vorgesehen war: zur Ehre der Zweikämpfer und der Götter.

Drüben, bei den Trojanern, waren die mächtigen Gestalten von Hektor und Aineias nicht zu übersehen. Die Priester hatten sich bereits zurückgezogen, ebenso wie Priamos – die Opferung eines Schafs, die Vermengung von Opferblut mit Wein, die Anrufung der Götter, all dies war längst geschehen. Priamos und Agamemnon hatten zweifellos heilige Eide geschworen, die Ninurta nicht berührten, da er weder an die Götter glaubte, auf die man sich dabei berief, noch an die edlen Absichten, die mit dem Eid besiegelt wurden.

»Wie soll es ablaufen?« sagte er.

Der Shardanier zwinkerte. »Anständig, wie denn sonst?«

»Das sowieso. Nein, ich meine die Einzelheiten – was ist abgemacht worden? Ich habe nur Gerüchte gehört.«

»Also: Menelaos und Paris treten gegeneinander an. Wenn Paris gewinnt, ziehen die Achaier ab. Wenn Menelaos gewinnt, rücken die Trojaner diese göttliche Schlampe heraus und bezahlen die Kriegskosten.«

Ninurta verschluckte sich am eigenen Speichel; er würgte, hustete und lachte gleichzeitig. »Glaubt das jemand?« sagte er schließlich.

Khanussu spuckte aus.

»Anregende Unterhaltung für die Krieger«, sagte Ninurta halblaut. »Hat sich Odysseus ausgedacht, was? Wie ist denn die Stimmung im Lager?«

Tsanghar zupfte ihn am Arm. »Sieh mal.« Er deutete zur Mitte der achaischen Reihen, wo sich eine Gasse auftat. Reiter näherten sich dem Kampfplatz – Skythen mit spitzen Lederhelmen und seltsamen Tuchröhren, die Bauch und Beine einhüllten. Sie hielten gespannte Bogen. Ein Streitwagen (wenn Ninurta sich nicht irrte, war Diomedes eben in den Korb gestiegen) versperrte ihnen den Weg, wurde dann zur Seite gelenkt.

»Was ist damit?«

Tsanghar legte die Stirn in Falten. Ninurta stöhnte.

»Ah nein, nicht jetzt, nicht schon wieder!«

»Was denn?« Khanussu blickte zwischen Tsanghar und dem Assyrer hin und her.

»Ich kenne diesen Gesichtsausdruck... Er denkt gerade wieder an eine Möglichkeit, den Krieg blutiger zu machen, indem er etwas erfindet.«

Tsanghar lachte. »Wie gut du mich kennst, Herr. Aber da du es nicht hören willst...«

»Später. – Was ist mit der Stimmung der Männer?«

Khanussu zog einen Pfeil halb aus dem Köcher, schob ihn zurück, zauste die Befederung eines zweiten. »Gut oder schlecht, wie man's nimmt. Wir haben mit den Trojanern gesessen und getrunken und gesungen, und deshalb fragen sich die Leute, warum man eigentlich einander den Bauch aufschlitzen soll, den man eben erst gemeinsam gefüllt hat. Was das Bauchfüllen angeht – es sind jetzt fast alle Rinder geschlachtet und gegessen, und ein paar von den nutzlosen Pferden auch.«

»Ah.« Ninurta nickte. »Ich habe mich schon gefragt, warum so wenig Streitwagen da sind.«

»Sie können nicht damit umgehen. Sie haben sogar Metallkörbe angefertigt – sieht wunderschön aus, ist aber viel zu schwer. Die Räder sinken in die nasse Erde, und die Pferde können die Dinger gar nicht ziehen. Jedenfalls nur langsam. Die da drüben wissen, wie man's anstellt.« Kaum hörbar setzte er hinzu: »Wird ihnen aber nicht mehr viel nützen.«

Ninurta sah die Lücken bei den Trojanern – Lücken, in die nun Wagen gefahren wurden, mit zwei Männern in jedem der leichten Körbe: ein Lenker, ein Bogenschütze.

»Warum nicht? Habt ihr euch was einfallen lassen?«

Khanussu wies mit dem Kinn auf den Kashkäer. »Meinst du, der Junge ist der einzige, dem was Neues einfällt?«

Die beiden Männer, die den Krieg entscheiden sollten, der ihretwegen ausgebrochen war. Parisiti, den die Achaier Paris oder Alexandros nannten, sprang von einem der leichten trojanischen Wagen. Er stand ein paar Atemzüge lang still da, blickte die eigenen Reihen hinauf und hinab, wandte sich dann dem Heer der Gegner zu. Das Reden, das Gemurmel, die Rufe, alles erstarb; beklemmendes Schweigen zog über das Feld; eine andere Art Nebel, wie Ninurta fand. Keinerlei Begeisterung bei den Trojanern.

Er musterte den Trojaner, aus der Ferne, und erinnerte sich an Ugarit, an Kerets Gemach, an den schnellen Griff nach Parisitis Handgelenk. Der Königssohn schien unverändert – aus der Entfernung. Groß, kräftig, eher schlank; Ninurta war bereit, einiges darauf zu wetten, daß die Nächte mit Helena Falten in Gesichts- und sonstige Haut gegraben hatten. Paris war kein mächtiger, wuchtiger Riese – kein Aias oder Achilleus oder Hektor; vom Körperbau hatte er mehr mit Leuten wie Agamemnon oder Odysseus gemein. Jetzt wandte er sich dem Wagenkorb zu; ein Helfer reichte ihm Beinschienen.

Menelaos. Ihn hatte Ninurta noch nie aus der Nähe gesehen. Der Spartaner glich dem Trojaner: groß, stark, aber nicht massig. Über die weitergehenden Ähnlichkeiten mochte sich Helena äußern...

Das Grinsen verfiel, als Ninurta den Blick hob. Da stand sie, auf einer kleinen Anhöhe, nicht weit hinter den ersten Reihen der Trojaner. Sie sprach mit einem Mann, der den Helm in den Nacken geschoben hatte und sich nun lächelnd abwandte. Pandaros: ein gerühmter Bogenschütze; aber davon hatten die Trojaner reichlich.

»Was machen eure Lehrlinge? Können sie inzwischen mit dem Bogen umgehen?«

Khanussu wackelte mit dem Kopf. »Geht so. Ah, jetzt kann's nicht mehr lange dauern.«

Menelaos hatte die Beinschienen befestigt; jemand reichte ihm den Brustpanzer. Paris schien schon bereit; er zerrte am Gürtel, an dem ein langes Schwert hing, und nahm dann einen Speer vom Wagen.

»Ich muß näher ran«, knurrte Ninurta. »Das will ich genauer sehen. Tsanghar, du bleibst hier, hörst du?«

Der Kashkäer nickte. »Keine zwanzig Löwen bringen mich näher dahin. Aber ist es klug, Herr?«

»Nicht Herr und nicht klug. Bis gleich.«

Ninurta lief den kleinen Hügel hinab. Khanussu, der eben mit einem seiner Männer geredet hatte, wandte sich um und rief: »Ninurta – Herr – Assyrer, bleib hier! Es ist...«

Aber nun begann das Geschrei; Ninurta hörte nicht, was der Shardanier noch sagte. Er drängte sich durch die Reihen der Achaier, dorthin, wo er zuletzt Odysseus gesehen hatte. Hin und wieder erhaschte er durch Lücken, die sich auftaten und schlossen, einen Blick auf den Kampfplatz, wo Menelaos und Paris einander bedrohten und mit den Waffen fuchtelten.

Endlich erreichte er den Ithaker und berührte ihn am Arm. Odysseus fuhr herum, die Hand am Schwertgriff – am Griff des langen feinen Stahlschwertes.

»Ninurta!« Einen Augenblick lang bildete sich der Assyrer ein, Besorgnis oder gar Angst im Gesicht des Achaiers zu lesen. »Was machst du hier? Du solltest nicht hier sein. Es wird gefährlich...«

Paris schleuderte seinen Speer. Menelaos riß den Schild hoch. Stöhnen und Geschrei übertönten jedes Kampfgeräusch; dennoch bildete Ninurta sich ein, das dumpfe Krachen zu hören, mit dem der Speer in die Schichten aus Leder und Bronze fuhr.

Menelaos warf. Auch Paris fing den Speer mit dem Schild, aber er strauchelte beinahe – die ganze Wut des ersten Gemahls von Helena mußte in dem Wurf gesteckt haben. Menelaos stolperte, fiel vom eigenen Schwung fast vornüber, blieb auf den Beinen, riß das Schwert heraus und stürzte sich auf den Trojaner, der nicht schnell genug den Schild wegwerfen und die eigene Waffe ziehen konnte. Ein furchtbarer Hieb traf den Helm, von oben, rutschte ab, endete auf der Schulter; Paris ging in die Knie. Menelaos ließ das Schwert fallen, packte den Helm des Gegners und begann, an Helm und Kopf zu zerren und zu drehen. Paris wand sich wie eine Schlange, aber es konnte nur wenige Atemzüge dauern, bis entweder der Helmgurt ihn erwürgte oder Menelaos ihm das Genick brach.

Aber es geschah etwas anderes, die dritte Möglichkeit, an die Ninurta nicht gedacht hatte: Der Gurt riß, Menelaos hielt den Helm in der Armbeuge und stolperte, als Gewicht und Widerstand plötzlich fehlten. Paris kam auf die Beine, sprang zum Schwert, das bei seinen Windungen aus der Scheide gerutscht war, packte es, drehte sich blitzschnell und stürmte mit vorgereckter Klinge auf den Spartaner los.

Zwei Pfeile. Der eine, wenn Ninurta sich nicht irrte, von einem der berittenen Skythen: ein schwarzer Strich des Todes, der (jähe Stille ringsum) mit dumpfem Schlag in Parisitis Panzer fuhr, über der rechten Brust. Der zweite Pfeil kam von Pandaros, drang in die Gürtelschnalle des Menelaos, blieb stecken. Beide Kämpfer taumelten.

Diomedes, auf seinem Wagen, reckte den Arm; in der Hand hielt er einen Speer. »Verrat!« brüllte er; die dicke Stimme raste wie eine Bö über den Kampfplatz. »Sie schänden die Götter! Tötet sie – alle!«

Die berittenen Skythen und etliche andere Bogenschützen in den achaischen Reihen handelten so schnell, daß Ninurta keinen Atemzug lang an Überraschung und blindes Befolgen von Diomedes' Befehl glauben mochte. Und während die Pfeile in der

Luft hingen, langsam, wie erstarrt, als ob die Augen des Assyrers einen gedehnten Ausschnitt der Vorgänge sähen, krochen auf der anderen Seite fünfmal so viele Pfeile von trojanischen und lykischen und phrygischen Sehnen, mühten sich hangaufwärts in die steile Luft.

Dann prasselte der Pfeilhagel nieder, schnell und tödlich, auf beiden Seiten. Odysseus stieß den Assyrer zu Boden und schrie:

»Warum bist du Trottel unbewaffnet?«

Ninurta blieb halb benommen liegen, sah vor sich einen Achaier zusammenbrechen und zuckend auf dem Boden sterben, kroch zu ihm hin, richtete alle Kraft seiner Gedanken auf die Finger, die den Gürtel und die Gurte des Panzers und das Schwert und den Speer – ah nein, der war unter dem fallenden Mann zerbrochen. Füße. Eine Myriade Füße, und er konnte den Kopf nicht heben um zu sehen, ob Beine darüber waren, vielleicht auch Körper. Knie rammten ihn, stießen ihn wieder in den Boden, Füße traten auf ihn, er hörte Geklirr und Geschrei, Wutgeheul, hier und da das Kreischen von Verwundeten, dann hatte er endlich das Schwert in der Hand und den Brustpanzer des Gefallenen, dem ein Pfeil in die Kehle gedrungen war. Hinter sich hörte er wieder Odysseus, der fast verwundert, fast wie in einem gelassenen, müßigen Traum sagte:

»Komm, laß mich dir helfen, Händler. Ich weiß zwar nicht, warum ich mir die Mühe mache...«

Und während Odysseus' Finger die Gurte des Panzers zerrten und schnallten, erinnerte sich der Assyrer daran, daß er nichts mit diesem Krieg zu tun hatte. Daß er, wenn überhaupt, einen schnellen Sieg der Trojaner wünschte und einen Untergang der Achaier. Dann kam er auf die Beine, bemerkte, daß jemand – Odysseus? – ihm den Helm des Toten über den Kopf stülpte, sah einen Streitwagen der Trojaner näher kommen, sah ein paar Achaier sich ducken und nicht den Wagen, nicht den Lenker, nicht den Bogenschützen angreifen, sondern mit den Stichschwertern Pferdebäuche aufreißen. Und er schrie, als die heiße Woge in ihm aufstieg und zugleich über seinem Kopf zusammenschlug. Schrie vor

Wonne und ohne Besinnung, als er sich mit seinen achaischen Waffenbrüdern gegen die Brandung trojanischer Speere und Schwerter stemmte.

Er erinnerte sich an den Pfeilhagel; und daran, daß Odysseus ihn niedergestoßen oder -gerissen hatte, damit er nicht getroffen wurde. An Füße stürmender Achaier, die über ihn trampelten, bis sie zurückgeworfen wurden – aber da war er schon auf den Beinen, mit den Waffen eines Gefallenen, und wie lang mochte es gedauert haben? Wie war er an die Waffen und den Panzer und den Helm gekommen?

Alles blieb wirrer Fiebertraum. Vielleicht hatten die Fürsten auf ihren Wagen eine Art Überblick; Ninurta wußte nur, daß alle Glieder schmerzten. Ihm war zum Erbrechen übel, und er hatte, wundersam, keine Wunde davongetragen. Stundenlang war der Kampf hin und her gegangen, Ebbe und Flut und Morast und Brecher und Schnappen nach Luft und sicherer Untergang. Der Untergang der Sonne beendete das Gemetzel. Vorerst.

Später erzählten sie von den großen Dingen, die sie gesehen und getan und gelitten hatten. Nestor, der seine Kämpfer aufgefordert habe, mit den Streitwagen die trojanischen Gefährte anzugreifen und den Speer nicht zu werfen, sondern zu stoßen – armer alter Nestor, auf den keiner gehört hatte. Es gab nur noch wenige Streitwagen bei den Achaiern, und alle wußten seit den ersten Zusammenstößen nach der Landung, daß die Stoßspeere zu kurz waren, um einen Gegner zu erreichen. Die wenigen Wagen dienten als Feldherrnhügel, oder, bestenfalls, als bewegliche Plattform für Bogenschützen. Krieger hätten namhaften Trojanern, natürlich ausnahmslos Söhne des Priamos, Speere seitlich durch den Helm ins Gehirn gestoßen; Aias habe einem gegnerischen Fürstensohn die Brust aufgerissen, und dieser oder jener einem Gegner den Speer von unten durch den Kiefer in den Gaumen gerammt und die Zunge an den Oberkiefer genagelt; dem Fürsten Diores habe ein trojanischer Stein Sehnen und Knöchel zerfetzt, so daß er hinfiel, und der Troer Pirous, der den Stein geworfen hatte, habe ihm mit dem Speer den Bauch geöffnet, so daß die dampfenden Nattern des Inneren auf das Schlachtfeld flohen; der Aitolier Thoas habe Pirous mit dem Speer getroffen und ihm den Bauch mit dem Schwert geschlitzt, sei dann seinerseits von den Thrakern, die Pirous geführt hatte, mit langen Speeren getötet worden. Jemand sprach von den wogenden Haarknoten der Thraker, die er gesehen haben wollte, obwohl er einräumte, daß auch sie im Kampf Helme trugen...

Odysseus wollte den Assyrer mit zu den Fürsten nehmen, aber Ninurta zog es vor, bei den Shardaniern zu sitzen. Die von Odysseus den Befehl erhielten, ihn keinesfalls über den Fluß fliehen zu lassen – »wir wollen doch nicht, daß er morgen mit den Trojanern so tapfer gegen uns kämpft wie heute umgekehrt, nicht wahr?«

Khanussu sagte, er habe zu Beginn der Schlacht den jungen Kashkäer ins Wasser gestoßen; Tsanghar sei heil ans andere Ufer gelangt und lebe. Die Söldner hatten das Ufer gehütet, vorrückende Trojaner mit Pfeilen zurückgetrieben, die unersetzlichen Geschosse aus den Gefallenen gezogen, Waffen und Rüstungen der Toten erbeutet.

»Gutes Tag.« Das war einer der Fremden, mit denen Ninurta nie gesprochen hatte, weil sie keine der ihm geläufigen Sprachen verstanden. Offenbar hatte zumindest dieser Mann im Lager ein wenig Achaisch aufgeschnappt. Er zwinkerte mit seinen schrägen Augen. »Gutes Tag«, wiederholte er, nachdrücklich. »Feines gekämpfen, mächtig Beutemachen, ha!« Er patschte auf einen trojanischen Brustpanzer, der neben ihm lag und das Flackerlicht des Feuers golden brach.

»Woher kommst du?«

Der Mann wies in die Nacht, irgendwo hin, jenseits von Troja. »Weit weit Ost. Berg und Wüste und Steppe und Berg, ja? Dann hohe Berg mit Weiß. Dann Steppe und Sand. Winter frostlich etwa, Sommer Hitzung. Grasland – ah, wunder Grasland. Leben gut, aber hier Töten besser.«

Irgendwann kam Ninurta taumelnd auf die Beine; er mußte eingenickt sein. Etwas hatte ihn geweckt, ließ ihn hochschrecken. Nichts Äußeres offenbar; die meisten Söldner schnarchten, einer der Fremden saß da, das krumme Schwert über den Knien, starrte ins Dunkel und bewegte lautlos die Lippen.

Khanussu schien nicht geschlafen zu haben; er erhob sich mühelos, geschmeidig, und legte dem Assyrer eine Hand auf die Schulter.

»Du denkst nicht etwa daran, abzuhauen, oder?«

Ninurta schüttelte stumm den Kopf.

Der Shardanier betrachtete ihn. Inzwischen war der Mond aufgegangen – ein fast voller Sommermond in einer warmen Nacht. »Dein erster Kampf?«

»Nicht Kampf.« Ninurta sprach leise, mit brüchiger Stimme. »Gekämpft hab ich oft genug. Die erste Schlacht…«

Khanussu seufzte. »Ich erinnere mich. Es ist herrlich, nicht wahr? Du fliegst, in deinen Adern brennt flüssiges Gold, die Unsterblichkeit ist greifbar. Und danach fühlst du dich wie…« Er hob eine Hand, fuhr damit durch die Luft, als müsse er Wörter suchen und haschen. »Wie… als ob man deine Seele zerlegt und mit rauhen Borsten gegen den Strich geschrappt und falsch zusammengesetzt hätte?«

Ninurta nickte.

»Dann ist schlecht sitzen. Komm, gehen wir ein wenig.«

Hier und da stiegen wie Rauchfahnen Nachtnebel aus dem Boden. Träge Vögel flappten mit den Flügeln, ohne sich von der Stelle zu bewegen; einige krächzten, wenn die Männer ihnen zu nahe kamen. Ihnen und dem, worauf sie hockten: dunkle Wölbungen, von der Erde ausgespiene Mißgeburten. Schwarze Gestalten wanderten umher, überscharf gezeichnet vom Geisterlicht des Mondes – Umrisse wie Klingen, der Rest der Körper düstere Schwämme. Einige hielten spuckende Fackeln, die wie brennende Wracks tanzten und taumelten, wenn die Träger sich bückten, um etwas aufzuheben.

Khanussu hatte das blanke Schwert in der einen, den Speer in der anderen Hand.

»Wozu die Waffen?«

»Wenn wir schon wandern… Niemand wird uns überfallen, aber vielleicht waren die Erlöser noch nicht überall.«

»Erlöser?« Dann begriff er und sagte: »Ja.«

Sie gingen und redeten – bis Ninurta schwieg und nur noch der Shardanier sprach, leise, als ob er einen eben dahinrinnenden Traum erzählte, den jedes laute Wort zerbräche. Einmal verstummte Khanussu für einige Zeit, nachdem sie an einem Körper gehalten hatten, der sich schwach bewegte und stöhnte. Der Shardanier beugte sich zu dem Mann.

»Die Hand oder das Schwert, Bruder?«

Kaum hörbar, Echo eines fernen Windstoßes, kam die Antwort.

»Das Schwert ... und danke, Bruder.«

Ninurta zwang sich, hinzusehen, bis das Zucken endete und Khanussu sich aufrichtete. Schweigend gingen sie weiter, wateten knöcheltief durch den Bodennebel, der nun die Ebene und die Körper bedeckte. Wie Dämonen gingen da und dort Männer ohne Füße, manche ohne Unterschenkel, bückten sich, hoben Gegenstände auf, zerrten schwere Beute – einen vergoldeten Panzer vielleicht, ein goldenes Schwertgehenk, einen kostbaren Gürtel – aus dem wabernden Nichts. Weiter weg, eher zu ahnen als zu sehen, gerieten zwei Schatzsucher in Streit; Klingen klirrten, und ein schwacher Klagelaut verriet, daß die Anzahl der Gefallenen sich vermehrt hatte.

»Auch die Toten machen Kinder«, knurrte Khanussu. Dann sprach er von den Erlösern, die bei manchen Heeren durch das Los bestimmt wurden, bei anderen eine feste Truppe waren, meist aus jenen, die sich auch um die eigenen, noch heilbaren Verwundeten kümmerten; und er erzählte, leise, was andere von der Schlacht berichtet hatten. Ein Geisterwispern über dem Geisternebel unter dem Drachenmond, dachte Ninurta; er hörte von der Bauchwunde des Menelaos und von Agamemnons Reden an die einzelnen Kämpfergruppen, von der wahnsinnigen Hatz des Diomedes, der sich eingebildet haben mußte, gegen Götter zu kämpfen, zahllose Trojaner niedergestreckt hatte und in allen Ares zu besiegen wähnte; vom gewaltigen Hektor, der Entsetzen in die Reihen der Achaier trug; die Männer schrien nach ihrem Stärksten, Achilleus, aber der saß dumpf brütend und schmollend im Zelt, winselte gekränkt wegen einer Frau, während die anderen starben: im Krieg, der einer anderen Frau galt; vom Verschwinden des Paris, der unauffindbar blieb; von Menelaos, frisch verbunden, rasend vor Wut, wie er Paris suchte – und sah, wie Aias dem Thraker Akamas die bronzene Speerspitze in die Stirn stieß, wie Diomedes »Ares!« röhrte und Axylos niedermähte, wie Euryalos nacheinander Opheltios und Pedasos und dessen Zwillingsbruder Aisepos tötete und Odysseus den Pidytes und Antilochos den Ableros – und Menelaos suchte immer noch nach Paris, rasend und brüllend, und fand einen namens Adrestos, der dem Paris ähnlich sah, und der Spartaner hob den Speer, um ihn in den gestrauchelten Adrestos zu jagen, der um sein Leben bat und Reichtümer verhieß, und Menelaos ließ den Speer sinken, gerührt vom Flehen des Trojaners, aber dann kam Agamemnon und schrie: »So weich, Bruder? Wozu die Sorge um einen Feind? Ah, keiner von denen soll unseren Händen entkommen, nicht ein einziges Kind, das noch im Mutterleib wohnt, und keine Mutter, bis ganz Ilios ausgelöscht ist, nicht einmal Tränen, die Gräber zu netzen!« Und Agamemnon stieß den Speer in Adrestos' Flanke, trat auf die keuchende Brust, riß die Waffe aus dem Fleisch. Nestor, im Blutbad verjüngt und klaren Geistes, befahl seinen Kämpfern, nicht jedem Gefallenen Waffen und Rüstung abzunehmen, sondern zu töten, töten, töten und das Sammeln und Sichten der Beute zu verschieben. Diomedes, aus einem Wahn erwacht, um einem anderen zu verfallen: Auf dem Schlachtfeld setzte er sich nieder mit dem Trojaner Glaukos, als Knabe einmal sein Gastfreund; sie erzählten einander von den Großvätern und tauschten schließlich die Rüstungen – die von Glaukos war aus Gold, hundert Ochsen wert, die des Diomedes aus Bronze im Wert von neun Rindern.

Geisterwispern. Geister früherer Schlachten, an denen Khanussu teilgenommen hatte. Geister aus Beutezügen, und von Plünderungen, Geister aus Geschichten seiner Vorfahren. Zu diesen Geistern kamen andere, und wenn Ninurta die Augen schloß, sah er sie zwischen Nebel und Mond über das Feld wehen: die Fackel, die sein Vater war, die Mutter, gehäutet und gepfählt und gnädig von Wahnsinn verfinstert, die wilde Frau mit

Helenas Augen; im Streit erstochen in einer Hafenschänke ein Rome-Händler, und sein Geist hob klagend den zerbrochenen Trinkbecher; vermengt und verschwistert und unauflösbar die Geister (oder nur einer?) der Trojaner, die er an diesem Tag, ein Jahr her oder erst morgen, getötet hatte, die anderen, und die scharfe Wonne des eindringenden Schwerts, und wissen, daß Brüder – liebe Brüder, nie gesehen und vertraut und näher als jede Geliebte – neben und hinter ihm und ringsum sind und den Rücken schützen mit ihrem Leben, und die Schwingen des Adlers tief drinnen und das kochende Blut, die ganze Seele im Stoß und im Schrei und im Jubel. Jäh die Fratze des Wimmerns, das würgende Angst und Galle im Hals ist und die Beine hinabrinnt, der Geist des Winselmeers und der Jammerbuchten am Gestade des Kreischens.

Er öffnete die Augen, als er eine belegte, heisere Stimme hörte. Sie waren in einem großen Bogen über das Schlachtfeld gewandert, gewatet, bis dorthin, wo trojanische Krieger durch den Nebel stapften (aber in der Nacht nach der Schlacht gibt es keine Gegner, nur Gleiche, nur Brüder), und zurück, weit zurück, noch weiter, weg vom Fluß, fast bis an die Wälle des achaischen Lagers. Vor ihnen stand ein Mann, nackt bis auf die durchtränkte besudelte Schärpe um den Bauch; in der Rechten hielt Menelaos ein Messer, den linken Arm fraß der abgetrennte Kopf eines Lamms: die Kiefer weit über dem Handgelenk, und aus dem Hals zuckten wie Schlangen die Finger des Königs von Sparta. Der Schädel war geöffnet; ein wenig Hirnmasse, im Bart wie ausgesiebt, wurde von der Zunge gejagt und erlegt und hineingeschafft ins Schlürfen und Schlucken des Munds, der nach Wein stank und nach Ekel. Die Augen – ›seltsam‹, dachte Ninurta, ›nachts solche Augen zu sehen‹ – saßen eng neben der Nasenwurzel; sie waren grell und erloschen jäh, als Menelaos sie zusammenkniff. Er rülpste und schwankte und wiederholte, was Ninurtas Augen geöffnet hatte. »Habt ihr Paris gesehen? Oder Helena?« Eine dicke Stimme, belegt und heiser von Mord und Gemetzel und Befehlen und heiligem Heulen. Eine besudelte Stimme, klebrig wie der Bart und die behaarte Brust, die Muskelwülste der Arme, der Verband, die nackten Beine und der mächtige, geschwollene, pochende Phallos. Die kleinen Augen glitzerten.

»Nein, Herr, wir haben sie nicht gesehen«, sagte Khanussu.

»Ah.« Menelaos hob den linken Arm, lutschte am offenen Schädel des Lamms, grunzte und sagte: »Mit der Bauchwunde könnte ich sowieso weder ihn noch sie...« Das Glitzern der Augen erlosch, der Phallos sank, Menelaos wandte sich zu den undeutlich auf Nebel treibenden Küstenhügeln. Jetzt schwebte er, die Füße unsichtbar, wurde dunkler, schien sich aufzulösen; noch einmal hörten sie die Stimme, die den Namen einer Frau, der einzigen Frau, vielleicht auch den aller Frauen in die Düsternis der Götter und Menschen brüllte: HELENA; es klang wie der Todesschrei eines geopferten Stiers.

Weiter stromauf, am westlichen Ufer des Skamandros, verhandelten morgens Herolde von Agamemnon und Priamos: schwarze Punkte im aufgewühlten Grün, umgeben von blinkenden Speerspitzen der Geleittruppen. Waffenruhe für einen Tag, hieß es; beide Seiten sollten die Gefallenen bergen, verbrennen und bestatten können.

»Besser so.« Khanussu rümpfte die Nase. »Nicht nur wegen der geziemenden Feierlichkeiten... Es ist heiß, und so, wie der Wind hier geht, kriegen die das auch in der Stadt zu riechen.«

»Was tun wir?«

Khanussu lachte und klopfte auf den Oberschenkel des Assyrers, der neben ihm saß, die Füße im Fluß. »Wir? Wir werden den Tag hier verbringen, in guter Ruh, und zwar mit was? Mit Recht!«

Agamemnon war offenbar nicht dieser Ansicht. Ihm erschien es rechtens, die Dinge anders zu ordnen. Streiftrupps aller Einheiten des nach Städten und Stämmen gegliederten Achaier-Heers erhielten die Aufgabe, die eigenen Gefallenen zu bergen und die Namen zu verzeichnen – schwierig, da längst nicht jede Einheit über Schriftkundige verfügte. Die Söldner, die das Flußufer gehütet und nur einmal durchgebrochene trojanische Fußkämpfer zurückgeschlagen hatten, waren vielleicht die einzige Einheit ohne Verluste; deshalb (und weil der Fluß bei Waffenruhe nicht gehütet werden mußte) wurden sie ans westliche Ende des Lagers verlegt, um Gefangene zu bewachen und zu versorgen.

»Es könnte ja sein, daß irgendwo zufriedene Heiterkeit ausbricht«, sagte einer der Söldner, ein Libu-Mann. »Wäre ganz schlecht für die Kampfkraft.«

Die Gefährten, die ihn zu bewachen hatten, mußten ihre ganze Habe mitschleppen, dazu die Beutestücke aus der Schlacht; Ninurta trug nur Waffen, Rüstung, einen Beutel mit Getreide und Trockenfleisch sowie eine Decke. Allerdings gehörte zu den Waffen ein Bogen samt Köcher, Geschenk (oder Verpflichtung?) von Khanussu. Der Assyrer zögerte den Aufbruch hinaus, solange es ging, aber seine Hoffnung, jenseits des Flusses jemanden zu sehen, dem er eine Nachricht zurufen konnte, erfüllte sich nicht.

Die erbärmliche Versorgungslage des Heers machte die Arbeit an den Pferchen der Gefangenen nicht leichter. Eine betäubende, unaufhörliche Plage, die Kraft nahm und den Schlaf unterhöhlte und das Gemüt mürbe machte; eine lähmende Kette gleichförmiger Glieder, die zahllose Tage und Nächte waren und zu Monden wurden. Fast vier Monde, bis er wieder die Neustadt betrat; aber es konnten auch vier Jahrhunderte sein, und Ninurta hörte bald auf, die sengende Sonne nach Auf- und Untergängen zu bewerten, denn sie war nichts als Brand und Folter, kaum gemindert durch kurze Güsse aus den häufigen Wolken an der Meerenge.

Schon am ersten Tag erfuhr er vieles. Sämtliche Rinder waren längst geschlachtet und gegessen, ebenso die überzähligen Pferde. Schweine gab es nicht mehr; der Lämmerkopf am Arm von Menelaos kam ihm wie ein nächtliches Gesicht vor. Auch die Fürsten lebten von dünnem sauren Wein, von Körnern, die sie im Wasser quellen ließen, von kargen Resten an Trockenfleisch und Trockenfisch. Nach der Schlacht, hieß es, habe man einige Männer gesehen, die Waden und andere Teile von Gefallenen über ihren Feuern brieten. Abgesehen davon machte nicht einmal die Menge an Gefallenen – fast zweitausend Achaier, wie es hieß – viel aus; die Hüter der Nahrung dachten nicht daran, den anderen mehr zuzuteilen, sondern horteten mehr. Streiftrupps in der Umgebung kamen mit leeren Händen zurück; wenn sie sich weiter ins Hinterland wagten, brachten sie manchmal noch ein wenig an Früchten und Getreide mit sowie Fleisch von Tieren, gleich nach der Erbeutung geschlachtet und gebraten. Oft kamen diese Trupps aber überhaupt nicht zurück, denn jenseits der Stadt waren die Trojaner die Herren, und außerdem hielt der Zustrom an Kampftruppen trojanischer Verbündeter an. Aus den Heimatstädten der Achaier kam kein Nachschub; was (selten) freie Händler brachten, reichte immer nur für ein paar Tage.

Die Trojaner wußten, wie es im Lager aussah. Offenbar war Priamos doch nicht so vergreist, wie Ninurta angenommen hatte; denn irgend jemand – wer, wenn nicht der König? – zügelte die ungestümen Söhne: Trojas Kämpfer blieben in der Stadt, die Kämpfer der Verbündeten ebenfalls – in ihrem Fall war es vor allem die Neustadt –, und alle Versuche der Achaier, eine Entscheidungsschlacht herbeizuführen, scheiterten am Schweigen des Königspalasts. Offenbar gab es in Troja genug zu essen, oder jedenfalls so viel, daß kein Hunger herrschte.

Zweimal kam es in diesen Monden oder Jahren trotzdem zum Kampf. Zunächst forderte Agamemnon erneut die Übergabe von Helena, dazu Gold; als Priamos ablehnte (oder ablehnen ließ), schleiften einige Männer (Skythen, die vor nichts zurückschreckten, dazu Kerntruppen aus Mykene und natürlich Ithaka) den von Aias aus Thrakien mitgebrachten Polydoros, Sohn des Priamos, zum Westufer des Skamandros, banden ihn an ein Bündel in den Boden gerammter Speere und steinigten ihn. Dies wurde den Trojanern zuvor angekündigt, und sie machten einen Ausfall mit allem, was schnell genug zu den Waffen greifen konnte. Polydoros war bereits tot, als die ersten durch den Fluß kamen, unter dem Hagel der Pfeile – Ninurta mußte mit, aber nachdem er die zerfetzten Reste des Königssohns gesehen hatte, die an diesem Bündel-Pfahl hingen, versuchte er nicht zu zielen. Immer mehr Trojaner und Bundesgenossen drängten nach, die Achaier ließen sich zurückfallen und erhielten Verstärkung. Nach und nach war etwa die Hälfte beider Heere verwickelt; der Kampf dauerte bis zum Abend, fast so blutig wie die erste Schlacht. Diesmal hatten auch Khanussus Söldner Verluste – drei Shardanier, ein Libu-Mann und einer der Fremden aus dem Osten.

Irgendwann später fand die dritte Schlacht statt. Ninurta hatte das Zeitgefühl verloren; die Welt war eine Abfolge aus Hungermahlzeiten und Arbeiten: Austeilung der ärmlichen Korn- und Wassermengen an die Gefangenen; aufräumen; Kotgräben zuschütten und neue ausheben; Leichen zu Stellen schleppen, die nach Meinung des gerade zuständigen Fürsten nicht mit den Trinkwasserquellen verbunden waren; aufräumen; Gruben ausheben; immer wieder von Überfällen gestörter Schlaf, kaum reichlicher als die Nahrung. Die Trojaner gingen dazu über, nachts durch die Ebene zu kriechen und einzelne Kämpfer oder Gruppen, die weit vor dem Lager ruhten, schnell und still auszulöschen. Phrygier, hieß es, und Thraker; beide seien besonders gut im Umgang mit Messern und Kehlen. Manchmal schwammen oder wateten sie auch durch den Fluß und tauchten unmittelbar an der Ostseite des Lagers auf.

Dann wieder mußten Schiffe entladen, an Land gezogen und zu Feuerholz zerlegt werden, oder ein trojanischer Nachtangriff (einmal jagten sie brennende Streitwagen gegen die Holzverhaue, wobei die kreischenden Pferde mehr Schaden anrichteten als das Feuer) zeigte, daß der Wall hier oder da doch nicht sicher war und ausgebessert werden mußte.

Agamemnon machte fast täglich die Runde, sprach mit Unterführern und einfachen Kriegern, suchte sie zu ermuntern, versprach ungeheure Beute, sobald erst... Er gab sich Mühe, aber allmählich glaubte niemand mehr an dieses »sobald«. Vor allem nicht so bald.

Wenn er nicht zu erschöpft war (manchmal schliefen die Männer im Stehen ein, von Hunger und Schlafmangel und Hitze zermürbt), lauschte Ninurta den Geschichten, die die Söldner einander erzählten. Es waren immer die gleichen Geschichten, nach einiger Zeit wiederholte sich alles, aber besser diese Wiederholung als lediglich die tägliche Wiederholung von Plage und Notdurft. Nach zwei oder drei Versuchen gab er es auf, im Dunkel zum Fluß zu gelangen und, vielleicht, hindurchzuwaten, in die zweifelhafte Freiheit der trojanischen Seite. Einmal fing Khanussu ihn ab (der lange Mann schien kaum je zu schlafen), einmal stolperte Ninurta über einen schlummernden Achaier, der laut brüllend erwachte und sich an ihn klammerte.

Hin und wieder, in immer größeren Abständen, wenn die Zeit vorübergehend aufhörte, ein Schlangenknäuel um seinen Hals zu sein oder ein von fetten Maden wimmelnder Himmel oder unablässiges Dröhnen innerhalb des Schädels – hin und wieder suchte er eine Erklärung für jenen Vorgang, der zur ersten Schlacht geführt hatte. Natürlich waren beide Seiten von vornherein nicht bereit gewesen, sich an die heiligen Eide zu halten; wer konnte denn auch angenommen haben, die Achaier würden – nach all den Vorbereitungen über Jahre, nach der Fahrt, nach den ersten Gefechten – alles abbrechen und heimkehren, nur weil Menelaos vielleicht einen Zweikampf verlor? Oder daß die Trojaner, sicher verschanzt und Herren des Landes, vielleicht sogar bereit, nach einem Zweikampftod des Parisiti Helena auszuliefern, auch noch große Mengen Gold und Silber dazulegen würden?

Die Fürsten hatten es gewußt; aber offenbar hatten viele der einfachen Krieger daran geglaubt. Oder darauf gehofft, und Hoffnung zeugt Glauben, und Glaube macht blind. Sie hatten mit den Trojanern, Waffenbrüder allesamt, gezecht und gegessen (als es noch zu zechen und zu essen gab) und gelacht, am Feuer; warum sollten sie einander die Leber aus dem Bauch schneiden?

Es war, dachte er, als habe man zwei Ströme gestaut, und das hinter den Staumauern verschwundene Wasser war nicht mehr da – man tat so, als sei es nicht mehr da. Bis jemand aus jeder Mauer einen Stein schoß. Alle hatten den Verrat, den Eidbruch der eigenen Seite gesehen, und dennoch hatten sich alle mit furchtbarer Wut auf die Gegner gestürzt, die Verräter, Zechfreunde und Waffenbrüder des Vorabends.

Er war nicht der einzige, der darüber nachdachte; aber von den Einfältigen, die grübelten, war er der einzige, der den Ausbruch der Schlacht nicht Ränken zuschrieb, die die Götter gegeneinander und gegen die Menschen aushecken. Die minder Einfältigen – Khanussu, zum Beispiel – grübelten gar nicht erst; der

Shardanier sagte lediglich, es gebe weder einen Grund zum Kämpfen noch einen Grund zum Nichtkämpfen, also täten die Menschen überall das, was sich von selbst ergäbe.

Die dritte Schlacht: beinahe der Untergang der Achaier. Agamemnon hatte sich dazu durchgerungen, fast die Hälfte des Heers zur Nahrungsbeschaffung nach Norden und Osten zu schicken. Was ihn dabei die meiste Entschlußkraft kostete, war nicht die Tatsache, daß die Krieger Gegenden überfallen und plündern sollten, deren Bewohner nach den ersten Zügen des Aias zu Bundesgenossen geworden waren, o wie freudig, und dem Heer ohnehin Nachschub lieferten, so gut es ging. Es betrübte den König von Mykene auch nicht, daß diese Gebiete nach einer Plünderung zu den Trojanern übergehen könnten – was von den Städten und Menschen bliebe, nachdem die Achaier über sie kamen, konnte nicht mehr erheblich sein und mochte sich mit wem auch immer verbünden; es würden nicht einmal genügend Menschen bleiben, um die Städte neu aufzubauen und die weiter nördlich wohnenden Stämme wie bisher daran zu hindern, über die Meerenge in den fruchtbaren Süden zu ziehen. Was Agamemnon Schwierigkeiten bereitete war die Befürchtung, die Trojaner könnten das Restheer überfallen. Deshalb sollte der Aufbruch nachts stattfinden, leise, verstohlen.

Natürlich sahen die Trojaner morgens, was alle anderen auch sahen: Viele Schiffe fehlten im Hafen, und über der langgestreckten Halbinsel nördlich der Engen, kaum viertausend Schritte von Trojas Küsten entfernt, standen Rauchwolken. Die Trojaner griffen an, mit allem, was sie ins Feld schicken konnten.

Ninurta hatte kaum geschlafen, in dieser drückenden Spätsommernacht, in der die Achaier aufbrachen, jenseits der Meerengen zu ernten, und die Götter aller Unterwelten beschlossen, neues Spielzeug für Persephone, Ereshkigal und die anderen zu beschaffen: reiche Ernte. An diesem Morgen starrte Ninurta mit verquollenen Augen auf die Rauchsäulen im Norden, dann dorthin, wohin er jeden Morgen schaute. Nach Osten, jenseits des Flusses, wo die Sonne aufging, und Tashmetu. Sie füllte den Osten und die Neustadt (manchmal, wenn er an sie dachte, stellte er sich vor, daß der Bauch, der ihr Kind, sein Kind barg, den Platz der Sieben Standbilder einnahm, den man nun Platz der Schwangeren Göttin nannte; und zu seiner Erleichterung stellte er fest, daß er noch kichern konnte) und seine Gedanken, wenn er nicht zu morsch war. Tashmetu, die das Kind nicht in heiterer Abgeschiedenheit gebären würde. Tashmetu, die ihn auffing und heilte, als er vom Berg des Madduwattas fiel. Es war wie ein Ziehen im Leib, wie bittersüßer Hunger, dieses Denken, und wenn ihm die Augen tränten, sagte er sich, daß es Schwäche sei und Schwächung. Dort drüben war alle Wärme, die er für den Rest seines Lebens brauchte, und er fröstelte im stickigen Morgen. Dann sah er die ersten Truppen aus den Toren kommen.

Es wurde die Umkehr der Belagerung. Sie trieben die Achaier hinter die Verschanzungen zurück, befreiten die Gefangenen, brannten alle Hütten und Zelte außerhalb des Lagers nieder, jagten die kleinen Abteilungen, die die nordwestlichen Strände und alles hüteten, was dort gelagert war, in die ölig schwappende See, drangen von den Seiten her, über die Hügel und durch den Fluß, ins Lager ein, kämpften sich zu den Schiffen vor. Hektor raste wie eine Feuersbrunst durch die Reihen der Achaier, immer wieder angefacht von Paris, der wie ein Gewittersturm tobte.

Zweifellos würde man später Geschichten erzählen und Lieder singen; falls man es nicht vorzog, dies alles zu vergessen. Die Sänger würden diesen und jenen Helden preisen, wie es Sängern und Helden zukommt; aber wie sollten sie von zehntausend hungrigen Männern berichten, die in der hartgebackenen Erde des trockenen Sommers kaum noch Mulden für die Gebeine anlegen konnten; Männer, die durch Kot wateten, der aus übervollen Gräben stieg und wanderte? Konnten Sänger oder Erzähler, Jahre und Meere entfernt, das herrliche Entsetzen erfassen, das Feuer im Bauch war und Wut und Inbrunst und scharfe Klinge im Gedärm des Gegners, die gräßliche Wonne, um ein Leben zu kämpfen, das wenige Atemzüge zuvor öde und sinnlose Plage gewesen war? Den unendlichen, ungeheuren Haß der Männer auf die Memme Achilleus – Achilleus, der in seinem Zelt saß und in süßen Wein heulte, den er aus einem goldenen Kelch trank – Achilleus, der wegen einer Frau schmollte und sich mit Macht und Lust grämte, während die Männer, die seine Kraft gebraucht hätten und sein Zelt schützten, in den Pfützen aus seiner Pisse und seinen Tränen verbluteten? Ah, ja, auch Khanussu kämpfte: schoß Pfeil um Pfeil ab, bis der Köcher leer war, und griff zum Schwert wie Ninurta, wie die anderen – die anderen, immer weniger, immer tapferer; Idomeneus glänzte und Diomedes leuchtete und Menelaos überstrahlte alle außer Agamemnon, der vielleicht zusammen mit ihm, seinem Bruder, den Untergang verhinderte, wie Odysseus und Nestor und Aias. Wie sie alle, außer dem winselnden Feigling, der sein sieches, dürres Seelchen mit Wein und Weinen begoß. Agamemnon, Menelaos, Odysseus, Idomeneus, Patroklos... die großen Namen, aber welcher Sänger würde das Gefühl besingen, als Mann neben Männern zu stehen, zu kämpfen, zu bluten, zu stürzen, sich aufzuraffen und gleich, jetzt, bald, vorhin endgültig zu straucheln im Schwertertanz, den letzten Schritt zu tun im Männerreigen, umgeben von Brüdern, die einander Rücken und Gesicht und Schildarm waren, verstümmelt und winselnd und röchelnd und nach der Mutter schreiend das großartige Ende zu erreichen, zur Verhöhnung der Götter, jenes Ende, das kein Übergang war zu schrecklicher Wiederholung oder blödem Verdämmern, sondern der letzte Feind, der größte und schönste, wie sie in diesen Augenblicken alle wußten: das grinsende Nichts der Auflösung?

Armer Sänger, der das Wunder beschreiben soll – nicht erwähnen, sondern darstellen, so daß der Zuhörer Teil wird: das Wunder des Abends, als den Trojanern die Arme sanken, schwer von all dem Morden, und als keiner mehr die Kraft hatte, über die Türme und Schanzen und Verhaue aus Leichen zu steigen, um weiterzutöten? Die Nacht, die stöhnende würgende Nacht? Den fahlen Morgen, als die Kämpfer, eingeholt vom weit übers Meer dröhnenden Lärm, der sich in Gerüchte verwandelte, von der langen Halbinsel zurückkehrten, und zu beiden Seiten des Walls aus Erde, Holz, Trümmern und Toten fanden sie Krieger vor – Achaier drinnen, Trojaner draußen –, die sich hingelegt hatten, wo die Erschöpfung sie überwältigte, und die nun über die Trennung, die sie verband, einander in die Augen starrten?

Vielleicht. Vielleicht würde es einen Sänger geben. Aber ob man ihm auch von anderen Dingen berichten konnte, daß er Gesang daraus mache? Davon, wie Agamemnon, selbst kaum fähig zu stehen, blutverkrustet und bleich durch den Morgen wankte, um den Tapferen zu danken und die Verwundeten zu trösten und die Toten zu preisen; wie der König zu den Söldnern kam, vierundzwanzig Lebende von fünfzig, die vor Monden gekommen waren, und wie er, da er an alles dachte, dem langen Mann Khanussu Silber reichte, denn der vereinbarte Sold war an diesem Tag fällig; und wie Khanussu ihm das Silber zurückgab.

»König – Bruder –, nach diesem Kampf soll ich Silber nehmen? Von Agamemnon?«

Und der große Agamemnon weinte, umarmte Khanussu und sagte: »Welcher König hat solche Männer verdient?«

Der Tag, Ekel und Entsetzen, an dem sie die Toten zum Strand trugen, damit die Lebenden weiterkämpfen konnten. Leichtverletzte, Achaier wie Trojaner, wurden verbunden, so gut es ging, von jedem, gleich woher; einen Athener, der die ganze Nacht die Därme festgehalten hatte, die durch den grausamen Schnitt den Bauch verlassen wollten, befreite Ninurtas Schwert von der beschwerlichen Helligkeit der Sonne. Die Männer, die aus dem Norden zurückgekommen waren – vielleicht die Hälfte der Aufgebrochenen; die anderen waren nach Nordosten gezogen, vorläufig außer Gerüchtweite –, hatten wenig Nahrung mitgebracht, aber die Trojaner, aus der Stadt versorgt, teilten über den schrumpfenden Wall hinweg das Essen mit ihren achaischen Gefährten.

Denn es wäre ehrlos, einen geschwächten Gegner zu besiegen, sagte Hektor, ehe er im gleißenden Nachmittag das gleißende Schwert hob.

Ninurta erinnerte sich an tausend Dinge, die aber kein Voreinander und Nacheinander hatten; sie verschmolzen zu einem betäubenden Gesang, einem Bild, das den Betrachter blind machte. Gab es da nicht in den Märchen der Achaier jenes Haupt, von Schlangen wimmelnd, das die Menschen tötete, die es sahen? Oder versteinerte es sie nur? Wer es erfunden hatte, dieses Haupt, mußte Krieger gewesen sein. Alle waren versteinert, biegsam versteinert, tobend versteinert; niemand fand einen Weg aus dem steinernen Labyrinth des Schlachtens. Es war selbstverständlich, daß die Trojaner ihnen zu essen gaben und dann angriffen; ebenso selbstverständlich war es, das Essen anzunehmen, lächelnd, mit Dank, es herunterzuschlingen und den Speer in die Leber des Mannes zu rammen, der die Nahrung gegeben hatte.

Aber etwas war anders als in der Schlacht des Vortags, des Vorjahrs: Sie alle waren zu erschöpft, um wieder zu fliegen, mit den Schwertern zu den Wolken zu steigen und die kauernden Götter zu verspotten, die unsterblich sind und nie die Pracht des Todes kennen werden.

Und die Trojaner fällten einen der stärksten Bäume der Achaier, unter dessen Wurzelwerk ein Ungeheuer schlummerte. Patroklos fiel. Achilleus erwachte.

Sie haßten ihn. Keiner, der ihn nicht verabscheut hätte. Auf dem Bauch waren die Fürsten zu ihm gekrochen, ihn in den Kampf zu bitten, zu betteln, zu flehen. Der Tod des Vetters, des Freundes, des Kampfgefährten und Beischläfers tat, was Agamemnon und Odysseus nicht hatten tun können.

Achilleus raste. Ninurta sah, und in ihm regte sich der Schattendrache, den er getötet glaubte. Regte sich, weil er einen Zwilling sah.

Achilleus raste, und vielleicht war es eine Mischung aus dem unbändigen Haß, den sie alle auf ihn hegten und schürten und weiter anfachen und niemals ausgehen lassen wollten – aus diesem unendlichen ätzenden Haß, schärfer als jede Klinge und köstlicher als jedes Beilager, und aus dem Fieber, das Achilleus verstrahlte. Diese Mischung lief wie ein tollwütiger Wolf durch die Reihen der Achaier und biß alle und riß sie hin.

Das Ungeheuer raste. Es mordete ohne Ende, wie ein Mann zuerst, dann wie ein Tier, schließlich nur noch wie ein Ungeheuer. Hektor, der gewaltige Hektor, getötet und geschunden, die Knöchel aufgebohrt, der Held wie ein Lumpenbündel durch den

Dreck geschleift. Troilos, Priamos' schönster Sohn, gefangen und von den Myrmidonen gehalten und von Achilleus geschändet, dann von den anderen, jedem einzelnen geschändet und schließlich totgetrampelt. Die Frauen aus dem Azzi-Land, die Amazzyunen, herbeigeritten unter ihrer Fürstin Penti-Psarri, Tochter des Priamos, schön und kühn und von den Achaiern Pentisarria gerufen, dann Pentisallia die Göttin – sie alle starben, zerstückelt und in den Boden getreten, zerrissen von einem Ungeheuer, das neben der Leiche der Penti-Psarri innehielt, die Schönheit der Fürstin sah, den Schurz abstreifte und sich auf die Tote legte, sie begattete. Das Ungeheuer packte den Achaier Thersites, der wagte, zu sehen und zu sagen, was ein Mensch zu sagen hatte – packte ihn, hob ihn hoch, riß ihm die Arme ab, schlug die Fänge in den Bauch des kreischenden Stücks, das vom Menschen geblieben war, riß Haut und Fleisch und Schlingen heraus, warf es zu Boden und sprang darauf herum, bis nichts mehr kreischte und nichts mehr als Mensch kenntlich war. Das Ungeheuer, das über Memnon herfiel – Memnon der Aithiope, Sohn von Tithonos, Neffe von Priamos, mit sieben Schiffen hergesegelt aus dem fernen Rome-Land Tameri, als er von der Belagerung hörte. Memnon landete in der Bucht, wo auch die *Kerets Nutzen* und die *Bateia* lagen; er und seine Männer schifften sich aus und baten ehrenhaft darum, das Schlachtfeld als fremde Freunde überqueren zu dürfen, um sich den Kriegern des Priamos anzuschließen. Danach ehrenhafter Kampf. Keleos, Fürst von Ialysos, leerte einen Becher Wein mit Memnon, nannte ihn Bruder und zeigte ihm den Weg.

Den Weg, an dem der Unhold lauerte, das abscheuliche ehrlose Untier, das mit seinen hirnlosen Kampfameisen, den Myrmidonen, über die Männer aus dem Binsenland herfiel, die freies Geleit erhalten hatten. Sie starben, einer nach dem anderen, zerrissen und zerschlitzt und verstümmelt und bespuckt.

Dann sah Ninurta (oder bildete sich später ein, gesehen zu haben – sehnte sich danach, es gesehen zu haben) überklar und übergroß Parisiti: Beischläfer der göttlichen Helena, Königssohn, Bogenschütze. Sah Parisiti am Flußufer, den schweren Bogen aus Holz und Eisen und Horn gespannt; er setzte einen Pfeil auf die

Sehne. Einen Pfeil, den er zuvor geküßt hatte. Er zog die Sehne an die rechte Wange, zielte und ließ los. Der wunderbare Pfeil raste zur Kehle des Ungeheuers. Es wäre ein leichter schneller Tod gewesen, für einen Helden und Kämpfer und Mann, aber nicht für ein abscheuliches Untier. Einer der Myrmidonen wollte das Geschoß mit dem Schild abfangen, konnte es aber nur ablenken. Achilleus hatte seinen Schild hochgerissen. Der Pfeil, trefflich abgelenkt, fuhr unter dem Schild ins Bein des Ungeheuers.

Der Schrei. Das Grauen dieses einen Schreis. Es geschahen weitere Dinge; Ninurta hörte, er habe gut gekämpft, und Aias sei nach einer Kränkung im Wahnsinn gestorben, und der von Agamemnon zurückgeholte Philoktetes habe später Paris mit einem Pfeilschuß getötet; und Heldenkot und Todeselend. Aber er erinnerte sich nur an wirre Tage, an matte Tänze schartiger Schwerter, graue Traumschlieren all dies. Ungenau grau auch die Erinnerung an die winselnden Schreie und den Gestank des Philoktetes, der weiter lebend dahinfaulte und litt und außer dem einen gewaltigen Pfeilschuß wenig tat, wenig tun konnte.

Aber der Schrei des Ungeheuers blieb, hallte immer wieder nach, betäubte und tötete den zuvor vom Ungeheuer geweckten Schattendrachen im Hirn des Assyrers. Der Schrei blieb, und das, was sich aus dem Schrei ergab, und die eine große Rede des Spartaners Menelaos.

Der Schrei des Ungeheuers. Kein Dröhnen oder Gellen oder Jaulen: ein kreischendes Messer. Als der von Paris geküßte Pfeil ins Fleisch drang. Es war, als ob in diesem winzigen Augenblick, diesem Zehntel eines Atemzugs, der Unhold alles gewußt hätte. Gewußt, daß der Pfeil vergiftet war; gewußt, daß der Unhold sterben mußte, gewußt, daß er ein Unhold war und sterben mußte, um vielleicht wieder ein Mensch zu sein.

Das Ungeheuer starb; Achilleus kam zum Vorschein, zum Schein vielleicht, für kurze Zeit sogar zum Scheinen. Achilleus, der nie erwachsene Knabe, der mit verspielter Neugier die Qualen tapfer niederzukämpfen suchte. Achilleus, der zornige Held, der drei Tage lang in Qualen heulte. Die Heiler konnten ihm nicht helfen, ebensowenig wie sie Philoktetes behandeln konnten. Man sagte, sie hätten nicht einmal versucht, Achilleus' Schmerzen zu lindern. Der sterbende Jüngling, kaum noch fähig zu gehen, türmte mit zitternden Händen seinen Scheiterhaufen; der heulende Heros, den Leib zerfressen von den Feuerschlangen des Gifts, legte sich auf die Hölzer und flehte alle an, eine Fackel hineinzustoßen. Dies hatte er vergessen – vergessen, eine Fackel zu entzünden; und als er erst auf dem Scheiterhaufen lag, war er zu schwach, noch einmal herabzusteigen.

Philoktetes wandte sich ab, wimmernd; Agamemnon verschränkte die Hände auf dem Rücken und ging zum Hafen, um Schiffe und Getreide und Sandkörner zu zählen. Odysseus und Nestor sammelten Kämpfer zum nächsten Gefecht. Endlich erbarmte sich Diomedes.

Als der Holzstoß loderte und nichts mehr schrie, hörte Ninurta die Worte, die Menelaos an die Welt und an einige Männer richtete (Odysseus war dabei, und der Ithaker schien zuzustimmen und dennoch abzulehnen):

»Er soll die Frau und alles Gold behalten, denn er hat die Welt von einem Ungeheuer gereinigt.«

Die Kämpfe gingen weiter, immer lauer; beide Seiten waren erschöpft und des Mordens überdrüssig. Die Nächte wurden kühl, im Herbst; Händler brachten Getreide und Früchte und Trockenfleisch. Eines Tages kamen sechs Schiffe, hochbeladen mit Nahrung; sie legten in der Bucht an, und Keleos geleitete den wichtigsten Mann zu den Fürsten.

Es war Mukussu, den sie Mopsos nannten: Vertreter, wichtigster Helfer, Berater und Arm des Dunklen Alten von Arzawa. Ninurta wußte nicht, welche Botschaften er brachte; aber am nächsten Tag begab sich Odysseus in die Stadt Troja, und als er zurückkam, verkündete er das Unglaubliche: den Frieden.

Ninurta ging zu den Schiffen und sprach mit den Männern, die von Memnons Kriegern vieles gehört hatten, ehe das Untier sie zerfetzte; Bod-Yanat hatte auch mit einigen Leuten der Flotte des Mopsos gesprochen und mit Händlern. Irgendwie, durch List oder Wunder oder Zufall, sicherlich auch durch die Ehrenhaftigkeit des Keleos, war den Seeleuten der *Kerets Nutzen* und der *Bateia* nichts zugestoßen. Den Bogen, den Khanussu nicht zurücknehmen wollte, ließ der Assyrer an Bord der *Kerets Nutzen*.

Als er nach vielen Abschieden – vorübergehende Abschiede, wie alle sagten – die acht überlebenden Shardanier und zwei Libu-Männer und den einen Kampfgefährten aus dem Osten verließ, sah er Odysseus mit Mopsos gehen, dorthin, wo für die Friedensfeier das Bild eines heiligen Pferds errichtet wurde. Odysseus winkte; Mopsos hielt einen Knochen in der Hand und redete. Etwas berührte den Assyrer, ein eisiger Hauch.

Er dachte an Lamashtu und ihre Empfindungen von Kälte, und es war, als sei dies eine ferne Bugwelle gewesen und Lamashtu das zunächst ungesehene Schiff, das aus dem Nebel kommt. Östlich des Skamandros begegneten ihm Menschen aus der Neustadt und aus Troja – ein Strom von Menschen schob sich über den erhöhten Dammweg (oder dessen Reste) durch die zertrampelten Felder hin zum Fluß, zum Lager der Achaier, und um nicht umgerannt zu werden, mußte Ninurta vom Damm in den niedrigen Lehm steigen.

Plötzlich war Lamashtu oben, über ihm, schaute auf ihn herab. Sie blieb stehen, stemmte sich gegen den Fluß der Leute, die vorwärtsdrängten. Ninurta blickte auf, sah, daß sie einen großen Beutel trug, ihren Reisebeutel.

»Wohin willst du?« sagte er. Er mußte fast brüllen, um den Lärm der tausend Stimmen dort oben zu übertönen.

Sie blinzelte, öffnete und schloß die verschiedenfarbigen Augen. Ein spöttisches Lächeln huschte über das Gesicht, aber die Stimme war inbrünstig, als spräche sie ein uraltes grausames Gebet.

»Geh du heim, Herr, genieß das Heil und begatte die Schönheit; ich giere nach Finsternissen.«

Dann war sie fort, weggerissen vom gestauten Strom, der weiterfließen wollte.

Er wartete, bis der Damm wieder frei war. Als er oben stand und sich umwandte, sah er nur quirlende Körper; einzelne Menschen waren nicht zu erkennen. Drüben, weiter nördlich, wuchs das Pferdegerippe aus Menschengebein. Flüchtig dachte er an Mopsos mit dem Knochen, an Odysseus, der aufmerksam zu lauschen schien. Und an die Speisegewohnheiten von Mopsos' Herrn, Madduwattas. Aber er wollte nur noch eines: in die Neustadt, wo Tashmetus Augen vielleicht die Fetzen seiner Seele zusammenfügen, Tashmetus Stimme seine Müdigkeit umfangen, Tashmetus Hände den Ekel und die Besudelung läutern würden. Tashmetus Sein, das die Welt fernhielt. Dabei wußte er, daß für sehr lange Zeit keine Berührung zärtlicher, inniger sein konnte als die einer feindlichen Klinge.

Die Mauer, die das Tor vor Angriffen schützte, verschwamm und löste sich auf; und erstaunt begriff der Assyrer, daß er weinte.

ERZÄHLUNG DES ODYSSEUS (VII)

Denkt euch, ihr Milden, im Hades den Tartaros, dunkelster Abgrund, wo ich als schorfiger Wolf – als Eisenwolf, Rostgrind wie Räude –, schartiger Schatten des Löwen, der ich vor zehntausend Jahren angeblich war, die Rudel der Wölfe aus Schande und Schatten antrieb zum Kampf, zum Männerfraß, zum Frauenzerfetzen. Dort, so haben, wenn es sie gibt, die Götter beschlossen, werden mich Schatten von Schatten, mit Augen wie nächtliche Messer, auf ein Feuerrad binden, mit seinen Speichen verflechten und die brechenden Knochen, wo sie das Fleisch zerreißen, baden in flüssigem Gold und die Glieder mit Nattern umwinden...

Was? Ich hätte im Schlaf gewimmert? Das kann nicht sein, o ihr Lieblichen; denn ich weiß, daß ich schreie. Morgen, sobald die warzigen Finger der Eos die Wimpern des Sonnengottes beflecken, brechen wir auf, getrennt, meine Gefährten und ich, in den goldbeladenen Schiffen. Deshalb will ich euch heute, zum Schluß, das Ende berichten.

Denkt euch den Tartaros; denkt den räudigen Eisenwolf, der über das Feld geht, im aussätzigen Dunkel, wo Krähen von den Augen der toten Brüder naschen und Gewürm sich labt an dem, was bleibt, wenn nichts bleibt. Er ist auf Felsen gestiegen, der Eisenwolf, und hat in den Drachen geheult, den andere, Glücklichere, für den Mond halten. Langsam, unendlich langsam ist er durch Schlamm gewatet, der schmatzt und ihn nicht freigeben will. Er durchquert Flüsse, senkrechte Flüsse aus Blut und Eiter, und irgendwann, nach langem Steigen kommt er in eine Gegend, in der die Sonne scheint und Pflanzen wachsen.

Ich bin in die Stadt gegangen, ehrenhafter Fürst der Krieger zum ehrenhaften König der Krieger. Mit einer Botschaft, die morsch war und stank, aber die Nase des Priamos roch längst nichts mehr.

Häuser, versteht ihr? Häuser mit Mauern und Öffnungen und Eingängen. Tische in den Häusern, und Bettgestelle, bespannt mit Leder und bedeckt mit Kissen und sauberen Tüchern. Krüge voller Wein und Bier, andere Krüge, in denen man Getreide aufbewahrt oder Früchte. Menschen, die traurig oder zornig oder hoffnungsvoll auf Odysseus blickten. Saubere Menschen in sauberer Kleidung, keiner von ihnen fett, aber alle wohlgenährt. Keine Scharten, keine Räude – Kämpfe und Verluste werden Scharten gewetzt haben, innen, aber nichts davon war zu sehen.

Heile Häuser. Bettgestelle, auf denen Männer und Frauen einander ergötzen können und edle Kinder zeugen. Tische für Platten voller Nahrung – ah, ich rieche noch heute den Duft von gebratenem Fleisch, von Tunke mit Sahne und Kräutern, von heiterem Wein. Stühle, auf denen sie sitzen können, und Becher, die nicht zerbrochen sind und den Wein ungemindert zum Mund bringen – guten Wein, nicht Essig. Goldschmuck in Ohren, Goldringe an Fingern, Goldplatten auf den Tischen, und Ketten aus Gold mit allerlei Geschmeide an Hals und Armen. Herrliche Frauen, lachende Kinder.

Spielzeug für graue räudige Wölfe. Männer zum Speeren und Kehlen, Zerschlitzen, Zerhacken. Frauen, von den Wölfen geteilt und besprungen und wieder besprungen und zerteilt. Kinder, lächelnde Braten, singende Bälle, die nicht richtig von den Wänden zurückprallen.

All dies mußte vergehen. Das bloße Dasein der Stadt und ihrer Bewohner, die Betten und das Gold, all dies verhöhnte die räudigen grindigen Wölfe tief unten im Tartaros; Hohn, der nur in Blut erstickt und in Brand geläutert werden konnte.

Die Wölfe? Die Männer aus den achaischen Landen? Sie wollten kein Feuer, kein Morden mehr, sie wollten heimfahren. Aber wir, die Fürsten, die sie in diesen Krieg getrieben hatten, in die Schlachten gepeitscht, bis das Menschenfleisch von den Wolfsseelen fiel – wir, die Fürsten, wir wissen, daß die Männer froh heimfahren und danach, je länger die Reihe der Jahre wird, dumpfer und mürrischer und grimmiger werden. Heute sagen sie nur, es soll ein Ende sein, laßt uns heimkehren zu Frau und Kindern und Eltern und Herd und Bett. Morgen werden sie sagen, wenn wir denn schon ausgefahren sind, warum kamen wir mit leeren Händen heim? Übermorgen werden sie rufen, leere Hände und sieglos und wozu die herrlichen Kämpfe? Am Tag danach wird es ein Schrei sein: sieglos, beutelos, ehrlos, alles vergeblich und sinnlos, wozu dann nicht auch fürstenlos und leblos? Die Männer, die furchtlosen tapferen geliebten Krieger, wollten heimkehren, ehrenhaft und ohne Sieg. Odysseus aber, der nicht in den Krieg hatte ziehen wollen, begriff, daß er ihn zum bitteren Bodensatz trinken mußte, bis dorthin, wo tief unten im Becher nur Gebeine und Grauen bleiben.

Und Ehrlosigkeit. Damit die Männer, die gestorben sind, nicht sinnlos gestorben seien; damit die Lebenden ehrenhaft, ruhmvoll, siegreich und beutebeladen heimkehren. Es war eine Notwendigkeit, auch für die Fürsten – was, wenn die Daheimgebliebenen sieglose Hungrige begrüßen müssen und dann sagen, ihr, die ihr dort nichts zustande gebracht habt außer dem Verlust der Blüte all unserer Männer – ihr werdet hinfort auch hier nichts mehr zustande bringen? In euren Betten liegen andere Männer bei Frauen, die nicht mehr die euren sind und den Kinder beibringen, die Väter zu vergessen. Den Pflug, den du geschmiedet hast, lenkt die Hand eines anderen, und den Fürstenthron, der dein Stolz war, wärmt sein abscheuliches fremdes Gesäß.

Darum. Und für die Männer. Wenn sie mit Gold heimkehren, werden sie vom Entsetzen nur die Pracht im Gedächtnis bewahren. Und Männer, die nicht mehr kämpfen wollen, zum letzten und schlimmsten Gemetzel zu führen, ist eine Kunst, die Odysseus versteht.

Ehrlosigkeit, sagte ich. Es kann die Götter nicht geben, sonst hätten sie nicht zugelassen, daß all dies geschah. Nicht Mord und Brand und Schinden und Schändung – das ist der liebste Zeitvertreib der Götter und Menschen. Keine Schuld auf dem Haupte dessen, der kämpft und tötet; Preis dem siegreichen ehrenhaften Krieger. Aber sie werden mich auf dies Feuerrad binden lassen; wenn nicht die Götter, so die Erinnyen, die grausamen Geister der grausam Verratenen.

Damit die Krieger, die Wölfe, beutebeladen und ehrenvoll heimkehren und in der Heimat wieder von Wölfen zu Menschen werden konnten, mußte Odysseus den letzten Fetzen Mensch ausziehen, ganz Wolf werden. Achilleus war ein kranker Knabe; es gab nur *ein* wirkliches Ungeheuer im Heer.

Ah, ihr Freundlichen wißt es noch immer nicht? Warum die Nattern und das Feuerrad? Weil Odysseus das höchste Ziel nicht in offenem Kampf erreicht hat, sondern durch ehrlose Tücke. Dies aber, ihr Holden, ist das Vorrecht der Götter. Deshalb sind sie unsterblich und mächtig. Menschen mögen grausam sein, morden und metzeln und quälen, einzelne oder auch viele in die Unterwelt schicken. Immer, selbst in der schwärzesten Niedertracht, gibt es Erhabenes – ein Wort, eine Gebärde, eine kühne Tat. Aber Odysseus…

Er mußte, damit seine Brüder ehrenhaft weiterleben und heimkehren konnten, listig ein Volk entwaffnen, ein ganzes Volk durch Tücke vernichten. Das steht einem Menschen nicht zu; es ist das Hauptvergnügen der Götter, Menschen zu Tausenden zu schinden, und Odysseus hat sich angemaßt, zu tun, was nur die Götter dürfen. Da er aber kein Gott werden konnte – es gibt keine Götter; wenn es sie je gab, sind sie alle in Troja gestorben –, da er kein Gott werden konnte und kein Mensch bleiben durfte, wurde er zu Niemand. Niemand hat, mit Hilfe der Arzawer, ehrlos die Stadt ausgetilgt. Niemand war bei euch, ihr Holden, und die Gefährten des Odysseus segeln morgen heim, reich an Ruhm und Beute; Odysseus aber, der Niemand ist, wird aufs Festland gehen und mit den grauen Horden ziehen, die jetzt alle Länder verwüsten.

Ihr habt es bemerkt, ihr Klugen? Ich hätte es mir denken können… Ja, es fehlt noch eines, der letzte Grund. Muß ich ihn nennen, da ihr doch schon… Nun gut.

Wenn die dürstenden Geister all der Erschlagenen (dürstend, lechzend nach Rache, begierig, endlich selbst zu erschlagen) mich auf das Feuerrad binden, will ich, wenn ich an Troja denke, den Nattern und Knochensplittern zuflüstern können: Damals war Niemand ein Mann; die Arbeit, die man ihm auftrug, hat er vollkommen getan – er ging den Weg bis zum Ende.

15. PFORTEN DER FINSTERNIS

Tage, köstliche Tage der Ruhe; heißes Wasser, Öl, duftender Sud; frische Tücher, um den abgemagerten Leib geschlungen; Brot – richtiges Brot, gebacken zu knusprigen Fladen, gerollt, gefüllt mit gebratenem Fleisch und Kräutern. Brot, nicht in Wasser gequollene Körner. Ruhen, schlafen, Wein trinken, reden. Und köstliche Nächte.

Zwei Nächte gab es, und einen Tag. Tashmetu fing ihn auf, als er vom Platz in die Gasse und von der Gasse ins Haus taumelte. Sie bettete ihn auf einen Haufen aus Decken und Fellen, und er schlief bis zum Abend.

Dann fand er vieles. Er fand, daß er nicht reden konnte – nichts Wesentliches sagen, jedenfalls. Er mußte alles in sich aufstauen; ein Wort, und die Dämme wären geborsten, die Flut hätte ihn erstickt. Er fand, daß er kaum Speise aufnehmen konnte, und nach zwei Schluck Wein stellte er den Becher ab, denn ihn schwindelte. Er fand, später, daß alles Feuer im Kampf verglommen war und nicht genug Hitze blieb, die Lenden zu beleben, so sehr auch Tashmetu Hand und Mund und Schoß bemühte. Er fand, daß seine Hände zu besudelt waren, sein Mund von Ekel befleckt, so daß er Tashmetu kaum berühren mochte. Er fand, daß heißes Wasser, Öl und Düfte nicht halfen.

Er fand sie die Göttin der Neustadt. Tashmetu hatte die Schätze gehütet und gemehrt, die Seeleute und Tsanghar und Korinnos gelenkt; sie hatte es verstanden, in der Kargheit (trotz allem kamen Waren aus dem Hinterland, trotz allem reichten sie nicht aus) dafür zu sorgen, daß niemand hungern mußte. Seit fast vier Monden, seit kurz nach dem falschen Zweikampf, kamen die Männer und Frauen der Neustadt zu ihr, wenn sie Rat brauchten, und holten sie zu den Beratungen mit Unterführern und Lenkern des Heers und der Verbündeten. Priamos war weit, auf dem südlichen Ufer des Simois, und schickte keine Ratsherren; wenn es Streit gab, wandte man sich an Tashmetu, nannte sie Herrin und Fürstin und Richterin und, bisweilen, Mutter.

Zwei Monde vor dem Tag der Niederkunft war ihr Körper prall; und Ninurta fand sie schöner denn je.

Tsanghar und Korinnos wiesen stolz Stapel und Berge von Rollen vor, gefüllt mit Geschichten und Zahlen und Namen aus der Vergangenheit der Stadt, mit Gesetzen und Überlieferungen, alle zusammengetragen von Korinnos, alle hundertfach von Tsanghar mit seinen beweglichen Zeichenstempeln auf die Binsenmarkblätter gedrückt.

Korinnos hatte sich verändert; er war gewachsen, fast erwachsen. Tsanghar sprach zunächst nicht viel – Lamashtu, die sein Lager geteilt hatte, schien ihm zu fehlen, und sie kam nicht zurück. Er zeigte dem Assyrer seine letzte Erfindung, durch die das Reiten und vor allem der Kampf zu Pferde befördert werden sollten: eine Lederdecke mit Gurten, festzuschnallen unter dem Bauch des Pferdes – dies war nicht neu, wohl aber der Zusatz, ein weiterer Gurt auf jeder Seite, mit Schlaufen am Ende, in die der Reiter die Füße stellen konnte. Schneller aufsteigen, schneller absitzen, und beim Kampf mit Speer oder Bogen weniger Kraft darauf verwenden, sich mit den Beinen am Pferd festzuklammern. Ninurta war beeindruckt, sagte aber dann, es seien so viele zu Fuß gestorben, daß er einige Zeit brauchen werde, um Gefallen an einer Erfindung zu haben, durch die das Töten zu Pferd erleichtert würde.

Ein Tag der Ruhe. Was immer draußen vorging, berührte ihn nicht. Er konnte ein wenig mehr zu sich nehmen, aß und trank und döste und aß wieder. Tashmetus Augen und Stimme heilten ihn, ein wenig jedenfalls, aber er mochte oder konnte noch immer nicht reden, berichten, sich leeren.

Am nächsten Morgen sagte sie ihm, was zu tun sei – wie sie es seit Monden allen anderen hatte sagen müssen. Ninurta, der froh gewesen wäre, als Tashmetus Schatten zu leben, da er den eigenen ums Überleben gegeben hatte, mußte aufstehen und sich ankleiden und über den Fluß gehen.

»Priamos muß wissen, was du weißt, Liebster«, sagte sie, immer noch entsetzt von den wenigen Worten, die er über Odysseus, Mopsos und die Nachrichten der Seeleute geäußert hatte. »Er darf diesem Frieden nicht zustimmen. Du mußt gehen. Ich würde ja gehen, aber er wird mir nicht glauben.«
»Meinst du, er glaubt mir?«
»Vielleicht.«
Tsanghar und Korinnos gingen mit. Sie überquerten den Simois mit einem kleinen Kahn, machten am gemauerten Kai des Südufers fest, sprachen mit den Wachen und gingen in die Stadt.

Es war seltsam, ein unbehaglicher Traum, die Stadt von innen zu sehen, die so viele tötende und sterbende Männer ausgespien hatte. Gepflasterte Straßen, auf denen Menschen gingen, die nicht verwundet oder von Dreck und Blut besudelt waren. Einige lachten, wenn sie miteinander sprachen; vielen sah man an, daß sie trauerten, denn kaum eine Familie konnte es geben, die nicht wenigstens einen Mann, Sohn, Bruder oder Vater verloren hatte. Feste Häuser statt zerfetzter Zelte oder Decken unter gnadenlosem Himmel. Ein alter Handwerker, der vor seinem Laden saß und aus weichem Holz feine Figuren schnitzte, ohne das Messer in Kehlen stoßen zu müssen. Auf einem kleinen Platz, schon halb am Südhang des Burgbergs, spielten im Schatten von Bäumen, die nicht Feuerholz waren, johlende Kinder.

Es war nicht schwer, zu Priamos zu gelangen; ein Wächter nannte den königlichen Beamten den Namen des Assyrers, und ein alter Ratsherr mit Umhang aus weißem Leinen, mit gesticktem roten Saum und gehalten von einer goldenen Spange, kam zum Tor des Palasts, um Ninurta zu geleiten.

Priamos saß auf dem schweren Thronsessel aus uraltem Eichenholz, verziert mit Knäufen und Einlagen: Gold und Elefantenbein. Die linke Hand des Greises, die immer wieder leicht zuckte, lag auf der Armlehne, wo sie manchmal nach dem nächsten Knauf tastete; die rechte, im Schoß, auf dem golddurchwirkten Tuch des Umhangs, hielt eine lederne Scheide, aus der der Goldgriff eines Dolchs lugte.

»Assyrer«, sagte Priamos. Seine Stimme war alt und grau

und zermürbt; die buschigen weißen Brauen überschatteten die Ansammlung von Runzeln, die sein Gesicht war. Ninurta glaubte, in den Augen einen Rest der alten Tücke und Kraft zu sehen.

»Laß mich dich ehren, Herr von Ilios.« Ninurta kniete vor dem Thron.

»Steh auf. Es mußten zu viele tot liegen, die lieber lebend gekniet hätten; wozu sollst du nun knien, da mir an deinem Leben und Knien gleich wenig liegt?«

Ninurta stand auf, taumelnd, aber ohne Tsanghars Hilfe. Er blickte seine Begleiter an. »Wenn der König es erlaubt, werdet ihr euch entfernen. Was zu sagen ist, ist nur für seine Ohren.«

Priamos bewegte die linke Hand. »Geht. Mein Ratgeber auch?«

Ninurta zögerte. »Es könnte sein... Andererseits betrifft es das Schicksal der Stadt; es wäre vielleicht gut, wenn der edle Metrodoros zuhörte.«

Priamos deutete auf einen verzierten Armstuhl; der Ratsherr ließ sich nieder. Es war offenbar nicht vorgesehen, daß der Assyrer sich setzte.

»Mukussu, den die Achaier Mopsos nennen, ist mit Schiffen und Männern angekommen«, sagte Ninurta. Seine Stimme klang hohl im großen Thronsaal.

»Der Gehilfe des finsteren Madduwattas?« Metrodoros beugte sich vor. »Wir haben doch gehofft, daß...«

Priamos zischte leise; der Ratsherr verstummte.

»Sprich weiter, Händler.«

»Wie du willst, Herr. Mukussu berät sich mit Odysseus. Zwei Nattern, die den großen Biß bereden.«

Priamos blickte auf, zur getäfelten Decke, vier Mannslängen über ihnen; seine Blicke suchten, besuchten die Standbilder alter Herrscher an den Wänden, ließen sich zu kurzer Rast auf Bänken nieder, kehrten zu Ninurta zurück.

»Nattern?« Etwas wie Hohn klang mit. »Die edlen Fürsten sind also Nattern? Nun denn. Ist das alles?«

»Seeleute in der Bucht haben mit einigen Männern des Mukussu gesprochen. Wie zuvor mit Männern, die zum Gefolge deines Neffen Memnon gehörten und die wie er den Überfall des Ungeheuers Achilleus nicht überlebten.«

Die Finger der rechten Hand krampften sich kaum merklich um den Dolchgriff. Irgendwo im Palast war eine keifende Frauenstimme zu hören.

»Sagen die Seeleute etwas von Bedeutung? Etwas, was über die Unheilsverkündungen jener Tochter hinausgeht, die du dort schreien hörst?«

»Ich weiß nicht, was deine Tochter sagt, Herr, deshalb kann ich die Dinge nicht vergleichen.«

Priamos blickte den Ratsherrn an; Metrodoros hüstelte.

»Die edle Kassandra«, sagte er langsam, »sieht einen erntevernichtenden Hagel, sobald eine Wolke sich zeigt. Sie verkündet eine Springflut, wenn Westwind das Meer ans Gestade treibt. Jede Geburt ist Anlaß für sie, das Schlüpfen eines Ungeheuers zu beschwören. Wenn ich heute niese, werde ich morgen im Fieberwahn sterben. Als Parisiti mit Helena heimkehrte, sagte sie den unmittelbaren Untergang der Stadt voraus – der Boden werde sich auftun und Ilios verschlingen. Seit zwei Tagen behauptet sie, das heilige Pferd des Bogenschützen, Leierspielers und Rossetummlers Apollon, das in der Ebene gebaut wird, werde die Stadt in Pferdeäpfeln ersticken.« Er lachte kurz und trocken. »Die Achaier bauen es, und wir werden an diesem Pferd, in der Ebene, gemeinsam den Göttern opfern und den Frieden beschwören.«

»Die Seeleute sagen nichts dergleichen; sie wissen wenig von Äpfeln eines heiligen Pferds und neigen bisweilen zu Aberglauben, aber selten zu unabänderlicher Finsternis des Denkens.«

»Finsternis des Denkens...« Priamos schnalzte leise. »Ja, sie war immer schon finster. Sprich weiter. Was sagen die Leute?«

»Sie sagen, daß viele eurer Schiffe bei Alashia im Sturm gesunken sind, Herr, und von den übrigen seien die meisten entweder nicht mehr seetüchtig oder in Händen der Feinde. Eure Flotte wird euch nicht zu Hilfe kommen.«

Priamos schwieg.

Metrodoros kicherte plötzlich. »Oh all die Verluste.« Er kicherte weiter; dabei rannen Tränen über sein Gesicht. »Hier. Bei Alashia.

Aber die Schiffe, Assyrer, sollten erst gegen Ende des Herbsts heimkehren – erst dann, wenn ihre Arbeit getan ist, sofern wir nicht vorher nach ihnen schreien. Wir haben nicht nach ihnen geschrien, und wenn nun nur wenige heimkehren, werden wir klagen – klagen, hörst du? Aber es hat, über das Klagen hinaus, keine Bedeutung, denn es wurde ein Waffenstillstand beschlossen.«

»Willst du nicht wissen, in Händen welcher Feinde die übrigen Schiffe sind?«

Priamos nickte stumm.

»Männer des Madduwattas, als Kämpfer an Bord, haben sie übernommen und eure Söhne und Brüder getötet. Der Dunkle Alte von Arzawa hat den Kampf gegen die Hethiter eingestellt, auch zu Land. Er hat Mukussu zu den Achaiern geschickt. Er wird euch nicht helfen. Und ...« Ninurta sprach nicht weiter; etwas stieg ihm in der Kehle auf.

»Es ist bitter«, knurrte Priamos. Wieder schrie Kassandra in einem anderen Raum des Palasts. »Bitter, aber nicht zu ändern. Jetzt nicht zu ändern.«

»Du sagtest eben ›und‹, Assyrer.« Metrodoros musterte ihn unter hängenden Lidern.

»Die Botschaft der Könige, Herr – die Botschaft, die du mir gabst und mit einem Kräutertrank in mir versperrt hast. Es war die Botschaft an den König in Ashur. Gold sollte ich ihm bringen.« Ninurta lachte kurz. »Und immer habe ich mich gefragt, woher so viel Gold? Ich konnte mich nicht an derart reichen Handel erinnern.«

Priamos grunzte leise, sagte aber nichts.

»Dein Bruder Tithonos ist tot, wie du weißt. Sein Sohn Nabju hat keine Macht – keine, die dir helfen könnte. Dein Sohn, o König, ist ebenfalls tot. Der Sohn, der in Ashur als Geisel und Pfand lebte und dessen Name, den fast niemand weiß, der Schlüssel war, der meine Erinnerung aufschließen sollte. Aber ein Trank, von kundigen Frauen bereitet, hat mir all dies erschlossen.«

»Wir wissen, daß der Sohn tot ist. Deine Frau hat es gesagt.« Metrodoros schüttelte den Kopf, als ob er sagen wollte: Was soll das Getue?

»Ihr wißt aber nicht, was mit ihm geschehen ist, nicht wahr?«
Priamos' Hand krampfte sich wieder um den Dolch; weit weg – diesmal, dem Klang nach, auf einem Gang – zeterte Kassandra.

»Ist denn nicht ein Tod wie der andere?« sagte der Ratsherr.

»O nein, Metrodoros. Es gibt den jungen und den alten Tod. Den langsamen Tod, der dich gründlich zerkaut, ehe er dich frißt, und den schnellen. Den edlen und den entsetzlichen. Dies sagt Enlil-Kudurri-Ushur, Herr der Assyrer: ›Sag Prijamadu, daß ich für das Gold danke und die Fragen verschmähe. Wir werden die Hatti nicht angreifen, um Wilusa zu helfen; wir werden warten, bis einer geschwächt überlebt hat. Diesen werden wir vernichten. Sag ihm, ich schicke ihm Eisen für das Gold. Seine goldenen Tage sind vorbei; es kommen die Tage schartigen, gefräßigen Eisens. Sag ihm, die Unterwelt wartet auf ihn. Sag ihm‹ – an dieser Stelle hat er gelacht – ›sag ihm, sein Sohn hält sich bei meinem Freund Madduwattas auf.‹ Ihr wißt, nicht wahr, was Madduwattas in den Nächten des neuen und des vollen Mondes mit Knaben macht, deren Stimmen noch hoch sind?«

Metrodoros stieß einen dumpfen Laut aus und schlug die Hände vors Gesicht. Priamos wurde fahl; stumm starrte er den Assyrer an, aus brennenden, hellwachen Augen, Schächten des Grauens.

»Ferner sagt dies der König von Ashur: ›Als der König Tukulti-Ninurta noch lebte, hat Prijamadu ein Abkommen mit dem Verschwörer Ashur-Nadin-Apli geschlossen. Als der Verschwörer den Thron bestieg, schickte er eine Tochter nach Wilusa, da er keinen Sohn besaß; Prijamadu schickte einen Sohn nach Ashur. Der Verschwörer, der König wurde, starb; nach ihm kam Ashur-Nirari. Diesen habe ich vom Thron gestoßen, den er besudelte. Absprachen der Verräter, die vor mir waren, sind bedeutungslos, sofern sie nicht dem Land Ashur nützen. Sag Prijamadu, er mag mit der Tochter des toten Verschwörers verfahren, wie ihm beliebt. Sag ihm, es gibt kein Bündnis mehr zwischen Ashur und Wilusa.‹ Dies ist das Ende der Botschaft.«

In der stumpfen Stille des Thronsaals knackte irgendwo ein Gegenstand aus Holz; wieder hörte Ninurta unverständliches Kreischen der fernen Kassandra.

Mit reglosem Gesicht und einer Stimme, die aus den Gewölben der Burg zu kommen schien, sagte Metrodoros: »Du hörst die Stimme der Assyrerin, die so alt ist wie Hekapas Sohn Helenos und deshalb als seine anfangs wegen Krankheit verheimlichte Zwillingsschwester gilt. Tochter des Prijamadu.«

»Wenn Ilios vernichtet ist, werden sich Madduwattas und Mopsos wieder den Hatti zuwenden. Nicht vorher«, sagte Ninurta. »Ich habe in Ashur Eisen für dein Gold erhalten, Herr. Eine Menge Goldes, die dem entspricht, wird in dem Haus liegen, in der Neustadt, nahe dem Platz der Sieben Standbilder. Wir werden es dort zurücklassen. Deine Männer mögen es holen; ich will es nicht.«

Priamos starrte auf den Dolch in seinem Schoß.

»Es steht mir nicht zu, über deine Pläne zu befinden – den Angriff auf Alashia, den kleinen Krieg gegen die Hatti. Es sind *deine* Söhne, Herr, und die Toten *deines* Volks. Aber dies sage ich dir: Mukussu und Odysseus werden einen Weg finden, den Frieden zum Gemetzel zu machen. Versperr deine Tore, laß die Achaier den Winter über hungernd in der Ebene jaulen, schick keinen einzigen Kämpfer mehr hinaus. Und vor allem: Glaubt ihnen kein Wort.«

»Geh.« Es war kaum ein Flüstern.

Ninurta kniete nieder, erhob sich und ging zum anderen Ende des Thronsaals, zum Ausgang. Plötzlich war Metrodoros neben ihm, seine Schritte, vorher alt, aber fest, nur noch ein Schlurfen. Der Assyrer warf einen Blick zurück. Priamos saß auf dem Thron, zusammengesunken, ein lebender Leichnam.

Vor dem Thronsaal, im Durchgang zum Burghof, hielt der Ratsherr Ninurta fest.

»Bist du sicher?« sagte er leise.

Ninurta nickte.

»Ich werde sehen. Aber ich fürchte …« Er holte tief Luft. »Er hat keine Kraft mehr. Nicht zum Krieg und nicht zum Frieden, schon gar nicht zum Ausharren. Du hast recht; wir hätten das große

Spiel um die Macht nicht wagen, sondern alles für die Abwehr der Achaier aufbieten sollen. Aber...«

»Zu spät, nicht wahr? Was geschieht mit... *ihr*?«

Metrodoros lachte bitter. »Helena? Seit Parisiti vom Pfeil des Philoktetes getötet wurde, wärmt sie das Bett des Deiphobos, Sohn des Königs und der Hekapa. Was für eine Frau! Deiphobos schwört, er habe nie so viel Lendensaft verspritzt wie jetzt. Ihr Schoß, ihr Mund, ihre Hände; er sagt, sie brauche ihn nur anzusehen... Und wenn sie nackt ist, trägt sie dein Knochengeschenk, Assyrer. Ich weiß nicht, ob dich das erfreut.«

»Du meinst, nach all den Monden des Mordens könnte mich im Zusammenhang mit Helena noch irgend etwas erfreuen?«

Metrodoros keckerte schrill. »Sei nachsichtig mit ihr, Assyrer. Du und ich, wir wissen, daß sie nur ein willkommener Vorwand für Achiawa war, oder? Ein herrlicher männermordender Vorwand.«

Am nächsten Tag verließen sie die Neustadt. Abends hatte Tashmetu allen, die ihr zuhören mochten, auf dem Platz der Sieben Standbilder geraten, eindringlichst geraten, nach Osten zu fliehen, die Stadt aufzugeben. Im Osten, hieß es, seien die ersten wilden Stämme von nördlich der Meerenge gesichtet worden, aber nichts, was dort geschehen mochte, könne schlimmer sein als das, was der achaische Friede bringe. Morgens brachen tatsächlich einige auf, bepackt – aber es waren wenige.

Ninurta schätzte, daß mindestens vier Märsche über die Ebene zur Bucht nötig wären, um wenigstens die Hälfte des Goldes mitzunehmen. Was Priamos zustand, war weniger als die Hälfte, aber weder Ninurta noch Tashmetu mochten damit rechnen, genug Zeit für mehr als vier Märsche zu haben.

Die Stadt war fröhlich; man sah lachende Gesichter, darunter viele von hellgekleideten, frischen Männern mit sauber gestutzten Bärten. Niemand schien sie zu kennen, aber bei dem Gewoge und Gewirr in der Stadt war dies kein Wunder. Ninurta glaubte, in einem dieser Männer einen Begleiter des Mukussu zu erkennen, war sich aber dessen nicht sicher.

Auch die Ebene wimmelte von Menschen, die nach langer Zeit hinter den Mauern endlich frei herumlaufen, nach ihren Feldern (oder dem, was davon geblieben war) sehen und mit anderen zu den Schiffen der Achaier gehen wollten, um einen Blick auf die furchtbaren Helden zu erhaschen.

Sie brauchten bis zum Nachmittag für den Weg zur Bucht, immer wieder aufgehalten von Menschenmengen, von Shardaniern (Khanussu grinste, als er Tashmetu sah, und deutete einen kleinen Kniefall an), von Kriegern, die Gerät zu Sammelplätzen trugen. Sammelplätze, die nicht am Strand lagen.

In der Nähe des westlichen Skamandros-Ufers wuchs das heilige Pferd. Mukussus Männer, dazu ein paar Kephallenier des Odysseus bauten es aus Draht und den verkohlten Knochen der Gefallenen. Ninurta wandte sich ab; der Anblick erinnerte ihn an den Drachen vor Madduwattas' Königszelt und brachte weitere Erinnerungen mit sich. Sie waren schwächer, wie entkernt durch die Dinge, die seither geschehen waren, aber er mochte dennoch nicht daran denken.

Die anderen blieben bei den Schiffen, herzlich begrüßt von Bod-Yanat und den übrigen; sie würden dort die Nacht verbringen, die bisher zum Strand geschleppten Dinge verstauen und morgens wieder zur Neustadt kommen. Bis auf Tashmetu, für die das Gehen und Tragen zu beschwerlich wurde.

Ninurta wechselte einige Worte mit Keleos; dann ging er langsam durch den späten Nachmittag zurück. Er wollte Leukippe suchen, die sie am Vortag in Troja nicht hatten finden können.

Später ergaben sich die Zusammenhänge von selbst. Viele hellgekleidete Achaier hielten sich in den beiden Städten auf – unbewaffnet; aber überall gab es Waffen. Man duldete sie, bewirtete sie, feierte den Frieden. Dann fanden einige Männer – Kephallenier? Arzawer? – in einem Haus nahe dem Platz der Sieben Standbilder ein paar Tote, wie es hieß, und einen goldenen Löwen aus Mykene, der dem Agamemnon gehörte. Die wichtigsten der überlebenden Führer des trojanischen Heers und seiner Verbündeten waren einer Einladung des Odysseus gefolgt, neben dem fast fertigen Pferd Wein zu trinken und Einzelheiten des Friedens, der Feier und der Beteiligung von Kriegern an ihr zu besprechen. Plötzlich liefen die wilden Gerüchte um. Man hatte ermordete Achaier aufgefunden und einen goldenen Löwen des Agamemnon, den die hinterhältigen Trojaner gestohlen haben mußten. Hunderte friedfertiger Achaier würden in Ecken und Nischen und Hinterhalte gelockt und abgestochen wie Schweine, das Lager sei geplündert, alle Habe des Königs Agamemnon gestohlen, Agamemnon selbst entmannt und verstümmelt.

Am heiligen Pferd griffen Männer, die eben noch unbewaffnet geplaudert hatten, zu Waffen, die von den nahen Sammelplätzen herbeizufliegen schienen; Odysseus befahl, alle Trojaner zusammenzutreiben, oder vielleicht befahl er etwas anderes. Die Männer des Mukussu begannen mit dem Gemetzel, hieß es später; aber es hatte keine Bedeutung, wer begann.

Ninurta war bereits in der Stadt, als er das aufbrandende Geschrei hörte. Fast gleichzeitig loderten allenthalben Feuer auf, Brände, die lange vor Beginn des Geschreis gelegt worden sein mußten. Hellgekleidete Achaier, waffenlos zum Weintrinken in die Stadt gekommen, fanden Speere und Schwerter und machten sich ans Werk. Die schweren Flügel der Stadttore wurden mit Steinen, ganzen Steinwällen umgeben, so daß man sie nicht mehr schließen konnte – schließen gegen den Feind, aber auch gegen die eigenen Leute, die draußen gewesen waren und nun Zuflucht suchten.

Lange nach Sonnenuntergang fand Ninurta Leukippe. Nackt, mit weit gespreizten Beinen, besudelt und zerfleischt, lag das, was ihr Körper sein mußte, einen halben Schritt neben dem abgetrennten Kopf; der Mund war zum Schrei geöffnet. Ringsum brachen brennende Häuser nieder; Achaier zerrten kreischende Frauen an den Haaren hinter sich her oder torkelten, berauscht von Wein und Mord, überladen mit Ringen und Ketten und goldenem Geschirr, durch die heißen Gassen, die nach Brand und versengtem Fleisch und Erstickung rochen. Er sah einen Achaier auf einer schreienden Frau, die von seinem Brustpanzer aufgescheuert und von zwei anderen Kriegern niedergehalten wurde. Flammen leckten an den Füßen eines Mannes, den ein Speer im

Bauch an einen großen Fensterladen heftete; der Mann war nackt, die Lippen und Augen bewegten sich noch, und wo sein Gemächt gewesen war, troff Blut von Fleischfetzen. Dort, wo die Gasse in die nächste Straße mündete, versperrten ihm zwei Achaier den Weg; einer hielt ein Schwert in der Rechten, in der Linken einen abgetrennten Frauenkopf. Ninurta, der so lange Trojaner hatte töten müssen, stieß ihm mit Lust das Schwert in den Leib und trank Wonne aus dem Hieb, mit dem er dem anderen Mann den Schädel spaltete, einem Achaier, der einen Säugling an den Füßen hielt und gegen eine Wand schlug. Ninurta schrie und tötete und wußte dabei, daß es aus diesem Hades niemals ein Entrinnen geben konnte. Flüchtig dachte er an Tashmetu, ihr Kind, die anderen im Schiff – hoffentlich im Schiff; graue Gedankenfetzen rankten sich um die Ehrenhaftigkeit des Keleos, der immer noch für den Strand zuständig war.

Ein Sturzbach schwemmte ihn davon, flüchtende Trojaner, die zur Burg wollten, in der Hoffnung auf Sicherheit hinter den mächtigen Wällen. Als er sich mühsam aufraffte, unter den Füßen der Fliehenden das Schwert suchte, rannten ihn die nächsten Frauen, Männer, Kinder nieder. Sein Gesicht wurde in Blut und Kot und Menschenteile gepreßt, er kam auf die Beine, stolperte, kroch auf Händen und Knien, taumelte hoch und fand sich eine wirre Zeit später im Hof der Burg wieder, in der Hand ein anderes Schwert, zurückgetrieben von eingedrungenen Kriegern, die sich den Weg zum Thronsaal freihieben und über zuckende Körper trampelten. Er hörte nichts, oder vielleicht ferne Schreie durch das Rauschen in seinen Ohren.

Dann sah er Menelaos, ein langes Schwert in beiden Händen; und verlor ihn sofort wieder aus den Augen, als ein Strudel kämpfender, sterbender, flüchtender Trojaner ihn einen Gang hinabwirbelte.

Er hörte – später – von Mord und Schändung vor Altären; vom Tod des greisen Priamos, am Zeusaltar geköpft; von Metrodoros, den sie aus einem Winkel des Thronsaals zerrten und in den Hof schleppten, wo sie ihm die Kleider vom Leib rissen, einen Speer in den After rammten und ihn über einem Feuer brieten, während er noch schrie; all das und mehr, in den Jahren danach, aber sah nur eines.

Am Ende des Gangs die Kammer, in die die letzten Überlebenden von den Achaiern gedrückt wurden, niedergehauen einer nach dem anderen. In der Kammer Deiphobos, Sohn des Priamos, neuester Gatte der Helena; Menelaos trennte ihm eine Hand ab, den Arm, den anderen und öffnete die Bauchdecke, und drei Männer und zwei Frauen waren die einzigen, die zusammen mit dem Assyrer in die zweite Kammer getrieben wurden, prächtiger als alle, die er je gesehen hatte (als ob das nun wichtig wäre, dachte er, dachte etwas in ihm).

Und plötzlich Stille, nur Stöhnen und Schluchzen, kein Schreien mehr, kein Klirren, außer in der Ferne. Durch das Rauschen in den Ohren, das eigene Keuchen, das furchtbare Pochen des Bluts hörte er eine Stimme, jene Stimme, weich und warm und alles verschlingend, die *Menelaos* sagte, wie erstaunt und erfreut.

Am Ende der Kammer, neben dem Bett, zu ihren Füßen wimmernde Kinder und zwei Frauen, stand Helena, die Göttliche. Sie war nackt; sie trug nichts als das Geschmeide aus den Knochen totgeborener Kinder. Sie schien im matten Licht der Öllampen zu glühen: ein unwirklich fleischiges Glühen, Gier und Verheißung und äußerstes Entsetzen.

Und Menelaos ließ das Schwert fallen, kniete nieder, als sie die Kinder und Frauen zurückließ und ihm entgegenkam. Mit einem Schluchzen, des den ganzen mächtigen Körper des großen Kriegers erschütterte, sank Menelaos in die Knie und barg das Gesicht in der krausen Medusa zwischen ihren Schenkeln.

Ninurta starrte sie an, den Knienden, die Krieger, die mit ihm gekommen waren. Er sah Fassungslosigkeit auf den Gesichtern der Männer, die die triefenden Klingen sinken ließen und sich abwandten und gingen. Taumelnd, keuchend folgte er ihnen; im Türbogen drehte er sich noch einmal um. Helena stand da, die Beine leicht gespreizt; sie hatte eine Hand auf Menelaos' Kopf gelegt und bog sich zurück, um das Becken bewegen zu können. Um ihre Lippen ein Lächeln.

Im Gang nahm Ninurta den Schild eines toten Achaiers an sich. Mit Schild und Schwert ging oder taumelte und schwebte er wie in einem Traum, zum Hof; er sah nichts mehr und hörte kaum etwas, bis eine harte Hand seinen rechten Oberarm packte.

»Die Götter müssen dich mit langem Leben gesegnet haben, damit du mehr Zeit hast, nicht an sie zu glauben.«

Es war Khanussu; bei ihm der Mann aus dem Osten und drei weitere Shardanier.

»Wo... wieso...« Mehr brachte Ninurta nicht heraus; er fühlte sich wie ein Erwachender, den der Schlaf mehr erschöpft hat, als alles Leben dies je könnte.

»Tashmetu hat uns gebeten. Wir hatten eben unsere Beute zum Strand gebracht, als – das hier losging.« Khanussu spuckte aus. »Komm.«

Im grauen Morgen, auf dem Küstenhügel, wandten sie sich noch einmal um. Immer noch brannte die Stadt, brannten beide Städte oder das, was übrig war. Punkte bewegten sich in der nebligen Ebene. Ein loderndes Feuer am Ufer des Skamandros ließ das heilige Pferd leuchten.

Keleos war nicht zu sehen, aber einige seiner Männer wachten. Er hatte sie angewiesen, die Schiffe fahren zu lassen. Es gab nur zwei Ruder; die übrigen waren Feuerholz geworden.

Tashmetu fing den taumelnden Assyrer auf, ehe er rücklings über die Bordwand kippte. Sie ließ sich auf die Planken sinken und bettete Ninurtas Kopf in ihren Schoß. Ein Regentropfen, eine Träne fiel auf seine Stirn.

»Liebster«, sagte sie leise. »O ihr Götter... wie...?«

Er blinzelte, versuchte die Schleier aus den Augen zu zwinkern. Auf der Mole, jenseits der meilenweit entfernten Bordwand sah er Khanussu stehen.

»Leukippe...«, krächzte Ninurta. Die Zunge war eine feiste Natter, die zurück in den Schlund, in ihr Nest kriechen wollte.

»Hast du sie gesehen?« sagte Tashmetu.

Er nickte schwach. »Gib Khanussu die *Bateia*«, murmelte er.

»Die hat er schon; die Seeleute sind bei uns. Wir brauchen also nicht zu warten, auf Leukippe...«

Tsanghar kniete neben ihm und Tashmetu, hielt ihm einen Becher mit verdünntem Wein an die Lippen.

»Nur zwei Ruder«, sagte er dabei. »Wir brauchen keine. Gib sie ihnen, Fürstin.«

Langsam klärte sich Ninurtas Blick. Er sah die anderen, die mehr oder minder besorgt auf ihn herabschauten, und er sah das Segel am Mast, das sich nicht regte. Kein Wind.

»Wieso?« sagte er.

»Tsanghars Gerät.« Tashmetu hob die Hand und wies auf den Shardanier. »Nehmt die Ruder. Wir treffen uns am Südende von Tenedos. Die Götter mögen dich schützen, Freund.«

Dann verschwand Tsanghar, noch während Khanussu den Arm zum Abschied reckte und grölte: »Lebt wohl, bis später. Tief Luft holen, Bruder Ninurta; es ist mehr Leben in dir, als dir jetzt lieb ist.«

Die Seeleute stießen das Boot von der Mole, mit Beinen und Speeren. Etwas knirschte und surrte; die Kerets Nutzen setzte sich langsam in Bewegung.

Nach einiger Zeit, einer köstlichen Zeit, die damit ausgefüllt war, daß er den Kopf in Tashmetus Schoß ließ und aufschaute in ihr Gesicht, ihre Augen, die ihm helfen würden, jenen anderen Schoß zu vergessen und den zerfetzten Schoß Leukippes und den ausgebrannten Schoß der Stadt, der keine Kinder mehr gebären würde – nach langer Zeit spürte er, daß er sich wieder bewegen konnte.

Korinnos zog ihn auf die Beine, dann Tashmetu. Ninurta stand, schwankte, taumelte, aber er fiel nicht. Er nahm einen weiteren Becher entgegen, von Bod-Yanat, leerte ihn in langsamen, kleinen Schlucken und schaute zurück zur Küste, die schon so weit entfernt war, daß man keine Menschen mehr erkennen konnte. Die *Bateia*, getrieben von den beiden letzten Rudern, lag ein Stück zurück, und noch immer ging kein Wind.

»Was hat dieser kleine Dämon erfunden?« sagte er.

Tashmetu nahm seine Hand. »Komm, sieh selbst.« Sie zog ihn nach achtern.

Tsanghar saß auf einem schmalen Schemel, neben ihm ein Seemann auf einem ähnlichen Sitz. Beide Schemel waren hoch; unten hatten sie jeweils ein Kurbelpaar, rechts und links, an den Füßen der Männer mit dünnen Lederriemen befestigt. Die Kurbeln trieben Räder, die in größere Räder griffen, die wieder mit größeren Zähnen größere zahnbesetzte Räder nagten, die an den Außenseiten, gleich unterhalb der zackigen Krone aus Zähnen, eine Art Sims aufwiesen. Über die beiden Simse liefen Seile, die zu dem Kasten führten, an dem Tsanghar gebastelt hatte. Darin knirschte etwas, und unter dem Heck plätscherte das Wasser.

Ninurta ging zum Kasten, hob die Klappe und sah hinein. Unten, außerhalb des Schiffs, im Wasser, drehte sich eine große Walze, besetzt mit Schaufeln aus dünnen Bronzeplatten, alle befestigt mit Draht. Er schüttelte ungläubig den Kopf, schloß die Klappe des Kastens in der Bordwand wieder und wandte sich den anderen zu. Erst jetzt bemerkte er, daß die *Kerets Nutzen* keinen Heckaufbau mehr hatte; der Kasten wäre sonst zu weit über dem Wasser gewesen. Und er sah, daß Tsanghar und der andere Mann mit dem Gesicht zum Heck saßen und die Kurbelpaare durch Trampeln zum Drehen brachten.

»Wir müssen so sitzen, Herr«, sagte Tsanghar, »weil wir sonst nach hinten fahren würden.«

Ninurta tastete nach Tashmetus Hand. Dies war alles, was er je an Köstlichkeiten begehren würde, sagte er sich. Die Hand, ihre Finger mit seinen verschränkt; der Anblick der weichenden Küste des Entsetzens; ein paar gute Männer, Freunde; und der unbezahlbare Duft von Salzwasser, nassen Planken, nassen Leinen.

»Zurück?« sagte er. »Das wollen wir doch vermeiden.«

BRIEF DES KORINNOS (VIII)

Was soll ich sonst noch schreiben? Du kennst alles, was danach erwähnenswert wäre, und die Dinge, die nicht erwähnenswert sind, brauchen wir nicht zu erörtern. Die Reifung blöder Knaben, zum Beispiel, oder die langsame Heilung des Assyrers. Ich bin sicher, er hat dir nie davon erzählt, also werde auch ich dir verschweigen, daß es viele Tage dauerte, bis er im Schlaf nicht mehr laut schrie und im Wachen allmählich dem Awil-Ninurta ähnlicher wurde, den die anderen kannten. Ich kannte ihn ja vorher nicht – die wenigen Tage zu Beginn, als er und der Shardanier und ein Schwert mein geringfügiges Leben maßlos verlängerten, reichten nicht aus, um einen kennenzulernen, der nicht viel sagte zu einem, der es nicht wahrgenommen hätte.

Es waren nur wenige achaische Schiffe unterwegs, um Tenedos und südlich; die meisten Geier wühlten im Aas oder eilten dorthin, wo Aas sich türmte. Tashmetus Leib wurde schwerer, eine köstliche göttliche Frucht (die einzige Reifung, die zu erwähnen sich lohnt, wenn man das Ende nicht bedenkt); und bei der Begegnung mit der *Bateia* überließ Ninurta ihr die Entscheidungen; er sagte, sie habe nun zwei Gehirne und zwei Lebern und sei daher zu allen schwierigen Dingen weit besser geeignet als er, dem wichtige Teile bei Ilios abhanden gekommen seien.

Nachdem also festgesetzt war, daß Khanussu die *Bateia*, die für ihn und die anderen Überlebenden zu groß und zu teuer war, dem Hafenmeister von Ialysos (oder Menena, falls aufzufinden) übergeben würde, segelten wir immer nach Süden, oder wir trampelten, bis Tsanghars Heckpaddelwalze (wie soll ich das Gerät sonst nennen?) in Stücke ging. Die meiste Zeit trampelten wir, denn wie du weißt, sind im Herbst die Winde nicht hilfreich für Fahrten nach Süden. Dann wünschten wir, Tsanghar und Bod-Yanat hätten nicht alles Holz des früheren Heckaufbaus verheizt, so daß wir für diesen Notfall Ruder hätten schnitzen können.

Wir liefen eine der tausend Inseln an – mühsam, mit dem klapprigen Heckpaddelwalzenrest – und kauften Holz für neue Ruder. Du weißt, die Dinge sind immer so, wie sie gerade nicht sein sollen. Wenn du lange etwas suchst, ohne es zu finden, und dein Silber für etwas anderes ausgegeben hast, dann sei sicher, das lange Begehrte wird sich zum Kauf darbieten, sobald du nicht mehr genug Silber besitzest; und wenn du auf Regen wartest, damit deine Aussaat nicht verdorrt, wird er mächtig zu triefen beginnen, sobald du aus den Dachschindeln deines Hauses Wassereimer gemacht hast, mit denen du der Saat Erfrischung aus einer fernen Quelle holst. So auch diesmal: Kaum hatten wir neue Ruder, drehte sich der Wind, füllte das Segel und trieb uns nach Süden.

Ich fürchte, abgesehen von diesen unwichtigen Bemerkungen kann ich nicht viel schreiben; denn damals war ich, vom blöden Knaben zum doppelt blöden Jüngling gereift, vor allem und ganz besonders mit mir und mit gewissen Verlusten beschäftigt. Viel zu beobachten gab es allerdings ohnehin nicht; wir segelten, ankerten in möglichst einsamen Buchten, da keiner von uns die Sättigung mit Ereignissen bereits ausreichend überwunden hatte, um Nachrichten zu ersehnen; wir aßen, tranken, schliefen, setzten das Segel und fuhren weiter.

Was nun die Verluste angeht, so hatte ich – von Tsanghar geschubst, wenn nicht geschoben und gehoben – die Eröffnung dessen, was ich wohl Mannbarkeit nennen muß, da mir kein schlechteres Wort einfällt, mit zunächst einer, dann einer weiteren jungen Frau aus der Neustadt von Ilios begangen (wie man ein Verbrechen begeht, Djoser, oder eine tölpelhafte Feier, nicht etwa eine kunstvolle Darbietung) und litt arg daran, nicht zu wissen, was aus ihnen geworden war. Ich hatte beide gebeten, Narr, der ich war, beide zugleich hatte ich gebeten, mitzukommen, und in ihrer unmäßigen, wiewohl keineswegs maßlosen Güte hatte Tashmetu einwilligend geseufzt. (Es gibt viele Seufzer, Rome: entsagende Seufzer, einwilligende, lustvolle, lustleere, ablehnende, verfluchende, erheiterte, klägliche, klagende, anklagende, verklagende...) Beide erwogen, jeweils allein mitzukommen, wenn die andere daheimbliebe; beide waren (samt ihren Familien) auch nicht dazu zu bewegen, die Stadt gen Osten zu verlassen. Nachdem ich also gelitten hatte, nicht zu wissen, was geschehen sein mochte, litt ich eine Weile darunter, sehr wohl anzunehmen, was geschehen sein mußte. Danach und dazwischen und in den luftleeren Räumen des Japsens nach Atem litt ich ferner daran, nicht beim ersten Gang, der ja der letzte war, meine tausend Rollen mitgenommen zu haben. Die Rollen mit den feinen, verlogenen, klebrigen Geschichten, die Tsanghars geschmeidige Finger in vielfacher Ausführung mit Chanani-Zeichenstempeln auf Blätter gedrückt hatten; nicht die kargen Rollen, auf denen ich zuvor die erbärmliche Niederschrift der Wirklichkeit begangen hatte (abermals begangen, Djoser, wie man Unfug begeht oder jene Schmach, die im Vorziehen des wesenlos Nützlichen vor dem sinnvoll Nutzlosen besteht). Und, natürlich, Tsanghars Zeichen, die wie sein hilfreicher Pferdesteigsitz, vom edlen Opferfeuer der Achaier in Rauch verwandelt, zu den Himmeln aufstiegen, die ohne jeden Zweifel weder von Menschen noch von Göttern behaust und daher leidlich bewohnbar sind.

Aber alle litten; ich war nicht allein und konnte das Leiden trefflich auskosten, denn wie wir alle wissen, ist geteiltes Leid doppelte Freude des Unbetroffenen, aber vierfaches Ungemach des Niedergeschlagenen.

Auch Menena litt, wie er behauptete: Er habe sich der erquicklichen Hoffnung hingegeben, keinen von uns (den anderen) je wiedersehen zu müssen. Bessere Männer aus Ialysos seien, wie die ersten Gerüchte sagten, in heldenmütigem Blutrausch verweht, und da sei es ganz unnütz, daß wir ihn nun zu Tränen rührten. Damit umarmte er uns alle weinend – sogar mich, den er nie zuvor gesehen hatte; und mir sagte er: »Laß dich umarmen, Junge, denn dich kenne ich noch nicht und kann also ein Weilchen annehmen, anders als jene dort seist du umarmenswert.«

16. UNTERGÄNGE

Der Herbst wurde kalt und trüb; es war eine trübe Heimkehr zur Insel. Im Hafen von Ialysos, wohin bisher keiner der in den Krieg gezogenen Männer heimgekehrt war, mußten sie von vielfachem Gemetzel berichten; daß sie den Fürsten Keleos oder jedenfalls seine Männer zuletzt noch am Gestade lebend gesehen hätten, barg den Daheimgebliebenen Hoffnung, aber keine Gewißheit.

In Ialysos nahmen sie einige Waren auf, die Menena gestapelt hatte, und zwei Männer, die von einem rhodischen Hochseefischer aus treibenden Trümmern gerettet worden waren: Männer der *Dagans Dauer*. Sie berichteten von einer gefährlichen Fahrt bis zu den entlegenen Hatti-Häfen, von schlechtem Handel, da alles auf Krieg eingestellt war und niemand viel Geschmack an schönen Dingen fand – oder vielleicht Geschmack, aber nicht das zu seiner Kitzlung nötige Silber. Auf der Rückfahrt, sagten sie, sei es durch wundersam verwegene Segelei (sie priesen die einfallsreiche Tücke Tarhunzas) gelungen, einem Rudel räudiger Seeräuberboote auszuweichen. Nur um in die Ausläufer eines abflauenden Seegefechts zwischen Hatti und Alashiern zu geraten und von zwei Hatti-Kampfschiffen gerammt und versenkt zu werden.

Tarhunza. Die riesige Hatti-Frau. Die niemals Zagende, immer Laute, jederzeit Grobe, ewig Hilfreiche: Ninurta wußte ebenso wenig wie die anderen, welcher der tausend Hatti-Götter für schleimige Heimstätten auf dem Meeresgrund zuständig war, für die Auswahl der Fische, die ihren Laich in dinsende Leiber legen, für das Erkiesen der Königsmaden, des Aal-Adels und sonstiger Fraß-Fürsten. Aber an Menenas Altar opferten sie allen denkbaren und einigen unmöglichen Göttern eine Muräne, einen Widder und ein Ferkel, sowie Kräuter und Wein, daß sie alle sich der Hethiterin und der übrigen verlorenen Besatzung annähmen.

Von Minyas, der nach Ugarit gereist war und eine ähnliche Strecke wie Tarhunza zurücklegen mußte, um heimzukehren, wußte Menena nichts, ebenso wenig von Djoser. Das Boot, das Lamashtu nach Troja gebracht hatte, sei heil zurückgekommen, sagte er. Dann weinte er ein wenig, als Ninurta ihm von Leukippes Tod berichtete; die Trojanerin habe er kaum gekannt, aber das sei nur von Vorteil. Und er weinte ein wenig mehr, als er schließlich erzählte, der vorlaute Sidunier Zaqarbal und seine karpfenmundige, hüftschwenkende Beischläferin seien heil zurückgekommen.

Korinnos staunte, als das geflüsterte Wort *shashammu* – der assyrische Name des Gewürzes, das die Achaier *sesamon* nannten – ihnen die Zufahrt zur Grotte öffnete; später staunte er noch mehr über die auf der Insel in allerlei Höhlen und Bauten gespeicherten Reichtümer und die Kunstfertigkeit der über vierzig Händler und Handwerker. Aber zunächst war sein Staunen geringer als die Trauer der anderen.

Nur Zaqarbals *Kynara* lag vor dem Strand im Süßwasser der hinteren Grotte. Nach heftiger, wehmütiger Begrüßung sagte der Sidunier:

»Sie ist arg mitgenommen; wenn das süße Wasser die Würmer und Gewächse vertrieben hat, werden wir sie aufs Trockene ziehen, und dann haben die Schiffbauer genug, sich den halben Winter zu ergötzen.«

»Was ist mit Tolmides und seinen Leuten?« sagte Ninurta. Sie standen auf dem Kai-Sims, umgeben von verschlafenen Gesichtern, Handwerkern, Dienern, Freunde allesamt. Korinnos, der daran noch keinen Anteil hatte, wandte dem Inselinneren und den Menschen den Rücken zu und bestaunte die gewaltigen Zugvorrichtungen, Tsanghars Kunstwerke, die eben die schweren Tore der Grotte schlossen.

Zaqarbals fröhliches Grinsen verfiel zu einer Maske der Trauer. Wie aus schäbigem Stein gehauen, von kunstloser Hand, mit fehlerhaftem Meißel, dachte Ninurta. Maske, die dem Betrachter sagen soll, hier hat jetzt gefälligst Zerknirschung stattzufinden, obwohl der Träger der Maske sie nicht teilt. Aus Mangel an Trübung, aus allzu langer Kenntnis des zu Beklagenden?

»Er hat den Winter bei den Libu verbracht, wie wir angenommen hatten. Im Frühjahr ist er los von da...«

»Wo genau?«

»Am Ostrand des Busens.« Die Maske schwand; Zaqarbal drehte sich um, suchte. »Dabei fällt mir ein: Wo steckt Kynara?«

Ninurta lachte. »Am Westrand von Tashmetus Brust; da drüben. Weiter.«

»Ah. Gut. Im Frühjahr also. Sie wollten nach Norden, zur langen Insel – nach Guruttis an der Südküste; Gortyns, wie die Achaier sagen. Natürlich nicht unmittelbar; nur zum Hafen der Stadt, ja? Wir haben dort erfahren, daß kurz nach Frühjahrsbeginn schlimme Stürme getobt haben. Viele Schiffe haben sich da verlaufen, sagt man – haben sich in den Schoß der Wogengöttin ergossen oder aus den Armen des Wolkenherrn zu den Felsen Poseidons verflüchtigt.« Er breitete die Arme aus. »Niemand hat je etwas gesehen – keine Trümmer, keine Leichen, nichts. Auch in keinem anderen Hafen.«

Kynara hatte die ausgiebige Begrüßung Tashmetus (und das beifällige Befühlen ihres Bauchs) beendet, Schultern von Seeleuten geklopft, einigen Männern die Wange (und Tsanghar beide Wangen und den Mund) geküßt; nun kam sie zu Zaqarbal und Ninurta, umarmte den Assyrer, küßte ihn, schob ihn ein wenig von sich und sagte, fast vorwurfsvoll:

»Dummer alter Sidunu-Mann; siehst du nicht, daß er Schlimmeres gesehen hat als jeden Tod, der Tolmides zugestoßen sein mag?«

Zaqarbal verzog den Mund. »Nein. Woran sieht man so etwas, o du stachlige Schalenfrucht?«

»An den Augen.« Wieder sah sie Ninurta an. »So viel Schmerz.«

»Du erstaunst mich.« Der Assyrer legte die Hände an ihre Hüften. »Wenn du so scharfsinnig bist, schönste aller Töchter von Alashia, wie kommt es dann, daß du es immer noch mit diesem sidunischen Tölpel aushältst?«

»Sie weiß, daß meine inneren Mängel geringer sind als meine äußeren Vorzüge.«

»Hörst du es, kluger Awil-Ninurta? Er sagt die Wahrheit. Wo

keine Gedanken sind, kann deren mangelnde Tiefe kaum stören.«
Sie ließ den Assyrer los, lächelte und wandte sich zu Zaqarbal; ihr Oberschenkel, kaum bedeckt vom dünnen *kitun*, schob sich zwischen die Beine des Chanani.
»Ha. Wer ist das da?« Zaqarbal deutete mit dem Kinn auf Korinnos, der neben Tsanghar stand und die vielen fremden Gesichter musterte, als sei er ein wenig erschrocken.
»Ein Junge.«
»Was du nicht sagst!«
»Laß mich ausreden, dummes Stück. Sohn und Enkel von Wilusiern, von den Achaiern damals, nach der ersten Plünderung, als Sklaven mitgenommen nach Achiawa. Er ist eine Art Ziehsohn des Palamedes. Gewesen – Palamedes ist tot.«
»Und dann hat er sich an dich gehängt? Wie man doch vom Schlechten aufs Schlimmere kommt!«

Es dauerte mehrere Tage, bis alle sich wieder aneinander und an das Inselleben gewöhnt hatten. Ninurta überraschte sich selbst; er war sicher gewesen, in der ruhigen Umgebung zunächst wie ein Gestrandeter hausen zu müssen, überbürdet von Erinnerungen an den Schiffbruch. Alte, vertraute, bedeutungslose Gegenstände zu berühren half ihm ein wenig, ebenso der Umgang mit Freunden und die Beschäftigung mit den gewöhnlichen Dingen des Tages; sie alle – Menschen, Waren, Listen, Gespräche, Speisen – gruben nach und nach ein Flußbett, durch das die trüben Wasser seines Binnensees abfließen konnten zu einer Mündung, die anfangs nur, in stillen Nächten, die Lagune erreichte, die Tashmetus Ohr war, später aber ins winterliche Meer der Muße aller floß und sich mit ihm vermengte.

Leukippe. Tarhunza und ihre Besatzung, bis auf zwei Männer. Tolmides mit allen Leuten. Sie wogen und erwogen die Verluste, die faßbaren an Schiffen und Gütern ebenso wie die unfaßlichen: daß vertraute Gesichter nie wiederkehren würden. Dann kam Minyas zurück, acht Tage nach der *Kerets Nutzen*, und wiederum fünf Tage danach Djoser mit der *Yalussu*. Der Rome berichtete, er habe die *Bateia* im Hafen von Ialysos liegen lassen – Fremde hätten sie dort Menena übergeben, aber seine erschöpfte Besatzung sei kaum noch imstande gewesen, *ein* Schiff zur Insel zu bringen.

»Was hast du gesehen?« sagte Zaqarbal, als sie am ersten Abend im gemeinsamen Speiseraum saßen. Sie tranken heißen Würzwein – »zur Befestigung wider die Unbill des Seins«, sagte Kynara. Auf dem Tisch türmten sich Ubarijas Köstlichkeiten: heißes Brot; Teigtaschen, gefüllt mit gehacktem Fleisch und Kräutern; gebratene Vögel, ausgestopft mit zerkleinerten und gewürzten Innereien; ein ganzer Schwertfisch; Näpfe mit allerlei Tunken, Platten voller Gemüse, Berge von Früchten. Dazwischen, fast begraben unter den Speisen, lagen Geschenke: Geschenke der Daheimgebliebenen an die, die überlebt hatten und heimgekehrt waren – feine Schnitzereien, Figuren aus Tierknochen, Webarbeiten, Metallschmuck, allesamt gering und doch kostbar als Gebärde.

»Was hast du gesehen?« wiederholte Zaqarbal, da Djoser nicht sofort antwortete. »Ach, ich vergaß, daß die Romet von Geburt blind sind und durch Erziehung auch das Hören verlernen.«

Minyas lächelte sanft. Er legte das Webbild, das er in der Hand gehalten und betrachtet hatte (ein Schiff in einer grünen Bucht, unterhalb eines Bergs, der eine weiche Brust mit knospender Warze war), fast widerstrebend auf den Tisch, fuhr sich mit den spitzen Nägeln durch den gestutzten Bart und räusperte sich: ein zweistimmiges Geräusch, wie das tiefe Surren einer dicken Saite, überlagert von einem hellen Klirren.

»Er wird gesehen haben, was wir alle sahen. Sehen mußten. Untergänge ohne Neubeginn hier, Hoffnung auf Überdauern da.«

Minyas' Bericht aus Ugarit und den anderen Häfen des Ostens hatte sie an den vergangenen Abenden unterhalten. Nichts schien sich dort geändert zu haben, und doch war alles anders. Kaum noch Waren aus den Nordlanden Jenseits, wie Achiawa und die von Achaiern oder Mykeniernachfahren bewohnten Inseln genannt wurden; schwieriger, umständlicher Neubeginn des Handels mit den Ländern um Babilu, nachdem die Hatti jede Berührung mit Ashur verboten und die Romet den Handel zu

Land fast eingestellt hatten, weil in den Steppen und Wüsten immer mehr alte Handelsfreunde zu Räuberstämmen wurden; Umstellung der von den Hatti abhängigen Städten auf Kriegslieferungen (»Hamurapi muß Kämpfer und Schiffe stellen; er hat nicht mehr genug Silber für unsere guten Dinge«); Erzählungen über Wanderzüge von Flüchtlingen; Klage um verlorene, verschollene Schiffe und die Männer an Bord, die sich zu nah an die Küsten Alashias gewagt hatten, wo immer noch gekämpft wurde...

Djoser legte beide Hände um einen Becher, als ob er sie wärmen müßte. »Fürwahr, Sidunier, ich habe nichts gesehen und weniger als nichts gehört. Deshalb will ich dich und die anderen auch nicht mit erfundenen Geschichten langweilen.«

Tashmetu seufzte kaum hörbar. »Sei nicht empfindlich, Freund. Du weißt, daß Zaqarbals Zunge eine Natter ist, die zwar keinen Giftzahn mehr hat, dies aber geheimzuhalten versucht.«

»Wie sie mich durchschaut! Durchschaut sie mich etwa?« Zaqarbal sah sich um. »Nun?«

Kynara verdrehte die Augen und schwieg. Igadjaé kicherte in sich hinein. Kir'girim stand auf, nahm ein Tontöpfchen mit Wasser, zum Reinigen der Finger vorgesehen, ging zu Zaqarbal und leerte es über seinem Kopf aus.

»Ein Natternbad«, sagte sie. »Weiter, Djoser, zier dich nicht so.«

Der Rome fuhr sich über den Mund; Ninurta sah etwas wie die schwindende Schleifspur eines Lächelns.

»Nun denn, da ihr es wünscht – aber es war eine ereignislose Reise.«

»Was heißen soll, er hat guten Umsatz gemacht und ist allem ausgewichen, was das Leben interessant macht, wie Morde und Stürme.«

Kynara nahm Zaqarbals Kopf, zog ihn zu sich und flüsterte ihm etwas ins Ohr; der Sidunier stöhnte.

»Ah ja. Das ist eine so furchtbare Drohung, daß ich hinfort schweigen will.«

Shakkan der Schmied, mit untergeschlagenen Beinen auf einem Deckenstapel zu Füßen des alten Ishtar-Standbilds, reckte den Kopf wie eine Schildkröte vor; das Haupt warf einen klumpigen Schatten, und der vom Licht einer Fackel neben Ishtar gleißende Kelch in Shakkans Schoß erlosch.«Ich weiß nicht, was mich weniger reizt – Kynaras rätselhafte Drohung oder Djosers Ankündigung, berichten zu wollen.«

Ninurta klatschte. »Seid still, Freunde. Laßt den Rome reden.«

Djoser schloß die Augen, lehnte sich zurück und begann. Mit gleichtönender, unerregter Stimme berichtete er von Häfen und Waren und Menschen. Ninurta schoß ebenfalls die Augen, um besser lauschen zu können. Die Erzählung enthielt alles, was man wissen mußte, und Djoser ließ dabei jene Dinge glänzen, die der Assyrer besonders an ihm schätzte: Nüchternheit, scharfe Beobachtung, Bevorzugung von Sachen gegenüber Gefühlen. Sie erfuhren von den Zuständen in Knossos und Kydonia, wo die Abwesenheit der Fürsten und vieler Männer spürbar war, aber keine großen Veränderungen ausgelöst hatte; von Kythera – und an diesem Punkt belebte sich die trockene Geschichte, so daß Ninurta die Augen öffnete.

»Im Hafen von Kythera wurde mir gesagt, ich solle mich mit einem Mann, ah ja, und mit seiner Frau, also mit beiden unterhalten; das war, als ich Fragen über die Zustände in den großen Städten der Peloponnes stellte. Diesen Mann habe ich dann aufgesucht. Er lebt in einem weißen Haus über dem Strand, außerhalb eines namenlosen Fischerdorfs an der Ostküste. Von der Terrasse hat man einen gründlichen Blick ...«

Zaqarbal unterbrach; mit fast kindlichem Quengeln in der Stimme sagte er: »Kannst du ›schöner Blick‹ sagen oder ›hinreißender‹ oder ›angenehmer‹ oder so etwas? Gründlich, bah.«

»Gründlich«, wiederholte Djoser. »Gründlicher Blick über die Inseln am Südende der großen Bucht von Argos. Dort lebt er mit seiner klugen Frau ...«

»Alle Frauen sind klug«, sagte Kal-Upshashu. »Das bedarf also keines Beiworts.«

»Gestatte, daß ich anderer Meinung bin.« Djoser schaute ernst drein. »Was ich von einigen Babilu-Frauen hier weiß, läßt mich Klugheit in anderen um so deutlicher empfinden. Mit seiner Frau und drei kleinen Söhnen. Er ist früher weit gereist; die Frau hat er wohl aus Tyrsa mitgebracht – angeblich einem Stamm geraubt, dem von den Nachbarn immer wieder die Frauen geraubt werden. Dies nebenbei; es tut nichts zur Sache.«

»Ich staune«, sagte Kynara. »Unsachlicher Djoser!«

»Diese beiden leben dort, blicken auf die Inseln und bemühen sich, die Nachbarn im Lesen und Schreiben zu unterweisen.«

»Nicht sehr klug.« Achikar, der Bootsbauer, schüttelte langsam den Kopf; dann verdeckte er sein Grinsen, indem er den Becher zum Mund hob. »Eine sinnlose Art, durch Aufzeichnung allerlei Unflat und Nichtwissen zu vermehren.«

Djoser verschränkte die Arme vor der Brust. »Soll ich reden oder schweigen?«

»Rede du«, sagte Tashmetu. »Wir schweigen für dich.«

»Händler und Wanderer machen dort oft Rast; daher ist dies Haus ein Sammelbecken der wichtigen und wesenlosen Kenntnisse.« Djoser blickte zu Korinnos, der hinter Ninurta saß.

»Dies mag dich erheitern, Ziehsohn des Palamedes. Ich hörte dort unter anderem, daß der greise Nauplios, Vater des Palamedes und...«

Ushardum stieß ein tiefes, kehliges Grollen aus; er langte nach dem dreiköpfigen geflügelten Panzerlöwen, den er für Djoser aus dem Rückenwirbel eines Wals angefertigt hatte, und ließ das feine Ungeheuer in der Luft nach dem Gesicht des Rome schnappen.

»Erspar uns die Ahnentafel«, sagte er. »Wir wissen, Nauplios ist alt, Herr von Nauplia, wollte in seinen jungen Mannesjahren als Steuermann der *Argo* reisen, wurde aber von Iason und den anderen abgelehnt, weil er kein Achaier ist, sondern mykenischer Fürstensproß. Was ist mit Nauplios?«

»Ich danke dir, edler Ushardum, daß du mehr über ihn sagst, als ich zu berichten gedachte. Nauplios ist bekümmert und erbost über den Tod seines Sohns – Händler, die das Meer überqueren, haben die trüben Vorgänge geschildert. Nauplios tut nun, was ein alter tückischer Mann tun kann: Er zählt die Köpfe der verbliebenen waffenfähigen Achaier, die der noch lebenden waffenfähigen

Abkömmlinge der alten Fürstensippen und befaßt sich mit der Stoßfestigkeit von Thronen und Betten.«

Ninurtas Mundwinkel zuckten. »Nett gesagt, mein Freund. Und? Was kommt bei diesem Kopfzählen und Stoßprüfen heraus?«

»Unter anderem dies. Atreus, der erste starke achaische Herrscher, wuchs in einer edlen mykenischen Familie auf, als Ziehsohn. Einer der Gründe, weshalb seine väterliche Ahnenreihe bei Zeus beginnt, denn seinen wirklichen Vater kannte er nicht. In dieser Fürstensippe gab es einen gleich alten Säugling, Thyestes, Milchbruder des Atreus – ihr kennt die weitere Geschichte, nicht wahr? Wie Atreus für die achaischen Tagelöhner die Macht errang, indem er sie Thyestes nahm, all dies. Thyestes lebte lange als entmachteter, entrechteter Unfürst...«

Minyas ächzte. »Muß ich, ein edler Kreter – Kefti-Mann für dich, Rome –, muß ich dulden, daß dieser Flegel aus dem Binsenland meine Zunge verbiegt und meine Sprache schändet? *Unfürst*, o ihr Götter!«

Djoser fuhr ungerührt fort. »Lebte lang und zeugte spät noch einen Sohn, der heute so alt ist wie die Enkel des Atreus. Dieser Sohn, Aigisthos, wurde von Nauplios aus irgendeinem entlegenen Wald geholt, gewaschen und ein wenig erzogen, bis er sich wie ein richtiger Mykener benehmen konnte.«

»Ich ahne, wie es weitergeht«, sagte Tashmetu. Sie verzog das Gesicht und legte eine Hand auf den Bauch. »Ruhe da drin. Zu wem hat der Alte diesen Aigisthos geschickt – zu welchem Thron, in welches Bett?«

Djoser streifte die Ugariterin mit einem Blick, in dem Ninurta eine unbehagliche Mischung aus Begehren, Erinnern und Entsagen las. »Klügste der Frauen – welches Bett wäre weicher für einen Mykener als das einer Mykenierin? Und welcher Thron erhabener als der des obersten Kriegsherrn der Achaier?«

»Agamemnon?« Korinnos stieß den Namen aus – kein Fluch, aber fast.

»Klytaimnestra, ältere und kaum weniger schöne Schwester der unvergleichlichen Helena, Tochter aus altem mykenischen

Geschlecht, dessen letzter Sproß Tyndareos die Herrschaft über Sparta an Menelaos den Öden abgab. Klytaimnestra, Gattin des gewaltigen Agamemnon, der ihr die geliebte Tochter Iphigeneia nahm, indem er sie den Göttern opferte, wie es heißt, oder jedenfalls die Opferung nicht verhinderte.« Er sprach nicht weiter.

»Und? Laß dir doch nicht die kümmerlichen Maden deiner Rede einzeln aus dem Gestrüpp deiner Nüstern zerren, Mann!« sagte Zaqarbal.

»Was denn wohl? Aigisthos sitzt nicht auf dem Thron von Mykene; den verwaltet Klytaimnestra, wie es klug und geziemend ist in Abwesenheit Agamemnons. Aber Aigisthos steht neben dem Thron und liegt in Klytaimnestras Bett – Agamemnons Bett... Gemeinsam haben sie sich daran gemacht, die wichtigsten Stellen am Hof, in der Verwaltung des Besitzes, in den Reihen der Kämpfer mit Mykenierspößlingen zu besetzen und die Achaier zurückzudrängen. Klytaimnestras überlebende Kinder, ein Jüngling namens Orestes und seine kleine Schwester Elektra, hängen am heldenhaften Vater jenseits des Meers, aber ich nehme an, es wird noch eine Weile dauern, bis Agamemnon heimkehrt, und je länger es dauert, desto schlechter für ihn.«

Nachdem er dies alles erfahren habe, sagte er, sei er »in wägender Festigkeit« nach Nauplia gesegelt und habe dort von dem rachsüchtigen Greis erfahren, daß ähnliche Vorgänge sich auch in anderen achaischen Städten abspielten.

Korinnos bewegte sich unruhig auf seinem Schemel; Ninurta legte ihm eine Hand aufs Knie und sagte:

»Welche Fassung vom Hinscheiden des geliebten Palamedes haben die Händler ihm denn berichtet?«

»Es heißt, Palamedes sei in einem baufälligen Brunnen gestorben, als er mit Diomedes und Odysseus lustwandelte. Nauplios behauptet, sein Sohn habe niemals den Drang verspürt, in Brunnen zu steigen, deren Zweck ja ein anderer sei; daraus zog er den Schluß, daß am Hinscheiden weniger der Brunnen als die Wandergefährten beteiligt waren, die als Mit-Feldherren durch den Tod des Palamedes mehr Macht und einen größeren Anteil der erhofften Beute bekämen.«

»Ein schlichter und kluger Gedanke.« Ushardum nickte mehrmals. »Weiß man, wann die Achaier heimkehren? Sind sie schon aufgebrochen?« Er blickte Ninurta an. »Sie waren doch fast ... fertig, als du abgefahren bist, nicht wahr?«

Ninurta schwieg; mit dem Kinn wies er auf den Rome.

Djoser schüttelte den Kopf. »Die wenigsten von ihnen.« Er erwähnte kurz den Aufenthalt im Hafen von Athen und die Reise an den weitgehend verwüsteten nördlichen Küsten; dann sprach er von jenem Hafen, der einst den Trojanern gehört habe und nun Niemandsland sei.

»Einige, wenige, sind abgefahren; die meisten bessern ihre Schiffe aus, die andernfalls die Last der ungeheuren Beute nicht bergen könnten. Außerdem war es schon spät – zu spät, um bei strammen Nordwinden und winterlichem Seegang die Fahrt zu wagen. Sie sitzen in der Ebene, flicken ihre Boote, zählen die Reichtümer und werden im Frühjahr heimkehren.«

»Hast du ...«, sagte Korinnos.

»Ich habe nicht, Ziehsohn des Palamedes. Es war nicht meine Aufgabe, die Achaier vor dem zu warnen, was sie daheim erwarten mag.«

»Wie sieht es bei Troja aus?« sagte Ninurta.

»Alle Geier der östlichen Gefilde halten dort eine Versammlung ab. Die Neustadt hat es nie gegeben; Trümmer der alten Unterstadt sind in den Simois gestürzt oder gestürzt worden und haben den Fluß halb gestaut, halb umgeleitet. Wo ihr gewohnt habt, ist nun alles wieder zum Sumpf zurückgekehrt. Die Burg? Ein Schatten in der Erinnerung, ebenso die Unterstadt. Im Hinterland leben die letzten Trojaner, wie es heißt, von Wurzeln und Würmern. Noch trauen sie sich nicht hervor.«

Nach längerem Schweigen sagte Ninurta: »Hast du mit wichtigen Leuten geredet?«

»Ah, siehst du, fast hätte ich es vergessen.« Djoser lächelte. »Odysseus entbietet dir Grüße; als Waffenbruder.«

Ninurta fletschte die Zähne. »Danke.«

Djoser verschränkte die Arme vor der Brust, nachdem er ein Wachtelbein zwischen die Zähne geschoben hatte. Um dieses

Hindernis herum sagte er: »Zähnefletschen, mein Freund und Lehrmeister? Du wirst gleich noch mehr fletschen.«

»Wieso?«

»Der Fürst von Ithaka sagte, bei der, mhm, ›Räumung‹, so hat er es ausgedrückt, bei der Räumung der Unterstadt habe man größere Goldmengen gefunden, die dir zustehen. Er wollte sie mir nicht mitgeben, weil alles, wie er sagte, noch geordnet und gesichtet und aufgeteilt werden muß. Ich habe, als er danach fragte, erklärt, wie er uns finden kann. Ich habe ein wenig gegrübelt; dann dachte ich mir, es ist besser, eine große Menge Goldes zu bekommen, als auf sie zu verzichten. Ferner dachte ich, daß er ein alter Geschäftsfreund von dir ist, Ninurta, und, wie er sagt, Waffenbruder. Edler Fürst von Ithaka. Wem, wenn nicht ihm, soll man den Weg zur Insel verraten?«

»Du hast ihm alles gesagt? Insel, Zufahrt, das Wort *shashammu*?«

»So ist es. Und ehe du mich tadelst – es war kein Fehler von mir, aus Leichtsinn begangen, sondern nach klugem Wägen. Wenn es ein Fehler war, dann ein durchaus absichtlicher.«

Stille. Zaqarbal schüttelte immer wieder den Kopf, ohne den Rome anzublicken. Irgendwann lachte Kir'girim plötzlich; sie legte die Hand auf Kal-Upshashus Schulter und sagte:

»Der gerissenste aller Achaier. Der tückischste aller Fürsten. Der Mann, dessen Bedenken weniger wiegen als der Furz eines Vogels ... Ich möchte ihn gern sehen. Was meinst du, Schwester?«

Kal-Upshashu fuhr sich mit der Zungenspitze über die Lippen.

»Wir teilen, wie üblich. Ich freue mich auf das Frühjahr. Tadelt den armen Djoser nicht, Freunde – er konnte es nicht wissen, und es wird sicher kurzweilig.«

»Ah, noch etwas.« Djoser redete hastig, offenbar bemüht, durch weitere Nachrichten von etwas abzulenken, was den meisten als unverzeihlicher Fehler erschien. »Diese schlimme Wunde des Philoktetes, zu altes Pfeilgift – oder Schlangengift von minderer Wirksamkeit, wie man sagt ... Er ist geheilt worden, und ratet einmal, wer ihn geheilt hat.« Er sah sich um, auffordernd.

Jemand schlug die Arzawer vor, ein anderer die Trojaner – Gefangene, unter denen sicher auch Heiler seien.

»Sogar Königstöchter«, sagte Djoser. »Kassandra, zum Beispiel.«

»Kassandra?« Ninurta gluckste leise. »Verheißt sie den Achaiern einen gemütlichen Winter und glückhafte Heimreise?«

»Es heißt, nachdem Agamemnon ihr den schwarzen Umhang ausgezogen hat, sei darunter ein schmackhafter – die Worte des Odysseus – ein schmackhafter Körper zum Vorschein gekommen. Odysseus sagte: ›Sie muß jetzt für Agamemnon die Beine spreizen und verheißt ihm immer, diesmal werde er nichts zustande bringen, und er ist ganz erschöpft, der Arme, weil er ihr so oft beweist, daß sie keine gute Seherin ist‹. Nein, Kassandra hat vielleicht Agamemnon entkräftet, aber nicht Philoktetes gestärkt. Ratet noch ein wenig.«

Tashmetu hatte die ganze Zeit vor sich hin gelächelt; nun sagte sie: »Natürlich Lamashtu; sie war immer gut mit Kräutern, nicht wahr, und hat von Kir'girim und Kal-Upshashu noch mehr gelernt. Was tut sie jetzt?«

Djoser verneigte sich im Sitzen. »Die klügste Frau aller Gestade... Wenn dein, euer Kind halb so klug wird wie die Mutter...«

»... und doppelt so schön wie der Vater, wird es erträglich sein«, sagte Zaqarbal. »Was ist mit Lamashtu?«

»Sie hat Philoktetes geheilt und noch ein paar andere. Und dann ist sie fortgegangen. Mit Mukussu.«

»Du schüttest den Krug unglaublicher Neuigkeiten reichlich über uns aus.« Ninurta runzelte die Stirn. »Mit Mukussu? Wie? Als Heilerin in der Truppe?«

»Als Mukussus Buhlin.«

»Ah. Beischläferin des zweitmächtigsten Mannes von Arzawa?«

»Manchmal muß man sich legen, um zu steigen.« Zaqarbal gähnte, rekelte sich, betrachtete die Schatten seiner Arme zwischen den Gefäßen auf dem breiten Tisch, nickte, als ob er mit dem Zusammenspiel von Licht, Dunkel und Formen zufrieden sei, und sagte: »Irgendwie hab ich jetzt genug davon. Laßt uns doch mal was anderes bereden, ja? Zum Beispiel, was mit uns und den Schiffen wird.«

»Was meinst du, Pfahl in meinem Fleisch?« sagte Kynara.

»Tashmetu und die *Kerets Nutzen*, Ninurta und die *Yalussu*, Minyas und die *Gorgo*, ich und zweimal *Kynara*, wie soll ich das überstehen, Djoser und *Djosers* Dings, eh, *Stößel*. Das Boot ist ja fertig, in Yalussu; dazu die *Bateia*. Wißt ihr zwei, ob ihr zusammen oder getrennt oder vielleicht gar nicht segelt, nächstes Jahr, weil ihr lieber auf der Insel dem Zetern eures Balgs lauschen wollt? Was soll mit der *Bateia* werden?«

»Ein Schiff ohne Eignerin. Gibt es jemanden, der Reichtümer ins Unternehmen stecken und die *Bateia* übernehmen will?« Ninurta sah sich um. »Einer der Kunstwerker vielleicht? Tsanghar?«

»Laß uns diese schwierige Frage demnächst bereden«, sagte der Kashkäer. »Ich bin ganz ausgezeichnet gut im Erfinden von Dingen, die dann verlorengehen; aber als Eigner? Untauglich.«

Kir'girim hob ihren Becher. »Das gilt für die meisten. Ninurta zum Beispiel, der Gold herumliegen läßt, damit Odysseus uns besuchen kann. Laßt uns trinken; geredet haben wir für heute genug.«

»Eins noch.« Ninurta schaute zu den beiden Babilunierinnen. »Ich habe euch für den Trunk des Erinnerns gedankt, aber zu fragen vergessen, wer auf den Gedanken gekommen ist, daß Lamashtu ihn bringen könnte.«

»Sie selbst.« Kal-Upshashus Lider schlossen sich halb. »Du weißt, worüber wir gesprochen haben, damals? Etwas Dunkles in ihr? Sie hat gesagt, sie hält die friedliche Ruhe hier nicht mehr aus, sie will dorthin, wo Blut und Gewalt süßer sind als die Träume.«

Kir'girim hob die Hand, als Ninurta etwas sagen wollte. »Frag uns nicht. Wieso süßer als welche Träume? Sie hat es nicht gesagt.«

Zwei Tage später begannen Tashmetus Wehen. Kal-Upshashu und Kir'girim wechselten sich ab, saßen bei ihr, brauten Kräutertränke zur Erleichterung des Gebärens, während Ninurta sich nutzlos fühlte, dabeisaß, Tashmetus Hand hielt, mit ihr atmete.

Der Knabe wurde in der Nacht geboren. Kal-Upshashu schlang den nötigen feinen Knoten und schnitt die Nabelschnur ab; Kir'-

girim wischte dem Kind Nase, Augen und Mund, legte es auf Tashmetus Bauch und küßte die Mutter.

Sie nannten den Sohn nach Tashmetus Vater Nishi-Inishu, »Erhebung der Augen«. Das Kind war neues Leben und Licht in der Düsternis, mehr als einen Mond lang Zartheit und Lachen. Dann starb es, auf dem Bauch der Mutter schlafend.

Ninurta fühlte sich in einen schwarzen Schacht zurückgestoßen, aus dem er eben erst mühsam herausgeklettert war; gleichzeitig war ihm, als sei er selbst dieser Schacht, ein ausgeschöpfter Brunnen, der keinen Boden mehr hatte. Er erfuhr nie, was Tashmetu dachte. Sie schloß sich ab. Als sie spürte, daß das Kind sich nicht regte und nicht atmete, nahm sie es in die Arme; dann stieß sie einen gellenden Schrei aus, einen einzigen, und verhüllte ihr Gesicht. Sie weinte wenig und sprach gar nicht, anfangs; nach ein paar Tagen begann sie mit langen Wanderungen über die Insel. Ninurta begleitete sie manchmal; weder lehnte sie dies ab, noch bat sie darum. Schließlich schien alles wieder zu sein wie vorher: Tashmetu beteiligte sich an den nötigen Arbeiten, saß abends mit den anderen im großen Raum, meist nah am Feuer; wenn man sie ansprach, antwortete sie freundlich. Die meiste Zeit saß sie still da, nahm gelegentlich einen Schluck Wein, betrachtete den langen Tisch, die vielen verschiedenen Sitze und Sessel, Scherenstühle, aus leichtem und schwerem Holz, hell, dunkel, beschnitzt, mit Einlegearbeiten und Figuren geschmückt oder mit Fellen und Leder bezogen – betrachtete sie, als habe sie sie nie zuvor gesehen. Hin und wieder stand sie auf, den Becher in der Hand, und ging die rückwärtige Längswand entlang, strich über Ishtars Brüste, rückte Öllampen auf Wandborden zurecht, zupfte an bunten gewebten Wandbildern, folgte mit der Fingerspitze einer dünnen Linie auf dem riesigen Bronzeschild, der einmal einem sumerischen König gehört hatte, von dem zahlreiche Über- und Unterweltgeschichten erzählt wurden. Sie war die kluge, schöne Frau, beherrscht, wie alle sie kannten; sie war aber auch eine andere. Als irgendwann in einer stürmischen Nacht Ninurta zum ersten Mal seit Troja neues Feuer in den Lenden spürte und die Hand nach ihr ausstreckte, war ihm, als berühre er totes

Fleisch. Sie stieß ihn nicht zurück, aber das war auch nicht nötig, denn das geringe Feuer erlosch sofort.

Einige Tage später, in einer Felsenbucht am Nordrand der Insel, saßen sie nebeneinander über dem Wasser, als es zu regnen begann. Es war ein seltsamer Regen, der beinahe gegen den Nordwind aus Süden zu kommen schien und weit wärmer war als die Luft. Plötzlich wandte sich Tashmetu dem Assyrer zu, öffnete den Mund und schnappte nach Luft wie eine Ertrinkende. Regen rann ihr durchs Haar und über das Gesicht; sie streckte ihm beide Hände entgegen, als brauche sie Hilfe; als er sie in die Arme nahm, fast ohne es zu wollen oder jedenfalls ohne es zu beabsichtigen – etwas in ihm nahm sie in Arme, die ihm zunächst nicht vertraut waren –, und ihre Wangen mit den Lippen streifte, schmeckte er die salzigen Tränen. Dann suchte sie seinen Mund, gierig und glühend, und ihr von Regen und Tränen entfachtes Feuer reichte aus, seines neu zu entzünden. Es war unbequem, dort ohne Decken oder sonstige Unterlage auf den nassen Felsen, aber es war auch unvergleichlich kostbar und köstlich.

Das einzige, was sie über den Verlust sagte, war eigentlich nicht über den Verlust, sondern eine düstere Vorhersage, in heiterem Ton mit einem Lächeln ausgesprochen.

»Liebster, ich fürchte, wir werden niemals Kinder haben.«

»Du hast einen kindischen Assyrer«, sagte er. Irgendwie sprach er eher zu ihren Augen als zu ihren Ohren. »Das ist für dich weniger, als dir zusteht, aber für ihn mehr, als er verkraften kann.«

Sie lächelte, und es war nicht nötig zu reden.

Die Schiffbauer besserten die *Kerets Nutzen* aus und die *Yalussu*, danach die *Kynara* und die *Gorgo*. Bei den langen Beratungen der Eigner und Werker wurde beschlossen, nach Betrachtung von *Bateia* und *Djosers Stößel* das schlechteste der Schiffe zu verkaufen. Tashmetu und Ninurta wollten gemeinsam reisen, was keinen überraschte; Kynara fand, das nach ihr benannte Schiff sei ohne sie unvollständig, und als Zaqarbal allzu betont ächzte, legte sie die Hand in seinen Schoß und sagte: »Ruhe, oder ich zwicke.« Die Meister und Werker des Zusatzrats einigten sich darauf, eines der

Schiffe gemeinsam zu nutzen, als Sammel-Eigner; mühelos brachten sie genug Silber auf, um das Schiff zu übernehmen und als Gemeinschaft den gleichen Anteil am Unternehmen zu halten wie jeder der anderen Eigner.

Adapa und Sokaris, Herren der Berechnung, verschrieben sich dem Abenteuer der Seßhaftigkeit, wie Adapa sagte, das der abwechslungsreichen Langeweile des Reisens gegenüber den Vorzug erregender Muße habe. Tsanghar erbat (und erhielt) als Gegenleistung für seine Erfindungen und die mit ihnen erzielten Umsätze die Mitgliedschaft in der Zunft der Werker samt den dazugehörenden Ansprüchen auf Beteiligung am Handelsgewinn, ferner das von ihm mitgebaute kleine Segelschiff mit Wellenfurcher (wie sie den Kamm unter dem Rumpf nannten) und Silber für die erste Handelsfahrt, die er unternehmen wollte. Für ein großes Schiff reichten seine Mittel nicht, und seine Wünsche könnten, wie er sagte, den Umfang eines schweren Frachters nicht erreichen. Es überraschte niemanden, daß Korinnos bei ihm mitreisen wollte; die junge Deianeira, von rhodischen Eltern vor sechzehn Jahren auf der Insel geboren, hatte sich im Winter um die Vollendung seiner leiblichen Erziehung bemüht und wollte mehr als nur die Insel sehen, desgleichen Aspasia, vor sechs Jahren als Sklavin in Suru gekauft und seitdem als Lederwerkerin frei. Ohne eine Miene zu verziehen bat Tsanghar die Herrinnen der Kräuter und Gifte, ihnen genügende Mengen gewisser Mischungen mitzugeben, da das kleine Schiff mit vier Menschen und ein wenig erhoffter Ladung ausreichend voll sei und keinen Seemanns-Nachwuchs vertrage.

Schließlich übertrugen die Neu-Eigner den Befehl über ihr Schiff (es wurde die *Bateia*, und die *Yalussu* sollte verkauft werden) der Thrakerin Molione. Die einstige Sklavin hatte zunächst als Segelmacherin gearbeitet, war dann als Händlerlehrling und Steuerfrau mit Leukippe, zweimal mit Tolmides und einmal mit Ninurta gefahren, zuletzt mit Minyas, kannte fast alle Häfen, Winde, Tücken und Strömungen und wurde von den Eignern beifällig begrüßt.

»Getreide«, sagte Ninurta, als man beriet, was im neuen Sommer die beste Ware für welche Gegend sein mochte. »In allen Gebieten, in denen Krieg war oder noch ist, werden die Menschen hungern. Getreide, Fleisch, Fisch, Früchte, ein paar Gewürze.«

»Wo gibt es Getreide? Weißt du das auch, du Nachgeburt der Klugheit?« sagte Zaqarbal. »Wo war denn vielleicht kein Krieg, letztes Jahr?«

»Im Süden und Westen.« Tashmetu legte einen Finger an die Nase. »Tameri. Das Libu-Land. Tyrsa? Und was meinst du, Minyas – ist das Land um Ugarit und sind die Städte der Chanani von dem Krieg betroffen, der nicht bei ihnen geführt wurde?«

»Sie werden nichts für nutzlose Schönheit ausgeben, aber man wird bei ihnen sicher Speisen einkaufen können«, sagte der Kreter.

Sie legten die Strecken fest, die Häfen, tauschten noch einmal Kenntnisse aus und verabredeten mögliche Treffpunkte. Minyas brach als erster auf, nach ihm Molione und ihre ausgewählte Besatzung, zunächst mit der *Yalussu*, die sie im Hafen von Ialysos gegen die *Bateia* tauschen sollten. Zaqarbal übernahm zeternd die Beförderung einer kleinen Notbesatzung für die *Djosers Stößel* nach Ialysos; die *Kynara* lag ziemlich tief, als sie mit zuviel Menschen und Ladung die Grotte verließ.

Ninurta und Tashmetu warteten, eher widerwillig, fast bis zur Mitte des Frühjahrs, aber Odysseus kam nicht. Tsanghar hatte sein Schiff *Amazzyune* genannt und im Heck einen neuen Trampelwalzenkasten eingebaut.

»Eng«, sagte Ninurta, als die *Amazzyune* auslaufen sollte und die Abschiede fast beendet waren. »Keine Ruder? Na gut. Viel Platz für Waren habt ihr nicht mehr, mit dem Heckkasten und dem Trampelsitz.«

»Ach, edler Herr Ninurta«, sagte Tsanghar blinzelnd, »zwei Paare schlafen enger als vier Seeleute; da brauchen wir nicht soviel Raum.«

An Bord der *Kerets Nutzen* mit dem neuen Heckaufbau waren die gleichen Leute wie im Vorjahr – abgesehen von Tsanghar und Lissusiri. Der Steuermann fuhr diesmal mit Djoser, dafür kam der alte erfahrene Tuzku mit, der im Winter lange Gespräche mit Bod-Yanat geführt und beschlossen hatte, einmal eine schmackhafte Reise machen zu wollen, mit einem guten Koch.

Sie fuhren Ialysos an, wie immer, um Nachrichten und all das aufzunehmen, was Menena zu bieten haben mochte. Die Stadt war verändert; Ninurta mußte zweimal hinsehen, um zu erkennen, was die Veränderungen ausmachte: Im Winter hatte man neue Befestigungen gebaut. Keleos war tatsächlich noch zu Winterbeginn heimgekehrt; er brachte Berichte mit über neue Kämpfe im Binnenland, zwischen Arzawa und den Hatti, und Gerüchte über wandernde Flüchtlinge, und er ordnete an, die Mauern zu verstärken.

Von Ialysos nach Kreta, wo sie Wein und Töpferei-Erzeugnisse luden, südwärts ins Binsenland Tameri, den großen Jotru hinauf bis zur ersten Handelsniederlassung im Mündungsgebiet; dort verkauften sie Wein, Töpfe und Silber gegen Gold. Flußab, dann gegen die Winde und Strömungen langsam westwärts, zu den Libu, die Datteln und Korn und die für tausend Heilmittel begehrte *sulufu*-Pflanze gegen den restlichen Wein und ein wenig Gold eintauschten. Ungünstige Winde hielten sie dort länger fest als gewollt; als sie endlich Kythera erreichten, wo Getreide und Datteln willkommen waren und mit Silber bezahlt wurden, begann schon der Herbst.

Zurück nach Ialysos. Dort erfuhren sie von neuen großen Kämpfen um Alashia, bei denen die Hatti-Flotten von den Schiffen der Stadtkönige und ihrer Verbündeten fast völlig vernichtet worden waren. Madduwattas, hieß es, verlasse kaum noch seine Festung in den Bergen, aber seine Priester waren überall, und die Feldherren Mopsos und Amphilochos genügten, um Schrecken zu verbreiten und zu siegen. Im Sommer hatten sich in den Orten der Festlandküste immer mehr Flüchtlinge eingefunden, einzeln und in Gruppen, die von furchtbaren Verwüstungen im Binnenland berichteten; aber aus alledem ergab sich kein klares Bild.

Einen Abend verbrachten sie in der Burg, aßen, tranken und redeten mit Keleos und seiner hübschen jungen Frau, die ihr viertes Kind erwartete.

»Nach dem, was wir wissen, scheint Madduwattas die Schiffe mit allerlei Söldnern bemannt zu haben, deren Untergang kein Verlust für ihn wäre«, sagte Keleos. »Die Länder im Norden sind untergegangen oder gehen jetzt unter. Wir ... ah, die Achaier haben alles gründlich verheert, Menschen haben zu Tausenden ihre verwüsteten Städte und Felder verlassen, um weiter im Süden ein neues Leben zu suchen.«

»Finden sie dort mehr als den alten Tod?« sagte Tashmetu.

Keleos fuhr sich mit der Hand über die Augen. »Eine kluge Frage, Fürstin des Handels. Die Länder der Trojaner sind wüst, dort ist niemand mehr fähig, Eindringlinge von jenseits der Meerengen fernzuhalten. Die von Norden kommen, drängen die Ansässigen weiter nach Süden, und immer so weiter. Madduwattas, den die Götter längst nicht mehr mit Namen nennen wollen, hat alle guten Krieger von Arzawa und den übrigen Ländern, die sein Schatten verfinstert, an den Grenzen gesammelt. Er kämpft auf dem Meer gegen die Hatti, in den Bergen wehrt er sie nur ab und bereitet alles vor, um die malmende Wanderflut der Flüchtlinge und der wilden Völker abzuwehren.«

»Wird ihm das gelingen?«

Keleos schnitt eine Grimasse. »Wenn es einem gelingt, dann Madduwattas. Er wird dabei auch genug Knaben fangen können.«

Tashmetu seufzte lautlos; Keleos' Frau schloß kurz die Augen, als wolle sie zeigen, daß eine Welt, in der Madduwattas handeln konnte, wie es ihm gefiel, zu abscheulich für jede Betrachtung sei.

»Und Achiawa?«

Keleos' Gesicht gefror. »Ihr habt nichts gehört?«

»Wir waren nur kurz im Hafen von Kythera – eilig, ehe die Winde schlecht wurden.«

»Kythera«, murmelte er. »Die Insel der Glücklichen. Oder sie wissen, hatten nur keine Zeit, es euch zu sagen.«

»Sag du es uns, Fürst.«

»In vielen Worten oder schnell?«

»Schnell und hart.«

Keleos schnaubte. »Hart? Es ist hart, von sich aus; ich könnte nicht mehr Härte hinzutun, selbst wenn ich wollte.«

Er berichtete, was er wußte – was Händler erzählt, was Fischer auf dem Meer von anderen Fischern erfahren hatten. Diomedes, mit ungeheurer Beute, aber nur mit zweihundert von tausend Kriegern heimgekehrt, fand die Tore von Argos versperrt. Als er sich den Zugang erzwingen wollte, wurden er und seine Männer mit Pfeilen, mit heißem Pech, mit brodelnder Pisse überschüttet; Brandpfeile zerstörten die zu nah an den Mauern aufgeschlagenen Zelte, schließlich verlor Diomedes weitere Kämpfer und einen Teil der Kriegsbeute, als die Männer von Argos einen nächtlichen Ausfall machten. Er irrte mit den Kriegern und den Schiffen um Achiawas Küsten, bis er schließlich hörte, daß der alte Nestor, edler mykenischer Abkunft, heil und unbeeinträchtigt in Pylos angekommen sei; nach den letzten Gerüchten wollte Diomedes unter Nestors Mantel den Winter verbringen und im Frühjahr über das Meer fahren, nach Tyrsa, um sich dort mit Gold und Schwert eine neue Heimat zu schaffen. Menelaos war verschollen; man hatte ihn mit allen Schiffen, der Beute und der unvergleichlichen Helena in einen Sturm segeln sehen. Agamemnon erreichte Mykene, mit den Männern und den unermeßlichen Schätzen der Plünderung; sie wurden begrüßt, freudig begrüßt, mit Blumen geschmückt, mit Wein und Braten willkommen geheißen. In der Nacht nach der Heimkehr starben viele Krieger in qualvollen Krämpfen, denn im Wein war Gift gewesen. Agamemnon hatte gelacht, als seine Gefangene, Kassandra, ihn beschwor, auf keinen Fall zu baden, da im Badewasser zuviel Eisen sei. Er ließ sich von der geliebten Gemahlin, Mykeniertochter Klytaimnestra, Schwester der Helena, Mutter der Iphigeneia – von Klytaimnestra ließ er sich ein Bad bereiten, heißes Wasser, Duftstoffe, Öl, Salben, in einer Wanne aus lauterem Gold; und als er sich lustvoll seufzend im Wasser entspannte und in Vorfreude ächzend die Augen schloß, um besser zu genießen, was Klytaimnestra ihm murmelnd an nächtlichen Wonnen verhieß, nahm sie die Axt, die Aigisthos ihr reichte, und spaltete dem großen Agamemnon in seiner goldenen Wanne den Schädel. Es hieß, sie hätten ihm auch das Gemächt abgeschnitten und dem Volk gezeigt. Überall in Achiawa die gleichen Greuel, kaum einer der Heimkehrer hatte die Möglichkeit, sich seines Überlebens und der Beute zu erfreuen. Wenige Ausnahmen – Athen, zum Beispiel, aber fast alle anderen Orte ...

»Weiß man, was aus Odysseus geworden ist?«

Keleos lächelte. »Darüber wird man dir auf eurer Insel mehr sagen können.«

Die Babilunierinnen grinsten wie satte Raubkatzen; weniger heiter gaben sich Adapa und ein auf Kythera gezeugter Kuschite namens Botres, der zu den Schreibern und Rechnern gehörte. Die beiden hatten eine Arbeit übernommen, die ihnen, wie sie sagten, arge Beherrschung aufzwang. Sie berichteten am ersten Großen Abend, als alle unversehrt zur Insel heimgekehrt waren und Ubarija mit seinen Leuten ein Festmahl im Speiseraum auftischte: Berge kleiner und großer Schalentiere, ganz gekocht oder schon geknackt und zu Fleischmus verarbeitet, mit prickelnden Tunken; allerlei Fische, gebraten, gekocht, gedünstet, von süßsäuerlichen Gemüsen umzingelt; Ferkel, Lämmer und zwei gemästete Hunde, letztere in einer Kruste aus Brotkrumen und Honig; scharf gewürzte Bällchen aus gehacktem Fleisch und Kräutern; in Öl treibende Kugeln aus frischem Schafs- und älterem Ziegenkäse; süße Mischungen aus Dickmilch, Honig und Früchten. Und Wein, Wein, Wein. Jemand hatte den sumerischen Schild poliert, der glänzte und das Licht der Fackeln und Öllampen mehrend brach. Das Feuer im großen gemauerten Kamin gab weiteres Licht, vor allem aber Wärme, ebenso wie einige Bronzebecken voll glimmender Holzkohlen. Zaqarbal erschien mit einem Näpfchen voll roter Farbe, ging zum Ishtar-Standbild und brachte die Brustwarzen der Göttin zum Glänzen.

Mitten auf dem Tisch, umgeben von Goldscheiben, Ringen, geriffelten Barren, verschlungenen Ketten und anderen feinsten Goldarbeiten stand der schwere leuchtende Löwe. Oder vielleicht ein anderer, der dem ersten vollkommen glich. Ninurta betrachtete das wunderbare Kunstwerk: die Pranken, den unter die Hinterbeine gezogenen Schwanz, jedes einzelne Haar der Mähne, die tiefrot glühenden Steine der Augen. Und er haßte den Löwen.

Wenn es jener war, mit dem Agamemnon einen Teil des tödlichen Eisens bezahlt hatte – jener, von dem Ninurta inzwischen annahm, daß Odysseus und Agamemnon ihn bereits zu dem frühen Zeitpunkt ausgesucht hatten, um ihn irgendwann einmal von ihren Männern »finden« zu lassen –, dann war er nicht aus Gold geformt, sondern aus verkrustetem Blut und geronnenen Todesschreien. Wenn dieser Löwe ein genaues Ebenbild des ersten war, bestand er aus geschmolzenem Frauenfleisch und Leim aus Kinderknochen.

Ninurta stieg auf den Tisch, kniete, rutschte zur Mitte, packte den schweren Löwen, den er allein so nicht heben konnte (vier Talente? oder noch mehr?), zerrte ihn über das kreischende Holz; dann war Korinnos neben ihm, und Tsanghar kam dazu.

»Was soll damit geschehen?« sagte Minyas; seine Augen waren voller Gier und Bezauberung.

»Einschmelzen«, knurrte Ninurta.

»Aber... bei allen Göttern!« Molione hob die Hände. »So ein wunderbares Kunstwerk!«

»Einschmelzen.«

Sklaven trugen den Löwen aus dem Saal.

Zu Beginn des Mahls war er schweigsam; Tashmetu, die neben ihm saß, mußte ihn beinahe füttern, damit er etwas aß. Nach und nach besserte sich seine Laune, als die anderen von ihren Fahrten berichteten und viele ergötzliche Geschichten erzählten. Geschichten, wie man sie nur in jenen Gebieten hören oder leben konnte, die sie in diesem Sommer besucht hatten – Gegenden ohne Verheerung.

Später, bei vollendeter Sättigung und beginnendem Rausch, gaben Kir'girim und Kal-Upshashu Auskunft über den Aufenthalt des Odysseus und seiner Männer, über die Gelüste und Gelage und Gelächter und Geschichten. Sie sagten, als ihnen klar geworden sei, welche wunderbaren Ganzlügen und Halbwahrheiten der Ithaker erzähle, hätten sie Adapa und Botres gebeten, im Nebenraum zu lauschen und abwechselnd, Satz um Satz, alles aufzuschreiben.

»Entsetzlich«, sagte der Kuschite; seine dunkle Haut wurde

noch schwärzer, als er übermäßig stöhnte ob der Erinnerung und dann in dröhnendes Lachen ausbrach. »Die Sachen, die er erzählt hat, alles sehr fein, ja; aber was die Frauen zwischendurch mit ihm angestellt haben, und wir die ganze Zeit daneben! Also, ich war hinterher immer ganz geschwollen und mußte ersprießliche Höhlungen suchen.«

Es gab zwei Ausfertigungen der Niederschrift; eine sollte Djoser erhalten, für sein großes Erinnerungswerk, das er in den Wintern ergänzte und auf den Fahrten mitnahm.

»Zu deiner Beruhigung«, sagte Kir'girim. »Oder zu euer aller Gemütsfrieden: Ihr wißt ja, es gibt Getränke, Tränke, Trünke und Gebräu, nicht wahr? Wir haben Odysseus und seinen Männern etwas zu trinken gegeben. Sie werden die Insel nie wieder finden.«

Es war ein guter Winter, mild und freundlich, mit vielen Abenden des Erzählens, Nächten des Ergötzens und Tagen des Beratens. So gut, daß Ninurta kurz vor Beginn des Frühlings in einer Nacht, als Tashmetu und er wieder zu Atem gekommen waren, leise keuchend sagte:

»Wir sind auf dem Gipfel, nicht wahr? Ich weiß nicht, ob unser Leben je besser war. Es kann also nur schlechter werden, und irgendwie bin ich fast sicher, daß in diesem Jahr etwas Furchtbares geschieht.«

Sie kicherte und biß in sein linkes Ohrläppchen. »Sollte ich dich ab sofort Kassandros nennen?«

»Ha. Kassandra? Was immer aus ihr geworden ist, ich glaube, sie hat die Zukunft immer viel zu licht gesehen.«

Diesmal lief die *Kerets Nutzen* als erstes Schiff aus. Sie hatten Erzeugnisse der Schmiede geladen, vor allem Werkzeug und Werkzeugteile (Sägeblätter, Hammerköpfe, Pflugscharen, Meißel), und in Ialysos übernahmen sie von Menena Getreide, aber auch allerlei Saatgut. Mit dem Südwind des späten Vorfrühlings wollten sie nach Norden, möglichst ohne Aufenthalt bis zu den Meerengen von Ilios. Ninurta hatte die Länder nordöstlich der Engen, am Nebelmeer, noch nie bereist – Kolchis, oder die Städte an den

Mündungen der großen Flüsse aus dem Norden, wo Bernstein und kostbare Tierfelle herkamen. Auch diesmal gelang es ihm nicht. Als sie die Küste der Trojaner erreichten, schlug der Wind um, und es war beschwerlich genug, bis dorthin zu rudern, wo einst der Hafen gewesen war.

Eineinhalb Jahre Wind und Wellen hatten genügt, große Teile dessen, was die Achaier bei ihrem Aufbruch noch unzerstört zurückgelassen haben mochten, gänzlich nutzlos zu machen. Die bei den Kämpfen beschädigten Lagerhäuser waren nur Trümmer, die gemauerten Kaianlagen eingesunken, das Becken voll verrottender Wracks, dazu Stein- und Schutthaufen, Wasserpflanzen und Schlick, von den Flüssen ins Meer gespült, von der Strömung unterhalb der Flußmündungen am Ufer verteilt. Am flachen Strand neben dem alten Hafen lagen zwei kleine Frachtschiffe – Skythen – und einige Fischerboote.

Ein Teil des fruchtbaren Schwemmlands der Ebene wurde notdürftig bestellt; weiter oberhalb, auf den einst frucht- und dann todtragenden Feldern westlich des Skamandros, weideten Pferde und wenige Rinder. Wo auf dem rechten Ufer des Simois die Neustadt gelebt und geatmet und geliebt und gelitten hatte, breitete sich tückischer Sumpf aus, in dem – wie sie in den folgenden Tagen hörten – viele Menschen umgekommen waren, als sie versuchten, aus allenfalls noch zu ahnenden Resten alter Grundmauern Dinge zu bergen, die sie dort einmal versteckt hatten. Auch von den gemauerten Kais und Häusern des Flußhafens war kaum noch etwas zu sehen: ein paar Mauerreste, eine geborstene Säule, eine nasse Lehmschicht.

Am Südwesthang des Burgbergs zogen sich ein seichter Graben und eine aus Trümmern gefügte Mauer um die neue Stadt. Ein Dorf, eher, in dem vielleicht tausend Menschen versuchten, auf dem Schutt der Vergangenheit eine brüchige Gegenwart in Zukunft zu verwandeln, ohne von Erinnerungen erstickt zu werden.

Aus den alten Fürstenhäusern hatte nur ein Mann überlebt; er war Vater des kleinen Volks, König ohne Reich, ratloser Ratsherr, und leitete die Plagen, die nicht mehr als Aufräumen und noch nicht als Leben bezeichnet werden konnte. Ninurta hatte ihn mehrfach in der Schlacht gesehen. Damals war er ein prächtiger Anblick gewesen, ein furchtbarer Kämpfer, glänzend in seiner Rüstung, herrlich im Gemetzel, Männerführer und Schrecken der Achaier. Der müde Mann mit tiefen Furchen im Gesicht konnte kaum älter als dreißig Jahre sein, und Ninurta glaubte ihm den Namen, den er nannte, erst dann, als einige ältere Trojaner ihn bestätigten: Aineias, Sohn des Anchises.

»Überlebende«, sagte der Fürst, der sie abends zum Gestade begleitet hatte, um an Bord der *Kerets Nutzen* den ersten trinkbaren Wein seit dem Krieg zu genießen und mit Menschen zu sprechen, die abends nicht zu erschöpft waren, um Wörter zu erkennen, die in unendlich ferner Vergangenheit einmal verwendet worden waren.

»Überlebende – es sind ja einige geflohen, auch aus der Neustadt; sie berichten von dir, Göttin des Platzes der Sieben Standbilder, und sie würden viel Kraft gewinnen, wenn du morgen, übermorgen, irgendwann zur Stadt kämst. Ein paar Menschen aus den zerstörten Orten an den Engen und im Hinterland, Überlebende aus den Bergfestungen und den Hochtälern. Luwier, Halbluwier, Halbachaier, Phrygier, Thraker, Mysier – Männer der verbündeten Truppen, die den Heimweg nicht mehr antreten mochten, da inzwischen ihre Heimat ebenfalls nicht mehr bestand. Tausend, ungefähr.« Er schnupperte an seinem Becher, fast andächtig, trank, gähnte, trank abermals.

»Wer lebt noch?« sagte Tashmetu.

»Von den Mächtigen? Keiner. Das Geschlecht des Priamos ist ausgelöscht. Die Götter waren gerecht.« Für wenige Augenblicke schaute Ninurta den unendlichen, unsterblichen Haß; dann senkte Aineias die Lider, und die Glut mochte weiterglimmen, war aber nicht mehr zu sehen.

»Gerecht?« sagte der Assyrer. »Wem gegenüber?«

»Allen. Agamemnon ist tot. Menelaos ist verschollen, nicht wahr, mit dieser ... Frau. Odysseus?« Er hob die Schultern. »Parisiti hätte Helena nie sehen dürfen – aber die Achaier wollten den

Krieg und hätten ihn begonnen, auch ohne die beiden. Wir hätten die Frau ausliefern sollen; es hätte nicht die Fürsten, aber die Krieger der Achaier unsicher gemacht – vielleicht. Vor allem hätten wir uns nie auf den Wahnsinn des Priamos einlassen dürfen, Prijamadus Traum, mit dem Dunklen Alten zusammen die Hatti zu besiegen und Alashia zu besetzen und ...« Im schwachen Licht der beiden Öllampen auf dem Achterdeck wirkte er uralt und aufgebraucht. »Vorbei.«

»Und deine Sippe?« Tashmetus Stimme war rauh.

»Mein Vater lebt noch. Und Askanios, ein Sohn von dreien. Er ist jetzt zehn.« Aineias rieb sich die Augen und gähnte wieder. »Es gibt eine Illyrierin, Rhome, die mich nicht für unheilbar abgenutzt hält.« Er lachte leise. »Man wird sehen. – Was habt ihr mitgebracht?«

»Getreide«, sagte Ninurta. »Saatgut. Werkzeug.«

Vom Strand, wo zwei Feuer loderten, hörten sie Gelächter; bis auf Bod-Yanat und Tuzku hatten sich die Männer des Schiffs zu den Skythen gesellt; bald würden wehmütige Steppengesänge die Nacht schwängern, daß der Morgen ein vielköpfiges Schmerzungeheuer gebäre.

»Das ist gut. Es wird das Überleben leichtermachen.«

»Damals habe ich Waffen gebracht.«

Aineias gluckste. »Bilde dir nichts ein, Assyrer. Es sind mehr als fünfmal zehntausend Menschen gestorben. Einige von ihnen werden dich nun in der Unterwelt preisen, weil sie durch scharfe Eisenwaffen, die du gebracht hast, schnell sterben durften. Gestorben wären sie auf jeden Fall, zerhackt von schartigen Klingen.«

»Ich weiß. Trotzdem ... Da ich am Untergang beteiligt war, will ich auch am Aufbau mitwirken. Was du von unserer Ladung verwenden kannst, ist dein. Als Geschenk.«

Tashmetu tastete nach Ninurtas Hand; Aineias stützte die Ellenbogen auf den kleinen Klapptisch, verschränkte die Finger und legte das Kinn darauf. Seine stetigen Augen wanderten im Zwielicht über das Gesicht des Assyrers.

»Es gab da eine Frau«, sagte er halblaut, »bei den Achaiern, zuerst wohl in der Neustadt. Als die Waffen ruhten, habe ich mit ihr einige Worte gewechselt. Sie hat Philoktetes geheilt.«

»Was hat Lamashtu mit unserer Ladung zu tun?«

»Sie sagte, ein gewisser Assyrer sei zu weich, um zu überleben, als Odysseus deinen Kampfesmut pries. Zweifellos, sagte sie, seiest du irgendwo unter den Leichen zu finden.«

Ninurta lächelte flüchtig. »Sie wird sich geirrt haben. Offenbar überlebe ich dies und das, trotz allem; und manchmal mache ich sogar Geschäfte.«

»Sie ist mit Mopsos gegangen, der sich nicht mehr Mukussu nennt.«

Ninurta nickte.

Aineias schaute hinab aufs Deck der *Kerets Nutzen*, wo Tuzku und Bod-Yanat leise miteinander redeten. »Gibt es einen Schlafplatz für mich? Dann können wir noch ein wenig mehr trinken.«

»Es wird uns eine Wonne sein«, sagte Tashmetu.

»Gut. Aber nur unter einer Bedingung.«

»Nenn sie, damit wir über die Art der Ablehnung verhandeln können.«

»Gut, Assyrer. Dies ist die Bedingung. Aineias nimmt den Wein und das Nachtlager und eure beschwingten Worte als Geschenk. Für die Bereitschaft, Saatgut und Werkzeug und derlei hinzugeben, wird er ein paar kleine Gegenstände als Gegengeschenk machen.« Er lächelte: helle Zähne im dunklen Gesicht.

»Was für Gegenstände? Nicht, daß ich sie etwa annähme.«

»Du wirst sie annehmen müssen, Freund, sonst nehme ich deine Ladung nicht, so dringend wir sie auch benötigen. Aineias war einmal ein Fürst; heute mag er Bauer und Handwerker sein, aber nimmt nicht, ohne zu geben.«

»Welche Art von Gegenständen?«

»Nutzlose Dinge, die uns beschweren, da wir sie nicht essen können. Gold, Bernstein, derlei – in Kellern und Schächten verborgen, vor dem Untergang.«

Nach kurzem Schweigen sagte Ninurta: »Wenn du darauf bestehst. Aber es ist mir nicht recht.«

Tashmetu lachte. »Siehst du es nicht, Liebster?«

»Was denn?«

»Das Geschäft kommt erst noch, nicht wahr, Fürst der Trojaner?«

Aineias nickte. »Ich staune, Herrin des Handels; und ich beginne zu begreifen, weshalb gewisse Menschen der verschwundenen Neustadt dich immer noch lieben. Ja, es gibt ein Geschäft. Geschenk gegen Geschenk, abermals; als Geschäft verkleidet.«

»Erhelle mich.«

Der Trojaner lehnte sich auf seinem Faltsitz zurück; die rechte Hand nestelte unter dem Umhang, am Gürtel; dann legte er ein Messer auf den Tisch. »Sieh.«

Ninurta nahm die Waffe in die Hand. Der Griff schien aus Gold zu sein, mit Figuren oder Zeichen verziert, im Zwielicht nicht zu erkennen. Bernsteinstückchen wie Perlen säumten Flächen aus Bein: unter Ninurtas Fingerkuppe feinste Maserungen und Schnitzereien. Die Scheide war weiches Leder, silbern beschlagen und mit Goldkettchen umwickelt.

»Ist dies das Geschäft?«

»Ein Teil.« Aineias' Gesicht drückte so etwas wie Wehmut aus, Habgier, eine düstere Hoffnung und mehrere andere Gefühle, allesamt im Lampenlicht verschmolzen zu etwas, das der Assyrer zu kennen glaubte, das bittersüß schmeckte und keinen Namen hatte.

»Was ist der andere Teil?«

Aineias blickte ihn an, dann Tashmetu. »Willst du mich noch einmal erstaunen, Fürstin?«

»Ich mag den Namen nicht nennen«, sagte sie leise. »Sprich du weiter.«

Ninurta atmete scharf durch die Zähne. »Worüber redet ihr hier eigentlich?«

»Diese erstaunliche Frau, die du zweifellos verhext hast, Assyrer, denn verdient hast du sie nicht... Nun ja. Ein Teil ist der Wein, den ich trinke, das Lager am Fuß des Masts, eure kostbare Gegenwart und das Geschenk der Ladung wie das der nutzlosen Gegenstände aus einer untergegangenen Stadt. Der andere Teil ist dies Messer, Ninurta, und ein Versprechen.«

Ninurta wog die Waffe auf der rechten Handfläche, dann legte er sie zurück auf den Tisch. »Ich lausche.«

Aineias schob den Stuhl zurück, stand auf, ging zur Bordwand und starrte hinaus auf die nächtliche Meerenge. Ans Wasser, ans jenseitige Ufer, an die Nacht und die Welt gewandt sagte er: »Das Messer hat eine Geschichte. Es gehörte einmal einem Herrscher des Binsenlandes; sein Name, den ich nicht lesen kann, steht als Bildzeichen auf dem Griff.«

Ninurta stand ebenfalls auf und ging zu einer der Öllampen. Er untersuchte den Griff; etwas wie ein Abgrund klaffte vor ihm, zwischen Messer und Flamme. Ein Abgrund, aus dem kalte Vergangenheit wehte. »Ja«, sagte er heiser. »Sobek-hotep, wenn ich die abgegriffenen Zeichen richtig lese. Ein Herrscher, der vor... ah, etwas mehr als fünfhundertfünfzig Jahren starb.«

Aineias wandte sich ihm wieder zu. »Sobek-hotep?« sagte er. Mehrmals wiederholte er den Namen, wie man ein besonders kostbares Kraut kaut. »Gut, daß ich es nun sagen kann. Die Waffe war Teil einer Sammlung von Geschenken, die dieser Herrscher oder vielleicht sein Nachfolger dem großen Hammurabi von Babilu überbringen ließ, als die Fürsten einen Vertrag über Handel und Freundschaft schlossen. Danach lag sie im Palast und in Tempeln, ging durch die Hände vieler Könige, zierte den Gürtel des größten aller Hatti-Herrscher, des ersten, alten Shupiluliuma. Einer seiner Nachfolger schenkte ihn dem Dardanos, meinem Urgroßvater, als Dank für treuen und tapferen Kampf in der Schlacht bei einem Ort namens Kadesh, oder so ähnlich.«

Ninurta nickte. »Qadesh«, sagte er. »Der erste Laut steckt tiefer in der Kehle als dein *kappa*.«

Aineias kam zurück zum Tisch; auch Ninurta setzte sich wieder. Tashmetu saß reglos, mit erstarrtem Gesicht.

»Die alten Reiche, die alten Herrscher«, sagte der Trojaner. »Sie sind untergegangen wie das des Hammurabi, des Minos und all der anderen Namen, die die Erde lächeln oder beben ließen und heute nicht einmal Asche sind. Das Binsenland mag überdauern, ich weiß es nicht; aber sie sind die Ältesten, daher ist es geziemend, daß die Waffe...« Er brach ab, trank einen Schluck, setzte den leeren Becher ab. »Das Hatti-Reich«, fuhr er fort, »wird die nächsten Jahre nicht überstehen. Ashur? Vielleicht. Die alten Sippen in Achiawa haben hier und da die Macht wieder übernommen, aber auch sie werden fallen, endgültig, und dies bald. Agamemnon ist tot, Prijamadu, Palamedes, Parisiti, Ikatari, den sie Hektor nannten, Achilleus...« Wieder unterbrach er sich; diesmal lachte er leise.

»Was erheitert dich?«

»Wie ich hörte, sind wir beide, du und ich, durch eine seltene Auszeichnung verbunden.«

»Welche?«

Fast tonlos, mit sehr flacher Stimme sagte Tashmetu: »Awil-Ninurta der Händler und Aineias der Krieger sind die einzigen, die gegen Achilleus gekämpft und dies überlebt haben. – Mach weiter, Trojaner; mach ein Ende. Mir graut.«

Ninurta berührte ihre Hand; sie war kalt. »Was...«, sagte er.

»Dies, Assyrer. Die alten Reiche und Fürsten sind gefallen, oder fallen bald, aber es wird keine neuen geben, und auf der weiten Erde können aufrechte Menschen nicht atmen, solange das letzte Ungeheuer lebt und mit seinem Hauch den Kosmos schändet.«

Ninurta starrte den Dolch an, dann den Trojaner; etwas stieg ihm würgend in die Kehle.

»Du hast bessere Möglichkeiten – mehr Gold, mehr Wege, notfalls mehr Männer, die du mieten kannst.« Aineias' Stimme war reiner, kaltgeschmiedeter, grenzenloser Haß. »Tu es selbst, laß andere es tun, mit diesem Messer oder einem anderen. Nichts kann auf der Welt gedeihen, solange das Ungeheuer lebt.« Er beugte sich vor; durch zusammengebissene Zähne sagte er: »Töte Madduwattas.«

Zehn Tage blieben sie in Troja; danach folgten sie den nördlichen Küsten und besuchten Städte, die aus den Trümmern der achaischen Verwüstung neu zu erstehen begannen. Einige bargen die alten Bewohner oder deren überlebende Verwandte, in anderen sprach man neue, fremde, nie gehörte Zungen. Die *Kerets Nutzen*, beladen mit Gold, Bernstein und Fellen, segelte nach Süden, lag einen halben Mond im Hafen des Peiraieus, wo der Handel der Stadt Athen abgewickelt wurde. Vollgesogen mit Gerüchten und Wasser und Bohrwürmern verließ das Schiff schließlich die weite Bucht, um sich von einem kräftigen Westwind übers Meer treiben zu lassen, nach Lesbos oder vielleicht Ephesos. Aber der Wind wurde zum Sturm, den die schwerfällige *Kerets Nutzen* nicht mehr ausreiten konnte; fast wehrlos, den beiden Steuerrudern nicht gehorchend, trieb das Schiff ans steinige Gestade einer namenlosen, unbewohnten Insel. Ein Riff riß ein Loch in den Rumpf, und nur der Macht des Sturms war es zu verdanken, daß sie, mehr unter als über Wasser, noch in eine Bucht gedrückt wurden.

Fast zwei Monde verbrachten sie damit, sich vom Wasser der einzigen Quelle, von Beeren, Früchten, Wurzeln und Fischen zu ernähren; sie tauchten in den vollgelaufenen Rumpf, entluden, was zu entladen war, schoben und zerrten das Schiff stückchenweise näher zum Strand (ohne die beiden noch an Bord befindlichen Vierfach-Rollen, Tsanghars Kunstwerke, und die langen Seile hätten sie es niemals geschafft), dichteten das Loch unter Wasser mit Holz und Leder notdürftig ab, schöpften Wasser aus dem Rumpf, als die Bordwandkanten endlich aus dem Meer ragten, zogen das Schiff an Land, fällten Bäume, schnitten Planken zurecht...

Mit einem abermals fast vollgelaufenen Schiff erreichten sie gegen Ende des Sommers einen kleinen Hafen der Insel Chios. Bis Zimmerleute und Besatzung mit richtigem Holz, richtigem Pech und gutem Werkzeug die *Kerets Nutzen* seetüchtig gemacht hatten, war der halbe Herbst vergangen.

In diesem Hafen gab es für ein wenig Gold oder etwas mehr Silber fast alles zu kaufen, oder zu mieten, wie das Zimmer mit dem breiten flachen Bett, in dem sich Tashmetu und Ninurta einfallsreich vergnügten, bevor oder nachdem sie zum Schankraum hinabstiegen, und manchmal auch zwischendurch. Kostenlos und weniger köstlich waren die Nachrichten oder Gerüchte: über Seeräuber, vor kurzem noch Verbündete des Madduwattas im Seekampf gegen die Hatti um Alashia, die nun mit den vielen übernommenen Schiffen die Küsten verheerten, von den Häfen

Kilikiens, die die Hethiter nicht mehr schützen konnten, bis hinauf nach Lesbos; über die Krieger des Dunklen Herrn von Arzawa, die jene Städte, die die Seeräuber verschont hatten, heimsuchten und auspreßten, weil ihr Fürst alles besitzen wollte und von allem immer mehr; über die finsteren, dunkelrot gewandeten Priester des Gottes Shubuk, dessen Bild das einer großen Schlange mit Beinen und manchmal Flügeln sei – des Gottes, den der Dunkle Alte verehrte, dem er seine Macht und sein zur Unsterblichkeit neigendes langes Leben verdankte; des Gottes, dessen Verehrung er nun den Landen, auf denen sein Schatten lastete, zur Pflicht machen wollte. Gerüchte auch über Verheerungen im fernen Landesinneren, über endlose Flüchtlingszüge und fremde Reiter und neue Völker, und Berichte, falls man sie so nennen konnte, über von niemandem betrauerte Niederlagen hethitischer Truppen gegen große Horden aus heimatlosen Kriegern, waffenkundigen Flüchtlingen, beutegierigen Fremden.

Von Chios nach Samos, von dort weiter nach Milawatna (aber die Stadt wurde nun nur noch Miletos genannt), wo die Nachrichten fast ausnahmslos bestätigt wurden; aber Miletos selbst lag weit genug im Südwesten des Landes, fast schon im Meer, und war bisher verschont geblieben – nicht ganz, wie sich zeigte, als Ninurta und Tashmetu einen alten Geschäftsfreund im ältesten Teil der Stadt aufsuchen wollten, einem Gewirr aus engen Gassen mit engen, alten Steinhäusern, jenseits des großen Platzes, auf dem – wie überall im Reich des Madduwattas – ein Altarstein mit einem Abbild des Gottes Shubuk stand. Dort sahen sie dunkelrot gewandete Priester, die zwei halbwüchsige Jungen mit Gewalt in die Straße zerrten, die zu den östlichen Hügeln führte. Die Jungen schrien und strampelten; milesische Männer mußten von Kriegern zurückgehalten werden. Offenbar taten die Priester alles, um sich, den Gott und den König beliebt zu machen.

In einer Hafenschänke legte sich abends eine Hand auf Ninurtas Schulter; als der Assyrer aufblickte, sah er in das Grinsen des schlitzäugigen Waffenbruders Kaidu. Sie saßen und tranken und redeten; der Mann aus dem Osten sagte, Khanussu und die anderen seien nicht weit entfernt, im Dienst des großen Herrschers, und aus Khanussus Heimat seien junge kräftige Männer zu ihnen gestoßen, dazu weitere Söldner aus vielen Gegenden.

»Und du, Freund?«

Kaidu leerte den Becher und goß Wein nach, aus einem Krug, dessen Hals zwei einander umschlingende Schlangen war.

»Ich? Genug Silber, viel genug Gold, bißchen Nichtstun etwa, trinkig, nachts fein fleischig Frau. Zeit, Bruder Ninurta. Viel Zeit hat, uh, ist Loch, muß zuschütten.«

Der Geschäftsfreund, den sie erst am nächsten Tag fanden, stieß düstere Vorhersagen aus. Miletos habe nur so gut gelebt, überlebt, weil die Stadt ohnehin dem Dunklen Alten gehöre. Man werde ausgepreßt, gerupft, aber nicht geschlachtet. Andere Orte, auch auf den Inseln, die nicht zu Arzawa gehörten, seien mit Krieg überzogen worden.

Vier Tage später sagte ihnen der Anblick des Hafens von Ialysos, daß der Händler nicht übertrieben hatte: ausgebrannte Schiffe am Strand, rauchgeschwärzte Mauerreste, aber auch viele heile oder bereits wiederaufgebaute Häuser. Die Burg über der Stadt schien unversehrt.

Ninurtas erster Gang führte ihn zum Lager der Händler. Auch hier Spuren von Verwüstung, aber Menenas Haupthaus stand noch, und das lange Seitengebäude wurde ausgebessert, von einigen Sklaven und dem Vormann des Lagers, Iapyx.

»Herr Ninurta! Du lebst?«

Der Assyrer legte die Hände auf Iapyx' Schultern. »Wie du, Freund. Was ist hier geschehen? Und wo ist Menena?«

Die Miene des Vormanns erzählte das Wichtigste, noch ehe er zu reden begann.

»Menena und seine Frau sind bei den Rome-Göttern, die die Unterwelt verwalten, Herr. Ich weiß nicht, wie sie aussieht, aber ich hoffe, es geht ihnen dort erträglich. Sie haben sie zerstückelt und geröstet; oder umgekehrt.«

»Wer?«

»Krieger des Madduwattas, den die Götter zweifellos längst verdorben hätten, wenn sie nicht befürchten müßten, von seiner Seuche angesteckt zu werden.« Iapyx spuckte aus.

Sie waren mit zehn Schiffen gekommen, denen noch einmal zehn und dann zwei Dutzend folgten, alle vollgestopft mit Kriegern. Sie stürmten die Stadt und plünderten sie; jene Bewohner, die nicht rechtzeitig in die Burg des Keleos fliehen konnten, wurden niedergemetzelt oder, wenn sie jung und kräftig genug waren, später als Sklaven mitgenommen. Vier Tage dauerte die Belagerung der Burg; dann rückten Kämpfer der Polyxo heran, der kriegerischen Witwe des vor Troja gegen Sarpedon gefallenen Tlepolemos – vier Tage hatte es gedauert, bis rechtzeitig geflohene Vorstädter zu ihr in die Stadt Rhodos kamen und bis es ihr gelungen war, genug kampfkräftige Männer zusammenzubringen, denn die meisten, die mit Tlepolemos aufgebrochen waren, warteten vermutlich (sagten die Leute, wie Iapyx behauptete) mit ihm am Ufer des Styx: Die große Menge an Toten konnte Charon noch nicht bewältigt haben, auch wenn er zwei zusätzliche Kähne und Fährmannsgehilfen eingestellt hätte. Polyxos Kämpfer, darunter einhundertvierzehn erprobte Troja-Heimkehrer, hatten die Belagerer zurückgeschlagen, die daraufhin mit Beute und Gefangenen absegelten.

»Weißt du etwas von den anderen Eignern?«

»Du bist der erste, der heimkehrt, Herr.«

Etwas Undeutliches, Dunkles drängte Ninurta zum schnellen Aufbruch. Er machte Iapyx zum neuen Herrn des Lagers, ließ die wenigen geretteten Felle und ein wenig Gold und Silber da, bat ihn, einen Boten zu Keleos zu schicken und die baldige Rückkehr von Awil-Ninurta zu versprechen; dann, noch an dem Tag, da sie morgens angekommen waren, verließen sie Ialysos wieder.

Ninurta wartete nicht auf den Einbruch der übernächsten Nacht, um ungesehen die Insel zu erreichen – er begnügte sich damit, daß kein Segel und keine Mastspitze in Sicht waren. Finstere Befürchtungen trieben ihn.

Kurz vor Beginn der Dämmerung kamen sie in die enge Einfahrt zur Grotte. Tsanghars Sprechzauber, die Tonröhre, die ein Flüstern bis zum Wächter des Grottentors trug, war zertrümmert. Die Zufahrt war frei, offen. Als sie in der Grotte Fackeln entzündeten, sahen sie verkohlte Reste der großen Tore; hoch oben hing unversehrt das letzte der von Tsanghar gebauten Geräte mit vielen Rollen.

»Leise, vorsichtig, die Waffen bereit – es könnte noch jemand dasein«, sagte Ninurta; die *Kerets Nutzen* rieb sich am Kai-Sims. Tashmetu wollte auf keinen Fall an Bord bleiben, und Ninurta zuckte mit den Schultern.

»Es hat nun ohnehin keine Bedeutung mehr, wer lebt und wer nicht, Liebste.«

»Doch.« Sie versuchte zu lächeln. »Du und ich, wir haben noch einige Dinge vor uns.«

»Ich fürchte mich vor dem, was unmittelbar vor uns liegt. Los!«

Sie drangen in den Gang ein, der zum Tal führte, zu den Häusern und Lagern und Höhlen und Werkstätten.

Das schwindende Abendlicht war mehr als ausreichend, um zu sehen. Die Häuser eingerissen und in Brand gesteckt. Die Badebecken zerschlagen. Leichen, von Vögeln besucht und geschrumpft und verwest, viele kopflos, andere mit noch allzu deutlich kenntlichen Wunden. Shakkan der Schmied, auf den Amboß gebunden und mit den eigenen Hämmern zerschlagen. Igadjaé, die sanfte Herrin der Tiere... ihre Unterschenkel lagen ebenso weit vom Rest des Rumpfs entfernt wie der Kopf. Kir'girims zahmer weißer Löwe, ein von Vögeln fast gereinigtes Gerippe, schien nach Lage der gestürzten und der noch baumelnden Knochen an eine Holztür genagelt worden zu sein: die Holztür vor Kir'girims und Kal-Upshashus Höhle. Ninurta bat Tashmetu, ihm nicht hineinzufolgen, aber sie wollte, mußte, sehen. Die Babilunierinnen, Schwestern in Zauberei und Arbeit und Liebe, Schwestern auch im Tod: Man hatte sie aufeinandergebunden, den Kopf der einen zwischen den Schenkeln der anderen. Die schweren, verkrusteten Lederpeitschen lagen daneben.

Kein Haus verschont, keine Höhle, keine Werkstatt, kein Mensch. Die Bootsbauer Setoy und Achikar. Adapa und Sokaris, Künstler des Rechnens. Gerippe von Kindern, Berge von Halbverwestem vor den Sklavenhäusern. Was die Plünderer nicht hatten mitnehmen können, war getötet worden. Die von Vögeln und

Kleintier befallenen Kadaver von Schafen und Rindern lagen verstreut im Tal.

Sie verbrachten die Nacht an Bord des Schiffs, in der Grotte, wortlos, schlaflos; am Morgen verließen sie die Insel.

Zwei Monde später kämpften sich mehr als zweihundert Männer und fast zwanzig Frauen gegen einen scharfen Winterwind steile Bergpfade hinauf. Ninurta hätte lieber einen Tag Rast eingelegt; sie würden den Ort auf der felsigen Hochfläche, an den er sich zu gut erinnerte, nach Einbruch der Dämmerung erreichen, und in dieser Nacht war Neumond. Die Nacht, in der Madduwattas jene Speise zu sich nahm, der er, wie die Leute flüsterten (wenn sie überhaupt davon redeten), Macht und Unverletzbarkeit verdankte und jene Unsterblichkeit, die nun schon fast neunzig Jahre dauerte.

Der eisige Wind heulte ihnen so laut entgegen, daß sie zumindest nicht auch noch leise sein mußten, neben aller sonstigen Plage. Tashmetu, von Kopf bis Fuß in weiches Leder gehüllt, blieb keuchend neben Ninurta stehen, als sie unter einem Felsvorsprung noch einmal Rast machten. Die letzte Rast vor dem Ziel.

»Ist es noch weit?« sagte sie, als ihr Atem langsamer ging.

»Ohne diesen Wind könnte uns schon ein Stein treffen, von den Wächtern am Zugang geworfen, und sie könnten unseren Schmerzensschrei schon hören.«

Tashmetu entblößte die Zähne; es war nichts, was man als Lächeln hätte bezeichnen können. »Es wird noch mehr Schreie geben als diesen unseren, der nicht stattfindet.« Ihre Augen blitzten.

Ninurta berührte ihre Wange; dann wandte er sich ab. Insgeheim seufzte er, ratlos wie schon so oft. Sie hatten Kaidu in der Schänke aufgesucht, in Miletos; Kaidu hatte Khanussu und seine Männer gefunden. Der lange Shardanier und Ninurta waren nachts zusammengekommen, außerhalb eines namenlosen Dorfs an dem Fluß, den die Achaier Maiandros, Luwier und Hatti Astarpa nannten. Khanussu lauschte den Dingen, die der Assyrer ihm zu sagen hatte, musterte den uralten Dolch, dann nickte er.

»Die Männer werden Silber wollen, mein Bruder – die neuen jedenfalls. Die alten – fünf meiner Landsleute leben noch, zwei Libu-Männer und natürlich Kaidu... Die alten Gefährten werden von dir kein Silber nehmen.« Er kicherte kurz. »Der Fürst, der uns bezahlt, hat den Fehler gemacht, nie mit uns Salz und Brot zu teilen; wir schulden ihm Gehorsam, solange wir wollen, aber keine Treue.« Dann packte er Ninurta bei den Schultern und sah ihm eindringlich in die Augen. »Eines mußt du mir sagen, Bruder.«

»Sprich.«

»Diese... Speisung der Unsterblichkeit.« Die Mundwinkel des Shardaniers sackten, als er dies sagte. Eine Mischung aus Ekel, Unglauben und Spott lag um den Mund. »Um zu wirken, muß alles noch... lebendig sein?«

»So heißt es, Bruder.«

»Er ist angreifbar«, sagte Khanussu versonnen. »Er sitzt im Winter da oben in den Felsen, wie heißt das Kaff, Uk-irgendwas. Eine Hundertschaft Krieger, eine Hundertschaft Priester, einiges an Sklaven und... Futter, ja? Sie halten ihn für allmächtig und unsterblich, und allen graut vor ihm. Der Weg zu seinem Thron auf den Bergen ist steil und angeblich verflucht, keiner traut sich dorthin. Und wer hingegangen ist, wurde nie wieder gesehen. Er könnte unbewaffnet durch Abasa laufen, keiner würde mehr tun, als auf der Straße niederzuknien und das Gesicht zu verhüllen. – Du willst es selbst tun?«

»Ich schulde es einem Lebenden und zahllosen Toten. Von diesen vor allem...«

»Ich weiß; deine Freunde von der seligen Insel, die nicht mehr ist. Gut. Es gibt andere Wege zum Tod, aber der mit dir in die Berge ist sicher einer der steilsten.«

Keine zwei Monde her... Nun standen sie unter dem Felsvorsprung und atmeten noch einmal durch. Der Wind jaulte weiter, der Abendhimmel war wolkenlos, und bald würde es dunkel – zu dunkel für den Aufstieg. Sie durften nicht zu lange rasten. Ninurta sah sich um. Sah viele Augen, die sich auf ihn richteten. Niemand hatte zurückbleiben wollen; Moliones Worte galten für alle:

»Wir haben mit euch Männern Handel, Arbeit, Seefahrt, das Bett, Wein, Braten und Stürme geteilt, Herr. Und nun sollen wir zurückbleiben, wenn ihr die Ermordeten rächt? Es sind auch *unsere* Ermordeten. Meinst du denn, solange er lebt, könnten wir leben mit dem, was in Ialysos geblieben ist?«

Ninurta hatte versucht, sie davon abzubringen; niemand wisse, wer wirklich den Befehl gehabt habe, Madduwattas sei nicht dabeigewesen ...

»Aber für alles verantwortlich, Ninurta«, sagte Kynara. »Sein Schatten vergiftet noch den sanftesten Kuß, den Zaqarbal und ich teilen. Nicht zu reden von den weniger sanften.«

Keine zwei Monde her, seit im Herbst die Schiffe nach Yalussu heimgekehrt waren, zu kurzer Rast vor der endgültigen Heimkehr zur Insel. Ninurta hatte ihnen den restlichen Weg ersparen wollen, aber viele wollten oder mußten mit eigenen Augen sehen, was auf der Insel geschehen war. Nun standen sie in den winterlichen Bergen. Kaum jemand redete, alle sammelten Kraft und Atem. Er sah Angst und Erwartung, Haß und Entschlossenheit, bei einigen auch ungelöscht glimmende Reste des Ekels, den alle empfunden hatten, als er ihnen von der Neumond- und Vollmondnahrung des Dunklen Alten erzählte. Zum Glück, dachte er, können die meisten inzwischen auch darüber Witze machen.

»Los!« sagte er. »Ihr wißt Bescheid. Wenn die Götter uns gnädig sind, dürfen wir heute unbesudelt sterben. Wenn nicht, sprechen wir uns.«

Einige lachten. Tsanghar blinzelte schnell; Korinnos hielt den Bogen, den er eben gespannt hatte, wie eine widerliche Schlange von sich. Aspasia. Deianeira. Tuzku. Bod-Yanat. Minyas. Zaqarbal, ein gefrorenes Lächeln um die Lippen. Djoser, ernst, den Speer in der Rechten, links an der Hüfte ein Schwert. Kaidu. Khanussu. Die Söldner.

»Ich gehe voran«, sagte der Assyrer. Als Khanussu widersprechen wollte, setzte er hinzu: »Assyrer gehen immer voran.«

Im letzten rötlichen Zwielicht erreichten sie den Zugang zur Hochfläche. Khanussu, Kaidu und zwei andere Bogenschützen knieten neben Ninurta. Als sie wieder ruhig atmeten, sagte Khanussu etwas über den Wind und die Entfernung, aber Ninurta hörte nur Gemurmel und das Rauschen in den Ohren. Eine fahle Erinnerung an die Adlerschwingen, die einen anderen Ninurta in die rauschenden, berauschenden Höhen des Kampfs getragen hatten... Dann stiegen vier Pfeile, gegen den Wind, gegen die restliche Steigung, um zwei Wächter verstummen zu lassen. Nur einer ging fehl; die drei anderen genügten.

Die Hütten. Die Zelte. Das Drachengerippe. Nichts schien sich geändert zu haben; hier und da brannten Feuer, an denen Krieger saßen. Eines loderte neben dem Drachen. In den Hütten und Zelten ebenfalls Licht, und – undeutlich im jaulenden Wind – von überall Stimmen.

Lautlos huschten sie zwischen den Behausungen hindurch. Ein paar Pfeile, stiller Tod im schneidenden Wind, das übrige war Messerwerk. Hier und da sah Ninurta Klingen, von denen rotes Feuer troff oder sprühte. Als er sich dem Königszelt näherte, das immer noch eine düstere Riesenkuppel war, wurde er von einem der Wächter am Vordach – einer Zeltbahn auf Holzsäulen – angerufen. Aber der Ruf endete in einem Gurgeln, als der Assyrer rechts hinter sich Khanussus Bogensehne seufzen hörte. Der zweite Wächter sank langsam, wie ein Turm, aus dessen Grundmauern der eine entscheidende Stein genommen wird. Aus dem Schatten löste sich eine Gestalt mit wehenden Gewändern, einer der scheußlichen Priester des grausigen Gottes Shubuk; Ninurta empfand das Schwert, das er in den Priester stieß, als Körperteil, und das Eindringen der Klinge als schwindelerregende Erlösung.

Dann waren sie im Zelt, im würgenden Weihrauch, in den rötlichen Lichtschwaden. Priester, immer mehr Priester, als kämen sie von einer Feier. Andere Gerüche, siecher Gestank von Fleisch, überlagert oder durchsetzt von Kräutern. Ninurta bildete sich ein, im Kopf eine gelbe Stichflamme zu sehen; er wollte an etwas Bestimmtes denken, etwas, das mit der Höhle von Kir'girim und Kal-Upshashu zu tun hatte. Dann drängte sich der Gedanke an das Neumondmahl des Dunklen Alten dazwischen; er hatte gehofft, vorher einzutreffen, aber es schien schon vorbei zu sein.

Wenigstens war es nicht mehr im Gang. Und wieder, ungenau, ein Erinnern an loderndes Gelb.

Kein Erbarmen mit den Priestern, hatten sie gesagt. Sklaven sind zu schonen, wenn es geht; Krieger müssen getötet oder entwaffnet und gefesselt werden. Die Priester dürfen nicht überleben, kein einziger, und ihr Tod muß nicht schnell und sauber sein.

Er nahm die Geräusche wahr, das Klirren von Waffen, da viele Priester keineswegs wehrlos waren, laute oder leise Schreie, Schritte, dumpf stürzende Körper oder Dinge.

Aber er sah nur dies. Den Thron, auf dem der Dunkle Alte saß und ihnen entgegenstarrte. Die Wanne mit dem Pfahl; daran der zusammengesackte Körper eines Knaben, dessen Stimme vor dem Tod noch nicht gebrochen sein durfte, denn mit der Mannbarkeit begann der Verfall, und das ewige Leben floh. Floh aus den Dingen, die der Dunkle Alte in den Nächten des vollen und des neuen Mondes zu sich nahm, dem lebenden Opfer entnommen, ehe die Lebenskraft schwand.

Die goldene Platte war leer, bis auf ein wenig Flüssigkeit; ein goldener Löffel, hieß es – aber der Löffel selbst war nicht zu sehen, nur der Griff, Elefantenbein, ragte aus dem geöffneten Schädel des Knaben, dem sie das Herz erst dann aus der Brust schnitten, wenn der Düstere den Löffel nicht mehr brauchte. Ninurta bildete sich ein, im Bart des Herrschers helle Reste zu sehen. Aber das konnte nicht sein. Es mußte ein Wahnbild sein.

Lange stand er da und starrte den Mann an. Ein Jahr, oder drei Atemzüge. Im Zelt wurde es still, keine Schreie mehr, nur hier und da letztes Wimmern. Er spürte Tashmetu neben sich, erkannte Khanussus Räuspern, hörte Zaqarbal etwas flüstern, und die eine Träne, die mit welterschütterndem Lärm auf den dicken Teppich prallte, hatte vorher Ninurtas Wange geätzt.

»Das kann nicht *er* sein«, sagte Khanussu; der Pfeil, auf die gespannte Sehne gesetzt, schwankte ein wenig. »Der da ist zu jung.«

Tashmetu stöhnte leise; Ninurta wandte ihr das Gesicht zu und sah, daß sie fahl war.

»Doch.« Seine Stimme war die eines Fremden; oder vielleicht gehörte sie einem anderen Ninurta, der am Skamandros gestorben war und nun wiederkehrte. Kein Ekel mehr, keine Beklemmung, nur Haß und unendliche Gier, wahnsinnige Lust: das uralte Messer in diesen Mann zu treiben, der da reglos auf dem Thron saß.

»Doch«, wiederholte er, »er ist es. Ich habe ihn gesehen, damals.« Madduwattas beugte sich ein wenig vor; Licht fiel auf das Gesicht. Das Gesicht eines Mannes, der fünfunddreißig Jahre alt sein mochte. Der jünger geworden schien, seit Ninurta ihn zu jung gefunden hatte.

»Eine Stimme aus der fernen Vergangenheit«, sagte Madduwattas.

Die Worte kamen als Knarren, scharfkantiges Knarren, das die Zeltkuppel füllte und an den Haaren riß. Ein beißendes gelbes Knarren. Beißend gelb wie die Kräuter. »Awil-Ninurta. Hast du mir das Siegel mitgebracht? Gib es her.« Er streckte die Hand aus. »Und ihr da, kniet alle nieder.«

Etwas war in dieser Stimme, in dieser Gebärde. Ninurta sah Khanussus Bogen sinken und fühlte sich plötzlich leer. Was wollten sie eigentlich hier? Warum knieten sie nicht?

Dann sanken sie in die Knie. Khanussu. Kaidu, schräg hinter ihm, Staunen auf dem Gesicht. Ninurtas Knie gaben nach; hinter sich hörte er vielfaches Rascheln. Von mehr als zweihundert Kniefällen. Nicht alle – er sah sich um; etwas zwang ihn, sich umzusehen. Tuzku hielt sich aufrecht, mit krampfhaft geschlossenen Augen. Zaqarbal schwankte, aber noch fiel er nicht und kniete auch nicht. Zwei oder drei Söldner standen, aber sie hatten die Waffen sinken lassen. Tashmetu kniete nicht, beugte sich nur vornüber.

Ninurta schob die rechte Hand in die Gürteltasche. »Ja, Herr«, sagte er. Mit dem Gefühl, eine wichtige Aufgabe erfüllt zu haben und Lob zu verdienen, legte er die Tonscheibe in die runzlige Hand.

»Gut, gut. Und ihr seid gekommen, mich zu töten?« Die Stimme klang ein wenig belustigt. Ein gewaltiger Vater, der seinen lieben Kindern gleich einen kleinen mißlungenen Streich verzeihen wird. »Warum denn nur? Sag es mir, Assyrer.«

Ninurta hörte sich selbst reden. Nicht gegen seinen Willen, denn er war willenlos.

»Weil Madduwattas vor vielen Jahren das Spiel begonnen hat, an dessen Ende Troja und das Hatti-Reich und Alashia und hundert Städte und hunderttausende Menschen nicht mehr sind«, sagte Etwas mit seiner Stimme. Dann sagte Es noch viel mehr – von Aineias, von tausend Knaben, vom Sohn des Priamos, den die Assyrer ausgeliefert hatten, von der Insel. Irgendwann verstummte er.

Madduwattas lachte leise. »Der Sohn des Priamos... Der Knabe, dessen Name deine Erinnerung befreien sollte. Hat Prijamadu ihn genannt? Und dieses Messer von Aineias. Welcher Herrscher von Tameri, sagtest du? Shubuk-hotep? Wie geziemend.« Er wies hinter sich, über die linke Schulter, wo ein kleineres Abbild des großen Drachengerippes stand. »Shubuk, der Tod und Unsterblichkeit ist. Gib mir das Messer, Assyrer; ich will es verwenden, um eure Herzen zu befestigen und eure Gedärme zu begradigen. Gib es her!«

Ninurta legte die Hand um den Griff des Dolchs. Etwas wisperte in ihm, aber er verstand es nicht. Langsam zog er die Waffe aus der Scheide.

»Eure Insel, nebenbei – *sie* wußte davon, ich nicht.« Madduwattas lächelte. Die Zähne in dem jungen Gesicht waren alt, faulige Stümpfe; ein übler Hauch wehte von ihnen herüber.

Tashmetu bewegte sich, ganz langsam. Sie legte die Hand auf Ninurtas Rechte. »Laß mich es ihm geben«, sagte sie, mit schwerer Zunge.

Ninurta ließ den Griff los; Tashmetu nahm den Dolch.

Sie tat einen kleinen Schritt, noch einen; dann streckte sie sich in einen tiefen, erlösenden Stich. Das Messer drang in die Brust des Dunklen Alten.

Der Bann wich; Ninurta kam taumelnd auf die Beine, fing die taumelnde Tashmetu auf, hörte das Ächzen, das fassungslose Ächzen ringsum, als die anderen ebenfalls wieder zu sich kamen, sah Khanussu den Bogen spannen.

Und sah eine knochige Greisenhand nach dem Griff des Messers tasten. Seine Gedanken führten einen rasenden Rundtanz auf. Er erinnerte sich an den Abend, an dem er den Trank zu sich genommen hatte, der den Schattendrachen enthüllen sollte. An den anderen Abend davor, als Kräuter ihm gelbes Licht gaben und den Willen lähmten und Tashmetu nur benommen war. An einen Abend und eine Nacht, unendlich lange zurück, lange vor den beiden anderen Erinnerungen: Kir'girim, die eine Handvoll Harz und Kräuter und gelbes Licht auf ein Kohlebecken streute; und später, als er genug von der stickigen Luft eingeatmet hatte, sagte Kal-Upshashu, er solle sich ausziehen und auf den Händen gehen. Er hatte es getan, ohne zu wissen, warum, und danach hatte er andere Dinge getan, erfreulichere, mit Kir'girim und Kal-Upshashu, und immer waren ihre Stimmen gedämpft gewesen, tiefer als sonst; und der dicke Rauch. Es wäre nicht nötig gewesen, hatte er ihnen später gesagt, nicht nötig, ihn zu verhexen; es wäre ihm eine Wonne gewesen, all das wie schon zuvor freiwillig zu tun, bis auf eines...

Tashmetu löste sich von ihm; sie ging zurück zum Thron, stieg die Stufen empor und beugte sich über die zusammengesunkene Gestalt. Dann lachte sie: ein trostloses, entsetztes Lachen. Mit spitzen Finger riß sie am Hals des Herrschers. Als sie sich umdrehte, zeigte sie ihnen die junge Menschenhaut, die er über das Gesicht gestreift haben mußte. Darunter ein uraltes, böses Gesicht. Ein totes Gesicht.

Tage später verließen sie die Hochfläche, mit den überlebenden Kämpfern des Madduwattas und mehreren hundert Sklaven und zwanzig Knaben. Sie alle trugen schwer, an den Erinnerungen – Erinnerungen an Grauen und Ohnmacht – ebenso wie an den unermeßlichen Mengen Goldes, das sie mitnahmen, und an dem Bedauern, die noch größeren Mengen, die sie zurückließen und später holen wollten, nicht gleich mitnehmen zu können.

Irgendwann unterwegs, als sie wieder im Tal waren, erzählte Ninurta Tashmetu von den Erinnerungen an Kir'girim und Kal-Upshashu, von jener lange zurückliegenden wilden Nacht, über die sie bisher nur Anspielungen gehört hatte. Es tat ihm gut, von etwas Heiterem zu sprechen; Tashmetu lachte leicht (inzwischen konnten sie wieder lachen), zog die Decke, die beide gemeinsam gegen die Winternacht schützte, noch ein wenig enger und sagte: »Und was war das, was du nicht freiwillig getan hättest? Es muß ja sehr ausgefallen gewesen sein, da du doch sonst nichts gegen Einfallsreichtum bei der Liebe hast.«

Er grinste in die Dunkelheit. »Bei allen Göttern, an die ich noch immer nicht glaube, schwöre ich, ich wäre niemals freiwillig auf den Händen gegangen.«

Drei Jahre lang suchten sie, von Ialysos aus, nach Spuren. Minyas kam nicht zurück, mit seinen Männern und der *Gorgo* vor der Küste Kilikiens verschollen; Molione gab irgendwann auf; Zaqarbal und Djoser suchten schließlich sogar im Westen, aber sie fanden nichts. Nur einmal, in den Trümmern des verwüsteten Tarsa, wo nichts mehr an Buqar und sein Haus, seine scharfzüngige Frau, den rettenden Kellerraum erinnerte – nur dies eine Mal gab es so etwas wie eine Spur, oder wenigstens einen Hinweis. Amphilochos, wichtigster Feldherr des Mukussu, der sich nun nur noch Mopsos nannte und dort, wo er Städte zerstört hatte, neue baute und nach sich benannte, Mopsuhestia, Mopsukrene, Mopsophiloi, Mopsupolis... – Amphilochos, der außerhalb der Ruinen von Tarsa sein Lager aufgeschlagen hatte und auf Gesandte eines Fürsten wartete, wußte etwas. Er nahm kretischen Wein von Ninurta an, trank Tashmetu zu, wischte sich die Lippen und sagte, eher an sein Feuer gerichtet als an die beiden Zuhörer:

»Sie war bei Muk... ah, Mopsos, als ich zu ihm kam, damals, drei Jahre her, vier? Dann ging sie weg, um etwas zu erledigen. Etwas Weiches zu schänden, sagte sie, damit das Harte besser gedeihen kann. Ich habe das damals nicht verstanden und will es auch heute nicht wissen. Dann ist sie zurückgekommen, mit Kriegern, die Madduwattas ihr überlassen hatte, und mit einem Wagen, auf dem ein goldener Löwe saß. Sie hat gesagt, er hätte längst eingeschmolzen sein sollen.«

»Und dann?« sagte Ninurta, als Amphilochos nicht weitersprach.

»Ah, vergebt mir, ich war in Gedanken bei diesem goldenen Kunstwerk.« Er lachte halblaut. »Nicht eingeschmolzen, noch immer nicht. Mukussu, der als Mopsos behauptet, eigentlich stamme er aus Mykene, hütet das goldene Tier. Er hat es ihr abgenommen, als er genug von ihr hatte, und sie in die Berge gejagt.«

»Hast du noch einmal von ihr gehört?«

Amphilochos runzelte die Stirn. »Nur Gerüchte. In den Bergen trieben sich damals noch Nachzügler der großen Horde herum; sie scheint sich ihnen angeschlossen zu haben. Jedenfalls erzählte neulich einer, nach der Eroberung von Ugarit habe dort eine Frau verwundete Führer der Horden mit Kräutern und derlei behandelt und dabei Geschichten über einen weichen Mann und über Tempeldiener erzählt. Ziemlich wirr – Tempeldiener, oder Priester, oder Weissager, was weiß ich.«

»Männer, die am Palasttor jemandem mit einer Waffe in der rechten Hand eine Öffnung in den Rücken machen wollten?« sagte Ninurta.

»Ja, genau!« Amphilochos klatschte sich auf den rechten Oberschenkel. »Das war es. Das hatte sie uns auch schon mal erzählt. Woher weißt du das?«

»Ich war der weiche Mann, der in der Geschichte vorkommt.«

Drei Monde später ankerten sie bei Ashqelon – Ashqelon, das nur noch eine Trümmerwüste war, in der Überlebende nach verlorenem Glück und verlorenem Gut suchten. Die Horden waren weitergezogen, um das weiche, reiche Tameri zu plündern; viele der Pilister, aus dem kargen Hinterland, hatten sich angeschlossen, um Rache zu nehmen für lange Unterdrückung und den Zwang, Abgaben zu leisten. Andere waren zurückgeblieben, Verwundete, Fußkranke, dazu einige, die satt waren von Blut und Niedertracht.

Ninurta erkannte den Mann erst, als dieser lächelte und sagte: »Fürst der Insel, erinnerst du dich nicht? Ah, kein Wunder – wer sollte Niemand erkennen?«

Von ihm erfuhren sie den Schluß von Lamashtus Geschichte.

ERZÄHLUNG DES ODYSSEUS (VIII)

Dieses Treffen ist trefflich: getroffen, ohne zu zielen. Ach, ich habe diese Art des Redens verlernt, Assyrer – die Art, die geziemend wäre zwischen alten Kampfgefährten und einer Fürstin, der klügsten der Frauen. Laßt uns dort drüben, im Schatten der Palme sitzen, den Rücken zu dem gewandt, was von der Stadt blieb, deren Herren sich nicht ergeben und auch nicht freikaufen wollten. Den Blick aufs Meer gerichtet... Salziges Sammelbecken der Tränen der Erde, Heimstatt der Schweifenden, Grab der Unsterblichkeit; wie oft habe ich... Aber laßt uns sitzen, Wein trinken, reden. Eine assyrische Sitte, nicht wahr? Um der Götter willen wollen wir auf dem Boden sitzen und traurige Geschichten erzählen vom Tod alter Herrscher?

Wein? Genug. Und Gold und Blut. Keiner ist je reich genug, das stimmt, aber Niemand kann nicht klagen. Habe ich mich denn so verändert, seit... damals? Grau? Ach, auch die klügste der Frauen, die schöne Tashmetu, mochte nicht länger auf diese Zierde verzichten: lichtes Grau im nachtschwarzen Schopf. Und du, Herr des Handels: Chronos trug Nagelschuhe, nicht wahr, als er durch dein Gesicht stapfte.

Was soll Niemand sagen? Niemand hat in den letzten Monden immer weniger gesprochen; ich glaube, Niemand stirbt oder ist schon verwest. Er hat Schafe gesehen, deren Mütter von hübschen Kräutern allzu viel naschten und Kinder gebaren, deren Augen mitten auf der Stirn in einer einzigen Höhlung zusammenkamen. Er hat Lotos gegessen und Berge aufgetürmt und im Schatten blutiger Wolken vielen Geschichten von Schiffbrüchen und Liebschaften gelauscht. Mit Riesen gerungen, mit Zwergen geschlafen, mit Hexen... Aber dazu später. Mehr.

Guter Wein? Er wächst überall, aber viele Menschen wissen ihn nicht zu schätzen. Das Gute ist niemals nah. Wein ist ein Freund, der schweigt, wenn du mit dir selbst reden willst, und der nachts die Stimmen knebelt, in deinem Kopf.

Stimmen. Wispern, das dich nicht schlafen läßt. Tuscheln, das die Jahre zu Nadelspitzen zusammenzieht, auf denen du erbärmlich liegst.

Nein, keine Schuld. Es gibt keine Schuld. Es gibt auch keine Unschuld, nach dem ersten Mal, und vorher nur Unwissen. Der schuldbeladene Hammer, der den Nagel ins Holz treibt? Der schuldige Nagel, der das Holz verletzt? Das schuldige Holz, dessen Wurzeln den Boden berauben? Der schuldige Boden, der Nahrung gewinnt aus dem Körper dessen, der einmal einen Hammer hob? Wir sind, was wir aus uns machen, und wir machen aus uns, was der Stoff hergibt, aus dem wir sind. Kalte Träume oder glühendes Eisen. Ich hätte von Göttern gesprochen? Ah, bei den Schönen der Höhle; das müssen die Kräuter gemacht haben, die sie auf die Kohlebecken streuten. Ja, ich habe es bemerkt, gerochen, genossen; er, der bald Niemand sein würde, hat es geduldet, der Dulder.

Wirres Gerede... Ich spinne den Wein zu Fäden, Freunde, webe ein Tuch aus den Fäden des Weins, wickle die Fetzen meines Erinnerns hinein und – ein Knoten, ein Schluck. Gesammelt, gebündelt; wir werden sehen, ob sie immer noch wirr sind.

Odysseus trägt nicht schwer an Schuld, Niemand trägt nicht leicht an Schuld – beide tragen keinerlei Schuld, denn es gibt keine Schuld. Nur Taten, aufzuwiegen durch Taten. Du hast einen Mann erschlagen? Nenn du es Schuld, ich nenne es Ungleichgewicht. Für jeden Baum, der gefällt wird, muß ein anderer gepflanzt sein. Für jeden Tropfen, den ich trinke, muß ein neuer vom Himmel fallen, daß nicht die Erde kippt. Wenn einer aus meiner Sippe einen aus deiner Sippe tötet, töte du mich oder meinen Bruder; keine Schuld, nur Ausgleich der Schalen. Und wenn es die Lebenden nicht tun, tun es die Geister der Erschlagenen.

Vielleicht habe ich in all den Jahren – gar nicht so viele? Drei, vier Jahre? Sagen wir: vier Jahrtausende. In diesen Jahren habe ich die eine Speerspitze gesucht, die seit dem Beginn der Zeit darauf wartet, meine Brust zu öffnen. Ich habe das eine Schwert gesucht, dessen Klinge unvollendet ist, solange sie nicht mein Fleisch zerschneidet; den einen Stein, dessen göttlicher Zweck es ist, meinen Schädel zu Trümmern zu machen. Aber vermutlich gibt es die

Götter nicht, die diese Zwecke bestimmen könnten; nur Moira, die krause Herrin des Zufalls. Ich habe den Speer und die Klinge und den Stein nicht gefunden, oder sie mich; kein Gift war scharf, keine Schlucht zerschmetternd, kein Fluß reißend, kein Felshang steil genug, mich zu töten. Niemand. Wer sollte Niemand töten? Immer tötet man Jemand.

Mit dem Eimer der Tücke habe ich den Schacht des Entsetzens gefüllt – gefüllt mit dem, was ich erhielt, als ich den Brunnen der Niedertracht ausschöpfte. Danach war ich Niemand. Nun habe ich mit dem Löffel der Schmach den See des Entsetzens vom Schacht zurück in den Brunnen geschafft und bin wieder Odysseus. Gut gesagt? Ich habe auch lange geübt...

Ernsthaft: Wie hätte ich heimkehren können, die Hände voller Blut und den Mund voller Grauen? Zu den grünen Hügeln von Ithaka, in die Arme der holden Gattin? Sie tröstet sich, hörte ich; das ist gut so. Ich hörte auch, Agamemnon habe gebadet. Jetzt, da ich die Hände in Grauen gereinigt und den Mund mit Blut ausgespült habe, kann ich heimkehren und all die Geschichten, die ich am Feuer und auf den Märschen hörte, samt denen, die ich mir nachts erzählt habe, als Erlebnisse einer langen Seewanderung ausgeben. Vielleicht einer Luftreise, oder eines Kriechens unter der Erdkruste. Wer nach Jahren heimkehrt, muß Rechenschaft ablegen, und je lügenhafter, desto wahrhaftiger.

Als ich die Insel der Seligen verließ, gelabt von den Lieblichen und gestärkt durch ihr Lauschen, habe ich mich den Wandernden angeschlossen. Flüchtlinge aus den Dörfern um Troja, von der Küste der Meerengen, aus Mysien; von überall da, wo Achilleus und die anderen gerast und gebrannt und geplündert hatten. Geschlagene Krieger kamen hinzu, Phrygier und Masa-Männer und Lykier, führerlos nach dem Tod des Sarpedon, heimatlos nach dem Morden. Frauen und Männer der Grenzlande, in denen Hatti und Arzawer ihren verbissenen Kleinkrieg ausfochten. Versprengte und Vorreiter der Völker, die von jenseits der Meerengen kamen, als endlich die Festungen der Trojaner sie nicht mehr zurückhielten. Trojaner, mit ihren Kampfschiffen nach Alashia und Kilikien gesegelt oder nach Gefechten gegen Hatti am Gestade zurückgeblieben. Alashier, die heimkehren wollten auf ihre Insel, sobald die Hatti vertrieben wären, und die dann ihre Dörfer von den Leuten des Madduwattas und den Seeräubern besetzt fanden. Seeräuber, deren Schiffe gesunken waren – ah, bisweilen sinken Schiffe nah an der Küste, und einige können schwimmen und überleben. Unruhige aus den Städten, die das allzu geordnete Leben in Ephesos und Miletos nicht mehr ertrugen. Dann kam Mukussu, der sich nur noch Mopsos nannte, mit vielen harten Kriegern, und zeigte uns Wege – Wege, die zu Städten führten, in die die Krieger von Madduwattas, Amphilochos und Mopsos nicht hatten eindringen können, weil zu viele Hatti-Kämpfer sie schützten. Aber gegen uns konnten sie sie nicht schützen – hungrige Horden, heimatlose Wölfe, die alles reißen und fressen. Tausende sind gestorben, aber es waren immer zu viele, die noch weiterziehen konnten. Und nach uns kamen die Truppen des Mopsos und taten, was noch zu tun blieb. An Land hatten wir Wagen, Ochsenkarren, Esel, manchmal auch Pferde; auf dem Wasser begleiteten uns Schiffe. Immer zusammen: Schiffshorden und Landhorden. Pamphylien. Kilikien. Das innere Land, das die Hatti das Untere Land nennen. Das Untere Land nannten, denn sie sagen es nicht mehr. Ich war bei denen, die der Küste den Rücken wandten und landeinwärts zogen, und in den Ruinen von Hattusha haben wir gezecht mit den Azzi-Frauen und den Männern aus Kashka, die von Norden gekommen waren, um die Jahrhunderte der Unterdrückung durch die Hethiter zu beenden. Ich war auch bei denen, die in wenigen Stunden das blühende Ugarit auslöschten. Deine Heimat, Fürstin des Handels. Du wirst mir nicht vergeben, oder vielleicht doch, aber es war der seelenlose Vernichter Niemand, der mit den Horden zog; wer bin ich, der frischgeborene Odysseus, daß ich deiner Vergebung Labsal erbäte?

Überall, wo wir entlangzogen, schlossen sich andere uns an. Überall gibt es Unterdrückung, und überall standen die Geknechteten auf, um zu knechten und sich zu rächen. Und wo wir gewesen waren, reißende tolle Wölfe, folgten die kampftüchtigen Geier des Mopsos, der neue Städte baute, um besser unterdrücken zu können. Einen guten Feldherrn hatte er, hat ihn wohl noch immer. Amphilochos. Sie werden einander an die Kehle gehen, demnächst, wenn keine anderen Kehlen mehr zu schlitzen bleiben.

Ugarit. Suru, das wir Tyros nennen. Byblos. Sidon. Andere Städte, davor und dazwischen, Arados, Beryttos... Überall, sagte ich, schlossen sich uns andere an. Arami-Stämme, oder zuletzt hier die Pelestai, die Rache wollen, Rache am Herrn des Binsenlandes Tameri.

Und sie war dabei, seit etwa drei Jahren. Lamashtu, die Herbe. Lamashtu, Gefäß der Fieberdämonin. Heilerin der Harten und Erlöserin der Weichen. Nach dem Kampf ging sie mit dem langen Messer über das Feld und schickte jene weit fort, die nicht mehr aufstehen konnten. Die Harten, die Führer, hat sie geheilt mit Kräutern und Zauber und Tränken, ganz so, wie die Lieblichen in der Grotte, Kirke mit dem kleinen zahmen Löwen und Kalypso die wundersam Fleischige.

Sie hat... geredet, Ninurta. Immer wieder: von einem, den sie für hart hielt, der aber weich war. Von Flucht und Gefangenschaft, Sklaverei und Begnadigung, Warnungen vor dem Tempel und – ah, so vieles. Sie hat sich nie vergeben, daß der weiche Mann ihr das Leben schenkte und sie ihm seines nicht ausgleichend retten konnte. Er hat überlebt, ohne sie. Und weil sie ihm nicht das Leben geben konnte, wollte sie es ihm schließlich nehmen, damit die Schalen der Waage im Gleichstand schweben. Vielleicht war es die Fieberdämonin, die sie behauste. Sie fühlte sich zurückgestoßen von allem, was heil oder schön war, und weil sie glaubte, niemals Teil davon sein zu können, mußte sie all das vernichten, was sie so sehr anzog, daß es sie abstieß. Sie war in den Tod verliebt, Freund; es ist daher nur geziemend, daß der Tod sie aufsuchte, als sie zum letzten Mal geliebt hatte.

Außerhalb von Arados... Dort haben wir unter einem Feigenbaum gelegen, und als sie satt und erschöpft war, hat sie von der Grotte berichtet, vom endlich gestillten Haß auf die Sanften der Insel. Nicht viel, aber sie hat sich verraten; ich habe sie erwürgt, mit diesen Händen hat Niemand sie erwürgt, und seitdem... seitdem ist Odysseus langsam erwacht, als ob Niemand die Waage gerichtet, die Schalen gefüllt und geleert hätte. Hier, in Ashqelon, unter den Trümmern des Hauses, in dem der Hafenmeister gelebt hat, als er noch lebte, liegt Niemand, und Odysseus gähnte und rekelte sich und empfand Sehnsucht nach den grünen Hügeln von Ithaka.

Nein, nicht aus Furcht. Ich habe den Becher geleert, den bitteren Bodensatz gekaut und geschluckt; der Becher ist leer. Mögen die anderen weiterziehen und das reiche Tameri verwüsten; Odysseus will heimkehren. Die Zeit der großen Fürsten ist vorüber; er will wieder kleiner Fürst sein von Ithaka.

Die großen Könige. Agamemnon. Priamos. Shupiluliuma, von Azzi-Frauen bei Hattusha nach der letzten Schlacht zerstückelt. Madduwattas der Finstere ...

Was? Ich hätte es mir denken können; kein Mann würde es wagen, aber – Tashmetu. Das ist eine gute Geschichte, die ich gern hören möchte, lang und gründlich und mit Wonne, denn er war eine Verfinsterung der Sonne und Beschwernis des Bodens.

Nun ja. Überall die kleinen Fürsten, heute, warum nicht auch ich, daheim? Hatti-Fürsten in kleinen Ländern zwischen Ugarit und Karkemish. Kleine Fürsten werden das Erbe des Madduwattas aufteilen, und Mopsos ... er wird fallen und kleine Erben haben. Nestor, armer alter Nestor – wer soll ihm nachfolgen? Menelaos ist verschollen? Gut so, und sie? Die Frau aller Frauen? Mit ihm verschollen? Ah. Armer Menelaos, allein mit ihr! Ashur wird auch fallen, Ninurta; und Tameri.

Habt ihr Platz auf eurem Schiff? Für einen müden Wanderer, seine Träume, seine nächtlichen Schreie, sein Gold und seine Geschichten? Wo lebt ihr heute, da die Insel zerstört ist? Yalussu – Ialysos, Heimat des ehrenhaften Keleos? Ich will ihn sehen und umarmen, o ja; wären mehr wie er gewesen und nicht so wie Odysseus, dann – aber das ist müßig.

Ihr habt Platz? Ich danke euch, Fürstin und Waffenbruder. Und ihr müßt mir erzählen, was mit Madduwattas geschah.

17. SCHLANGEN UND SALZ

Odysseus blieb den Winter über; es war ein harter Winter, bestens geeignet für Feuer und Braten und lange Nächte des Erinnerns, Erfindens und Erzählens. Er wohnte bei Keleos auf der Burg, aber oft stiegen Ninurta und Tashmetu hinauf, oder die beiden Achaier kamen hinab zum weitläufigen Lagerhaus der Händler, wo sie nach mächtigem Trinken den Heimweg zu suchen unfähig waren und die Nacht als Gäste verbrachten.

Es gab noch mehr Gäste. An einem windstillen Winternachmittag lief ein scheußliches kleines Ruderboot den Hafen von Ialysos an, uralt und wurmstichig und fast bis zur Bordkante im Wasser. Khanussu, Kaidu, ein Libu-Mann und vier der alten shardanischen Kämpfer sprangen an den Strand, luden Waffen aus und Reisebeutel und Beutel und Beutel und Krüge und mehr Beutel.

Ninurta lachte, als ein Junge ihm die Nachricht von der Ankunft der Krieger brachte, und von der Menge ihres Gepäcks, das fast, sagte der Junge, ausgereicht hätte, ein heiles großes Schiff zu versenken, nicht nur diesen widerlichen Schakal von einem Kahn. Der Assyrer, Zaqarbal, Tsanghar, Korinnos und einige andere brachen mit Handkarren auf.

Abends am Feuer sagte der lange Shardanier: »Wir haben noch ein bißchen gekämpft, Freund, für diesen kleinen Fürsten und jene Fürstenwitwe und drei Dutzend Händler, die gemeinsam ein Stückchen Arzawa beherrschen wollten, bis sie sich in die Haare gerieten. Aber ...« Er schwieg, starrte ins Feuer, trank heißes Bier und blickte wieder auf.

»Das Salz ist schal geworden, nicht wahr?« sagte Tashmetu.

Khanussu nickte. »Klügste der Frauen, du sagst es. Ein Krieg ist wie der andere, wenn man's genau nimmt. Oder, nein, wenn man's nicht so genau nimmt. Ein Brot hier erbeutet, ein Silberscheibchen da. Mit den Jahren ... mit den Jahren merkt man, daß das Brot überall gleich schmeckt.«

Kaidu hatte sich auf einigen Decken niedergelassen, den Rücken zum Feuer, die Beine in einer Weise verschränkt, die Ninurta äußerst unbequem fand. Jetzt hob der Mann aus dem Osten den Kopf.

»Vergißt eines etwa, Langmann«, sagte er. Als er grinste, sah der Assyrer, daß dem alten Gefährten viele Zähne den Sold aufgekündigt hatten.

»Ich? Vergessen?« Khanussu schnaubte. »Was hätte ich je vergessen, du Wanze?«

»Kämpfen gut, wenn Beute, ja. Besonders gut, wenn Fürst groß, weil Befeuerung durch Glänzen vieles, und Teil sein in schöne Geschichte. Geschichte erzählen hinterher, wenn Zähne alle fort, was?« Er bleckte die karg bevölkerten Gaumen.

Khanussu seufzte wollüstig, wobei er die langen Beine näher ans Feuer reckte. »Das stimmt. Es ist schrecklich wahr, was er da sagt. Das Salz ist schal geworden, und wenn man erwacht, irgendwo, an irgendeinem Morgen, und feststellt, es ist einfach nur ein weiterer Morgen, nichts Besonderes daran, und man ist einfach irgendwo und tut, was man immer getan hat, aber für jemanden, bei dem es sich nicht einmal lohnt, den Namen zu lernen ...« Er zuckte mit den Schultern.

»Könnte es sein«, sagte Tashmetu mit einem sanften Lächeln, »daß die Menge der gefüllten Beutel etwas damit zu tun hat?«

»Ha.« Tushir, der Libu-Mann, klatschte laut und lange. Dann nahm er den Becher wieder vom Tisch und schnüffelte daran. »Bier riecht gut, wenn lange keines zu riechen war. Kämpfen für Silber ist gut, wenn wenig Silber da ist. Du und du, ihr zwei« – er reckte die lange Nase, wies mit ihr auf Tashmetu und Ninurta – »habt uns reich gemacht. Wozu kämpfen, wenn man mehr Gold hat, als man je an Silber ausgeben kann?«

»Wir haben es versucht, bei allen Göttern«, sagte Khanussu; er grinste. »O ihr Götter, wie sehr wir uns bemüht haben, das Gold, das Madduwattas seinen Untertanen abgenommen hat, in den Schänken und bei den Dirnen und in den Garküchen wieder dem

Volk zurückzugeben! Bis zur Erschöpfung haben wir uns bemüht.«

»Es ist ja auch gelungen.« Pireddu, einer der alten Shardanier, lachte leise.

»Eben!« Khanussu trampelte auf die Fliesen, als ob dort Widerworte auszumerzen seien. »Und als es gelungen war, sind wir wieder auf den Berg gestiegen und haben mehr geholt. Lag alles unberührt da; keiner hat sich bisher getraut, dorthin zu gehen, wo, wie sie sagen, der Geist des Madduwattas mit den Zähnen knirscht, und weil er nicht genug Zähne zum Knirschen hat, reißt er sie allen aus, die zu nah an dieses Kaff herankommen.«

»Also: Ihr seid reich und wollt nach Hause. Ist es das?«

Langsam, einer nach dem anderen, nickten sie; bis auf Kaidu, der auf seine verrenkten Beine blickte und mit den Ohren wackelte.

»Du sagst es, Assyrer.« Khanussu blinzelte. »Hast du einen hilfreichen Einfall, wie ferne Heimstätten erreicht werden könnten?«

»Mögt ihr auf dem Heimweg noch ein letztes Mal kämpfen?« sagte Odysseus; er und Keleos hatten bisher schweigend gelauscht.

»Kämpfen? Was ist das?« Khanussu grinste; dann sagte er, fast in einer Art feierlichen Singsangs: »Wo ich herkomme, kann ein anspruchsvoller Mann drei oder vier Tage lang herrlich leben von dem, was er für einen *shiqlu* Silber kauft. Ein Talent wiegt dreitausendsechshundert *shiqlu*. Ein Talent Gold hat den Wert von etwa zehn Talenten Silber. Sechsunddreißigtausend *shiqlu* also, genug für …« Er runzelte die Stirn, verknotete die Finger, sagte schließlich staunend: »Ungefähr hundertzehntausend Tage, ja? Das sind wieviele Jahre? Dreihundert? Für ein Talent in Gold? Ich habe fünfzig. Wozu soll ich noch einmal kämpfen? Wer will mir etwas bieten?«

»Ich«, sagte Odysseus.

»Der edle Odysseus, Fürst von Ithaka? Was, Herr? Was willst du einem Shardanier bieten, der genug Gold hat, seine halbe Heimatinsel zu kaufen, und dem zu seinen siebenundvierzig Jahren vielleicht noch einmal zwanzig vergönnt sein werden, um seine Reichtümer zu vergeuden?«

»Ruhm«, sagte Tashmetu. »Den unsterblichen Ruhm, Odysseus nach Ithaka begleitet und sein Haus von Feinden gesäubert zu haben.«

Ninurta hob die Brauen. »Ist es das?«

Keleos betrachtete Tashmetu mit Staunen und Anerkennung in den Augen.

Odysseus lächelte und nickte.

Khanussu setzte den Becher ab. »Odysseus heimbringen? Das liegt fast am Weg, nicht wahr? Und ... Ruhm? Wer hätte davon je genug?«

Das Salz ist schal geworden. Oft wurde Tashmetus Satz wiederholt in diesem Winter. Bei einer der Beratungen von Händlern und Werkern wiederholte Tsanghar ihn und sagte dann:

»Reitschlaufen für die Füße von Männern auf einer Insel, wo es kaum Pferde gibt. Zeichenstempel, mit denen man auf Binsenmarkrollen tausendfach die gleiche Geschichte drücken kann, die schon in einfacher Ausfertigung keiner lesen will. Geräte zum Heben von Lasten, die fehlen, weil in keinem Hafen genug hergestellt wird, um Last zu sein. Wellenfurcher, die es einem Schiff erlauben, schneller und weiter und sicherer auch ohne allzu günstigen Wind zu segeln, zu Häfen, die so seicht sind, daß das Schiff mit Wellenfurcher nicht hineinfahren kann. Es ist schal geworden, fürwahr.«

Djoser schob die Rolle, auf die er unleserliche Geheimnisse gekritzelt hatte, weiter von sich und sah den Kashkäer an.

»Was willst du? Sollen die hellen und dunklen Mächte die Welt neu einrichten, damit sie dir gefällt?«

Zaqarbal hüstelte. »Der Mann aus dem uralten Binsenland sagt kluge und, wie immer, seßhafte Dinge. Ach ja. Wo wären wir, vor allem wir, Händler und Reisende, wenn wir die Welt so hingenommen hätten, wie sie dort war, wo wir geboren wurden?«

Djosers erwartete Antwort, etwas über leichtfertige Chanani und ihre Unerträglichkeit, blieb aus. Der Rome war in diesem Winter nicht besonders gesprächig; immer wieder sichtete er alte Rollen, vergrub sich in alte Geschichten aus seiner Heimat, führte

Selbstgespräche in seiner Heimatzunge. Er wartete auf den Frühling, auf das erste Schiff, das Nachrichten aus dem Binsenland bringen würde, Land seiner Ahnen, Quell allen Wissens und Ziel der Horden, die die Länder von Arzawa bis zu den Chanani-Küsten verwüstet hatten.

»He, ich rede mit dir!« sagte Zaqarbal. »Weinst du schon wieder, weil vielleicht ein paar Weitgereiste drei oder vier Leichen vor die spitzen Totenhäuser legen statt hinein? Hast du mich weinen hören, als Sidunu bedroht war?«

»Deine Leute haben sich freigekauft«, sagte Molione. »Sie waren reiche Orte neben dem Weg. Die Romet können sich nicht freikaufen, denn in ihrem Land endet der Weg; aller Haß mündet für die Horden in Tameri. Kein Ausweg.«

Tashmetu faltete die Hände auf dem Tisch. Ohne jemanden anzusehen, sagte sie: »Habt ihr euch denn schon einmal klargemacht, ihr Reisenden und Händler und Werker, daß unser aller Leben verändert ist? Beendet, nicht nur schal?«

»Beendet?« Korinnos blickte Tsanghar an, dann Tashmetu, Deianeira, Aspasia, Ninurta. »Einige hier sind älter und damit dem Hades näher als andere, aber beendet?« Er hob eine Holzfigur, mit der er gespielt hatte: ein Mann, an einen Felsen gekettet, mit einem Adler, der sich in den Bauch des Mannes krallte. »Sind wir *das*? Wo sind unsere Ketten?«

»Wovon sollen Händler leben«, sagte Tashmetu, »wenn sie mit niemandem mehr handeln können? Welche Ware, die keiner herstellt, sollen wir zu Häfen bringen, die zerstört sind, oder zu Menschen, die sie weder brauchen noch bezahlen können?«

Zaqarbal stand auf, eine Hand ausgestreckt, als ob er den Mond vom Himmel pflücken wollte, die andere auf Kynaras linker Schulter. »Ruhe«, sagte er laut, um das aufbrodelnde Gerede zu übertönen. »Ihr könnt gleich weiterschwätzen, hört nur kurz zu. Diese edle und kluge, wiewohl schöne Frau zu meiner Rechten hat vor langer Zeit das Große Grüne, auf dem wir segeln und an dessen Gestaden wir Geschäfte machen, mit einem Napf oder Becken oder derlei verglichen. In der Mitte, wo sich alle Handelswege kreuzen, läge Troja, und wenn Troja ausfiele, fiele der Boden aus dem Gefäß; war es so? Wilusa, Ilios, Troja ... die Stadt ist nicht der Nabel oder die Leber der Welt gewesen, aber irgendwie mündete dort alles, was die Welt und die Jahrhunderte und den Handel ausmacht. Der Gipfel des Berges, der Stöpsel im Becken, der Knoten in der Hüftschärpe. Kynara hat es gesagt, nun ist es geschehen, Tashmetu hat recht. Ich schlage vor, daß wir auf die klugen und schönen Frauen trinken, die das Ende der Welt gesehen haben und es uns durch ihr Weiterleben erträglich machen!«

Kaum jemand hob den Becher, als Zaqarbal trank. Er grinste, drückte Kynaras Schulter und setzte sich.

Ninurta wartete, bis es etwas leiser wurde. Dann räusperte er sich. Als alle ihn ansahen, sagte er: »Laßt uns abwarten, Freunde. Das Salz ist schal, aber vielleicht gibt es neues Salz. Nicht alles ist zerstört. Wenn Tameri überlebt, bleibt einiges im Süden. Und im Westen. Tameri, Kefti, Muqannu, Tyrsa, die Libu-Länder. Ein paar Arzawa-Städte – Abasa, Milawatna ...« Und während er die Namen sagte, die nicht mehr stimmten (denn das reiche Abasa war heute das karge Ephesos, das wohlhabende Milawatna das darbende Miletos, und Idomeneus erschlagen, als er heimkehrte nach Knossos auf Kefti, das nur noch Kreta hieß, und Menelaos verschollen – wer wärmte Spartas Thron? – und Aigisthos mit Klytaimnestra in bedrohter Herrschaft über Mykene, bedroht von den erstarkenden Achaiern, und Kilikien verwüstet und Ugarit zerstört und kleine Könige ohne Gold und Macht, wo einst die Hatti und Mitanni saßen, und die Chanani-Städte zerstört, bis auf wenige, die sich freigekauft hatten ...); während er dies sagte, wußte er, daß er sich und den anderen heitere Lügen erzählte. Kythera, Athen, Knossos vielleicht, Pylos noch eine Weile, Nauplia, Ephesos, Miletos, noch ein paar Nester auf den Inseln – zu wenig für Fernhändler. Wenn Tameri überlebte, mochte es noch einmal Wissen und Reichtum zu anderen Ländern schicken, aber insgeheim bezweifelte er es.

Das Frühjahr kam, und mit dem Frühjahr die sehnlich erwartete Nachricht. Am östlichen Mündungsarm des Jotru hatte der Herrscher des Binsenlandes eine Falle aufgebaut, die aus Schiffen bestand, wo man keine erwartete, und aus Kriegern, die im Schilf warteten. Shardanier waren dabei, Libu, Shekelet, aber die waren auch bei den anderen, den Horden. Achaier halfen den Romet, darunter einer, dessen Namen keiner kannte, von dem es aber hieß, er sei ein bedeutender Fürst und Feldherr gewesen. In dieser Schlacht an der östlichen Jotru-Mündung wurden die Horden von den Küsten jenseits des Meeres geschlagen, aufgerieben, zum Teil vernichtet. Viele gerieten in Gefangenschaft und dienten den Romet als Sklaven, andere flohen, verstreuten sich durch die nahen Länder, versickerten in der Wüste oder – wenige – kehrten zurück zu Orten, an denen sie leben konnten.

Noch waren Odysseus und die Shardanier nicht aufgebrochen, als die zweite Nachricht kam, durch Boten aus der Stadt Rhodos, wo die streitbare Witwe des Tlepolemos Gäste begrüßt und mit Wein, in den sie Schlummertropfen geschüttet, bewirtet hatte. Nun lud sie alle ein, zu sehen, was zu sehen war. Keleos zauderte, ging dann nach Rhodos; Odysseus und Ninurta und Tashmetu zauderten nicht, sondern blieben in Ialysos.

Menelaos, König von Sparta, vom Sturm verweht, am westlichen Mündungsarm des Jotru gestrandet mit fünf Schiffen. Vier, beladen mit Beute und Kämpfern, schickte er heim; sie erreichten einen Hafen der Peloponnes und gingen nach Sparta, um zu berichten, der König werde bald heimkehren. Aber er kam nicht. Am Mündungsarm des Jotru starb sein Steuermann Kanopos, von einer Schlange gebissen; Menelaos begrub ihn und nannte den kleinen Ort, der vorher keinen Namen gehabt hatte, ihm zu Ehren Kanopos. Auch Menelaos wurde von einer Schlange gebissen, wieder und wieder; sie gebar ihm ein Kind und füllte seine Tage mit Wonne und seine Nächte mit Lust. Als die Horden sich näherten und der Herrscher der Romet Söldner warb und Streifen durch die entlegensten Gegenden des Landes schickte, erwachte Menelaos aus dem langen Schlummer und erinnerte sich daran, daß er einmal ein Mann und König und Krieger gewesen war, nicht nur liebender Träumer.

Nach der Schlacht nutzte er den Winter, um ein Schiff zu bauen, und im Frühjahr brachen sie auf. Wind und Strömungen trugen sie nach Rhodos. Polyxo, Witwe des Tlepolemos, der mit so vielen vor Troja gefallen war, hielt mehr von einfachen Erklärungen als von verwickelten Knäueln. Sie betäubte Menelaos, ließ ihn fesseln und rief die einhundertvierzehn Männer zusammen, die aus Rhodos und der Umgebung nach Troja gezogen und lebend heimgekehrt waren. Ihnen lieferte sie jene aus, die nicht Ursache, aber für Polyxo Anlaß des Kriegs gewesen war. Zwei Tage, hundertvierzehn Krieger, die vor Troja gekämpft hatten. Danach ließ sie Helena nackt mit den Füßen nach oben an einen Baum hängen. Menelaos mußte zusehen; es hieß, er habe geschrien und sei irgendwann still erwacht, aus einem unendlich langen Verhängnis. Nun wolle er heimkehren, um als ernüchterter König Sparta zu lenken.

Keleos vergrub sich in der Burg, in den Armen seiner Frau. Ninurta und Tashmetu gingen noch einmal hinauf, um Abschied zu nehmen vor dem neuen Aufbruch.

Zwei Jahre versuchten sie, das schale Salz durch neues zu ersetzen, aber der Krieg, von allen begonnen und von allen verloren, hatte auch den Handel zerstört. Mit so etwas wie Stolz erfuhr Ninurta, daß das Reich der Assyrer den Teil der Horden, der in die Berge eingedrungen war, vernichtet hatte und weiterbestand, aber nichts zog ihn dorthin, wo eine Fackel rannte und ein Pfahl schrie, sooft er daran dachte.

Im Frühling des dritten Jahres lösten sie die Vereinigung der fürstlichen Händler von Yalussu auf. Molione und die wenigen Werker, die nicht auf der Insel gestorben waren, weil sie sich auf Schiffen befunden hatten, behielten die Lager, das große Haus und das, was ihnen ohnehin gehörte.

Zaqarbal und Kynara wollten nach Westen segeln, wo es zweifellos irgendwo eine Bucht gab, in der man ein Haus für zwei Winter bauen und dann verlassen konnte. Djoser entsann sich mühelos der alten Seßhaftigkeit und kehrte heim nach Tameri. Tsanghar hatte kein Heimweh, aber der alte Kaidu, nicht mit Khanussu aufgebrochen, erzählte so wilde Geschichten von den Ländern im Osten und dem unvergleichlichen Leben im Grasland, wo man nicht zu Fuß ging, weil die Götter den Menschen Beine zum Reiten gegeben haben, daß der Kashkäer eines Tages sagte: »Vielleicht können die ja etwas mit meinen Reitschlaufen anfangen. Oder sogar mit Zeichenstempeln. Und mal sehen, was mir dort noch einfällt.«

Korinnos ging an Bord der *Kynara*; er erinnerte sich an die wunderbaren Paläste von Knossos, die er als Knabe gesehen hatte, zweimal, mit Palamedes; bei der Aufteilung des Goldes blieb so viel für ihn, daß er sagte, er werde erst eine Weile nichts tun, in Knossos oder einer anderen Stadt, und dann vielleicht ein kleines Schiff bauen oder kaufen, um sich auf See zu langweilen.

Tashmetu und Ninurta segelten mit einem neuen Schiff und alten Seeleuten nach Norden, zusammen mit Tsanghars kleinerem Boot. Sie besuchten Aineias; vor Troja trennten sich die Wege, da Tsanghar und Kaidu mit dem kleinen Schiff, das den Wellenfurcher hatte und für Notfälle im Heck die Trampelwalze, in die Meerenge aufbrachen, nach Osten, um zu sehen, ob jenseits von Kolchis wirklich keine Wasserstraßen mehr zu erkunden wären.

Im Herbst erreichte die neue *Yalussu* Kydonia, am Westende Kretas, wo Korinnos sich aufhielt. Er bat sie, den Winter bei ihm zu verbringen, aber Tashmetu war rastlos und Ninurta unruhig.

»Wir werden Khanussu besuchen«, sagte der Assyrer. »Und sehen, welche Inseln und Festlande westlich von Shardania liegen. Noch ist es nicht zu spät im Jahr; vielleicht kommen wir nur bis Ithaka oder Tyrsa, oder wir stören am westlichen Rand des Libu-Lands den Chanani und Kynara beim zehntausendsten Versuch, die eine unübertrefflich lustvolle Art der Paarung zu finden.«

»Kommt ihr zurück?«

Tashmetu nickte; Ninurta hob die Schultern.

Korinnos lachte. »Du sagst kaum, sie sagt ja, also sehe ich euch. Was treibt euch nach Westen? Ist das Meer hier nicht mehr salzig genug?«

»Es ist öde, an Land.« Ninurta deutete in die Nacht, allgemein nach Osten und Norden. »Aineias wird, mit Glück, als uralter Mann in einer bewohnbaren Kleinstadt sterben. Menelaos hat Agamemnons Sohn Krieger gegeben, und nun, da Klytaimnestra und Aigisthos tot sind, wird Orestes wohl eine einfallslose Achaierherrschaft begründen. Athen ist langweilig wie immer; ich glaube nicht, daß dort je etwas Bedeutendes geschieht. Der Osten ist wirr. Tameri? Man könnte Djoser besuchen, aber mir sind dort zu viele Priester. Nein, laß uns den Westen betrachten.«

Korinnos sah die beiden an, die ihm gegenübersaßen, in der Hafenschänke. »Morgen früh?«

Ninurta nickte; Tashmetu schob den Arm unter seinen. »Ja«, sagte sie. Dann lächelte sie und fuhr sich durch das immer stärker ergrauende Haar. »Unsere Sonnen sind im Osten aufgegangen, Korinnos. Er ist vierundvierzig, ich werde bald vierzig; da ist es ziemlich, die Gegenden des Sonnenuntergangs zu sehen. Vielleicht erfahren wir dort, was auf uns wartet, wenn unsere Sonnen sinken.«

Korinnos seufzte leise. »Ich werde euch vermissen. Kommt irgendwann zurück, hört ihr? Und sei es nur, um mir zu erzählen, daß hinter dem Meer ein zweites liegt und dahinter ein drittes, und daß es überall gleich langweilig ist. Das werde ich dann dem seßhaften Rome schreiben, und er wird nicken und sagen, er hätte das immer schon gewußt.«

»Wenn du ihm schreibst, grüß ihn von uns«, sagte Ninurta.

Tashmetu blickte ihn von der Seite an, mit einem etwas verhangenen Lächeln. »Und schreib ihm«, sagte sie, »daß alle Tage und alle Nächte gut waren.«

Ninurta grinste. »Ja, schreib ihm das. Und schreib, ich hätte gegrinst, sonst hat er wieder nichts mehr zu grübeln.«

BRIEF DES KORINNOS (IX)

So weit, alter Freund. Die Rollen sind nun beschrieben. Es ist alles gesagt – bis auf zwei Dinge. Der Vollständigkeit halber sollte ich dir mitteilen, seßhafter Rome, daß die Göttin Tashmetu, der wir alle das Leben verdanken und ein Ungeheuer den Tod, dir ausrichten läßt, daß die Tage und Nächte allesamt gut waren. Der Assyrer hat dazu gegrinst.

Das zweite Stückchen, das noch fehlt, ist dies. Du weißt, wie ihm die Könige ihre düsteren Botschaften ins Gemüt gesenkt und mit Zauber versperrt haben – Zauber, den die Lieblichen der Grotte, die nicht mehr sind, durch einen Trunk lösen konnten, den jene überbrachte, deren Namen wir nicht nennen mögen. In der letzten Nacht fiel mir endlich ein, Ninurta zu fragen, welchen Schlüssel die Könige verwendet hätten – oder haben, in Ashur jedenfalls – um die Erinnerung zu wecken. Du weißt, es war der Name des Sohns von Priamos, den Enlil-Kudurri-Ushur dann an Madduwattas und seinen Löffel und sein Messer auslieferte.

»Sag mir den Namen«, bat ich Ninurta, »damit ich ihn dem Rome mitteilen kann, mit deinen Grüßen und denen von Tashmetu.«

Er sagte zunächst nichts, sondern starrte eine Weile in den Wein, von dem wir alle schon reichlich genossen hatten. Starrte gewissermaßen in zwei Weine: den im Becher und den im Leib, denn sein Blick ging auch nach innen. Plötzlich lächelte er, und Tashmetu, die ihn besser kennt als alle anderen, seufzte. Ein nachsichtiges, einwilligendes, ergebenes Seufzen.

»Dies ist zu gut, oder zu blöde, um es ungenutzt zu lassen«, sagte der Assyrer. Er kratzte seinen grauen Bart und kicherte. »Ein Rätsel, Korinnos, oder ein dummes Spiel mit Wörtern, Wortwurzeln und vertauschten Silben.«

»Ich hätte mir denken können, daß du keine einfache Antwort gibst auf eine einfache Frage«, sagte ich.

»Ah.« Er hob den Becher und trank mir zu. »Es ist ja so, daß wir alle nur deshalb überlebt haben, weil Tashmetu eine sehr große

Seele hat, über Rauch und Wörter erhaben; ich dagegen habe außerdem auch noch dies und das überlebt, weil ich gar keine Seele habe, die beschädigt werden könnte.«

»Ich lausche«, sagte ich. »Ich lausche, o Schwertvater, Käufer meines wertlosen Daseins, mit der einem Kaufsohn gebührenden käuflichen Ehrerbietung. Tashmetus Seele« – dabei verneigte ich mich, am Tisch sitzend, und wurde mit jenem Lächeln belohnt, das durch die Augen, die es wahrnehmen, in den Leib sickert und alles wärmt – »Tashmetus Seele ist so umfassend, daß wir in ihr leben und sie nicht durch Reden beflecken wollen. Und du hast gar keine? Schön. Aber was hat das mit dem Sohn des Priamos zu tun?«

Er runzelte die Stirn, schielte, schwieg schielend und stirnrunzelnd, o Rome, wie du es oft hast sehen müssen; dann glättete sich die Haut, bis auf jene Falten, die dem Alter gehören, nicht dem Grübeln, und er sagte: »Jetzt hab ich es. Aber ...«

»Was ist mit deiner Un-Seele, du Un-Mensch?« sagte Tashmetu.

»Ich habe keine. Ein Teil ist außerhalb von Babilu verbrannt, als ich ein kleiner Junge war, und der zweite Teil wurde in Ashur gepfählt. Die Leere, die blieb, habe ich in den Jahren mit Vorlieben, Abneigungen, Mängeln und Unsinn gefüllt. Bewegliche Dinge, wißt ihr – gegeneinander zu verschieben, und ich glaube, es ist diese Verschiebbarkeit, die von einigen als Weichheit angesehen wurde. Außen war ich Mensch; sooft ich versuchte, das Innere nach außen zu drehen, war ich Wüste ...«

An dieser Stelle lachte Tashmetu. »Gleich schreit er wie ein verpfändeter Esel«, sagte sie.

Ninurta nahm ihre Hand und küßte die Fingerspitzen. »Was entginge denn je deinem Blick, Liebste?«

Ich muß sehr dumm dreingeschaut haben, denn nun lachten beide, über mich.

»Wie gesagt, ein Rätsel.« Ninurta hörte endlich auf zu kichern. »Diese Wüste habe ich auch mit Wörtern und Scherzen gefüllt, mit Albernheiten und allem, was helfen kann, die Erinnerung an etwas Gräßliches abzumildern, bis es in Lachen umschlägt. Das Schicksal des Sohns von Prijamadu gehört auch dazu.«

»Ich johle vor Wonne«, sagte ich. »Wahrlich, ich zerfetze mich in überschwenglicher Heiterkeit. Denn ich ahne, daß du nun vielleicht zum Kern deiner Rede kommst.«

Ninurta grinste. Schon wieder. »Der Sohn kam als Säugling zu den Assyrern, und sie haben seinen Namen hin und her gewendet; oder vielleicht habe ich mir das nur ausgedacht. Sie sagten, der Kleine, Trugbild väterlicher Wünsche, sei ein Pfand, eine Geisel, und er schreie eher wie ein kleiner Esel oder Ziegenbock. Diesem vorderen Hauch entspreche die hintere Ruchbarkeit.«

Ratlos, o Djoser, sah ich die beiden morgens die neue *Yalussu* besteigen. Bod-Yanat winkte mir mit einem Holzlöffel, und Tuzku streckte mir die Zunge heraus. Ninurta legte die Hand auf die Stelle, wo richtige Menschen ein Herz haben, und Tashmetu breitete die Arme aus, um mich noch einmal aus der Ferne zu umarmen.

Den Winter über habe ich immer wieder das alberne Rätsel des Namens bedacht. Ich glaube, er hat das ausgeheckt; kein Wort davon dürfte aus Ashur stammen. Vielleicht hat es ihm tatsächlich geholfen, Erinnerungen an Schattendrachen und den Löffel des Madduwattas besser tragen zu können.

Hier ist die Lösung, alter Freund. Einfach und albern, als ich endlich darauf kam. Ninurta ist durch drei Zungen gewandert, um diesen Unfug zu verfertigen: deine, die von Ashur und die der Achaier.

Ich habe zehn Atemzüge mit dem Schreiben aufgehört, um dir Zeit zum Denken zu geben. Du hast es noch nicht gefunden, nicht wahr? So nimm dies als vorläufigen Abschiedsgruß, o Djoser:

In deiner Zunge, Rome, mach *rome* zu *mero*, dann erhältst du die innere *Wüste* des *Menschen* Ninurta, des Unmenschen. Und bewahre *me* und *ro* in deinem Busen, zu baldiger Weiterverwendung. Wandle *me* und *ro* ein wenig ab, etwa zu *mai* und *ra*... ob das Trugbild väterlicher Wünsche, des Priamos Wunsch nach einem Bündnis gegen die Hatti, eine *chimaira* war? Der Säugling schrie, sagte Ninurta, wie ein achaischer Ziegenbock, *chimairos*, und wie ein assyrischer Esel, *imeru*, und insgesamt war er ein achaisches Pfand, eine Geisel, *omeros*. Ob Peri-Ammu, den die Achaier Priamos und die Luwier Prijamadu nannten, seinem Sohn einen geiselähnlichen Namen gab? Mit dem Hauch des Eselbrüllens vorn: Homeros? Ich weiß es nicht, aber eine bessere Lösung fällt mir nicht ein. Heil, hohes Alter, o Djoser, Wohlstand und Wiedersehen – Korinnos, genannt Ilieus, Kydonia.

18. SOLONS NACHLASS

Solons Reisegefährten füllten das Deck der *Glauke* und die langen Tage und Nächte der Fahrt mit Geschichten über treffliches Feilschen, ungeheuren Gewinn, die gewichtigen Brüste und hurtigen Schenkel der einen oder anderen Frau; die Schweigsamkeit des Atheners endete, bevor sie auffällig werden konnte, nach zwei oder drei Tagen.

»Rollen, und Gold«, sagte er, als sie nach seinen Gütern fragten.

»Gold?« sagte Pylades. »Gold ist immer gut, aber wozu Rollen?«

»Wenn ich das wüßte«, sagte Solon, »wäre ich klüger, als du glaubst; jetzt allerdings bin ich weit dümmer, als ich je befürchtet hätte.«

Von Ägypten aus fuhren sie nach Nordosten, besuchten die Häfen der Phönikier und Assyrer, verbrachten einige Tage auf Kypros, mieden die stürmischen Vorgebirge Kilikiens und erreichten die Inseln vor den Küsten Asiens, als der Sommer zur Neige ging. Überall suchte Solon nach Spuren, und fast überall hörte er Bruchstücke alter Lieder oder Geschichten. Oft waren es Fetzen längst verwehter Erinnerungen, von den Menschen, die sie ihm weitergaben, zu neuen Erzählungen verwoben.

Im kyprischen Salamis sprach eine alte Schankfrau (sie hieß Batsheba) von ihren Vorfahren, die kleine Fürsten in der Nähe von Karkemish gewesen seien und sich Hatt nannten; sie erwähnte auch ihre Großmutter als Quelle wilder Geschichten. Die Großmutter, sagte sie, habe Tarhuntasa geheißen. In Ialysos fand er einen assyrischen Händler, Sin-Abushu, dessen Frau Kir'girim sehr erfreut war, einen Athener zu treffen, der wußte, daß ihr Name *Garten des Feuers* bedeutete. In Ephesos sprach er mit Männern, die auf dem Markt Schafe verkauften; er stellte fest, daß ihr

Hellenisch ungewöhnlich kehlig klang, und als er fragte, woher sie stammten, nannten sie ihm Namen von Bergdörfern, in denen man noch die alte Sprache redete, *luvissa*, und einer kannte den Beginn eines alten Liedes, in dem Krieger von der Heimkehr berichteten nach einer großen Schlacht: »Als wir das steile Wilusa verließen...«

Zum steilen Ilion gelangten sie nicht; die Herbstwinde ließen schnelle Heimkehr nach Salamis zu. Dort verbrachte Solon den Winter, brütend über den Rollen, die er aus dem Tempel zu Sais mitgebracht hatte.

Odysseus half ihm; einige Sätze des Weitgereisten, die dieser in der Grotte gesagt hatte, enthielten die Lösung des Unlösbaren, oder jedenfalls einen Hinweis darauf, wie der unlösbare Widerspruch zu umgehen wäre. Denn Solon rang mit sich. Er hatte aus den Überlieferungen, den Göttern und Helden, aus den Tagen und Werken des Hesiodos und den unsterblichen Gesängen des anderen die neuen Gesetze für das friedliche Zusammenleben der Athener geschaffen, einen Boden: Steine der Vergangenheit, Mörtel der Gegenwart, Grundmauer der Zukunft. Er wußte, schmerzlich wußte er, daß viele Steine falsch eingesetzt waren und andere Lüge; und es ist nicht gut, sagte er sich immer wieder, das Zusammenleben der Menschen auf Wahrhaftigkeit begründen zu wollen und dabei zu wissen, daß diese Wahrhaftigkeit erlogen ist. Nein, nicht erlogen – aus wahren Stückchen von erfindungsreichen Sängern neu vermengt und geschmolzen und in eine andere Form gegossen.

Die verspielten Unwahrheiten des Fürsten von Ithaka gaben ihm keine neue Form, wohl aber einen neuen, sehr alten Weg: Wenn die Lüge ein Wall gegen die Finsternis sein kann und die Wahrheit ein Rammbock wäre, der das Chaos in die Stadt einließe, so laß die Lüge bestehen, und kleide die Wahrheit neu ein, daß sie als hübsche Lüge genossen werden kann. Mach den Rammbock durch Verkleiden und Verschneiden zum friedlichen Hammel, der in den üppigen Gärten der Zukunft grasen mag. Kleide die Wahrheit neu, aber laß Teilchen im Gewand, die sich vom übrigen Gewebe unterscheiden, so daß ein scharfes

Auge sie sehen und auf die echte Herkunft der Dinge schließen kann.

Es bedurfte nur geringer Eingriffe und Ergänzungen. Solon tilgte alle Verweise auf Himmelsrichtungen. Er nahm die Monde der Ägypter als Jahre für Hellenen und ließ in der Vorrede, die er dem alten Priester zu Sais in den Mund legte, einige Dinge zu ungeheurer Größe aufschwellen und andere, die wichtiger waren, so lange schrumpfen, bis sie winzig wurden. Er ersetzte vertraute Namen durch andere, die er als Übersetzungen aus dem Ägyptischen ausgab, und erfand Götter und Stammväter. Ilos, sagte man, habe die Burg Ilios (die längst Ilion genannt wurde) gebaut, und Tros die Stadt Troja, Heimat der Trojaner. Solon führte die Könige auf einen entlegenen Vorfahren zurück, den er Atlas nannte, und in der Vorgeschichte seiner Geschichte gab der alte ägyptische Priester den Trojanern nun einen Namen, der von Atlas abgeleitet war. Schließlich, sagte sich Solon mit einem halb zweifelnden, halb der Rechtschaffenheit des Vorgehens gewissen Lächeln, sei es nicht so wichtig, ob die Stadt Wirudja genannt wurde, wie von den Ägyptern, oder Wilusa, wie von den (in Hellas längst vergessenen) Hethitern und Luwiern, oder Asia wie die engste Umgebung (inzwischen Name des ganzen Festlands), oder Ilios, Ilion, Trosia, Troja, Hort des Dardanos, Heim des Priamos (zweifellos hatten andere Völker die Stadt wieder anders genannt) oder eben, wie er sie vom alten Ägypter in Sais nennen ließ, Atlantis. Bedeutete es denn so viel, daß Muqannu und Achiawa nicht im Namen Hellas erkennbar waren? Daß die große Stadt Men-nofer von den Assyrern Mimpi genannt wurde, woraus die Hellenen Memphis gemacht hatten? Daß ebenfalls die Assyrer den Namen des großen Ptah-Tempels, der Hitkutptah oder so ähnlich (er wußte es nicht mehr und konnte in Athen keinen fragen) lautete, als Hikupta hörten und die Hellenen daraus Aigypten gewannen als Namen für das ganze Land Tameri? Daß der gewaltige Strom Aigyptos nun nicht mehr Jotru hieß oder Hapi (jedenfalls nicht außerhalb von Ägypten), sondern *neilos*, und daß dieser Nil nichts war als eine hellenische Übernahme des assyrischen Worts *neqelu*, Strom? Wie viele Namen mochte Athenai gehabt haben? Und war es ein Verbrechen, den tausend Namen der von den langhaarigen Achaiern zerstörten Stadt einen weiteren hinzuzudenken? Aber all dies hinzuschreiben war eine Sache, es den Menschen zu übergeben eine andere. Etwas, eine unerklärliche Scheu, ließ Solon immer wieder davor zurückschrecken. Im Lauf der Jahre fand er viele Erklärungen für diese Scheu, aber keine, die ihn wirklich befriedigte; er fand und erfand auch viele Ausreden für seine Freunde und Mitbürger, die wußten, daß er an einem großen Gedicht arbeitete, das nicht fertig werden wollte.

Achtundzwanzig Jahre nach seiner Rückkehr aus Ägypten gaben ihm seine Athener einen Grund, alles aufzugeben und die Stadt zu verlassen, als sie die Freiheiten und Pflichten, die er zur Regelung der Dinge gefunden hatte, in einen böigen, ätzenden Wind schlugen und freudig in den Sumpf der Knechtschaft wateten. Von sicher Lust befallen stimmten sie der Tyrannei des Peisistratos zu; Solon der Greis trug als einziger Schild und Speer des freien Bürgers in die Versammlung, stemmte sich als einziger gegen die Tyrannei; da er keinen Widerstand gegen Peisistratos bewirken konnte, legte er die Waffen vor dem Amtsraum des Strategen nieder und ging.

Zu alt und gebrechlich für weite Reisen, zu klug, um der Verfolgung töricht weiter Ziele in der Politik zuzustimmen, verbrachte er die letzten Jahre in einem Landhaus außerhalb Athens. Bis zum Schluß gab er vor, an einem gewaltigen Epos zu arbeiten, das *Atlantis* heißen und den heldenmütigen Kampf der Vorfahren gegen einen beinahe idealen Staat schildern sollte. Tatsächlich besserte er lediglich einige Stellen aus, strich und ergänzte, verfremdete Namen und fügte Dinge wieder ein, die er anfänglich getilgt hatte: ägyptische Begriffe vor allem, die er ins Hellenische übertragen hatte; nun gab er die Übertragung von einem Begriff in einen anderen auf und übersetzte statt dessen. »Völker des Meers« hatten die Ägypter jene Horden genannt, die alle Küsten verheerten, bis sie in der letzten Schlacht am Nil vernichtet wurden; Solon hatte zunächst »die von jenseits des Meeres« geschrieben und fand nun die ägyptische Fassung befremdlicher und somit für seine Verschleierung der Wahrheit dienlicher. Troja oder Atlantis, so hatte der alte Priester in Sais gesagt, sei eine Insel gewesen; Solon wußte, daß »Insel« lediglich »abgegrenztes Land« bedeutete und Ägypten selbst ebenso betreffen konnte wie Kreta oder Hellas oder Asien – etwas jenseits des Meeres, das nicht formlos ist, sondern feste Grenzen hat. In der letzten Fassung ersetzte er »Land« wieder durch »Insel« und blähte den angeblichen Herrschaftsbereich der Atlanter ungeheuerlich auf, da ihm die Harmonie der Dinge wichtig war – wenn alles nicht siebentausend Monde, sondern siebentausend Jahre zurücklag, war es angemessen, aus zehntausend Kriegern hunderttausend zu machen und aus hundert Meilen Umfang tausend.

Das Haus, in dem Solon zweiundachtzigjährig starb, gehörte seinem jüngeren Vetter und guten Freund Dropides. Diesem hinterließ er, was er noch besaß, einschließlich der Rollen. Als Dropides starb, erhielt sein Sohn Kritias alles; er wiederum gab es seinem Ältesten weiter, der Leaides hieß. Dessen Sohn, abermals ein Kritias, Urenkel des Dropides und Urgroßneffe des Solon, wurde mehr als neunzig Jahre alt; er war ein fesselnder Erzähler mit unfehlbarem Gedächtnis, wie man sagte, und besonderer Zuneigung zu leicht befremdenden Wundergeschichten, mit denen er den eigenen Kindern und Enkeln und Urenkeln, aber auch den Nachkommen von Freunden die Nachmittage und Abende füllte. Er war der letzte, der je Solons Rollen vollständig las; die Kunst, sie durch Tonröhren und Wachsdeckel gegen Hitze, Kälte, Trockenheit, Feuchtigkeit und den ständigen Wechsel dieser Zustände zu schützen, war in Athen noch nicht ausreichend bekannt. Unter Kritias' Augen, in seinen Händen begannen die morschen Blätter aus dem Mark der Papyros-Binsen zu zerfallen.

Kritias' Sohn Glaukon hörte die Geschichten, ebenso dessen Tochter Periktione; sie hatte drei Söhne und eine Tochter. Der dritte Sohn war ein besonders aufmerksamer Zuhörer; immer wieder lauschte er den Wundergeschichten, die sein Urgroßvater Kritias erzählte. Später verfocht er die Überlegenheit des Gesprochenen über das Geschriebene; vielleicht, weil er als Kind das gesprochene Wort des Urgroßvaters so sehr genoß, vielleicht auch, weil er selbst ein vollkommenes Gedächtnis hatte und des Geschriebenen nicht bedurfte.

Er war zehn Jahre alt, als der erzählende Urgroßvater starb. Der dritte Sohn der Periktione, Enkel des Glaukos, Urenkel des Kritias, Urururenkel des Dropides und Urururgroßneffe des Solon hieß Platon. Er erfand eine durch Denken gegliederte Welt und ein durch die strenge Abfolge der Wörter gegliedertes Denken. In dem idealen Gemeinwesen, das er später ausheckte, hätte sein Urahn Solon vermutlich Schild und Speer vor dem Amtsraum des Philosophen niedergelegt und dann einen anderen Erdteil aufgesucht. In diesem Gemeinwesen gab es keinen Platz für Dichter und Sänger, es sei denn als staatstreue Erzieher der Jugend.

Lange vor seinem Tod wollte er der Schau eines idealen Staats noch die Darstellung eines fast vollkommenen Staats anfügen, den es einmal in der goldenen Vergangenheit gegeben habe. Hierzu entsann er sich der wunderbaren Geschichten, die er als Knabe gehört hatte, und der heldenhaften Urahnen der Athener. So machte er sich an die Niederschrift dessen, was sein Gedächtnis bewahrt hatte, und er legte die Geschichte dem erzählenden Urgroßvater Kritias und dessen gleichnamigem Enkel in den Mund. An jener Stelle jedoch, da in der Geschichte die Götter beschlossen, das mächtige Reich der Atlanter zu vernichten, brach er mitten im Satz ab.

Er schrieb noch zehn Jahre lang weiter, lehrte, lebte; es war weder eine Krankheit noch gar der Tod, was ihm dort die Sprache verschlug. Vielleicht begriff der alte Platon an dieser Stelle, was der junge Platon noch nicht hatte begreifen können: daß die Geschichte nicht im Westen spielte, jenseits der Säulen des Herakles, dort, wo das Mittelmeer in den Atlantik übergeht, sondern im Osten, jenseits der Säulen des Herakles, bei denen das Mittelmeer durch eine lange Wasserstraße mit dem alten Meer des Atlas verbunden ist, das zuerst Nebliges Meer hieß, dann Gastliches Meer, schließlich Schwarzes Meer. Vielleicht sagte er sich, daß er zu einem Zeitpunkt, da Troja und Umgebung eine persische Satrapie waren und die Perser einen innerhellenischen Frieden vermittelt hatten, nicht an alte Kriege zwischen Ost und West erinnern sollte. Vielleicht brach er ab, weil er diese neue Erkenntnis über das wunderbare Atlantis in der wunderbaren Geschichte erst verarbeiten mußte und später nicht mehr dazu kam, das Buch zu vollenden.

Befriedigender jedoch wäre eine andere Erklärung: daß Platon, der die Dichter und Sänger nur als entmannte Erzieher in seinem Staat dulden wollte, an dieser Stelle begriff, daß die Menschen in der wohnlichen Lüge des Dichters Homeros mit Leib und Seele leben konnten, in der unbewohnbaren Wahrheit von Platons *Staat* allenfalls nur mit dem Verstand; daß gesetzlose Sänger für den Staat lästig sein mögen, Staat und Gesetz ohne Gesang aber für die Menschen unerträglich.

Solon, heißt es, bat auf dem Sterbelager, man möge ihm die neuesten Verse der Dichterin Sappho vortragen.

***

ANHANG

1. AUSZÜGE AUS PLATONS *TIMAIOS* UND *KRITIAS*
(bearbeitet und [...] gekürzt, nach der Übersetzung von Hieronymus Müller)

Timaios

SOKRATES: Einer zwei, drei! Wo aber, lieber Timaios, blieb der vierte der gestrigen Gäste und heutigen Gastgeber?

TIMAIOS: Ein Unwohlsein befiel ihn, Sokrates; denn aus freiem Entschluß blieb er wohl nicht der heutigen Zusammenkunft fern.

SOKRATES: Hast nun nicht du mit diesen Freunden da die Obliegenheit, auch den Teil des Abwesenden zu erfüllen?

TIMAIOS: Allerdings; und wir wollen unser Möglichstes tun, es an nichts fehlen zu lassen. Denn es wäre nicht recht, wollten wir, nachdem du gestern mit anständigen Gastgeschenken uns empfingst, deine Gastlichkeit nicht bereitwillig erwidern.

SOKRATES: Ist es euch also erinnerlich, über wie Wichtiges und über welche Gegenstände ich von euch Auskunft begehrte?

TIMAIOS: Einiges ist uns noch erinnerlich; was uns aber entfiel, wirst du selbst uns in das Gedächtnis zurückrufen. Oder wiederhole es uns lieber, wenn es dir nicht beschwerlich fällt, von Anfang an, in aller Kürze, damit es uns noch fester begründet werde.

SOKRATES: Das soll geschehen. Der Hauptinhalt der gestern von mir gesprochenen Reden betraf wohl den Staat: wie wohl der beste beschaffen sein und aus welchen Männern er bestehen müsse.

TIMAIOS: Und diese Darstellung war gar sehr nach unser aller Sinne, lieber Sokrates!

SOKRATES: Schieden wir zuerst nicht die Klasse der Ackerbauenden oder irgend sonst eine Kunst in demselben Übenden von dem Geschlecht der den Krieg für die andern Führenden?

TIMAIOS: Ja.

SOKRATES: Und indem wir jedem nur *eine* seinen Naturanlagen angemessene Beschäftigung, nur *eine* Kunst zuteilten, erklärten wir, diejenigen, welche die Verpflichtung hätten, für alle in den Krieg zu ziehen, müßten demnach nichts weiter sein als Wächter des Staates. Wenn nun ein Auswärtiger oder auch jemand von den Einheimischen sich anschicke, diesem Schaden zuzufügen, dann müßten sie ein mildes Gericht halten über die ihnen Unterworfenen, als von Natur ihnen Befreundete, in den Kämpfen gegen die Feinde aber, auf die sie träfen, streng verfahren.

TIMAIOS: Durchaus.

SOKRATES: Denn die Wächter, behaupteten wir, wie ich glaube, müssen eine Seele besitzen, die von Natur sowohl vorzüglich muterfüllt als auch weisheitliebend ist, um gegen die einen in geziemender Weise streng, gegen die andern mild verfahren zu können.

TIMAIOS: Ja.

SOKRATES: Was aber ihre Erziehung betrifft, daß sie in Gymnastik, Musik und allem ihnen angemessenen Wissen unterwiesen sein sollen?

TIMAIOS: Ja, allerdings.

SOKRATES: Nachdem sie eine solche Erziehung erhielten, wurde ja wohl behauptet, daß sie weder Gold noch Silber noch irgendein anderes Besitztum als ihr Eigentum ansehen dürfen, sondern für ihr Wachehalten von den von ihnen Bewahrten einen für Besonnene ausreichenden Lohn empfangen, den sie gemeinschaftlich und zusammen lebend verzehren sollten, stets um die Tugend bemüht und durch andere Beschäftigungen nicht behindert.

TIMAIOS: Auch das wurde in dieser Weise behauptet.

SOKRATES: Wir erwähnten doch auch hinsichtlich der Frauen, daß ihre Naturen in ähnlicher Weise wie die der Männer in Einklang zu bringen und alle Beschäftigungen für den Krieg und das übrige Leben beiden Geschlechtern gemeinsam zuzuteilen seien.

TIMAIOS: So wurde auch das bestimmt.

SOKRATES: Was dann aber über das Kinderzeugen? Oder prägten sich nicht unsere Anordnungen dazu leicht, da mit dem Gewohnten im Widerspruch, dem Gedächtnisse ein, daß wir Heiraten und Kinder zu etwas allen Gemeinsamem machten und es dahin zu bringen suchten, daß niemand das ihm Geborene kenne und alle einander als Verwandte ansehen, als Brüder und Schwestern, das jüngere oder ältere Geschlecht aber als dieser Eltern und Voreltern und die ihnen Nachgeborenen als deren Kinder und Kindeskinder?

TIMAIOS: Ja; und das ist aus dem von dir angeführten Grunde leicht zu behalten.

SOKRATES: Blieb uns nicht auch unsere Behauptung im Gedächtnis, damit der möglichst beste Schlag von Menschen erzeugt werde, müssen die Herrscher und Herrscherinnen durch gewisse Lose für das eheliche Zusammensein insgeheim es künstlich darauf anlegen, daß die Schlechten sowohl als die Besten beide mit ihresgleichen zusammengelost werden und daß, damit jenen daraus keine Feindschaft erwachse, diese im Zufall den Grund ihrer Zusammenlosung suchen?

TIMAIOS: Das ist uns erinnerlich.

SOKRATES: Gewiß auch, daß wir behaupteten, die Nachkommenschaft der Guten müsse man sorgfältig erziehen, die der Schlechten aber unvermerkt im übrigen Staate verteilen; unter den Heranwachsenden aber, die man wohl beobachte, die Würdigen wieder zu einer höheren Klasse erheben, die unter dieser Klasse Unwürdigen dagegen die Stelle der Hinaufrückenden einnehmen lassen.

TIMAIOS: So ist es.

SOKRATES: Haben wir nun nicht ebenso wie gestern unsern Weg durchlaufen, so daß wir seine Hauptpunkte noch einmal kurz berührten, oder vermissen wir, lieber Timaios, noch etwas von dem Gesagten, was wir übergingen?

TIMAIOS: Keineswegs, Sokrates, sondern eben das war es, was ausgesprochen wurde.

SOKRATES: So hört denn nun, wie es mir mit dem Staate, den wir dargestellt haben, ergeht. Ich habe nämlich ein ähnliches Gefühl wie etwa jemand, der irgendwo schöne Tiere, ob nun von den Malern dargestellte oder auch wirklich lebende, aber im Zustand der Ruhe sah, den Wunsch hegen dürfte, sie in Bewegung und einen ihrem Äußern angemessen scheinenden Kampf bestehen zu sehen. Ebenso geht es mir mit dem von uns entworfenen Staate; denn gern wohl möchte ich etwa von jemandem mir erzählen lassen, wie unser Staat in geziemender Weise die Wettkämpfe mit anderen Staaten besteht und wie er, wenn er in Krieg gerät, auch im Kriege, sowohl im Kampfe durch die Tat als bei Verhandlungen durch das Wort, auf eine der ihm zuteil gewordenen

Unterweisung und Erziehung würdige Weise gegen jeden anderen Staat sich benimmt. An der eigenen Kraft nun, diese Männer und unsern Staat auf eine genügende Weise zu preisen, muß ich fürwahr verzweifeln. Und bei mir ist das nicht zu verwundern; aber ich habe dieselbe Meinung auch von den Dichtern sowohl alter Zeit als den jetzt lebenden gefaßt, ohne irgend die Dichtergilde herabsetzen zu wollen, sondern weil jeder begreift, daß der Nachbildenden Menge das, worin sie erzogen ward, sehr leicht und gut nachbilden wird, daß es aber schwierig ist, das außerhalb der gewohnten Lebensweise eines jeden Liegende durch die Tat, und noch schwieriger, es in Worten treffend nachzubilden. [...]

KRITIAS: So vernimm denn, Sokrates, eine gar seltsame, aber durchaus in der Wahrheit begründete Sage, wie einst der weiseste unter den Sieben, Solon, erklärte. Dieser war nämlich, wie er selbst häufig in seinen Gedichten sagt, unserem Urgroßvater Dropides sehr vertraut und befreundet; der aber erzählte wieder unserm Großvater Kritias, wie der alte Mann wiederum uns zu berichten pflegte, daß gar große und bewunderungswürdige Heldentaten unserer Vaterstadt aus früher Vergangenheit durch die Zeit und das Dahinsterben der Menschen in Vergessenheit geraten seien, vor allem aber eine, die größte. [...]

SOKRATES: Wohl gesprochen! Welches ist denn aber die Heldentat, von welcher Kritias als von einer nicht bloß in einer Sage erhaltenen, sondern einst von unserer Vaterstadt wirklich, wie Solon vernommen hatte, vollbrachten erzählte?

KRITIAS: Ich will eine alte Sage berichten, die ich aus dem Munde eines eben nicht jungen Mannes vernahm; denn Kritias war damals, wie er sagte, fast an die Neunzig heran. [...] Der alte Mann sagte, wenn Solon schon das Dichten nicht als Nebensache, sondern wie andere mit vollem Ernst betrieben und die Sage, die er aus Ägypten mit hierherbrachte, ausgeführt hätte, nicht aber durch Aufstände und anderes Ungehörige, was er bei seiner Rückkehr hier vorfand, das liegenzulassen genötigt worden wäre; dann hätte wohl, meiner Meinung nach, weder Hesiodos noch Homeros noch sonst ein Dichter einen höheren Dichterruhm erlangt als er. [...]

Es ist in Ägypten im Delta, an dessen Spitze der Nil sich spaltet, ein Gau, der der Saitische heißt und dessen größte Stadt Sais ist. Sie hat eine Schutzgöttin, in ägyptischer Sprache Neith, in hellenischer, wie jene sagen, Athene geheißen. Die Bewohner aber sagen, sie seien große Athenerfreunde und mit den hiesigen Bürgern gewissermaßen verwandt. Dorthin, erzählte Solon, sei er gereist, habe eine sehr ehrenvolle Aufnahme gefunden und, als er die kundigen Priester über die alten Zeiten befragt, erkannt, daß weder er noch sonst einer der Hellenen von dergleichen Dingen das geringste wisse. Einmal habe er aber, um sie zu Erzählungen von den alten Zeiten zu veranlassen, von den ältesten Geschichten des hiesigen Landes zu berichten begonnen, vom Phoroneus, den man den Ersten nennt, und von der Niobe, ferner nach der Wasserflut die Sage von Deukalion und Pyrrha. Er habe ihre Nachkommenschaft aufgezählt und, indem er der bei dem Erzählten verstrichenen Jahre gedachte, die Zeitangaben festzustellen versucht. Da habe ein hochbejahrter Priester gesagt: ach Solon, Solon! Ihr Hellenen bleibt doch immer Kinder, zum Greise aber bringt es kein Hellene. – Wieso? Wie meinst du das? habe er, als er das hörte, gefragt. – Jung in den Seelen, habe jener erwidert, seid ihr alle: denn ihr hegt in ihnen keine alte, auf altertümliche Erzählungen gegründete Meinung noch ein durch die Zeit ergrautes Wissen.

Davon liegt aber darin der Grund. Viele Vernichtungen der Menschen haben stattgefunden und werden stattfinden, die bedeutendsten durch Feuer und Wasser, andere, geringere, durch tausend andere Zufälle. Das wenigstens, was auch bei euch erzählt wird, daß einst Phaethon, der Sohn des Helios, der seines Vaters Wagen bestieg, die Oberfläche der Erde, weil er die Bahn des Vaters einzuhalten unvermögend war, durch Feuer zerstörte, selbst aber, vom Blitze getroffen, seinen Tod fand, das wird wie ein Märchen berichtet; das Wahre daran beruht aber auf der Abweichung der am Himmel um die Erde kreisenden Sterne und der nach langen Zeiträumen stattfindenden Vernichtung des auf der Erde Befindlichen durch mächtiges Feuer. Dann pflegen demnach diejenigen, welche Berge und hoch und trocken gelegene Gegenden bewohnen, eher als die an Flüssen und dem Meere Wohnenden unterzugehen, uns aber rettet der auch sonst uns Heil bringende Nil durch sein Übertreten aus solcher Not. Wenn dagegen die Götter die Erde, um sie zu läutern, mit Wasser überschwemmen, dann kommen die Rinder- und Schafhirten auf den Bergen davon, die bei euch in den Städten Wohnenden dagegen werden von den Strömen in das Meer fortgerissen. Hierzulande aber ergießt sich weder dann noch bei andern Gelegenheiten Wasser von oben her über die Fluren, sondern alles pflegt von Natur von unten herauf sich zu erheben. Daher habe sich, sagt man, das hier Aufbewahrte als das älteste erhalten. [...] Bei euch und andern Völkern dagegen war man jedesmal eben erst mit der Schrift und allem andern, dessen die Staaten bedürfen, versehen, und dann brach wie eine Krankheit eine Flut vom Himmel über sie herein und ließ von euch nur die der Schrift Unkundigen und Ungebildeten zurück, so daß ihr wieder gewissermaßen zum Jugendalter zurückkehrt, ohne von dem etwas zu wissen, was so hier wie bei euch zu alten Zeiten sich begab. Was du daher eben von den alten Geschlechtern unter euch erzähltest, o Solon, unterscheidet sich nur wenig von Kindergeschichten. [...] So wißt ihr ferner auch nicht, daß das unter Menschen schönste und trefflichste Geschlecht in euerm Lande entsproß, dem du entstammst und euer gesamter jetzt bestehender Staat, indem einst ein winziger Same davon übrigblieb. Das blieb vielmehr euch verborgen, weil die am Leben Erhaltenen viele Menschengeschlechter hindurch der Schrift ermangelten. Denn einst, o Solon, vor der größten Verheerung durch Überschwemmung, war der Staat, der jetzt der athenische heißt, der tapferste im Kriege und vor allem durch eine gute gesetzliche Verfassung ausgezeichnet; er soll unter allen unter der Sonne, von denen die Kunde zu uns gelangte, die schönsten Taten vollbracht, die schönsten Staatseinrichtungen getroffen haben. [...]

Demnach erregen viele und große von euch hier aufgezeichnete Heldentaten eurer Vaterstadt Bewunderung, vor allem aber zeichnet sich eine durch ihre Bedeutsamkeit und den dabei bewiesenen Heldenmut aus; denn das Aufgezeichnete berichtet, eine wie große Heeresmacht dereinst euer Staat bewältigte, welche von dem Atlantischen Meere her übermütig gegen ganz Europa und Asien heranzog. Damals war nämlich dieses Meer schiffbar; denn vor dem Eingange, der, wie ihr sagt, die Säulen des Herakles heißt, befand sich eine Insel, größer als Asien und Libyen zusammengenommen, von welcher den damals Reisenden der Zugang zu den übrigen Inseln, von diesen aber zu dem ganzen gegenüberliegenden, an jenem wahren Meere gelegenen Festland offenstand. Denn das innerhalb jenes Einganges, von dem wir sprechen, Befindliche erscheint als ein Hafen mit einer engen Einfahrt; jenes aber wäre wohl wirklich ein Meer, das es umgebende Land aber mit dem vollsten Rechte ein Festland zu nennen. Auf dieser Insel Atlantis vereinte sich auch eine große, wundervolle Macht von Königen, welcher die ganze Insel gehorchte sowie viele andere Inseln und Teile des Festlandes; außerdem herrschten sie auch innerhalb, hier in Libyen bis Ägypten, in Europa aber bis Tyrrhenien. Diese in eines verbundene Gesamtmacht unternahm es nun einmal, euer und unser Land und das gesamte diesseits des Eingangs gelegene durch *einen* Heereszug zu unterjochen. Da nun, o Solon, wurde das Kriegsheer eurer Vaterstadt durch Tapferkeit und Mannhaftigkeit vor allen Menschen offenbar. Denn indem sie durch Mut und die im Kriege anwendbaren Kunstgriffe alle übertraf, geriet sie, teils an der Spitze der Hellenen, teils, nach dem Abfalle der übrigen, notgedrungen auf sich allein angewiesen, in die äußersten Gefahren, siegte aber und errichtete Siegeszeichen über die Heranziehenden, hinderte sie, die noch nicht Unterjochten zu unterjochen, uns übrigen insgesamt aber, die wir innerhalb der Heraklessäulen wohnen, gewährte sie großzügig die Befreiung. Indem aber in späterer Zeit gewaltige Erdbeben und Überschwemmungen eintraten, versank, indem nur ein schlimmer Tag und eine schlimme Nacht hereinbrach, eure Heeresmacht insgesamt und mit einem Male unter die Erde, und in gleicher Weise wurde auch die Insel Atlantis durch Versinken in das Meer den Augen entzogen. Dadurch ist auch das dortige Meer unbefahrbar und undurchforschbar geworden, weil der in geringer Tiefe befindliche Schlamm, den die untergehende Insel zurückließ, hinderlich wurde. [...]

Kritias

TIMAIOS: Wie froh gleich einem, der von langer Wanderung ruht, sehe ich so mich jetzt am Ziele des Gangs meiner Rede. Zu dem Gotte aber, welcher in Wirklichkeit schon längst, in der Rede dagegen soeben erst entstand, flehe ich, dasjenige, was in angemessener Weise gesprochen wurde, selbst dauernd zu erhalten; kam ich dabei aber irgendwo wider meine Absicht aus dem Takte, dafür mir die solchem Fehltritt angemessene Buße aufzuerlegen. Die richtige Buße besteht aber darin, daß man den Taktvergessenen zum Taktfesten mache. Damit wir also über das Entstehen der Götter in Zukunft das Richtige vortragen, möge der Gott selbst das beste und vollkommenste aller Heilmittel, das Wissen, uns verleihen. Mit diesem Gebete übergebe ich dem Kritias die folgende Rede.

KRITIAS: Wohl übernehme ich sie, Timaios; die Vorbitte aber, mit der du beim Beginne anhubst, indem du als im Begriff, von wichtigen Gegenständen zu sprechen, um Nachsicht batest, dieselbe tue auch ich jetzt. Diese Nachsicht glaube aber ich in noch höherem Grade hinsichtlich des Vorzutragenden beanspruchen zu dürfen. [...] Für dich, Timaios, der du etwas über die Götter vor Menschen vortrugst, war es nämlich leichter, diese zu befriedigen, als mir durch einen Vortrag über Sterbliche vor uns. Denn die Unkunde und große Unwissenheit der Zuhörer über Gegenstände, von denen sie so wenig wissen, macht es dem, welcher darüber sprechen will, sehr bequem; wie es aber um unsere Kenntnis von den Göttern steht, das wissen wir ja. Damit ich mich deutlicher erkläre, stellt mit mir folgende Betrachtung an. Was nämlich irgendeiner von uns sagt, muß wohl notwendig zu einer Nachahmung und Nachbildung sich gestalten. Betrachten wir aber die Kunst der Maler in der Nachbildung göttlicher und menschlicher Gestalten, so werden wir sehen, daß wir erstens bei der Erde, den Bergen, den Flüssen, dem Walde, dem ganzen Himmel und allem, was an ihm sich findet und bewegt, zufrieden sind, wenn jemandes Nachbildung nur einige Ähnlichkeit mit diesen Gegenständen hat, sowie, daß wir außerdem, da wir von dergleichen Dingen keine genaue Kenntnis besitzen, das Gemalte weder prüfen noch streng beurteilen und mit einem ungenauen und täuschenden Schattenumriß uns begnügen; versucht es dagegen einer, unsere eigenen Gestalten abzubilden, dann werden wir, vermöge der ständig uns beiwohnenden Beobachtung das Mangelhafte scharfsichtig wahrnehmend, zu strengen Richtern desjenigen, welcher nicht durchaus alle Ähnlichkeiten wiedergibt. Wir müssen nun fürwahr erkennen, daß dasselbe auch hinsichtlich der Vorträge geschieht: bei den auf die Götter und den Himmel sich beziehenden begnügen wir uns sogar mit einer geringen Wahrscheinlichkeit; die Darstellung des Sterblichen und Menschlichen unterwerfen wir dagegen einer strengeren Prüfung. Sollte ich daher jetzt bei meinem Vortrage aus dem Stegreif nicht durch Angemessenes meine Schuld abzutragen vermögen, so verdient das notwendig Nachsicht. Denn das Sterbliche zur Zufriedenheit nachzubilden, muß man sich durchaus nicht als leicht, sondern als schwierig denken. [...]

Zuerst wollen wir uns erinnern, daß zusammengenommen 9000 Jahre verstrichen sind, seitdem, wie erzählt wurde, der Krieg zwischen den außerhalb der Säulen des Herakles und allen innerhalb derselben Wohnenden stattfand, von dem wir jetzt vollständig zu berichten haben. Über die einen soll unser Staat geherrscht und den ganzen Krieg durchgefochten haben, über die andern aber die Könige der Insel Atlantis, von welcher wir behaupteten, daß sie einst größer als Asien und Libyen war, jetzt aber, nachdem sie durch Erdbeben unterging, die von hier aus die Anker nach dem jenseitigen Meere Lichtenden durch eine undurchdringliche, schlammige Untiefe fernerhin diese Fahrt zu unternehmen hindere. Von den vielen Barbarenvölkern sowie von den hellenischen Völkerstämmen, welche es damals gab, wird der Lauf unserer Erzählung, indem sie die einzelnen Ereignisse entwickelt, das jeweils in den Weg Kommende berichten. Doch zuerst müssen wir notwendig die Heeresmacht und die Verfassungen sowohl der damaligen Athener als auch der Feinde, gegen die sie den Krieg führten, darlegen. Es gebührt sich aber, unter diesen von den Einheimischen mit Vorzug anzuheben.

Die Götter verteilten nämlich einst unter sich die ganze Erde nach Örtlichkeiten, und zwar durch das Los, nicht in Hader. Denn unvernünftig wäre es wohl zu sagen, die Götter wüßten nicht das jedem von ihnen Zukommende, noch, es suchten, wenn sie es wüßten, die einen das andern mehr Zukommende in Hader sich selbst zuzueignen. Sie bevölkerten vielmehr, nachdem ihnen durch rechtliche Verlosung der ihnen werte Anteil zugefallen war, die Landstriche und ernährten, nachdem sie das getan, uns als ihre Zucht und ihr Eigentum, wie die Hirten ihre Herden, nur daß sie nicht die Körper durch Körperkraft bändigten, wie die Hirten ihr Vieh durch Schläge antreiben, sondern auf welche Weise ein Geschöpf am lenksamsten ist, indem sie nämlich vom Hinterschiff aus die Richtung bestimmten und durch Überredung wie durch ein Steuerruder nach ihrem Sinn auf die Seele einwirkten, so führten und leiteten sie das gesamte Geschlecht der Menschen. Indem nun dem einen der Götter dieses, dem andern ein anderes Land durch das Los anheimfiel, ordneten sie es; dem Hephaistos und der Athene aber, deren Wesen ein gemeinsames war, da es teils als vom selben Vater stammend verschwistert blieb, teils sie die Liebe zur Weisheit und zur Kunst teilten, wurde deshalb dieses Land, als von Natur für Weisheit und Tapferkeit gedeihlich und dazu geeignet, als gemeinschaftliches Los zugeteilt, welches sie mit wackeren ureingeborenen Männern bevölkerten, deren Sinn sie auf die Anordnung ihres Staates hinlenkten. Von diesen haben die Namen sich erhalten, ihre Taten aber gerieten, durch den Untergang derjenigen, welchen sie überliefert wurden, und die Länge der Zeit in Vergessenheit. Denn die jedesmal am Leben bleibende Klasse von Bewohnern war, wie auch früher erzählt wurde, eine auf Bergen hausende, der Buchstabenschrift unkundige, welche höchstens die Namen der im Lande Herrschenden und daneben nur weniges von ihren Taten gehört hatte. Diese begnügten sich daher, jene Namen ihren Nachkommen beizulegen. Da sie aber, bis auf einige dunkle Gerüchte, die Heldentaten und Gesetze der früher Lebenden nicht kannten und selbst mit ihren Kindern, viele Menschenalter hindurch, an dem Notdürftigen Mangel litten, so richteten sie auf das ihnen Mangelnde ihren Sinn und machten dies auch zum Gegenstande ihrer Reden, ohne um das, was vor ihnen und in alter Zeit einmal sich begab, sich zu kümmern. Denn die Sagenkunde und die dem Altertümlichen zugewandte Forschbegierde finden sich in den Staaten zugleich mit der Muße ein, sobald sie erkennen, daß bei manchen für die Lebensbedürfnisse bereits gesorgt sei, früher aber nicht. So geschah es, daß sich die Namen, nicht aber die Taten der alten Bewohner des Landes erhielten. Für das, was ich hier sage, führe ich aber als Beweis an, daß Solon berichtete, jene Priester haben die Namen eines Kekrops, Erechtheus, Erichthonios, Erysichthon und die meisten andern, was da an Namen vor Theseus erwähnt wird, häufig, indem sie den damals geführten Krieg erzählten, erwähnt, sowie desgleichen die der Frauen. Insbesondere sei auch die Gestaltung und das Standbild der Göttin, da selbiges, weil damals Männer und Frauen alle auf den Krieg bezüglichen Beschäftigungen gemeinsam betrieben, dieser Einrichtung zufolge von den damals Lebenden in solcher Rüstung als Weihgeschenk aufgestellt wurde, ein Beleg, daß von allen Geschöpfen, bei denen das männliche und weibliche Geschlecht in Gemeinschaft lebt, jedes der beiden von Natur befähigt sei, das, wozu jede Gattung bestimmt ist, gemeinsam zu üben.

Es bewohnten aber damals dieses Land teils die anderen mit Gewerben und Ackerbau beschäftigten Klassen der Bürger, die streitbare aber, anfangs von gottähnlichen Männern von den übrigen geschieden, wohnte getrennt, der es an nichts zum Unterhalt und zur Bildung Erforderlichem fehlte, von der aber keiner etwas als Eigentum besaß, indem sie alles als ein ihnen allen Gemeinsames ansahen und, ausreichenden Unterhalt ausgenommen, von ihren übrigen Mitbürgern nichts verlangten, sondern alle Beschäftigungen trieben, welche gestern den der Annahme nach das Geschäft der Wächter Versehenden zugeteilt wurden.

Insbesondere wurde auch von unserem Lande Glaubwürdiges und der Wahrheit Entsprechendes erzählt. Zuerst, daß dessen Grenzen zu damaliger Zeit bis an den Isthmos sich erstreckten und nach dem andern Festlande hin bis zu den Höhen des Parnes und Kithairon. Diese Grenzhöhen aber senkten sich, indem Oropia ihnen zur Rechten lag und sie zur Linken vom Meer her den Asopos abschnitten. An Trefflichkeit habe aber unser Land jedes andere übertroffen und sei deshalb damals auch imstande gewesen, ein großes Heer von den Geschäften des Ackerbaues Befreiter zu unterhalten. Ein großer Beweis seiner Fruchtbarkeit aber ist: Das jetzt von ihm zurückgebliebene Stück macht noch jedem andern Lande dadurch, daß es alle Früchte reichlich trägt, und durch die Weide, die es allen Herden bietet, den Vorzug streitig; damals aber trug es, abgesehen von der Güte, das alles auch in großer Fülle. Inwiefern verdient dieses nun Glauben, und in welcher Hinsicht darf ein solcher Landstrich mit Recht ein Überbleibsel des damaligen Bodens heißen? Das gesamte Land liegt, indem es vom übrigen Festlande aus weithin in das Meer sich erstreckt, wie ein Vorgebirge da, und das ganze es umschließende Meer ist an seinen Küsten sehr tief. Da nun in den neuntausend Jahren, denn so lange Zeit ist von damals bis jetzt verstrichen, viele und mächtige Überschwemmungen stattfanden, so dämmte sich die in so langer Zeit und bei solchen Naturereignissen von den Höhen herabgeschwemmte Erde nicht, wie anderwärts, hoch auf, sondern verschwand, immer ringsherum fortgeschwemmt, in die Tiefe. Es sind nun aber, wie bei kleinen Inseln gleichsam, mit dem damaligen Zustande verglichen, die Knochen des erkrankten Körpers noch vorhanden, indem nach dem Herabschwemmen des fetten und lockeren Bodens nur der hagere Leib des Landes zurückblieb. In dem damaligen noch unversehrten Lande aber erschienen die Berge wie Erdhügel, die Talgründe des jetzt sogenannten Phelleus waren mit fetter Erde bedeckt, und die Berge bekränzten dichte Waldungen, von denen noch jetzt augenfällige Spuren sich zeigen. Denn jetzt bieten einige der Berge nur den Bienen Nahrung; vor nicht gar langer Zeit aber standen noch die Bedachungen von zum Sparrwerk tauglichen, dort für die größten Bauten gefällten Bäumen unversehrt. Auch trug der Boden viele andere, hohe Fruchtbäume und bot den Herden höchst ergiebige Weide; vorzüglich aber gab ihm das im Laufe des Jahres vom Zeus entsandte Wasser Gedeihen, welches ihm nicht, indem es wie jetzt bei dem kahlen Boden in das Meer sich ergoß, verlorenging; sondern indem er viel Erde besaß, in sie es aufnahm und es in einer schützenden Tonschicht verteilte, entließ er das von den Höhen eingesogene Wasser in die Talgründe und gewährte allerwärtshin reichliche Bewässerung durch Flüsse und Quellen, von welchen auch noch jetzt an den ehemaligen Quellen geweihte Merkzeichen zurückgeblieben sind, daß das wahr sei, was man jetzt davon erzählt.

So war die natürliche Beschaffenheit des übrigen Landes, verschönert, wie es sich erwarten läßt, von echten Landwirten, die das ausschließend betrieben, von dem Schönen nachstrebenden, wohlbegabten Männern, welche sich des trefflichsten Bodens, der reichlichsten Bewässerung und unter ihrem Himmel des angemessensten Wechsels der Jahreszeiten erfreuten. Die Stadt aber war zu damaliger Zeit in folgender Weise aufgebaut. Erstens war die Burg nicht so beschaffen wie jetzt. Jetzt nämlich hat *eine* vorzüglich regenreiche Nacht diese durch Abschwemmung der Erde entblößt, indem zugleich Erdbeben und eine gewaltige Überschwemmung, die dritte vor der Deukalionischen Verheerung, eintraten. Was aber den Umfang anbetrifft, den sie damals zu der anderen Zeit einnahm, so senkte sie sich nach dem Eridanos und Ilissos zu, umschloß die Pnyx und wurde von dem der Pnyx gegenüberliegenden Lykabetos begrenzt; ihr Boden aber war durchgängig krumig und bildete, mit wenigen Ausnahmen, eine Hochebene. Ihre äußeren Abhänge waren von Handwerkern bewohnt und von den Landwirten, welche in ihrer Nähe ihr Land bestellten. Auf den oberen Teilen hatte bloß der Stand der Krieger für sich allein, um den Tempel der Athene und des Hephaistos herum, seine Wohnungen, die sie, wie den Garten eines und desselben Hauses, noch mit einer Ringmauer umgeben hatten. Denn die Nordseite bewohnten sie, wo sie gemeinsame Gebäude und Speisesäle für den Winter und alles dem gemeinschaftlichen Staatsleben an Wohnungen für sich und die Priester Zukommende aufgeführt hatten, doch ohne Anwendung von Gold und Silber, dessen sie durchaus in keinem Falle sich bedienten, sondern, die Mittelstraße zwischen stolzem Prunk und kleinlicher Dürftigkeit haltend, erbauten sie schmucke Wohnhäuser, die sie, indem sie selbst und ihre Nachkommen und die Nachkommen dieser in ihnen dem Greisenalter entgegenreiften, stets in demselben Zustande ihnen Gleichgesinnten hinterließen. Auch der Südseite bedienten sie sich, indem sie jedoch, als sie während des Sommers Gärten, Übungshäuser und gemeinsame Speisesäle aufgaben, zu denselben Zwecken. An der Stelle, wo jetzt die Burg steht, befand sich eine Quelle, von der, als sie durch Erdbeben versiegte, ringsherum die jetzigen Bächlein geblieben sind; für die gesamten damaligen Bewohner aber strömte sie, bei einem für den Winter und Sommer angemessenen Wärmegrade, in reichem Maße. So eingerichtet, wohnten sie als Wächter der eigenen Mitbürger, als Anführer der übrigen Hellenen mit deren Willen, und sie gaben darauf acht, daß die Zahl ihrer Männer und Frauen möglichst immer dieselbe bliebe, nämlich die noch zum Kriege fähig war und die schon; sie belief sich ungefähr auf 20 000.

Da sie selbst so wacker waren und in solcher, so ziemlich sich gleichbleibenden Weise gerecht ihr eigenes Vaterland und Hellas verwalteten, erwarben sie sich durch körperliche Schönheit und die allseitigen Vorzüge ihres Geistes durch ganz Europa und Asien einen Ruf und waren unter allen damals Lebenden die gepriesensten. Wie dagegen der Zustand der zum Kampfe gegen sie Auftretenden beschaffen war und wie er von Anbeginn an sich gestaltete, das wollen wir euch jetzt, verlor sich uns nicht das, was wir als Knaben hörten, in Vergessenheit, als ein den Freunden zuständiges Gemeingut mitteilen. Doch eine Kleinigkeit müssen wir noch unserer Erzählung vorausschicken, damit es euch nicht etwa wundernehme, wenn Barbaren hellenische Namen führen; sollt ihr doch den Grund davon vernehmen. Da nämlich Solon die Absicht hatte, diese Erzählung bei seinen Dichtungen zu benutzen, forschte er genau der Bedeutung der Eigennamen nach und fand, daß jene Ägypter, welche zuerst sie aufzeichneten, dieselben in ihre Sprache übertragen hatten; da nahm er selbst den Sinn jedes Eigennamens wieder vor und schrieb sie, indem er auf unsere Sprache sie zurückführte, nieder. Diese Aufzeichnungen aber befanden sich in den Händen meines Großvaters und befinden sich noch in den meinigen und wurden schon in meinem Knabenalter von mir durchforscht. Demnach nehme es euch nicht wunder, wenn ihr auch dort Eigennamen wie hierzulande hört, wißt ihr doch nun den Grund davon. Folgendes war der Eingang zu einer langen Erzählung.

Wie im vorigen von der von den Göttern angestellten Verlosung erzählt wurde, daß sie unter sich die ganze Erde in bald größere, bald kleinere Lose verteilten und sich Tempel erbauen und Opfer darbringen ließen: so bevölkerte auch Poseidon, dem jene Insel Atlantis zum Lose fiel, dieselbe mit seinen eigenen Nachkommen, die er mit einem sterblichen Weibe an einer folgendergestalt beschaffenen Stelle der Insel erzeugte. An der Seeküste, gegen die Mitte der ganzen Insel, lag eine Ebene, die schöner und fruchtbarer als irgendeine gewesen sein soll. In der Nähe dieser Ebene aber, wiederum nach der Mitte zu, befand sich, vom Meer in einer Entfernung von etwa 50 Stadien, ein allerwärts niedriger Berg; auf diesem wohnte ein Mann, namens Euenor, aus der Zahl der anfänglich der Erde Entwachsenen, welcher die Leukippe zur Frau hatte. Beide erzeugten eine einzige Tochter, Kleito. Als das Mädchen bereits die Jahre der Mannbarkeit erreicht hatte, starben ihr die Mutter und auch der Vater; Poseidon aber, von Liebe zu ihr ergriffen, verband sich mit ihr und machte den Hügel, den sie bewohnte, zu einem wohlbefestigten, indem er ihn ringsum durch größere und kleinere Gürtel abwechselnd von Wasser und Erde abgrenzte, nämlich zwei von Erde und drei von Wasser, die er mitten aus der Insel gleichsam herausdrechselte, überallhin gleich weit voneinander entfernt, so daß der Hügel für Menschen unzugänglich war, da es damals noch ebensowenig Schiffe wie Schiffahrt gab. Er selbst verlieh, als ein Gott, ohne Schwierigkeit der in der Mitte liegenden Insel fröhliches Gedeihen, indem er zwei Flüsse aus der Erde heraufführte, deren einer seiner Quelle warm, der andere kalt entquoll, und der Erde Nahrungsmittel aller Art zur Genüge entsprießen ließ.

Ferner zeugte er fünf männliche Zwillingspaare, ließ sie auferziehen und verlieh, indem er die ganze Insel Atlantis in zehn Teile teilte, dem zuerst Geborenen des ältesten Paares den Wohnsitz seiner Mutter und den diesen rings umgebenden Anteil, als den größten und vorzüglichsten, und machte ihn zum König der übrigen, die übrigen aber zu Statthaltern; jedem derselben bestimmte er eine Statthalterschaft mit zahlreichen Bewohnern und einem weiten Gebiete. Allen gab er Namen, dem Ältesten und Könige aber denjenigen, nach welchem auch die ganze Insel und das Meer genannt wurde, welches deshalb das Atlantische hieß, weil damals der erste König den Namen Atlas führte. Dessen nachgeborenen Zwillingsbruder, dem das äußerste, nach den Säulen des Herakles, dem Landstrich, der jetzt der Gadeirische heißt, gelegene Stück der Insel zugefallen war, nannte er in griechischer Sprache Eumelos, in der des Landes aber Gadeiros, was dann jenem Gebiet die Benennung geben konnte. Den einen der zweiten Zwillingsgeburt nannte er Ampheres, den zweiten Euaimon; den erstgeborenen der dritten Mneseus, den nach diesem geborenen Autochthon; den älteren der vierten Elasippos, den jüngeren Mestor; dem Erstling der fünften wurde der Name Azaes, dessen jüngerem Bruder der Name Diaprepes beigelegt. Diese insgesamt nun sowie ihre Nachkommen beherrschten viele Menschenalter hindurch noch viele andere im Atlantischen Meere gelegene Inseln und dehnten auch, wie schon früher berichtet wurde, ihre Herrschaft über die innerhalb der Säulen des Herakles nach uns zu Wohnenden bis nach Ägypten und Tyrrhenien hin aus.

Die Nachkommenschaft des Atlas aber wuchs nicht bloß im übrigen an Zahl und Ansehen, sondern behauptete auch die Königswürde viele Menschenalter hindurch, indem der Älteste sie stets auf den Ältesten übertrug, da sie eine solche Fülle des Reichtums erworben hatten, wie weder vorher bei irgendeinem Herrschergeschlecht in den Besitz von Königen gelangt war noch in Zukunft so leicht gelangen dürfte, und da bei ihnen für alles gesorgt war, wofür in bezug auf Stadt und Land zu sorgen not tut. Denn vermöge ihrer Herrschaft floß von außen her ihnen vieles zu, das meiste für den Lebensbedarf aber lieferte ihnen die Insel selbst. Zuerst, was da an Starrem und Schmelzbarem durch den Bergbau gewonnen wird, und auch die jetzt nur dem Namen nach bekannte Art – damals dagegen war mehr als ein Name die an vielen Stellen der Insel aus der Erde grabene Gattung des Bergerzes, welche unter den damals Lebenden, mit Ausnahme des Goldes, am höchsten geschätzt wurde. Ferner brachte die Insel auch alles in reicher Fülle hervor, was der Wald für die Werke der Bauverständigen liefert, und an Tieren eine ausreichende Menge wilder und zahmer. Und so war denn auch das Geschlecht der Elefanten hier sehr zahlreich; bot sie doch ebenso den übrigen Tieren insgesamt, was da in Seen, Sümpfen und Flüssen lebt und was auf Bergen und in der Ebene haust, reichliche Nahrung wie auch in gleicher Weise diesem von Natur größten und gefräßigsten. Was ferner jetzt irgendwo die Erde an Wohlgerüchen erzeugt an Wurzeln, Gräsern, Holzarten und Blumen oder Früchten entquellenden Säften, das erzeugte auch sie und ließ es wohl gedeihen, sowie desgleichen die durch

Pflege gewonnenen Früchte; die Feldfrüchte, die uns zur Nahrung dienen, und das, was wir außerdem – wir bezeichnen die Gattungen desselben mit dem Namen der Hülsenfrüchte – zu unserem Unterhalt benutzen; was Sträucher und Bäume an Speisen, Getränken und Salben uns bieten, die uns zum Ergötzen und Wohlgeschmack bestimmten, schwer aufzubewahrenden Baumfrüchte und, was wir als Nachtisch dem Übersättigten, eine willkommene Auffrischung des überfüllten Magens, vorsetzen; dieses alles brachte die heilige, damals noch von der Sonne beschienene Insel schön und wunderbar und in unbegrenztem Maße hervor. Da ihnen nun ihr Land dieses alles bot, waren sie auf die Aufführung von Tempeln und königlichen Palästen, von Häfen und Schiffswerften sowie anderen Gebäuden im ganzen Lande bedacht und schmückten es in solcher Aufeinanderfolge aus.

Zuerst überbrückten sie die um den alten Hauptsitz laufenden Gürtel des Meeres, um nach außen und nach der Königsburg einen Weg zu schaffen. Diese Königsburg erbauten sie aber sogleich vom Anbeginn in diesem Wohnsitze des Gottes und ihrer Ahnen; indem aber der eine von dem andern dieselbe überkam, suchte er durch jedesmalige Weiterausschmückung des Wohlausgeschmückten seinen Vorgänger nach Kräften zu übertreffen, bis sie ihre Wohnung zu einem durch Umfang und Schönheit Staunen erregenden Bau erhoben. Denn vom Meere aus führten sie einen 300 Fuß breiten, 100 Fuß tiefen und 50 Stadien langen Durchstich nach dem äußersten Gürtel, durch welchen sie der Einfahrt vom Meere nach ihm wie nach einem Hafen den Weg bahnten, indem sie einen für das Einlaufen der größten Schiffe ausreichenden Raum eröffneten.

Auch durch die Erdgürtel, welche zwischen denen des Meeres hinliefen, führten sie, an den Brücken hin, Durchstiche, breit genug, um einem Dreiruderer die Durchfahrt von dem einen zu dem anderen zu gestatten, und überdachten dieselben, damit man unter der Überdachung hindurchschiffen könne; denn die Erdgürtelränder erhoben sich hoch genug über das Meer. Des größten Gürtels, mit welchem das Meer durch den Graben verbunden war, Breite betrug 3 Stadien; ebenso breit wie dieser war der folgende Erdgürtel. Von den beiden nächsten hatte der flüssige eine Breite von 2 Stadien, und der feste war wieder ebenso breit wie der ihm vorausgehende flüssige. Ein Stadion breit war endlich der um die in der Mitte liegende Insel selbst herumlaufende. Die Insel aber, auf welcher die Königsburg sich erhob, hatte 5 Stadien im Durchmesser. Diese Insel sowie die Erdgürtel und die 100 Fuß breite Brücke umgaben sie von beiden Seiten mit einer steinernen Mauer und errichteten auf den Brücken bei den Durchgängen der See nach jeder Seite Türme und Tore. Die Steine dazu aber – teils weiße, teils schwarze, teils auch rote – wurden unter der in der Mitte liegenden Insel und unter der Innen- und Außenseite der Gürtel gehauen und so beim Aushauen zugleich doppelte Behälter für die Schiffe ausgehöhlt, die vom Felsen selbst überdacht wurden. Zu den Bauten benutzten sie teils Steine derselben Farbe, teils fügten sie zum Ergötzen, um ein von Natur damit verbundenes Wohlgefallen zu erzeugen, ein Mauerwerk aus verschiedenartigen zusammen. Den ganzen Umfang der den äußersten Gürtel umgebenden Mauer versahen sie mit einem Überzuge von Kupfer, übergossen den des inneren mit Zinn, den um die Burg selbst aufgeführten aber mit wie Feuer glänzendem Bergerz.

Der Königssitz innerhalb der Burg war folgendergestalt auferbaut. Inmitten desselben befand sich ein unzugängliches, der Kleito und dem Poseidon geweihtes Heiligtum, mit einer goldenen Mauer umgeben, ebenda, wo einst das Geschlecht der zehn Herrscher erzeugt und geboren wurde. Dahin brachten sie jährlich aus den zehn Landschaften jedem derselben die Früchte der Jahreszeit als Opfer. Der Tempel des Poseidon selbst war ein Stadion lang, 500 Fuß breit und von einer entsprechenden Höhe, seine Bauart fremdländisch. Von außen hatten sie den ganzen Tempel mit Silber überzogen, mit Ausnahme der mit Gold überzogenen Zinnen. Im Innern war die Wölbung von Elfenbein, mit Verzierung von Gold und Silber und Bergerz; alles übrige, Wände, Säulen und Fußboden, bedeckten sie mit Bergerz. Hier stellten sie goldene Standbilder auf; den Gott stehend, als eines mit sechs Flügelrossen bespannten Wagens Lenker, der vermöge seiner Größe mit dem Haupt die Decke erreichte; um ihn herum auf Delphinen hundert Nereiden, denn soviel, glaubte man damals, gäbe es von ihnen. Auch viele andere, von Männern aus dem Volke geweihte Standbilder befanden sich darinnen; außerhalb aber umstanden den Tempel die goldenen Bildsäulen aller von den zehn Königen Abstammenden und ihrer Frauen sowie viele andere große Weihgeschenke der Könige und ihrer Bürger aus der Stadt selbst und dem außerdem ihrer Herrschaft unterworfenen Lande. Auch der Altar entsprach, seinem Umfange und seiner Ausführung nach, dieser Pracht, und ebenso war der königliche Palast angemessen der Größe des Reiches und angemessen der Ausschmückung der Tempel. So benutzten sie auch die Quellen, die kalt und warm strömenden, die einen reichen Zufluß an Wasser hatten und wovon jede durch Annehmlichkeit und Güte des Wassers wundersam zum Gebrauch geeignet war, indem sie dieselben mit Gebäuden und am Wasser gedeihenden Baumpflanzungen umgaben sowie mit teils unbedeckten, teils für die warmen Bäder im Winter überdeckten Baderäumen, den königlichen abgesondert von denen des Volks sowie denen der Frauen, geschieden von den Schwemmen der Pferde und des anderen Zugviehs, diese alle mit einer der Bestimmung eines jeden angemessenen Einrichtung. Von dem abfließenden Wasser aber leiteten sie einen Teil nach dem Haine Poseidons, zu Bäumen aller Art, vermöge der Trefflichkeit des Bodens von überirdischer Schönheit und Höhe; den anderen aber, vermittels neben den Brücken hinlaufender Kanäle nach den Gürteln außerhalb, wo vielen Göttern viele Tempel auferbaut waren, außerdem viele Gärten und Übungsplätze für Menschen und davon geschieden für Pferde, auf jeder der beiden Inseln; unter anderem war mitten auf der größten Insel eine Rennbahn abgegrenzt, deren Breite ein Stadion betrug und welche ihrer Länge nach, zum Wettrennen der Pferde bestimmt, die ganze Insel umkreiste. Zu beiden Seiten dieser Rennbahn befanden sich für die Masse der Leibwächter bestimmte Wohnungen; die zuverlässigeren aber waren auf dem kleineren, der Königsburg näheren Gürtel als Wachtposten verteilt, und denjenigen, die durch ihre Treue vor allen andern sich auszeichneten, Wohnungen in der Burg um die der Könige selbst herum angewiesen. Die Schiffswerften waren mit Kriegsschiffen und allem Zubehör eines solchen Schiffes angefüllt, alles aber war vollkommen ausgerüstet.

Solche Einrichtungen waren im Umkreise des Königssitzes getroffen. Hatte man aber nach außen die Häfen, deren drei waren, überschritten, dann lief vom Meere aus eine Mauer rings herum, welche allerwärts vom größten Hafen und Gürtel 50 Stadien entfernt war und welche mit dem Eingang zum Durchstich ihren am Meere gelegenen Teil in eins verband. Diesen ganzen Raum nahmen zahlreiche und dicht gereihte Wohnhäuser ein; die Einfahrt und der größte Hafen aber waren mit allerwärtsher kommenden Fahrzeugen und Handelsleuten überfüllt, welche bei solcher Menge am Tag und in der Nacht Geschrei, Lärm und Getümmel aller Art erhoben.

So ward also jetzt so ziemlich das erzählt, was einstmals über die Stadt und die Umgebung des ursprünglichen Wohnsitzes berichtet wurde. Aber wir müssen auch zu berichten versuchen, wie die Natur und die Art der Einrichtung des übrigen Landes beschaffen war. Erstens also war, der Erzählung nach, die ganze Gegend vom Meere aus sehr hoch und steil, das die Stadt Umschließende dagegen durchgängig eine ihrerseits von bis an das Meer herablaufenden Bergen rings umschlossene Fläche und gleichmäßige Ebene, durchaus mehr lang als breit, nach der einen Seite 3000 Stadien lang, vom Meere landeinwärts aber in der Mitte deren 2000 breit. Dieser Strich der ganzen Insel lief, nordwärts gegen den Nordwind geschützt, nach Süden. Von den ihn umgebenden Bergen wurde gerühmt, daß sie an Menge, Größe und Anmut alle jetzt noch vorhandenen überträfen. Sie umfaßten viele reiche Ortschaften der Umwohnenden sowie Flüsse, Seen, Wiesen zu ausreichendem Futter für alles wilde und zahme Vieh, desgleichen Waldungen, die durch ihren Umfang und der Gattungen Verschiedenheit für alle Vorhaben insgesamt und für jedes einzelne vollkommen ausreichend waren.

Diese Ebene hatte sich nun von Natur und durch die Bemühungen einer langen Reihe von Königen in langer Zeit dermaßen gestaltet. Sie bildete ein größtenteils rechtwinkliges und längliches Viereck; was aber daran fehlte, war durch einen ringsherum aufgeworfenen Graben ausgeglichen. Obgleich aber das, was von seiner Tiefe, Länge und Breite erzählt wird, für ein Menschenwerk, mit anderen mühsamen Schöpfungen verglichen, unglaublich klingt, muß dennoch berichtet werden, was wir gehört haben. Der Graben war nämlich bis zu einer Tiefe von 100 Fuß aufgeworfen, seine Breite betrug allerwärts ein Stadion und, da er um die ganze Ebene herumgeführt war, seine Länge 10000 Stadien. Indem derselbe aber, die Ebene umschließend, die von den Bergen herabströmenden Flüsse in sich aufnahm und von beiden Seiten der Stadt sich näherte, so ward ihm da der Ausfluß in das Meer eröffnet. Von seinem weiter landeinwärts gelegenen Teil wurden wieder gerade, gegen 100 Fuß breite Durchstiche durch die Ebene nach dem dem Meere zuliegenden Graben geführt, deren einer von dem andern 100 Stadien entfernt war. Auf diesem Wege brachten sie zu Schiffe das Bauholz aus den Bergen nach der Stadt und andere Erzeugnisse der Jahreszeiten, indem sie Durchfahrten von einem Durchstiche zum anderen in schiefer Richtung sowie nach der Stadt zu eröffneten.

Zwei Ernten brachte ihnen jährlich der Boden, den im Winter der Regen des Zeus befruchtete, während man im Sommer den Erzeugnissen desselben von den Durchstichen aus Bewässerung zuführte.

Was die Streiterzahl betraf, so war angeordnet, daß von den zum Kriege tauglichen Bewohnern der Ebene jeder Bezirk, dessen Flächenraum sich auf 10 mal 10 Stadien belief und deren überhaupt 60000 waren, einen Feldhauptmann stelle; die Anzahl der von den Bergen und anderweitigen Landstrichen her kommenden wurde als unermeßlich angegeben, und alle insgesamt waren, ihren Wohnorten und deren Lage nach, diesen Bezirken und Feldhauptleuten zugeteilt. Jeder Feldhauptmann mußte nach Vorschrift in das Feld stellen: zu 10000 Streitwagen den sechsten Teil eines Streitwagens, zwei berittene Streiter, ferner ein Zwiegespann ohne Wagenstuhl, welches einen leichtbeschildeten Streiter und nächst ihm den Lenker der beiden Pferde trug; zwei Schwergerüstete, an Bogenschützen und Schleuderern zwei jeder Gattung, so auch an Leichtgerüsteten, nämlich Steinwerfern und Speerschleuderern, von jeder drei; endlich vier Seesoldaten zur Bemannung von 1200 Schiffen. So war die Kriegsrüstung für den Herrschersitz des Königs angeordnet, für die neun übrigen anderen anders, was anzugeben zu viel Zeit erheischen würde.

In Beziehung auf Herrsch- und Strafgewalt waren von Anbeginn an folgende Einrichtungen getroffen. Jeder einzelne der zehn Könige übte in seiner Stadt Gewalt über die Bewohner seines Gebietes und über die meisten Gesetze; er bestrafte und ließ hinrichten, wen er wollte. Aber die untereinander geübte Herrschaft und ihren Wechselverkehr bestimmte Poseidons Gebot, wie das Gesetz es ihnen überlieferte und eine Schrift, von den ersten Königen aufgezeichnet auf einer Säule von Bergerz, welche in der Mitte der Insel im Tempel Poseidons sich befand, wo sie sich das eine Mal im fünften, das andere im sechsten Jahre, um der geraden und ungeraden Zahl gleiche Ehre zu erweisen, versammelten. Bei diesen Zusammenkünften berieten sie sich über gemeinsame Angelegenheiten, untersuchten, ob jemand einem Gesetze zuwiderhandle, und fällten sein Urteil. Waren sie im Begriff, Urteile zu fällen, dann verpflichteten sie sich zuvor gegeneinander in folgender Weise. Nachdem die zehn Könige alle Begleitung entlassen hatten, jagten sie den im Weihbezirk Poseidons freigelassenen Stieren mit Knüppeln und Schlingen, ohne eine Eisenwaffe, nach, den Gott anflehend, sie das ihm wohlgefällige Opfer einfangen zu lassen; den eingefangenen Stier aber führten sie zur Säule und opferten ihn über jener Schrift auf dem Knaufe derselben. Auf der Säule aber befand sich außer den Gesetzen eine Eidesformel, die schwere Verwünschungen über die ihnen den Gehorsam Verweigernden herabrief. Wenn sie nun, nachdem sie ihren Vorschriften gemäß das Opfertier geschlachtet, die Weihung aller Glieder des Stiers vornahmen, dann füllten sie einen Mischkrug und schleuderten für jeden ein Klümpchen Blutes hinein, das übrige aber trugen sie, nachdem sie ringsum die Säule reinigten, in das Feuer. Darauf schöpften sie mit goldenen Trinkschalen aus dem Mischkruge, gossen ihr Trankopfer in das Feuer und schworen dabei, ihre Urteile den auf der Säule aufgezeichneten Gesetzen gemäß zu fällen und, wenn jemand in etwas dieselben übertreten habe, ihn zu bestrafen, in Zukunft aber in keinem Punkte das Aufgezeichnete zu übertreten sowie weder einen den Geboten des Vaters zuwiderlaufenden Befehl zu geben noch einem solchen zu gehorchen. Nachdem jeder von ihnen feierlich dieses Gelübde für sich selbst und seine Nachkommen getan, getrunken und die Schale in dem Tempel des Gottes geweiht hatte, sorgte er für seine Abendmahlzeit und anderer Bedürfnisse Befriedigung. Wurde es nun finster und war das Opferfeuer niedergebrannt, dann legten alle ein sehr schönes dunkelblaues Gewand an, ließen sich an der Brandstätte des beim Eidschwur dargebrachten Opfers nieder und empfingen während der Nacht, nachdem sie alle Feuer um den Tempel herum ausgelöscht, wenn etwa einer den andern einer Gesetzesübertretung beschuldigte, Urteilssprüche und fällten sie. Diese von ihnen gefällten Urteilssprüche verzeichneten sie, sobald der Tag anbrach, auf einer goldenen Tafel und weihten diese mitsamt ihren Gewändern zur Erinnerung.

Über die Ehrenrechte der einzelnen Könige gab es manche besonderen Gesetze, das wichtigste aber war, keiner solle gegen den andern die Waffen erheben und alle Beistand leisten, wollte etwa jemand unter ihnen versuchen, in irgendeinem Staate dem Königshause den Untergang zu bereiten, gemeinsam aber, wie ihre Vorgänger, sollten sie sich beraten über Krieg oder andere Unternehmungen und dabei dem atlantischen Geschlechte den Vorrang einräumen. Jedoch einen seiner Anverwandten zum Tode zu verurteilen, das sollte, ohne Zustimmung des größeren Teils der zehn, in keines Königs Gewalt stehen.

Die damals in jenen Gegenden in solchem Umfange und so geübte Herrschgewalt stellte nun der Gott gegen unsere Lande, durch Folgendes, wie erzählt wird, dazu veranlaßt. Viele Menschenalter hindurch, solange noch die göttliche Abkunft bei ihnen vorhielt, waren sie den Gesetzen gehorsam und freundlich gegen das verwandte Göttliche gesinnt; denn ihre Gedanken waren wahr und durchaus großherzig, indem sie bei allen sie betreffenden Begegnissen sowie gegeneinander Weisheit mit Milde gepaart bewiesen. So setzten sie auf jeden Besitz, den der Tugend ausgenommen, geringen Wert und ertrugen leicht, jedoch als eine Bürde die Fülle des Goldes und des anderen Besitztums. Üppigkeit berauschte sie nicht, noch entzog ihnen ihr Reichtum die Herrschaft über sich selbst oder verleitete sie zu Fehltritten; vielmehr erkannten sie nüchtern und scharfen Blicks, daß selbst diese Güter insgesamt nur durch gegenseitige mit Tugend verbundene Liebe gedeihen, daß aber durch das eifrige Streben nach ihnen und ihre Wertschätzung diese selbst sowie jene mit ihnen zugrunde gehe.

Bei solchen Grundsätzen also und solange noch die göttliche Natur vorhielt, befand sich bei ihnen alles früher Geschilderte im Wachstum; als aber der von dem Gotte herrührende Bestandteil ihres Wesens, häufig mit häufigen sterblichen Gebrechen versetzt, verkümmerte und das menschliche Gepräge die Oberhand gewann: da vermochten sie bereits nicht mehr ihr Glück zu ertragen, sondern entarteten und schienen, indem sie des schönsten unter allem Wertvollen sich entäußerten, dem, der dies zu durchschauen vermochte, in schmachvoller Gestalt; dagegen hielten sie die des Lebens wahres Glück zu erkennen Unvermögenden gerade damals für hochherrlich und vielbeglückt, wo sie des Vollgenusses der Vorteile der Ungerechtigkeit und Machtvollkommenheit sich erfreuten.

Aber Zeus, der nach Gesetzen waltende Gott der Götter, erkannte, solches zu durchschauen vermögend, daß ein wackeres Geschlecht beklagenswerten Sinnes sei, und versammelte, in der Absicht, sie dafür büßen zu lassen, damit sie, zur Besonnenheit gebracht, verständiger würden, die Götter insgesamt an dem unter ihnen vor allem in Ehren gehaltenen Wohnsitz, welcher im Mittelpunkt des gesamten Weltganzen sich erhebt und alles des Entstehens Teilhaftige zu überschauen vermag, und sprach zu ihnen:...

2. HINTERGRUND

Beziehungen und Konflikte zwischen den alten ostmediterranen Mächten (Ägypten, Mesopotamien, Kleinasien) sind spätestens ab ca. 2500 v. C. nachweisbar. Ab ca. 1500 v. C. kam es zwischen Ägypten und dem Reich der Hethiter immer wieder zu Auseinandersetzungen um die Vorherrschaft im Raum Syrien/Palästina. 1274 v. C. setzten Ägypter und Hethiter in der Schlacht bei Qadesh (Kadesch) auch Hilfstruppen und Söldner ein; namentlich erwähnt werden in dem Bericht u. a. Dardaner (= Trojaner) auf seiten der Hethiter sowie Shardanier (Sardinier?) und Shekelier (Sizilier?) bei den Ägyptern. Nach der Schlacht (unentschieden, obwohl beide Könige – Ramses II. und Muwatalli – sich zu Siegern erklärten) kam es zur Annäherung und einem Beistandspakt.

Trojas Blütezeit als Handelszentrum dauerte von etwa 1700 v. C. bis ca. 1250/40 (»Troja VI«) und endete mit der ersten Zerstörung der Stadt, vermutlich gleichzusetzen mit der sagenhaften Brandschatzung durch Herakles. Fast gleichzeitig scheint es in den großen griechisch-mykenischen Stadtstaaten zu gewaltsamen inneren Machtwechseln gekommen zu sein: Ablösung der »mykenischen« Herrenschicht durch die Achaier. (Die Verwendung des modernen Sammelnamens »Mykenier« für die prä-achaischen Kulturträger ist im Roman natürlich ein Anachronismus und Notbehelf.) Ca. 1185 v. C. wurde »Troja VII a« zerstört; dies dürfte Homers »Trojanischer Krieg« bzw. dessen Ende sein, Ergebnis eines achaischen Feldzugs zur Plünderung der reichen Handelsmetropole und zum Gewinn der Kontrolle über die Handelswege zum Schwarzen Meer.

Innerhalb weniger Jahre gingen anschließend die meisten achaischen Städte unter, wobei die archäologischen Indizien eher auf innere Auseinandersetzungen verweisen als auf Zerstörungen von außen: Die heimkehrenden Helden Homers wurden daheim nicht gefeiert... Daß es sich hierbei um einen Versuch der »Mykenier« handelt, in Abwesenheit der achaischen Kämpfer wieder die Macht zu übernehmen (z. T. mit Hilfe ursprünglich mykenischer Fürstinnen wie Klytaimnestra), ist eine Hypothese des Romans.

Zwischen 1250 und 1225 v. C. kam es in den östlichen Nachbarländern zu etlichen folgenschweren Veränderungen. Hethitischen Aufzeichnungen ist zu entnehmen, daß etwa um diese Zeit im Land Azzi die Frauen die Macht übernahmen (heth. *Am-azzi-udne*, »Frau-Azzi-Land« bzw. *Am-azzi-udnejas*, »Frau aus Azzi-Land«, zu griech. »Amazone«?). Unter Tukulti-Ninurta eroberten die Assyrer Babylon, konnten es aber nur 8 Jahre lang halten. Im Verlauf der folgenden Wirren scheinen assyrische Warlords die für die Hethiter wichtigen anatolischen Kupferlager annektiert zu haben; daraufhin besetzten die Hethiter die Kupferinsel Zypern (Alashia) und lösten eine Fluchtbewegung zyprischer Mykener nach Kleinasien aus. Daraus scheint sich ein »Befreiungskrieg« einer kleinasiatischen Koalition gegen die Großmacht der Hethiter entwickelt zu haben; daß Trojaner daran beteiligt waren, ist abermals eine Romanhypothese – aber Frage an Homer: Wo ist die trojanische Flotte während des Kriegs? Oder sollte die Seehandelsstadt keine Schiffe gehabt haben? Nicht hypothetisch sind die Kämpfe auf und um Zypern sowie auf dem Festland: Land- und Seeoperationen unter Führung von Madduwattas, Mopsos und Amphilochos sind ebenso gesichert wie Forderungen des hethitischen Großkönigs Shupiluliuma an seine Vasallen (z. B. an Ugarit, auf dort erhaltenen Tafeln gefunden), Schiffe, Truppen und Material zu schicken.

Nach den Verwüstungen des Kriegs (myth. Plünderzüge von Aias und Achilleus) dürfte sich an der kleinasiatischen Küste eine Flüchtlings- und Wanderbewegung ergeben haben, verstärkt durch Stämme von nördlich der Dardanellen; mit der Zerstörung Trojas war auch die Kette trojanischer Sperrfestungen gefallen. Man darf vermutlich annehmen, daß sich versprengte Truppenteile und »arbeitslose« Söldnerkontingente der Wanderung anschlossen. Innerhalb weniger Jahre nach dem Fall von Troja ging das Großreich der Hethiter unter, ebenso die reichen Stadtstaaten der syrisch-palästinensischen Küste. Der Vernichtungszug der »Seevölker« endete erst 1179 v. C. in einer Schlacht an der östlichen Nilmündung. Ägyptologen zufolge wäre in den Bildtexten aus Medinet Habu die Formel »Seevölker« besser mit »Leute von jenseits des Meeres« zu übersetzen. Daß es sich bei diesen um den erwähnten Trek handelte, nicht um maritime Nomaden, scheint aufgrund der zeitlichen Nähe kaum noch fraglich.

Homer (oder der andere Grieche gleichen Namens) schrieb fast 500 Jahre nach den Ereignissen; *Ilias* und *Odyssee* sind keine historischen Dokumente, sondern der Beginn der abendländischen Dichtung. Wenn der Roman Homer hier und da zu widersprechen scheint, bitte ich zu bedenken, daß es sich nicht um Widerspruch gegen die unsterblichen Verse handelt, für deren Qualität Fragen wie »Wo sind die trojanischen Schiffe?« oder »Wie wurden Streitwagen eingesetzt?« bedeutungslos sind. Es ist allenfalls ein Widerspruch gegen den Teil der Rezeption, der Homer nicht als Dichter, sondern als Faktenlieferant ansieht.

Da auch ein historischer Roman keine Dokumentation ist, sondern ein Vulgär-Epos, sind gewisse Freiheiten im Umgang mit Fakten zulässig und unvermeidlich: Hypothesen, die in der Handlung als plausible Tatsachen vorausgesetzt werden, ebenso wie leichte Verzerrungen der (übrigens nicht eindeutig gesicherten) Chronologie. Zum Zeitpunkt der Haupthandlung war z. B. Enlil-Kudurri-Ushur wohl nicht mehr König von Assyrien; sein Nachfolger hieß Ninurta-Apal-Ekur, und um nicht zu viele Ninurtas zu verwenden, habe ich Enlil-Kudurri-Ushur länger leben lassen. Dafür (wie für ein paar schäbige Wortspiele) erhoffe ich die Vergebung der Assyriologie.

3. VERZEICHNIS DER WICHTIGSTEN PERSONEN

Mit * versehene Personen sind fiktiv, die übrigen durch Historie oder Überlieferung gesichert, wiewohl nicht in allen Einzelheiten ihres Benehmens.

Zur Schreibweise: Hier wie auch bei den Begriffen und Namen des Glossars war es nicht immer möglich oder sinnvoll, sich um »korrekte« Fassungen zu bemühen, da dies wegen der Menge der (theoretisch) verwendeten Sprachen arg verwirrend geworden wäre. In einigen Fällen habe ich gängige Versionen benutzt, in anderen nicht – reine Willkür des Autors, der Ästhetik und Klang den Vorzug gab vor Konsequenz.

Achilleus	thessalischer Fürst und homerischer Held.
*Adapa	babylonischer Rechenkünstler.
Agamemnon	König von Mykene, oberster Feldherr der Achaier vor Troja.
Aga-Munu	Agamemnon (ägypt. Version).
*Ahiram	phönikischer Seemann, Teilnehmer der Afrika-Umrundung im Auftrag von Necho.
Aias	Name zweier achaischer Fürsten im Heer von Troja.
Aineias	trojanischer Fürst.
Aki-Resu	Achilleus (ägypt. Version).
Alexandros	griech. Name des trojanischen Königssohns Paris/Parisiti.
Amphilochos	Feldherr des Madduwattas.
Atreus	Großvater von Agamemnon und Menelaos, in hethitischen Chroniken Attarissias genannt.
*Awil-Ninurta	(»Mann des Ninurta«) assyr. Händler.
Deiphobos	Sohn des Priamos, 3. Gemahl von Helena.
Diomedes	König von Argos, einer der wichtigsten Heerführer vor Troja.
*Djoser	ägypt. Händler.
Elektra	zweite Tochter von Agamemnon und Klytaimnestra.
Enlil-Kudurri-Ushur	König von Assyrien.
Hammurabi	babylonischer König und Gesetzgeber (18. Jh. v. C.).

Hamurapi	letzter König von Ugarit.
Hekapa	Phrygierin oder Luwierin, Gemahlin von Priamos; griech.: Hekabe, lat.: Hecuba.
Hektor	größter Heros der Trojaner, Sohn von Priamos.
Helena	(griech. Helene) Königin von Sparta, Tochter von Tyndareos, vermählt mit Menelaos, Paris, Deiphobos.
Iason	Fürst von Iolkos, Führer der Argonauten.
Idomeneus	Kreter, König von Knossos, Kämpfer vor Troja.
Iphigeneia	erste Tochter von Agamemnon und Klytaimnestra.
Ira-Kiresu	Herakles (ägypt. Version).
*Kal-Upshashu	(»alle Hexerei«) kräuterkundige Babylonierin auf der Händlerinsel.
Kassandra	trojanische Schwarzseherin.
*Keleos	Fürst von Ialysos/Rhodos, »Lehnsherr« der Händler.
*Keret	Händler in Ugarit.
*Khanussu	Söldner vor Troja, Shardanier (Sarde).
*Kir'girim	(»Garten des Feuers/der Lust«), Babylonierin, Partnerin von Kal-Upshashu.
Klytaimnestra	Helenas ältere Schwester, Gemahlin von Agamemnon.
*Korinnos	Chronist, Enkel eines von Herakles versklavten Trojaners.
*Kynara	Handwerkerin auf der Händlerinsel, Zaqarbals Geliebte.
*Lamashtu	ehemalige Sklavin, Kräuterkundige.
*Leukippe	Trojanerin, Händlerin auf der Insel.
Madduwattas	Fürst von Arzawa.
Memnon	ägypt. (bei Homer aithiopischer) Neffe von Priamos, Sohn des Trojaners Tithonos.
Menelaos	Agamemnons jüngerer Bruder, durch Heirat mit Helena König von Sparta.
*Menena	Ägypter; Lagerverwalter der Händler.
*Minyas	Kreter; Händler der Insel.
*Molione	Handwerkerin, später Händlerin auf der Insel.
Mopsos	vermutlich luwischer Priester und Seher, Berater und Feldherr von Madduwattas.
Mukussu	= Mopsos.

Necho	Pharao; schickte ca. 600/598 v. C. eine von Phönikiern gebaute und bemannte Flotte aus dem Roten Meer zur Umrundung Afrikas.
Nestor	König von Pylos.
Odysseus	Fürst von Ithaka (griech. Ithake).
Orestes	Sohn von Agamemnon und Klytaimnestra.
Paris	Sohn von Priamos; eigentlicher Name wahrscheinlich Parisiti.
Palamedes	Fürst von Nauplia.
Patroklos	Vetter und Freund von Achilleus.
Penelope	Nichte von Tyndareos, Odysseus' Gemahlin.
Philoktetes	achaischer Heros vor Troja.
Polydoros	Sohn von Priamos.
Polyxo	Witwe des rhodischen Fürsten Tlepolemos.
Priamos	König von Troja.
Prijamadu	Priamos (luw./heth. Version).
Psamatik	Pharao Psammetich I.
Psamis	Psammetich II.
Rap'anu	»Kanzler« von Ugarit, Berater von Hamurapi.
Sarpedon	lykischer Fürst, trojanischer Bundesgenosse.
Shupiluliuma	letzter hethitischer Herrscher.
Solon	athenischer Politiker, Gesetzgeber, Dichter (ca. 640-558 v. C.).
*Tarhunza	heth. Händlerin auf der Insel.
*Tashmetu	Händlerin aus Ugarit; Awil-Ninurtas Geliebte.
Tausret	Pharaonin um 1190 v. C.
Tithonos	Priamos' Bruder.
Tlepolemos	Fürst von Rhodos; angeblich Nachfahr des Herakles.
*Tsanghar	Kashkäer; ehemaliger Sklave; Erfinder.
Tukulti-Ninurta	assyr. König, eroberte und verlor Babylon, später ermordet (ca. 1235-1210 v. C.).
Tyndareos	König von Sparta, Vater von Klytaimnestra und Helena.
Userma-atre-setepenre	Ramses II. (1290-1224 v. C.).
Wen-Amun	ägypt. Priester, Solons Informant.
*Zaqarbal	aus Sidon; Händler auf der Insel.

4. GLOSSAR

Abasa	(heth.) Ephesos.
Achiawa	(heth.) »Land der Achaier«; umfaßt Griechenland, die ägäischen Inseln und die mykenisch/achaisch besiedelten Küstenländer im Südwesten Kleinasiens.
Adaniya	Stadt in Kilikien (heute Adana).
Alalach	Stadt im nördl. Syrien.
Alashia	Zypern.
Amurru	Volk/Dynastie in Syrien und Palästina, ägypt. Vasallen.
Arami	Vorfahren der Aramäer.
Arantu	Orontes (Fluß in Syrien).
Arzawa	Königreich in Kleinasien, wichtigster westlicher Gegner der Hethiter.
ashiu	(assyr.) Meteoreisen.
Asia/Assuwa	ursprünglich nur die Gegend um Troja.
Azzi	Fürstentum nördlich des Hethiter-Reiches.
Babilu	Babylon.
Chanani	Selbstbezeichnung der »Kanaanäer« = Phönikier, später auch der Karthager.
Chuatna	Fluß in Kilikien (griech. Kydnos, heute Pamuk).
Dardanos	(myth.) König der Trojaner, die daher in heth. Quellen auch Dardaner genannt werden. Meerenge des Dardanos = Dardanellen.
emettu	assyr. Unterwelts-Geister.
Gubla/Gublu	Byblos (phön. Stadt).
Gunussu	Knossos (auf Kreta).
*Guruttis	Gortyns (auf Kreta).
»Handelssperre«	In Ugarit gefundenen Tafeln zufolge verhängten die Hethiter im Verlauf der Konflikte ca. 1210-1185 v. C. ein Embargo gegen Assyrien und »Achiawa«, das alle Vasallen (Ugarit etc.) bei Strafe einzuhalten hatten.
Hapi	ägypt. Gott des Nils; auch der Fluß selbst.
Hatti	Hethiter.

Hattusha	auch Hattusas o.ä., Hauptstadt des Großreichs der Hethiter (Bogazköi).
Ialysos	Hafenstadt auf Rhodos.
Idiqlat	(assyr.) Tigris.
Iknusa	einer der alten Namen Sardiniens.
Ilios	später Ilion; ursprünglich wohl nur die Burg (Akropolis) von Troja, später die ganze Stadt; nach dem (myth.) König Ilos.
iqni	ugaritische Version des assyr. *uqnu*, rein blauer Lapislazuli.
Jotru	(ägypt.) »(großer) Fluß« = Nil.
Kaikos	Fluß in Kleinasien, vermutlich aus heth./luw. *kasecha – ka'eka*. Vgl. Secha-Land.
Karkemish	Stadt am oberen Euphrat, eine der Hauptstädte der Mitanni (bzw. Hurriter).
Kashka	Land nordöstlich des Hethiterreichs.
Kefti	(ägypt.) Kreta (assyr. Kaptara).
Kition	phönik. Stadt auf Zypern.
kitun	(assyr.) Chiton, Leibrock.
Kizzuwatna	(heth.) Kilikien.
Kolchis	Küste Georgiens.
»Königsvertrag«	der Beistandspakt zwischen Hethitern und Ägyptern, ca. 1270 v. C. geschlossen.
Kupiriyo	Zypern.
Kusch	(ägypt.) Nubien.
kybernetes	(griech.) Steuermann.
Kypros	Zypern.
Libu	»Afrikaner«, Libyer; bzw. das Land westlich von Ägypten.
Luwier	mit Hethitern verwandtes Volk bzw. Gruppe; besiedelte vor den Hethitern fast ganz Kleinasien.
maryannu	(assyr./ugar.) »Streitwagenkämpfer«, später gleichbedeutend mit Offizier.
Masa	Land/Staat nordöstlich von Troja.
Melqart	»König der Stadt«, phönik. Gott, oft gleichgesetzt mit Herakles; »Säulen des Melqart« = Meerenge von Gibraltar.

Men-nofer	(ägypt.) Memphis.
Milawatna	Miletos.
Mine	vgl. Talent.
Misru	(assyr.) Ägypten.
Mitanni	(bzw. Hurriter) Volk und Königreich am oberen Euphrat, später aufgeteilt zwischen Hethitern und Assyrern.
Muqannu	(assyr., ägypt. Myqannu) »Mykene« = südl. Griechenland.
parzillu	(assyr.) Eisen aus der Erde (vgl. *ashiu*).
Pitassa	(heth.) Pisidien.
Purattu	(assyr.) Euphrat.
Qadesh	(bzw. Kadesch) Ort in Syrien, Schauplatz einer Schlacht zwischen Hethitern und Ägyptern (1274 v. C.).
qadshu	(assyr. ugar.) Orakelpriester.
Roddu	(assyr.) Rhodos.
Rome	(ägypt.) »Mensch« = Ägypter (Plural: Romet).
Samri	Fluß in Kilikien (heute Seyhan).
sangu	(assyr.) Priester.
Secha-Land	das Land am Kaikos-Fluß in Kleinasien (Pergamon und Hinterland).
shakinu	der »Schatzkanzler« in Ugarit.
Sharda/ Shardanier	vermutlich Sardinier, wie
Shekelier	(= Sizilier?) als Söldner und Räuber in ägypt. Quellen erwähnt.
shiqlu	(assyr.) »Schekel«; vgl. Talent.
*Shubuk	fiktive kleinasiatische Variante zu Sobek, vgl. dort.
Sidunu	Sidon.
siglos	(griech.) »Schekel«; vgl. Talent.
Simois	Fluß bei Troja.
siparru	(assyr.) Bronze.
Skamandros	Fluß bei Troja.
Sobek	ägypt. Krokodil-Gottheit.
sulufu	Silphion, die teuerste Heilpflanze des Altertums, in Libyen (Kyrenaika) angebaut bzw. geerntet, seit

Suru	ca. 2000 Jahren nach langem Raubbau verschwunden.
	Tyros.
Talent	ursprüngl. babylonische Gewichtseinheit, ca. 27-30 kg, unterteilt in 60 Minen zu je 60 Schekel, in Griechenland später 60 Minen zu je 100 Drachmen. Teile bzw. Vielfache des Silber-Schekel waren lange die Verrechnungsbasis für Handel, Besteuerung usw. Münzen mit Standardgehalt und -gewicht kamen erst nach 700 v. C. auf, zuerst wohl in Kleinasien (Lydien).
Tameri	(ägypt.) »Land« = Ägypten.
tamkar	(assyr.) Händler (vom jeweiligen König »lizensiert«).
Tanaju	(ägypt.) »Danaer«, Griechen.
Tarsa	(heth.) Tarsos; ursprünglich * Tarkush (?).
Tjehenu	(ägypt.) Bezeichnung der westlichen Nomaden (»Libyer«).
Tyrsa	Italien.
Ugarit	heute Ras Shamra, Syrien; ehemals reicher Handelshafen, im »Seevölkersturm« ca. 1180 v. C. zerstört. Fundort wichtiger Dokumente zur alten politischen und Wirtschafts-Geschichte.
*ukyanos	eine Mutmaßung, aus dem Assyrischen:
uqnu	blauer Lapislazuli.
Ura	mehrere nicht genau lokalisierte hethitische Häfen; im Roman ein Hafenort bei Tarsa.
Wilusa	(heth.), ägypt. »Wirudja«, protogriech. wohl Wilios, von Hethitologen zeitweilig mit Ialysos/Rhodos identifiziert; seit wenigen Jahren von den meisten Autoren mit Troja gleichgesetzt: (W)Ilios.
Yalussu	(assyr.) Ialysos/Rhodos.

Quellenangabe:
Das Motto auf S. 5 wurde entnommen aus Jorge Luis Borges, »Die vier
Zyklen«, in *Schatten und Tiger* (Fischer TB 10588).
Jorge Luis Borges, Obras Completas.
© 1974, 1979 by Emece Editores, S.A., Buenos Aires;
©1988, 1989, 1991, 1992 by Emece Editores and Maria Kodama, Executrix
of the Estate of Jorge Luis Borges. All rights reserved, including the right of
reproduction in whole or in part in any form.
© der deutschsprachigen Ausgabe 1994 Carl Hanser Verlag München Wien.
Mit freundlicher Genehmigung des Carl Hanser Verlages.